谨以此文集纪念王晋康科幻创作 20 周年！

谨以此文集纪念中国科普作家协会成立 35 周年！

科幻创作研究丛书

中国科幻的思想者
——王晋康科幻创作研究文集

王卫英　主编

科学普及出版社
·北　京·

图书在版编目（CIP）数据

中国科幻的思想者：王晋康科幻创作研究文集 / 王卫英主编．—北京：科学普及出版社，2016.5

（科幻创作研究丛书）

ISBN 978-7-110-09352-8

Ⅰ. ①中… Ⅱ. ①王… Ⅲ. ①科学幻想小说—小说创作—中国—当代—文集 Ⅳ. ① I207.42-53

中国版本图书馆 CIP 数据核字 (2016) 第 059217 号

策划编辑	王卫英
责任编辑	鞠　强　李　英
装帧设计	中文天地
责任校对	刘洪岩
责任印制	马宇晨

出版发行	科学普及出版社
地　　址	北京市海淀区中关村南大街16号
邮　　编	100081
发行电话	010-62103130
传　　真	010-62179148
网　　址	http：//www.cspbooks.com.cn

开　　本	787mm × 1092mm　1/16
字　　数	350千字
印　　张	29
版　　次	2016年5月第1版
印　　次	2016年5月第1次印刷
印　　刷	北京凯鑫彩色印刷有限公司
书　　号	ISBN 978-7-110-09352-8 / I·467
定　　价	88.00元

序 言

王卫英

中国科幻文学发展命运多舛，因种种原因几度断流，尤以20世纪80年代为甚。那时，经历了一场“科幻是伪科学”的批判之后，国内的科幻文学阵地基本全部失守，仅剩《科幻世界》艰难支撑，并于20世纪90年代开始复苏，终于迎来今天的初步繁荣。而90年代以来崛起于中国科幻文坛的作家被称为“科幻新生代”，王晋康以及其后的刘慈欣即是其中的翘楚。《科幻世界》主编、副总编姚海军把20世纪90年代誉为“王晋康时代”，因为，在那个年代，《科幻世界》的作家大量流失、市场极度凋零，杂志的生死存于一线，而王晋康的横空出世对于扭转颓势曾起了重要作用。姚海军还说过一句话：不知道是《科幻世界》造就了王晋康，还是王晋康造就了《科幻世界》。对一个作者来说，这是极高的赞誉。

由于作家队伍整体更新，“科幻新生代”的创作清新扑面。这代作家经历“文化大革命”劫难、国门开放和对西方现当代作品的借鉴，因而从一开始就具有明显不同于以往中国科幻作品的特征。对于因偶然原因闯进科幻文坛的王晋康来说，这点尤为明显。相对同代的其他科幻作家来说，王晋康有一个独特的优势——丰富的生活阅历。创作处女作《亚当回归》时他已45岁，丰富的生活阅历、敏锐的目光、锋利的思想以及永葆热爱科学的赤子之心，形成了他作品的独特风格：冷静、苍凉、超脱、沉稳，注重科学构思，富含哲理和中国情韵，有人直接将他的作品归为哲理科幻。我想在此做一个横向比较——与同时代主流作家相比。我长期浸淫于主流文学，于10年前开始接触他的作品，至今仍清晰地记得当年的阅读感受，王晋康的作品自然、不事雕琢，如粗犷的背景中嵌着棱角鲜明的面孔。相较而言，他的文学技巧也许有失精致，也不够先锋，但突出的优势是：以“科学”为基石和源泉展开幻想，视野开阔深广，思想敏锐锋利，情感纠结痛楚。他的每部作品几乎都有哲理的光芒闪现。当我通读了他所有的作品后更意识到：这些思想火花并非零散的、偶发的，而是由一个完整的世界观和思想内核所支撑。

就创作特色来说，在中国科幻作家中，也许王晋康是离科学最近的一位，科学在他作品中不是道具，而是发自内心的信仰。这多半缘于他的少年经历。王晋康少年聪慧，文理皆优，最初的志向是成为一名科学家。这位文理兼优的学生原想在科学研究中闯出一片天地，“文化大革命”斩断了他的少年梦。阴差阳错，一个偶然的机缘闯入了科幻文坛。从此他把少时的科学梦借助科幻文学得以尽情挥洒。天然的“理科”背景优势，使得他的作品思维清晰，注重科学理性，尤其在哲理思考方面常有过人之处。他的作品虽然时时可见对科学的反思，但这种反思是建立在坚实的科学信仰基础之上。正因为对科学的信仰和热衷，使他常常能跳出人类的圈子，摆脱时空局限，在创作中获得一种特殊的视角，即他曾说过的“站在科学殿堂之外的围墙上来看科学”，这种视角更加超脱，更能敏锐地感觉到科学的震撼力。例如，少年时代，当他第一次知道了世上的七彩仅仅源于电磁波频率的不同，第一次知道了大千生物世界原来仅仅由四种砖石所堆砌后，立即引起心弦的深长共鸣。这种宝贵的共鸣，与作者的知识积累和人生阅历融合在一起，经过精神之火的冶炼，最终成就了“这一个”科幻作家。

他的创作特色在1993年发表的处女作《亚当回归》中已初露端倪：宇航员王亚当独自回到几百年前的地球，被赞为人类英雄，却从一名酒店老侍者口中意外得知，今天的人类实际已经成了机器人，因为人脑已经被更强大的植入式人工智能所控制，而打开潘多拉魔盒的第一人就是这位老侍者钱先生。在钱先生的暗示下，王亚当悲壮地接受了新人类的安排，也植入了人工智能，因为只有这样他才能从内部战胜机器人。多年后他终于胜利了——这是一般作品的思维定式，而作者却安排了完全不同的结局——若干年后，本年度地球科学主席王亚当撰文纪念最后一位自然人的逝世，袒露了他的心迹，说他当年植入第二智能之后，终于明白了自己的可笑，因为他的反抗就像是最后一只拒绝用火的猿人，正是这种出人意料的反思将作品引向了深入。这使他的作品“回荡着5000年中国文化的钟声”（文中钱先生之语）。

《科学狂人之死》是他的第二篇作品，构思了这样一个故事：用3D打印法来复制人，包括复制原件的思想和记忆。主人公成功地复制了自身，但终因复制人与原件对于自我的认同上发生了细微的分歧（都认为自己才是原件），因而导致了悲剧。作品深刻地剖析了人性和人格，关注了科技对人类的异化。1995年发表的《生命之歌》更有一个炫目的科幻构思：生物都具有生存欲望，存在于DNA的次级序列中，可以破译并输入机器人中，使其成为真正的生命。这是对生命的意义所发出的终极追问。他的创作努力求新求变。1998年发表的《豹》从整体情节上看，更像一部惊险通俗小说：科学家谢先生在儿子体内嵌入猎豹基因，使其成为远超时代的短跑天才，也收获了鲜艳的爱情。但月圆之夜，他体内的兽性发作，咬死了恋人田歌。田歌的堂兄为妹妹报仇，扼死了这个豹人。这部惊险通俗式科幻同样蕴含着思想的锋芒，而使其远远高于通常的惊险小说。尤其在小说的最后，设置了一场精彩绝伦的法庭之辩，田家律师出奇制胜，指出嵌入兽类基因的豹人已经不适合人类法律，因而他的当事人并未犯杀人罪。辩词是：

“我想请博学的检察官先生回答一个问题：你认为当人体内的异种基因超过多少才失去人的法律地位？千分之一？百分之一？百分之二十？百分之五十？百分之九十？这次田径锦标赛的百米亚军说得好，今天让一个嵌有万分之一猎豹基因的人参加百米赛跑，明天会不会牵来一只嵌有万分之一人类基因的四条腿的豹子？不，人类必须守住这条防线，半步也不能后退，那就是：只要体内嵌有哪怕是极微量的异种基因，这人就应视同非人！”

这段雄辩发人深省，重若千钧，因为它将科学技术的解剖刀深入人的定义的深处，致使我们对作为公理性质的“人的定义”产生了质疑。小说并非到此为止，作为反方的钱先生，他的辩护同样精彩。双方的雄辩之所以都能打动读者，其根本原因在于它们都符合自然的本质，因为大自然本身就是复杂的、多层面的，而科学是一把“双刃剑”。

2001 年发表的《替天行道》涉及农作物转基因问题，把批判的矛头直指转基因技术的世界泰斗孟山都公司——比后来国内媒体和思想界对此问题的争论早了 14 年，而王晋康在小说中展示的基本观点到今天仍具先锋性。小说中，作者一方面承认孟山都公司对他们培育的良种加以保护（具体方法是嵌入自杀基因，使第二代种子不能发芽）在商业社会中是合理的，否则育种技术就不能获得良性的持续发展；另一方面又指出，人类的短时间的合理不一定符合上帝的长期的合理。小说中，作者别出心裁地设计了一个中国老农形象的上帝，让他以执拗和笨拙来对阵西服革履的西方技术精英，做到了文学手法与思想深度的水乳交融。

从短篇到长篇，王晋康在创作中积累，在积累中探索。与他大部分可称为“核心科幻”的作品不同，长篇《蚁生》更偏重于人文领域：下乡知青颜哲及恋人秋云把颜父留下的宝贵蚁素（又名利他素）向农场场员喷洒，在周围丑恶人性的大背景下，营造了一个美好的微型乌托邦社会。最后这个美好的微型乌托邦毁灭了，它的毁灭并非来自恶势力的破坏，而是来自更本质的原因：“一个独自清醒的、宵旰焦劳的上帝，放牧着一群幸福的、浑浑噩噩的蚁众”的社会模式，并非是能长久稳定的良性模式。小说的另一层寓意是：与洋溢着利他主义的蚂蚁社会相比，性本恶的人类社会能磕磕绊绊走到今天，而且发展程度远远超过蚂蚁社会，说明它并非一无可取。本书同样展示了作者所具有的上帝般的悲悯目光，冷静、苍凉而达观。生物医学是王晋康小说最为偏爱的题材,《十字》是其中的代表。小说情节紧张刺激，但是在刺激的情节中，作者悄悄嵌入了这样一个观点：他反对医学对自然过于暴烈的干涉，认为“全歼病毒”这种做法不一定合适，不一定能继续走下去。小说用情感饱满的笔触描绘了非洲的生命洪流，即百万角马的大迁徙，并敏锐地指出当代医学界常常忽略的这个事实：像角马这样群居的动物种族完全不像人类那样有医药资源，但并没被牛瘟等恶性传染病所灭绝，它们是以个体的牺牲保持着族群的健康和繁衍；而人类用高技术手段所建立的对病原体的防线虽然闪耀着人道主义光辉，但要相对脆弱。究竟该如何办？永远没有两全其美的办法，这正是大自然所固有的悖论。小说中写道："上帝只关爱群体而不关爱个体，也许这才是上帝大爱之所在。"这是这部小说的思想之核，也可以说是进化论的文学表达。

人的本质在于人性，长篇《与吾同在》的核心思想即是对人性的锋利解剖。他认为人性本恶，但在群体进化的炉火中也锤炼出了善，产生了一个个小的"共生圈"并缓慢扩大，脆弱的"善之花"是从大恶的人性粪堆上艰难长出来的，发展到今天已经越来越茁壮。但不管如何，只有在"共生圈"之内，善、和谐和利他才会成为主流，而圈外仍以恶、对立和利己为主流。读了这部小说，我很难把它仅仅看作是文学的构思，我认为它就是作者对人类文明史的精准的提炼，这种概念比目前流行的"人类普适道德""地缘政治利益"等政治用语更能准确反映当今的国际政治生态。另一篇作品《逃出母宇宙》展现了人类在生存之路上的奋斗历程，不过，作品情节设定在更广阔的宇宙背景下，在一场顶级的天文灾变的绝境中来考验人性，但人类没有绝望，而是像沸水之蛙，跳出了最高的高度，于绝望中找到了出路。

正因为其中包含的锋利的思想观点，王晋康的作品曾在网上引起争论，这种现象在科幻作家中并不多见。争论本身说明了他作品的思想力度。遗憾的是，人们并没有充分理解和体会到这种力度，因此，他仍然是一个孤独地行走在荒原上的思想者。

2014年，在中国科普作协成立35周年之际，适逢王晋康创作20周年，500多万字的作品，不但是王晋康个人的成就，也是文化界的一大收获，值得庆贺，值得研读。由中国科普作家协会牵头组织的王晋康科幻作品研讨会，主流文学界、科普界和科幻界的专家学者联袂参加，展开研讨，多角度地对他的作品解析，对科幻界来说，这是一件值得记住的盛事，对王晋康本人来说，是对他 20 年创作成果的回顾和梳理。目前他的作品已逐步走出科幻圈被众人所接受，相信随着时间的推移，王晋康优秀的作品会获得更多读者的青睐。而这部研究论文集，就是这次作品讨论会的果实。

名家寄语

刘兴诗（地质学教授，中国科普作家协会荣誉理事，著名科普、科幻作家）：王晋康是科幻恒星。恒星不会远去，盼望早日归来。

董仁威（中国科普作家协会荣誉理事，世界华人科幻协会监事长，著名科普作家）：晋康兄的作品都是正剧，充满了人文关怀，也不乏科学的奇想。更可贵的是20年来始终保持着旺盛的创作力，难得！

孟庆枢（东北师范大学文学院教授，博士生导师）：在实现“中国梦”的伟大征程中，研讨王晋康的20年科幻创作很有现实意义。这是中国科幻界为这一壮举的助推，奉献正能量。王晋康的科幻作品能为实现这一梦想给人们插上金色的翅膀，尤其对青少年会激发他们旺盛的创新的激情。王晋康的科幻创作立足于民族文化传统，说中国科幻故事，文本中的“中国元素”鲜活地凸现了这样的理念：中国文化传统是包括科幻文学在内的所有文学作品的宝贵财富。王晋康能够固本求新，博采域外优秀文化，为自己小说增添更多的艺术风采。王晋康的科幻作品立足于现实，紧接地气，畅想人类的未来，他的作品具有天纸风笔的气势。由于他的作品以人为本，具有深刻的哲理思考，在当今浮躁的社会里，不啻为一副良药。读过他的作品会激发人们更爱人类，爱我们的共同家园。这是他作品的主旋律，也是和读者心灵共鸣的所在。可以毫不夸张地说王晋康是可以和任何国度科幻大家比肩的中国优秀科幻作家。

雷达（著名文学评论家，中国小说学会会长）：站在中国看世界，站在历史看未来，站在地上看星空，这使王晋康的作品常常具有独特的视角。因此对王晋康科幻作品展开研究显得很有意义。

王泉根（北京师范大学文学院教授，博士生导师，著名儿童文学研究专家）：《古蜀》以超凡的想象，精湛的文字，将一段朦胧的神话灰线，真实地艺术地构建还原为古蜀国的历史传奇与世间百态，塑造了杜宇、鳖灵、娥灵、凤鸟、朱雀、羲和、西王母等天界与凡间的艺术形象。以实写虚，幻极而真，大气磅礴，深具艺术魅力与思想力度。作品将幻想文学深植于中国文化的民族之根，是新世纪幻想文学创作的艺术突破与重要收获。

李淼（物理学家，博士生导师，中山大学天文与空间科学研究院院长）：王晋康老师的科幻创作不仅高产，而且覆盖面广，从人类到宇宙，从个体到群体乃至文明的各种可能性，从物理世界到生物世界，都是他思考的对象。他是一代科幻作家的无法绕过的代表人物，而且还在继续创作。

施战军（《人民文学》主编，著名文学评论家，茅盾文学奖评委）：王晋康先生让科幻文学在并不刻意规避国族标识的长性写作中，找到了思想力度与宇宙广度的平衡支点，在他的想象王国，智慧水银泻地，情怀云蒸霞蔚，给人以巨大震撼、深在触动的同时给人以绵长启迪、亲切唤引。我无法把他的作品当成“类型文学”，我必须无违初心所见——忧患广布，会心处处，经典写作与心灵阅读的默契就建立在有所敬畏有所慈悲的感应中。他以扎实的科学依据作为逻辑想象的基点，但更体现出为“人文”而文学，而不是为“科技”而科幻，这几乎可以视为他的艺术信仰，这使他的小说格外雅正而深邃。

尹传红（《科技日报》主任编辑，中国科普作家协会常务副秘书长，著名科普作家和科幻研究专家）：向王晋康老师致敬：偶然闯进科幻文坛，妙笔绘就奇异景观。理性探究人类未来，深层揭示世界内涵。

宋明炜（美国卫斯理学院东亚系副教授，著名科幻研究专家）：王晋康先生是中国科幻重量级的作家之一，他迄今为止发表了近百部长短篇小说，其中《生命之歌》《蚁生》《十字》《与吾同在》等作品，都已然成为当代科幻的新经典。《逃出母宇宙》更是一部史诗般的力作。王晋康先生的作品有着强烈的科学性，但他也是最具人文意识的一位科幻作家。他的小说有着宽厚的人道关怀，特别是在近作《蚁生》和《与吾同在》中专注于人性的善恶问题，对于乌托邦悖论既有反思，但也同时能够保持乐观。他的《类人》《癌人》《豹人》《海人》系列写出了“新人类”的形象，也开辟了“后人类”的文学类型，但其中依然充盈着人性的精神。王晋康先生的作品尤其以细密、温暖、贴近人情的风格深受读者喜爱，在叙述、描写、人物塑造方面尤见功力，也在科幻题材的拓展方面不断创新。我在2012年主编的香港*Renditions*杂志上翻译发表了王晋康先生的短篇小说《转生的巨人》，这篇作品已经成为美国学院里中国当代文学课上经常讲授的作品。王晋康先生堪称是自20世纪90年代以来科幻文坛的一棵常青树，这次在北京举办王晋康先生创作20周年研讨会，我不能躬逢其盛，只能遥祝王先生，期待他的勤奋创作还将不断给我们带来新的惊喜。

杨鹏（著名儿童文学作家，《校园三剑客》《装在口袋里的爸爸》系列作者）：王晋康老师的创作，与中国科幻新势力共同成长，或者说带动了它的成长。其创作有这么一些特点：首先，王晋康老师是继郑文光之后，用最纯正、最严谨、最典雅的汉语写作科幻小说的作家，他的作品语言规范、优美、清新，经得起各种推敲，令人赞叹；其二，王晋康老师和刘慈欣等科幻大家一样，站在了当代科学的最前沿，以灵动之笔，向读者揭开了神秘科学世界的面纱，让未来幻象以雷霆万钧之势，既严谨又生机勃勃地呈现在读者面前；其三，王晋康老师的作品在美学上与中国古典文学、现代文学及以叶永烈、郑文光、金涛等为代表的老一代科幻作家的作品一脉相承，但又取得了现代性上的突破。在科幻的新老作家的交替上，起到了承上启下的作用，是不可多得的将古典与现代、传统与先锋兼收并蓄的文本；其四，王晋康老师的作品结构缜密、巧妙、美观，像长城之砖严丝合缝但又意味绵长，极具审美价值；其五，王晋康老师的作品在创意上独具匠心，画面感和动作感都很强，颇具制作成影视作品的潜力，具有十分深广的商业开发价值。他的很多作品如果能够影视化、游戏化，绝不亚于根据欧美的科幻作品改编的影视和游戏；等等。

目录
CONTENTS

王晋康科幻创作评赏

"中国科幻的思想者——王晋康科幻创作20周年学术研讨会"综述

附录

后 记

科普界、主流文学界与科幻文学界的对话与融合

——“王晋康科幻创作20周年学术研讨会”学界代表发言集萃

科学幻想是创新的灵感

刘嘉麒

今天很高兴来到中国人民大学参加这个研讨会，并代表中国科普作家协会向这次研讨会表示热烈祝贺。中国科普作家协会成立于1979年，上周刚刚举办了“科普与中国梦高层论坛”和“首届中国科普电影周”等活动，以纪念协会成立35周年，推动科普事业的发展。这次科幻创作研讨会也是系列纪念活动的一幕。

科幻创作是科普创作的重要组成部分，是联系科技创新和科学文艺的重要纽带。科学幻想（fancy）是一种向往，一种想象力，其本质是唯物的，具有科学的思维和属性；它与唯心的、不切实际的妄想、臆想（chimera，pipe dream）和幻觉（delusion）有着本质的区别。

科学幻想是创新的灵感，有幻想才能提出问题、找到问题，有问题并能找到解决问题的钥匙才能做出创新的成果；问题是创新的前提，创新的过程就是解决问题的过程。诚然，想到的事情不一定都能做到，然而，如果连问题都找不出来还谈什么创新？人从襁褓中来到世界，面对眼花缭乱的事物，无不产生一系列的联想和幻想，尤其是处于涉世不深的童年和青少年，更富于联想和幻想，从梨子落地引申万有引力，模仿鸟飞造出飞机，到猜想大陆漂移促成板块学说……几乎每一个科学发明、发现和创造都离不开科学的联想和幻想。

幻想是神秘的，幻想是美丽的。它和艺术一样璀璨，它与文学一样烂漫。科幻文学不仅具有一般文学艺术品格，更与科学技术紧密相关，它伴随着工业文明而生，又为科学技术推波助澜，审视人类的伦理道德，展现科学技术的双刃剑。把科技推向新的境地，把人类引向美好未来。在实现中国梦的伟大征程中，科幻文学、科幻艺术具有独特的魅力和感召力。

在座的许多科普作家、文学家乃至广大青年，为繁荣科普创作、科幻创作，做出了突出贡献，取得了丰硕成果。王晋康教授就是其中的杰出代表。他不仅拥有丰富的科学知识，是一位称职的设计工程师，还有着深厚的科普热情和科幻情结，他辛勤耕耘20年，创作了约500万字的科幻作品。他的作品风格沉郁，结构精巧，融会着发人深省的科学理性，迷人的科学幻想，展现出飞扬不羁的想象力，深受读者、尤其是青少年读者的喜爱。

今天我们在这里召开王晋康科幻创作20周年座谈会，一方面向王先生祝贺，祝愿他耳顺之年宝刀不老；另一方面，也是向他学习，把我国的科普创作、科幻创作推向新的高度，创作出更多更好，既见高原又见高峰的作品，为人民大众提供优质丰富的精神食粮。

祝研讨会圆满成功。

谢谢大家！

2014年10月31日

中国人民大学莫扎特音乐厅

（刘嘉麒：中国科普作家协会理事长，中科院院士）

科幻发展带给我们以惊喜

孙　郁

各位专家，朋友，同学们，老师们：

非常高兴与科普作家协会一起筹办这样有意义的会议。科普创作其实在大学文学院没有被广泛的关注，但这些年来它的成绩已被很多人注意到。前段时间有个学生的论文是刘慈欣先生《三体》研究，我当时完全不知道《三体》是怎么回事，后来去读，发现是很奇妙的一个文本。

科幻小说现今已有了长足发展，在这儿讨论这个话题，使我想起鲁迅在100多年预言“导中国人群以行进，必自科学小说始”，当然，接下来的历史没有循着鲁迅先生的逻辑发展。但后来科幻的发展，给我们带来了惊喜，它的智慧、趣味，带动着民族的思维，使我们从日常的、世俗的、功利的、庸俗的生活过渡到一种高远的境界里。这个研讨非常重要，在这里，王先生的创作和在座朋友的创作和研究都可能给我们带来很多启示。

人民大学文学院有关心创作的传统，最早是延安鲁艺，陕北公学和华北大学，前辈作家有孙犁、丁玲、艾青，现在还有几个驻校作家：阎连科、刘震云、王家新、张悦然等等。我们这个团队大部分搞纯文学创作，很少关注科幻。今天这个会议使我们思考，为什么很多优秀的作家没有进入这个领域，我们知识的盲点和文化的盲点在哪里？今天这次会议是对王先生作品的研讨，使像我这样一些人重新去凝视文学园地里丰富的存在，一般被我们研究者漠视的存在，有可能是孕育未来文化重要的因子。我相信这次会是在了解这样的因子。祝我们科幻创作和研究不断为社会带来惊喜！

（姚利芬 整理）

（孙郁：中国人民大学文学院院长，博士生导师）

为河南人骄傲自豪

柳建伟

各位老师，各位同学：

大家下午好！在这里，我就讲两三句话，第一句是我跟王晋康出生点相距不到 3 公里，我们是一个县的——河南南阳镇平县。因此，无论如何，我要来参加这个会，为同乡的巨大成就捧场；第二句是成都有个非常神奇的地方，从南一环和南二环，以人民路划界往西，有一个方圆三四平方公里的地方，那个地方是《科幻世界》发源、发展、壮大的地方。那个地方迄今已出了四个茅盾文学奖和三个鲁迅文学奖，包括诗歌界，翟永明的白夜酒吧也是在那个地方打响的。1999 年，我也是在那里，著名作家阿来当过《科幻世界》的主编、副主编和社长，在阿来主政科幻世界时，科幻世界至少深入我的人心，他说过现在科幻代表人物就是你们河南的王晋康，与王晋康就是通过《科幻世界》认识的，可惜我今天才第一次见到王晋康老师。刚才我知道另一个"大雷"刘慈欣也来了，以前从我女儿买的《三体》得知了刘慈欣，他们两个都是河南人，我作为河南人而感到骄傲自豪。今天前此来祝贺，也是向同乡、劳模王晋康老师学习，他以前短篇多一些，现在可能受到我们另一个河南老乡的刺激，长篇也逐渐多起来了。第三句是我今天来这儿是汲取能量来的，科幻有种超能量的东西，希望自己受到激励，在自己生命的下一时段，以王老师为榜样，以刘慈欣为榜样，争取再出几部好的作品，回报读者，回报时代。

（姚利芬 整理）

（柳建伟：著名军旅作家，茅盾文学奖得主）

科幻是中国想象力的解放

张颐武

非常荣幸，今天有机会跟各位探讨王晋康老师的创作。一看到我们这个界叫“主流文学界”，我就诚惶诚恐，好像我们是主流，科幻是边缘，这事儿我觉得不太对。目前我们这个界受到很多批评，说我们对科幻重视得不够，王老师也提出了批评。因此，我们这个界觉得很焦虑，科幻这么一件大事儿没有人理，我们这个界怎么会这样糟糕呢？我觉得原因是中国的科幻 90 年代以来异军突起，但其他类型的小说好像发展不行。大家想一想，我们的侦探小说、推理小说、破案小说、暴力杀人小说都不发展，这在西方却是很大的类型。很多类型真的是不发展，比如法律小说、侦探小说其实在中国和科幻同时起步，始自晚清，但你会发现，科幻 80 年代一度很热，侦探也跟着一起热，那个时候，《啄木鸟》很畅销，为什么后来侦探不热，科幻 90 年代又热了？我有一个解释，不知道对不对，中国的现实比侦探作家的想象力要强大得多，你会看到，大家都爱看《警法时空》《法律半小时》，大家看的时候兴致特高，都觉得很好看。现在，电视台除了中国好声音之类的综艺，收视率最好的就是这类节目，以至成了电视台的核心。看完这类节目之后，你会觉得中国的侦探小说真没有发展的空间，因为现实超越了想象力，杀人犯的能力比我们想得要高明得多。人大有个何家宏教授专写法律小说，虽然何教授写得也不错，但比起现实来还是不够劲儿。

这样，科幻的想象力终于超越了现实。过去，科幻的想象力也不够，童恩正老师和郑渊洁老师的小说我很爱看，80年代对他们很感兴趣，他们的小说与现实连接紧密。现在你会发现，我们的科幻小说终于超越了现实，超越者一位是刘慈欣、一位是王晋康。这些科幻小说比侦探小说要有力量之处是，侦探的想象力被束缚在现实里面，比现实更没有想象力。而科幻是比现实更有想象力的东西。所以，我觉得王晋康先生90年代开始写科幻小说，20年，写这么多东西不容易。这些东西凸显了中国的科幻力量。为何中国科幻跟主流文学疏而不亲？我们这个界跟科幻疏而不亲的地方在于我们界有个问题。我们这个界80年代有了重大改变，玩儿法跟科幻非常不同。80年代以来我们引入了现代主义，现代主义进来之后，讲究复杂技巧。中文和英文系都有这套训练。一是人称要变，二是叙事角度要变，这个东西看那个东西，人称你我他要弄起来，第三个是心理描写要有，第四个是象征的东西出现，这四个复杂的现代主义技巧是每一个中文系必备的。所谓的主流文学就是在过去传统的写实上面加上了这些复杂的技巧。我们认为人性就是通过这些东西来的。但我们看王老师的东西江河奔涌，故事写得很猛，也不讲究复杂技巧，我一看人称不变，看三页以后就觉得技巧老，完了，跟我们不是一流的。我们这个界排斥的是科幻没有现代主义之类复杂的技巧。你看莫言先生一定有这个技巧,《生死疲劳》一会儿换成驴来写，一会换成马来写，王先生就没有。这是科幻跟我们这个界疏而不亲的非常重要的一个原因。

第二个原因是，我们一般假定人文学者是反科学的，应该誓死捍卫诗性的人生。我们学了海德格尔，人应该诗意的栖居。虽然，这个栖居的结果是房地产商跟海德格尔很亲近，非常热爱房地产商的是海德格尔，房地产商也非常热爱海德格尔，互有好感，这事儿非常有意思。但是，我们都觉得科幻假定科学原理是先在的，如果我们跟科幻搞在一起，意味着我们这些人把自己人文立场给丧失了。所以，我们就想坚决不能跟王老师混在一起（笑）。但今天我愿意来这儿，跟大家一起探讨，其实是王晋康先生的书里展开了另一个世界：让我们思考的不是技巧，其实他没有那个技巧，技巧是老的，甚至是写实的。他对科学也是高度感兴趣的，迷恋的。思考的关键是他们那个界的长处跟我们这个界是不一样的——一是他们从未来进入当下，是把时间反过来的，跟我们现代主义有点儿像，“啪”地从未来到现在。二是从超大的空间切入，一会儿外星，一会儿太空，这些事儿我们想都不敢想。我们只是过着琐碎的人生，张三的内心很复杂，跟李四闹矛盾就可以写一大本。但外星人怎么看我们，我们不敢感兴趣。王先生则可以从超大的空间来进入我们的生活里，看起来技巧很老，甚至没技巧，一本 40 万字，我一看没那么复杂，但它里面有好东西，就是从超大的空间进入我们的内心。

另外，科幻还在几个矛盾里思考。一个是现实与想象之间很纠结；二是寓言跟现实的真相很纠结；三是伦理跟技术（科技）之间很纠结；他们的书是关于人类未来的寓言。我觉得有意思的是，他们的想法跟我们的想法不一样，它的伟大之处，在于他们的玩法不一样，他们无视现代主义，但同样接触了由科学刺激出来的想象力，同样接触了文学的内涵。科幻小说把虚构的虚构当成现实，从未来借时间到今天。人类毁灭这事儿我们没经历过，但王先生写得比真实还真实。从未来借时间到今天，虚构的虚构是虚构，但比真实还现实；现实的现实是虚构，他写得比现实还现实。没有我们玩的那套技巧，心灵的，复杂的技巧全没有，他的玩法是文学的天外来客，现实的现实是虚构，他的虚构比现实的现实还要现实，这是他的独特之处。

最后，我要讲的，刘慈欣、王先生这些科幻作家都生活在边缘。王先生隐居在南阳，他像诸葛亮一样隐居在那儿，偏安一隅。他没有政治抱负，但他有文学抱负，我们没有把他招来加入作协任职，但他隐居在那里，做的是重构中国想象力的工作。他悄然生活在一个边远的地方，没有人去三顾茅庐，他的小说《类人》我很早就看过，很好。我们没有去敲他的门，他敲了我们的门。我们发现我们在改变，王晋康跟刘慈欣重构了我们的想象力，让我们意识到理科男也有一颗文艺的内心，普通青年也有比文艺青年更加高远的人性关怀。我一看这两个人就是普通青年，刘慈欣先生一看就是普通青年，王晋康也是严谨老实的理科男形象。两位理科男在改变中国的想象力，他们非常了不起，这和科学家不一样。科学家进行抽象地思考，以抽象来超越具体，这两位所做的工作不一样，用具体超越具体。他们重构了一个想象的世界，超越我们这个凡庸的，百无聊赖的，每天在狂热地追求物质享受，充满内在焦虑的世界。我们的中产阶级一方面为房子和我们的支付能力忧心，另一方面为我们的职务，我们的成功还不够而焦虑。他们把我们从这里面解放出来，让我们有更高远的关怀。事实上，我们的纯文学让我们更加沉溺在这种不痛快之中。我们中产阶级生活很简单，在售楼处，你会发现这样的三口之家，三口儿看中了一套房，接着你会发现三个人商量时，女的凶悍地看着这个男的，男的非常惭愧地低着头，孩子也凶悍地看着这个男人。你会发现，中产阶级就是“差一半”的阶层，他想要的房跟支付能力差一半，这就是中产。还有一个差一半，就是期望的职务，跟现实差一半。比如我是科长，我早就觉得我应该是一个正处长，副处长我不考虑了；我是一个处长，我一定觉得我是一个正局长，副局长我就不考虑了，差一半的焦虑充斥着我们的日常生活。

大家都会有这种心态，这种差一半的焦虑就是我们的日常生活。但我觉得刘慈欣、王晋康这两个了不起的人把我们从现实中超越出来。看他们的书有一种出世之感，重新去考虑我们的世界。看他们俩没什么大不了的，反而没什么大不了的人在现实中间让我们很舒服。反倒纯文学让我们更焦虑了，看完莫言兄的小说我觉得更焦虑了，但看完他们的小说有出世之想，我觉得生命本身是可以超出我们想象力边界的。我们纯文学的想象力是太滞重的，耗在现实里面，虽然我们用了很多的技巧来超越它，但我们没有超越它。

最后我要说的是他们给我们的生命，给我们的东西是纯文学不能给我们的，他们造成了中国想象力的解放。经常看到他们的作品里面，蚁素注入蚂蚁，一个乌托邦出来了。刘慈欣小说写到国家将要灭亡的时候，一个小伙子驾着飞船冲入了太阳。看到这些我的生命有了升华，所以我向他们致敬，他们的工作奠定了一个坚实的基础，将我们的想象力解放出来，中国人会走得更远。虽然，过去的那些作家也非常了不起，童恩正、郑文光也非常了不起，他们是真正地趴在现实里面来写现实、未来。刘慈欣、王晋康了不起之处是把未来借到今天，把外太空借到今天，重新来改造，重写我们的现实。王先生写作 20 年，我们应该向他致敬。他们在一个物质时代，一个我们的日常生活变得越来越平庸的时代，给了我们一个超越的梦想，超越不是凭空的寓言，而是通过科学给我们一个超越的梦想，非常了不起。我觉得所谓主流文学界其实应该向科幻多学一些东西，应该多研究它们。年轻的博士生已经写了大论文了，我也尽了一点绵薄之力。2012 年，我编了一套书，里面也编进了科幻的一辑，由我的学生徐刚来编的，我觉得中国文学一定要有一个类型的解放，这个时刻，我最后说的是类型的解放里面，他们也会有功劳。最后我要说，主流和非主流只是一个概念，其实没有这个划分，我愿意向科幻作家致敬，向他们往中国的想象力注入的东西，所达到的高度致敬，愿他们为我们创造更多的未来。

（姚利芬 整理）

（张颐武：北京大学中文系教授，博士生导师，著名评论家）

中国元素是王晋康小说生命力的表征

孟庆枢

北京的今天外面有雾霾，有些阴暗，一到会议室，立刻感到非常敞亮，当然这也是王晋康先生的科幻带来了正能量吧。在这里首先向王晋康先生 20 年创作的丰硕成果表示诚挚的祝贺，中国科普作家协会和中国人民大学文学院一起做了一件必将载入中国科幻文学史册上的大事。

开会之前让我写点评，我已经就王晋康生先生的创作写了一些文字，那些东西我不想重复，还很浅薄，如果大家感兴趣请批评指正。我想再补充几点感受：首先，我认为王晋康创作最核心，最有生命力的是他小说中的中国元素，讲中国科幻故事。我坚信，中国有几千年文明史，祖先留下的东西有足够的宝藏值得我们去挖掘。我不同意现在有一些人把祖先的东西贬得一无是处，甚至说中国人没有逻辑思维，我建议慢慢地说、多多地看。以老子《道德经》为例，有人说是逻辑混乱。我反复学习后坚信《道德经》其实蕴含很多东西，至今仍然需要我们慢慢琢磨，“道可道，非常道；名可名，非常名”，我个人认为是老子把他对生命的感悟诉说给后代。感悟到了人类有了“文化大革命”之后的飞跃。连孔子都韦编三绝，反复阅读，儒学的思想也从中吸收了很多东西。我个人觉得中国古代典籍的精华需要我们不断地大力学习和激活，以此和世界上其他文化进行深层的对话。我相信王晋康先生已经做到的和将来他还要做的就在于此。

第二点，我是搞所谓“纯文学”的，但一开始是搞科幻的。我是个科幻老兵，但一段时期我顶不住压力，从翻译研究科幻小说转向研究俄苏文学和日本文学。先前我进行科幻小说的翻译，像《在我消失掉的世界里》《别里亚耶夫科幻小说全译》以及日本星新一的科幻小说等，但在高校里它们是旁门左道的，压得实在喘不过气来，我改为两手抓。可到现在为止，我认为自己科幻情结仍在。前面说过了我是搞“纯文学”的，因此对“纯文学”有清醒的意识，“纯文学”里既有很多优秀著作也有很多东西不值得一读，有的要重新评价。比如说笛福的《鲁滨逊漂流记》宣扬的是殖民者的白人以“文明”为招牌，给“蒙昧”土著洗脑，让他们心灵归顺。

最后，我想建议的是搞纯文学的人应该向中国的科幻小说学习，包括理论上。我多次看过王晋康的作品《生命之歌》，里面把文学与自然，文学与音乐，包括文学与美术都讲得非常透彻，可是我们比较文学理论界还试图从技术层面对这些关系进行所谓的研究，没有必要。《生命之歌》里谈的“乐曲”恰恰和钱钟书先生《谈艺录》里说的“乐无意，故能涵一切意”讲的完全一致。人类本来就是诗乐舞三者统一，后来分离开，也是合理的，应当说是个进步。但是当今的时代是一个综合的时代，是应该把过去设置的人为障碍再打通的时代。现在看我们这些科幻小说大师们的作品，应该是一个鲜活的例证，会有很大的鼓舞。再以宗教问题为例，刘小枫先生翻译了一批当代宗教的丛书，很多宗教问题专家包括信徒未必真相信有上帝。但他们为什么还在宗教这个问题上执着地追求？我在潮州韩山师范学院当外聘教授时，过韩山祠时，有人说不能从正面进，一定要从侧面进，不然不吉利。我问了，很多人真的不从正面进，这些东西算什么，都是值得认真研究的问题。举这些简单的例子是想说我们的科幻文学，如在刘慈欣先生和王晋康先生这些科幻大家们的作品里已经深入探讨了，只是我们应该给予注意，我们很多人还有很多的偏见，这是不必要的。我始终跟踪日本当代文学理论研究，日本最前沿的理论家，他们在研究上视野还是比较宽阔的。日本的科幻作品也值得认真研究，许多人不一定称为科幻作家，但是科幻手法也得心应手，包括村上春树。你看《1984》里面有很多科幻情节，他就是说要进行这种越界，因为现实很多东西折腾来折腾去翻不了什么新的，跨界则能有所突破。如张颐武先生说的，日常现实的东西往往比小说写得精彩，谈话节目很火是因为它比有些小说要鲜活。由此出现“反虚构”，这都给文学界提出了尖锐的挑战，我作为“纯文学”的研究者和教学者，这些年我一直想做这方面的工作，就是要尽我的微力，在我有生之年，为中国科幻文学多喊几声，祝它发展得更好。

（姚利芬 整理）

（孟庆枢：东北师范大学文学院教授，博士生导师）

科普作家眼中的老王

董仁威

今天我来谈的话题是“科普作家眼中的老王”，我跟老王打交道不长，但我们逐渐成为朋友。首先谈谈对科幻作家群的看法。我是写科普作品的，写了几十部科普作品，同时也写了几部科幻作品，但我非常热爱科幻，现在也混迹于科幻作家之中。

如今社会充斥着功利主义者，后来，由于我同吴岩、姚海军等发起创建世界华人科普作家协会、创办全球华语科幻星云奖，接触了很多科幻作家，发现他们是一群理想主义者，是纯粹的人、高尚的人。比如我们的老王。

说实在的，我开始看到老王写的一些有关生命科学的科幻小说，很不服气。我的职业是搞生命科学的，写了很多普及生命科学的书，自认为资历较深，你老王是干什么的，是一个做挖掘机的，你一天到晚却在谈我们的生命科学问题，凭什么？

从王晋康的《生命之歌》《类人》到后来很多作品，都是在谈生命科学，我觉得他肯定要说许多外行话。我曾经三次当面给他提了尖锐的意见，以为他会跟我翻脸，但我发现他并不生气，虚心听取我的意见，当然这些意见很多他也并不同意。

我就专门在他的作品里找他的漏眼。有一次，我看到他有一篇赞扬拉马克主义获得性遗传的作品，就对老王说，你怎么搞的，这是早就否定了的东西，你还在赞扬歌颂。

后来想想不对，老王宣扬拉马克的获得性遗传，是否有什么根据，他不会随便乱说的。我近几年没能很好地追踪最新的生命科学的进展了，是不是有什么新的成果？于是，我去查资料，发现不是老王错了，而是我错了。由于表观遗传学最新的进展，新拉马克主义在为获得性遗传理论翻案，找到了不少证据。我才知道我落后了，知道老王对生命科学钻研得非常深，紧跟生命科学的进展。他曾对我说，他经常找一些生命科学的文献来研读，还同生命科学学者讨论。他写作品时对其中涉及的科学内涵钻研得非常深，很有前瞻性。王晋康主张核心科幻，他每一篇科幻小说中对科学发展的想象，都植根于科学前沿的最新成果中，有坚实的科学基础。

王晋康在中国科幻史上有重要的地位。中国科幻 1983—1993 年沉寂了 10 年，这时候，石破天惊，老王横空出世，引领科幻潮流十来年，之后出了刘慈欣、韩松、何夕等一批新生代作家，同王晋康一起带领中国的科幻逐步繁荣。王晋康功不可没。

（姚利芬 整理）

（董仁威：中国科普作家协会荣誉理事，世界华人科幻协会监事长，著名科普作家）

科幻正在影响我们的生活

刘　兵

首先对王晋康先生表示祝贺，20 年有如此辉煌的成就。我简单讲几点，我平时会读很多东西，有少数作家只要有新书出来我会追读，例如国外的有和科学相关的像克莱顿的小说，国内的有像王晋康的小说，每出新书必读。对于王晋康的小说，以往也有不熟悉的，现在正在补课之中。在这个阅读过程中，也有些想法。现在，大家都在振兴科幻，讨论科幻的发展，也从来不缺科幻迷。坦率地说，我也喜欢科幻，但并不是所有的科幻我都喜欢看，只是有选择地看一部分。王老师的作品就是这一部分之中的核心。刚才，很多人从文学与科幻的角度谈了很多东西，确实，科幻界圈子不是很大。其实，主流文学在超出了主流文学界之后，那个东西对我们的生活又有多大影响？之所以被称为主流，不过是在权力系统内占据一定地位而已。我觉得科幻文学不必非得自愧，有些老师谈到主流文学的技巧，其实最高的境界不是技巧的炫耀，最高的武术境界，是平白无实的，表面不见新奇之处的武功，那才是最高的武功。真正的武功高手，拿起棍子也是剑，王老师的作品有这层意义。

王晋康的作品最重要的东西，一个是幻想性、想象力，另一个我觉得更有意义也是最看重的思想性，今天这个标题是讲思想，这个说法很重要。在我见过的从科幻作品中体现出这种人文性的理念的作家，王老师是非常罕见的一个。最后一点，很多作品，有一些经典的文学作品，说它经典，除了在文学圈子里流传以外，它会超出文学圈子的影响范围。比如其他跨学科的研究会把这些作品当成范例来研究。如果我们仅仅从科幻的角度去研究王老师的作品、研究他的文学性等，这还是对他的作品不够重视，因为他的作品不仅仅是幻想，不仅仅是科幻小圈子里的自娱自乐。我们今天在社会上，虽然大家立场不尽相同，但一致承认的是科学对我们生活的影响非常巨大，影响了我们每一个人的当下生活，甚至影响未来的生活，但究竟这种影响是正面的还是负面的？科学给我们带来了什么矛盾，什么冲突，实际上我们非常关注，研究的不是很多。王晋康的作品不乏伦理的思想、人文的思想、现代技术和人们的生活方式，这些，做科学文化研究、科学技术与社会研究的人都应给以关注。以文学作品的形式来展示更多的面向和可行性，从而思考真正影响我们命运的东西，这时候我们才更能体会王晋康作品的重要价值。

（姚利芬 整理）

（刘兵：清华大学社会科学学院科学技术与社会研究所教授）

祝贺王晋康，祝福科幻

石顺科

很高兴参加今天的活动，来了这么多业内有影响力的人物，让人感到既兴奋又紧张。中国科普作家协会是这次活动的主办单位之一，我代表协会在这里讲几句话。

首先表达两个祝贺。第一个祝贺是给王晋康老师的，他从事科幻创作20多年，取得了丰硕的成果，给大家带来这么多好东西，今天在这里举行这样的会议，向他表示祝贺；第二个是向会议的成功举办表示祝贺。今年我参加的科幻会议有两次，一个是郑军沙龙与影视界联姻的会议，一个是今天王老师作品研讨会。把文学界的朋友连在一起，把老、中、青科幻作家召集到一起，这是很好的活动，借此机会向促成这次活动成功举办的朋友们道声感谢。参加今天的会有一点很深的感触，会议开到这个时候，已经很晚了，还有这么多人坚持在这里，座位这么满，说明大家参会是发自内心、为志趣而来的。今天的客人还有远道而来的朋友，台湾的黄海先生，日本的立原透耶女士，这都为我们这次活动增加了光彩。

今天有两点感想：一是刚才严蓬讲到科技就是生活，我非常赞同。现在这个时代今非昔比，与过去大不相同了。我们生活在满布科技元素的社会中而不自知，仅从纯粹文学的角度描写已经包容不了这个社会了。想要全面透视今天这个社会，离不了科学元素。我也赞同何夕讲到的文以载道的问题。科幻不光是小说，写一个人两个人，一两台机器，它最重要的内涵是思想性，是对人类未来的探索，对当下的分析，对前景的关心。科学的发展对我们的生活发生了很大的影响，人类未来的生活会是什么样的，人类的未来走向哪里，来自科学的挑战是什么样的，需要深厚的科学背景去思索，需要大眼光去想象。科幻为我们提供了一种很好的分析展望，科幻不是家常，不是絮絮叨叨，也不仅是故事，它也是一种载道。

二是这次与人大文学院联合举办这次会议，来了很多文学界的朋友，文学界的朋友们来了和我们直接接触，进行沟通交流，这是极好的事情。前不久习总书记在文艺座谈会上发表了讲话，大气候有利于科幻的发展。我个人认为科幻是文学，是文学里的一个流派。主流文学以前对科幻不承认，科普也排斥，这么多年，科幻的朋友们苦苦支撑，探索着自己的路。所以，经过这么多人的努力，才产生了这么多的硕果，光明就在眼前，希望就在眼前，未来是美好的！这是我对科幻的祝福！

（姚利芬 整理）

（石顺科：中国科普作家协会秘书长）

王晋康科幻创作评赏

跨越时空又立足现实的冥思苦想

——推介王晋康的几部代表著作

郝树声

圈内的人都说，王晋康是国内顶尖级的科幻作家之一。我通过这段时间几乎一口气读完王晋康所有作品，获得的真切感觉是，此言不虚。我由衷地称赏他500多万字的心血汗水，是那么的引人入胜。在我们这个泱泱大国，在汗牛充栋的文学宝库里，实属罕见。借此机会，我特向这位成果丰硕的学者、作家致敬。

为人一贯低调的王晋康不无伤感地对我说："科幻作品在文学长廊里几乎没有一席之地，我希望文学界把我们'招安'进去。"我感到十分诧异，他的这些作品，在西方肯定是畅销书，比之丹·布朗的《达芬奇密码》《数字城堡》也毫不逊色，为什么在我们国家，却这么落寞？

我同王晋康先生一样，也是一个理科出身的小说作者，写小说显然不是科班出身，没有高深的文学修养支撑门面。所以，休怪我不懂得文学作品概念的内涵与外延。但我们的作品肯定是文学作品，无论如何定义和分类，科幻作品完全应该置身于文学作品的行列之中。

待我读了王晋康的作品之后，明显地感到，即使科幻小说登不得大雅的文学殿堂，但他的作品却不同，只需换一个标签就行了。也许是当下的科幻小说已经今非昔比，也许是王晋康独辟蹊径，反正王晋康的作品在我看来，科学道理再加上幻想成分，不过是一个笼子，他是在用生动的手法，阐释丰富的人性，阐释深奥的哲理，阐释多彩的现实，寄托了他对自然这个上帝的敬畏和顿悟，预言了当今不可能付诸实施，但多年以后可能被证实是正确的理念，闪烁着与其他作品描写人生离合悲欢有别的另类的思想光辉。基于此，仅仅用科幻小说归类，已经涵盖不了他作品深刻而不浅显、独到而不从众的特殊能量了。

对于他的作品，我不敢妄加评论，这里仅仅向读者推介他的几部代表作。

一

王晋康自述他是在自己的孩子经常缠着他讲故事时，忽然动念，开始科幻文学创作的，从此一发不可收拾。他上大学学的是动力，这是建立在物理概念上的工科专业。开始小说创作以后，他几十篇中短篇小说，运用物理、化学的概念，创造了不少脍炙人口的作品，天马行空，驰骋在《科幻世界》及其他相关杂志上，最终积成一册。这些作品，感染了一代青少年，拥有了广泛的读者群。

随着年龄、阅历增长，他的创作艺术不仅炉火纯青，而且思想内涵也日臻完善。他觉得，用抽象的物理概念，建立起来的文学图景，很难与人生之谜挂号。于是，考虑到在21世纪生物学科将是科学领域的带头学科，他毅然转向了生物科学领域。他运用生物科学理论作为小说的主料，这就与人类生存和演化故事水乳交融了。而且，作品也从中短篇脱身，走上了长篇小说的创作之路。

我认为，在他众多的作品中，《十字》《蚁生》《类人》《上帝之手》和《生死平衡》最具有代表意义。

《十字》写了一位美丽的女科学家，献身科学事业的悲壮凄婉的故事。作者塑造了一个特殊时期的特殊环境，一些特殊人物发生了一系列摩擦和交锋，令人荡气回肠，不忍释卷。科学组织“十字”的成员梅茵，在既是科学教父又是养父的教育下，决定毕生奉献于她认定的科学理想。在她的科学理想支配下，她从俄罗斯一个科学机构里，不惜献出贞洁，取走了仅存在世界上很少实验室里的天花病毒，这不啻于是偷走了普罗米修斯的火种。她斥巨资在中原腹地建立了实验室和生物工厂，把积蓄奉献给养育孤儿的慈善事业，运筹着一个庞大的计划，一心要为天花这种生物留下一个生存空间，最终使其与宿主——人类和谐相处。而在同期，装扮成印第安人的恐怖分子，却把天花病毒当做生物武器，在发达国家传播，造成全球人类的大恐慌。两个独立事件交相辉映，纠缠在一起，把人道主义和科学思想融会贯通。最终科学的理性作为，战胜了宗教的极端狂热，为保障人类及多样生物的合理存在，找到了一条理想的出路。读完这部作品，联想起“非典”“禽流感”和H1N1病毒在全球的传播蔓延，让人觉得王晋康的思考远远超越了时代，使这部作品具备了深刻的社会意义和现实意义。

《蚁生》则是以王晋康年轻时做过下乡知识青年的经历为背景，寓理想、诙谐于苦难的现实之中，弘扬了人类社会的利他主义精神，真实地再现了当年那段波澜壮阔的历史。那些正需要吮吸知识营养的一代青年，却在上山下乡的大背景下，远离父母及熟悉的城市生活。在政治气候中，在当权者的淫威下，艰难的生存着。爱情纷争，情敌忌恨，眼看优秀青年颜哲命悬一线，不料峰回路转，他利用父亲一生研究蚂蚁社会的成果，用科学家制备的“蚁素”，控制了人的行为，建立了一个小小的乌托邦式的理想家园，自己和女友充当了管理这个小社会的上帝角色，却因为与整个社会格格不入而最终走向幻灭。在这部著作中，科学幻想的成分融入了现实世界，更多的内容是社会真实。读这部小说，竟然能够让人相信，那些匪夷所思的事件就好像真的发生过一样。

《类人》一书，才真的算得上一部名副其实的科幻小说。“克隆”这个专用术语，在当今的人们日常生活中，已经不是一个陌生的名词。克隆任何生物，只要不是人类自身，一般是被社会认可的，但不可避免地会走向极端，殃及人类。尽管人类制定了各种各样的强制法令，但最终克隆出了类人，同样具有人类的情感；不仅人造生命大行其道，而且电脑生命也将演化为更高层次的生命和思维方式。要不要跳出旧的人类伦理道德框架，怎样才能跳出这一框架，给人们留下了深刻的思索空间和探索路径。类人工厂总工程师何不疑用纯技术的方法制造人类的DNA并培育出类人，根据人类的法律，抹去了DNA链条上的某些程序，严禁类人具有人类的指纹。但正是这一制造类人功勋卓著的科学家，在他突然归隐时，修改生产指令，制造出了一例留有指纹的类人婴儿，运用魔术手段，偷了出去当作亲生儿子抚养。这个类人婴儿——剑鸣，长大以后成了那些做人类奴仆的类人的监控警察，可以毫不犹豫地置企图冒犯人类利益的类人于死地。这个警察最终曝光于人类社会，有家难回，有国难投。作者创作这一故事，显然是在拷问自然人类的良知，到了那个时代，自然人、人造人和电脑“人”能否和谐相处？人性会发生怎样的变化？人类之爱还能否存在？提前在科学昌明的今天，为了飞速发展的科学技术，特别是生物技术、生命科学以及克隆人类自身的技术，提出了一系列不容回避的问题。

《上帝之手》这部书才真的跳出了科学幻想框架。作者根据发生自己环境中的一些特殊案例，引发了对于性变态这一类人的行为方式的深沉思考。主人公许剑为了洗清情人的不白之冤，穷尽心机寻找扎实的证据，因此发生了一个令人目不暇接的人性故事。食色，性也，烟火男女羞于公开谈性，私下里却津津乐道，对性爱永远痴迷，乐此不疲。从“上帝”的角度去观察问题，性爱是基因决定的，是延续种族的必备条件。但是，性变态同样作为一种人类社会的现象，的确存在于我们中间。在这类人身上，“上帝”赋予的职能不能正常发挥，所以称谓“天残”。他写了一个老医生、一个青年工程师和一个公安局长这三个男性性变态患者。老医生有恋童癖，医术高明，却因为这种痼疾败露而声名狼藉；青年工程师小葛对于老婆养汉嫉妒万分，却在性交上缺乏激情，倒常常用自虐的方式去获取性的快感，直至送命；公安局长仝宁，阳刚四溢仕途亨通却难以克服心理的障碍，在婚姻失败后，局长夫人郑孟丽绝尽财色却始终得不到丈夫的真爱。他特别写了一个叫池小曼的美丽女人，为了自身不可遏止的欲求，在从丈夫那里得不到满足时，不得不去偷情，却最终因为一起奇异的命案，为了保全死去的变态丈夫的名誉，不惜背负沉重十字架。一个有众多情人的女人，为了情人和丈夫的尊严坚忍了一切，显得并不可耻而是可敬，这样的结局发人深省。

《生死平衡》则从医学的角度，探讨了一个关于人类生与死的严肃课题。他描写了一个访问学者，在某国逗留期间，运用平衡疗法，治好首相儿子的怪病，这一成效备受赞誉。这个时候，另一个妄图吞并某国的恐怖主义国家，卑劣地借彗星掠过地球之际，实施了传播天花病毒的生物战争。学者受到邀请，又同中国专家一道，赶赴了该国实施救人工程，终于奇迹般的挽救了大面积生灵免遭涂炭。但是，这种看似存在缺陷的平衡医学理论，却非常科学地回答了人类不要顽固在见病就治的道理，尖锐地指出，医学本身不只是一个治病救人的问题，而更应该建立对人类有利的生死平衡机制上。黄叶不去，青叶难兴，医学应当允许人类有一定比率的疾病死亡，不然，难以保障人类的自然选择及进化的健康顺利进行。

除此之外，他的《生死之约》《癌人》也都有很强的可读性，并且隐含作者独特的科学理念。

二

王晋康是名副其实的作家，他是河南省唯一的、中国不多见的科幻作家。

因《尘埃落定》而获得茅盾文学奖的《科幻世界》前主编阿来先生，曾经称赞王晋康是中国当下科幻文学最高水平的杰出代表，这是一个很高的评价。

我在读王晋康作品的时候，有一个挥之不去的念头，就是忍不住要把他的作品同丹·布朗的惊悚小说和金庸大侠的“成年人的童话”放在一起比较，因为他们具有共同特点，那就是悬念、惊险和刺激。始终想不明白的是，为什么那两位大师的作品风靡世界，而王晋康的作品却似乎藏在深闺里。仔细想想，通俗文学、消遣性质的小说到底更加适合读者的口味，而王晋康的书由于与科学挂上了号，未免严肃了一些。所幸的是，他已经拥有了广大的青少年读者群，而我们这些成年人，如果读到了王晋康的书，也肯定会被吸引，觉得妙趣横生。

首先，王晋康的作品在艺术构思上下了一定的深工夫。

我觉得，从文学作品表达的时间划分，现实小说、历史小说和科幻小说同属文学本体，就像一条直线，现实小说在中段，而历史小说和科幻小说则分别向相反的方向延伸。即从时态上讲，历史小说是过去时，现实小说是正在进行时，科幻小说一般是将来时（运用时间机器偶尔回归历史的作品除外）。无论哪种小说都需要艺术构思，不然不会成为艺术。但我不赞成现实小说脱离生活的艺术构思，不遵从生活的本来面貌，脱离生活实际，虚假制造高大全式的英雄人物，虚构催人泪下的动人故事，这些肯定是不可取的。比如一些官场小说，作者似乎根本没有在官场混过，竟然不怕贻笑大方，胆敢写他根本不熟悉的高官生活，尽管这些内容迎合了读者窥视官场、痛恨腐败的心理，造成轰动的畅销效果，但让内行人看了，会感到啼笑皆非，摇头无奈。

写历史小说和科幻小说都需要有丰富的想象力。历史小说只要不是戏说性质，肯定要有历史事件的依据，加上历史人物的塑造、时代背景的渲染，告诉人们一段鲜活的历史。在这方面，二月河代表的是传统的写作手法，当年明月又创造出一种新的套路。科幻小说则更加需要严谨的构思，它要把那些深奥难懂的科学理论，用文学的样式，清楚明白地表述出来，实在不是一件容易的事情。

王晋康写科幻作品前，艺术构思几乎达到了苦吟的程度。比如《十字》，他就进行了长时间的构思。他设计出两条线，一条是以科学家为代表的人类善良的一面，要让天花病毒在自然界保存下来，不能人为地剥夺这一物种生存的权利；另一条是以恐怖分子为代表的人类丑恶的一面，他们仇视发达国家，要阴险地传播天花病毒，给人类制造灾难。两种截然不同的人物、事件交织在一起，近乎殊途同归，最后分道扬镳。这不能不说是一种极其大胆而且高明的写作手法，其中的误会、悬念自然生成，扣人心弦。

其次，王晋康作品的表现手法值得称道。

科幻作品本身就带有先验的性质，它既有扎实、准确的科学依据，又要对未来进行思考和预测。我们不能苛求他的设想都在未来能够证实，但肯定会有被未来人类惊呼的预言得以实施和实现。《西游记》和《封神演义》都不是科幻小说，却不乏科学幻想的成分，顺风耳、千里眼在当代已经不再是神话，土行孙现在也有了盾构机可以注解。你不能不佩服吴承恩、施耐庵等人的奇思妙想。英国的克拉克小说中预言了同步卫星通讯、光帆飞船，已经被科学技术的发展所证实。倘若这些预言性质的设想，哪怕只有极少量成分能在现在的青少年思想上发酵，到他们成为未来的科学家得到启示，就是人类思维的火花，了不起的成就。王晋康认为，他作品中的预言不能保证正确，但技术内核是比较坚硬严谨，没有明显的技术硬伤，事实确实是这样的。

我认为，王晋康的作品仍然应当归于通俗文学的范畴。它不是先锋文学，正如阿来先生所说，科幻小说“在当下中国，面对未来的写作，力争把起源于西方的科学精神，纳入中国文化的努力，这种努力本身，便有了相当的先锋意味。”王晋康的作品却与先锋文学挂不上号，它是通俗的小说，而不是赘牙拗口、不着边际的著作。

王晋康的作品正是运用通俗的写法，立足于科学事实和生活现实，展开了深沉的思索和创作。他把小说的元素运用得淋漓尽致，把比较玄虚的哲理思考化成了情节紧张的故事。这些故事都曲折多舛，大多是以科技的发展、人类的进化为主题，尽力展现出科学技术这把双刃剑对人类自身和生活的作用与反作用。他对那些未来虚幻环境精彩的描述，折射出对现实的沉重思考。仍如《十字》这部长篇小说，悬念设置十分成功，情节的张力一直保持到最后，几次恐怖袭击及正确的破解之策基本没有什么漏洞，也不乏机智的情节（比如科学家从日语中的“天の花”和一些童言中，偶然发现了生物恐怖袭击，比如杜律师用“减毒活疫苗”和病毒菌种的细微差别来打赢官司）等等。

其三，王晋康的作品堪称是运用文字的典范。

中华文字，常用的不过是区区三五千个，却组合起来了庞大的、各种各样的文章体系，小说应当是最大众化的一个部类。我常常觉得，小说本身就是一门语言的艺术，语言的优劣，直接决定小说的成败。“文无第一，武无第二”无疑是正确的判断，但“人家的老婆自己的孩子，都是好的”，许多作者正是这种心理。他们把自己的作品当成了自己的孩子，自然可以自得其乐，自我陶醉。但作品毕竟是让读者看的，评价的权利不在自己手中，而在读者的口碑和心中。有一些作品，你读了不长一段，就会感觉很累，昏昏欲睡，或者不忍卒读；而成功的作品总会让人手不释卷，回肠荡气。

王晋康的作品，显然是成功的作品，它的语言通顺流畅，丝毫不显涩滞。场景描写和人物对话，都让人感到十分真切。即使是十分复杂的科技理论与术语，也都表述得既严谨又通俗，非常贴切，具备口语化的特点。他是一个学习工程机械动力出身的工程师，却有深厚的文学功底。作品偶尔用到的成语典故，会让人觉得眼前一亮，生而不僻。

我这样评价，当然是一家之言。喜欢文学作品的朋友们，建议你读一读王晋康的作品，来验证一下我的评价是否正确。

三

王晋康又是一个名副其实的学者。他严谨的科学精神值得人们称道和探讨。

林语堂先生说，一部作品中的唯一重要的东西，就是作家在判断上与好恶上所表现出的个人的风格和感觉。

“文以载道”，是每一个作文人的信念，不管正确与谬误，都要表达一种思辨。我自己写小说时，就是想融“哲理性、知识性与趣味性”于一炉。王晋康的作品，就充分表达出自己的科学理念，它之所以丰富多彩又深具内涵，是与他长期形成的科学理念分不开的。

其一，王晋康的作品表达的是一种科学的世界观。

我在读了他的《十字》后，曾经和他探讨过，你是不是有浓厚的宗教情结？晋康先生告诉我，他的宗教理念是泛自然的，这种情结是基于坚定的无神论立场上的，是对大自然和科学的崇拜。杨振宁说“科学发展的极致是哲学，哲学发展的极致是宗教”，王晋康虔诚的上帝观其实就是自然观。

在他的作品字里行间里，处处体现出一种执着的科学宗教精神。概括起来有下列几点：

1. 上帝只关爱群体而不关爱个体。

2. 上帝憎恶完美。

3. 疾病是人类永远不能豁免的痛苦。全歼病毒弊大于利，也难以实现。

4. 生物几十亿年的进化，已经形成了天然稳定的结构，人类在用科技改变世界时，也应尽力维持原有的平衡。但在原来近乎隔绝的地理小环境不可避免地融合为大一统世界时，由于激烈碰撞而产生的灾疫是不可避免的。

5. 敬畏自然。

我们不得不承认，王晋康的理念富含严肃的科学思想。这是他长期思考得出的结论，他又用文学样式把这些科学思想表达得精辟透彻。

鉴于这一基本的观念，王晋康的作品就有了用“上帝”的眼光看待世事的味道，独到而又深刻。他已经跳出了人类的圈子，跳出了时间的局限，在更高的层面上进行思考。他把浩瀚的宇宙中，自然界的生灵划分了好几个层次，或者可以说是边界。微生物是一个层次，植物是一个层次，动物是一个层次，其中动物中又分为不同的层次。人类之于蜜蜂、蚂蚁，则是“上帝”的角色，高等智慧之于人类，又是另一种层次的“上帝”。人们常说，人类一思考，上帝就发笑，这是因为在一个低层次下，根本体会不出高层次思考的意义和内容。王晋康就是站在这个高度，他的思考远远超越了时空。他看到，蚂蚁有蚂蚁的语言，蜜蜂有蜜蜂的语言，在这个蔚蓝色的星球上，已经形成了稳固的种群。在这些种群内，个体的行为微不足道，群体的智能却大得惊人。自然界让这些种群生生不息，源远流长。但是，自然界从来不是完美无缺的，优胜劣汰是延续基因、生物进化的最好机制。这样看来，人类的疾病实际上是对人种的检验和锻炼，过度地采取防疫措施，长此以往，可能导致人类的基因退化，反而不利于种群的延续，达尔文的进化论应当成为演化论了。存在就是合理的，相生相克符合生物残酷生存的辩证法，人类没有必要用科学技术去剥夺生物存在的多样性，应当尽力维护其发展的平衡性。不要试图用蛮力去改造自然，要和大自然和谐相处。

他的这些观点，应当是早在20世纪80年代就形成并且表达出来了，然而，从今天人们为了保护环境所做出的一切努力可以看出，王晋康的思想的确是先于时代的真知灼见。

其二，王晋康的作品弘扬着科学的方法论。

科幻作品不是科普作品，它并不单单是传播科学理念和普及科技知识，而是要弘扬一种先进的方法论。而科学本身就是一个方法论问题。

王晋康正是用他学者的眼光，不仅找到了人类思想、行为存在种种痼疾，而且提供了一些可以参考的解决方法，既看病，又开方。为此，他钻研了很多的学术著作，请教了许多专业人士，激发出他更深层次的思考，然后把这种思考融入他的文学作品，令人深思，给人启迪。

他推崇了平衡医学理论，并且首次提出了一个实在的技术构思——用低毒性的野病毒来代替目前的疫苗防疫方法。

他提倡一种新的环境保护理念，如真实的佩埃特森林的“放任林火燃烧”政策，正如同哲学上的“不塞不流，不止不行”一样，减灾的重点应当学习大禹治水的方法，采取的措施应当更多地放在疏导上。

他对于克隆（复制）人类自身的技术，提出了人类自身为了防范伦理道德失衡形成的法典，如不能有指纹等。但他又从这种技术，必然导致复制人类的不可避免性出发，提倡无论是自然人或者是基因组合的新人类，都是生命的组织部分，一定存在与人类一点也不差的喜怒哀乐，完全没有必要厚此薄彼，形成新的种族歧视。

他对于网络形成的新型智能，提出了崭新的见解，提醒人们警惕和化解其中的危机因素，避免出现人类意识的崩盘。

他不动声色地批判了强科学主义的说教，尽管那些说教单独听起来是多么地振振有词，但放在特定的环境中，你会觉得它幼稚可笑，强词夺理，毫无价值。

如此等等，我惊服王晋康的哲理深刻，理念新颖而又切合现实。

其三，王晋康的作品给人以丰富的知识营养。

王晋康的作品不仅富含科学知识，而且富含人文地理、生活常识等方面的知识。

他为了表述自己的科技理念，设置的场面是开放的，具有无限大的空间和时间，纵横捭阖，超越了国界，横跨了时空。在这些概念的行文中，尽管他说自己关于背景的铺陈，国内的尚可，国外的难免有“纸上生活”的感觉，但他写的虚拟场景，抽取了一些比较典型的外国的生活调料，把它有机地组织到一块了，像巴阿边境的旅途、非洲的灾疫和野生动物、印第安人的缅怀之路等，都让人过目不忘。在人物的描写上，无论从人物名字、体态外貌、饮食起居、服饰打扮，还是从恩怨情仇、残暴追杀、心理扭曲、生理需求上，你都觉得如闻其声，如见其人。在场景的描写上，无论异域风情、山川河流、贫富差别、气候差异，或者经济政治、植物动物、建筑风格、科技设施等方面，你都会觉得如同身临其境，熟悉而又陌生。读了他的书，确实能够大开眼界，增长见识。

从这个意义上讲，王晋康的作品不可不读。

四

综上所述，王晋康在中国文坛上，在中国文学丛林中，在我看来，都具有特殊的地位，应当给予高度的评价。

我总的感觉是，王晋康作为作家和学者，他的作品是厚重的、大气的。他的作品有着悲天悯人的味道，与当今世界讨论的生态问题、能源问题和粮食安全三大困扰，不谋而合。他的作品很能够传达出科学技术双刃剑的思想，并不粉饰太平，张扬莺歌燕舞。尤其是他作品的结尾处，往往奇峰突起，比较冷峻，不是那种大欢喜、大团圆的结局，给人以压抑感，甚至叫人喘不过气来，这也正是他作品的独到之处。

也许有一种误解，认为科幻小说是一种类似儿童文学的东西，但王晋康的作品远远不至于此。我对于他业已出版的十几本著作，从开本到封面设计都不太满意。开本太小，是传统的样式。封面设计花里胡哨，有点类似卡通画的味道，都没有把他作品的厚重展示出来。

如果要我提一点其他看法的话。我觉得王晋康的作品如同酒一样，越久越醇厚，而他前期的中短篇小说，却有点云里来、雾里去的感觉，不着边际。他的作品如同物种的进化一样，是日臻成熟的。早期的作品，有些观念渐渐萌芽，后来演化成长篇小说时，才把那些支离破碎的理念系统化了。

再者，真理与谬误只有一步之遥。王晋康的科学理念孰是孰非，还有待于实践验证和学术界的争鸣评价。我曾经设想，他的作品如果改编成电视连续剧，一定会产生热播效应，但是，他提出的那些不同价值体系的崭新观念，却是不容易改编的，因为拿出去，死路一条，未必能被学术界乃至政界、媒体认可。在他的作品发表后，曾经有个别强科学主义者与他论争过，把他斥为“伪科学”，我不以为然。人类对于真理的认知，都必须经历复杂的过程，受到时代的局限。许多假说最后经实践验证，在一定范围内是正确的，就成了理论。一个民族就是需要一些人作为抬头望天者，牛顿、爱因斯坦、张衡、祖冲之等都是这一类人。正是这代代批批的哲人，推动了科学技术向前发展。各种思想火花的迸射，才能照亮科学、哲学的天空。布鲁诺曾经为“日心说”走上了教皇的火场，相信当代的王晋康，肯定不会出现这种悲剧。

王晋康先生宝刀不老，他也许正在创作新的作品，我期待他的新作横空出世。

——原刊于《文艺报》2009 年 7 月 3 日

（郝树声：河南籍作家，代表作品《镇委书记》《隐形官阶》等）

王晋康——真善美的求索者

韩 松

我与王晋康相识很久，不过我们之间说话不多，应该都属于相对沉静的人。但他给人的感觉，却有雷霆万钧之势。他与刘慈欣是中国科幻的两个大雷。我经常想，是这两位河南人，震撼并辉耀了当今中国的科幻天空，把郑文光、童恩正他们开始的伟大事业发扬光大了下去。这其实挺有奇妙的，因为我最佩服的两个当代主流文学作家也是河南人，阎连科和刘震云。他们的作品也透着一股子“幻气”。

王晋康的出现是一个奇迹，也是一个象征。1993 年第五届《科幻世界》银河奖，王晋康的处女作《亚当回归》获得一等奖，他也因此一举成名。而这也标志着科幻的回归。我一直以为，1993 年是中国科幻划时代的一个年头。那是整个新生代集体登场的一年，彻底扭转了 1983 年后科幻的失落。1991 年世界科幻协会年会在成都召开，科幻重新积累力量，然后在 1993 年猛烈爆发。许多耳熟能详的名字，在这一年里，都出现了。而这里面，王晋康是中流砥柱，他的光芒一直闪亮到今天而不减色。在刚刚举行的第 25 届银河奖颁奖典礼上，他的《逃出母宇宙》获得长篇小说大奖，拿走了 10 万元奖金。而在 2012 年的全球华语科幻星云奖上，他的《与吾同在》获得长篇小说金奖，同时还获得 2011 年的银河奖长篇小说特别奖。2014 年 5 月，王晋康又以长篇小说《古蜀》获得了首届大白鲸世界杯原创幻想儿童文学奖的特等奖，拿走了15万元奖金。更早前，在2011年11月12日的第二届科幻星云奖上，刘慈欣、王晋康双获最佳科幻作家金奖。

《科幻世界》副总编姚海军说，王晋康的出现，让科幻的天空，出现了炸响。曾几何时，科幻不像这样，发展很吃力。说不清，是《科幻世界》推出了老王，还是老王成就了《科幻世界》。他对中国科幻做出了不可磨灭的贡献。

王晋康今年66岁了，他的创作力，的确让人惊叹。据香港科幻研究者三丰整理，20年的创作生涯中，老王一共出版了20部长篇小说（包括小长篇），80多篇中短篇小说，超过500万字。他一共获得了27项大奖。

2012年上半年，王晋康给我来信，谈到星云奖时他说："我对获奖的事确实比较看淡，有了当然更好，没有我也不会失落。我今年有两个长篇，赶得太辛苦，心操不到别的上面。我这把年纪，不知道写到哪天就写不下去了，在尚未把弦崩断前再拼几年吧。"

去年，在参加一次会议时，他对我讲到，他在医院检查，已有脑萎缩的迹象。而他家族中有这个遗传因素。这加大了他的紧迫感，要抓紧时间，把该写的都写出来。

这种老骥伏枥的精神，让我十分感动，也催我奋发。这是不少年轻的科幻作者身上比较缺乏的。王晋康身上的"正能量"，永远激励我们前进。

拯救世界的民族英雄

王晋康1948年出生于河南南阳，高级工程师，中国作协会员，中国科普作协会员兼科学文艺委员会委员，河南作协会员。他还是一位中国民主同盟会员。他最早是给十岁儿子讲故事而写科幻的，那时他已40多岁。如上所说，他写出了很多非常深刻而好看的科幻小说。这或许与他的丰厚阅历有关。他当过知青，当过木模工，恢复高考后上了大学，分配到南阳油田石油机械厂工作，担任领导职务，是单位的学术带头人。这样的履历，恐怕当今的科幻作家中，没有人能比上老王的。

我一直觉得，王晋康有一种超人的气场。他的不少作品，也与超人有关。

比如2002年出版的长篇小说《拉格朗日墓场》，它讲述了一个与当下现实有着相当距离的故事：2020年，全球的核国家达成协议，销毁所有核武器。唯独美国留了个心眼，暗中保留了2250枚。由于2040年的一场大地震，埋藏在地下的这些核武器面临暴露。

为掩饰这见不得人的秘密，慌乱的美国人紧急雇用了一艘中国的超大型私人货运飞船，要把核弹运到外太空——拉格朗日点销毁。然而，恐怖分子劫持了飞船，声称要将核弹倾泻在地球上，除非美国付出100亿美元赎金。

剑拔弩张，看得读者喘不过气来。而结局是出人意料而悲壮的。正义的飞船船长、35岁的中国人鲁刚，以大无畏的气概，把核弹直接拖曳向太阳，连同自己的肉身，融化在了那巨大的天体熔炉里，从而拯救了地球。

2002年，是"9·11"事件的第二年。这可能是我第一次面对新型的中国"超人"——不是雷锋，不是王杰；不是缉毒英雄，不是反腐精英；而是属于能够改变整个人类社会进程的那种，通常，是好莱坞电影中才该有的类型，比如007。

这或许还是我第一次看到，中国文学如此直接地面对了"后核时代"或者"核后时代"的主题。我一直以为，关注核问题，在亚洲，是日本作家的专利：大江健三郎也好，安部公房也好。但中国作家通常缺乏对核的基本感觉。

《拉格朗日墓场》情节的紧张，人物的生动，都使人手不释卷。但我却迷惘起来：作为世界上第三个有能力维持核报复系统正常运转的国家，境内的主流作家们，为什么大都如此淡漠呢？所幸有了科幻，有了王晋康（另一个作家刘慈欣也对这个主题很感兴趣）。

我们的作家也很少探讨全球化和国际关系。但在王晋康的这本书中，我却看到了有关中美关系的强烈情绪。或许只有科幻作家才有这样的大视野吧。

在2001年发表的短篇小说《替天行道》中，他再次创造了反抗美国霸权的中国超人。吉明是一个在美国留学、拿到绿卡、帮助美国高技术生物制品公司占领中国市场的年轻人。然而，当他一旦发现自己的老板实际上在向中国农民推销一种“自杀种子”，他便在困惑和矛盾中终于走向了反抗。他所要做的，是像一个恐怖分子一样，驾驶一辆装满炸药的卡车，冲向美国公司的大楼。

自杀种子，是一种转基因农作物。中国农民种了它，便有了依赖性，第二年便只能向美国公司购买新一代种子。否则，重复使用这种种子，会导致大面积的粮食绝产。

我以为，在这篇作品中，王晋康表达了他对中国的国际地位的思考。他以文学为武器，对西方的后殖民，对西方主导的全球化，对西方的高科技，进行了反思，甚至发起了挑战。他是位先知先觉者。很多人没想到，10年后，关于转基因的问题，在中国炒得火热。

实际上，王晋康是那么的热衷于创造中国超人。在他的笔下，有能够造人的人间“上帝”，有奔跑速度比猎豹还快的田径冠军，有实现了长生不老奇迹的人物，有把生命播种在水星上的怪才……以往，这样的英雄，都生长在美国的国土上。现在，中国人出场了，成了创造历史和未来的主角。不过，他们的身上，通常也带有强烈的悲情。

王晋康是在为这个时代留下记录。在《拉格朗日墓场》中，我们还能读到这样的描写：21世纪中叶的中国人是多么的富有啊，他们的公司中雇着世界各国的工人，他们在环球各地到处旅行、购物、纵欲、赌博……或许正是由于中国人的消费，全球经济才没有进一步衰退……也或许正是因为中国的这般现实，才导致了“超人”们的横空出世？

或许正因为这样的因素，王晋康才成为中国科幻读者——绝大部分是出生于七八十年代的孩子们——最崇拜的偶像之一。

但留下的问题是：超人，在今天真的出现了吗？中国果然需要一个这样的铁腕人物吗？他在带领中国走向中兴吗？或许那仍然只是科幻中的人物？

王晋康是较早以国际化的思维来看中国和世界的作家。他说："西方规则构成了精致的陷阱。与西方社会精英的观念相比，我宁可去信奉中国老农朴素陈旧的宇宙观。这是我小说的主题。"

对全球化、西方化的思考，对中国走向的忧思，使中国一代科幻作家产生了新的末世情结与创世情结。在王晋康身上，有强烈的屈原或司马迁式的抱负，他以全新的姿态写出21世纪的《天问》和《史记》。

或许，王晋康这一批作家，他们的调子不再像上一辈那么明朗，比如，不再像《小灵通漫游未来》。叶永烈写于20世纪60年代初的那本书，构筑的是一个美好的、单纯的未来世界。在那里，科学是无国界的，它能够达成一切，实现人类大同，在中国，任何的社会问题根本不可能存在。

但是，在王晋康看来，国家和民族的利益，是一个复杂的综合体，包含了科学、政治、文化和哲学。拯救中国和世界是可能的，但往往要以小人物的个人牺牲及悲剧结束。这里面更有一种宗教般的唤醒。

王晋康说："吉明不是英雄，是一个小人物，一个只记得出国、绿卡，几乎忘记了民族之根的芸芸众生。在我的大学同学、工厂同事中，常常可以看到他的影子。不过他的良知最终还是觉醒了。"

对道德与科学的拷问

关于出版于2011年的《与吾同在》，我觉得，它的某一些内容，甚至比刘慈欣的《三体》还要深刻和尖锐，带来了心灵上的全新震撼。

这部小说的基本情节并不算新鲜，也就是人类面对外星人入侵、处于生死存亡重大关头时，如何拯救自己。但是王晋康提出的命题十分沉重。这是一部关于善恶的书，老王认为人性本恶，是恶在推动历史发展。比如秦始皇是暴君，但他对中国文明的贡献，比和平君主阿育王对印度的贡献要大不知多少倍。北宋很繁荣，完全可以过渡到现代文明，但它缺乏恶，故被野蛮文明消灭，繁荣终不能保障，拖了中国现代化的后腿。正因为恶的存在，才给善留下了滋长空间。一旦出现了多个文明的"共生圈"，必定要以恶为先行军。而要形成文明共生圈，也要以恶为基础。

这是多么的一种"悖逆而乖张"的思想啊。按照老王的思路推测，要做好中国梦，恐怕还得"行恶"。这种貌似离经叛道而在现实中屡试不爽的逻辑，在小说中，被演绎得深入而形象。但王晋康绝不是简单地状写恶，而是描述了恶与善的复杂关系，或言之，写了他自己内心的痛苦纠结，他对最大的善的向往。读了《与吾同在》，我被王晋康力图表达复杂人性的尝试所征服，也对他像巨人一样艰苦地思索人类最深刻问题的努力所折服。

也许有人会拿《与吾同在》与《三体》作比较，但是，这是属于王晋康自己的一部小说，是他对自己的人生总结，是他的世界观、价值观，不能与《三体》混同。这部小说达到了王晋康科幻创作的新高度。我从中仿佛看到了不少优秀科幻的影子，比如有《2001：太空奥德赛》《安德的游戏》《星船伞兵》《日本沉没》，等等，甚至还有金庸小说的感觉。这部小说写得十分苍凉，特别是最后的结局，与丈夫相濡以沫几十年的女主人公严小晨，最后与姜元善决裂，又处死自己的独生子，并且孤独地自杀。小说是以一封遗书结尾的，诉说了信仰的破灭，对着苍天，发出了最后的、撕心裂肺的质问。这是一出命运的悲剧。这一点上，倒是与《三体》殊途同归。伟大的作家，都必然有此悲悯。这也是当前的年轻作者身上缺乏的。

《与吾同在》是一部很好看的科幻小说。王晋康很会讲故事（他最初写科幻的动机，就来源于自己创作故事给儿子听）。那么什么是好看的小说？其实，也就是卖关子。但这卖关子，绝不是耍小聪明。王晋康（还有刘慈欣、何夕）是很明白这个的。他们的小说，如上所述，是服从一种深沉的悲悯逻辑，在这个基础上，依凭强大的心理而展开悬念，从而引导读者，不停地进入一关又一关，让你永远不知道下一个危机怎么解决，最后达到震撼心灵的效果。

不过，我个人觉得,《与吾同在》的一个遗憾，是一个细节。在入侵地球的外星人那里，他们为了生存，实行了极端的恶，比如王妃也要在飞船上充当军妓，为军人提供性服务（因为飞船上载重量有限，每个人的功能都要利用到极限）。我本以为王晋康会设计一个情节，让主人公姜元善的娇妻严小晨，为了保卫人类，最后不得不舍身伺候执行秘密行动计划的恐怖分子。这会很震撼。是不是要留在续集呢？还是王晋康出于不忍之心，要为人类保存一些美和善？

我很感激有王晋康这样的科幻作家与我们同在，他们在这个国家仍是凤毛麟角，但他们是深忧的作家，面对这个末世，他们在像耶稣一样陷入了痛苦而矛盾的思考，并且冒天下之大不韪地把他们的真实想法巧妙地说出来。这样的勇气让人敬佩，这样的智慧令人慑服。这在一些主流小说那里，已经看不到了。有的主流小说蜕变为纯粹的文字游戏，讲些没有太大意思的个人小情感小玩闹。我认为科幻小说承袭的是鲁迅先生的脉络。鲁迅的小说，都是短篇，却是大小说，是写民族和人类命运的。他说要改造中国人就先要改造中国人的梦。所以，中国有了王晋康、刘慈欣、何夕，乃是我们时代的大幸。百年前，科幻的精神，或中国知识分子的精神，“五四”提出的民主与科学，在这个物欲的时代，在这个跳梁小丑粉墨登场的时代，竟保留了下来，并发扬光大。多么难能可贵啊。

关于科幻哲学与美学的自省

我有幸多次当面聆听王晋康谈科幻。他提出的“核心科幻”，是 21 世纪中国最重要的科幻概念。

2010 年 8 月 8 日，在成都的科幻世界座谈会上，王晋康说：我不是地道科幻迷出身，我是凭直觉写科幻的。关于什么是科幻、软硬科幻，有争议，但不奇怪，科幻是包容性很强的文学。要想对它下一个严格定义，是不可能的。科幻作品中，也有最能展示科幻特色和优势的，我称为“核心科幻”。一是宏伟博大精深的科学体系，与文学上的美学因素并列，展现科学本身的震撼力；二是理性科学的态度，描写超现实；三是独特的科幻构思。还有正确的科学知识。科幻作品的文学性，与主流文学没有不同的地方。科幻作品的特色，更容易表现作者的人文思考。如《莱博维兹赞歌》，它应划入核心科幻。这比软硬之争要精确些。核心科幻与非核心，仅是类型之别，没有高下之分。韩松作品非常优秀，我从来不敢说完全读懂，但大多不属于核心科幻。需要有一批核心科幻做骨架，否则这个文种就失去了存在的基础。需要好的科幻构思。一是具新颖性，前无古人，自洽。二是需要有逻辑联系。抽去它后，故事要受影响。《伤心者》中的微连续原理，抽去后，故事不受影响，不是核心科幻。三是科学内核，符合科学，存在于现代科学中，不能被现代科学证伪。是所有人能接受的某种合理性。这个要求比较高了。科幻是文学，但做到这一点，作品更厚重。如《地火》《十字》。创作核心科幻，对科幻应有执着的信念。要有对大自然、对科学的敬畏。我的对科学的批判，也是建立在对科学的信念之上的。科幻不是科普，不存在宣传科学的使命。科幻打碎了加在它身上的锁链。但事情是两面，过于强调，科幻就会被奇幻同化。科幻影响力下降，魔法化，边缘化。我们在高科技时代，作者对科学没有深厚感情，只是把科学元素当道具，缺乏坚实科学基础，这样是不行的。有的作者自有其读者群，但从科幻文学整体来说，必将销毁科幻文学的品牌力量，使科幻失去本身的魅力。如何保持科幻原生态平衡，保持科幻文学与其他文学不同的特质，也是理论家和编辑的职责。

2012 年 10 月 27 日的科幻星云奖论坛上，王晋康说，科幻的发展，是从杂志到畅销书再到电影大片，第三个时代，很可能开始了，是大刘踢出的临门一脚。“大刘对中国科幻的贡献，是我很羡慕的。”

2014 年 9 月 21 日的《科幻世界》笔会上，在谈到为谁写作的问题时，他说，你们把层面混淆了。站在作者的层面，主要按自己的心灵和风格来写；

而从杂志社来说，主要是照顾读者。这两个不矛盾，都是对的，应该找平衡点。至于怎么找，谁也没办法，就这么试错，慢慢来。

这里面都涉及了对科幻本体的思考。我很赞同王晋康的说法，尤其是他对核心科幻的定义。没有核心科幻，整个科幻就没有意义了。而从更宽的层面看，实际上，又并不存在一种特定的文学分类，而只有好的小说。只是在这下面，能各美其美，如科幻小说有它的特定审美，推理小说也有它的特定审美。而这同时是能打通的。我觉得，从深层次看，王晋康是在致力创作一种主流文学。他一直在为这个目标而努力，在为整个科幻争得权利、赢来荣耀。

测试人类命运的实验家

王晋康是充满爱心的人。每次见面，他都很关心我的身体，也问候我的家庭情况，让我内心感到特别的温暖。

2011 年主流文字评论刊物《南方文坛》第一期的一篇文章曾称，王晋康是中国新科幻作家最有人文情怀的一位。

他很有正义感，是那种爱打抱不平的人。2013 年 11 月 15 日，在四川大学江岸分院，有学生问王晋康，外星人与地球战争，会站哪边。老王回答：“即便外星人道德正确，我也会站在地球人这一边。”

他是表里如一的作家，他作品里的不少主人公，其实就是他自己。他的作品前后一致，从来没有谄媚过。他在生活中，像那些人物一样疾恶如仇。在《科幻世界》李昶事件中，他是第一批站出来明确表态的科幻作家。接受采访时，他说：“我没有一点忌讳，我可以说，这明显就是官僚，外行领导内行，都 21 世纪了，外行领导内行还能大行其道。如果再这样下去，《科幻世界》肯定完蛋。”

他的作品中，有很多给人留下深刻印象的女性人物。王晋康对她们怀有特殊感情。她们有殉道者那样的意味，有时像母亲，有时像妻子，有时像情人，有时像女儿。他似乎在说，整个宇宙是母性的，而人类的未来是要托付给女人的。或许，女人的世界才是和平的。在他所有的关于机器、数学、基因、夸克、黑洞的描写中，这些女性的存在，让人再一次感到他对人类这种仍显低级的动物寄予的深深同情，以及表达的巨大宽容和无边忍耐。

他始终在关心整个人类的命运。

2012 年他曾说："科学对人类的异化，接近了一个临界点。以前是补足阶段，达到了上帝造人标准，现在，正超过补足，到了改进，这一步，非常可怕，没有界限了，将产生新人类。我预言的临界点已经到了。明年我有一个长篇，光速可以超越，可超过 1 亿倍，不再受相对论约束。一个国家的科学界，与科幻整体没接触，这个国家的科学界是僵化守旧的，是出不了大师的。"

王晋康把改造人类的政治抱负，寓于科幻中。吴岩主编的《科幻新概念理论丛书》有不少篇幅是讲晚清科幻的，而晚清科幻的一个主题便是"政治改革的寄托"。这条线实际到后来一直没有断过。比如，我们看到过《跨越时代的飞行：宗教、理性、实践三个"法庭"访问记》一书，这写的是中国的乌托邦。

王晋康发表于 2006 年的《蚁生》也是这样的一部小说。这可能是中国科幻史上第一部集中而深入描写五六十年代中国社会剧烈动荡的长篇科幻小说。在一个人民公社中，知识青年从蚂蚁身上提取了一种激素，喷洒到人的身上，人便可以有蚂蚁一样的行为，也就是集体主义、自我奉献、纯洁善良、任劳任怨，最后成为共产主义的完人。作家详细地描写了这惊人的一幕，勾画出一个中国文学作品中从来没有过的乌托邦世界。与当时社会的混乱完全不同，这个小世界是自洽而美满的。但实验并没有结局，也没有推向整个社会，留下了让人遗憾而深思的悬念，以至让读者以为会有下部。作品是沉重的，犹如俄罗斯的经典文学，堪称思想性、科学性、文学性俱佳。王晋康展现给我们的是一场社会实验。同样是超人，他们把自己改造成了一个完全以集体主义为归宿的新型物种，而这是一场彻底的悲剧。这部小说，很突出地展现了王晋康作为一个中国知识分子所具有的情怀、知识、理想和节操。我们说科幻是一种文化，就是这个意思。现今的中国，最缺的是文化。

而 2014 年出版的《逃出母宇宙》也是这样的一场测试人性的实验，它的主题更宏大，想象更丰富，科学内涵也更厚重，思想性和逻辑性也更鲜明。它集中表现出一种叛逆。一是拒绝国家，处处彰显民间的力量，在巨大的灾难前，它比国更有效率；二是承袭《与吾同在》，继续对所谓“恶”进行赞美。大奸的，丑陋的，也可能是至美的。但与以前的作品不同，在《逃出母宇宙》中，能读到更多的庄子哲学的意味。而这也是一种终极的平等或平衡。三是大同观念。在全宇宙的灾难面前，世界一定是合作的，是各族参与的，没有差异，不分党派，都要介入。你讲的那些敌对势力的颠覆，在这个书中并不存在。可以说，这部书达到了王晋康科幻创作的一个高峰。其场面极为壮阔，人物描写也非常细致，特别是几个主要角色，栩栩如生，跃然纸上。它的整个格调是雄壮苍凉的，具有很大的悲情力量，而又是向上的。

2012 年 4 月 15 日，我应小谷围科学讲坛之邀，到广东科学中心，与王晋康一起做关于 2012 年世界末日的讲座。王晋康讲得却很现实而不很科幻，体现了强烈的忧患。他驳斥了关于 2012 世界会毁灭的传言，同时说，“我不是乐观主义者，灾难要与人类文明始终相伴，与宇宙相伴。宇宙诞生于灾变，组成我们的元素来自超新星爆发。灾变是必然要发生的。月球上密密麻麻的陨坑便是灾难的见证。我的新长篇，给杞人立了一个纪念碑，他是真正的先知。人类永远要面对灾难。科学征服的疆域越来越大，我们就要面对更多不可控的灾难。”这个新长篇就是随后面世的《逃出母宇宙》。

王晋康认为，有五种很现实的灾难在严重威胁人类，分别是气候变化、淡水缺乏、超级病原体、有毒食物、未知灾难。灾难的特点一是不可测知，二是不可控制。

我也讲了科幻中的种种世界末日。我认为大致有三种世界末日：天上的，地上的，人间的。最恐怖的是心灵的末日，比如剥夺你的自由，让人生不如死。

人类要避免末日，首先要讲科学。这是政治的前提。科学不仅仅能够帮助我们抵御自然灾害，不仅仅能够帮助我们增强经济活力，更能让我们理性起来，壮大我们的情怀，减少我们的无知，从而缓解我们对权力的恐惧。中国不乏空喊民主和法治的精英，他们用这两样东西，为自己的私利服务，却缺少像布鲁诺那样的人。

王晋康对我说："很多以前对民主满腔热情的人，现在都有些失望。民主需要全体人民是理性的。"

我觉得，王晋康便是中国的布鲁诺。布鲁诺，是一位宗教徒，然后才是科学家。而他最后在殉道，展现的是宇宙的艺术终极之美。

（韩松：著名科幻作家，代表作品《红色海洋》《地铁》《高铁》等）

王晋康——中国科幻的思想者

赵海虹

自1904年荒江钓叟的《月球殖民小说》开始，中国科幻历经新中国成立初期、70年代末至80年代初两个历史活跃期，其后又经过近10年的沉寂，进入了“20世纪90年代至今的最新的活跃期”[1]，而王晋康是这个时期最重要的科幻作家之一。他在这个最新的活跃期中引领了中国科幻前10年的发展。《科幻世界》杂志主编姚海军甚至将20世纪90年代称为“王晋康时代”[2]。

1. 大器晚成的业余科幻作家

王晋康，男，汉族，中国民主同盟盟员，中国科普作协会员，中国作协会员，1948年生于河南镇平。他天资聪颖，中学时文理成绩皆出类拔萃，怀抱着成为理论物理学家的理想。但少年之梦被那个扭曲的时代击碎了。1966年，他高中毕业时恰逢“文化大革命”开始，1968年他下乡到河南新野五龙公社，度过了三年知青生涯。1971年，到云阳钢厂杨沟树铁矿当木模工，1974年调入南阳柴油机厂。全国恢复高考后，1978年，王晋康以优异成绩考入西安交通大学动力二系。1982年毕业，在石油部第二石油机械厂（后改为南阳石油二机集团公司）从事技术工作，曾任设计研究所副所长、高级工程师，是本单位特种车辆重型底盘领域的开拓者。

王晋康的科幻创作发端于偶然，像 J. K. 罗琳为了给女儿讲床头故事而创作了“哈里·波特”系列小说一样，王晋康也是为了给喜欢科幻的十岁儿子讲故事，被“逼”成了科幻作家。1994 年的《中国石油报》发表了一条题为《十龄童无意间逼迫父亲，老爸爸竟成了科幻新星》的新闻，记载了这段饶有趣味的故事。王晋康把一则被儿子夸奖“今天讲的好听”的故事转化为文字，试寄给当时中国唯一的科幻杂志《科幻世界》。这篇名为《亚当回归》的处女作在《科幻世界》1993 年第 5 期发表，在读者中引起巨大反响，获当年度科幻银河奖小说类作品一等奖[①]。

从此一发不可收的王晋康以业余作者的身份高歌猛进，一举成为中国著名的科幻小说家。翌年他的短篇小说《天火》再获 1994 年度银河奖最高奖（该年度银河最高奖为“特等奖”），此后他更以《生命之歌》（1995）、《西奈噩梦》（1996）、《七重外壳》（1997）、《豹》（1998）蝉联六届科幻“银河奖”特等奖或一等奖。1999 年为鼓励新人，王晋康主动向评委会申请退出评奖，随后进入了一段休整期。笔者作为这个时期中国科幻的读者与创作参与者，曾亲身体会到“王晋康”这个名字具有的魔力。甚至可以说，在 20 世纪 90 年代，王晋康的作品占据了中国科幻的半壁江山。

2. 高歌猛进的第一阶段

1993—1999 年可视为王晋康科幻创作的第一个阶段。作为一个大器晚成的作家，他的处女作《亚当回归》起点甚高，很难相信出自新人之手。这是因为，与大多数在《科幻世界》发表处女作的青年作者不同，人到中年的王晋康历经“文化大革命”浩劫、上山下乡和工厂的基层锻炼，已经具有丰富的生活阅历，对生活、科学、大自然及人类未来有了大量的思考与积淀。他大学时代对现代文学作品的大量阅读以及两年时间的练笔（曾创作过十几部短篇主流小说，未发表），也为他的厚积薄发提供了基础。

《亚当回归》的前半部情节并未跳出传统科幻作品的藩篱：星际旅行归

① 银河奖对最高奖的设置多有变化，1993 年度一等奖为最高奖。

来的宇航员王亚当发现地球已经物是人非，新智人（即大脑中植入电脑芯片的自然人）成了人类的绝对主体。年迈的脑科学家钱人杰既是新智人之父，又是坚决抵制大脑改造的仅存的少数自然人之一。他暗示王亚当只有借助植入电脑芯片获得更高智能，才有可能找到推翻新智人统治的途径，“用卑鄙的手段实现高尚的目的”。王亚当知其不可为而为之，悲壮地接受了大脑的改造。但在接受更高智能之后他有了猛醒，知道自己和钱老的抵抗是可笑的，“就像是世上最后两只拒绝用火的老猴子”。最后，新智人王亚当面对旧人类文明的暮日只能发出一声悲凉的叹息。这样的结尾显然超越了以往此类科幻小说中“人类必胜”的俗套，进入了更深一层的思考，到达了更高的境界。文中对两种人类之间关系的叙述是平和的、适度的（即使在两位反抗者策划阴谋时），含着淡淡的无奈。这种特有的风格是作者心态成熟的外在表现，也与大多数类似题材的作品拉开了距离。文中非常贴切地引用了“西汉李陵不得不归属异族”的历史典故，用中国笔墨加深了科幻主题，预示了王晋康此后作品浓重的中国风格。

伴随着这篇作品的成功，王晋康迅速进入了中国科幻迷的视野。

1994 年发表的《天火》凝聚了王晋康丰富的个人情感，以及对“文化大革命”时代荒谬社会现实的批判。小说的主人公林天声无疑带有少年王晋康的影子，因此小说在生活化的描写和人物形象的塑造上有血有肉。林天声“脑袋特大，身体却很孱弱，好像岩石下挣扎出来的一棵细豆苗”，他因家庭出身不好而在性格上近于自闭。但他的思想天马无羁，敢于怀疑“天经地义的事实”，大胆地用新眼光审视“穿墙术”，最后以生命的代价证实了“物质无限可分”的规律。这位青年科学殉道者与文化科学荒芜、全民政治狂欢后空虚与荒诞的大背景形成了强烈的反差，因此格外能打动那个时代的读者心弦，成为王晋康小说中塑造得最成功、最感人的形象之一。

发表于 1995 年的《生命之歌》，与王晋康的处女作《亚当回归》相比，是同一个核心哲理引出的两种选择——作为旧人类，应当如何面对即将取代自己历史地位的新“人类”，只不过由《亚当回归》中大脑植入芯片的新智人换成《生命之歌》中具有生存欲望的机器人。由于新人类具有人类无法匹敌的先天优势，顺应时代潮流就意味着旧人类被彻底取代。在《生命之歌》中，女主角孔哲云选择了与王亚当相反的另一条道路：她在“撕心裂肺的痛苦中”拿起父亲丢下的枪，准备杀死“亲亲的小弟弟”，即新人类始祖机器人小元元，以便为旧人类文明尽量争取一点儿时间——即使人类被历史淘汰的命运已无可避免。

《生命之歌》被公认为是王晋康在这一创作阶段最优秀的短篇作品，实至名归地获得了 1995 年科幻银河奖特等奖。它的成功除了得益于曲折的故事结构、高明的悬念设置与深刻的人物性格刻画之外，更在于其“令人炫目的具有开拓性的科幻内核和对生命本质的思考”，甚至“改变了中国科幻的面貌”。[2]本文中关于“生存欲望的物质表达形式”的科幻构思是首次出现于国内科幻作品。它具有超硬的哲理内核，表现了作者在生命领域中坚信唯物主义、彻底摒弃超自然力的勇气。

获得 1997 年银河奖一等奖的《七重外壳》是一个悬念迭起的故事。中国大学生小甘来到姐夫斯托恩 · 吴工作的美国 B 基地，尝试挑战基地的一项超级发明——一种能让被试者完全融入虚拟世界的电子“外壳”。被套上外壳的小甘如果能找到虚拟世界的漏洞就能获得 1 万美元奖金。故事里，小甘一次又一次“穿上”和“脱下”外壳，在真实和虚拟间穿梭进出。足以乱真的虚拟世界充满了高科技社会的刺激与诱惑，而一层又一层剥洋葱式地剥离虚幻世界，使这位以才智自负的主人公逐渐失去对现实的把握，迷失了自我。后应小甘的强烈要求，斯托恩让他回到家乡，在家乡与亲人这条最为粗大坚韧的“根”中总算找回了自我，但最后却因一个小小的细节又产生了严重的自我怀疑，给小说留下一个开放的结尾。这个开放式结尾是本篇的亮点之一，它使一个技术故事的主题上升到两个传统的文学母题，即关于“自我的认知”（我是谁？我在哪里？），以及科技对人性的异化。十几年后的美国著名科幻影片《盗梦空间》与《七重外壳》在构思和故事结构上颇多相似之处，可见“科幻无国界”。

《豹》是以故事性见长的一部长篇小说。王晋康的大部分作品都有很强的故事性,《豹》更是个中翘楚。小说以一起诡异的性虐待案件开场，迅速推进到四年后的雅典奥运会。从观赛的中国体育记者费新吾、老运动员田延豹、田延豹的表妹田歌以及美籍华裔科学家谢教授着笔，把读者目光一步步引向谢的儿子谢豹飞，这个以极大幅度打破奥运会百米世界纪录的、不出世的亚裔体育天才。但随后一位神秘人向费新吾和田延豹二人透露了有关谢豹飞出身的爆炸性秘闻，二人在他的指引下进行了剥茧抽丝的探寻，才知道谢豹飞居然是嵌有非洲猎豹基因的豹人，而泄密的神秘人竟是他的父亲谢教授！谢豹飞在月圆之夜兽性大发，咬死了恋人田歌。田延豹愤而扼死神志不清的凶手后，以杀人罪被起诉。法庭辩论中，田的律师奇兵突起，以豹人非人、不适用人类法律为理由，成功帮助田延豹脱罪。而谢教授却借法庭为发言场，阐述了自己对基因技术的激进观点。他认为人兽本无截然区别，人兽杂交以改良人类是一种进步。人类社会对这种观念的敌意就如当年社会敌视进化论。这场法庭之战写得酣畅淋漓，奇峰突起，既形成了故事线的高潮，也是哲理线的高峰。小说中，科幻构思始终是故事线的内在推动力，二者水乳交融，始终保持着故事的张力。这正是王晋康作品的一大优点。而且该构思紧扣基因科学的进步，真实可信，也加强了作品的感染力。

王晋康虽然是业余作家，但产量很高，这一时期除 6 篇银河奖获奖作品外，其他代表作品还包括中短篇《斯芬克斯之谜》(1996)、《拉格朗日墓场》(1997)、《三色世界》(1997)、《养蜂人》(1999)、长篇小说《生死平衡》(1997)，等等，主要发表在《科幻世界》、《科幻大王》[①] 等杂志上。

《生死平衡》以狂放不羁的中国民间医生皇甫林为主人公，讲述了一个以“平衡医学观”挑战传统西方医学的故事。皇甫林在出游西亚 C 国期间，以祖传的“平衡医术”治好了首相之子的痼疾，又疯狂地爱上了首相之女艾米娜。但艾米娜性格乖戾，导致二人进行了一场激烈的“爱情决斗”。后西

---

① 2011 年该杂志更名为《新科幻》。

亚狂人萨拉米所在的L国以世上早已绝迹的天花病毒用阴险的方式向C国散播，妄图不战而胜。C国民众却在皇甫林的祖传针剂的帮助下获得了早期免疫力，战胜了天花病毒。这篇小说完全走传奇故事的路子，情节跌宕起伏，引人入胜。人物带着漫画的夸张，鲜明生动。小说中的“平衡医学观”在作者十年后的长篇《十字》中得到延续和深化。《生死平衡》发表后，对该文包含的医学观点在网上引起了很大争议。其实作者在小说后序中曾预先指出：“《生死平衡》是科学幻想小说而不是医学专著”“它只着眼于思想趋势的正确，不拘泥于医疗细节的精确”。读者若因小说对“平衡医术”戏剧化的描写就认为作者提倡“一药治百病”的江湖医术是一种典型的理解错位，是把科幻等同于科研或科普。

王晋康的小说虽以哲理思考见长，但他认为，科幻小说就其主体来说是一种大众文化，小说中的哲理思考必须依附于精彩的故事才有生命力。所以他的作品尤其是中长篇作品一直在主动向通俗化靠拢，常常糅合侦探小说、推理小说和传奇小说的技巧，以机智的悬念和情节来吸引读者，这在《生死平衡》的传奇故事架构上表现得特别明显。他的某些作品中也可见一些情色描写的“佐料”，比如《豹》中对女主人公死于豹人的性暴力的描写，《拉格朗日墓场》中变态女鲁冰对鲁克多少带点乱伦意味的爱情（鲁冰本以为鲁克是自己的亲哥哥）等。其实相对于主流小说来说，王晋康作品中的情色成分是极为低度的，但由于科幻小说长期以来被认为是青少年文学，而且实际情况中也确实是青少年读者占绝对优势，所以类似情节在读者中曾引起非议。相比而言，另一位著名科幻作家韩松的作品中情色描写的尺度远为大胆，但由于韩松作品诡异的基调、纯粹成人作品的定位及更为主流文学化，反倒没有引起多少非议。

王晋康曾说过，他这代中国人缺少西方作家所具有的信息量和世界阅历，在把小说背景设置在国外时，“常常难以把精彩的构思转化为丰满流畅的生活流”[①]，虽然场景多变，人物三教九流，但似乎多来自早年国内对西方的

① 引自王晋康提供给笔者的未发表讲稿。

负面宣传及外国电影和娱乐小说的印象，因此失之概念化。他的作品中时常有民族主义情绪的流露，包括民族悲情意识和民族自豪感，也不乏刚刚形成或者可以说是刚刚复苏的大国心态。这给他的小说带来别样的特色，也更宜与中国读者的心灵产生共鸣。不过民族主义与科幻这种关心人类整体的文学样式契合度并不高，“是短促的”（王晋康语），不容易赢得国外读者的共鸣。这个问题在作者的第二阶段有了很大的调整。

王氏哲理科幻的又一代表作——发表于1999年的《养蜂人》，将“整体论”这种科学观点进行了文学化的阐述。一个年轻有为的科学家在多次探访养蜂人之后为什么自杀？他留下的遗言“不要唤醒蜜蜂”又藏着怎样的深意？林达是否就是一只被唤醒的蜜蜂，意识到人类之上高踞着一个超级智力的上帝（电脑网络），自己毕生的努力与人生的目的只如蜜蜂般卑微？对于年轻读者们来说这篇作品不大容易理解，无法得到明确答案。本篇小说风格内敛，文字简洁典雅，节奏跳荡，文中作者第三人称的叙述与死者的意识流转换自然，如行云流水。将深刻的哲学思考隐藏在对林达这个神秘人物的层层揭示之中。《养蜂人》也因此成为一篇回味隽永，值得反复咀嚼的精品。某种程度上讲，这篇读者中反响并不强烈的作品堪称他的代表作之一。

3. 突破自我的第二阶段

2001年，在经过一段时间的休整之后，王晋康重新出发，进入了创作的第二阶段。《替天行道》出手不凡，以科幻作家特有的使命感对转基因食品给予了深切的关注，获得了读者的热烈好评，获得当年度的科幻银河奖[①]。主人公吉明是我们身边真实的小人物，曾经一心追求出国、绿卡，之后以国际著名种子公司雇员的身份，到自己家乡推销带有“自杀基因”的转基因种子。但自杀基因的蔓延带来了一场生态危机，吉明多次联络公司高层却得不到合理回复，反而险被暗杀，最后不得不用汽车炸弹以死抗争。吉明临终前，家乡老农皱纹纵横的脸幻化成梦中的上帝，谴责种子公司的发明违反生

① 2001年银河奖不分等次。

命大义，戕害生灵。

“上帝长发乱须，裸肩赤足，瘦骨嶙峋，穿一袭褐色的麻衫，脸上皱纹纵横如风干的核桃——他分明是那个不知姓名的中国老汉嘛。”[3]（《替天行道》）

这个颠覆性的上帝形象带着浓厚的中国土地气息，他的身上体现了传统的农业社会中人与自然的关系。著名科幻作家、新华社记者韩松在评价这篇作品时说：与刘慈欣一样，王晋康“在努力复兴中国文学文以载道的大传统，而这实际上体现的也是中国科幻的传统”。“《替天行道》和刘慈欣的《乡村教师》都意味着从郑文光和童恩正时代开创的现实主义，英雄主义和爱国主义的回归。”[4]吉明这个小人物与王晋康此前作品中的单线条科学家形象相比，复杂性和真实性都有了较大的提升。此外，应当说明的是，小说中对转基因技术的怀疑和对传统观念的倡导固然有着“反科学”的一面，但是在科技爆炸的大背景下不断反思和预见科学技术可能带来的问题，这种怀疑精神恰恰是科学的精髓。他对“在文明社会规则下的短期的合理”是否就符合“上帝规则下的长期的合理”的诘问是深刻而犀利的。

此后，王晋康的作品呈现出更强的主题性。

关于文明的发端，以及宗教的思考在他的作品中结合具体的科幻点反复出现，如在水星撒播新生命、并使新生命的守护者演变为圣巫，进而神化为耶稣基督式的信仰主体的《水星播种》；私德卑劣的机器人麻勒赛因为对生命的贪婪而成了机器人种族的先知的《兀鹫与先知》；一群被遗留在异星进行生存实验的孩子成为新文明始祖的《生存实验》等等，相关主题还有“假设微生物群体能够组成超级智力”的《沙漠蚯蚓》和《五月花号》。

王晋康也多次借虚构的小说推出自己对无尽宇宙与物理学理论的构想，如根据超圆体宇宙理论进行环宇航行的《新安魂曲》；描绘宇宙由膨胀转为急剧收缩时人类终极命运的《活着》等中短篇。

对社会和人性的思考也深深融入到他小说的血液中，面对终极能量思考战争的《终极爆炸》和讽刺人类贪婪本性的《转生的巨人》都是此中佳作。

长篇小说《蚁生》上升到纯哲学命题，探讨以外界施加的手段造成一个完全“利他”乌托邦的可能；长篇小说《十字》则依“低烈度纵火理论”重审现代医学免疫体系及它对社会伦理造成的巨大冲击，这两部长篇的问世将王晋康第二阶段的创作推上了高峰。

2002 年，《科幻世界》第 5 期推出了王晋康作品专辑，含《新安魂曲》与《水星播种》两个中篇。前者是一幕宏大的太空剧，后者却是一篇颇具宗教性的科幻寓言。

《新安魂曲》的主人公周涵宇自小沉迷于爱因斯坦的“宇宙超圆体假说”——三维宇宙空间通过更高维数的折叠形成一个超圆体，如果我们在三维宇宙中一直向外走，最终会通过超三维的空间而返回地球。基于这个假说，周涵宇提出了“环宇探险”的设想，他不惧众人的误解与嘲笑，历经 74 年的努力，终于使之成为现实。他也因此成为探险船“夸父号”的三名宇航员之一，伴随着一对早慧的少年夫妇踏上了大宇宙的征程。环宇旅行历经 180 亿年才胜利完成，飞船重回地球，但周涵宇已在途中辞世，宇航员夫妇带着他们的新生儿走向新的世纪与新的人类。小说以第三人称从“夸父号”起程开始叙述，在对宏伟的宇宙景观的描述中，多次插入对周涵宇 74 年艰辛努力的种种回溯，其中通过周涵宇的演说，总结了古代人类在地球各大洲迁徙的历史，并直接切入一段 3000 多年前南美洲土著的探险经历。历史与未来的声声相应，使这部在空间上无限辽阔的小说获得了时间上的纵深感，这次环宇旅行也就如当年麦哲伦的环球之旅，体现了人类探索未知世界的勇气与决心。小说不但在爱因斯坦的构想上假设了整个充满技术细节的环宇旅行过程，而且将主人公设置为中国河南省镇平县的农家孩子（周涵宇与作者本人籍贯相同，这应该不是巧合，而是作者在这个人物身上贯注了自己的个人理想），让一个普通的中国农民推动了如此宏大的科学探险；乡土与科学，平凡与伟大，这种对照大大加强了小说的感染力，类似写法在刘慈欣的《乡村教师》中也曾获得绝佳的艺术效果。

《水星播种》则以上下部的形式记载了一个播种生命的实验及其结果。

2034年的地球世界，商人陈义哲接受了一笔特殊的遗产：实验室中偶然产生的金属变形虫——一种全新的纳米机器生命。他受命要将新生命播种在水星，并长期关照这个全新物种的繁衍过程。亿万富翁洪其炎资助了水星播种计划，并自愿留在水星扮演新生命的造物主。他采用休眠技术，让自己每1000万年苏醒一次，引导新生命逐步创建自己的文明。颇具讽刺意义的是，洪其炎丑陋残缺的身体也因此成为水星圣府中伟大沙巫的化身。10亿年后，水星人在疯狂的宗教冲动下举行大神复生仪式，让洪其炎的身体暴露在水星表面的强光下灰飞烟灭。为逃避罪责，肇事的水星人将他诬为伪神。随后，黑暗时期来临，赎罪派兴起，杀死化身沙巫成了水星人世代背负的原罪。小说作为全新机器生命的创世纪，充满了宗教性的隐喻。“水星播种”计划在地球引起的巨大风波与10亿年后水星人的朝圣之旅穿插在一起，一步步将我们引向发人深省的大结局。最后水星人中兴起的“赎罪派”教徒与其原罪显然隐射基督教的“原罪”与赎罪精神，同时也隐含这样的推测：宗教的起源或许来自变形的真实，而人类或许也只是“造物主”的生存实验的产品而已。这部在10亿年跨度上展开的生命寓言以其对宗教与文明史的追问成为王晋康最优秀的小说之一。

短篇小说《转生的巨人》(《科幻世界》2005年10月号）是王晋康以笔名“石不语”发表的小说。世界巨富，西铁集团董事长今贝先生为逃避高额遗产税，在垂暮之年，通过医学技术，将自己的大脑移植到一个无脑儿体内，重新开始自己的生命。但他的贪婪本性在新生儿身上转化成了无节制的吃的生理需要。婴儿今贝变成一个巨型儿童，不得不移居海上，让鲸鱼为他哺乳。但即使如此，今贝不断膨胀的欲望依然得不到满足，终于饿死了，成为一座大山般的臭肉堆。小说以讽刺的笔调和艺术的夸张对人类的贪婪本性作了最无情的鞭挞。按作者自述，本文主人公以日本首富堤义明为模特，文中大部分细节源于相关的真实新闻，小说真实性的一面更深化了它力图表达的社会意义和普世价值观。而将对现实的批判与“一个奇崛但可信的科幻构思”相结合（作者语），进一步强化了作品的感染力，使这篇科幻小说具有了主流纯文学作品的质地。

短篇小说《活着》有意与当代著名作家余华的代表作《活着》同名，主题也相同，只是把它放进宏大的宇宙背景。故事的取角很独特——一个患先天绝症、余生有限的孩子乐乐，在义父的引领下重燃“活下去”的意愿。他在观星中发现，宇宙正由红移膨胀进入蓝移收缩。这个构思把灾难小说推到了极致——全宇宙得了绝症，没有任何逃生希望。此时人类该怎么办？之后乐乐发现这只是宇宙的一次“尿颤”，但这次思想的洗礼改变了人类。小说思想跨度大，富有哲理性，主人公的绝症与宇宙的绝症两条线互相烘托，相得益彰。虽然文学上的笔力无法与余华相比，但其宏大的想象和厚重的内禀依然获得了众多读者的喜爱。小说获得2008年的科幻银河奖“优秀奖”。

长篇小说《十字》延续了王晋康多年创作中时常涉足的生物科学题材，大量使用了作者比较熟悉的写作技法，融国际恐怖主义、神秘科学组织与中国的社会现实为一炉，语言技巧更加纯熟，情节紧张刺激，故事精彩纷呈，刻画了一个勇于献身、充满理想主义的完美女性梅茵。

小说一开始就充满了神秘色彩。秘密科学组织“十字”的成员梅茵从俄罗斯科学机构里取走了天花病毒，并斥巨资在中国内地建立了生物工厂，以生产生物制品的掩护开发减活天花病毒。同时她把私人积蓄都投入到慈善事业上，在孤儿院孩子们的心目中是一个完美的慈母。然而这个慈母居然在她最心爱的“女儿”小雪的生日蛋糕上投放了天花病毒，让孩子们成了第一批经历减活天花病毒洗礼的人。小雪因此成了一个丑陋的麻子。同时推进的另一条故事线中，装扮成印第安人的恐怖分子在美国撒播天花病毒，造成了全球大恐慌。后来，梅茵撒播减活天花病毒的“罪恶”被揭露。原来，“十字”组织遵循“低烈度纵火”的理念，认为应该给病毒留出一定的生存空间，使其温和化，与宿主人类和谐相处。这对人类群体来说更有好处。梅茵虽然获刑，“十字”组织的理念却逐渐得到了大众的理解。多年后，恐怖分子假借作香水广告，在日本用飞机大规模播撒天花病毒。而梅茵家人开创的新技术协助日本度过了这一危机。

《十字》宣扬“低烈度纵火”可以打破临界状态因而对避免灾难有重要意义，探讨了人类与细菌和病毒“共生”的机制，并进一步扩展到“人类这个物种中个体与整体之间的关系”问题。小说中的观点经科学工作者的讨论，认为确实具有一定的科学性。

王晋康认为，“上帝只关爱群体而不关爱个体，这才是上帝大爱之所在。”[5] 而现代医学的发展，客观上中断了“物竞天择”的自然淘汰，对于整个物种的健康延续未必是一件好事。这个观点显然发展了《生死平衡》中的“平衡医学观”，体现了王晋康作品中在思想观点上的延续性。当然，这种颇为激进的观念强调种群的“大生存权”，认为个人的“小生存权”可以被牺牲——这显然与文明社会的主流观念有所冲突。

《十字》是王晋康对自己熟悉的小说主题的一大提升，是《生死平衡》的高级版本。女主角梅茵是个完美的女性：她既有聪慧的头脑又有美貌性感的外形，危急时刻还能用中国功夫护身。她是一位出色的科学家，爱护孤儿的母亲，又是一位勇于牺牲的理想主义者。由于这个人物过于完美，一定程度上降低了人物的真实感。但不可否认的是，王晋康对女性人物的塑造能力在本书中有很大的提升。如果说《蚁生》中“秋云”这个人物的成功来自于他真实生活中对女知青形象的了解，那么《十字》体现了王晋康对小说女主人公（之前常常是男性）形象的刻画已进一步纯熟，“梅茵”很大程度上可以视为《生命之歌》中“孔哲云”这个角色的升级版。

《十字》由于其主题的社会意义和现实意义，一经问世，便获得了读者的热烈反响。经历了“非典”禽流感和H1N1病毒蔓延全球的噩梦，加之近来“超级病毒”的现身，让当代人对于人类现代医学体制中的免疫机制产生了怀疑，这部小说的发表恰逢其时，也彰显出作者对于人类命运的深切关注。

2011年，王晋康新作《与吾同在》隆重问世。如果说，《蚁生》曾经通过蚂蚁社会和人类社会的对比给我们提出了问题，那么《与吾同在》某种程度上试图回答这个严肃的问题：利他的蚂蚁社会模式与自私的人类组成的现有社会模式，哪一种更符合远期发展的需要？小说中人类生命由“外星上帝”创造而来，是充满博爱的文明播种运动的直接成果之一。外星使者（即“外星上帝”）提升了地球生命之后，还长年关照地球生物种群尤其是人类的发展。但外星上帝的母星却因这次大爱之举消耗国力，导致了自身的衰微，反被自己播种的新文明之一所灭。辗转千年，再次复兴后的外星文明将目光投向地球，计划把这里当成自己的重生之地，却遭到了外星上帝引导下的地球人类的抵抗……小说结构层次分明、悬念十足、极富可读性；既可以作为对《蚁生》的回应，也可以作为《水星播种》这类创世纪类的科幻小说的深化与发展，其深层的哲理性思考与独特的“共生圈观念”也带有鲜明的王氏烙印——“生物的群体道德，在共生圈内是善、利他与和谐，在共生圈外则是恶、利己与竞争。”[6]以恶为人类文明的推动力，善只是一种共生圈内的自我协调，这是自霍布斯的《利维坦》以来就饱受争议的观念，但以整部长篇来推动一种形而上的哲学思考，是王晋康小说的独特魅力。

4. 哲理科幻和核心科幻

值得注意的是，王晋康的几篇小说都曾引起公众对某种哲理观点或科学观点的广泛关注和争论，包括《生死平衡》中的“平衡医学”观点；《替天行道》中对于商业道德与“上帝道德”的冲突；《十字》中关于“低烈度纵火理论”、凶恶病毒的温和化、“上帝只关心群体而不关心个体，这才是上帝大爱之所在”的观点、《与吾同在》中的“共生圈”观念；等等，类似的情况在国内科幻作家中绝无仅有。能以一篇文学作品而引发科学和思想领域的争论，其实正好表现了其科幻构思的超硬与厚重。可以说，以超硬的、厚重的科幻构思来承载人文内容，用科学本身所具有的震撼力来打动读者，这正是王晋康作品的另一个重要特点。综观王晋康近 20 年的作品，既贯串着对科学的深情讴歌，也贯串着对科学深刻的反思和批判，他对医学、人性、生物伦理学、人类未来、科技对人性的异化等方面，都有独到而深刻的、甚至十分锋利的见解，而且这些见解都基于厚重的科学基础。可以说王晋康是走在时代前列的思想者。他的作品常常被称为“哲理科幻”。

在王晋康创作的这一阶段，作品的社会影响力总体上或许不如他创作的第一阶段。客观上是因为，20 世纪 90 年代中国科幻虽然有星河、韩松、何宏伟等优秀的作者，但却依然是当之无愧的王晋康时代。而 1999 年以后，另一位厚积薄发的科幻大家刘慈欣已经以他汪洋恣肆、宏大奇崛的小说强烈冲击中国读者的心灵。21 世纪初，中国科幻逐步迈入刘慈欣时代，足以与世界对话。在这样的背景之下，王晋康同样优秀但多少偏于“理性化”的作品，在读者中的影响力有所减少。但是，这并不能影响这样一个事实：近 20 年来，王晋康的作品感染了千千万万的读者尤其是青少年（中国科幻的核心读者群），使他们对科技主导下的人类历史可能会出现的种种未来走向充满了好奇。他小说中深刻但并不晦涩的科学内核引起了读者对科学的兴趣，启发他们进行科学的思考，也就对科学的普及起到了很好的推动作用。

同时王晋康对自己的小说有着清醒的认识。他认为，自己小说中的核心人物经常是科学家，是生活在理性世界中的人，再加上他本人对科学的感情和认识，主人公的内心世界常常是苍凉的。由于这些原因，他的作品中人物形象比较单一，如《生命之歌》中的孔昭仁父女、《十字》中的梅茵等，都是理想主义的科学家。

王晋康小说的语言苍凉沉郁，后期则沉稳平和，冷静简约，带着“中国红薯味儿”（王晋康自语）。小说在叙事手法上一直秉承传统，大多强化小说的故事性、可读性，情节设置高潮迭起，悬念重重，让人手不释卷。他从不在小说中采用偏于晦涩的现代、后现代手法，客观上这也符合并满足了国内科幻读者的阅读需要。

在创作理论上，王晋康提出了“核心科幻”的观点——也就是科幻作品中最具“科幻特质”、不会与其他作品混淆的作品，以突出“科学是科幻的源文化”这个特点。对此他具体解释为以下三点：

（1）宏大、深邃的科学体系本身就是科幻的美学因素。按科幻界的习惯说法：这些作品应充分表达科学所具有的震撼力，让科学或大自然扮演隐形作者的角色，这种美可以是哲学理性之美，也可以是技术物化之美。

（2）作品浸泡在科学精神与科学理性之中，借用美国著名的科幻编辑兼科幻评论家坎贝尔的话说，就是“以理性和科学的态度描写超现实情节”。

（3）充分运用科幻独有的手法，如独特的科幻构思、自由的时空背景设置、以人类整体为主角等，作品中含有基本正确的科学知识和深广博大的科技思想，以润物细无声的方式向读者浇灌科学知识，最终激起读者对科学的尊崇与向往。[7]

王晋康认为，核心科幻与非核心科幻单就作品本身而言并无高下之分，但就科幻文学这个文学品种而言，必须有一批优秀的核心科幻作品来做骨架，否则“它就会混同于其他文学品种，失去了存在的合理性和必要性”[7]。从这个意义上讲，这位一向自称“凭直觉写作”的作者在科幻理论领域也颇有见地。

已经迈入花甲之年的“老王”依然在尝试新的变化和新的突破。在王晋康的上述晚近作品中，延续一贯硬科幻风格、但在小说技巧和人物塑造上更上一层楼的《十字》；完全使用纯文学语言，打造历史的真实与科幻水乳交融的《蚁生》；和思考宇宙的总体生物发展规律、推出“共生圈”观念的《与吾同在》共同将他的创作生涯推向了新的高度。

我们可以期待，这是王晋康重新出发的第三阶段，未来他还将继续以苍凉凝重的笔锋，以深邃、博大，有时甚至不失苦涩的思考来引领读者，进入一个又一个幻想的世界。

参考文献

[1]刘慈欣．西风百年——浅论外国科幻对中国科幻文学的影响［J］．科幻世界，2007（9）：70–73.

[2]姚海军．王晋康——构筑中国科幻的根基［J］．科幻世界，2002（5）:45.

[3]王晋康．替天行道［J］．科幻世界，2001（10）.

[4]韩松．“回归现实主义——替天行道评论”.2001 年度中国最佳科幻小说集［M］．成都：

四川人民出版社，2002:170–172.
[5]王晋康．十字［ M ］．重庆：重庆出版社．2009–03.
[6]王晋康．与吾同在［ M ］．重庆：重庆出版社，2011–09.
[7]王晋康．漫谈核心科幻［ J ］.《科普研究》，2011（ 3 ）：70–72.

——原刊于《科普研究》，2013 年第 1 期

本文原为“百年中国科幻小说精品赏析”课题阶段性成果，课题设计为《蚁生》独立撰文，因此本文中仅简略介绍。

（赵海虹：浙江工商大学外国语学院教师，科幻作家）

王晋康——构筑中国科幻的根基

姚海军

科幻小说最积极的意义之一，是能够使读者明了人类即将面临的选择。科幻作家喜欢在一个个具有特别意义的选择点上，铺陈故事，展现一条条未来之路，并表达他们对选择的企盼与隐忧。

对整个人类种族命运的关注赋予科幻小说以厚重感，而这种厚重却是中国科幻长期缺乏的。我们需要恣肆宏大的想象，需要灵动幻化的意象，需要文学层面上的探索，但是，如若没有这种对现实与未来的关注和思考，中国科幻无疑将成为沙上之阁。王晋康作为作家提出"核心科幻"的概念（认为以哲理性思考为重点的作品是科幻小说的两大核心之一）表明，他对科幻现状以及自己的创作方向有着准确的把握。现实的回报是，王晋康成了一个有鲜明特色的科幻作家，一个广受读者欢迎与推崇的科幻作家。他对中国科幻的贡献便是在固守科幻核心价值理念的同时，将哲学思想引入科幻，进而使我们惊奇地看到了中国科幻正在成形的坚实根基。

王晋康的人生履历有着老三届一代人共同的曲折。他 1948 年生于河南镇平，1966 年高中毕业，1968 年下乡当了三年"知青"，1971 年当上了工人。1978 年恢复高考制度，王晋康以优异成绩考入了西安交通大学动力二系，毕业后在河南油田及石油第二石油机械厂从事技术工作，曾任该厂设计研究所副所长、高级工程师。

虽然大学期间就喜欢舞文弄墨，但王晋康的科幻创作却可谓大器晚成，他科幻之路的开端颇具传奇色彩。在取得了初步的成功后，1994 年某日的《中国石油报》发表了一条题为《十龄童无意间“逼迫”父亲，老爸爸竟成了科幻“新星”》的新闻，道出了王晋康如何在儿子的“逼迫”下创作出他的第一篇科幻小说《亚当回归》的有趣过程。出人意料的是，这篇带有强烈偶然性的作品不仅改变了作者后来的生命轨迹，也改变了中国科幻创作的面貌。自《亚当回归》在《科幻世界》（1993 年第 5 期）发表开始，一个新时代——王晋康独领风骚的时代便开始了。“王晋康时代”这种提法也许会引起争议，但不可争议的事实是：从 1993 年初登科幻文坛到 1999 年宣布不再参加银河奖评奖，王晋康创造了连续 6 年蝉联银河奖的辉煌纪录。在今年刚刚闭幕的第 25 届银河奖颁奖典礼上，王晋康以构思宏大的《逃出母宇宙》第 18 次捧起了中国科幻银河奖奖杯。

王晋康的创作特色在他的处女作《亚当回归》中就已经有了充分的表现，最明显的是人类社会被高科技催化变异所导致的伦理道德上的新旧冲突。在这个故事中，王亚当，一个 200 年前的宇宙探险家，如同实验室中的一只小白鼠一样被作者置于传统人类已经被新智人取代的未来。迷惘、困惑，甚至反抗，新旧交替的所有矛盾都汇集于王亚当一身，作者所要表达的哲学思辨由此顺理成章地展开。王晋康的哲学思考并不深奥，但却是有趣味的、大众的，它恰到好处地调动了青少年（《科幻世界》的核心读者群）对科技主导下的人类历史可能会出现的转折的好奇心。

对待技术的超速发展问题上，王晋康的心态是矛盾的。这体现在王亚当最终的选择以及在这个选择过程中所流露出的无奈上。作为最后一个自然人，王亚当顺应了历史的潮流，但同时他却不得不放弃作为一个我们所理解的人应该拥有的快乐。生命的意义在这里受到了严重的质疑。这种矛盾在后来的《义犬》（1996）以及《生命之歌》（1995）等多篇作品中得到了印证。

与《亚当回归》一样，《义犬》和《生命之歌》的核心内容实质上都是新人类对旧人类的取代：人类用自身的智慧在本体上孵化更具优势的新人类，然后科学家们便不得不面临两难的抉择。在《义犬》中，新人与旧人的冲突已经到了不可调和的程度，因而作者在结尾不得不利用主人已经形消影散的外星智慧飞船，使新人与旧人捐弃前嫌，以逃避选择的困境。但一方面，跨越浩瀚星空苦苦寻觅主人的“义犬”的出现，却暗示了作者达观的选择。

在《生命之歌》中，王晋康的选择与《亚当回归》截然相反。这一次，他终于完全站在了旧人类的立场上，让他的主人公毁灭了新人类“先祖”，在幻想的世界中，为我们争取了一二百年的时间。

《生命之歌》当数王晋康最好的作品之一。它的成功除了在于人物形象的成功塑造以及主人公牵动心弦的抉择外，还在于它令人炫目的、具有开拓性的科幻内核和对生命本质的思考。这篇作品也为王晋康赢得了广泛赞誉。

科幻小说的人物塑造似乎一直是个难题，以至于当我们回顾我们的科幻史时，很难在头脑中形成几个立体的人物形象。王晋康的人物塑造方面较为成功，这主要体现在他对狂人科学家的刻画上。痴迷不悔，用生命挑战科学的林天声（《天火》，1994）；癫狂乖戾，复制自己烟消云散的胡狼（《科学狂人之死》，1994）以及在数易其身，掌握长生秘诀，在孤独中参悟生死之道的李元龙（《斯芬克司之谜》，1996），这些人物身上虽然仍残留着公式化的影子，但在某种程度上已经具备了独立于文本之外的生存体能。

在提携后辈方面，王晋康尤为令人敬重。1999 年底，已经发表出版科幻小说 30 余篇（部）的王晋康主动提出不参加 1999 年度银河奖的评奖。在给《科幻世界》的信中，王晋康诚恳地表达了自己的心声：希望我国唯一的科幻奖项能给年轻作者更多的鼓励。随后，他进入了为期一年的休整期。

在读者的企盼中，王晋康于 2001 年重返科幻领地，于是又有了《50 万年后的超级男人》《他才是我》《替天行道》等一系列佳作。《替天行道》是王晋康的又一力作，同时也是新世纪初年，中国科幻的收获之一。在这篇作品中，王晋康以科幻作家特有的使命感对我们的国家所面临的现实给予了深切的关注。著名科幻作家、新华社记者韩松在评价这篇作品时说：“《替天行道》和《乡村教师》都意味着从郑文光和童恩正时代开创的现实主义、英雄主义和爱国主义的回归。”

最近几年，王晋康的创作重点转移到了长篇创作上，相继出版了《生死平衡》《少年闪电侠》《拉格朗日墓场》《死亡大奖》《时间之约》《十字》《蚁生》《与吾同在》《血祭》《逃出母宇宙》《上帝之手》等长篇力作。

丰富的人生经历给了王晋康无尽的生活感悟，同时也使他的作品带上了几分苍凉，几分凝重。在我国的科幻作者群落普遍比较年轻的背景下，王晋康因而显得与众不同，他似乎是另一个纪元遗存下来的恐龙，正以他独有的优势和新生代一起构筑着中国科幻的根基。

（姚海军:《科幻世界》杂志主编、副总编辑）

王晋康——科幻界的文学原教旨主义者

——《王晋康经典科幻小说集粹》序言

何　夕

在当下活跃的科幻作家中，王晋康先生无疑是具有广泛影响的重量级人物。20 年来，王晋康以旺盛的创作力为我们奉献了众多科幻小说精品，作为朋友及同道中人，我一直对王晋康先生老当益壮笔耕不辍的精神深为敬佩。此次王晋康先生创作 20 周年作品研讨会，让我们有了一个从多个角度深入赏析王晋康科幻作品面貌的机会。

王晋康科幻作品的评介文字已有很多，借这个机会我只谈一些个人的浅见。作为科幻圈同好，王晋康的作品我基本都拜读过。王晋康丰富的人生阅历以及广博的知识赋予他的作品与众不同的特色，几乎没有平庸之作。其中不少作品即使经过时间无情的洗礼，依然放射出珍珠般熠熠夺目的光彩。对于一位作家而言这算得上是小概率事件。

就个人感受而言，王晋康作品有两个特点令我印象尤其深刻。

第一个特点是从科幻的角度对人性的洞察及拷问。

欧洲文艺复兴最伟大的贡献便是发现了“人”，也许这更多的是指人从对“神”的膜拜中解放出来发现了自身的价值。但是很显然，对“人”的认识与发现一直贯穿着人类文明的全部历史。不过这更像是一个不可能完成的任务，因为我们试图剖析的对象正是我们自身，而数理逻辑学已经证明：对自我的涉及必然导致不可解的悖论。所谓“一千个读者就有一千个哈姆雷特”不单单可以理解为作品的出色，说不定是因为莎士比亚自己也迷失在了人性的怪圈里。

而科幻就如同一把利剑，由未来之手把握，让我们得以在某些短暂的瞬间瞥到被现实的肌肤筋骨重重遮蔽的自我——那个本来的“人”。王晋康科幻作品题材广泛不拘，几乎涵盖了人类生活的各个领域，甚至还包括某些至今人迹罕至的禁区。这些科幻故事形形色色甚至光怪陆离，王晋康正是通过这样的方式向我们展示了一个科幻作家对人性、人心以及人本身的洞悉。在《类人》和《豹人》这样的作品里，王晋康以科幻的声音对人类基因正统的拷问振聋发聩。而在《癌人》里，作为人体内的细胞叛逆者，癌基因居然成长为比人类更擅长生存也更强大的个体，这其中的意义既惊心动魄又发人深省。还有《生命之歌》里，面对人工智能生命的挣扎，作者寄予的同情与悲悯，以及《长别离》里对人类最终走向异化的宽容与感慨。可以说纵观王晋康的所有作品，不啻欣赏一部科幻版的《人间喜剧》。

第二个特点是王晋康以科幻为武器对文学社会功能的重塑。

毋庸讳言，中国当下的文学有一种日渐沦为游戏的趋势。读者沉耽于轻松猎奇刺激感官的阅读，作家更是远离了社会生活的中心，退居到私人的角落，要么迎合市场，要么沉迷于纯技巧性的“自说自话”。总之，文学变得越来越“水”，越来越没有营养，只剩下歇斯底里的娱乐至死。

自曹丕《典论》以降，“文以载道”已经提出来2000年了。在很长一段时间里这句话并不是口号，而是实在贯穿于文学创作及至中华文化当中的一条基本原则。但近些年这条原则日益衰微，到了几被摒弃的地步。当然，这样讲的前提是没有将歌功颂德也列入“道”的范畴。而我们读王晋康的作品却能真切地感到他对这样的现状是不认同的，在他的作品中充满对文学现状的反思与“反动”。从《蚁生》里惨烈失败的社会实验场到《十字》里对西方国家原罪的追问，从《生死平衡》里对平衡医理（其实是哲理）不遗余力的推崇到《替天行道》里对科学邪恶一面的忧虑……王晋康用他或犀利或温情的笔触为我们描述了一幅幅横跨远古与未来、饱含关怀与思考、血肉丰满的人世画卷。从这个意义上讲，王晋康是一位不折不扣的文学原教旨主义者，而他却来自于文学最晚近而且并非主流的分支，这种巨大的反差本身就是一件非常吊诡和科幻的事情。

当下流行快餐的时代和以往不同的地方在于：人们缺乏的不再是可供阅读的内容，甚至也不是阅读所需的金钱，人们最缺的其实是阅读的时间。面对每天生产出的天文数量的文字，以及同样数量庞大的各类媒体节目，一位作家用什么来吸引大众阅读其实是一个非常严肃的问题。也许那些能让人傻笑的“糗百”作品永远都会有市场，也许那些看得人满脑袋糨糊弥漫的“先锋”作品依然可以搔首弄姿，但我却从骨子里坚信，像王晋康的科幻作品这样能够让人“有所得”的文化艺术才是真正具有长远生命力的。我之所以有这个信念只因为一点：人是智慧的生物，人类创造了科学，科学的精神也反哺着人类。

中国科幻的崛起是一个漫长的过程，脚下黑暗泥泞的道路将一直伴随我们。在平庸世界的尽头，有美丽的星光。

（何夕：著名科幻作家，代表作品《六道众生》《伤心者》等）

论中国当代科幻小说的思维和边界

汤哲声

作为中国当代科幻小说的三位代表作家，刘慈欣以他的《三体》而引人瞩目，王晋康以他勤耕不辍的系列小说浸润着市场，韩松以他的诡异之风吸引着读者的眼球，他们被称为当代中国科幻小说的“三剑客”。他们的作品显然将中国科幻小说创作带入了新的阶段。有意思的是这三位作家风格是如此的相异，一个大气、宏大、瑰丽，而气势磅礴，一个小巧、缜密、隽永，而吐纳绵长，一个则是迷乱、跳跃、新奇，而思绪惆怅。值得思考的是这三位风格相异的作家在作品中却显示出很多相同的追求。在我看来，这些相同的追求正是中国科幻小说新的创造和变化，正是中国科幻小说进入新阶段的标志，这就是本文所要论述的问题。

思维，还是思维

刘慈欣在《三体》第一部中讲了这样一个故事。当分解了一个公式时，别人会说“这公式真巧妙”，叶文洁的女儿杨冬却说“这公式真好看”，她将这个公式看成一朵漂亮的野花；当欣赏一首曲子时，别人会身心陶醉，她的回答却是：一个巨人在大地上搭一座好大好复杂的房子，巨人一点一点地搭着，乐曲完了，大房子也就搭完了。[①] 刘慈欣试图通过这个故事说明，作为天体学家之后的杨冬具有怎样与众不同的思维，说明她之所以成为物理学家的可能性。然而，给我们的启发是：要想有所创造，有所成就，能摆脱常臼，展现与众不同的思维是多么的重要。中国当代科幻小说展现出了这一特色。

从人类的角度思考生存问题是当代中国科幻小说展开想象的出发点。作为一件舶来品，科幻小说在清末民初之际就已经登陆中国，此时不仅有大量的科幻小说译作，中国人创作科幻小说也开始起步。回顾百年中国科幻小说创作，就会发现大致上有三个角度，一是国家意识，就是站在中国的角度想象科学让中国人获得思想启蒙、让中国得到发展强大的助力。清末民初之际徐念慈《新法螺先生谭》中的“余”在金星上见到了“换脑术”，首先想到的是换中国国民之脑，“我国深染恶习之老顽固，亦将代为洗髓伐毛，一新其面目也”。小说中的“余”上天入地一番后，最后还是要在上海开一个“脑电学习班”。[②] 20 世纪 80 年代童恩正发表《珊瑚岛上的死光》产生很大影响，写的是学成归国的科学家受到邪恶势力的阻挡，其基本思路还是国家意识。中国科幻小说的国家意识是对中国国弱民贫的现实状态的本能反应，有着强烈的渴望改变、渴望强大的本能动力。二是少儿科普。科幻小说作家萧建亨曾对这样的创作思维作出形象的概括：“无论哪一篇作品，总逃脱不了这么一关：白发苍苍的老教授，或戴着眼镜的年轻工程师，或者是一位无事不晓、无事不知的老爷爷给孩子们上起课来。于是误会——然后谜底终于揭开；奇遇——然后来个参观；或者干脆就是一个从头到尾的参观记——一个毫无知识的‘小傻瓜’，或是一位对样样好奇的记者和一个无知不晓的老教授一问一答地讲起科学来了。参观记、误会记，揭开谜底的办法，就成了我们大家都想躲开，但却无法躲开的创作套子。”[③] 为什么就躲不开这样的创作套子

① 刘慈欣《三体》第一部，重庆出版社 2008 年版，第 52 页。

② 东海觉我（徐念慈）《新法螺先生谭》，上海小说林社 1905 年版。

③ 肖建亨《试谈我国科学幻想小说的发展》，黄伊主编《论科学幻想小说》，科学普及出版社 1981 年版，第 24 页。

呢？这的确是与国家的提倡有着很大关系。1955年9月16日《人民日报》发表《大量创作、出版、发行少年儿童读物》社论，同时中央发出“向科学进军”的号召。在这样的时代背景下，少儿科普自然应运而生。三是科学抚慰。从上世纪80年代开始中国的科幻小说开始建立了人类思维角度，科学作为人类的对应物和参照系，像春天一样抚慰着人类的心灵或像明灯一样引领着人类的前行，刘慈欣说得不错：“那时的科幻小说中，外星人都以慈眉善目的形象出现，以天父般的仁慈和宽容，指引着人类这群迷途的羔羊。”[①] 当下中国的科幻小说是上世纪80年代以来人类思考的延续，但是外星人和科学发现不再是春天或者是明灯，而是要置人类于死地，并取而代之的恶魔。刘慈欣笔下的三体世界智力水平和科技水平是比人类高明，他们飞向地球却不是拯救人类，而是要占领地球这个星球。善写生命意识的王晋康，他笔下的那些掌握着特异科技手段成为了特异功能的人，并没有造福于人类，反而毫无例外地成为破坏人类生存法则、人类生活秩序的凶手。韩松更为悲观，他深深忧虑那些生活在便利的科学世界中的人类。人类会不会脱离自身的发展轨道而发生变异呢？人不是人了，这是多么可怕的结果。科学技术不再是人类发展的助力，而是人类发展的阻力，甚至是毁灭的力量，这样的创作思维引发出很多思考：什么是真正的人类健康的生活，是人类思维、人际交往的生活，还是科学思维、科学交往的生活；什么是真正的人类文明生活，是遵守着人类制定的秩序，却又不断犯规、充满着各种犯罪的令人厌恶的本能社会，还是没有犯罪、没有私念、一片祥和却被控制住的科学社会；什么是真正的人类的物种生活，是有着悲欢离合、生老病死的情感和循环，还是永远欢乐，长命不死的祥乐永恒的世界。人类有着自己的生活习性，有着自己的生存法则，有着自己的发展程序，有着自己的快乐和痛苦，科学技术只能是维持着人类的这些规则，服务于人类的这些规则，任何想占取人类的权利、改变人类的规则的力量，都是邪恶！这大概就是当下中国的科幻小说所要告知人们的观念。

① 刘慈欣《三体》第一部，重庆出版社2008年版，第300页。

科学技术的发展给虚拟空间的建立以及科学危机的思考寻找到了看似合理的理由。科幻小说总是在现实社会之外，建立一个（或数个）虚拟空间。虚拟空间是现实社会的参照对象，总是扮演着现实社会的指引者或者对抗者。问题是这些现实社会怎样连接虚拟空间呢？中国的科幻小说常用的手法是梦境（如陆士谔《新野叟曝言》），或是时光隧道（如吴趼人《新石头记》）等等，这些近乎荒诞、手法十分僵硬的连接，使得人们对虚拟空间合理性常存怀疑，常被看成是缺少科学依据的主观编造。更为被人诟病的是，同样的连接方式常常运用在玄幻小说、穿越小说之中，因而，科幻小说和玄幻小说、穿越小说的边界就很难被划分。当下科学技术的发展以其神奇性为科幻小说虚拟空间的设立了依据。例如，作为人类科学技术的重大发明，电脑和网络已成为当今的人类不能离开的了解社会、获取知识的途径和窗口，很难想象当今人类社会没有了电脑和网络将是什么模样。网络技术的神奇性就给当下中国的科幻小说虚拟世界的转换提供了科学的依据。星河的《决斗在网络》、吴岩的《鼠标垫》[①] 等都是通过网络将现实社会和虚拟世界连接成片的优秀小说，而刘慈欣既是将网络写成现实社会和虚拟世界的连接点，又是将网络写成地球人与太空人斗智斗勇的战场。三部《三体》几乎都是通过网络游戏、网络电波、网络脉冲等各种网络技术完成了地球社会与三体世界的转换，并通过网络展开地球人和三体人互相的暗示、威胁、争斗、追杀等。电脑不仅能够与人脑媲美，其信息传达的精密程度还能超越人脑，电脑以及网络技术所带来的信息复杂性以及随之而产生的神奇性，引起了人类感叹，甚至是担心，用之作为现实社会和虚拟世界的连接点既有科学性、神奇性，更为重要的是人类随之而产生的危机感似乎有了合理性。如果说网络技术还是一种有形的物理性质的连接，王晋康小说中的连接呈现出落地无声的化学形态，很为老到。他将科学领域中仿生学、遗传学、细胞学等多种科学原理运

① 安然主编《世纪末10年中国科幻小说精品选（上）》，作家出版社2003年版，第1页、第82页。

用到人类社会，并在此基础上展开科学思维。例如他的《蚁生》[①] 将蚂蚁王国中的社会组织和社会结构运用到人类社会来;《生命之歌》[②] 则将遗传学、细胞学的原理运用到人的异化之中，于是人类所渴望得到的理想的社会、大富大贵的生活、长生不老的生命都出现了，而且都有了科学的依据。人类的发展本身就是在模仿中不断地变异和改进，因此王晋康小说中的连接点是无形的，却深入精髓。更有特色的是，与刘慈欣等人所构造的现实社会与虚拟世界的二元空间不同，王晋康小说中的连接是在人类现实生活中逐步形成，他的科学思维的发散点就呈多维状态，人类还是人类，但是行为变了，形态变了，于是实在与虚拟、客观与主观、个人与集体混合在一起，真善美与假伪丑、理想与欲望、正义与邪恶搅拌于一体，人类的行为、形态来自于人类的本能，变异的行为、形态来自于人类基因的变异，他们都有科学的依据。如此的思维给王晋康小说带来了特殊的魅力。刘慈欣着力于宏观，王晋康着力于微观，韩松则对我们生活的现实社会表现出深深地忧虑。他的思考直接与我们所享受的科学技术带来的生活便利连接在一起。地铁和高铁给我们带来了便利，可是每天几亿人在地下穿行，几亿人装在箱型物体中移动，人类的社会交往发生着变化，变化着的人类交往直接影响着人类的基因。看看我们每天的生活，想想韩松所提出的忧虑，就会惊出一身冷汗。

科幻小说，“科”是特色，“幻”是水平，思维是根本，高水平的“幻”建立在合理而灵动的思维之上，中国当代科幻小说达到了这个境界。

科学，不是科学

科学是什么，这是科幻小说必须解答的问题。一般来说，科幻小说总是从两个方面做出自己的回答，一是科学作用的形象阐释，二是科学社会的形

① 王晋康《蚁生》，福州：福建人民出版社 2007 年版。

② 王晋康《生命之歌》，北京：中国华侨出版社 2011 年版。

象描绘。当下中国的科幻小说创作对这两个问题都有了新的见解。

科学具有什么样的作用？科学是文明的生活方式，掌握了它就成为“新民”，这是晚清徐念慈等科幻小说作家所做出的回答；科学是先进的技术技能，掌握了它就能成为强国，这是民初陆士谔等科幻小说作家的强国畅想；科学是强大的能量工具，如果被邪恶的人所利用，就会毁灭人类，成为邪恶科技，这是20世纪30、40年代徐卓呆、顾均正等科幻小说作家所提出的警示；科学是一种知识，掌握了它就能聪明，这是20世纪50、60年代科幻小说作家所致力追求的社会效果；科学是国家现代化的重要途径，掌握了它就能国家强盛、人民幸福，这是20世纪70年代以后中国科幻小说作品所表现出来的理想图景……随着社会的发展、转型，意识形态的诉求、起伏，科学的作用在中国科幻小说作家手中始终处于变化状态。但是，万变不离其宗，科学是一种工具，它为人类所掌握，是人类发展的助力，是社会发展的通道。当下中国的科幻小说作家提出了与工具论完全不同的命题：科学是人类自我探索的本能，它的形成、发展、成熟的过程是人类逐步自我毁灭的过程。星河的《决斗在网络》中与“我”决斗是电脑病毒，而电脑病毒的产生则是人类窥探别人秘密的本能，因此，小说得出一个结论：“我”本身就是一只电脑病毒，“我们相信，今天人类体内某些DNA的一部分就有来自病毒的可能。可以想象，早在远古时期人类祖先的DNA中，便已被那时的病毒插进来它自己的遗传模板。人类与病毒的战斗将遥遥无期，究竟鹿死谁手更是殊难把握……”[①] 小说中的“我”与病毒决斗，也就是自己与自己决斗。同样的命题出现在韩松的《春到梁山》[②] 中，科学的追求就如“梁山故事”一样，既是固定的模式，又是漫无边际永无休止的重复，可是这一切都是虚幻的，是“它自己制造了它自己”。在众多作家中，对此命题写得

① 星河《决斗在网络》，见《世纪末10年中国科幻小说精品选（上）》，北京：作家出版社2003年版，第23页。

② 韩松《春到梁山》，见《世纪末10年中国科幻小说精品选（上）》，北京：作家出版社2003年版，第95页。

最深刻的当数王晋康。对生命本源和动力的挖掘是人类科学探询的本能目标，而要证明生命本源和动力科学探询的正确性就必须要有科学的印证，于是机器人就成为最佳的印证物。然而机器人一旦被输入正确的生命密码，它们必然以其纯正性和严密性战胜人类，甚至毁灭人类。一方面是人类要探索自我的本能追求，一方面是人类自我毁灭，这就是他的名作《生命之歌》所揭示的问题。同样的思考在他另一部小说《生死之约》[①] 中得到更为精彩的表现。绝大多数的人都想长生不老，于是研究"寿命基因"就成为热门的科学探讨，问题是如果人真的可以长生不老了，这个世界又是什么样子呢？小说中的那个活了170岁的萧水寒，还能结婚生子，的确令人羡慕，可是他还是自绝了生命，并将长生不老的之秘方永远地带走，理由简单而又沉重：如果人人都长生不老，"世界要为此而颠覆了，人类社会的秩序要崩溃了。谁不想长生不老？什么样的人才有资格得到这个特权？如果全人类都长生不老，后来者怎么办？一个在组成成员上恒定不变的文明会不会从此停滞？"[②] 这是对那些寻求长生不老的人的发问，又何曾不是对科学作用的发问？同样的发问出现在韩松的小说中，高铁和地铁是人类社会科学技术发展的重要标志，可是却将人的生活放置在全新的狭隘、压抑的空间，结果是人的伦理、思维心理都狭隘了、压抑了，发生了撕裂和扭曲，人类在科学技术的追求中将自己推向了种类变异甚至毁灭之途，读之令人恐怖！

外在的科学社会究竟什么样子，自清末民初儒勒·凡尔纳的作品被引进中国之后，凡尔纳的享乐主义乌托邦的理想社会建构就一直成为中国科幻小说作家展开想象的出发点，要么是极为丰富的物质文明，如陆士谔《新野叟曝言》中水晶为地、祖母绿为树的月球世界和黄金为地、钻石为地的木星世界；要么极为文明强盛的社会，如吴趼人《新石头记》中的"文明境界"。科学社会的文明而富强，就是要映衬人类社会的愚昧而落后，从而激发地球人通过科学发展达到彼岸，近百年来的中国的科幻小说几乎都是这样的科学

① 王晋康《生死之约》，北京：中国华侨出版社2011年版。

② 王晋康《生命之歌》，北京：中国华侨出版社2011年版，第211页。

社会的构想。这样的构想被刘慈欣和王晋康等人颠覆了。刘慈欣《三体》中的三体世界是个什么世界呢？用它们元首的话来说：“三体文明也是一个处于生存危机中的群体，它对生存空间的占有欲与我当时对事物的欲望一样强烈而无止境，它根本不可能与地球人一起分享那个世界，只能毫不犹豫地毁灭地球文明，完全占有那个行星系的生存空间。”① 这是一个充满着邪恶欲望的邪恶的群体。不但欲望邪恶，三体世界征服地球的手段也非常的卑劣。它们对地球文明采用了三种手段，一是“染色”，即利用科学和技术产生副作用，使公众对科学产生恐惧和厌恶，例如污染；二是“神迹”，即对地球人进行超自然力量的展示，让地球人对三体文明产生神一般的崇拜；三是“窒息”，即让地球科学锁死在现有水平；四是“绝育”，让地球人停止繁衍后代，直至灭亡。不是天堂，不是天使，而是恶魔，三体文明就是个“恶托邦”。如果说刘慈欣笔下的科学社会令人愤怒，王晋康小说中的科学社会则令人惊悚。一个完全利他、无私、牺牲、纪律、勤劳的社会，一直是人们所追求的理想的科学社会，但是如果真是这样的社会将是如何呢？他的小说《蚁生》就写了这样一个社会，这个社会其乐融融、完全利他，可是它建立在被控制、被麻痹之中。问题是如果失去了控制源怎么办，如果一部分人被控制住，一部分人清醒了怎么办？如果一部分人被控制的比例多些，一部分人被控制的比例少些又怎么办？小说展示了这样一幅图画：互相扭打、撕咬，直至死亡。科学社会就是好的社会么？刘慈欣和王晋康异口同声地回答：不！

对科学作用和科学社会的如此解释，当代中国科幻小说作家实际上提出了两大问题，一是人本的科学观念，二是人类生存的法则。

宇宙中最优秀的生物是人，最美好的社会是人类社会，最科学的进化是人依据自我的规律的发展，正如王晋康在《蚁生》所揭示的道理：“并没有可靠的机制来持续产生出一个和善的、无私的上帝”；“本性自私的人类，磕磕绊

① 刘慈欣《三体》第一部，重庆：重庆出版社 2008 年版，第 274 页。

绊，最终走到今天的文明社会，而且显然比野蛮时代多一些善，多一些‘利他天性’，这说明上帝的设计还是很有效的。”[①] 如果改变人的基因，改变人类的社会规则，改变人的进化规律，不是人类的幸福，而是人类的伤害，最后必然导致人类的毁灭。从这样的基本点出发，科学永远只能是人类的工具而服务于人类，任何想改变人类基因的科学必然是一种邪恶；科学发展永远只能受制于人类的发展，任何想超越人类的发展的科学进步同样是一种邪恶。人，也只有人，才是万物之灵，才是宇宙的主宰。如果人类与其他灵类发生碰撞和冲突，谁赢呢？是人！在《三体》第一部中被描述得那么强大的三体舰队，在《三体》第二部中已经被人类所击败，为了保存人类的基因而被冷冻起来的罗辑醒来后，听到的是：人类的太空战舰要比三体人的战舰厉害得多，不但多，而且强大，三体舰队已经变得稀稀拉拉，溃不成军。人类赢了。

既然外在的科学社会是一个充满着自我欲望、自我色彩的实体，人类社会怎样与这样的实体打交道呢？正如刘慈欣所担忧的那样："我认为零道德的宇宙文明完全可能存在，有道德的人类文明如何在这样一个宇宙中生存？"[②] 据此，他提出了"宇宙道德"的命题。这个命题的核心就是一个关系问题。他用远距离看足球的状态，用图像解释了他的"宇宙道德"，"就像在体育场的最后一排看足球，球员本身的复杂技术动作已经被距离隐去，球场上出现的只是有 23 个点构成不断变化的矩阵（有一个特殊的点是球，球类运动中只有足球赛呈现出如此清晰的数学结构，这也可能是这门运动的魅力之一）"状化、变化、穿梭、竞争、夺取胜利、身心愉悦、和谐交融，但是这一切都是在双方承认的游戏规则中进行，这就是刘慈欣的"宇宙道德"。他的三部《三体》写人类文明与三体文明关系及其发展，就是他的"宇宙道德"的演绎。王晋康笔下的科学社会（人）是人类社会（人）异化的结果，他强调的不是关系，而是制约。能够制约得住，科学社会（人）就是健康的，如果制约不住，科学社会（人）就是邪恶的，对于制约不住的科学社会（人）怎么

① 王晋康《蚁生》，福州：福建人民出版社 2007 年版，第 243 页。
② 刘慈欣《三体·后记》，重庆：重庆出版社 2008 年版，第 301 页。

办，王晋康的办法是：中止它的发展，甚至是毁灭它。相比较而言，韩松要悲观得多，他认为人类社会的科技发展的欲望不止，悲剧就会不断出现，这是人类发展的宿命。《高铁》中小说主人公周原在高铁中寻找失踪的妻子，发现高铁是个人工宇宙，生活其中的人都很怪诞。很有意味的是，周原在寻妻的过程中与女列车员生下来一个男孩周铁生，而这个周铁生长大以后，又在重复周原的生活：寻找父亲。父子之间在寻找之中互相猜忌，最后竟然是儿子杀死了父亲。循环往复，不断地探寻、寻找，而结果是心灵的扭曲，直至悲剧的发生。在韩松看来，所谓的“宇宙道德”根本不能成立，因为人的科学探索的冲动生生不息。

长期以来，对科幻小说的评价中一个重要的标准是：它能够预言科学发展的前景，或者是它的科学预言经常被科学发展所证实。这是一种实证法的评价标准，是一种物质的检验和证明。如果用这样的标准对照中国当代科幻小说，中国当代科幻小说显然不合标准。因为，作家们笔下的科学不再是科技，而是智慧，强调不是功能，而是思想。“现在的科幻迷们已经打开了天眼，用思想拥抱整个宇宙了。”[①] 智慧和思想是不能用物质来检验和证明的，却能提供警示和启发。警示和启发也就是当代中国科幻小说作家作家科学思考的角度和价值。它揭示的不是人类发展中步骤，而是人类发展中的隐忧，不是人类发展中的形而下，而是人类发展中的形而上，正因为如此，中国当代科幻小说的思考显得沉重，但却深邃。

小说，就是小说

西方科幻小说的发展轨迹比较清晰，尽管有很多说法，大致上分为19世纪的乌托邦小说，20世纪30年代的反乌托邦小说，20世纪40年的太空歌

① 刘慈欣《三体·后记》，重庆：重庆出版社2008年版，第301页。

剧（Space Opera），20世纪六七十年代的新浪潮，20世纪80年代的赛博朋克（Cyberpunk）。中国当代科幻小说属于哪一个阶段，用西方科幻小说的阶段性特征分析，就会发现中国当代科幻小说除了乌托邦小说的概念之外，几乎包括了后面的所有阶段的特征，有反乌托邦阶段的对物质进步、科技进步的忧虑，有太空歌剧阶段的太空旅行和宇宙文化，有新浪潮阶段的科学心理的挖掘，有赛博朋克阶段的人工智能和信息技术的奇幻。这种状态说明了两个问题：一是中国科幻小说与世界融为一体；二是融合的形态和速度如开闸放水，汇合各种潮流，迅猛而湍急。

问题在于中国科幻小说的"中国特色"在哪里。我认为中国当代科幻小说的"中国特色"在于中国素材（不是中国文化）。这样的中国素材借中国悠久的历史和大量的传统作品的"壳"展开科学想象。例如韩松的《春到梁山》，说当时的水泊梁山不是108将，而是109将，多的那个人叫方刚，他胡编乱造的一本《水浒传》。水泊梁山中的英雄也不是招安、战死，而是被朝廷的龙卷风屏幕困死。再例如苏学军的《远古的星辰》[①] 写当年楚国为什么在丹阳先败于秦国，后在蓝田大胜秦军，是因为得到外星人的帮助。刘慈欣所勾画的三体社会中不断出现的人物是秦始皇、庄子、墨子等中华名人。这类小说将人们所熟悉的历史和典籍重新组合作为想象的起点，展现文学的韵味，并将科学幻想寄居其中。

科幻小说是姓"科"还是姓"文"，一直是科幻小说性质的争论话题。我认为只要和小说挂上钩，其他素材也就只能是小说的题材，就如武侠小说是武侠题材的小说，不等于是武术和侠行；侦探小说是侦探题材的小说，不等于是刑侦侦破，科幻小说是科学幻想题材的小说，不等于是科学技术。科幻小说当然是姓"文"，是将科学想象寄予于文学思维之中的一种文类相当长的时期内，中国的科幻小说都是现实主义文学创作思维，严谨的结构和叙述论述着严肃的话题、宏伟的理想。当代中国科幻小说的文

① 苏学军《远古的星辰》，见《20世纪末10年中国科幻小说精品选（上）》，北京：作家出版社2003年版，第191页。

学思维有着明显的变化，一是因果关系的时间叙事结构已被打破，时空的组织在现实和虚拟中构造了结构的精美；二是现实主义经典的追求已被疏远，类型小说的通俗化和现代主义的意念化成为小说情节模式的主流形态。

上下五千年求索，古今中外纵横，“漫无边际”的展开想象是科幻小说的特征，问题是如何设立这些求索和纵横的叙事结构。以往的因果关系的时间叙事结构中，科幻的虚拟世界就处于他者的位置，因为因果关系的时间叙事总是从人类发展的角度思考问题，处于他者位置的虚拟世界中神奇，以及对人类现实社会的各种关系、影响均是从人类的角度获取认知，得到感受。如今，这种主体与客体、接受与影响、主动与被动的视角被打破了，他者的位置消失了，现实与虚拟均是主体，他们之间的关系是两个相同的主体之间的对话、碰撞，或者交融。刘慈欣的《三体》的第一部《地球往事》虽然空间意识很强，基本上还是时间叙事，小说基本上是以天体学家叶文洁的家庭出生，父亲在“文化大革命”中的劫难和母亲对父亲的背叛，从知识青年到进入神秘的红岸基地，从一个边缘的科学家进入核心领域，从星球探秘者变成了地球叛军领袖，曲折的人生，苦难的经历构成了小说的叙事主体。到《三体》的第二部《黑暗森林》中时间叙事渐渐弱化，空间叙事上升为叙事主体。面壁者和破壁人的设立为小说建立了二元空间。从面壁者的角度揣测三体世界如何侵害地球，并设置防卫措施，再从破壁人的角度分析面壁者的防卫，并一击而置于面壁者于死地，二元空间展开了激烈的对抗，不同的空间，不同的视角，不同的思维，形成了不同的智力角斗，这是相当激烈，而又相当精彩的空间叙事艺术。到了《三体》的第三部《死神永生》中出现了执剑人和反执剑人的二元对立，就当读者对小说叙事角度的重复有所失望时，聪明的作者在小说最后将地球文明和三体文明结合在一起，并将文明的发展看成是一个历程，将毁灭看成是新生的起点，于是小说叙事结构的空间对抗变成了融合循环，形成了一个精美的轮回式的叙事结构。与刘慈欣不一样，王晋康展开的是本体与异化的对话和对抗。本体是人类现实的生存状态，异化是人类虚拟的生存状态，或者是极其聪明、无所不能的机器人，或者是长命不衰、生命永恒的特异人，或者是永远利他、幸福快乐的伊甸园……这些异化的生存状态几乎都是人类的生活追求、生存追求和理想追求，这样的对话构成了人的现实的本体与虚拟的异化之间二元时空叙事结构。韩松干脆将现实生活和虚拟空间打碎了融合在一起写，形成了一种多维度、多层次地立体型的叙事结构。作者反复提醒读者，现实社会和虚拟空间其实没有什么区别，人就是生活在一种真真假假的感受和理念之中。

类型小说的情节模式在刘慈欣和王晋康的小说中相当明显。刘慈欣的小说运用的是武侠小说的"争霸模式"。三体文明和地球文明将像世界中两大集团，一个处于攻势，一个处于守势，面壁者、破壁者、执剑人、反执剑人就如武侠小说中的执法者、护法者，他们各有绝招，却都受制于各自首领的指挥，双方的争斗既有充满阴谋的斗智，也有极为刚烈的斗力，互相渗透、互相利用又互相依赖，最后是没有什么霸主，一切争斗都弥于新的力量的出现。王晋康的小说一般是亲情故事和侦探小说的"推理模式"的结合体。父子之情、男女之爱、兄弟之义常常是他小说中的故事元素，这些亲情元素缠绵、动人、曲折而又煽情，抚触的是读者心灵的柔软之处，它使得王晋康的小说具有婉约之风。侦探小说的"推理模式"是指他的小说中的叙事方式。他的小说一般是采用倒叙的方式，开篇是一种奇异的自然现象的表现，就如推理小说的开头悬念设案；发展是奇异的自然现象产生原因追溯，就如推理小说的破案过程；结尾是自然现象的科学解释，就如推理小说的结案说案。始终充满着好奇心，是王晋康小说阅读的推动力。中国当代科幻小说向类型小说靠拢，说明科幻小说作家开始注重故事性，注重市场效益和读者的反应，其结果是：好看了！

现代主义文学思维的科幻小说代表作家是韩松。对科幻小说的创作，韩松曾有这样期盼："科幻还应该更奇诡一些，更迷乱一些，更陌生化一些，更出人意料一些，更有技术含量一些，更会讲故事一些，更有思想性和社会性一些，这样，就还会不断吸引新的读者。”[①] 如果说刘慈欣和王晋康属于“更会讲故事”那类作家，韩松则属于奇诡、迷乱、陌生化和出人意料的那类作家。他的叙事有着现代主义的变异风格。无论是时间叙事还是空间叙事，连贯性是基本原则，而韩松打碎的就是小说叙事的连贯性，跳跃性的思维在诡异的事件中穿行，乃至于晦涩。他的很多作品甚至是要到读完之后，回过头来对阅读思维重新复合才能明白作者为什么如此叙写，例如他的名作《高铁》《地铁》几乎都是主人公的意念叙述，阅读过程中觉得情节很散乱，读完小说之后回想那些散乱的情节碎片，就感到很贴切，因为作者写的是科技的发展对人意念产生的压迫，压迫之中的人的意念自然是跳跃而迷乱。现代主义文学都十分迷恋文字的组合，韩松创作同样如此，他特别喜欢用一些具象化的文字进行陌生化组合，达到刺激读者感官的效果，例如，他将地铁站的建筑比喻成“巨大的坟冢”，进入地铁当然也就进入了坟场，将地铁站牌比喻成墓碑，坐上飞驰的地铁上当然也就如在坟场中穿行。既然是坟场，谁又能在坟场中活动呢？当然就是那些鬼魅了：“仔细一看，吓的一哆嗦，原来，乘客们正挤在一起埋头吃东西。他们拿着的是人手、人腿和人肝……大家吃得满嘴鲜血淋漓。”他的小说文字更是诡异：“这时，漆成军装绿的列车从地窖中钻出了浮胖的、蛇颈龙似的头来，紧接着是胖胀得不成比例的身躯，大摇大摆，慢慢吞吞停下”；“他定睛去看女人，发现她的头发间生出来大把的银丝。仿佛霜打的冬树；眼角绽出了火星裂谷似的深黑色皱纹；口红和容妆正在雪崩般脱落，她的脸孔已然变化成了一种迷彩掩映下的冰地鬼魅。”[②] 用这样的语言写美感，很容易使人想到波特莱尔的《恶之花》。诡异的叙述、诡异的语言组合叙述着诡异的故事、描述着诡异的人物，始终保持着叙事和文字的新奇性和压迫感，是韩松小说的阅读推动力，他注重的是意念的传达和读者的本能反应，其结果同样是：好看了。

---

① 韩松《科幻文学期待新的突破》,《文艺报》2006 年 9 月 13 日。

② 韩松《高铁》，新星出版社 2012 年版，第 133 页。

从文学的角度分析，科幻小说中人物形象的复杂性均不够，他们往往成为了小说情节中的符号，或者是科技的被挤压者，或者是科技的复仇者、对抗者。相比较而言，王晋康的小说人物形象还算丰满，他很善于在现实生活的客观需求和在科技发展的主观愿望中写生死两难的情感舍弃。当然，对韩松来说，人物形象的塑造也许并不是他的追求，人物形象在他笔下也就是一种情感的表现。

科幻小说如同一种软体的橡胶体，构成这种橡胶体的元素是科学和文学，至于它的思维和边界的形成，则来自于外在的社会形态的推挤。从这个意义上说，当代中国科幻小说也就是中国现阶段的一种社会反映，当然，也是人类发展中的一个过程。

本文为国家社科一般项目“中国现代通俗文学评估价值体系建构与文献资料整理研究”（12BZW107）、国家社科重大项目“百年中国通俗文学价值评估、阅读调查及资料库建设”（13&ZD120）阶段性成果。

——原刊于《学术月刊》2015 年第 4 期

（汤哲声：苏州大学教授、博士生导师）

从“超人类”困境到“黄皮肤上帝”

——浅析王晋康科幻作品中的文化政治议题

王　瑶

在当代中国科幻作家中，王晋康的个人经历与创作风格都可谓独树一帜。1948年，王晋康生于河南镇平，少年时曾怀抱科学梦想，高考前却正值“文化大革命”爆发。1968—1971年他上山下乡当知青，1978年恢复高考后，考入西安交通大学动力二系，1982年毕业后分配到石油部第二石油机械厂（后改为南阳石油二机集团公司）从事技术工作。1993年，45岁的王晋康因为一个偶然的契机开始涉足科幻创作，处女作《亚当回归》获得当年中国科幻银河奖头奖，由此踏上科幻创作之路。1999—2001年、2003—2005年间，王晋康曾两度宣告暂停创作，但不久之后又携带新作归来。至2014年，他共获得18次科幻世界银河奖。已发表短篇小说87篇，出版长篇小说及短篇作品集10余部，共计500万余字。现为中国民主同盟盟员，中国科普作协会员，中国作协会员。

王晋康曾不止一次在访谈中谈到，自己小时候曾是一个“脑瓜特灵”，一心想当科学家得诺贝尔奖的男孩子，却被一连串政治运动和“上山下乡”耽误了青春，“科学家是当不成了，只好在科幻文学中抒发我的科学情结”。[①] 然而在他笔下，这种“科学情结”却往往由两种截然相反的情感立场缠绕而成：一方面，科学技术被放置在一个至高无上的位置，科学家仿佛取代上帝，成为人类乃至宇宙万物的主宰；另一方面，这种对科技进步的讴歌中常有驱之不去的忧虑，并引发一系列对于科学与伦理问题的痛苦思辨。

本文围绕王晋康科幻作品中最为核心的几组形象，通过深入分析相关作品，从而揭示出这些形象背后所蕴藏的当代中国文化政治议题。

一、全球化时代的“人”与“后人”之争

王晋康早期作品聚焦于科技改造之后的“超人类”与未经改造的“自然人”之间的矛盾冲突。在一篇名为《超人类时代宣言》[②] 的科学随笔中，王晋康指出，科学技术将加速人类的进化（或异化）过程，自然人注定会被与自己迥然不同的“超人类”取代，就好像猿人会进化成人一样。人类的意志无法逆转或阻止这一过程，我们只能顺应天意，心平气和地接受这一切。与此同时，在王晋康的科幻作品中，人类身处时代巨变中的那份焦虑与绝望之情，却深深渗透在字里行间。他笔下的“自然人”，在面对自己亲手创造出的“超人类”（机器人 / 克隆人 / 基因改造人 / 赛博格 / 电脑智能）时，总是感觉到自卑和压抑，却又无力反抗，最终只能承认后来者的胜利符合“优胜劣汰，适者生存”的“自然法则”，并满怀郁郁不得志的自怜自伤，在“失败者”和“二等公民”的阴影之下独自苦闷。更加耐人寻味的是，这种“自然人 / 超人类”之间的紧张关系，往往会同时以“中国 / 西方”、“传统 / 现代”、“禁欲 / 纵欲”、“守节 / 背叛”等一系列二项对立的面貌出现。在此意义上，这些科幻作品也同时映射出 90 年代社会转型之际中国人的复杂心态。

---

① 《王晋康先生答〈科幻大王〉杂志记者问》：http://wang.jin.kang.blog.163.com/blog/static/38503696200782641317 68/

② 载《科幻世界》，2003 年第 9 期。

在王晋康的处女作《亚当回归》[①] 中，青年科学家“王亚当”在经历200多年的星际旅行后返回地球，发现世界已进入“新智人时代”，人们在大脑中植入名为“第二智能”的生物电脑，获得百倍于“自然人”的智力，社会因此飞速发展，而自然人则濒临绝种。第二智能的发明者“钱人杰”委托王亚当接受改造，打入新智人内部以寻找克敌之道。出乎意料的是，改造之后的王亚当却立刻意识到，植入先进的第二智能是人类发展大势所趋。“自然人消灭了猿人，新智人消灭了自然人，这是不可违抗的。他和钱人杰的所作所为，就像世界上最后两只拒绝用火的老猴子。”许多年后，钱人杰作为世界上最后一个自然人孤独地死去，王亚当满怀悲悯之情，深切缅怀了后者至死不渝的节操，并语气沉重地指出：“我们将沿着造物主划定之路不可逆转地前进，不管是走向天堂还是地狱。”

可以说，钱人杰与王亚当之间的纠结，几乎成为王晋康科幻创作中一个反复出现的核心情境：前者被描绘为一个“自然 / 传统”的守节者，而后者尽管背叛了前者，却毕竟理直气壮地站在了“进化 / 发展”那一边。更加耐人寻味的是，钱人杰的“守节”，是与他对中国传统文化的认同联系在一起的。第一次会面时，他便告诉王亚当：“在孩提时代，我从曾祖父那儿接受了一套过时的儒家道德，90 年来，它一直在冥冥中控制着我。那些操守如一、刚直不阿的中国士大夫，像屈原、苏武、岳飞、张巡、方孝儒等，一直是我的楷模。尽管他们的奋争不一定能改变历史，甚至显得迂腐可笑……”小说结尾处，王亚当则用李陵送别苏武的典故来为自己开脱。他将钱人杰比作坚守气节的苏武，自己则是不得不归属异族的李陵：“历史上中国人不乏大度、开明的态度。在几次民族大融合时期，他们着眼于文化之大同，不计较血统之小异。新智人与自然人之异同不正与此类似吗？”某种意义上，可以说技术变革之下的“自然人”与“超人类”之争，与历史上的“华夷之辨”一样，折射出当代中国人在全球化格局中处理“自我”与“他者”关系时的纠

① 载《科幻世界》，1993 年第 5 期。

结心态。

《生命之歌》[1] 则进一步发展了《亚当回归》中所提出的问题。故事中的老科学家孔昭仁尽毕生之力研究生物“生存欲望”的本质，发现这种欲望竟是以遗传密码的形式隐藏在DNA结构中。如果将这种密码读解出来，转化为音乐旋律输入给机器人，使其获得繁衍后代和与人类竞争的意识，那么人类必将在这一“自然竞争”中遭遇淘汰。为避免自我毁灭的恶果，孔昭仁将自己的研究结果封存起来，默默以失败者的形象忍受世人的冷遇，他所制造的机器人“小元元”也因此一直保持着五岁孩童的心智。不想多年之后，孔昭仁的女婿在研究同样课题的过程中，将老科学家小心守护的生命咒语再度解开。获得了生存欲望的小元元从此走出懵懂，并试图将“生命之歌”传输给其他电脑，以繁衍壮大一个具有自我意识的机器人种族。这一行动虽然被孔昭仁阻止，但人类与机器人之间的生存竞争已是不可避免。故事结尾处，孔昭仁意识到新物种的诞生和旧人类的淘汰，都只是顺应了历史发展的必然性，自己所做的一切其实并没有意义。他于是放弃了原先的执着，决定顺其自然:“让世界以本来的节奏走下去吧。我们不要妄图改变上帝的步伐，那是徒劳的。”

二、当科技跨越“道德红线”

在王晋康看来，从人类运用科学技术“补足上帝的工作”，到“改进上帝的工作”，二者之间存在一条脆弱的“道德红线”。一旦跨越这条红线，后果将不堪设想。他的很多作品都集中表现科技跨越“道德红线”之后，对人类的性、生殖、家庭、爱情、亲情等“人伦”领域的冲击。譬如在《星期日病毒》[2] 中，人类宇航员来到一颗陌生的外星球，发现这里的“利希人”将一切事物都交给电脑照管，更自行设计出“星期日病毒”，关闭自己脑中的

① 载《科幻世界》，1995年第10期。

② 载《科幻世界》，1995年第5期。

理性，像动物一般无忧无虑地终日吃喝交配，美其名曰“回归”。男主角师儒是一名性观念保守的中国男人，一直恪守“界限”，拒绝女伴海伦的性诱惑。但当他被输入“星期日病毒”后，竟情不自禁脱去衣服来到利希人中间，险些与他们发生群交。小说传达出一种忧虑：文明发展到高级阶段，科技将有可能从人的工具，变为一种使人自身异化的“病毒”，令人类丧失理性，变成欲望的奴隶。在《斯芬克斯之谜》[①] 中，生物学家李元龙发现了长生不老的秘密，并在自己身上做实验，成为不老不死之人。但这一技术却违反了万物都有生老病死的“上帝的意旨”，李元龙因此背负上沉重的道德枷锁，他默默隐藏秘密，在170年漫长的人生中，先后更换不同的身份生活。多年之后，他以天元生物公司老板萧水寒的身份娶妻生子，并在儿子出生之后自行结束了生命。在李元龙看来，长生不老虽然令自己获得丰厚的知识与财富，却同时扼杀了创造力，这说明长生不老对人类其实有害无益，因此他最终决定将这项技术封存起来。

发表于1998年的长篇作品《豹》[②] ，将科幻构思与通俗小说的叙事手法融为一体，情节跌宕起伏，悬念抓人。故事讲述在雅典奥运会上，一位低调神秘的美籍华裔运动员谢豹飞爆出冷门，不仅夺得男子百米短跑金牌，更大幅度刷新世界纪录。这一消息令举世震惊，也引发对于谢豹飞身世的种种猜想。前来雅典观赛的中国退役短跑运动员田延豹和体育记者费新吾都被卷入对真相的追查中，而田延豹的表妹田歌则与谢豹飞一见钟情。很快，谢豹飞的父亲，美籍华裔生物学家谢可征，主动向媒体公布了真相：谢豹飞是人体基因改造技术的产物，是体内被植入了猎豹基因的“豹人”。正当体育界为此哗然时，另一个重磅消息传来：谢豹飞因无法克制体内的“兽性”，一时冲动之下奸污并咬死了田歌。田延豹为替妹妹报仇扼死了凶手，被送上法庭。在法庭辩论中，田延豹的律师提出，体内有猎豹基因的谢豹飞不能算人类，在人类制定出适用于“后人类”的法律之前，田延豹的杀人罪名都无法

① 载《科幻世界》，1996年第7期。

② 载《科幻世界》，1998年第6、第7期。

成立。继而谢可征本人也在法庭上发表了一番演说，指出人兽从生物层面来说并无界限，对人体进行基因改造的科技手段是一种进步，并注定成为无可阻挡的未来趋势。小说结尾处，田延豹被无罪释放，谢可征则被伊斯兰世界派出的杀手当众杀害，将这一晦涩的伦理难题留给世人去争论。

除了有关生物伦理的思辨之外，小说亦展现出鲜明的民族立场。在作者笔下，奥林匹克不仅仅是单纯的体育比赛，而更象征着民族国家之间残酷的生存竞争。田延豹作为中国最优秀的短跑运动员，却一度在国际比赛中失利，他的无奈与不甘，曲折地投射出中国在“大国崛起”之路上始终挥之不去的“东亚病夫”阴影。而在一名外国教练看来，田延豹失败的原因，在于“缺乏足够的野性”。也即是说，是中国人体内根深蒂固的“文明传统”拴住了他的手脚，令他无法与其他“野蛮种族”站在同一起跑线上一决高下。这种所谓的“野性”，也同时象征着一个世纪以来中国人苦苦追寻的那种令西方强盛从而霸凌东方的神秘的“民族精神”。与之相比，谢豹飞的成功，则恰恰是依靠科技手段，向一个黄种人的身躯中注入了那种至关重要的野性。然而，这种改造一方面令谢豹飞在田径场上所向披靡，另一方面也赋予他强烈的性欲和杀戮欲望。在纯情的田歌面前，谢豹飞尝试用理智约束自己，做到“发乎情，止乎礼”，但最终还是兽性发作杀死了爱人，这也从另一个角度展现出中国传统伦理道德在这种野性面前的脆弱不堪。

三、在“天河”两岸

王晋康笔下，“自然人”与“超人类”之间的分界线，往往同时也与社会阶层、民族及文化的界线相重合，技术变革不仅加快了社会分裂，也同时进一步加深了不同社群之间的对立、冲突、猜疑、妒恨与隔阂。譬如在《天河相会》[①] 中，犹太科学家亚伦发明了人脑联网技术，将人类引领入“智能爆炸”时代，被奉为“新世纪精神领袖”。而那些无法适应“智能爆炸”时代

① 载《科幻世界》，1996 年第 8 期。

的弱势者们，则对亚伦和他的技术充满仇恨。亚伦青年时代的恋人阿莉亚曾经与他一起接受西式教育，被亚伦抛弃后，她精神颓丧，生活潦倒，转而皈依了“右翼”原教旨主义的“哈西迪教派”，并奉宗教领袖之命前来暗杀他。怀抱着多年积怨，阿莉亚潜入亚伦的实验室，却被骗上手术台。亚伦在她头顶上安装了神经插口，将两个人的大脑相连。阿莉亚进入亚伦的意识，了解到整个人脑联网技术对于人类进步的积极意义，也知道了当年亚伦抛弃她是另有苦衷，最终放弃了暗杀任务。

通过描写阿莉亚进入神经网络后的心理转变，王晋康生动地描绘出一个弱者在全球化浪潮中的纠结心态：被时代抛弃的绝望和不甘，对强者的嫉恨和自惭形秽，对文化融合和身份边界消失的恐惧以及自己身为失败者的自我仇恨。在融合过程中，阿莉亚通过亚伦的记忆看到一个动物实验场景：一群接受了大脑联网手术的猩猩，在获得智力提升之后，却反而加倍仇视和诅咒人类，因为这些“白皮肤的异类”将黑猩猩的生活方式彻底改变了。在黑猩猩身上，阿莉亚看到自己所代表族群的影子，弱势者对强者的怨憎由此转化为自怨自艾。故事结尾处，阿莉亚认同了亚伦的立场，却也因此失去了安身立命之所在。她既无法与亚伦重叙旧情，也不能再回到同胞那里去，她“不知道自己的归宿”。小说标题中的“天河”象征着那道划分两个世界的鸿沟，对阿莉亚来说，跨越鸿沟并不仅仅是个技术问题，同时也是文化心理和身份认同问题。

在《三色世界》[①] 中，这样的鸿沟则被放置在“人种”之间。故事中的美国科学家索雷尔发现了一种只存在于蒙古人种身上的心灵感应能力，这意味着近代以来始终处于弱势的黄种人，将有可能因此获得占据文明进化巅峰的机会。白人科学家和社会精英们对此深为忌惮，不惜对发现这一秘密的黄种人们赶尽杀绝，这其中既包括作为实验对象的印第安父子，也包括参加研究的几位亚裔研究员。小说从索雷尔的中国女助手江志丽的视角来讲述整个故

① 载《科幻世界》，1997 年第 10 期。

事。出于对西方文明的倾慕，江志丽不惜离开丈夫和女儿独自来到美国，并与日本女同事松本好子一起心甘情愿成为索雷尔的情人。她在索雷尔面前既虚荣又自卑、既仰慕又不甘的心态，正折射出20世纪90年代以来中国对于美国的复杂情感。在逃避追杀的过程中，江志丽逐渐看清了索雷尔的真面目，认识到自己对于美国的爱只是一厢情愿，而隐藏在对方完美光环下的孱弱本质，也令她感到幻灭。最终江志丽逃过一劫，并开始怀念自己遥远的祖国与家人。

王晋康本人曾明确表示,《三色世界》的创作意图就是为了“讽喻现实”，而所谓“心灵感应”只不过是一种假想性前提。在他看来,“西方文明的善之花是从‘恶’的粪堆上长出来的”，是靠烧杀抢掠的强盗手段才赢得今日的霸主地位。而在此过程中遭到压迫和欺凌的东方民族，虽然一方面不得不折服于西方文化的强势，但另一方面,“又郁结着一种深深的愤懑和失落。”这种愤懑，使得作者禁不住在心底生出这样的质问:“假如真有这么一种‘种族主义’的自然规律，会不会诱使索雷尔之类精英们从平等博爱的道德线上后退到种族主义？”[①] 而《三色世界》正是在此基础上，尝试对隐藏在西方世界文明外衣下的丑陋、自私和狭隘进行揭露批判。小说中最为核心的并非“心灵感应”将如何改变世界格局，而是处于弱势的中国女性江志丽的心理转变过程。与《天河相会》中阿丽亚对亚伦从怨憎到和解的过程相反，江志丽最终选择返回自己同胞身边。

四、用“黄皮肤上帝”之眼看世界

在2007年成都世界科幻大会上，王晋康发表了一篇名为《科幻作品中民族主义情绪的宣泄和超越》[②] 的主题演讲。在演讲开头，王晋康谈到:“科幻作家应该以上帝的视角来看世界，这种目光当然是超越世俗、超越民族或

---

① 王晋康:《关于〈三色世界〉》，见《善恶女神：王晋康科幻小说精品集》，上海：上海科学普及出版社，2004年，第358页。

② 参见作者发表在个人博客上的电子版，http://wang.jin.kang.blog.163.com/blog/static/38503696200883717379 85/.

国别的。”但随即他承认，在他本人的作品中，其实并未能禁绝民族主义情绪的宣泄。“在这些作品里，作者们其实仍是以上帝的视角来看世界，只不过上帝并非白皮肤，而是一位曾饱受苦难、满面沧桑的黄皮肤中国老人。”在这里，王晋康敏锐地察觉到，西方科幻中那看似代表普遍性的“人类”，其本质上是“白皮肤”的。而这位“白皮肤上帝”与“黄皮肤上帝”之间的视角差异，则使得王晋康在面对现代科技的利与弊时，总是反复回到中国人的情感伦理、文化传统与身份认同等问题上来。

这种对于“西方文明”及其科技的警惕，从另一方面催生了某种保守的民粹主义和反科学倾向。譬如在长篇小说《生死平衡》[①] 中，王晋康提出了否定现代西方医学体系的“平衡医学”思想。这一思想包含以下两个论点：首先，人类自身的免疫系统，是千万年来自然选择和进化的产物，并在与各种病原的竞争与相互淘汰中，达成某种“自然状态下的平衡”。而现代医学的基本思路则是“绕开人类免疫系统与病原作战”，使得病原日益凶猛，而人类免疫系统则在无所事事中愈发衰弱，造成失衡。其次，从长远来看，现代医学对病人的救治，还终止了自然选择对人类个体的淘汰，从而“干扰和延缓了人类免疫力的进化”，这样一旦有一种新的恶性病毒出现，必将为全人类带来毁灭性的灾难。而所谓的“平衡医学”，则提出“人类应回到自然中，凭自身的免疫功能和群体优势去和病原体搏斗。在这场搏斗中，应该允许一定比例的牺牲者，只有这样才能把上帝的自然选择坚持下去。”“在‘个体的生存权利’和‘种族的健康繁衍’之间，在‘自然进化’和‘科学的干涉’之间，找出一个最佳的平衡点。”

《生死平衡》的男主角皇甫林是一位性格狂放的中国民间医生。在科威特旅游期间，他用祖传的“人体潜能激活剂”，治好了首相儿子法赫米的免疫过敏症，并对首相独生女儿艾米娜一见钟情。与此同时，邪恶诡诈的伊拉克总统萨拉米精心策划了“新月行动”，向科威特及其他世界大国施放特

① 载《科幻世界》，1997 年第 4、第 5 期。

别培养的变异天花病毒。由于天花病毒已在全世界范围内被消灭，"人类在几十年太平无事中已经失去了对天花的特异性免疫力"，因此病情发作起来十分迅猛，世界卫生组织的专家们对此一筹莫展。关键时刻，皇甫林靠他的药方救治了上百万名科威特百姓，证明了"平衡医学"相对于现代医学理论的优越性，并最终赢得了艾米娜的芳心。小说在充满西亚异域风情的氛围中展开，其叙事手法充满传奇性，人物性格夸张鲜明，情节一波三折，扣人心弦。

在一篇发表于2006年的短篇小说《我们向何处去》中，王晋康讲述了一个半真实半虚构的故事：2058年，全球变暖导致的海平面上涨，淹没了太平洋上一个名叫"图瓦卢"的小小岛国，岛上的1万多名波利尼西亚人被迫迁往澳大利亚内陆居住。小说叙事者"我"，一个在内陆长大、从未见过大海的12岁图瓦卢男孩，跟随父亲和族人回到即将彻底消失在海平面下的祖国。男孩的爷爷为了守护祖先留下的土地之神"马纳"，独自像野人一样在岛上生活了28年，并让图瓦卢国旗继续在岛上飘扬。然而，这份悲壮的坚守，最终还是在一日日上涨的大海面前败下阵来。小说结尾处，爷爷依依不舍地跟随家人登上了直升机，与故土永别。[①]

这篇小说以悲壮而凄凉的笔触，描绘出一个民族国家对于自身命运的忧虑。那年复一年上涨的潮水，日渐缩小的国土，终将随着土地一同消失的民族之魂马纳，以及岛上最后一个固执的老人，共同建构了一个异常生动的寓言式的象征空间。小说中借图瓦卢男孩之口写道："温室效应是工业化国家造的孽，却要我们波利尼西亚人来承受，白人的上帝太不公平了"。那冷酷无情的潮水，不仅仅是全球变暖所造成的自然灾难，同时也是对全球化浪潮的象征，它摧毁了民族国家的传统与精神家园，将其人民变成无家可归的"流散者"（diaspora）。小说中，"爷爷"发现在英语学校接受教育的"我"几乎不会说自己的母语图瓦卢语，于是生气地表示："咱们已经失去了土地，又

---

① 石不语：《我们向何处去》，见《世界科幻博览》，2006年第8期，第43–47页。

要失去语言，你们这样不争气，还想保住图瓦卢人的马纳？”这正是从一位“黄皮肤上帝”的视角所发出的哀叹。

五、结语

总体而言，王晋康对现代科技持一种批判与警醒的态度，这种警醒中同时也包含着“传统”对“现代”、“东方”对“西方”的拒斥与对抗。一方面，由于“进化 / 发展”在他看来是某种高于个人意志的“天命”，是由“白皮肤上帝”所主导的今日世界的普遍法则，因此无论科学先知们是捍卫传统还是推进变革，都无法真正逆转“造物主划定之路”；然而另一方面，那些固执而孤僻的“黄皮肤上帝”，又总是像历史的幽灵一般徘徊不去，尽管他们清晰地知道在全球化时代，技术的进步、身份的蜕变和文化传统的消亡，注定无法阻挡，但他们依然坚守自己的立场直到最后一刻，在“知其不可而为之”的同时，发出宿命论式的悲叹。这两种立场之间的纠结，就像“王亚当”与“钱人杰”之战一样，无始无终，难分胜负，从而奠定了王晋康作品中沉郁苍凉的基调。

对此，韩松曾清晰地指出：“王晋康的反科学主义，传达的是中国由乡村走向工业化过程中的一种普遍焦虑，反映了一种对社会失衡和断裂的无奈，裸露出巨大的心灵扭曲。这是一个过来人的叹息，至少，责任感还依稀存在。但在下一代人看来，又如何呢？”①

（王瑶：西安交通大学人文社会科学院讲师，2014 年毕业于北京大学中文系比较文学与比较文化研究所，主要研究方向为科幻文学、科幻电影与当代大众文化研究。）

① 韩松：《科学的终结》，见《2003 年度最佳科幻小说集》，成都：四川人民出版社，2004 年。

珍贵的末日体验

——《逃出母宇宙》序言

刘慈欣

人类面临的灾难是多种多样的，2012年，欧洲著名的科学传播杂志《新发现》推出一个专题：世界末日的20个版本。如果按照灾难规模分类的话，大体可以分为三类：局部灾难、文明灾难和末日灾难。局部灾难是指人类社会的局部地区和部分成员面临的灾难；文明灾难是指涉及人类社会整体的灾难，这种灾难可能使人类文明全面倒退甚至消失，但人类作为一个物种，总能有足够的数量幸存下来，并开始恢复和重建文明；末日灾难是灾难的顶峰，在这样的灾难中没人能活下来，人类作为一个物种将彻底消灭。

迄今为止，人类社会所遇到的大都是局部灾难，包括自然灾难，如地震和大规模传染病；人为灾难，如战争和恐怖袭击等。这些灾难虽然惨烈，但影响的范围十分有限，地理上的范围一般不会超过地球陆地面积的十分之一，受灾人口一般不会超过3亿。

回顾历史，人类文明自诞生以来，几乎没有经历过文明灾难，《圣经》记载的大洪水，按今天的视野来看只是局部灾难，历史上有确切记载的比较接近文明灾难的灾难有两次：1438年欧洲的黑死病和上世纪的第二次世界大战。但这两者也算不上真正意义的文明灾难。黑死病杀死了当时三分之一的欧洲人口，但并没有影响到世界的其他部分。正如一部科幻小说《米与盐的故事》所描述，即使当时欧洲人全部死于黑死病，文明也将在世界其他地区发展。第二次世界大战几乎波及全球，战场之广和伤亡之大史无前例，但由于它发生在核时代之前，技术水平限制了它的破坏能力。第二次世界大战中所消耗的炸药的TNT当量总和是500万吨，仅为战后不久出现的最大核弹的十分之一。不管哪一方在这场战争中获胜，人类文明都将延续下去。迄今为止几乎发生的唯一一场真正的文明灾难是上世纪北约和华约的核对峙，全面核战争一旦爆发，破坏力足以摧毁文明世界，如今这个可怕的阴影已经远去，使我们对人类理智几乎丧失的信心又恢复了一些。

至于末日灾难则从未发生过，目前也没有明显的迹象和可能性。现在基本上可以确定，在地球上可能发生的灾难都不是末日性质的。我们所能够想到的在地球范围内可能发生的灾难，如环境恶化、新的冰期、自然或人为的大规模传染病等，都只能导致人口数量的大量减少或文明的倒退，不大可能在物种级别上消灭人类。幸存的人类将会借助于灾难前留下的知识和技术，逐步适应灾难后的世界，使文明延续下去。

末日灾难只可能来自太空。

宇宙中充满了难以想象的巨大力量，有些我们看到了但难以理解，有些我们根本还未觉察，这些力量可以使恒星诞生，也能在瞬间毁灭任何一个世界。我们的行星只是宇宙中一粒微小的灰尘，在宇宙的尺度上小到可以忽略不计。如果地球在1秒钟内消失，太阳系所受到的影响，也就是其余7颗行星的轨道因地球引力消失而进行一些调整，这样的调整主要发生在小质量的类地行星如水星、金星和火星上，而大质量的类木行星的轨道变化将微乎其微。当这件在我们看来惊天地泣鬼神的灾难发生后，从太阳系的邻居比邻星看来，相当于上万公里外的一支蜡烛边上的蚊子掉进烛苗里，根本觉察不出什么；甚至在木星上，用肉眼都很难看到太阳系有什么明显的变化，除了太阳方向的太空中那个微弱的亮点消失了。

与地球上的灾难相比，来自太空的灾难更难预测。人类目前的技术水平，对太阳突然灾变、近距离超新星爆发等太空灾难很难做出预报。而另一类太空灾难则从物理规律的本质上就不可能预测。如果太空中有某种灾难以光速向地球运动，就不可能有灾难的信息赶在灾难之前到达地球。换句话说，我们在灾难的光锥之外，绝不可能预测到它。

末日灾难在科幻文学中得到了充分的表现，正如爱情是主流文学永恒的主题一样，灾难也是科幻小说永恒的主题。《逃出母宇宙》就是一部表现来自太空的末日灾难的作品。

《逃出母宇宙》的构想宏大，末日灾难的来源是整个宇宙，是真正的灭顶之灾。与其他类似题材的作品相比，本书的科幻设定有其十分独到的地方。在大部分末日题材的科幻小说中，末日像一堵墙一样巍然耸立在人类面前，一切都清清楚楚。但《逃出母宇宙》中的描述更符合人类的认知规律，小说多层面多角度地表现了人类对于灾难的逐步认知过程，真相一步步揭开，曲折莫测，峰回路转，在巨大的绝望中透出希望的曙光，然后又迎来更大的绝望，走到最后悲壮的结局。小说带着读者不断地从希望的顶峰跌入黑暗的谷底，经历着只有科幻文学才能带来的末日体验。同时，与传统科幻小说中经常表现的太空灾难不同，《逃出母宇宙》中的宇宙灾难是一种全新的灾难类型，涉及物理学和宇宙学最前沿的知识，展现了宇宙演化的总体图景和时空最深处的奥秘，这种想象是终极的，具有无可比拟的广阔视野和哲学高度。

王晋康曾经说过，年轻的科幻作者是从未来看未来，像笔者这样的中年科幻作者是从现实看未来，而他自己则是从历史看未来。这话准确地说出了包括《逃出母宇宙》在内的王晋康科幻小说的特点。正是由于从历史看未来这一深远的视角，《逃出母宇宙》具有凝重而深刻的内涵。作者用深沉的理性遥望想象中的人类末日，描述出一幅末日灾难中人类社会的图景。正如这一作品系列的总题目《活着》所表现的那样，在作者的世界设定中，人类的生存和延续是压倒一切的目标。为了实现这个目标，末日社会产生了与超级灾难相适应的价值和道德体系，像人的卵生、一夫多妻和极端专制这类在传统社会中大逆不道的行为和体制，在《逃出母宇宙》的世界设定中都变得合理了。

不久前，加拿大科幻作家罗伯特·索耶来中国访问，在谈及我国科幻小说在描绘末日题材时所表现出的黑暗与严酷时，他认为这同我们民族和国家在历史上的遭遇有关，而他作为一个加拿大人，对人类在宇宙中的未来则持一种乐观的态度。我完全同意他的观点，历史的烙印不可避免地出现在对未来的想象中。但反观地球文明在宇宙中的地位，人类作为一个整体，在宇宙中不像现代的加拿大，倒更像500年前欧洲移民到来之前的加拿大土著人。当时，由不同民族组成并代表至少10个语族的上百个部落，共同居住在从纽芬兰省到温哥华岛的加拿大。设想当时如果有一位土著科幻作家，也用同样的乐观设想他们的未来，现在回头看看显然是太乐观了。不久前出版的由加拿大土著人作家乔治斯·伊拉兹马斯和乔·桑德斯所著的《加拿大的历史：一位土著人的观点》一书引起社会广泛关注，其中对此有着刻骨铭心的叙述。

正因为从历史看未来，王晋康的作品具有鲜明的中华文化色彩，即使在想象中的未来和想象中的末日，这种色彩也是那样的鲜明和厚重。《逃出母宇宙》虽然对传统的价值体系进行了大胆的颠覆，但其深层的思想是中国的，其中主要人物的思考和行为方式也具有鲜明的中国文化印记。书中反复出现的忧天的杞人形象就是这方面的生动的象征。这部作品给人留下的一个深刻命题是：包括中华文明在内的古老的东方文化和价值体系，是否在未来的末日灾难中具有更大的优势？

当然，《逃出母宇宙》展现的只是一种可能性，科幻的魅力就在于把不同的未来和不同的选择展现在人们面前，我们当然期待能出现另一类描述末日的更加乐观的科幻小说，展现出一幅完全不同的末日图景，比如在其中人类传统的核心价值得以保留。

回到太空灾难的话题上。对于这些来自太空的难以预测的灭顶之灾，人类社会无论从理论上还是在现实中都没有做过相应的准备。对末日的研究大多停留在宗教中，没有上升到科学高度。思想家们对人类社会的思考，大多着眼于现实层面，即使思考未来，也是局限于现实的直线延伸，很少考虑到末日灾难这样的突变。所以，从启蒙时代思想家的经典著作，到今天学派纷繁的理论，对末日灾难下人类社会的政治、经济、法律、伦理和文化的研究都很少见。

在现实层面，几乎没有一个国家的宪法和法律涉及末日灾难，这显然是人类宪政体系中的一项重大缺失。我曾经与一位学者讨论过这个问题，他认为现有的法律体系中对于灾难已经有了比较完备的架构。这位学者其实没有注意到局部灾难与文明灾难和末日灾难的区别。最大的区别是：局部灾难发生时存在外部的救援力量，而且这种救援力量一般都很强大，往往是整个社会集中力量救援只占国土一小部分的灾难地区和人群。但对于文明灾难和末日灾难，人类世界整体同时处于灾难中，外部救援力量根本不存在。这时，现在的法律和道德体系将无法适用。对于末日灾难，在法律和道德上的核心问题是：如果集中全部社会资源只能使少数或一部分人幸存，该怎么办？迄今为止，现代的法律或伦理体系对这个问题一直模糊不清。不可否认，在现有的社会价值观中，对这个问题进行讨论是十分困难的，会出现激烈的争论和多种选择：可以选择让部分或少数人幸存，也可以选择坚守人类的传统价值观，让所有人平静地面对死亡。这些选择孰是孰非，可以见仁见智地讨论，但不管选择哪一种，最后在法律和伦理上必须明确；这是一个文明世界对自己应负的责任。否则末日到来之际，世界将陷入一片恐惧和茫然。在最后的大混乱中，人类既失掉尊严，也失去未来。

在这种情形下，《逃出母宇宙》所带来的震撼的末日体验，更彰显了科幻文学独特的价值。

（刘慈欣：著名科幻作家，《三体》系列作者）

在“宇宙灾难”面前

——读王晋康《逃出母宇宙》

雷　达

王晋康新作《逃出母宇宙》是一部灾难小说，而且把灾难演绎到了极致：身患绝症的年轻的民间天文学家楚天乐发现整个宇宙得了绝症，已开始剧烈地收缩，太阳系将在近百年内毁灭，但以楚天乐、姬人锐、鱼乐水为代表的科学精英们仍拼搏不止，试图使陷入绝境的人类重获生机。故事情节曲折跌宕，一次次地峰回路转，又一次次地陷入绝境，最后被告知，这场灾难不过是上帝打的一个“尿颤”，是宇宙肇始期间“暴胀—急停”所遗留下来的一片涟漪；这还不算完，狂欢的人类发觉，其实更大的灾难还在后头。小说将人类与宇宙灾难的生死博弈写得波诡云谲，变化万端、高深而莫测的宇宙一次次试炼着人类生命力的强悍与否，而正是在这种胜算寥寥的拼死一搏中，充分展现了人类生命的庄严和强旺。小说多次将太空探险与地球文明史上的那些地理大发现、民族大迁徙并置而出，给人一种历史的纵深感，一种恢宏的审美气势。

刘慈欣评论：“在大部分末日题材中，末日像一堵墙一样轰然耸立在人类面前，但《逃出母宇宙》中的描述更符合人类的认知规律，小说多层面多角度地表现了人类对灾难的逐步认知过程。”的确，在叙事技巧上，作者善于设悬，情节发展如层层推进的波浪，充满张力。更难得的是，这种叙事上的悬念，恰与科幻构思的层层推衍相叠加，浑然一体，充分展现了科幻文学独有的魅力。

中国科幻文学领地较小，却也历经百年发展，由于种种原因，曾数次断流，自 20 世纪 90 年代开始，才渐有复苏迹象。在主流文学评论者视域之外野蛮生长的中国科幻文学，在平稳发展中渐趋活跃，这个时段现在被称为中国科幻的“新生代”。其间产生了刘慈欣、王晋康、韩松等知名的科幻作家，尤其是刘慈欣的《三体》，在国内外赢得很高的声誉。这些事实表明，中国科幻文学的存在不容忽视。

中国科幻“新生代”的创作水平已达到了相当高度，但不为圈外所知。或许是这种文学品种有其特殊性，对它的欣赏要克服某些思维惯性和知识缺环使然。比如：同样致力于人性的挖掘，科幻文学更关注整体的人性，而非个体；在现实与未来之间，科幻更多地关注未来，关注科技对人类的异化，而主流文学基本上还是面对历史背对未来；科幻尤其是硬科幻非常重视“科幻构思”，以构成文学表达的重要手段，等等。

文学是人学，科幻亦然。《逃出母宇宙》好似一部太空版的《活着》，闪耀着坚忍卓绝的人性光辉，小说人物内涵丰富。如擅长权谋，不受道德约束，但能坚守底线的姬人锐，令人联想到张居正式的儒家能臣；另一个是出身黑道、飞扬跋扈、自私贪婪的巨富褚贵福，他为了让亲人（包括几房小妾及庶子）的基因能首先逃出地球，裸捐家产以建造“褚氏号”飞船。在人类整体面临绝境的情势下，他的大私转化为大公，时势造就了这一特殊“英雄”。

科幻文学有软硬之分。其中硬科幻作品注重所谓的“科幻构思”，即基于科学基础上的某种设定。《逃出母宇宙》的设定是：真空可以湮灭成二阶真空并释放出微量的能量。这个设定显然是架空的，但作者从这个架空的“公理”出发，进行了丝丝入扣的“外推”，书中描述的诸多科学奇观，如虫洞式飞行、亿倍光速飞船、透明球等，奇异瑰丽又真实可信，颇具文学感染力。诚如刘慈欣所言，作品融入了物理学和天文学最前沿的知识，展现了宇宙演化的总体图景和时空最深处的奥秘，具有广阔的视野和深邃的哲理。

在中国科幻创作一线作家中，王晋康先生老当益壮，自言是“站在过去看未来”。的确如此，他的作品立足科技前沿，展开最大胆最狂放的想象，而又能稳妥地将这些安放在清晰的科学理性中，纳入看似传统的文学手法中，融化在典型人物的塑造中。读他的作品，你能清晰地触摸到中华文化之根，中原文化之脉。他的作品，既坚守传统又超越传统，追求创新。

当今文坛，文学格局已然发生变化，新生代作家的出现，以惊人的市场业绩和全新的文学特征改变着传统文坛的状况，但他们大多不愿再承担传统作家的文化使命，不愿肩负传统文学的载道重任，他们关注的是人的现实体验和即时性的消费感受。具体到创作中，传统的宏大叙事、史诗性和全景性等在很大程度上被消解。有意思的是，这些文学责任和文学传统却在科幻小说中，如刘慈欣和王晋康作品中得以传承与发扬。他们的小说多以宏大叙事，多以上帝的目光，关注人类整体的命运，来赢取读者的广泛追随。科幻小说是最具未来性的文学品种，他们把未来与传统熔铸其间，统筹兼顾，在坚守文化责任和文学传统的同时，又取得了非凡的市场业绩。可以说，中国科幻创作已经开始突破小众走向大众，因此，科幻文学特别值得读者关注。

——原刊于《中国青年报》2015 年 8 月 28 日，题目有改动

“小宇宙”拯救“大宇宙”

——读《逃出母宇宙》

汤哲声

楚天乐是《逃出母宇宙》中的主要人物。当他明白自己身患绝症无药可治时，反而神清气爽，反而畅想无限，他不但发现了宇宙收缩的状态，还成为人类抗击宇宙灾难的主脑。处于绝境之中，将恐惧置于脑后，人反而有着巨大的创造力。楚天乐是小说人物，他的经历也是作者王晋康为这部小说所设定的基本理念：当人类明白毁灭性的宇宙灾难无法避免时，其抗争创造性将达到无限。人在无限的潜力之中，常常会迸发出超自然的巨大力量。这样的力量被称作为“小宇宙”。“小宇宙”的迸发是外在环境的逼迫，也是内在能量的超常的爆发。这部小说写的就是面临着无法避免的宇宙灾难时，人类的“小宇宙”如何爆发。

将宇宙置于人类的对立面展开想象，是世界科幻小说创作的潮流，王晋康的小说也在其列。在众声合唱中，王晋康的音阶处在哪个位置，这是我感兴趣的问题。王晋康是中国科幻小说作家中人性的歌手。在《蚁生》《生命之歌》《生死之约》等小说中，他是人类生命的坚守者，他认为人类的发展有自己的状态（尽管很多状态并不如意），有自己的发展规律（尽管进展得并不顺利），任何一种科学的发展只能为人类服务，改变人类的生存状态和发展规律的科学发展，对人类来说都是灾难。这部新近出版的《逃出母宇宙》中，王晋康从一个人类生命的坚守者变成了人类生命的讴歌者。人是万物的主宰，是地球的主宰，也是宇宙的主宰。人之所以成为主宰，是因为人具有其他生物无法比肩的人性。首先是智慧，人类能够根据环境决定自我的生存之道。人发现自己的生存环境发生灾难时，一定会想出对应之策。小说中人类面临着宇宙收缩、地球坍陷时，想出来对应的两策，一是制造飞船，一是培育人类基因的人造蛋。前者是逃离，是为现实人类服务；后者的繁衍，是为未来人类留存。当对应之策设定之后，如何将想象变成现实，需要的是创造。小说中，在科学家们和众人群的努力中，这两大的想象中的对应之策都取得了成功。要想将想象变成现实，必须具备两大条件，一是组织性，二是人性中美好的正能量。这两点也就成为这部小说重点写作的内容。组织顺畅，关键是各方利益的协调，领导构成至关重要。王晋康提出了他的设想："在灾变时代，科学家们当上了主角，而且还不仅仅限于纯学术领域。科学与政治以空前的力度结合起来，形成了被称最为科学执政的特殊阶层，开始直接掌管人类文明的舵轮。"在王晋康的笔下，这样的领导层出现了，楚天乐等科学家成为"乐之友"基金会的大脑，来自杞县的县长姬人锐（杞人真正管天了）成了"乐之友"基金会的掌门人。科学家与政治家结合就能形成最有效的"灾变领导"。王晋康对他们给予了高度地评价。"所有的生物物种在族群濒临灭亡的时刻，都会爆发强烈的群体求生意志，并转化为狂热的群体求生努力——只是，它也可能转化为疯狂和暴力，毕竟这次的灾变来得太陡了。作为人类的清醒者，有责任把群体的亢奋引向生，而不是听任它滑向死。"（《逃出母宇宙》四川科学技术出版社 2013 年版，第 105 页）这是小说人物姬人锐的陈述，也是王晋康的思考。虽然也有自杀和杀人等杂音，人性的正能量的描述和歌颂是小说的主旋律。小说中那个脸上带着刀痕的暴发户褚富贵，愿意捐出所有的家产建造飞船，最初的目的也就是延续他的生命和他的子孙，被人们所厌恶，最后却成为慈祥的老人，成为"人蛋"的守护者，被人们所尊敬。“人之初，性本善。”只要引导好，后天的恶就会被先天的善所祛除。智慧、创造、组织和性善，人类物种之所以永远存在、永远前行，并无往而不胜，是人性中有着特有的素质。个人、自然、世界以及人与外界之间关系的终极意义的哲理思辨，是王晋康科幻小说的一直追求的创作目标。让科学从遥不可及的神坛走入普通人的世界，用柔软的情感和向善的力量化解人与自己之外的一切包括人、自然、世界、宇宙之间的冲突。于是，当人类作为一个物种遭遇自然和宇宙的灾难时，在求生时选择了人与人之间向善的力量，而“恶”在此时也化为向善。这样的处理方式，与其他灾难类型小说有很大的不同。在灾难面前，特别在求生的时候，以个体方式面对时，人性常常呈现出复杂的面相，恐惧、自私、欺诈……诸类人性之恶，是很多作家笔下最为精彩之处。而王晋康不同。在灾难面前，他选择以群体之善抵御个人的人性之恶，甚至“恶”人也可以在灾难面前“向善”，这是他创作理念中理想主义的呈现。这种理想主义是他处理人与外在世界矛盾的方式，使他的文字温暖。时而高亢，时而低旋，时而尖锐，时而舒心，人性的赞美旋律在这部小说中穿行，引吭高歌者是王晋康，他面对宇宙，面对读者，一脸慈祥。

优秀的科幻小说家都会编故事，王晋康小说中的故事特别柔软，那是因为他特别善于写情。在我对他的小说阅读记忆中，印象最深的是《生死之约》中萧水寒，170 岁了还有一番缠绵的爱情，惊奇之中令人生羡。在这部小说中，作者也设计了一个超凡脱俗的爱情，年轻美貌的姑娘鱼乐水将自己嫁给了身患绝症的楚天乐，是奉献？崇拜？冲动？还是虚荣？事实证明，这些推测都是错的，鱼乐水陪伴了楚天乐一生，为他的事业做出了自己的贡献，也成为人类抗击天灾过程的记录者。王晋康小说另一个柔软处是写亲子故事。如果说写出凡脱俗的爱情故事为了小说的阅读传奇，作家用的是智，写亲子故事，作家就是一种自然的天性流露，用的是心。王晋康显然有很强烈的生殖繁衍的观念和亲子情结。代代相传，血缘亲情，人类就是这样的一群生物，他的每一部小说几乎都写到繁衍的必然性。《生死之约》中的萧水寒明明知道只要生子，自己的生命将要结束，可是看到年轻的妻子那么喜爱孩子，觉得自己只顾自己的寿命有违人的天性，于是，他选择了生子而结束自己的生命。到了这部小说，作家生殖繁衍的观念有了集中的爆发。小说中的每一对夫妻都有可爱的子女，即使是没有性生活的楚天乐、鱼乐水夫妇，作家也让他们通过科学手段，为自己添了一个女儿。小说中那个粗俗的褚贵富之所以要捐200亿元修建飞船，理由很简单："人生第一大事就是活着，连活着也不能保证的话，要钱还有啥用处！从现在起，我唯一的目标就是要保住褚家的血脉，再难再贵我也不含糊！"这段话虽说得糙，却说到根子上去了：保住血脉。只要写到孩子，王晋康的笔就特别的轻，特别柔，特别灵动，哪怕是人造孩子："他可能被壳外的世界吓着了，又缩回了蛋壳内。不过没过多久，小脑袋又试探着露出来，然后是胳膊、肩膀，最后是半个身体。残破的一半蛋壳倾倒了。小崽子从缺口掉出来，跌落在地上。小崽子哇哇大哭，哭声并不特别伤悲，倒像是不得不完成的仪式。"这是人类发展史上的重大时刻，"人造蛋"试验成功，但是作家写得一点不隆重，一点也不轰轰烈烈，反而是那么的轻柔，他生怕惊动正在破壳而出的人造崽。作家说看到摇摇晃晃的人造崽，在场的人眼睛都湿润了，我们何曾没有见到王晋康湿润的眼眶？

选择天体运动的题材，对王晋康来说是一种挑战。王晋康的科幻小说长于小巧腾挪，而又缜密委婉。我总认为他是当代中国科幻小说的化学大师（虽然他是工科出生），点染而变异，常被他写得出神入化。天体运动的描述给人的印象是物理变化，是裂变，是冲撞，而气势磅礴。当用善写化学变化的笔来描述物理裂变的天体运动时，小说呈现出了另一种风味。他写天体塌陷，却很少天体学的科学推论，而是用一个孩子吹肥皂泡来进行形象的说明和推论，用形象化的语言来描述硬科学；他写飞船翱翔宇宙，却不写飞船的武器功能，而是写成一个拯救人类的诺亚方舟，写船舱里的亲情和爱心；他也写正能量和负能量的冲撞，但没有什么斗智斗勇的大场面，而是更多的环境变化中的人性人心的转变。小说中的鱼乐水这样评价她的丈夫楚天乐："表面张力的解释是对的，但那只是书本知识，不是心灵的感悟，只是浅层面的解释，不是深层次的机理，而楚天乐的璞玉般的心灵却直接同大自然相通。”将心灵与大自然相通，无论是化学故事，还是物理故事，王晋康都有着自己的风格。

应对宇宙灾变的新预案

——评《逃出母宇宙》

江晓原　刘　兵

江晓原：人类文明发展到今天，我们自己觉得也算非常高了（毕竟我们还从未遇到过其他类型的文明）。既已发展到如此之“高”，当然也就会觉得这件事情已经非常不容易，这就会产生一种情怀，谦虚点说是“敝帚自珍”，自恋些说就是“天生丽质难自弃”——总之就是觉得人类文明极其珍贵，希望人类文明千秋万代持续存在，持续发展。

文明要持续，就要应对灾变，让自己能够从灾变中生存下来，还要能够走出困境。人类已有的应对灾变的经验和能力，当然是从以往曾经遇到过的灾变中积累下来的。由于以往的灾变都还不太严峻，所以人类应对灾变的能力其实尚未经受足够的考验。想象人类可能遇到的前所未有的灾变，并为这些灾变构想应对预案，几乎总是科幻作家的“专利”，中国科幻作家也不例外。刘慈欣在小说《三体》中，先是想象了人类面临先进外星文明的侵略，后来则干脆让人类文明在“降维攻击”下玉石俱焚；这回王晋康在《逃出母宇宙》中想象了一个“空间坍缩”的宇宙级别的灾变，并为人类构思了一个可能的预案。

刘兵：王晋康的科幻小说我一直是非常喜欢读的，我甚至还让做科学传播方向的研究生以其小说作为研究对象写过学位论文。在过去的印象中，王晋康的科幻小说最让我关注和欣赏的，是他在其中所渗透的那种非常人文的伦理思考。这次在《逃出母宇宙》中，王晋康似乎改了方向，即不是再以与科技发展相关的伦理悖论作为核心主题，而是写了一部最高级别的宇宙灾难的科幻小说。这当然会令人联想起刘慈欣的《三体》，不知科幻作家们现在是否都在追求写宇宙问题的终极小说？其实如果不考虑人类，自然本身当然无所谓“灾难”。恰恰是这一点，导致了小说在核心关注点上的根本性不同。

江晓原：对此我也有同感。我猜想这和刘慈欣《三体》的成功有关。史诗般的、以应对宇宙级别的灾变为主题的“宏大叙事”，当然有其独特的魅力，“引无数英雄竞折腰”，也就在情理之中了。王晋康前几部小说，比如《蚁生》《十字》《与吾同在》等，都着重伦理思考。相比之下，《逃出母宇宙》在这方面的色彩淡薄了。这部小说仍有王晋康对善恶问题的思考，只是王晋康在这部小说中显得相当的“心慈手软”——他一贯比刘慈欣“心慈手软”。从阅读的角度来说，“心狠手辣”的故事情节当然更为刺激。读这样的故事，即使我们不同意作者的立场或意见，也仍然会有很大的快感。而《逃出母宇宙》在伦理冲突的色彩淡薄之后，“为应对灾变设计预案”似乎就变成主题了。

刘兵：这部小说还有另一个问题，即其中的科学内容阅读起来显得比较“硬”，一般公众理解起来有一定难度的技术性细节比较多。当然，我们得承认，如今的铁杆科幻迷的数量在增加，对于这些科幻迷，科学内容似乎是一种可以刺激阅读的挑战。但有得总有失，这种阅读难度偏大的文本，恐怕会让不少科学修养不那么“硬”的读者望而却步。

其实，科幻作品的真正普及，更应该靠其中的思想和观念，靠作者独特的想象力，科学的内容反倒是弱化一些为好，毕竟科幻作品是文学而不是科学教科书。就你我的物理学教育背景来说，基本上理解这部小说中的科学内容应该是可以的，但我却还是觉得，我更喜欢那些在科学内容与可读性上平衡得更好些的科幻小说。看看国外那些甚至超出传统狭义的科幻圈而获得更大商业成功的作者，比如迈克尔·克莱顿、丹·布朗等，大致也是如此来平衡其科学内容的难度的。

江晓原：这一点我倒觉得也情有可原，因为这是作者一开始设定"空间坍缩"这一灾变所决定的。设定了这样的灾变，在科学上就不得不"硬"一点了。

在小说以及电影创作中，往往有这样的情况：一个作家（或导演、演员）有了某些令人印象深刻并广受好评的作品之后，读者和观众就会将他"定位"于成功作品的类型之中，觉得他创作此类作品出色当行；而创作者自己念兹在兹的却经常是试图跳出原有类型，追求新的突破，结果是许多突破的尝试不被他原先的粉丝认可，甚至觉得他"丧失自我"。王晋康的《逃出母宇宙》，我看也颇有这种"突破"的意向，所以他不再将他擅长的伦理关怀作为重点，反而下功夫来表现"硬科幻"——他以往的作品相对是比较"软"的，最典型的是《蚁生》。

那么他的这次突破尝试是否成功呢？我猜想至少在你这儿好像不大成功。仅从阅读过程中的感觉而言，我觉得也不算很成功。这样说并非很"严肃"，也缺乏"学术支撑"，但由于是小说，阅读感觉还是很重要的。虽然我仍能够在航班上兴味盎然地阅读《逃出母宇宙》而且毫无倦意，但是我觉得作为一部描绘"宇宙级别灾变"的小说，它还没有达到"降维攻击"的力度。

刘兵：确实如此。当一位科幻作家因其原来的精彩作品而获得读者的认可之后，通常读者会追着读他其后的作品，对我来说，王晋康就是为数不多的这样的作家。但同样的，像我这样的读者，总是对于硬科幻的欣赏略有障碍，总是更喜欢看那些更有人文关怀的"软"一些的作品，所以对王晋康的这本新作也才会有如此的感觉。

但我也知道，在科幻迷的圈子里，喜欢硬科幻的人也为数甚多，他们大概会对这本"更科学"的讨论宇宙终结的作品更有兴趣。我们也应该承认，这部作品确实也是写得气势恢宏，非一般作者所能把握。只是就个人喜好而言，我还是更希望在未来还能看到王晋康回归到他更擅长的科学伦理主题的科幻写作。那些主题虽然不像宇宙那样宏大，但其思考空间同样宽广，而且有一种越是表面上异想天开同时却越觉得更贴近我们的现实的阅读感觉。

——原刊于《文汇读书周报·南腔北调》2014 年 4 月 4 日

（江晓原：上海交通大学教授；刘兵：清华大学教授）

绝地挣扎与自我救赎

——论王晋康《逃出母宇宙》

徐彦利

细细数来，在中国当代科幻文学不算漫长的历史中，王晋康无疑是站在最前排的领军人物之一，其作品的数量、质量都颇引人注目。《类人》《十字》《上帝之手》《蚁生》《水星播种》《生死平衡》《逃出母宇宙》等一系列科幻作品的蜂拥而出为21世纪初的中国当代科幻文坛增加了一抹亮色，而其长盛不衰的创作力更是令人惊讶，一部部不断产出的厚重长篇、新奇短篇，如一枚枚型号各异的炸弹此起彼伏地降落在读者眼前，轰然爆开，每一次爆裂都引发了异样的惊诧或欣喜，吸引读者驻足观望，流连忘返，每一篇都是一段神奇的想象之旅，如雨落深潭，荡起无数涟漪。无论它们激起的是赞扬或质疑，争议或反驳，反响本身便是对一个作家最大的肯定，也是他最为期待的。常对王晋康无边的想象力与理性深入的分析能力感到震惊，这位有着高级工程师背景并多年从事机械制造与研究的工科生，以一种得天独厚的优势步入文坛，与那些注重情节跌宕起伏的“软科幻”相比，王晋康科幻响当当的“硬度”是有目共睹的。

在多年的创作生涯中，王晋康始终保持对科学的敬畏之心，他几乎从不回避任何科学方面的专业知识，无论生物遗传工程、高等数学、物理、化学、核工业、病毒学、天文学以及某些领域最前沿的研究成果或发现，总而言之，只要情节涉及于斯，无论多么艰深晦涩，也绝不绕道而行，而是排除万难的了解透彻，在充分理解客体的基础上，用浅显易懂的语言表述出来，使读者可以缘着这些精心搭制的绳索慢慢前行，一步步走进藤萝蛛网后隐藏的科幻内核。有的科学前沿还要找到相关领域的专家请教，不在作品中留下任何“死角”。因此，他的每部作品即使专业领域研究人员也很难找到硬伤，可以禁得住最为严苛的推敲。读他的小说，有一种经历千难万险最终云开月明的感觉，当你破解了那些科幻硬块，顺着作者的思路沿着崎岖险径艰难前行后，会逐渐收获巨大的快乐与颖悟。他永远不迁就“饭来张口”型的被动读者，而是会引导他们主动出击，走向更为陌生与未知的世界，因此王晋康的小说更呼吁理想读者，适宜富于探索精神的阅读。

不畏难、不省略、不走捷径、不人为制造虚浮的噱头，不玩弄各种叙述花招和结构技巧，踏踏实实的写作风格使王晋康的小说读起来更为平实坦诚，如果把他的小说比喻为一条路，那么在路两边没有缭绕的充满神性的白云，没有盛开的浪漫唯美的雏菊，更没有人为修建的珠玉楼阁，它只是那样普通的一条路，有起伏，有宽狭，有野树，有河流，你不知道它会通向何方，但又绝不用担心它会变得虚无缥缈，让理性无所依傍。所有的出乎意料都有根有据，有凭有依，所有的按部就班也会通往适度的曲折离奇，匪夷所思。偶然与必然交织，想象与现实并辔而行。

《类人》中人们用高科技手段制造人类DNA培育成“类人”，它们具有优良的体质和人类的思想，但却不得拥有指纹和人类的身份，人类的人性与兽性，自私与博爱在与“类人”的对峙中彰显得淋漓尽致；《蚁生》中科研工者从蚂蚁中提取出可以使人利他忘我的“蚁素”，在“文化大革命”的特殊时期尝试给人群注射以建造乌托邦的神话世界，但事与愿违，“蚁素”并没有使众人走向天下大同的桃花源，而是涌现出更多令人无法想象和面对的社会问题；长篇小说《十字》，在现实生活中早已消失仅在实验室存有活体的天花病毒被人盗窃出来，在人群中播撒流传，引起了巨大的恐慌，而盗窃者、播撒者却又非恶人，而是一位善良、有爱的女子，种种相悖、冲突与背后隐藏的深层原因令人唏嘘不已，开启了怎样认知病毒的话题。是否应该为了人类的生存而将所有病毒消灭殆尽，使自然变成完全适合人类生存的“人化自然”？还是令病毒继续存在，以维持自然界长远的内在平衡？小说对这些问题的思索，远远超过了对情节和人物的热衷。

阅读王晋康的作品，我们可以清晰地发现其文学的内在品格：无论怎样的情节和想象，都不拘泥于科幻本身，更不执着于展示各种科学知识，而是仅以科幻话题为切入点，探讨隐藏于其后的种种深刻的社会问题或伦理问题。人性、人与自然的矛盾与和谐、人类创造力的极限、人类中心主义……在作家的内心深处，有着自成体系的世界观、价值观，对于社会及自然有着独特的洞察力和探讨深度，可追溯至哲学层面，这也是其作品归于科幻但又超越科幻的地方。

他反对人类中心主义，反对一切以保护人类利益为最终旨归的行为，包括种种逆自然而行的调节或修改。他心中的“上帝”并非无所不能的“神”，而是亿万年来宇宙逐渐形成的不可颠扑的规律，它们有时看来对人类无比冷漠或有害，但却始终遵循着“物竞天择、适者生存”的原则。他似乎想通过作品告诫人类，宇宙规律一旦被漠视或颠覆，引发的灾难远非一些眼前利益可以弥补，这种认知，恰恰与20世纪八九十年代兴起的先锋作家不谋而合。

我们可以看到王晋康在小说中多次向先锋作家余华隔空致意，小说中反复提到的“活着”不仅是余华一部长篇的书名，也是王晋康自己一部短篇的题目（《活着》是其长篇《逃出母宇宙》的压缩版）。“活着”，多么纯粹的字眼，它剔除了高尚、伟岸、道德，甚至理性。人并非世界的主宰，而是如万物一样辗转在红尘之中，并未受到格外的垂青与关照，这种观念与余华不谋而合。余华曾多次在作品中表示出对“基础主义”“道德主义”“人类中心主义”的厌恶，在他的《虚伪的作品》一文中写道：“我并不认为人物在作品中享有的地位，比河流、阳光、树叶、街道和房屋来得重要。我认为人物和河流、阳光等一样，在作品中只是道具而已。”在他的眼中，人并无生存优先或话语优先的权力，所有主宰宇宙的妄想都实属滑稽。

这一点上，王晋康跨越了简单的科幻范畴，在更高层次上达到了与先锋作家的契合。于是，在《十字》中，他才会设计出由女主人公盗出天花病毒，把它在世间散布开来的情节。这种不惜以人类伤亡为代价的疯狂行为通常不为读者所理解，认为完全是防害人类生存的不可饶恕之罪，但我们却可由此了解到王晋康跨越人类浅薄利益的思维方式：人类不过是自然界中的一员，与狮子、老虎、苔藓、地衣一样不过是构成自然界的某种元素，而并无决定其他生物命运的权力，上帝也从不会优先保证人类的存在。任何以其他动物、植物或微生物的覆灭为代价以换取人类生存利益的作法都是错误的，会在未来的某一天遭受极为严厉的惩罚。他明确表达着对自然万物平等视之的观念，对人类的极速扩张与强权提出质疑。这种观念与一直以来人们理直气壮的"人本主义""人道主义"颇有些不合之处。当代社会中的"人本主义"越来越表现为一种"以人为本""以人类为中心"的现代宗教，用"人"代替了封建社会的"神"，将人的地位与作用神化。"人类中心主义"凭借了"人道"的借口，以最不负责的方式蛮横地掠夺资源并加强对自然的控制，这种态势发展到极致便会成为忽略自然万物，只求自我存在的借口。王晋康几乎在他的所有作品中都不遗余力的反对着这种思维模式，希望跨过短浅的人类利益审视世界整体。

我一直认为，真正的大作家不仅要拥有巧妙编织情节的能力和操纵语言的能力，更重要的是需拥有独到的思想与个性化的见解，没有思想深度的作家最多只能是一个平淡无奇的写手或故事家。如果曹雪芹丧失了对于种种复杂情感和社会矛盾的认知，鲁迅丧失了他独有的犀利与讽刺，米兰·昆德拉丧失了他的深沉与睿智，那么他们也不过是平庸的作者而已。

末日题材在中外科幻作品中已被无数作家广为涉猎，貌似难以出新。罗恩·哈伯德《地球使命》，东野圭吾《悖论 13》，小松左京《日本沉没》，电影《后天》《2012》《彗星撞地球》《生化危机》《银河系漫游指南》《未来水世界》等，所有外星人攻击地球、超级病毒入侵、星球爆炸、宇宙劫难、异类生物等都已出现诸多经典作品，因此如何创新成了极大的难题，如同在纵横交织的阡陌中走出一条只属于自己绝不与人交叉重叠的路径。

《逃出母宇宙》恰是一个以“末日”为讲述背景的故事。一个患有先天自闭症的男孩儿楚天乐在继父的指引下，发现了局域空间爆缩，进而通过科学分析预见了宇宙整体收缩带来的地球灾难，未来的几百年中地球将被毁于一旦，人类会在这个星球绝迹。这一发现被论证并公布后，引发了世界各地的强烈反应，在此背景下，各色人等展示了不同的态度与选择。有人急迫，有人绝望，有人放弃，有人听天由命，还有人通过不懈的探索以求得解决问题的出路，每一种态度背后便是一种世界观的支撑，展现了纷纭复杂的人性与生活。

在种种令人沮丧的氛围中，楚天乐、鱼乐水等一批拥有强大精神力量的社会中坚份子并未放弃最后的努力，他们成立了“乐之友”基金会，集中了众多的中外专家学者，筹集到大量资金，共同面对这一宇宙浩劫。制定“神鹰蛋”计划，研制出“卵生人”，并投放到严酷的环境中，培养人类适应未来环境的能力；制造出超光速飞船，将人类生命信息装载到飞船中逃出即将崩溃的宇宙，以期重新寻找适合生存的星球。就这样，面对从未有过的大灾难，这些科学精英拼命探寻着任何一点存活下来的机会。他们向蛮荒星球播散下生命的种子，希望种族可以在另外的环境得以延续。然而后来楚天乐悲哀地发现宇宙爆炸不过是一个误读，之前认知到的塌缩现象只是上帝的一个玩笑，它仿佛在故意要弄人类，拨弄他们敏感的神经，令其高度紧张。人们经过几十年千辛万苦的努力后，令人谈之色变的浩劫却自行消解了，地球没有迎来灭顶之灾，几十年的艰辛付出原来是无的之矢，耗费了许多人毕生的心血。阅读气氛由紧张转向松懈，读者绷紧的神经重新弛缓下来，然而将近文尾作者又笔锋一转，楚天乐发现这并非一场上帝的玩笑，空间暴胀可能引起人类在智力方面的退化，科技清零将使人类复归原始状态，满载人类信息的虫洞式飞船也未必能够飞到新的宇宙，它或许回到现在，也或许回到宇宙初始的样子，抑或前往宇宙未来的末日，一切，都是无可把握的未知。就这样情节数次逆转，阅读心情几起几落，一路波折，充分感受到各种震颤、激昂与失落。然而无论对未来境遇的描述如何恐怖，第三人称叙述者及隐含作者却从未彻底绝望，而是表现出理性的稳健、严谨与乐观，歌颂着无可战胜的人类意志强力。在巨大灾难面前，人类冲破了自身的极限，达到了花费数千年才能实现的科技崛起，即使不能漂泊到理想中的新家园，但却为寻找新的生存境遇拓展了道路，提高了太空移民的成功概率。

“逃出母宇宙”是一个象征，它隐喻着人类的孤独，那种没有同类相助守望的彷徨与无奈，不可把握自己命运又不愿放弃的挣扎。人类处于自己尚无法完全认知的世界之中，受它主宰，为它左右。与之相呼应，小说从崭新的角度重新评判了古代的“杞人忧天”。这一成语于当今的意义常是嘲笑多此一举的担心，但《逃出母宇宙》中却用科学证实了遥远时空中的“杞人”所忧惧的天的坠落，并非滑稽可笑，这一情节让我们想到世间万物，对与错，真理与谬误，随时可能相互转换而无绝对，任何僵硬固执定为一尊的思维都不可取。“忧”难道不是一种贯穿了人类发展历史挥之不去的隐痛吗?它时时在提醒人们：无论人类这一群体如何壮大，科技如何发达，智慧如何增长，相对于浩渺的宇宙而言，不过是一群孤独到骨髓的弱者。他们没有任何来自神的青睐与扶持，要完全凭借自己的力量活下去。

小说最初的名字为《上帝打尿颤》，这个多少有些方言俚语性质的书名在出版时最终被更加文气的《逃出母宇宙》所代替，但从原名中，我们不难看出王晋康在构思小说时的用意。在红移、蓝移理论下，地球毁灭宇宙崩塌这些看似不可避免的灭顶之灾，最终被证明不过是上帝的一个玩笑，然而有人却为此付出了一生及所有。这是一个生存的悖论，一个人类永远无法走出的悖论，只要你想延续生命，保持“活着”的状态，就不得不随时面对各种玩笑。上帝（宿命）与人（受众）之间，后者的被动地位是永远无可改变的。

人类不是世界的核心，人类的智慧更不是无边的，而是充满着这样那样的局限。鉴于这种认知，小说彻底摆脱了传统现实主义小说的叙事规则和经常使用的大团圆结局，让生活恢复它的冷酷无情、无可把握、变幻莫测与神秘诡异，人类就是在不断的希冀、沮丧、战斗、曙光中轮回前进。他们看不到自己的命运，却并不因此而放弃对命运之舵的把握。即使明天即将死亡，也会在今天拼尽全力寻找救赎之路。活着就应生生不息，永不放弃，在上帝面前，也许人类不过是毫无反抗能力的蚂蚁，但是他们坚定的服从着所有生物奉行的准则，使自己不断强大，最大限度的适应外界，战胜所有可能出现的噩境，而这便是“活着”的意义。

因为广为涉及各种科学知识和技术，王晋康常被视为纯粹的“技术主义者”，当我们看到《逃出母宇宙》中那些遍布的术语及科学论证时，可能也会陷入这样的评判。但若将他的所有作品作为一个完整的系列来看，不难看出其中隐藏的更为深邃的东西。如同托马斯·品钦的《万有引力之虹》，小库尔特·冯尼库特《猫的摇篮》《第五号屠宰场》这些同样带有科幻色彩的小说，整体却弥漫着是黑色幽默的风格，对社会中存在的“英雄主义”“乌托邦主义”进行了有力的消解，达到了普通科幻所不能的境界。王晋康想通过作品表达他对世界的认识，对“人”的态度，对未来的预测，和对前路的隐忧。那些作品中性格各异的人物与种种科幻色彩的情节不过是叙述的道具而已。

《逃出母宇宙》中引用了米兰·昆德拉经常提到的那句犹太谚语：“人类一思考，上帝就发笑。”面对浩瀚的宇宙和人类未知的命运，所有的心机、努力或许都毫无意义。人的存在本身便是一种蚀骨的孤独，除了在浩劫面前作最后的螳臂当车般的努力外，已别无选择。这种思想的注入使小说成为对人类命运及哲学存在的终极探讨，同时表达着一种来自灵魂深处的迷茫。如果没有读到这层意义，而只醉心情节的解读或破译，则白白虚耗了作家的良苦用心。王晋康的这一思想可以通过他的系列作品予以洞悉，他对人类生存的审视，对人类困境与出路的思索，在多部小说中以纵横连贯彼此渗透的状态存在着，仿佛一座巨大的桥梁，彼此支撑印证，犬牙交错。每每读到这些作品，我总在想，或者他想呈现的并非某个独特的充满科幻意味的故事，而是在讲述他对这个世界的感知和作为人类一员的困惑，孤独地舔舐着人类的伤口，内心饱含的怆痛鲜为人知。

他说："科学能帮助人类改变局部的自然，但不能改变宇宙。"这句话彻底消解了任何把他视为技术主义者的看法。在作家心中，科学解除了人的蒙昧，迎来了文明的曙光，但却只是人类观察和理解世界的角度之一，而绝非唯一。人类可以运用科学，但不能完全仰仗科学。作家认识到科学力量的强大，同时也在极力消解"科学万能"的新迷信，不断用理性烛照着技术的利与弊。

当然，任何一部小说都不可能是完美的，尤其面对愈来愈挑剔的读者，科幻神奇固然是必需的、最基本的标准，小说的文学性、人物塑造的个性、典型性、心理描写的复杂性、人性的多元性等都已成为科幻作家必须要考虑的。科幻文学与主流文学虽都属文学范畴，但二者间的差异颇为明显。从某种意义上来看，科幻文学的题材比主流文学更受局限，因为它不仅要融入必要的科学知识，使其更具备某种前卫、冥想的色彩，还要将现实与虚构有机结合，真与假融为一体。在这种前提下，对人的关注、人物内心世界的开掘无疑会受到某种限制。因此，如何创作出能与主流文学深度、广度水平持平的科幻作品，仅有科学知识的堆砌与展示是远远不够的，只有当它自身的厚重能够海纳百川，才能绕开狭小的"科幻"一隅，成为同样能够产生出史诗性作品的大门类。

因此，科幻小说不仅要拥有"科幻"的外表，还应有流畅而新颖的语言，富于变化的结构及叙述方式，它要求作者从单纯的关注"写什么"（内容）跨越到"怎么写"（形式）上来，完成主流文学业已完成的形式变革。科幻作家不仅能够编织起伏跌宕的科幻情节，还要具备独异的思想与创见，让读者可以通过科幻小说读到世间百态、人世沉浮，读到人性的善恶和波澜起伏的心理。故此，科幻文学对叙述技巧、文学性、思想深度方面的呼吁绝不亚于主流文学。

从上面这一角度审视小说尚存在一些缺陷。如在情节描述中过多地采用直接描述的方法，用第三人称全知视角直截了当地交代人物形象、心理活动和情节发展，通常为和盘托出，很少通过人物的语言、动作、行为予以间接描述，而太多的直接描述常使情节和人物性格简单化，缺乏必要的细腻与丰富；与此同时价值引导过强，能够非常清晰地看到作者预设的对与错、善与恶的分界，某种程度上妨碍了读者的阅读投入与自我分析。

人物形象方面小说依然有可改善的空间。鱼乐水和楚天乐的爱情显得突兀，说服力不强；姬人锐、褚贵福等人的性格稍显夸张，不够真实。许多矛盾的产生与解决过程中都读不到独特的心路历程，人物更多的是为情节服务，而非情节为塑造人物服务。人物之间的个体差异较小，无论年轻女孩鱼乐水，还是官员姬人锐或来自各国的年龄不同的科学家，几乎都在用同一种腔调说话，很难通过语言、个性的差异辨识人物身份。如十岁左右的孩子贺梓舟说出“用爱情的光芒照亮了一位绝症天才的余生”，似超出了他的见识与心智，让人感觉不可思议。

也许因为作者的创作数量较大，一些语言、场景描述偶尔会异文互见，如《逃出母宇宙》的开头部分便与他的《血祭》高度相仿，都有神秘的老者，诡异的氛围，真假难辨的谜团，被卷入秘密事件的人物等，小说的主要情节——“生命试验”则与《水星播种》近似。这些不经意间的趋同或许是许多高产作家都无法回避的。

综观王晋康的作品，不难看出其整体的创作特色，将尖端而细致的科学知识与缜密的逻辑、理性的思索和丝丝入扣的推理结合在一起，于“硬科幻”的外部形式下深入探讨着世事人情、正确与错误、现在与未来、偶然和必然。他并非一个没有缺点的作家，但同时却是一个催促自己不断成长的作家，与其说他在给读者讲述着一个个好听的故事，不如在说讲述他深藏的内心，既给读者，同时也给自己。

（徐彦利：河北科技大学文法学院中文系主任，副教授）

跳出人类文明的“母宇宙”

——评《逃出母宇宙》

王卫英　张懿红

近年来，科幻名家王晋康创作活跃，力作频频，《逃出母宇宙》一经出版即获好评。这部近40万字的科幻巨献是王晋康《活着》三部曲之第一部，曲名借用余华的同名小说，但王晋康把“活着”的意义从现实生活扩展到广袤的宇宙空间和深远的历史背景之中，赋予“活着”以独特内涵。

《逃出母宇宙》是一曲人类文明的慷慨悲歌。构成这慷慨悲歌的主旋律，是伴随一次次颠覆性的科学发现而层层揭秘的末日灾难：从一开始楚－马发现的局域空间暴缩，到楚天乐的“三态真空理论”，再到楚－泡利发现的“宇宙整体收缩”的终极灾难，人类逃生的希望从抛物线顶点跌落于地；随后楚天乐又提出“孤立波理论”，认为之前的塌缩只是上帝打了一个尿颤，于是人类如遇大赦；然而危机刚过，楚天乐又发现空间暴胀可能引起智力衰退，而这种大致以10万年为周期的科技清零会导致人类文明彻底崩溃！这一系列科幻“发现”如同过山车，载着人类忽而天堂忽而地狱一路狂奔。在灭顶之灾的超强刺激下，人类几十年间实现了数千年才能实现的科技突破，最终逃离母宇宙，踏上守护地球文明的宇宙漂流之旅。然而小说结尾，“诺亚”号太空新人类又有新发现，虫洞式飞船航行的终点不可知：可能回到现在，或回到宇宙肇始，或去往宇宙末日！小说将人类与宇宙灾难的生死博弈写得一波三折，颇具史诗性。

王晋康科幻以超硬著称，这种超硬科幻被他定义为“核心科幻”。《逃出母宇宙》依然很“硬”，其科幻构思基于两个设定：真空（宇宙空间）有深层结构；可以因高能激发而洇灭从而形成二阶真空。从这两条设定“公理”出发，作者进行了合情合理的推理，新颖、惊世，又极具合理性，诸如真空洇灭后形成的透明球、空间对空间的全新运动方式及由此发明的可达亿倍光速的虫洞式飞行、该飞行方式的局限性（与大宇宙隔绝），等等。正如科幻作家刘慈欣所言：“这些内容涉及物理学和宇宙学的最前沿的知识，展现了宇宙演化的总体图景和时空最深处的奥秘，具有无可比拟的广阔背景和哲学高度。”《逃出母宇宙》科幻设定的独到处在于，对末日灾难的预言更符合人类的认知规律：曲折莫测，峰回路转，最后揭开真相；巨大的绝望透出希望的曙光，又陷于更大的绝望。从写作手法看，这种结构把悬念的张力一直保持到小说最后；从哲理层面看，这种“既可知又不可知”的现象，正是人类文明过去、现在和将来所走的真实路径，因而小说在哲理深度与艺术感染力上实现完美融合；从传播与阅读角度看，由于小说中蕴含着一个又一个不断翻新的科幻“发现”，涉及数学、天文学、物理学、生物学、心理学等多方面的科学知识，加上尖端理论、科技预想和复杂的论证过程，以及遮阳篷、冷聚变、人蛋、二阶真空激发、虫洞式超光速飞船、亿马赫飞船、婴儿宇宙、金属氢等未来技术的描绘，充分体现“超硬”特质。所以要“啃下”这部作品，非具备一定的科技知识所不能，这给一般读者造成了阅读的挑战。

王晋康诸多作品的叙事视角采用“上帝的目光”，在《逃出母宇宙》中依然沿用。这缘于科幻文学本身的特质，也缘于作者的人生积淀，借用“上帝的目光”常常能跳出传统的人类视野，给人以骇俗之感。小说情节也就很“自然”地建立在种种“悖论”之上：如善与恶；对人类力量（科学）的强烈自信，与对大自然深沉的敬畏；生存第一的冷酷天条，与对人伦道德的尊重；个体利益与集体主义；自强不息的奋斗，与自然深层机理中的宿命；等等，真实地表现了人类文明进程中的诸多纠结。可贵的是，这些纠结不是概念化的空洞展示，而恰恰是故事情节延展的根缘。

小说题名为《逃出母宇宙》，表达其思想情感的基调也逃出了“讴歌真善美”的传统藩篱。自然，这种思想直接影响到人物的塑造。在《逃出母宇宙》的诸多人物中，最出彩的形象不是那些“科学执政时代”的科学精英，如楚天乐、泡利、贺梓舟等，也不是圣母般的鱼乐水，而是“谋士能臣”形象的姬人锐和乱世枭雄褚贵福。姬精于权术、沉静冷酷、不受道德约束却秉持“人性善”的最后底线；褚基因强悍、极度自私、嚣张跋扈。尽管两种人生境界判若云泥，但在“群体拼死求生存”的极端状态下，大公与大私的落差却很奇妙地被找平：姬人锐辞官入山主动请缨领导全人类探索逃生之路，付出一生；褚贵福裸捐200亿元建“褚氏”号飞船以换取血统延续并两次拒绝返回地球，坚持留在蛮荒星球成为守护卵生人类的肉身上帝。在王晋康尚未出版的系列第二部小说《天父地母》中，褚成为小说第一主人公，将继续他充满矛盾的一生，既是新人类的始祖、开启科学时代的一代伟人，又因其思想境界和人性本元上的特质，成为灭绝地球人类的罪魁——而这却发生在褚“一心向善”的殉道者般的努力中，因而具有深重的悲剧性。

在一次笔会上，王晋康总结：今天的年轻科幻作者是站在未来看未来，像刘慈欣、何夕这样的中年作者是站在现在看未来，而他本人是站在过去看未来。唯其如此，他的作品极具强烈的民族文化特色，小说人物姬人锐和褚贵福，绝对是中国的“本土造”，在国外科幻小说中很难觅到雷似形象；唯其如此，王晋康作品深刻体现着中国的文化精髓，如儒家理念与老庄思想，阴阳二元论，万物平衡理念，等等，令人称奇的是，这些理念竟与西方思想，尤其是进化论、宇宙论等观念自如地融为一体。透过曲折的故事情节，我们深切感受到作者复杂的内心世界与充满矛盾的感情，诸如：对善的执着与对冷酷的生存天条的尊重；深信不疑的宿命论与对人类奋斗的讴歌；桥接于悲观主义和乐观主义之上的达观主义；这种互斥组合，正是大自然与人类历史的真实存在，这也使王晋康作品多了一份厚重。

2014 年 5 月，王晋康的长篇科幻《古蜀》荣膺首届“大白鲸世界杯”原创幻想儿童文学特等奖。在颁奖庆典上，著名儿童文学研究专家王泉根教授为其撰写的获奖词是:“《古蜀》以超凡的想象，精湛的文字，将一段朦胧的神话灰线，真实地艺术地构建还原为古蜀国的历史传奇与世间百态，塑造了……天界与凡间的艺术形象。以实写虚，幻极而真，大气磅礴，深具艺术魅力与思想力度。作品将幻想文学深植于中国文化的民族之根，是新世纪幻想文学创作的艺术突破与重要收获。”这段基于《古蜀》的精彩评判，体现出了王晋康科幻作品的基本特色，如果忽略具体人事，亦可视为对王晋康整体创作艺术的高度概括和总结。

——原刊于《文艺报》2014 年 9 月 19 日

（王卫英：科学普及出版社副研究员；张懿红：兰州城市学院教授）

“唯科学主义者”的绝妙画像

——评《黑钻石》

郑　军

曾几何时，科学是人类理性的明灯。科学家们高举着这盏灯引领世人，驱散中世纪的蒙昧。每个国家在其现代化过程中，都曾经有一段时期，全社会非常尊崇科学和科学家。他们所做的一切都被认为是“好”的，“对”的，“神奇”的。他们是征服未知世界的勇士。

然而，科学毕竟只是人类社会活动中的一部分。它的目的只限于追求真理。但怎样运用真理，以及在真理之外的“美”与“善”之类的问题，都是科学所不涉及的。除了科学，世界上还有许多有价值的事物值得追求。可是，进入20世纪以后，至少在发达国家里，科学价值有些过于膨胀，形成了一种“唯科学主义”倾向：轻视人文艺术和道德伦理，声称科学可以规定人的生活的一切方面；将大量物质财富投放到科研领域，而又不产出对社会有直接作用的成果，仅仅满足科学家自己的好奇心；全身心投入科研活动中，忽视人际交往，回避一个人多方面社会责任，等等。这些都是“唯科学主义”的表现。当然，持这些观点的科学家自己并不以之为过。“唯科学主义”是外界对他们的评价。

《黑钻石》的价值，正在于逼真地勾画出一个唯科学主义者的形象——

夏侯无极。这是一个天才的科学家。远离人间烟火，不承担凡人的责任。“……这七、八个风流倜傥的青年属于天界，是管理宇宙万物自然运行的政治局常委，是一些睿智圆通、禅机高深的哲人。”这既是夏侯无极妻子对丈夫的描述，恐怕也是他的自我意象。玩弄异性对于“普通人”来说是道德败坏，而对于他来说，是激发天才的手段。甚至不仅他自己这么认为而无愧意，连他的妻子也默认这种价值观。

小说的主线是夏侯无极为妻子制造人工钻石，并且失败而形成黑洞灾难的隐患。按夏侯无极的说法，他要用这颗钻石作为妻子的生日礼物。然而妻子洞悉了他的真实想法：在丈夫与上帝的这场赌赛中，我只是一个附带的受益者。只是想看看自己能否超越“上帝”创造的世界第一钻，借以判断自己是否知晓某些自然规律。他使用的“超高压实验中心”并不是他自己的私产，而是社会财富。利用如此巨大的社会财富满足自己的好奇心，并且对有可能毁灭人类的灾难性后果不加防范，可以说毫无责任感。事后其简单的追悔简直是轻描淡写。可以说，夏侯无极已经深深地沉溺于自己的世界中而不可自拔了。

即使在现实中，夏侯无极这样的科学家也是存在的。他们并不因追求权力或金钱而导致罪恶，所以世人不知道怎么去评判他们的行为。但正是在他们的“探索”中，体现着一种高度的自私。由于他们极少接触“俗世”，由于他们的工作十分专业，社会大众对他们的行为不要说评价，甚至连作到理解都困难。小说中，夏侯无极妻子在讲述整个故事时，便伴随着这种复杂的心态：他们是杰出的天才，但是……不好说……在这种模棱两可中，他们和“普通人”互为异类。

在这篇小说里，作者采用的叙述角度别具匠心，非常利于表现主题：夏侯的妻子不仅能从极近处观察他，描述他，而且她出身文科，永远无法具有丈夫的生活观。正好可以从一个“外人”的角度来评价这种独特的“恶”。小说里有一段描述可以被视为经典：丈夫的“超高压实验中心”，其科研实力在世界上遥遥领先。但女主人公说：我从未真正了解那里是干什么的，我去参观过，但一个文科出身的女人不能深入地了解它。丈夫曾笑言，我和他的生活基本是“不同相”的，分属两个异次元的世界，我想他说的并非完全是笑话。我只知道，这个实验中心能使用世界上的任何办法，如微型核聚变，来获得极高的压力，甚至达到宇宙大爆炸仅仅几个滴答后的极端高压（一个滴答是 10~34 秒）。要这样的高压做什么？我不甚清楚，我只知道它的一个次要用处是制取人造钻石。这段文字准确地勾画出，两个人在用怎样不同的眼光看待同一个世界。

“唯科学主义”者被这么全面、现实地刻画，而不是被漫画化、概念化，在中国科幻小说里恐怕为数极少。即使在作者以前的作品里也极少见。可以说，作者将这样一个能够深入挖掘的主题挖掘到了一定深度。

（郑军：著名科幻作家和科幻研究者）

亚当归来乎？

——评《亚当回归》

高建军

大概人类从在地球上出现那一天起，就已经开始了思考如何发展、解放、超越自身的局限性。人的局限性绝大部分来自自身的生理性或生物属性。人，跳不高、蹦不远、跑不快、力量小、反应迟钝、耐受力差、适应性弱，在这些方面甚至远不如其他动物。好在，人的头脑似乎比其他物种要发达。可以说，人的生理是有界限的，人的头脑则好像是无极限的。换句话说，人是一个“思想大于肉体的”物种。这样的肉体与头脑的矛盾，一直在困扰着人类。而这困扰却也一直促使人类不停地进行思考。这样的思考使人类产生出了迷信、宗教、哲学、文艺，当然，还有科学。

人的肉体与头脑的矛盾，实际上在迷信、宗教和文学艺术领域已经得到“解决”。在这些领域中的“人类”，肉体与头脑（思想、精神、灵魂）高度谐调。他们上天入地、移山倒海、灵肉分离、时空穿越、长生久视、变形幻化、游走三界，真正达到了从心所欲、自由自在的境界。但是在科学领域，这方面的进展并不大。虽然几千年来，人类的科技取得了巨大进步，但这些进步都局限于“外在”的器物层面，人脑本身却始终没有一个质的飞跃。也就是说，科技的发展可以人类向外达到宇宙深处，也可以向内深入细胞内部，而人的头脑以及头脑和人体的关系，却一直是“老样子”。人，还是几十万年前的那个自然人。然而话说回来，一旦人类的科学技术具有了改变（改善、改良、提升、升华、撤换）人脑的能力，那被改变了人脑之后的“人”，还是不是人呢？这样的“人”与原来的自然人有何区别？又怎样界定二者的关系？科幻作家王晋康的短篇小说《亚当回归》，想讨论的大概就是这一课题。

这是一部精悍的小说，虽然篇幅不长——不到 1 万字，容量却不小，内涵更丰富而深刻。小说的故事倒不复杂，说的是 200 多年前人类发往宇宙进行科考的星际飞船“夸父号”回归了。船上活下来的只有舰长王亚当一个人。200 多年后的地球发生了天翻地覆的变化。这变化并不是单纯的科技进步，而是人本身借助科技完成的“头脑革命”。即，“今天”地球上的人类，终于把科学的手术刀施于人脑。人类通过对自己的大脑植入“第二智能”，使原本的自然人变成了“新智人”。“现在第二智能已发展到 13BEL 级了，即人脑的 10^{13} 倍，一个不祥的数字。人脑与之相比，不仅信息存储、快速计算等能力不可同日而语，就是人类素常自负的创造性思维、直觉、网络互补能力也瞠乎其后。第二智能唯一缺乏的是感情程序，包括性程序。”“可以说，机器人借助于人体，在人脑的协助下，已经占领了地球，而我们像愚蠢的螟蛉一样，在自己身体上孵出果赢的生命。”此时，地球上只剩下不足 100 人抗拒植入第二智能，愿意保持自然人状态。刚刚从宇宙归来的亚当则是唯一一个年青的自然人。创造第二智能的钱人杰老博士后悔当初自己打开了潘多拉魔盒，他想与亚当合谋阻止第二智能的发展，让地球人类回复到自然人状态。而小说的结尾，却是包括王亚当在内的差不多所有自然人都变成了新智人——除了刚刚去世的钱人杰博士和亚当的 10 岁的孩子。

小说所要表达的主旨，就是面对新智人巨大的智能诱惑，自然人要不要以牺牲自身“特有”的感情世界和独立意志去变成新智人。虽然小说结尾是明确的，但作者的叙述过程，也是作者内心矛盾、纠结、疑虑、焦虑的过程。问题的症结在于，“新智人”还是不是人？作为第二智能的创造者的钱人杰博士是坚定地认为“新智人”不是人，是机器人。所以他后悔，甚至忏悔，把这一科技成果称为“潘多拉魔盒”，并试图与王亚当合作改变现状。因此，我觉得，这篇小说的隐性主角应该是钱博士，而不是表面上的主角王亚当。他的全部思想、精神上的痛苦与折磨，来源于人类对于自己发展出来的科技的不可控。或者说，他认为人类创造的科技成果造成了对人类的“反噬”。人类被自己创造的科技成果“反噬”，是美国好莱坞科幻电影最喜欢表现的题材，比如《魔鬼终结者》系列、《生化危机》系列、《机械公敌》等。这也确实是一个特别值得关注的课题。人类发展科学本来是为了造福于人的，而最终却极有可能也是毁灭人类的杀手。

小说透露出来的深层思考已经隐隐有了这一层意思，作者至少想告诉读者，科学发展的终极，将是科学的消灭。因为人工智能在不断升级，而且这种升级是无极限的，那科学还有什么意义？关键是，新智人的这种科学的发展与升级，甚至已经不是由“人”或新智人来完成了，而是由程序来完成了。从这个角度说，科学就更没有意义了。因为科学只有针对（自然）人时才有意义。头脑革命首先消灭的是自然人以及附属于自然人的情感世界和独立意志。然后，就连科学本身都要消灭了。而且极有可能，科学在杀死自己之前，先把地球杀死了。

另外，自然人被植入第二智能变成新智人以后，丧失了原有的情感和独立意志。可是，这情感和独立意志只有人在是自然人的状态下才有意义。也就是说，只有人在是自然人的状态下才会怀恋、在乎、珍惜自己的情感和独立意志，才会认识到情感和独立意志的宝贵。当变成新智人以后，就已经进入了另外一个世界。新智人对自然人的情感和独立意志完全“无感”，或者它们（他们）有着自己的情感和独立意志系统，或者它们（他们）对自然人状态下的情感和独立意志有着更高级的认知。如果这样，那么自然人的对自己将要丧失的情感和独立意志的留恋、伤感、恐惧、焦虑等，实际上是彻头彻尾的自怜自伤。新智人对此不仅感受不到，更是无从理解。就像人类对猪的喜怒哀乐没法儿感受、理解一样。这是两个物种的频道不同，更是高等级物种与低等级物种的频道不同。这恐怕是小说作者王晋康的另一更深层次的思考，也是他最终“决定”让小说里的所有自然人全部“升级”为新智人的原因所在。

钱博士与亚当计划阻止第二智能发展的计谋却让人感到耐人寻味又无可奈何。他们是想通过主动植入第二智能的方法，从内部搞垮新智人。但问题是，一旦自然人被植入第二智能，就完全变成了新智人，这新智人已经不具备自然人的思维，更没有自然人的情感，他（它）怎么会自己打自己呢？更何况，新智人的智能与自然人的智能的差别相当于细菌与人的差别，尝到做新智人甜头的人，怎么会愿意重新变回细菌？这种做法，相当于用吸毒来戒毒。果不其然，小说最后也交代了，钱博士与亚当的所谓努力，其实是新智人早就设计好了的。

不过，尽管作者对于人类通过科学摆脱原始自然人状态的未来趋势是肯定的，态度也较为明朗，但他内心深处的疑虑或疑惧却也是深沉的。王晋康在小说最后用亚当的口作了这样表述：“我们将沿着造物主划定之路不可逆转地前进，不管是走向天堂还是地狱。”这等于说，人类的未来命运，只有宗教才能解释。这一点，从作者把小说主角取名“亚当”这一细节也能有所体会。而且，小说题目叫《亚当回归》，意思是不是亚当从外面的世界回归伊甸园？伊甸园当然指的是地球。可是，地球作为自然人的伊甸园实际上已经是新智人的天下。已经不是原来的伊甸园，它已经与外部世界没有两样了。反倒是 200 多年前亚当探索的 RX 星系，荒凉冷寂，更像是伊甸园。我们知道，《圣经》里的亚当在偷食了智慧果以后，被逐出了伊甸园，再没有回去过。或者说，上帝在亚当偷食了智慧果后，就亲手把伊甸园毁去了。亚当即便想回去也是不可能的了。那么，所谓的“亚当回归”，实际上可以理解成是作者的一个暗寓——亚当回归，回哪里去？作者可没有说到底回哪里去。这是暗指人类的未来的不可预测性，即，亚当从走出伊甸园（飞去 RX 星系）那一天起，就不可能归来了。以后的命运只有天知道（造物主来引领）。这样一看，作者又似乎是悲观的了。

从小说中不难看出，王晋康应该是一位具有中国传统士大夫情怀的人。小说塑造的老科学家钱人杰博士这一形象，不妨看作是作者的自况。钱人杰博士从小接受儒家教育，他服膺的中国古人是这样几位：屈原、苏武、岳飞、张巡、文天祥、史可法、方孝孺。这几个古人身上有一个共同特点——操守如一、刚直不阿，而且知其不可为而为之。而钱博士是地球上最后一个拒绝植入第二智能，拒绝做新智人的自然人，我们可不可以把他理解成“中国最后一位士大夫”。钱博士最后是不可挽回地失败了。但他保持了自然人最后的信仰、节操和尊严。作者设定的这一细节的寓意就绝不仅仅是科幻的了。钱博士的坚守，毋宁说是王晋康的夫子自道。作者对于人类未来出路的思考，一直徘徊在中国传统精神资源与西方基督教之间。最后钱博士死了，世界上只剩下了上帝。但即便是对上帝，王晋康还是不无保留——“不管是走向天堂还是地狱”。

小说构思巧妙，基本做到了逻辑自洽。而且时时有神来之笔。比如，新智人雪丽在为自然人被植入第二智能的合理性、合法性作辩护时这样说：“自然人实际上也能被输入程序呀。比如“文化大革命”的狂热，就在一段时期内输入到甚至多数人的头脑中。”我读到这里，禁不住会心地笑了。既为作者绝妙的想象叫好，也为作者的历史良知赞叹。思想境界的高低是决定作品水平、质量的根本。这一点，王晋康无疑是令人信服的。

这篇小说的故事情节极淡，淡到几乎没有，人物形象也只是模型，性格不十分突出，却不影响人们的阅读兴趣。所以，与其说这是一篇小说，不如说是一篇妙趣横生的科学随笔。当然，其想象的大胆和文笔的清通，却又不是一般的科学小品所能比拟的了。

最后谈一点这个小说的不足。我认为，自然人被植入第二智能变成超高智能的“新智人”以后，头脑被革命，肉体却还保持自然人的状态，这似乎有一些“情理不通”。作者应该进一步探讨一下头脑高智能化以后对人的肉身的影响。另外，也应该对新智人的某些大异于自然人的“神异”功能，稍作点染，举出一二“实例”，这样可以增加可读性和“可信性”。而大而化之地对新智人的特殊之处泛泛而谈，会让读者觉得“不像”。不知作者以为然否？

（高建军：河北科技大学文法学院中文系副教授）

抗争宿命之路

——评王晋康处女作《亚当回归》

姚利芬

《亚当回归》发表于1993年第5期的《科幻世界》，是科幻名家王晋康的处女作。这篇不到1万字的短篇讲了历经202年后星际旅行归来的宇航员王亚当发现地球已经今非昔比，新智人（大脑中植入电脑芯片）成了人类的绝对主体。年迈的脑科学家钱人杰既是新智人之父，又是坚决抵抗大脑改造的仅存的少数自然人之一。他暗示亚当只有借助植入电脑芯片获得更高智能，才有可能找到推翻新智人统治的途径，“用卑鄙的手段实现高尚的目的”。王亚当知其不可为而为之，悲壮地接受了大脑的改造。但在接受更高智能之后有了猛醒，知道自己和钱老的抵抗是可笑的，“就像是世上最后两只拒绝用火的老猴子”。最后，新智人王亚当只能面对旧人类文明的暮日发出一声悲凉的叹息。

哲理意识与寻根意味着《亚当回归》显著的两大特色，实际上也是王晋康小说显著的两大特色，他后来发表的小说诸如《豹》《生死平衡》等均是在此基点上生出的科幻演绎。

王晋康惯于在作品中采用“上帝目光”的叙事视角，这在处女作《亚当回归》中已彰显。理解这篇小说不妨从主人公的名字“亚当”切入，亚当是耶和华按照自己的形象在这个世界上创造的第一个人，上帝让亚当看管伊甸园，觉得他一个人孤单，便在亚当心脏最近的地方取了一根肋骨创造了夏娃。亚当和夏娃受蛇引诱，偷吃了善恶树上的果子，被上帝逐出伊甸园。亚当和夏娃因为犯了原罪，传给后世子孙，成为一切罪恶和灾祸的渊薮。在《新约全书》中，使徒圣保罗则认为亚当是基督的象征，因为一个带来了死，另一个就带来了生，原罪和自由赎罪的教义就是建立在这种象征的基础之上。亚当作为上帝的某种外化物因而成为知识领域和神秘领域的重要议题。“亚当”一词兼具人类、始祖、上帝的外化物、原罪以及救赎的意蕴，词源文化的丰富性赋予了这篇小说多重解读的可能性。小说开篇写道：当雪丽对亚当进行心理复苏训练时，询问的第一个问题就是“你为什么叫亚当”，亚当“心头掠过一阵苍凉”，半开玩笑地答复：“我只料到会变成未吃智慧果前的蒙昧的亚当，赤身裸体回到伊甸园，受耶和华庇护。”作者在小说中运用象征和反悖的手法，借用亚当的文化意蕴并反其义用之，夏娃在文中变成了新智人，自然人选择在大脑中植入电脑芯片仿喻食用禁果。身为归来者的自然人亚当面对这个物非人亦非的地球是陌生而犹疑的，这种犹疑表现在他在恐龙陈列室听取了钱人杰的哀叹和忧虑后对新智能时代的抵制，自然博物馆恐龙陈列室于此也成了一种象征，喻指在进化的涡流里不得不走向没落的时代。“波涛后留下寂静的海滩，海滩上是历史大潮抛下的孑遗物，只有恐龙的骨架同情地陪伴他们”。每个时代都有类似这样孤绝的奋争者，亚当选择了前行，为了复辟自然人时代，他与新智人雪丽在计算机选择的最佳受孕时刻结合，缔结了“计算机精心选择的婚姻”，之后植入了第二智能并接受了新智能时代的到来。食用禁果之后的亚当面对行将逝去的自然人时代悲情叹惋，读者看到这里会有抑制不住的荒凉丛生蔓延，这是因为王晋康的哲理思绪触碰了我们内心深处的隐忧，人类生存所秉持的两种力量——科技的力量和信仰的力量之间，到底要保持怎样的平衡为洽？人在这种张力间何以自处，如何保持一份敏锐的觉知而不被异化？

出走与回归也是王亚康小说的母题之一。《亚当回归》写到植入人体的第二智能必须具备这样的功能：在运行10年后应能自动关机，使其载体处于完全的自然人状态，并保持该状态至少100天以上，定期回归是在抗争科技的力量对人的异化，保持人的觉知与自省。自然人和智能人以10年为一个周期的二元置换本质上是出走和回归的关系，这也是现代人永难摆脱的一个两难处境，回归主题因此成为文学常涉的母题之一，该主题通常书写那些具有现代意识的，生活在传统和现代边缘的知识分子，出走和背离似乎是一种自觉的姿态，然而，寻找家园的灵魂却并没有因此而安宁。王晋康在获得1997年银河奖一等奖的《七重外壳》也是这一主题结构的书写，小甘一次又一次“穿上”和“脱下”外壳，在真实和虚拟间穿梭进出，最终迷失自我，后来回到家乡，在家乡与亲人这条最为粗大坚韧的“根”中找回了自我。

王晋康的小说始终有一种“根性”于深处支撑，科幻作家赵海虹指出“王晋康的作品中时常有民族主义情绪的流露，包括民族悲情意识和民族自豪感。”这种对民族之根的留恋与追寻和上个世纪80年代初中国文坛掀起的“寻根”文学热潮遥相呼应，寻根文学的倡导者是韩少功、阿城、郑义等青年作家，参与者大多有下乡知青或回乡知青的背景。他们以现代意识反映传统文化，致力于传统意识、民族文化心理的挖掘，重构民族文化精神。王晋康也有知青下乡的经历，身为“老三届”的1966年高中毕业生，1968年下乡，在新野五龙公社度过了3年知青生涯。这段经历对他创作的影响是显见的，如韩少功在接受《新民周刊》采访时评说知青经历对创作的影响时所说的，“这些人不论是厌恶乡村还是怀念乡村，都有一肚子翻肠倒胃和泥带水的本土记忆，需要一个喷发的载体。寻根就是这样的载体。”《亚当回归》中的主人公接受了新智能时代，但他究竟是不彻底的新智能人，是带了前朝遗绪，意识深处有“故国山河”印记的新人，这源于“灵魂深处隐隐回荡的5000年的钟声”——我们注意到小说两次提到“回荡的5000年的钟声”。作者没有让“进化”为新智人的亚当和夏娃幸福地生活下去，而是分道扬镳。至于婚姻破裂的原因，亚当的解释是“我比她早出生了207年，207年的代沟自然较深了”，缘何会有代沟？正因为亚当与207年的那个自然人时代有切割不断的血脉承续。而在钱博士逝世以后，亚当的这种感情回潮越来越强烈，几乎把他淹没。他自嘲“这只能归结于作过 30 年中国人，对于中国人来说，历史的回音太强了。”亚当在 100 天的回归期里读汉书，看苏武传，他在历史的烟霭中寻找到了知音，那个不得已归属匈奴的李陵冥冥中与他互相佐证，钱博士的去世让他感觉像李陵送别苏武，失去了最后一个可以听自己辩解的同类。小说随处可见于历史深处寻根的意绪，“夸父号星际飞船”“儒家道德”“中国士大夫”等字眼浮没文字之间，智人之父钱人杰亦称“比干、屈原、苏武、岳飞、张巡、文天祥、史可法、方孝孺等，一直是我的楷模。”实际上，作者对有着“执拗中国血统的老人”秉持的态度是暧昧的、犹豫的，文中亚当的形象恰如出嫁时一步三回头与家人道别的女子，唢呐声响起，出嫁的女子渐行渐远，与亲人道别的感伤悲情与对婚姻生活的期冀在她的意识里杂糅缠绕。

罗兰·巴特在《神话——大众文化诠释》一书谈及巴黎脱衣舞的魅力正是基于冲突与矛盾的张力，“女人脱到全身赤裸时，就失去了性感。”这篇小说的性感亦在犹豫腾挪间彰显，亚当和钱人杰均是抗争宿命之路的行者。小说以亚当对新智人之父钱人杰去世的悼文作结，超越了以往此类科幻小说中“人类必胜”的俗套，但又不是简单的“科技必胜”，如前所述，那个不彻底的亚当实际是在悼文中吟唱挽歌。如今这篇小说发表已有 20 余年，但这种冲突与矛盾带来的回味仍值得我们深思。

（姚利芬：中国科普研究所博士后）

那个倏忽而逝的狗男人

——谈《拉克是条狗》的时间表征与生命关怀

姚利芬

张爱玲早熟，她讲到自己创作《红玫瑰与白玫瑰》素材来源，“小说中的男主角是我母亲的朋友，事情是他自己讲给母亲和姑姑听的，那时我还小，他以为我不懂，哪知道我听过全记住了。写出来后他也看见的，大概很气——只能怪他自己讲。”她在私语录中提到自己的早熟与淡定，“小孩子要么像小狗小猫那样让大人玩，要么就像小间谍似的，在旁边冷眼观察大人的动静。我小时候可以算很早熟，虽然样子老实，大人的事我全知道。后来我把那些话说出来，拿姑姑和母亲都吓坏了。”

其实，小狗小猫未必无知无觉，王晋康的小说《拉克是条狗》，以女孩茵茵和一个被植入了人类智慧的“狗男人”拉克的日记铺陈开来，鲜活地呈现了两个时间管道中成长的生命，情愫的萌发以及思想意识的发展形成。结局是必然的矛盾和破碎，智慧的狗男人拉克凄然终老。“天才之狗”的智慧之因如斯芬克斯之谜般被悬置，不同的是，斯芬克斯之谜藏匿于冰凉的大理石中；狗男人拉克的秘密则凝聚在小小的 U 盘里，以期承续。王晋康的小说向以隐忍的悲壮气著称，这篇小说读到最后不免令人心生凄凉，真挚的感情最终化为一缕烟尘，那三个字仍未能说出口，却饱含了一生的沧桑心迹。这篇小说的显著特征是时间表征和作者浓烈的生命关怀意识，从这两方面来入手解读可窥得本篇的神韵所在。

一、时间表征

狗男人拉克无疑是动物世界的赛博格，他的智慧和能力借助人工科技得到了天才式的跨越和提升，与人类比肩的同时也与那些“天然”狗有了云泥之别。“狗人”的尴尬在于，一是他仍基于狗的生理结构，情感和智慧被禁锢在一具残酷的狗形桎梏内，那副毛茸茸的皮囊是他永远不能摆脱的此在；二是他活在狗类的生命时间轴上，以此延续至老。一如拉克日记中所写“到今天我仍然恨那个技术动物，他既然把人的智慧（宇宙中最宝贵的东西）非常草率地塞到我脑壳里，为什么不同时赋予我人类的寿命？”

时间向来是科幻文学最重要的表现主题，它是物的存在方式，也是人的存在方式，本质上是人对过去、现在和未来的体验，叙事的意义则在于展示这种体验的内在特点及表征。小说在“孟茵手记”中道出了时间在狗和人的世界里的参差：“狗狗的寿命一般只有15年，类比一下，它的1岁大致相当于人的5岁。也就是说，等我二十八九岁时，它的寿命就要到头了，就要同我永别了，一想到这个前景我就十分感伤。但是没有办法啊，天命不可违。我和它属于两个物种，就像生活在两个不同步的时间管道中，只能眼睁睁地看着小拉克加速成长，在年龄（可比年龄）上赶上我，超过我，迅速坠落到那个谁也逃不掉的死亡黑洞中去。”中国古代已经意识到这种时间差，南北朝人任昉的《述异记》中有这样一个故事：晋朝人王质上山砍柴，看到几个小孩下棋。他看完一局，砍柴斧子的木把已经烂掉了；回到村里一看，所有的人都不认识。原来他在山上不到一天的时间，山下已过去100年了。《西游记》也有类似的故事，说的是孙悟空在“天宫”当了10多天的“弼马温”，回到花果山时，群猴说：“恭喜大王，上界去十数年，想必得意荣归也！”孙悟空觉得惊奇，才10多天，何以说十几年？群猴答道：“大王，你在天上，不觉时辰，天上一日就是人间一年哩！”仙界一日，人间千年，《聊斋志异》

中此类故事更多,《贾奉雉》叙述书生贾奉雉在儿子七八岁时跟随朗生入山修道，但因尘缘未了而下山，等贾生回到家乡却发现："长孙已死；次孙祥，至五十余，屈指百余年矣。仙境的时间往往不同于人间，而这种时间差距也增添了故事情节的丰富性。布拉德·皮特主演的好莱坞电影《返老还童》以独特的视角展现了时间的悖论,"顺流的时间，倒叙的人生"，主人公患上了一种怪病：刚出生时浑身皱纹，一副风烛残年的模样，年纪越大，容貌和体型却越发年轻，等到80多岁的时候就完全变成了婴儿。

以物种之间时间流逝的速度作对比，如两条不平衡的时间之流，王晋康以此表露了对时间隐然的恐惧与焦虑，命运的左右手以不同的力度扼着时间之喉，在小说中以女孩茵茵之口传达了在时间面前无力抗拒的悲哀："在两个不同步的时间管道里，今后我只能跟在它的后边，看着它的背影越来越远。"

二、生命关怀

蒲松龄在《聊斋志异》中写了很多有情有义的动物，如义犬、义鼠等，动物到底有没有人性，近年来成为许多动物学家及非动物学家的热门话题。《拉克是条狗》设定了一只与人拥有同等灵性智慧的狗可能遭遇到的种种情境，以及随之带来的种种思考：狗人如何在天然的狗类物种里自洽？狗人如何在人类的世界里自处？狗人与人类的可否有爱情？依人类的胸襟，在人类智力不能提升之前（法律和伦理不允许对人类做类似手术），是否允许比人更聪明的狗人出现？小说中的老孟培育出了聪明的拉克，这对它本身来说，究竟是"幸运"，还是"厄运"？

这篇2万余字的小说在不长的篇幅中融注了诸如此类具有浓厚哲理意识与生命关怀的拷问。王晋康小说有着独特的生命阐释，通过狗人拉克的生命形象，展现了具有多重意味的生命意象：①生命的尊严；②生命的人道主义关怀；③自然生命的超越。小说在"拉克日记"一章中，以第一人称的视角直抒了对狗类生命尊严的思考："聊斋故事《青凤》让我对人类世界的合理性产生了怀疑。人们说，狗是人类最忠实的盟友，而且历史事实确实如此。但我伤感地发现，人类传说中有人与狐的爱情，也有人与龙、鱼，甚至蛇的爱情，等等，偏偏没有一则是人与狗的，这种潜意识中对狗的藐视让我寒心。我还发现，至少在汉语中（很可惜，我至今只掌握这门语言），'狗'是典型的贬义词：走狗、狗东西、狼心狗肺、狗眼看人低、丧家犬、癞皮狗、人模狗样……不胜枚举。也许，正是因为狗对人的忠诚，才换来人对狗的鄙视？"从生命的高度关注狗存在的尊严，书写对健康和谐的生命境遇的追求，呼吁社会从人道主义视野珍爱生命、关爱生命。小说的结尾处写到拉克的墓碑，正面是："狗男人拉克之墓"，背面刻着："希望有一天，这个谥号不再被世人认为带有贬义"。人化的狗在此显然已经超越了自然生命的本体而达到了精神生命的永恒。

科幻作品常分为强调技术的"硬科幻"，与主导人文生命关怀的"软科幻"，两者之间争议不断，未有定论。而王晋康的科幻作品则能自如地将"硬"和"软"调致平衡。小说对技术沙文主者老孟不乏善意的嘲讽，科学的技术泛化，特别是技术沙文主义的现代性导致了意义的丧失，从而使生命的价值没有了基础。而提倡后现代科学精神，就是要找回这失落的价值。

狗男人拉克不过是作者用来表达生命关怀的凭借，这种带有悲悯情怀的生命关怀是王晋康小说写作的基层底码。20 世纪 90 年代初期，王晋康刚出道时的作品《亚当回归》即表露了对科学技术环境下人类异化问题的思考，再到后来的《类人》《豹人》等作品，均表达了在技术时代中生命伦理的思考。在类人工厂，人类用纯技术的办法制造人类 DNA 并发育出类人，同时严格规定类人不得有指纹……当人造生命和电脑生命变成现实，人类将何以自处？人性会怎样变化？人类之爱还能否存在？《豹人》中谢豹飞的基因里被嵌入了少量猎豹的基因，很多不可思议的事情也因此发生，以 9.39 秒的成绩打破了世界纪录，震惊了世界，也赢得了中国姑娘田歌的芳心。但月圆之夜，谢豹飞控制不住情欲，强暴了田歌，并将其咬死。《拉克是条狗》中拉克的悲剧也在于伦理层面上的无所适从——既具有狗的身体和本能，又有人的智慧，两个世界形成了陡峭的接茬。

《拉克是条狗》中没有激烈的大场面冲突与矛盾，日记体叙事更适宜表现成长史，读起来更像是一篇美好而忧伤的童话，一个女孩子、一只狗、不乏脉脉温情，却又直触到每个人内心深处最柔软的角落。

谁来统治地球？

——读《生命之歌》

刘　军

1995 年第 10 期《科幻世界》刊载了王晋康的科幻小说代表作之一《生命之歌》。

这篇小说讲述了 23 世纪孔昭仁教授创造了一个能逐步感知世界，建立起人的心智系统的机器人元元，将其视为儿子，疼爱有加。当元元 5 岁时，他的社会智力停止发育，保持了 5 岁儿童的天真与单纯。孔教授承认试验失败，因此变得阴郁乖戾。孔教授的女婿——韩国人朴重哲年轻气盛，继续钻研岳父未尽的事业。20 年后，他发现了元元身上的奥秘，并意外引爆元元的自毁装置，朴重哲身亡，元元受伤。后来孔教授要枪杀元元，未果。逐步恢复心智的元元，利用了大家对他的爱，迅速壮大自己，试图将诠释生存欲望的生命之歌传递给所有机器人。孔教授之女，朴重哲之妻孔宪云拿枪走进客厅，枪口对准元元……

这篇科幻小说推崇科学构思，情节扑朔迷离，弘扬人性之美，智慧之思，令人回味。

一个好的科幻构思

这篇小说最吸引读者的，是它的科幻构思。王晋康以严谨的科学推理和具体实践，大胆提出了生物界最高本能，即生存欲望。只有生物具备了这种欲望，才能生生不息，努力扩张，发展势力。作者将这种理论运用到机器人身上，打破了阿西莫夫提出的机器人三定律，对人与机器人的相处模式，提供了新的科幻元素与思考。

在孔教授的开发下，元元具备了两套壮大自己的系统，一种系统是如人类一般逐步感知世界，具备生存欲望的能力，一种系统是机器人特有的编程研发系统。元元以优于人类的速度和质量，逐步具备适应自然的能力和建树自我的能力，照此发展，他必将形成生存欲望，为保存自身，延续后代，也必将与人类为敌。“人类经过 300 万年的繁衍才占据了地球，机器人却能在几秒钟内完成这个过程。”为此，孔教授将这个秘密埋在心底，直至性格扭曲，任凭别人误会，也要中止元元“生存欲望”的进一步发展，并给元元设置了自毁装置，以应对最坏的可能。

当元元的心智停留在 5 岁孩童阶段时，他的智慧远远超过一般人；当朴重哲无意中引爆了元元的自毁装置时，其结果却是元元轻伤，朴重哲死亡。当元元借朴重哲、孔教授之手，逐步恢复生存欲望时，他的野心与手段，又是何其令人惊诧！这是一个挑战机器人三定律的科幻构思——当机器人具备伤害人类的动机，不再服从人类命令时，人类该怎么办？机器人又该怎么办？随着科技的发展，这个命题是有可能成立，且令人深思的。

王晋康说：“核心科幻与其他科幻之不同是，它特别依赖于一个好的科幻构思……如拙著《生命之歌》就建基于这样一个科幻构思：生物的‘生存欲望’这种属于意识范畴的东西其实产生于物质的复杂缔合，它存在与 DNA 的次序列中，就其本质而言是数字化的。”[①]“生存欲望”是生物界普遍存在的规律，王晋康认真地宣扬着这种自然机理，认真地信服它，并将之作为小说之髓，支撑起《生命之歌》的精神维度与哲学深度。他曾说：“我之所以能写出 50 多篇科幻涂鸦之作，就是受了西方文化的熏陶。我对西方的人权、自由、平等、博爱等也深为折服。但在这一切的深处，又郁结着一种深深的愤懑和失落。”[②] 作者一方面从西方文明中汲取营养，另一方面又对西方列强侵略东方，而东方又积贫积弱，负重难返的现状表示不满。

吴岩指出：“更有一些人认为，王晋康的作品找到了中华文化在世界上的位置，他明确地告诉我们，即便在科技强大的今天，5000 年历史的中华文明仍具有绝对的优势。”[③] 也许正因为这个原因，《生命之歌》中“生存欲望”这一崭新的科幻构思，作者有意将其安排给东方人来发现、提出、推进。譬如，孔教授是孔子的第 99 代孙，这有很深的寓意。作者在孔教授身上，寄托了中国传统文化的力量，以及儒家“修身齐家治国平天下”的理想抱负。再如，年少轻狂的朴重哲说：“上帝把这个难题留给东方人了。正像国际象棋与围棋、西医与东方医学的区别一样，西方人善于做精确的分析，东方人善于做模糊的综合。”由此可见作者对东方民族，尤其是中华民族的赤子之情。

当然，好的科幻构思，离不开好的叙述方式，作者在小说中宣扬“生存欲望”的相关艰深理论时，尽量借用孔教授夫人以外行身份的插话、咨询，赋予其深入浅出的效果。又借助孔宪云这一联系孔教授和朴重哲的关键人物，来交代故事背景，推动情节发展。有了她们母女的融合，纯男人之间的智慧较量、人机之间的生存竞争，就有了柔和的味道。

① 王晋康：《漫谈核心科幻》，见《科普研究》2011 年第 3 期。

② 王晋康：《关于“三色世界”》，见《善恶女神 · 王晋康科幻小说精品集》，上海科学普及出版社，2004 年，第 358 页。

③ 吴岩：《文化错位、性自虐与王晋康科幻小说的深层解码》，见王晋康著：《善恶女神 · 王晋康科幻小说精品集》，上海科学普及出版社，2004 年，第 2 页。

一波三折的故事情节设置，也为《生命之歌》科幻构思的表达，提供了良好的平台。突变性的情节、动态感的画面和有感染力的语言，将王晋康的科学构思很好地包裹其中，深邃睿智，引人探寻。

一场爱的生死较量

《生命之歌》也有一个一以贯之的主题，即“爱”。这种爱的表达，在小说中呈现为三种状态：人与人之间的爱；人对机器人的爱；机器人对人的爱。作者安排了一个颇有意味的“老猫吃子”情节——老猫产下 4 只小猫，为了有更多奶水哺育孩子们，老猫吃掉了最弱的猫崽。这一情节，不可谓不残酷，却是有远见的，集中了以上谈到的三种“爱”。

先谈小说中人对机器人的爱。孔教授一家对元元，是疼爱有加的。孔宪云童年时还为父母对小元元的偏心而愤愤不平，但她自己很快就变成一只母性强烈的小母鸡，时时将元元掩在自己的羽翼之下。丈夫临终时嘱托宪云保护好元元，她为了元元的安危，甚至可以与爸爸反目。孔妈妈早将元元当成自己的儿子，时常表扬他，呵护他的自尊。当她得知老伴意欲枪杀元元时，愤怒地喊：“这老东西真发疯了！你放心，有我在，看谁敢动元元一根汗毛。”孔教授在元元 5 岁之前，“曾兴高采烈地给元元当马骑”，“也曾坐在葡萄架下，一条腿上坐一个小把戏，娓娓讲述古老的神话故事。”当他惊觉元元将对人类产生的威胁后，宁愿封锁自己的内心，扭曲自己的性格，对元元的态度变得复杂起来。即便是这样，孔教授“长久地透过玻璃窗，悄悄看元元玩耍。他的目光里除了阴郁，还有道不尽的痛楚。”就在他要在黑暗里枪杀元元时，仍被元元的“天真”打动，放弃了下一步行动。后来当孔教授杀气腾腾冲进大厅，面对元元在弹奏生命之歌，将生存欲望复制给更多的机器人时，他最终只是朝具有复制功能的克雷 V 型电脑开枪了——他实在不忍心毁掉元元。后来，当他以为元元的进化是发展的必然时，“对元元的慈爱之情便加倍汹涌地渲流”。

由此可见，孔教授一家，不管是知情的，还是不知情的，对元元的爱，均是发自内心的善良的爱，是一种生命物种对另一种生命物种的尊重、理解与包容，体现了儒家文化中“仁者爱人”的精神。

而机器人对人的爱呢？按惯常推理，机器人是没有感情的，它可以根据程序命令，服从于人类，但他不会主动去爱人类，如魏雅华的科幻小说《温柔之乡的梦》中，那个绝对服从丈夫的机器人妻子丽丽，对丈夫只有服从，看不到爱，最终因服从而毁掉了这段婚姻。王晋康在《生命之歌》中，大胆构思，塑造了能拥有人类情感，并意欲控制人类的机器人元元。元元与一般机器人不同，他能逐步拥有人的各种情感，具备生存欲望。不明就里的朴重哲，决意开发元元的心智系统，让其在孔教授强行中止的阶段继续成长。如果说处于 5 岁心智的元元是纯真无邪的，他对姐姐的依赖、对爸爸的察言观色，都有一份人类儿童期的简单与懵懂，那么，被继续开发的元元，在生存欲望的支配下，则依旧披上了童真的外衣，利用人对他的爱，保护自己，壮大机器种族，并意欲领导人类。如他给身在英国的孔宪云发传真，诉说自己的害怕，求姐姐回来；朴重哲去世后，元元痛楚地仰起脸，说：“姐姐，我很难过，可是我不会哭。”预感孔教授将在黑夜偷袭他，元元说服姐姐睡觉时别关掉他的电源。当他发现黑暗中孔教授持枪进来，故意奶声奶气地问：“我认出你是爸爸”，“你手里提的是什么？是给元元买的玩具吗？给我。”他用高智商骗过了所有人。他利用了孔宪云的善良，让她打开可以复制生命之歌的克雷 V 型电脑，将信息迅速传递给所有机器人。这个狡猾的计划被孔教授识破之后，他再次利用了孔教授对朴重哲研发真相的误解，借用孔教授之手，修复了自己的心智系统。又借助警察局在孔教授家安装的监听设备以及警察局的克雷 V 型电脑，接收了他和孔教授联手弹奏的生命之歌，并传到互联网中，新的智能人类诞生了。

王晋康说：“科幻构思所牵涉的常常是人类的命运而非个人的命运，是世界深层的关系而非表层的关系。”[①] 人类与有生存欲望的机器人，必定是你死我活的竞争，若对机器人的思维意志不加以控制，谁来主宰这个世界？孔教授几次对元元开枪未果，知情的孔宪云最终拿起了枪。孔氏父女，试图以老猫食子的方式，结束元元的生命，减少对人类的威胁。他们的爱，是对人类的大爱，具有宽厚的人文情怀，这也正是主流科幻文学的精神指向。

（刘军：江苏省昆山市博物馆研究人员）

① 王晋康:《食髓而知味——漫谈科幻作品中的科学构思》，见《名作欣赏》2013 年第 28 期。

当科技遭遇信仰，当技术挑战人性

——评王晋康小说《替天行道》

闫　娜

替天行道，一个古老的话题，一种悲壮而决绝的行为，它总能唤起深藏于人们心底的对于正义和道德的追寻与守望。说它古老，是因为它和中华文明一样源远流长，融入生生不息的华夏子孙的精髓之中。也许它偶尔麻木，也许它时而沉睡，但血脉之中对于天地正道的仰慕总会适时唤起每个人心中的“替天行道”的激情和决心。宋江何以振臂一呼，英雄云集？是因为他在民不聊生的乱世喊出“替天行道”的口号。元杂剧家康进之的《梁山泊李逵负荆》一剧中载宋江开场诗云：“涧水潺潺绕寨门，野花斜插渗青巾，杏黄旗上 7 个字，替天行道救生民。”《水浒传》中诸多英雄打着“替天行道”的旗号，劫富济贫，行天下大道，演绎了一幕幕荡气回肠的英雄史事。科幻作家王晋康在此也为我们讲述了一个有关“替天行道”的故事，不过斗转星移，时光飞逝，故事的背景已穿梭至让宋江无法想象的高科技时代，主人公吉明也不是什么大英雄，而是一个可以卑微到尘埃中的小人物。

吉明，中国人，46 岁，毕业于中国内地的一所农业大学，持美国绿卡，是美国知名生物技术公司 MSD 的销售人员。故事讲述了吉明为推销种子，拓展市场，回国找到了 20 多年未见的老同学常力鸿。常力鸿是中原某县城种子管理站的工作人员。吉明为常力鸿提供了MSD培育的绰号为“魔王麦”的转基因良种，为打消常的顾虑，先为其提供了100亩的麦种进行检疫试种。在种植过程中，常力鸿发现这种“魔王麦”收割后只能用作食物，无法用来作种子，这种诡异的“自杀特性”让常力鸿不安。但鉴于这个品种诸多的优良品性，吉明还是成功地在中原农村打开了市场。好景不长，不久吉明被告知曾经试种魔王麦的土地上可能被转基因种子污染，使后续种植的“豫麦41号”小麦几乎全军覆没。烧焦的小麦，受伤的黄土，愁苦的老农……唤醒了吉明内心对于故土的怜爱和责任。吉明火速将此情况汇报给美国MSD公司，不料不仅问题未得到重视和解决，还遭到了不明不白的暗杀灭口。绝望恐惧之余，吉明采取了极端的方式：火烧MSD，替天行道。故事的大致情节是这样，但是素以擅讲故事著称的王晋康并不是这么平铺直叙的。在这篇小说中，体现出王晋康独到的创作理念与艺术形式。

正如恩斯特·卡西尔认为，一部好的艺术作品，首先要有一个深刻的创作理念作为支撑，其次还要有适当而美好的形式为其阐释和演绎。科幻文学作为一种独特的文学样式，其创作理念不仅具备一般文学体裁的特点，更兼具了植根于科学知识的合理性和幻想性。关于科幻文学创作，王晋康有着自己深刻而独特的观点。他曾在2010年8月成都召开的科幻世界座谈会上讲道：“科幻作品中，也有最能展示科幻特色和优势的，我称为‘核心科幻’，一是宏伟博大精深的科学体系，与文学上的美学因素并列，展现科学本身的震撼力；二是理性科学的态度，描写超现实；三是独特的科幻构思；其次还有正确的科学知识。”创作于2001年的《替天行道》，是作者经过一段时间积累休整之后，出手不凡的一篇力作，也是他提出“核心科幻”创作理念10年之前的作品，但由此我们却可窥见其创作理念的雏形。

作品传达了作者对于高科技时代转基因技术与人类社会的信仰、道德之间的矛盾和冲突。当技术发展到可以挑战整个人类的伦理道德与精神依托时，就如同一个挣脱枷锁、逃逸而出的邪魔，必定会对宇宙与自然产生毁灭性的破坏。转基因技术作为一种可以随意删改生命密码的技术，其存在本身并没有什么绝对的善恶对错，但当其以一种牟利手段被纳入商业社会的运作规范时，便走到了人类文明的反面。归根到底这是由人性之恶造成的，是人类自身的贪欲导致了技术的邪恶。这种邪恶挑战了天地大道，挑战了宇宙神秘规则。

在古代，人们对天地宇宙心存敬畏，懵懂中人们认定天地运行，万物变幻冥冥中都由一个无形的高悬星空的神灵主宰。“天人合一”最初也源自对神灵的敬畏，认为人事应于天道对应。在古人眼里。大自然远远不是草长莺飞、花开花落、冬雪春雨这些肉眼可见的现象，在这些貌似天经地义的现象背后还有一个神秘的主宰者，一个高于一切、支配一切的神圣存在。这个神圣存在在中华文明中即是支撑其信仰核心的“道”，在西方文明里即是人们所信奉的上帝。老子说:“道可道，非常道。”孔子曰:“天何言哉？四时行焉，百物生焉，天何言哉？”都是对这一神圣存在的思索和仰慕。这个超越世俗，穿越时空，无法直视，无法触摸的“道”，在人类拂逆之时，便会受到惩罚。黑色而枯干的麦穗，褐衣而立、一脸愁苦的老农在作品中都是这个神圣存在的化身。

科技发达让人类丧失了对生命的神秘感与敬畏心，人类利用自己破译的生命密码，肆无忌惮的重新整合基因，甚至为了巨额利润任意决定物种的存亡。冥冥之中的神圣存在是萦绕于人类头顶的神明所在，是人们心中的正义所在、道德依存。基因技术让一切顺遂自然的生老病死成为人类的特权，这让那个无上的神圣存在情何以堪？繁衍不再是一种随机的自然现象，基因科学家可以将所有的优势基因集于一个物种，甚至可以创造新的物种，他们掌握着任何生物的生杀大权。面对如此狂妄的行为，上帝不再沉默，那一片燃烧的土地代表了上帝的怒火。老农对“自杀种子”的态度代表了上帝的态度。“秋种夏收，夏收秋种。这是老天爷定的万古不变的规矩，咋到你这儿就改了呢？”“让麦子断子绝孙？咋这样缺德？干这事的人不怕生儿子没屁眼儿？老天在云彩里看着咱们哩。”“秋种夏收，夏收秋种”是大自然的规律，是造物主原初的旨意，然而某些缺乏终极关怀、疯狂追求技术与利润的科学家却以自己手中的利刃，肆意践踏自然的规律，拂逆上天旨意。“头顶三尺有神明”，这个神明就是“天”，就是大自然，是我们古老中华文明信仰体系的核心。商业社会的规则与道德在它看来不过是人类为了逐利玩弄的小把戏，如果说“人类一思考，上帝就发笑”，那么这种尔虞我诈的丑恶之争只会让上帝发怒。天堂地狱的善恶之分在另一个世界依然清晰。“戴斯见多说无益，只好脸色铁青地转过身，很快被地狱的阴风惨雾所吞没。吉明舒心地长叹一声，跟在上帝后边进了天国。”上帝不会原谅这种为了眼前利益和少数贪婪之人的欲望制定的所谓商业文明规则。任其冠冕堂皇，天花乱坠，在上帝眼里也不过是自欺欺人的黔驴之技，早晚会被苍茫宇宙的神圣大道所淹没和唾弃。正如作者在后记中所写：“我们仍生活在一个‘人类沙文主义’的时代，科学家们可以任意戕害弱小的自然界生灵而不受惩罚，甚至受到赞许。从前可以勉强为之辩解：科学家们的这些研究是为了全人类的利益。现在情况变了。某些科学家开发出使生物‘断子绝孙’的危险技术，而且他们只是为了少数人的私利！——不管这种私利暂时看来是多么合理多么正当。”

转基因技术在当下是个热门话题，而王晋康在十几年前的作品中就表达了对该技术所牵涉的道德伦理问题深入思索，足见其科幻创作理念的前瞻性和深刻性。

当然，好的理念必须通过好的艺术形式得以传递，才能给读者以心灵的震撼，引发思考。俄国形式主义批评家将文学“形式”的作用和地位抬到至高无上的地位，认为艺术家不是在模仿现实，而是用“形式”重新设定了一个崭新的艺术世界。在这个自足的世界中，艺术家用线条、色彩、语言甚至石头和泥巴传达着自身对于现实世界的思索和理解。显然小说这种艺术形式是以语言为媒介，主要通过叙事和塑造人物形象来传达作者的思想。科幻小说在叙事中还要考虑以科学幻想为基点展开的构思是否具有科学合理性和内在的逻辑自洽性。王晋康以深厚的文学功力在《替天行道》中为我们展现了一幅转基因技术在商业运作下失控时给自然和人类带来的灾难场景。在这个场景中，“科学”与“幻想”充分融合，“幻想”是建立在“科学”理据之上的“幻想”。同时在“科”与“幻”的结合中，作品又借助真实的人物形象和逻辑自洽的故事情节带给读者真实的视觉和情感冲击。

《替天行道》中王晋康一改往日的本土化特色，将故事的主要场景设置在美国的MSD公司，小说主要人物除了吉明和常力鸿还有一位新闻报道的老手——美国记者马丁。小说通过美国都市和中国农村两个对比鲜明的场景交替，以马丁和吉明两个身份迥异的人物行动为依托，来往于时间轴上的“此刻”与“过去”，双线并进为读者讲述了一个精彩而扣人心弦的故事。

小说在紧张刺激的氛围中拉开帷幕：风驰电掣般赶到的记者、被无数警车包围的MSD大楼、手持引爆装置的恐怖分子、CNN音节急促的现场报道、时刻准备开枪的黑人狙击手、一边喊话一边指挥的警员……所有这些“洋气”的（与王晋康所言自己作品的“红薯味”相对）、颇具好莱坞大片特色的叙事元素，一开始就将小说的叙事节奏推向高潮。这种叙事高潮被作者安排在时间轴的“现在”阶段，地点为“美国”，以记者马丁的视角展开叙述，至吉明被狙击手击中住院结束。紧接着，作者笔锋一转，以吉明昏迷中的回忆将叙事转回了“过去”的时空中：三年前，中国，中原某县的种子管理站。在这个场景中作者以吉明和常力鸿的活动展开情节。他们达成了转基因种子的买卖协议，并开始长达三年的从试种到大规模播种的过程，直至常力鸿发现播种过“魔王麦”的土地可能被自杀基因污染。之后吉明开始向MSD公司反映情况……于是便有了文章开头的一幕。接下来作者将情节的进展又转向马丁的行动，从而将时空又从“过去”拉到“现在”。马丁以一名新闻记者的敏感嗅出吉明的恐怖行动背后大有文章，于是赶往医院看望吉明，以便挖掘更多的线索。一位戴着浅蓝色口罩的护士在注射药物时引起了马丁的注意，也为下文吉明的死亡埋下伏笔。情节在“现在”的时间轴上继续向前推进，昏迷中的吉明拒绝清醒，弥留之际，他听到了老同学的赞许和肯定，也得到了心中的上帝——褐色麻衣满面皱纹的中国老农的原谅和接纳。吉明安详地闭上了双眼。至于戴斯和马丁在上帝眼里依然进行着乖戾小儿般恶恶相向的利益之争……

这样的情节设置突破了小说一般的开端、发展、高潮的叙事节奏，而是直接进入高潮，时空的交替转接圆润自然，加之吉明、常力鸿这两个如同生活在我们周围的人物形象的成功塑造，使这部小说达到了较高的艺术造诣。同时，作者借助转基因技术的现实危害这一主题作为小说的核心矛盾，在矛盾展开中拷问了人们内心原初对自然的敬畏和对宇宙神圣存在的信仰，以这种心灵叩问方式将读者的审美情感引向崇高，从而实现了将科学幻想作为科幻作品的美学因素这一创作理念。

王晋康作为一名科幻作家，有人认为其作品风格是“超硬”（与科学联系起来的“符合科学意义的正确”科幻，在现代科幻体系中具有合理性或前瞻性），也有人说他的作品偏人文。这两种风格在《替天行道》中完美融合。王晋康对转基因技术的担忧不是空穴来风，而是建立在其对科技进展的关注和思索上（小说中的MSD公司暗指美国孟都山公司，该公司确实花费很大财力研制了一种需浸泡在特制溶液中才能发芽的“自杀种子”），这便给了作品一个较“硬”的内核，同时他站在上帝的高度批判了这种追求短期利益看似无可厚非的商业运作，揭示了现代社会当科技遭遇信仰，技术挑战人性时人类的生存困境，使作品渗透着浓浓的人文关怀。吉明在这个困境中不自量力的“替天行道”行为又让我们读出了别样的苦涩和悲壮。

通过解析，可以说《替天行道》是一部兼具独特合理的科幻创作理念和恰当优美的艺术形式的力作，是王晋康“超硬”和“人文”两种风格完美融合的展现。若说还有什么有待完善的地方，笔者认为在作品人物形象的丰满和审美情感的震撼力方面还可进一步挖掘和表现。当然由于作品篇幅所制，这种要求多少显得苛刻。

（闫娜：中国社会科学院文学博士，复旦大学文学院博士后）

替天行道：科学信仰主义体系的建构

马　丁

我这篇文章的题目是借用了王晋康一篇短篇科幻作品的名字——《替天行道》。《替天行道》这篇小说发表于大约10年前，在那个年代他就极富预见性地描写了生物学中的转基因技术以及由此带来的伦理问题。虽然这篇小说只是局限于某个具体的科学领域，但是我认为，王晋康在他全部的作品中所透露出来的那种对宇宙间永恒规律孜孜不倦的思索与探寻，对人类科学崇高的理性和信念，以及对世上芸芸众生充满了现实主义气息的人文关怀，用这四个字来概括，是再合适不过的。

在王晋康的作品中，经常出现“天道”“宇宙之大道”“相信”等诸如此类的字眼，无论是才智卓绝的天才物理学家，还是朴实勤劳的农夫，王晋康笔下的人物总对这种所谓的“宇宙之大道”怀有一种莫可名状的敬畏和虔诚，王晋康也借此表达出自己对宇宙间终极规律的信仰，而这种信仰，我认为是王晋康的作品有别于其他科幻作品最突出的地方。

所以，本文就来探讨一下王晋康作品中所展现的科学与信仰的关系问题。科学和信仰自古希腊以来就是哲学家争论不休的话题，自从泰勒斯第一次把科学从信仰中剥离出来，这种争论就开始了。从哲学的认识论角度来看，上帝的隐私不容人类窥探，人类的理性不能完全认识我们这个世界，因此科学中一定会存在盲区，或者空白，即使我们的科学已经达到令人目眩的高度，并可以无休无止地发展下去。那么，在人类理性所不能企及的地方，便为信仰留下了空间，我们需要用信仰来填补这些空白。在传统意义上，信仰普遍被认为是宗教的范畴，和科学之间有着清晰的界限。

而我觉得，王晋康则是重新定义了这种关系。他认为，科学和技术的发展并不是任意的，它必须遵循某些原则或恪守某些信条。在他的作品中，我们常常能挖掘出一些富有创建性的、但又发人深省信条，这些信条一方面属于信仰的范畴，但在另一方面，它又不同于基督徒眼中的教规教义或者老庄笔下的"天之道"，它来源于自己对自然、对宇宙、对人生、对科学细腻的观察，深沉的思索和独特的体验。因此，这些信条便有了浓重的科学内涵，信仰不再是高高在上，虚无缥缈地存在于彼岸世界，而是我们在实际的生活和科学研究中可以把握和实践的对象，而王晋康作品中的主人公们也正是以自己的实际行动来践行这种理念。所以，王晋康试图将信仰内化为科学，让信仰成为科学体系的一部分，并且用信仰来指引技术的发展。我自己用一个词语来概括这种倾向，就是题目中所提到的：科学信仰主义。

我认为，王晋康洋洋洒洒数百万字的科幻作品和科普作品，就是在完成这种科学信仰主义体系的构建。

我认为这一体系可以划分为三个部分。

首先是对科学本身的信仰，这也是科学信仰主义的字面意思，就是坚信人类理想的科学应当是颠扑不破的真理，是人类认识自然改造自然可以信赖和仰仗的手段，是人类可以依靠自己的力量获取和发现的上帝法则。在刘慈欣的作品中我们也可以看到这种信仰的影子，比如《三体》中的杨冬，因为人类的物理学被智子锁死而崩溃自杀；又比如《朝闻道》里面的那一大批科学家们，为了获取真理而不惜献出自己的生命；再比如刘慈欣笔下一再出现的人物丁仪，等等。我认为，刘慈欣笔下的人物更多的是出于对科学之美、自然之美的赞叹与折服，他们把真和美当作自己生命的一部分。而在王晋康的笔下我们看到的是则一种纯粹、炽热、浓郁的信仰，它已经不再是一种追求，而是彻底上升为一种宗教般的虔诚。这一观点最集中的体现就是《数学的诅咒》这篇文章，文中的主人公林松是个天才数学家，他对数学可以精确描述客观世界的观念已经上升为一种信仰，最终他甘愿为之付出生命。虽然王晋康为这篇小说安排了一个相对喜剧的结局，但文章中所透露出来的那种对科学至死不渝的信仰深深地震撼了每一个读者。我觉得这正是王晋康作品的价值所在。

这一体系的第二部分是王晋康作品中出现的最多的，即对科学中某些具体规律的信仰。这些规律分为微观规律和宏观规律。微观规律就是指在还原论基础上建立起来的西方自然科学中的具体规律，包括牛顿力学定律和数学中的公理体系等，它们本身就是科学的组成部分。而我认为王晋康最大的贡献，就是他向我们一再强调的对宏观规律的信仰。宏观规律就是指刚才提到的“宇宙之大道”，就是我们对宇宙自然的独特体验和科学中的某些信条。比如，在《替天行道》中，他认为，生命的生息繁衍是“天赐”的权利，任何人无权干涉；在《十字》中，他认为，人类应该与病毒，以及世界上的所有生灵达成某种平衡，而不应该是一方对另一方的完全消灭；在《养蜂人》中，他认为，宇宙中一定存在着某种超越人类群体的智慧；在《生命之歌》中，他认为，生命意识和生物行为一定与遗传物质的结构和次序相关；在《天火》中，他认为物质是无限可分的等等。王晋康的作品把这一条条朴素的“天道”抽象出来，升华为信仰的对象。我想，在当代这样一个科学饱受质疑的时代，拥有这样的信仰，准确地说，科学化的信仰，对每一个科研工作者都是所不可或缺的。王晋康是在用自己冷峻的笔锋来替天行道。

有了上述两点，第三点也就显而易见，那就是对作为科学认识主体的人类智慧的信仰。王晋康的作品中总是充满了对人类超常智力的赞誉，甚至发展为一种不可言说的迷恋，而这种迷恋的结果必然是信仰。庄子云：“天地有大美而不言，万物有成理而不说”，这天地之大美就是被奉为信仰的宇宙之法则，而既然“无言”，那么认识这些法则就只好寄希望于人类的智力。因此，我们可以看到，在王晋康的几乎每一篇作品中，都会有这样一个“天将降大任于斯人”的人物。比如《天火》中的林天声,《数学的诅咒》中的林松,《失去它的日子》中的靳逸飞，甚至包括《替天行道》里的中国老农等等。他们凭借自己超凡的智慧傲然屹立于凡人之上，顽强地挺立在上帝的面前，为人类的理性寻找光明。法国数学家迪厄多内曾写过一本名著，叫作《为了人类理智的荣耀》，我觉得这个题目就是对这种精神最好的概括。王晋康笔下的人类智慧俨然就是普罗米修斯的火种，是人类从混沌蒙昧的状态中走出来，踽踽前行的动力源泉。就好像凡尔纳的《神秘岛》中的主人公工程师史密斯，自己的智慧就是岛上人们生存下去的希望，有了他便仿佛拥有了“整个西方工业帝国”。王晋康塑造了一个又一个栩栩如生的人物，正是他对宇宙中的造化之极——人类大脑的无比崇尚的写照。

由此可以看出，王晋康是在用一个现代人的目光重新审视科学和信仰。我们知道，科学和信仰在历史上经历了无数次斗争，而科学获得在今天这样一个地位其路途也并非一帆风顺。在欧洲漫长的中世纪，科学处于非常尴尬的境地，甚至沦为“神学的婢女”。以托马斯阿奎那为代表的经院哲学，试图将科学和信仰彼此剥离，用科学来论证信仰。在那之后，以牛顿、拉普拉斯等人为代表的自然神论者却把人们带入了对科技的盲从，以至于当量子力学和相对论诞生时人类显得是那样手足无措。而今天则是一个科技昌明的年代，于是我们就有了老王这样的思想者，他走了一条与经院哲学截然相反的路子，他将科学和信仰融为一体，用信仰来诠释科学，并用信仰来指引技术。

思想总是与时代背景相关，中世纪是一个信仰至上的年代，因此科学就无可避免地沉沦。而牛顿开启的理性时代又让信仰变得无足轻重。科学与信仰自古此消彼长，难以厘清。即使在今天，我们依然无法给出确定的答案。王晋康应该庆幸自己是一名科幻作家，因为这样便可以借助“幻想”的名义来对这个问题做出自己带有一点严肃意味的解答。科学无法回避信仰的问题，尤其是在今天这样一个科学突破日渐焦虑、技术伦理众说纷纭的年代。所以，作为一个科幻作家，王晋康在科幻界中的地位已经毋庸置疑，而作为一个思想者，我相信，王晋康在科学思想界中也将拥有自己越来越重要的地位。

（马丁：中国人民大学教育学院博士生）

神话幻想艺术的智性突破

——评长篇神话小说《古蜀》

王泉根

王晋康是国内著名的科幻作家，在科幻文坛耕耘20年，创作了500万字的作品，他的作品充盈着厚重的人文关怀、飞扬不羁的想象、机智的构思和悬念，语言晓畅平易，清新淡雅，风格沉郁苍凉，冷峻峭拔。年前，他以一部气势磅礴的长篇科幻小说《逃出母宇宙》获得银河奖的长篇杰作奖，又获星云奖的终身成就奖。除了科幻作品外，他也偶尔涉足非科幻作品的创作，科学悬疑小说《上帝之手》获“这篇小说超好看”评奖的前八强。由大连出版社出版的新著神话历史小说《古蜀》更是出手不凡，荣获首届“大白鲸世界杯”原创幻想儿童文学奖的特等奖。

《古蜀》以大气派、大视野取胜。科幻作家刘慈欣在评论王晋康的长篇科幻《与吾同在》时说：“翻开这本书的人就具有了造物主的眼睛，从一个任何时间和任何人都难以企及的高度鸟瞰世界，对文明的真相发出深邃的终极追问，历史和未来的壮丽画卷以一种从未有过的大气和壮阔徐徐展开。”同样，翻开《古蜀》的人也将拥有神（西王母）的眼睛，以一种神性的、母性的目光鸟瞰时空，慈爱、平静，多少带点宿命的感伤。在她的注视下，时间之河缓缓流过，历史画面一页页掀开，天界与尘世、神女与凡人、创造与毁灭互相交错，因而作品既具有空间的广阔，也具有时间的深邃。

《古蜀》的故事以奇异瑰丽的古蜀文化为背景。作者把丰富的古蜀文物（以川西金沙和三星堆文物为代表）、中国古代典籍中对于古蜀文明的点滴记载以及华夏先民留下的昆仑神话有机地结合在一起，绘出了一部有关生存、爱情、友情、战争、寻根的壮丽长卷。古蜀文明是一种非常奇特的文明，尤其是青铜雕像中的纵目、鸟爪、几何图形的面容是如此的“超然世外”，以至于人们常把它同外星文明联系起来。实际上，古蜀文明是中华文明的一支分流。据考证，古蜀文明很可能是西北草原的古羌人（先羌）南下建立的，而华夏文明是先羌的另一支流向东发展而建立的。几千年中两者纵然已经渐行渐远，但仍旧是同源的，其后又重新合流。《古蜀》中既描绘了古蜀文明的奇特，也昭示了它同华夏文明的血肉联系，因而作品具有浓重的中华文化的底蕴。说到这儿要说一句闲话。《古蜀》中，作者借一位主人公鳖灵的话提出了一种设想：华夏民族的祖先黄帝，与古蜀文明信奉的祖先蚕丛，其实是同一位历史人物，只不过在不同支后代中被赋予不同的形象。这个观点应该是作者独有的，但有其合理的内核。黄帝和蚕丛同样在五六千年前崛起于西北草原，同样是从游牧转向农耕的领袖人物，同样发明了养蚕，这恐怕不仅是偶合。何况，现代基因学研究已经表明，汉、羌还有藏族，都是源于先羌。有兴趣的学者不妨对这个历史学观点进行讨论。

在《古蜀》中，作者再次展示了他过人的想象力和灵动的才华。中国古代典籍中有古蜀文明的点滴记载，神话的外衣下折射了变形的历史，如“蜀侯蚕丛，其目纵，始称王”，如“荆人鳖灵死，其尸随水上……灵至汶山下，复生，起见望帝（即杜宇）……望帝以鳖灵为相。时玉山出水，若尧之洪水。望帝不能治，使鳖灵决玉山，民得安处”。“鳖灵治水去后，望帝与其妻通。惭愧，自以德薄不如鳖灵，乃委国授之而去，如尧之禅舜……望帝去时子圭鸣，故蜀人悲子圭鸣而思望帝”。这些半神话半历史的记载，在《古蜀》中全部化为机智的情节，天衣无缝地织入故事中，绝无牵强凝滞之处。这里值得特别提出的是古书中关于望帝与鳖灵妻私通的记载，这段记载是负面的，但作者把它巧妙地转化为神仙姊妹易嫁的情节，既保留了古书记载的梗概，又契合本书唯美的整体基调。在这些机智的情节中，各个人物活了过来，如风流倜傥、心地善良、潜心艺术却荒废政务的杜宇，像商代铜鼎一样沉稳方正的鳖灵，快乐活泼但内心刚烈的娥灵，蛮勇剽悍但把娥灵疼在心尖的巴王，雍容大度但性格各异的神仙姊妹，大胆奔放追求爱情的妹姬……曾有评论说王晋康不大善于塑造女性形象，但至少在这部小说中，那些熠熠闪光的女性形象绝不输于男性形象。

《古蜀》以绝美的画面见长。当你通读本书，你会像化为鸟身的金凤朱雀那样，俯瞰着壮美的神州大地：江水咆哮的长江三峡、白雪皑皑的雪山、像神仙宝镜一样静美的高山湖泊，以及被一棵巨大神树覆盖的昆仑神山。而且你眼中不光是这些静景，还有应接不暇的动景场面：鳖灵兄妹靠江豚之力逆向越过滟滪堆的急流、娥灵以一把小匕首与虎王对峙、神仙姊妹化为凤鸟在雪山湖泊上空抛掷戏耍、偷窥她们洗澡的杜宇、鳖灵勘察山势时在悬崖上与猴王搏斗、神仙姊妹化为凤鸟合力带鳖灵上天观看水势……这些画面极具动感，也使这部小说极具转化为电影大片的潜质。如果有眼光的制片人把它转化为电影，相信它会成为中国版的阿凡达，而且比阿凡达多了历史的厚重底蕴。

《古蜀》的文字晓畅平易，清新淡雅。其中杂糅了不少典故，也含着古汉语精致隽永的韵味。“大白鲸世界杯”原创幻想儿童文学奖评委会给《古蜀》写的颁奖词是：

《古蜀》以超凡的想象，精湛的文字，将一段朦胧的神话灰线，真实地艺术地构建、还原为蜀国的历史传奇与世间百态，塑造了杜宇、鳖灵、娥灵、金凤、朱雀、羲和、西王母等天界与凡间的艺术形象，以实写虚，幻极而真，大气磅礴，深具艺术魅力与思想力度。作品将幻想文学深植于中国文化的民族之根，是新世纪幻想文学创作新的艺术突破与重要收获。

——原刊于《文艺报》2015 年 5 月 8 日

（王泉根：北京师范大学文学院教授，博士生导师，
著名儿童文学研究专家）

一部独具特色的科幻作品

——评少儿科幻《寻找中国龙》

高建军

科幻作家王晋康有理工科背景，受过严格的科学训练。大学毕业后，又一直在科研部门工作，且成就斐然。以这样的知识积累、思维模式、专业视野、认识高度，而从事科幻文学创作便显得驾轻就熟。科幻应该属于特殊文艺门类，没有受过相关科学教育经历的作者，难以胜任。即，纯粹的“文科生”只能写“穿越”，要写作纯正的科幻，还得“理科生”来。

王晋康是学机械出身，但他的作品中却出现了大量生物学题材，这一点颇耐人寻味。他的中篇小说《寻找中国龙》，就是他此类创作中具有独特韵味的一部。

科幻应该立足于科，而落实于幻；否则科幻就成了科普或学术论文。从而失去了阅读性、趣味性。《寻找中国龙》在“科”与“幻”的结合上可以说做到了“亲密无间”的程度，既有理有据，又天马行空；既出人意表，又在情理之中。作者把当今最前沿的基因技术，与中国传说中有关龙的信息巧妙嫁接，“造出”了货真价实的“中国龙”。这一构思本身，真可谓思接千载、心游万仞。关键在于，作者的这一构思是“可信”的，让读者读起来觉得还真是这么回事儿。也就是说，作者至少在小说中做到了“逻辑自洽”。这也是考校科幻小说作者基本功的一个根本指标。小说有了这一条根，后面舒枝长叶、开花结果，就顺理成章了。

我认为，科幻作品的任务，一是探究科学的可能；二是探讨科学伦理；三是借科幻写人情。但三者最终还是要落实到文学层面上。如果说《寻找中国龙》把基因技术与中国龙结合在一起是在探究科学上的可能的话，那么，小说中也有关于科学伦理的认识。比如，作者借小说主人公说过这样的话："人类和动物基因的混合并不是大逆不道的事，因为人类本来就来源于动物，人类和黑猩猩的基因相似度高达98%。但'人兽杂交'确实又是个令人恐怖的字眼，因为，若对此没一点儿限制，迟早会出现狼人、鳄鱼人等怪胎。这是个两难的问题，现今人类的智慧还回答不了，只有等历史来裁定了。"小说中的两个科学家夫妇在创造"龙崽"、"龙娃"时，对加入人类基因这一问题一直讳莫如深，不敢明确说出来，就很典型地反映了这种科学伦理上的困境和矛盾。科学研究在理论上本应该无禁区、无限制，然而，一旦涉及人类伦理，就不是那么简单了。这就上升到哲学乃至宗教的层面了。所以我一向主张，优秀的科幻作者，一定要有相当的哲学和宗教的修养。不然，他的作品就无法达到一定的高度和深度。王晋康在小说中对此类问题都有深入的思考，这是非常令人钦佩的。比如，关于宗教与科学的关系，王晋康也是通过小说主人公之口发出过这样的疑问："西方科学这么发达，为什么还有那么多人信仰上帝，心甘情愿地向上帝下跪，做他的奴仆？难道你们真的相信是上帝在管理宇宙？"其实，王晋康在小说中要探讨的还不止科学可能和科学伦理，他甚至在小说中还隐隐地影射了一下中国特色的"个人崇拜"。当然，这并不是作者想要表达的重点，所以他只是"虚晃一枪"，没有深挖。他是对的，这一点确实也没有必要深挖。小说毕竟不是社会、历史著作，更不需要面面俱到。

回到《寻找中国龙》的故事内核上，我们还可以对之作出这样的解读——这是一部披着科幻外衣的教育小说。小说中的"龙娃"其实就是一个不良少年。他回归正途的过程，构成了整部小说的框架。作者刻意营造的神秘气氛，设置的曲折情节，都是为这一主题服务的。“龙娃”形象，让我想起了《西游记》中的孙悟空。小说原著里的孙悟空天不怕、地不怕，具有叛逆精神；但也是一个调皮捣蛋时而做些坏事的“熊孩子”。观音菩萨给他头上戴上“金箍儿”，才最终让他走上了西天取经的正道。《寻找中国龙》中有类似的、似曾相识的桥段——作者让科学家夫妇给“龙娃”切除了臭烘烘的“香腺”，使他变得正常了起来。再从另一角度看，“龙娃”的“不良”，实质上是他的科学家“父母”赋予的。也就是说，父母赋予孩子什么样的“基因”，孩子就会长成什么样子。小说作者还是善意的，他有着中国人普遍的喜好大团圆的审美心态，最终给了故事一个光明的结尾。说《寻找中国龙》是教育小说，不如说它是儿童小说或童话更准确。因为小说的主人公是三个孩子（我敏锐地发现，这两男一女三个孩子形象的设置是不是作者借鉴了《哈利·波特》中哈利、罗恩和赫敏的设置模式？），“龙崽”、“龙娃”也是孩子形象，它（他）们的心理也是孩子式的。小说环境的描写，氛围的渲染，也有着极浓郁的童话色彩。但是，不论是教育小说，还是儿童小说或者童话，我认为作者所要表达的一个含蓄的意思是——更应该受到教育的是大人，而不是孩子。孩子需要教育么？孩子只需要引导。

从《寻找中国龙》来看，作者王晋康是一位“有野心”的作家。这不仅在于他试图通过小说探讨一些重大的话题，还在于他神不知、鬼不觉地，偷偷地塞进一些他内心深处想要呼喊出来的东西。换句话说，他想通过他的小说尽可能多地留下一些别样的内涵，哪怕是蛛丝马迹也好。我的这一“观感”是从他在小说中貌似漫不经心，实际大有深意地留下的一些具有特殊历史印痕的语词中得出的。我们不妨列举一下：

“大跃进”那年到处砍树大炼钢铁。

庙里的塑像已经没有了，不知道是年久湮没还是被砸掉了。

为了高尚的目的，可以采取一些不大高尚的手段。

这个龙娃算不上十恶不赦的坏人，怎么说，也算得上“可以教育好的子女”吧。

人民内部矛盾变成敌我矛盾。

龙娃的所作所为是不配享一方祭祀的，现在摆上它，只是一种权变，一种统战方式。

这些句子中所流露出的特有的历史文化内涵，是今天的“80后”、“90后”所难以理解的。特别是当我看到“龙崽”、“龙娃”因庙宇“灵位”问题而起争执时，甚至一度觉得这是一部政治历史影射小说，而不是单纯的科幻。我固执地认为，作者之所以这样写，反映了他的良苦用心。作者的阅历决定了他不可能对那一段具有特殊色彩的历史时期完全释怀。或者说，这一段历史已经融入了他的精神血液，成为他文学创作的基因。因之，他的任何创作都会多多少少地、“自然而然”地流露出这基因的蛛丝马迹。进一步说，他的这种流露没准儿已经成了他的下意识、潜意识。

王晋康有三年知青的下乡经历，还在大山铁矿里做了三年工人。这样的“职业生涯”使他对农村生活、山区风物有了深入的体认。或者说，这样的生活、工作经历，成了他创作的一个重要的基本信息源。《寻找中国龙》就把故事的场景设置在这样的山区农村里。作者对山区景物的描写惟妙惟肖，细致入微，给人身临其境的感觉，极有利于小说氛围的营造，更大大加强了故事的真实性。这恐怕得益于王晋康对农村、山区的熟悉。比如，小说中有这样的句子：“天上一钩残月，光芒暗淡，大槐树的阴影遮蔽着夜空。黑色的山峦贴在昏暗的天幕上，蝙蝠在夜空中无声无息地滑行，几只萤火虫倏然来去，山间的寒气慢慢罩下来。”这样的句子，放在任何一部世界名著中也毫不逊色。另一方面，这样的描写，其实是一种“细节真实”的表现。细节越真实，“幻”就越“可信”。这就好比《红楼梦》中的大量饮食和服饰的描写。曹雪芹在描写这些饮食和服饰时，不厌其烦、不厌其细、不厌其详，说得有鼻子有眼儿、丝丝入扣，让读者恍乎觉得，这些东西是真实存在的。而读者在阅读中因为有着这些“真实存在”的细节作心理上的铺垫，小说中的那些神异元素，也就一并被理所当然地接受了。此所谓“亦真亦幻”也。

当然，《寻找中国龙》也有一些白璧微瑕。比如，科学家夫妇的形象不够鲜明，通篇看不出他们的性格特点。读到最后，也让人感到面目模糊。尽管他们不是主角，但他们却几乎是“第一配角”。这第一配角塑造的出彩与否，其实是与主角、主题的塑造、开掘大有干系的。再比如，小说开头设置的警察破案的情节，很有悬念，很吸引人，但似乎与小说主体比较疏离，关系不大；到小说结尾，几乎变得可有可无。这会让读者有一种虎头蛇尾的感觉。最后一点，作者在小说中想要表达的想法有些过于繁复，他差不多对科学、伦理、宗教、历史、人性、教育，甚至信仰、商业、政治等，都提出了思考和疑问。然而，乱花迷眼，看似深刻、丰富、纷繁的内涵诉求，却可能影响了对于作品主题的集中、深入的挖掘，以致造成火力分散、蜻蜓点水、浅尝辄止。不过，这些微瑕对于一部成功的小说而言，是可以忽略不计的。就像一棵大树，根深叶茂，硕实累累，却也难免虬枝四逸、虫果偶出。

总之，《寻找中国龙》是一部不可多得的、有特色的科幻小说，其特色在于，它不仅仅停留在科与幻上，而是以科幻为外壳，艺术地表达了作者对许多重大、尖锐、敏感、令人纠结，却也似乎无解的问题的探究与思考。小说笔调的细腻清新，形象的活泼生动，故事的曲折有趣，构思的想落天外，氛围的准确营造，更无需笔者赘言了。我们衷心希望作者能够尽快写出更多、更精彩的科幻作品，以飨读者。

“侠”行天下

——评少儿科幻《少年闪电侠》

白素梅

说到“侠”，大家可能会想到小龙女、楚留香、郭靖、杨过、令狐冲……甚至是蜘蛛侠、哈利·波特，等等。侠客意味着武艺超群、行侠仗义、抱打不平、慷慨好施。那么，在2038年的网络时代，侠客又是什么样的形象呢？或许《少年闪电侠》能解开诸多疑问。

王晋康是最受读者欢迎的科幻作家之一，13次荣获中国科幻大奖“银河奖”，成果丰硕。其长篇科幻《少年闪电侠》构思奇特，故事性强，悬念迭起，充满了张力。人物性格鲜明，贴近时代气息，社会性极强。同时又具有浓厚的人文关怀和哲理思考。作品在展示科学研究新发现的同时，又能巧妙地回归到中国传统文学审美情趣中，使中国传统文学元素在新时代得到了强化。

《少年闪电侠》能够给人形成强烈视觉冲击的便是其叙述技巧，即两线并行，悬念叠生，情节环环相扣。小说以“神力一号”的研发、被服用为主要线索，以小刚等四人想成为“武林英雄”为辅助线索。开篇就抛出一个悬念：雄性黑猩猩“孤独大侠”武功绝世，能够躲开羽箭和激光枪弹的射击，还会送飞吻。这究竟是怎么回事呢？由此引出“神力一号”。原来“神力一号”是小刚的父母朱义智、童明教授新研发出来的一种科学玉液，它能够提高生物体的神经传导速度，换言之，它在动物体内可以建立以光速传播的电信号通路。第一个试验品“孤独大侠”成功地验证了“神力一号”的效果。小刚惊喜之余想成为第一个服用“神力一号”的光速人。怎么办？这就形成第二个悬念。为此他窃听了父母的谈话，趁父母熟睡时捅开保险柜并服用了“神力一号”。虽有重重意外，最终成为世界上第一位“光速人”。之后，他凭借光速反应能力击败了曾令他膜拜的黑猩猩，大大提高网络游戏的通关速度，甚至达到了天王级顶尖飞行员的水准。他终于可以像金庸、古龙笔下武功盖世的“侠客”一样来实现他的“闪电侠”梦了。

小说高潮部分是闪电侠和以麻原义仁为首的邪教组织的斗争。麻原义仁狡猾奸诈，利用毒品强迫黑猩猩为他们窃取“神力一号”，因为他们也想成为“超人”，以传播他们的邪教理念，毁灭人类。为此他们不择手段，把贪睡的小刚捆绑得动弹不得，又胁迫朱教授为他们做磁场疏导。如果疏导成功，他的手下哑巴就会拥有超能力。这是最令人紧张的一个悬念。一切好似按照麻原义仁的计划逐步实施，哑巴做完了磁场疏导并显示出了超能力，千钧一发之际，哑巴的动作却成了慢动作，原来朱教授对麻原义仁早有防备，他们盗走的“神力一号”是做了手脚的。药效持续 10 分钟后会发生逆向作用，直到速度减为零。在现实面前，麻原义仁最终承受不了突发的变化中风而死。32 天之后，小刚和黑猩猩联手击落了光临地球的格登彗星小天体，真正成为能够主宰宇宙的“闪电侠”。两条线索水到渠成地融合在一起，悬念叠生，所以故事性极强。

科幻作品本身带有先验的性质，它既需要扎实、准确的科学依据，又要对未来进行思考和预测。当“顺风耳”“千里眼”在当代已不再是神话时，你不能不佩服小说家们的奇思妙想。科幻小说是人类思维明亮的火花，但科学产品绝不是魔术或巫术。比如本文中的一些细节：碳纤维骨架的电力脚踏超导自行车又轻便又省力。车轮是用室温超导材料制成，强大的电流储存在轮圈中流动着，永不损耗，需要动力时再从轮轴处引出来。学生们可以在互动式电脑前学完全部功课而不必去学校，等等。当然，最富有科幻色彩的还是服用了“神力一号”的“超人”。所以小刚能在5分钟内完成了数学考试，能够徒步追上飞速逃逸的肇事车辆。这些细节都大大刺激了读者的求知欲和创新欲，从而充分调动起读者的阅读兴趣和想象能力。

虽然科幻作品关注的是未来，带有天马行空式的感受。但所有的文学形式都离不开现实的土壤，或者说，科幻背后透射出来的依然是对现实的深度关注。这是《少年闪电侠》带给人们的又一个强烈感受，即科幻与现实的高度融合。黑猩猩服用了“神力一号”之后，能够按照朱教授的引导做很多常人不能够做出的事情，而且它的大脑已经具备了一定的认知和判断能力。所以，它会飞吻。它好像对人见人爱的白易格外有好感，因此，在被麻原义仁偷偷放跑之后，它却把白易也一同拐跑了，这一行动大有“私奔”之嫌。可见，虽为黑猩猩，但它却似已有人间之情。最能表现作品现实性的还是与邪教的斗争。麻原义仁和哑巴、芳子是日本奥姆真理教的首领和骨干，他们处心积虑地释放沙林毒气、制取核弹、盗取埃博拉病毒和VX制剂、肉毒杆菌毒素等生化制剂。以帮助50亿愚昧的、未能信服神谕的人早日进入天国。《少年闪电侠》对邪教进行了义正辞严地批判，字里行间跳荡着正义的信念和力量。

王晋康先生在展现未来科技新发明的同时，对生活本身以及人本身也进行了哲理性的思辨，从而使作品具有了一定的哲理意味。黑猩猩究竟为什么逃亡呢？在研究所里它衣食无忧。但是，因为服用了“神力一号”之后，开始有了对自我的认识，更加向往没有锁链的树林生活。所以，为了自由，它的逃亡由被动变为主动。不仅如此，它还跑到动物园，偷走钥匙打开铁门放走了猴群、猎豹、蟒蛇，闹得猿啼狼嚎、鸟飞兽跳。8年了，黑猩猩第一次在树林间纵跳，感受到了没有笼子的幸福。不言而喻，黑猩猩在此已经可以看成是努力摆脱一切束缚，最大限度获取精神自由的象征，同时，作者借助这一形象对人类当下的生存现状进行哲理性思考。在充满机遇与挑战的信息时代，每一个人好似都在努力地突破无形的种种“锁链”，以获得最大空间的自由发展。事实上，综观社会的发展历程，人类又何尝不是在突破一个又一个的障碍和“锁链”之后获得发展的呢？王晋康在《少年闪电侠》中跳出了人类中心的圈子，跳出了时间的局限，在更高的层面上对生存环境进行思考。面对今天人与动物的生态问题，我们更能认识到王晋康思想的前瞻性。难怪被称为“英国科幻小说的教父”的布赖恩·奥尔迪斯在《万亿年的狂欢》（1973 年初版，1986 年修订再版）中说：“科幻小说力求说明宇宙里的人和人的地位，而宇宙处于我们发达但混乱的知识（科学）状态，因此科幻小说以哥特或后哥特的方式铸成。”

《少年闪电侠》的另一特色，就是对中国传统武侠小说的继承性。侠客是中国古代社会一类身份特殊的人物，贯穿于中国文学的发展历史中，也是中国文学的重要表现元素。《水浒传》《射雕英雄传》等都是人们广为熟知的作品，行侠仗义的侠客精神成为青少年成长过程中一个重要的人生方向。所以，作品中小刚等四人痴迷于金庸、古龙的作品，他们梦寐以求的就是能够成为“光速人”，实现“侠客”理想。也正因此，小刚服用了“神力一号”之后以“闪电侠”自居，那种打抱不平的欣慰和自豪溢于言表。可见，游侠思想已经牢固内化在青少年的心灵中，成为一种情感诉求，并且在科技新时代得到了进一步的发挥和创造。所以说，这部作品很好地承续了中国文学中的武侠元素，实现了对传统文学的递接和发展。

美国最早的科幻评论家莱斯利·菲德勒说：“科幻小说是启示的梦想，是人类终结的神话，是超越或改变人类的神话。”科学日新月异地变化着，科幻小说也在不断地探索着未来的各种可能，以便使人们更好地创造未来，改变自身。王晋康的《少年闪电侠》为我们描述了未来科技发展的成果，探索着人类的最大潜力和价值，同时把这种敏锐地洞察和中国传统元素有机地结合在一起，为中国科幻文苑增添了亮色。

（白素梅：河北科技大学文法学院中文系讲师）

新生命的蒙昧

——王晋康《水星播种》解读

高建军

一

《述异记》记载蚩尤云:“人身牛蹄，四目六手，耳鬓如剑戟，头有角。”

《太平御览》卷七八引《龙鱼河图》云:“蚩尤兄弟八十一人，并兽身人语，铜头铁额，食沙石子。”

上面所引《述异记》和《龙鱼河图》中所记蚩尤和他的81个兄弟，铜头铁额，以铁和沙石为食。当年初次读到这些内容时，我就深刻地疑心，蚩尤和他的兄弟是不是外星人或外星生物。他们在远古洪荒时期来到地球，与地球上以黄帝为首的本土居民发生了冲突，被黄帝击败杀死，或退出了地球。这一历史事件被地球人类记载了下来。本来的记载是纪实，但随着时间的推移，物种的进化，文献的散佚，遗迹的灭失，到得后来竟然变成了神话。类似的中国上古神话如夸父逐日、开天辟地、女娲补天、后羿射日、共工撞折不周山等等，是不是都有着真实的历史存在背景呢？只不过因为年代的久远，使得这些“史实”都变得恍乎迷离、亦真亦幻？

我坚定地相信，这宇宙中是有着外星人的，至少是应该有地外生命。因为宇宙是无限的，时空的无限就意味着存在无限可能性。既然宇宙中已然有了一个地球，那么从简单的概率出发，也可推导出宇宙中应该有无数个类似地球这样有生命存活的星球。地球的自然条件，决定了地球生命的存在方式。同理，其他星球上会不会也发展出适合该星球自然条件的生命方式呢？即，地球生命仅仅是宇宙中无限个生命方式的一种。我们不能以地球生命的存在条件，来推断其他与地球不同的星球上就不存在生命。地球生命需要空气、水、温度，依靠食用其他生命才能存活。但是，其他星球上有没有一种生命不需要这些也能存活？文章开头提到的蚩尤和他的兄弟们的生命存在方式，大异于地球人，是不是正好可以说明这一点？

王晋康的小说《水星播种》第一个思考的问题，我认为就是宇宙新生命。他是这样形容这种新生命的："你们以光为食，不以生命为食；你们是金属做的身子，不是泥和水做的身子；你们身上有五窍，不是九窍；你们没有雌雄之分，免去做人的原罪。"只是，王晋康笔下的这种新生命不是自然进化的结果，而是由地球人类制造出的一种"纳米机器，或纳米生命"进化而来的。即，他们是人造的，王晋康给他们取名——索拉人。生活在水星上。他们是"机器和生命的合而为一"。

从小说的描写来看，索拉人有生命，只是他们生命体的"质地"和"材料"，以及生命延续的方式不同于地球人。但他们有文明。他们虽不能言却有交流，虽没有文字却有"圣书"。他们有思维、有思想，却似乎没有灵魂。他们与地球人同中有异。

二

"纳米机器，或纳米生命"被人类发送到水星上，经过两亿地球年的进化，成了"现在的"索拉人。索拉人有了自己的文明。这文明包括科学和宗教两大块，并且有了他们的宗教经典"圣书"，还有教皇。而"当初"制造和运送他们到水星的地球人沙午和洪其炎，则成了他们族群的神——化身沙巫。他们就是索拉人的造物主，并首先成为索拉人宗教的根据和前提。而后由此发展出索拉人的科学。但索拉人的宗教与科学与地球人一样，在相当长的历史时期内，是水火不相容的。不过，随着索拉人科学家探索的不断深入，他们最终发现，索拉人的宗教与科学竟然是同一源头。但“现实”的问题却是科学家与宗教教士对待这同一源头的不同态度。

作者为此设计了两个典型的索拉人形象，一个是牧师胡巴巴，另一个是科学家图拉拉。胡巴巴是虔诚的，却也是迷狂的。图拉拉是清醒的，却也是痛苦的。胡巴巴的虔诚与迷狂恰恰背离了他所深信不疑的教义——不得信仰伪神，并最终直接导致了化身沙巫肉身的毁灭。图拉拉大概是水星上的索拉人中唯一一个真正理解教义的人。可是他的科学家的理性，并不为一般大众所了解、理解。他为了唤醒大众，不惜苟且偷生、忍辱负重。但他的结局与地球人类历史上的所有先知和智者一样是悲惨的。图拉拉的身上集合了安徒生童话《皇帝的新衣》里说出真相的孩子、中国明朝末年被北京城的百姓争食其肉的袁崇焕、鲁迅小说《药》里面的夏瑜三者的悲情。但他的身份却是一个科学家。因此，从这一角度说，王晋康表面写的是水星上的索拉人，实际他当然是在写地球人。

另外，我认为，王晋康还有一个大胆的、没有明确说出来的意思——地球宗教是不是也源于科学（这好像已经涉及宗教发生学了）。或者换句话说，在作者的内心深处是不是认为科学高于宗教？更进一步，我们从小说中大概可以推断出王晋康的另外一层意思——地球生命是不是源于另外一个不知名的地外生命群体。道理很简单，既然地球人能够制造新生命形式的索拉人，那么，有没有更高级的宇宙生命在地球人制造索拉人“之前”很久很久“依样”制造了地球人？那么，地球上的“《圣书》”——《圣经》又是什么？是不是一册“地球人生存活动指南”？那么上帝、佛陀、穆罕默德等“人”又是谁？会不会是别的星球上的沙午和洪其炎？如果这样一解读，作者想象的大胆与奇崛，思想的“狠辣”与深刻，精神的高蹈与旷远，不禁令人凛然惊心了。

当然，人类历史上宗教与科学的冲突这一题材在文艺作品中的表现并不新鲜。科学战胜宗教的趋势，至少到目前为止，在地球文明中，还是比较明显的。在《水星播种》这篇小说中，作者难能可贵的是，他并不是将二者的斗争与矛盾简单地对立描写，而是通过索拉人科学家图拉拉这一形象，表达了科学对宗教的一种始怀疑、再回归、终超越的认知过程。然而，也正是这一宝贵的认知，使作者似乎最终抛弃了宗教。如果上面我揣测的、作者对宇宙中“外星人造地球人，地球人造索拉人”的这一“环环相造”的逻辑不错，那么，造地球人的“外星人”是否也是另外的外星人造的？索拉人进化到一定程度，会不会也要造新的“外星人”？这个“环环相造”的过程似乎是无穷无尽的，那么，究竟有没有一个“究竟”？这也许是人们抛弃宗教之后的必然之问。智慧如牛顿者，晚年不也陷入了这一困惑之中么？不知作者如何解决这一难题。

三

通过阅读王晋康的小说，我觉得基督教情结多作为他的作品的思考背景。

然而，他对基督教也仅仅是当作一种思想资源来用，内心却并不真正信服，且时有疑惑。他对基督教的这种徘徊、两可、矛盾、犹豫、欲说还休、方迎又拒的态度，在《水星播种》里也有蛛丝马迹可寻。比如，水星上的索拉人信奉的宗教经典“圣书”，居然也有“旧约”和“新约”。“圣书”中的所谓“圣诫三罪”——“不得横死，不得信仰伪神，不得触摸圣坛和圣绳”，也多与基督教教义相合。特别是第二条“不得信仰伪神”，则干脆直接来自《圣经》“摩西十诫”。而索拉人信仰的“化身沙巫”居然是一个地球人。这确实是够讽刺的。化身沙巫的出现，使索拉人陷入迷狂。而这迷狂最终使化身沙巫灰飞烟灭，这样的描写，在《圣经》中也能找到影子。

最能说明作者态度的是以下这些文字：

沙巫教中悄悄地兴起一个小派别，叫赎罪派。

尽管新教皇奇卡卡颁布了严厉的镇压法令，但赎罪派的信徒日渐增多。

因为赎罪派的教义唤醒了人们的良知，唤醒了潜藏内心深处的负罪感。对教廷的镇压，赎罪派从不做公开的反抗，他们默默地蔓延着，到处搜集与科学有关的一切东西：砸碎的能量盒，神车的碎片，残缺不全的图纸和文字等等。

其实这个所谓的“赎罪派”应该叫“科学派”。作者对待基督教的这种“暧昧”态度，对科幻小说创作而言当然是需要的，也是某种意义上的“政治正确”。然而，恐怕也不免是一种局限。我们要问的是，科学是终极的吗？科学之上还有没有别的？这就像问：宇宙是无限的，宇宙真是的无限的吗？有没有“宇宙之外”？

王晋康目光如炬，他还看到了社会历史吊诡之外的更深一层。这更深一层用一句话概括就是，大众（庸众）对偶像既可以拥戴如神，也可以弃如蔽屣。他们的拥戴追捧是迷狂的、非理性的，他们的抛弃反噬也一定不会是清醒的、理智的。我们看看王晋康是如何还原历史的——

（“化身沙巫”在父星的强光照射下崩溃毁灭后）教皇和奇卡卡的恐惧也不在众人之下——谁敢承担毁坏圣体的罪名？如果有人振臂一呼，信徒们会把罪人撕碎，即使贵为教皇也不能逃脱。时间在恐惧中静止。恐惧和郁怒的感情场在继续加强……

忽然奇卡卡如奉神谕，立起身来指着那副骨架宣布：“是父星惩罚了他！他曾逃到极冰中躲避父星，但父星并没有饶恕他！”

恐惧场瞬时间无影无踪，信徒们的神经一下子放松了。是啊，圣书说过，化身沙巫失去父星的宠爱，藏到极冰中逃避父星的惩罚，现在大家也亲眼看见，是父星的光芒把他毁坏了。奇卡卡抓住了这个时机，恶狠狠地宣布：“杀死他！”他的闪孔中闪出两道杀戮强光，射向沙巫的骨架。信徒们立即仿效，无数强光聚焦在骨架上，使骨架轰然坍塌。

这样的场景是不是有一点似曾相识？是不是让你感到毛骨悚然？但它确确实实地曾经就发生在地球人类中间。所以，我说王晋康明着写的是索拉人，骨子里写的还是地球人。而且是有着几千年特殊政治基因的某一群人。这也是我说《水星播种》最后一章更像是政治影射小说的原因所在。王晋康居然把科幻小说写到这步田地，也值了。就凭《水星播种》一篇，也足以令王晋康在众多科幻小说作家中卓尔不群。相比思想上的独特深刻、浑茫深窕,《水星播种》在艺术上的精彩别致、不落俗套，反倒不那么重要了——当然也很重要。

王晋康科幻小说中的伦理思考

——以《类人》为例

汪翠萍

随着现代科学技术的发展，缓和并解决科学技术与伦理道德之间的矛盾成为我们这个时代的紧迫任务，诸如解决核武器引发的伦理问题，人对自然的生态责任问题，生命医学面临的道德困境等等。科幻作品的发展立足于每一个时代的科学技术，一部成功的科幻作品必定会从具体方面提出这些科技伦理问题，引发人们对科技伦理的关注、思考与讨论。王晋康的科幻小说即是如此。王晋康是我国著名的科幻小说家，全球华语科幻星云奖金奖得主，中国科幻银河奖卫冕王者。纵观王晋康的科幻作品，既以其宏大、深邃的科学体系，独特的科幻构思，表现了科学的震撼力；又在对科学的虔诚信仰之上，关注人文内涵和社会现实，从医学、人性、生物伦理学、人类未来、科技对人性的异化等方面展开对科学的深刻反思与批判，并带着思考和忧虑，展现了对和谐的科技人文环境的期许。

一、人与“非人”之间的伦理问题

伦理是关于行为的善恶问题，与科学之间有着复杂的关系。科学理性精神帮助人类认识自然、改造自然，但同时也破坏了人与自然的和谐关系，导致环境危机和生态灾难。同时，科技造成的社会结构使得人只能服从自己造就的机器的逻辑，而不得发展自己道德上的自由意志。再次，科学技术缩小了人与人之间的时空的距离，却扩大了人与人之间情感距离，使人们之间缺少亲情和爱意、理解与信赖、交往与关怀。当新的生命体可以在实验室里“被创造”，而不是一定要通过“进化”来完成，“人造人”必然引发人与自然、人与社会、人与人之间的全新的考验，意味着“一个新时代的到来”。

在科幻作品中，“人造人”题材由来已久，人与“非人”之间的伦理问题也早已得到体现。自玛丽·雪莱发表《弗兰肯斯坦》（1818）以来，科幻小说不仅诞生并兴盛，单就题材创新而言，一系列人造人的故事开始在文学作品或影视作品中大放光彩。在《弗兰肯斯坦》中，科学家弗兰肯斯坦通过科学实验创造了一个奇丑无比的怪物，怪物心灵单纯，却受到人类歧视，他渴望爱情，希望再造一个女性同类，双双隐居，当弗兰肯斯坦毁掉已经成型的女性人造人之后，怪物开始报复人类。作品展览了“人造人”科学技术的奇迹，同时反映了这一奇迹与人类传统秩序之间的矛盾问题。在德国经典电影《大都会》（1927）中，人造人成为影片的重要角色。科学家洛云根据工人领袖玛丽娅的容貌制造了生化人假玛丽娅，大资本家利用它去操纵生活在地层下面的劳工。而假玛丽娅最终失去控制，开始煽动工人破坏机器。影片里，假玛丽亚的制造过程被拍摄成宛如梦幻般的场面。在捷克经典话剧——*R.U.R.*（1921）中，罗素姆本来是要制造大批可供差使的奴隶，由于一个科学家改变了合成复制人的化学方程，这些生化人开始拥有意志和感情，并萌出了对自由的向往，最后，它们不堪被役使，奋然反抗，并把人类彻底消灭。在这个剧本中，人造人的反抗有了进步的意义，是对劳工阶层反抗统治的隐喻。台湾作家张晓风于1968年发表《潘度娜》（台湾“潘多拉”的译法），描写一位红颜薄命的人造美人，同样成为一篇人造人的经典科幻小说。

随着计算机技术、生物技术突飞猛进，人造出有血有肉的另一种人类，这是人类的一种智慧。倘若克隆人、机器人、生化人这些潜在的可能成为异于人类生命形式的异类生命体，必然挑战宇宙间的智慧生物人类本身。因此，当人类遇到或是自己制造出一个异己的智能生命时，该用何种态度对待“他们”或者“它们”，就成了科幻作品中“人造人”题材的逻辑出发点。文化是多元的，不同质的文化蕴含着人对自我的不同解释与理解。在很多科幻小说中，“人类必胜”成为大圆满结局。而王晋康则不同，其从第一部科幻小说《亚当回归》（1993）开始，就以苍凉的笔调审视人的地位和尊严问题。站在全新的视角审视科技的发展对人类社会可能的影响，通过丰富的想象构建高科技所创造的“非人类”，以及人类面临这些“非人类”时的困惑与彷徨。在《亚当回归》中，星际旅行归来的宇航员王亚当发现地球上的新智人（即大脑中植入电脑芯片的自然人）成了人类的绝对主体。新智人之父、年迈的脑科学家钱人杰暗示王亚当只有借助植入电脑芯片获得更高智能，才有可能找到推翻新智人统治的途径。人的统治地位受到挑战，作为人类代表的王亚当悲壮地接受了大脑的改造。但接受更高智能的王亚当没有找回人类的唯一性，恰恰相反，作为新智人的他面对旧人类文明的暮日发出一声悲凉的叹息。作者以平和、冷静的笔调叙述了两种人之间的关系。在《生命之歌》（1995）中，作者同样讲述人类的历史地位受到挑战后的苍凉与无奈。新“人类”始祖即具有生存欲望的机器人小元元是女主角孔哲云“亲亲的小弟弟”，小元元具有人类无法匹敌的先天优势，倘若顺其自然成长发展，人类将无可避免地遭遇被小元元们取代的命运。面对这种境况，人类的代表孔哲云拿起父亲丢下的枪，准备杀死小元元，在拯救人类被淘汰的命运中，留下“撕心裂肺的痛苦”。

人在面对科技创造出的“非人”时，作为制造者的人类是否应该将异类生命纳入人类的规范约束之下？新诞生的异类生命是否也要和其创造者一样遵循着共同的伦理准则？人类是否能够将异类生命的存亡置于指掌之间？作为生命体的“非人”是否总是一种生物隐患，而威胁人类的存在？在以“人造人”为题材的科幻作品中，关注的焦点逐渐从“人造人”的神奇想象转向这一事件所引发的伦理问题，即人与人造的“非人”之间的交往中可能出现的种种困境。在王晋康的科幻小说中，无论是“悲凉的叹息”，还是“撕心裂肺的痛苦”，都表现了作者王晋康对人以及人类生命之外的异类生命生存的关切，对生命平等的理性思考。

二、“类人”与人类之间的伦理困境

王晋康的很多作品涉及生物题材，一方面是作者看好生物科技的发展，更重要的是作者试图借此题材建立与人的关系，思考科技发展创造的智能生命与人的问题。而在《类人》(2003)这部小说中，王晋康在“人造人”题材方面推陈出新，构思出“类人”创造技术，直接使用非生命物质来创造基因物质，进而创造生殖细胞，培育新人。作者详细地描写了类人的制造过程：用纯物理的手段把碳、氢、氧、磷等原子排列成人类的DNA，再蕴孕成人。“类人”像产品一样被制造出来，但并没有被制造成怪物或者超级战士，而是集合了自然界所有巧合与奇迹的高等生物，不仅有人一样的外形，也有人一样的心理活动，可以和人交往、合作，甚至相亲相爱。这部小说运用大胆的想象，新颖的构思，主要描绘了被创造的“类人”与创造者人类之间错综复杂的关系。小说情节跌宕起伏、悬念迭起，当一个个谜团最终被揭开时，未来基因技术给社会伦理带来的新挑战展现在读者面前。

首先，以雅君为代表的类人形象，表现出从产品变为人的艰难困境。

在作品中，尽管类人从外貌上来看他们与人类毫无二致(类人长得更健美)，但其“类人味儿”使人类对他们的身份确信无疑。类人不惧死亡。当记者董红淑来到类人工厂时，一眼就看出在通道口迎接他们的那个穿白色工作服的头发花白的男人是一名类人。这名中年男子完成使命，同众人告别，饮尽杯中的酒，把酒杯递给同伴，然后神色自若地走向一间小屋，向众人扬手作别。屋旁边的一串指示灯闪了几下，随后变成绿色，他在那里化作原子，回到程序的开端，重做DNA，这就是类人生命的轮回。类人具有繁衍能力，但都是性冷淡者。类人在体质上除了没有指纹之外，与自然人没有区别，但人类设置禁令：“类人不得具有人类的法律地位，不允许有指纹，以便与人类区分；不允许繁衍后代；只能在三个类人工厂里制造新类人。”尽管具有繁衍能力，但类人们普遍没有繁衍的欲望。同时，类人在智力上、体力上都不弱于人类，却生来注定做驯服的仆人。例如在太空上照顾孤僻怪诞老人的类人基恩，一旦不能完全服务于主人，就会有一个新类人来接替他，而基恩则要走进气化室，重做DNA，进入新的轮回。这就是类人的生活，严格遵照人类文化规范，不惧生死，更无所谓族类的繁衍。

类人是由工艺或技术产生的普普通通的"产品"，在法律上被称为B型人，不具备自然人的法律地位，不得与自然人结婚，不得生育，不得建立社会组织，不能变为人。小说中美丽的未婚妻雅君便是一个类人，她在"二号"类人工厂里诞生，7岁时被一对富有的老年夫妇买走当女仆。幸运的是他们对她倾注了全部的父母之爱，并按照死去的女儿指纹资料为她雕刻了指纹。长大后，雅君与人类男子齐洪德刚一见钟情，同样幸运的是，齐洪德刚倾注了纯粹的爱情，并对雅君的指纹做了精心的修整。但是人类文化的规范让雅君一直存在自卑与畏惧心理，而当人类没有发现她的真正身份，便唤醒了她的欲望和反抗意识，敢于以自然人的身份生存，并在爱情中战胜生理恐惧，变成一位有血有肉、有情有爱的女人。可以看出，在没有受到人类社会文化暗示或约束时，雅君可以超越类人身体与心理的界限，从工厂里的产品变为一位完美的女人。

但是人类用禁令划出与类人的界限，无视甚至蔑视类人的生命形式。有纯洁的人类主义者，例如如仪的爷爷鄙视由人类智慧造出的类人，对类人怀着深深的戒备和敌意，认为"人类的智慧腐蚀着人类的自尊，人类用无生命的物质合成了类人"。他认为类人会背叛人类并威胁人类的生存，"他（类人仆人）会永远垂手侍立在我的身后吗？上帝，请收回人类的智慧吧！"身患脑萎缩的他反对用类人的器官修复自己的大脑，宁可让大脑萎缩，也绝不同意在他的头颅里插入一块廉价的人工产品。而警察何剑鸣发现雅君冒充人类，要与人类领证结婚时，尽管对她满怀同情，但仍旧要尽警察职责本分，使得雅君最终被掀开自然人身份的外衣，重新变为产品，并因犯规被平静地销毁。

类人只能成为产品，而人类即使对类人产生感情，也无法将其视为真正的人。正如作者所说:“在这个世界上有许多人道主义者和兽道主义者，他们把仁爱之心普撒到富人、穷人、男人、女人、孩子身上，甚至普撒到鲸鱼、海豚、狗、信天翁身上，但对待类人的态度是空前一致的：不允许类人自主繁衍，以免威胁到地球上的主人——人类的存在。”作品以雅君苍凉的故事展示了在传统伦理规范中，人类站在自身所谓“善”或者“正确”的立场上，对异己生命哪怕是美好的类人生命的漠视。

其次，以剑鸣为代表的类人，表现出从自然人还原为类人产品的现实必然。

警官何剑鸣在作品中出现时，是警界精英，精明能干，备受器重，并且生活幸福，与如仪相亲相爱，即将走向婚姻殿堂。读者毫不怀疑他是耶和华、宙斯、朱庇特、奥丁、佛祖、女娲或任何一位神灵的创造之物，是大自然的造化之功，是一位真正的人。他忠实地执行人类为类人设置的禁令，即B型人不得与自然人类婚配。他发现雅君是个类人，忠实执行法律框架下的警察职责，以致自己遭到齐洪德刚深深的仇恨。

齐洪德刚在复仇行动中，逐渐发现剑鸣也只是“二号”基地生产的一个工件，并揭露了剑鸣的真实身份。从自然人还原为类人产品，剑鸣的命运急转直下，哪怕他拥有人所拥有的一切，包括指纹。世界政府一直小心翼翼地守护着人类与B型人之间的堤坝，当发现警察系统中出现一名类人时，法律的更高执行者高局长哪怕深爱剑鸣，也毫不留情地选择隐秘杀死剑鸣，为剑鸣留下其自然人的身份。

即使类人完全按照自然人的方式生活，作为产品的真实身份终将被人类揭露，倘若要保留自然人身份，也只能以隐秘死亡为代价，这是人类社会的规则。而这种规则，是建立在人类的文化价值观念之上。即使类人与人类的差异日渐缩小，从明显的“类人味”，到雅君的自卑与恐惧，再到剑鸣的毫不知情，人类也以绝对的权威维护自己的唯一性，在残酷的阴谋与死亡中再现了人类对异己生命的惶恐不安以及茫然无措。

三、类人与人类的自由之路

纯洁的人类主义者认为，人类“是地球生命的巅峰”，是“无生命物质上升华出的智慧灵光”，但也有人类意识到人类的有限性。例如在王晋康的科幻小说《养蜂人》（1999）中，年轻有为的科学家林达意识到人类之上高踞着一个超级智力的上帝（电脑网络），自己毕生的努力与人生的目的只如蜜蜂般卑微。在《水星播种》（2006）中，亿万富翁洪其炎到水星上培育全新的纳米机器生命，并引导新生命创建自己的文明，但水星上的人类洪其炎的身体却最终被水星人暴露在水星表面的强光下灰飞烟灭。在作者看来，人类的肉体上并不决定人的本质，人也并非宇宙间唯一正确、永恒的生物。

在这部《类人》中，类人工厂工程师何不疑对类人的态度相对开明，他完全摒弃“夷夏之防”，打破人类与类人之间的坚冰，认为世界上所有生命都来自于物质，或直接，或间接，他们之间没有什么高贵和卑贱之分，“人造生命和自然生命有同等的权利，不过，我一直把握着做事的分寸，我想让类人遵循一个渐进过程来融入社会。”当以高局长为代表的卫道士们得知剑鸣是一个类人进而炸毁剑鸣时，退隐多年的何不疑开始从制造类人转为反对人类现行制度，“既然科技在短短几十年内创造了类人，完成了上帝 40 亿年才完成的工作，我想科技也能帮助我们在几年内完成对 B 型人的解放。”这个“二号”工厂的缔造者成为 B 型人的解放者。而一同参与解放运动的有侥幸存活的剑鸣，已消泯仇恨的齐洪德刚，以及丢弃肉体以电子信息形式存在，融入超智力体（或曰上帝）的司马林达。在这一场运动中，三个类人工厂共生产 5 万个拥有自然人指纹的类人婴儿。人类社会不会很快承认类人的平等地位，但也不会再对他们着力防范，只有时间能够完全抹平人类与类人之间那道壁垒。

无论是雅君努力抛弃自卑恐惧，在道德与质疑中寻求生存空间，还是剑鸣按照自然人身份生活，却终究被识别为类人，都表现了人类将类人视为异己生命的存在。而只有人类战胜自私，在解放类人的同时，人性自身也得到升华。这种升华表现在何不疑与类人剑鸣之间重建的父子情，有丹丹与类人女儿的母女情，更表现在唯一一个主动抛却肉体进入智慧体的司马林达对人类的情感。无论是人格化的电脑霍尔，还是脱离肉身的司马林达，他们进入一个超级智慧体，将个体的智慧重组。若干世纪后，当人类学会用高效率的方法整合他们分散型的智力，人类智力将产生一个飞跃，到那时，人类将与他们的上帝合为一体。

可以看出，王晋康的生命科学题材作品常常在召唤科学理想的同时，也提醒人们科学技术可能带给现代文明秩序的震颤，细致而又缜密地探讨了科学技术对既定社会造成的不可避免的伦理冲击。《亚当回归》用乐观的态度预言科学必将改变人类自身的总趋势，而在《癌人》（2003）、《豹人》（2003）和《海豚人》（2003）三则小说里，王晋康提出了基因技术危险的一面，拷问人类面对基因技术负面影响的承受力。《癌人》中的科学家使用人的癌细胞克隆出癌人用于实验，癌人生长速度远超普通人类；《豹人》《海豚人》中动物与人的结合，其目的是改造人类使其具有动物的运动性能力。不论是《豹人》中的实验与罪孽，还是《海豚人》中的使命与责任，都使读者不禁担忧人类的进化与发展的前途命运。而在这篇《类人》中，人类纯洁主义者高局长的自杀，具有指纹的类人婴儿源源不断地诞生，重新拷问了传统伦理观念里的善恶与对错之分。

王晋康站在一个新的高度俯瞰科学和人类社会，描述了人类多种可能的未来，让我们在震撼中重新认识自身。他的科幻作品是把前沿科技、人类福祉、道德禁忌和文化多样性相互融合的典范。在这些作品中，他对科学发展的预见，对人类未来的揣测，表现出作者作为一个人文主义者，在科幻世界里，对人类认识自我、重塑自我与升华自我的重新思考，以及对于构建高科技时代生命平等这一伦理规范的全新期待。

参考文献

[1] 王晋康. 类人. 北京：作家出版社，2003.
[2] 王晋康. 养蜂人. 长春：时代文艺出版社，2011.
[3] 王晋康. 水星播种. 成都：四川科学技术出版社，2006.
[4] 王晋康. 海豚人. 郑州：河南人民出版社，2003.
[5] 王晋康. 癌人. 郑州：河南人民出版社，2003.
[6] 王晋康. 豹人. 郑州：河南人民出版社，2003.
[7] 王晋康. 王晋康科幻小说精选. 成都：四川科学技术出版社，2006.

（汪翠萍：陕西西安长安大学文学艺术与传播学院讲师）

“新人类”：困境中的未来

——读“新人类”系列科幻

张懿红　王卫英

科幻作品不仅是一个民族科学精神风貌在文学上的投影，还是人类想象力的“盛宴”。构成科幻小说魅力的那些元素，诸如精彩的故事，宏阔的视野，高迈的思想，瑰丽的想象，丰腴的人性等等，都可以从“新人类”系列科幻小说中得到满足。因此，王晋康“新人类”系列是中国科幻小说界不可多得的精品。

“新人类”系列由基因技术起步，遥想人类作为自诩的地球“主人”、宇宙中一种智慧生命，在过度追逐科技进步的过程中，如何将自身推向道德、良知甚至生存的绝境。由此，小说提出一个问题：科技文明对自然法则的利用是不是一种僭越？如果科技文明最终无法对抗自然法则，一次超新星爆发就可能导致人类物种的灭亡，那么，不断推动科技进步又有何必要呢？

在“新人类”系列中，这些思考伴随着基因技术变革人类的几个发展方向（或不同阶段）渐趋深入。从《豹人》中的基因嵌接重组，到《癌人》中的体细胞克隆，再到《类人》中的人造生命和电脑上帝——超级智慧体，最后是《海人》中经过智力提升、适应海洋生活的“新人类”——海豚人。跟随小说的情节叙事，读者将踏上一条光怪陆离气象万千的想象之路。

想象的第一站是基因改良。《豹人》中的谢教授将猎豹基因嵌入人体胚细胞，创造了“豹人”，使之既获得猎豹的强健肌肉和快速奔跑能力，又具有猎豹的残暴野性，从而沦为肉欲的奴隶、嗜血的暴徒。同时，对科学研究的痴迷、执着与激进，也造就了谢教授这种丧失人伦亲情的科学怪胎，研究者与研究对象都被科技新发现推向人性沦丧的绝境。

想象的第二站是克隆人。《癌人》中，想象将细胞核移植与癌细胞“海拉细胞”结合，克隆出永生者“癌人”。然而这一突破进一步腐蚀人性与道德，不仅使癌人沦为被追猎的器官供应者、人类社会的异类，还导致其人性扭曲，形成典型的反社会型人格。海拉细胞的克隆，充分暴露了克隆人在技术、伦理、道德、哲学、社会关系等方面可能存在的弊端。

想象的第三站是人造人。在《类人》中，这项技术的成功及其产业化导致比奴隶社会更加黑暗的等级制度。类人的非人化造成大量人间悲剧，充分体现了人类文明的残酷本质，凸显科技文明与道德理想的悖谬性。小说中另一重要的科幻想象——电脑联网产生的“超级智慧体”则成为反制人类的电脑上帝，是又一种技术异化现象。

《海人》是想象的最后一站。小说以超新星爆发导致地球灾变考验人类科技文明的价值和意义。小说中最后一对地球人分道扬镳，女先祖创造了“海豚人”和“不追求做最强者”的海豚人和海人社会。小说有关末日后人类的科幻想象是老子式的，海豚人和海人优势互补和谐共处的世界是一个顺应自然，以柔克刚，绝圣弃智，绝巧弃利的社会，这意味着对人类科技文明的全盘否定和毅然摈弃。至此，作者对科技文明的反思与批判达到思维极限，陷入传承文明与科技进步的吊诡。

“新人类”系列关于未来人类的想象是超前而又自洽的，作品以大气磅礴而逻辑缜密的想象描绘萌芽中的未来，并通过法庭辩论、会议发言、当面对质等思想交锋的形式，让不同人物传达不同声音，留下富有张力的思考空间。小说体现了作者超绝的想象力与思想力，给人拨云见日、豁然开朗的新鲜感和启迪感。

成功的科幻小说必须具备可读性。“新人类”系列的每一部都以悬念设置和情节结构的精巧，矛盾冲突的紧张与合理，人物性格的丰满，背景描写的真实，以及贯穿在科幻大视野中的民族风格，保证了小说的文学性、可读性。

4部长篇均融合了侦探小说的悬疑、推理、惊险等要素。案件，秘密，寻找真相的记者、警察、间谍、推理小说家，逃亡与追杀，阴谋与爱情，背叛与复仇，这些侦探悬疑元素的运用增强了“新人类”系列的可读性。作者往往在开头埋下伏笔，设置悬念，然后引导读者跟随情节发展抽丝剥茧，寻找问题的答案。比如《类人》在开头三节中铺开三条似乎互不相干的线索，一是类人工厂创建者何不疑在众目睽睽之下偷出一名类人婴儿；二是自然人齐洪德刚与类人任王雅君的爱情悲剧；三是科学家司马林达的离奇自杀。随着故事逐步展开，三条线索交错融合，几股力量的交锋推动情节发展，疑惑一一揭开，结局水落石出。

“新人类”系列科幻小说的矛盾冲突紧张激烈又合乎逻辑，能够吸引读者去思考相关科幻主题。比如《豹人》中田歌、谢豹飞的浪漫爱情被谢豹飞无法控制的野性肉欲毁灭，造成二人同时殒命的爱情悲剧;《海人》中女先祖与男先祖的思想分野使昔日恋人变成敌人，最后竟不惜以诡计暗害对方;《癌人》海拉与政府的对抗不断升级，直至演化为两个世界之间你死我活的战争。

作者笔力雄健，刻画人物寥寥数笔，但个性鲜明，即使只出现一两次的次要人物也很出彩，比如《癌人》中睿智圆融的民政局局长老赫,《类人》中热情淳朴的放蜂人张树林。他非常注重人物性格的丰满，笔下人物不是思想观念的传声筒，而是充满人性光彩、能够给人留下深刻印象的艺术形象。《癌人》描写了癌人海拉童年生活的天真快乐，遭到绑架、被切除肾脏之后的阴冷怀疑，逃亡之后的反社会心理，层次分明地勾勒出海拉人格形成的特殊演变过程。

科幻小说多悬空设想，容易导致生活实感不足，但“新人类”系列科幻小说总给人以扎实的现实感，不仅能将生活细节融入科幻想象，还能够在想象中构建细节真实感。前者如《类人》中何不疑对伏牛山中童年生活的回忆，后者如《海人》中对海洋世界和海洋动物生活的精彩描写。尤其值得关注的，是小说的民族性。“新人类”系列科幻小说虽然放眼世界，但其浓郁的中国风令国人倍感亲切。这不仅体现在小说中那些具有中国背景的人物形象的塑造，以及有关中国地域风景和生活场景的生动描绘，还体现在中国文化、中国式价值观与思维方式的浸润，比如《海人》中的老子思想、覃良笛撰写的半文言“圣禁令”。对科幻小说民族风格的用心经营，这恐怕是王晋康对中国科幻小说、世界科幻小说的独特贡献。

——原刊于《科技导报》2013 年第 15 期

一次充满诗意的祭献

——评科幻小说《血祭》

高亚斌　王卫英

在新生代科幻小说家中，人们常把王晋康和刘慈欣并置在一起加以比较，这是因为二者都是新生代这一创作群体的佼佼者和杰出代表，并且都有工程师出身的背景和敏锐的艺术感受力，同时，他们俩都是既高产、质量又上乘的重量级科幻作家，比如，在2011年世界华语科幻星云奖的评奖中，他与刘慈欣并列获得“最佳作家奖”，就足以说明他们之间具有并驾齐驱的创作实力。

在王晋康的科幻生涯中，他创作了堪称作品等身的科幻小说，在广大的科幻迷中产生了广泛的影响。如今，已经进入耳顺之年的王晋康，其艺术追求与创作活力，不但没有随着岁月的消磨而有所削减，相反，随着他人生的历练和学养的积淀，他的科幻小说更加呈现出各种新鲜而充满活力的因素，他新近出版的长篇小说《血祭》（与羌族诗人杨国庆合著），便是他尝试在小说中发掘民族文化、演绎民族历史，乃至构建中华民族多元历史观的一个新开拓，表现出他科幻小说创作的又一崭新维度。

盗窃疑案与文化寻根

作为通俗小说的一个门类，科幻小说应该向其他类型的通俗小说（乃至雅文学）汲取灵感，借以丰富其自身的表现领域和艺术技巧。在这一方面，王晋康也进行了不少有益的探索，《血祭》可以说是他运用侦探小说的笔法，采取多种视角的叙事方式，在科幻小说领域内积极探索的又一力作。

《血祭》主要围绕羌族作为王权象征的金杖被窃的事件，展开了一段惊心动魄的故事。在小说中，有两个齐头并进的线索，一是包括“我”（老王）在内的一行人的四川之行，一是疑云重重的文物失窃案。与其说这是一部科幻小说，不如说它是一部特殊的侦探小说，它利用侦探的手段，揭开了一个民族古老历史的非凡一幕，展示了一个民族瑰丽多彩的历史与文化。作为羌族后代的诗人羊路，如小说中的女记者小姬惊讶地指出的：“就像是一个古羌人的巫王，穿越历史到了现在”，因而，羊路对太阳神鸟的“血祭”，也可以视为是古老羌族文明的一次重新唤醒和复活，一次现代社会与古羌文明的遥远对话，是人类远古文明在现代社会中的一次徒劳无益的挣扎和对抗。在玄幻小说的角度上，甚至不妨把《血祭》视为一部特殊的“穿越小说”，尽管这一可能在小说中已经被作家完全消解。

在王晋康的这部小说中，明显渗透着一种强烈的寻根意识。文化寻根的意识在王晋康此前的许多小说如《长别离》等小说中，已经初露端倪，其中融入了作家长期以来对人类自身、对生命和宇宙的一种思考。《血祭》中的寻根意识，大而言之，是对羌民族的文化寻根，乃至对中华民族的起源与文化的寻根；小而言之，则是对于自身生命本源的寻根。就后者而言，比如，小说时时流露出对河南故家的深厚感情，甚至由自己因年老体衰而日益变得明显的健忘症，勾起的对于家族遗传性脑萎缩的深深恐惧，都体现出他生命意识寻根的诸多线索。而且，与此相伴随的，还有一种挥之不去的怀旧情绪，恍如为古老的民族唱着一支深情的挽歌。

王晋康总是喜欢在小说中融入大量有关历史、文化乃至科技发展等因素，如他在小说后记中所说的，“小说中牵涉到不少人类学、基因科学、历史、民俗学等知识”。在这部小说里，他仍然表现出一如既往的对于生物学、现代科技等最新成就热衷与追随，体现出作家强烈的科学意识和对当下科学发展动态的高度敏锐。此外，作家还运用了大量笔墨，来叙写中华文化的溯源、宗族的兴衰，直至人类的起源甚至人类的未来，其中关涉到民族、人种、语言、宗教等诸多方面的文化命题，在这一层面上，这部小说也是一部饶有趣味的文化小说。

叙事视角与文体意识

在科幻小说创作上，王晋康一直非常注重对于叙事视角的选择。他之前的许多科幻小说，小说的叙事者时而是一位女性，时而甚至是非人的生物……这类叙事视角的变化，往往能够收到令人意想不到的效果。《血祭》就是通过几个主要人物的不同叙事（包括科幻作家老王、羊路、小姬等人）来结构小说的。在小说中，上述几个人物走马灯似的循环出场，犹如一个多面镜，从而清晰地凸现出小说叙事的各个侧面，雕刻出来故事的完整风貌。在这所有的众声喧哗之中，有两个声音是独特的，一个是老王的声音，它是小说中压倒一切的声音，支配着情节的发展；另一个是羊路的声音，它以诗歌的形式，回荡在小说情节的各个发展进程中，构成了小说中别具意蕴的另一层面。如果其他人的声音都是清晰的话，其中只有羊路的声音是暧昧的，他的在场，的确具有诗歌般的跨度和轻灵，用小姬的话来说就是：“他的诗就像是一首绝唱，他身上好像背负着整个羌族的历史。苍凉忧郁，夹着沉重。”连同他的出现和消失，都显得神秘突兀，有如诗歌的含蓄隽永，令人深思和回味。

无疑地，在小说《血祭》中，叙事视角的变化本身成为小说引人入胜的一个方面，使小说具有了交响乐般的多声部的特点。这样的处理，体现出作家鲜明的文体意识和现代性特征。同时，这种叙述视角的转换，既是一种美妙愉悦的心理体验，又融入了作家丰富的人生阅历，而对于读者和批评者来说，阅读这样的小说无异于法郎士所说的“灵魂的冒险”。但是，美中不足的是，作家在不断的视角转换中，虽然众声喧哗却显得众口一词，人物彼此之间几乎没有话语分裂的现象，这就可能导致它成为全知全能叙事的另一种形式，从而在很大程度上削弱小说的表达效果。而且，在小说中，太多过于刻意设置的细节、悬念和预设的伏笔，也使小说留下了人为的雕琢斧凿的痕迹。

可以看出,《血祭》运用了虚拟纪实的手法。无论在情节的展开方式上，还是在人物的设置上，乃至小说整体的文化氛围和叙事语境，都有着历史与现实生活的某种原型，这就极大地增强了作品的现场感，表现出作家力图消弭真实与虚构界限、打破文体界限的某种努力，其中蕴含着作家颇具先锋性的小说观念。

苦难叙事与人性批判

四川是一片古老而神秘的土地。在历史上，因其“蜀道之难难于上青天”的险要地势而几乎与外界隔绝，凭借着天府之国的千里沃野，缔造了卓越而辉煌的蜀文明。在久远的年代里，生活在这里的人们，既享有过千年的和平，又饱受过战争和杀戮之苦，而后者曾经几乎构成了这一区域各民族社会生活的共同主题。在现代社会中，一场发生于21世纪初期的汶川大地震，又给人们带来了噩梦般的苦难记忆。弥漫于《血祭》中的，正是这种沉重苦难之思，构成了小说叙事的氛围与基调。无论是远古历史上各民族之间的骨肉相残，还是发生在四川盆地上包括地震等各种自然灾害，都在充满血腥地昭示着人们的苦难处境和生存状态。

与这种苦难叙事相伴随的，是一种浓郁的悲剧意识。这之中，既有羌民族悲剧性的历史命运，也有现实中人们的各种悲剧命运。就拿作为整个小说中的主线的“血祭”事件本身来说，在现代社会的境遇下，羊路的既有戏剧色彩又有庄严意义的“祭献”，也不可避免地沦为一场悲剧，这是羊路个人的悲剧，也是一个民族的悲剧，里面有作家浩瀚苍茫的悲哀和叹息。而且，小说在行文的处处，都不时流露出“我”对老之将至的感伤，其中似乎蕴含着宿命般的悲剧意味。

在王晋康的许多小说（如稍前的《与吾同在》等）中，都融入了作家对于人性的思考，其中，“善之花从恶的粪堆中生长出来”，几乎成为他科幻小说中人性思考的一个核心命题。这一命题在这部小说中也一再被突出和强化，体现出他一如既往的对于人性的审视，而且，对于整个民族的“集体性善忘”，以及对于人性之恶“已经没有了道德底线”的近乎绝望的“宣判”，都具有极其沉痛的悲剧之感。

王晋康的科幻小说总是能够天马行空，不受时空的拘囿和羁绊。《血祭》虽然是被放置在一个真实的语境之中的，但是，正如他在小说后记中写的，小说的这种安排，只是为了便于“借船出海”，一旦进入海的自由之境，真实就被远远地抛置和悬空。那么，就让感兴趣的读者搭乘起作家的航船一道出海吧，看看作家会把我们引导向一个如何绚烂的想象世界，一部好的小说总会是一次美不胜收的诗意之旅。

——原刊于《科幻世界》2013 年第 8 期

（高亚斌：兰州交通大学文学院副教授；
王卫英：科学普及出版社副研究员）

科幻小说的另一种可能

——评王晋康《血祭》

徐彦利

在进入《血祭》评论之前，或许我们要提到一个文学批评术语，法国评论家克里斯蒂娃提出的“互文性”（Intertextuality），或称“文本间性”。这是一个在多种场合和评论文章中被不断引用、阐释的词汇，颇有一种高上大的意味，貌似深奥且神秘，但如果用简单的口语描述，它完全可以概括为：任何一个文学故事都不是绝无仅有的，它总在不断重复着前人，因为你所经历的生活别人也经历过，你拥有的感想别人也有过。因此，永远不要指望你的故事是这世界上唯一的存在。“互文性”在某种程度上强调了作家想彻底超越同类题材的艰难，因为无论情节多么跌宕起伏，人物如何具有个性都难免重蹈前人的覆辙，即使这种重蹈覆辙与抄袭无关。

所以作家已不能仅仅通过故事内容抓住读者，而必须寻找到一种适宜的言说方式，将关注重点从“写什么”到“怎么写”上来，把对叙事的重视提高到相当的高度，以弥补情节重复所带来的不足。目前国内的科幻小说，在情节上也许很难超越西方的科幻大家，如凡尔纳、威尔斯、阿西莫夫等人，无论海底世界、火星、机器人、宇宙探索、时空逆转、超能生物、世界末日等等，在西方作品中已有了大量经典文本，它们精彩纷呈各具特色，每每看到这些作品时都会让人沮丧地想到：也许现代科幻的内容已被这些西方大家穷尽了，我们还有什么可写的呢？

然而人类不会永远抱着几部小说永远的啃下去，创新是必需的，这既是读者与社会的呼唤，同时也是作家对自我的挑战。如此看来，小说《血祭》的情节也许并非独一无二，其中的寻找、侦破等情节并非罕见，但透过这些情节，我们却能看到它在叙事方面做出的种种努力，这种努力与尝试使其丝毫不逊色于某些先锋文学的探索。挑战科幻小说的旧有形式，寻找科幻小说新的增长点，使科幻与其他多种元素结合起来，尝试新的叙事方式，这些元素使《血祭》显得非同一般。

从广义的角度而言，更多科幻小说愿意面向未来，描述未来发生的事，包括科技进步、人类异化、环境污染、外星人入侵、新物种产生、新病毒扩散等话题，因为未来尚未发生，有着无限遐想的可能，任何一种关于未来的言说都会使人浮想联翩，进入到神奇迷幻的想象世界。《血祭》却是逆流而上，将视线对准4500年前的一段中国历史，对羌族的历史发展及民族心理、古蜀文化、图腾崇拜等进行了整体性回顾。羌族诗人羊路冥冥中似乎听到祖先的神谕，要他按照古代的仪式血祭古羌族流传下来的神器，于是羊路冒险从博物馆盗走珍贵文物金杖和太阳神鸟，把它们从被“没有毛孔的工业品囚笼”中解救出来，半是绑架半是请求地携一名女性小姬来到雪山，让她充当女祭司，在雪山以鲜血滋养神器，使其恢复灵性。他的这种“盗窃”不是以占有为目的，而是以高尚的尊祖敬神为目的，是一次心灵上的寻根。在盗取与血祭过程中，羊路精心策划，冲破种种阻碍，其对祖先文化的虔诚与事实上的犯罪使这一人物显得充满悖论，无法用“好”与“坏”、“对”与“错”来衡量，体现出人物内心充满的种种纠结与矛盾。而紧随其后，几位关心文物安全的知情者与公安人员一直搜寻着羊路的踪迹，并细致入微的推测其独特的心理，终于找到了这个苦苦坚持古老血祭仪式的现代人，当人们赶到现场解救小姬时，羊路已经虹化（佛教术语，得道者变为彩虹而去，但这个结尾是虚化的，也可做其他解释），所盗走的金杖与太阳神鸟都非真品，一切回归到原来的状态。

《血祭》与其他科幻小说的不同之处在于它试图在一本书中容纳更多的东西，包括悬疑、推理、侦破、考古、语言学、遗传学、原始祭仪、图腾崇拜、现代社会、超能力、灵性、古生物、宗教、高科技、血缘神秘性等。这些元素被紧密的汇聚在一起，共同构成小说的肌理，使作品成为多声部、多变奏的乐章，不同层次的读者都可以从中找到自己感兴趣的东西。它与探案小说的接近，与文化类散文的接近，与叙事诗的接近，都使其超过了简单的科学幻想情节，而变得更加厚重多元。

在叙事手法上，《血祭》的先锋性让人有些惊讶。一直以来，国内的科幻小说的叙事方法都显得较为陈旧，传统的现实主义描述，卒章显志的结尾，从始至终的人物与线索，明确无误的主题，具有引导性的主流理念与价值观，这些都使科幻小说具有过多的单一、单义色彩。我们回顾一下在国内有过较大影响的科幻小说，如《腐蚀》《飞向人马座》《小灵通漫游未来》《爱之病》等，大多偏重于情节讲述而多少忽略了讲述的方法，隐含作者常常从文本中一跃而出，直接向读者展现主题，并时时引导其阅读的节奏和阅读体验，得出诸如“科学的副面意义”“人应具有无私的科学精神”等终极结论。这种小说常试图通过最直接的讲述达到开启民智或普及科学知识的目的，对这一目的的追求，常使作者显得急功近利，用快节奏的情节进行抓住读者，并不断将其拉到自己预设好的境地，而很少以不动声色的客观描述使读者自我分析得出独特的结论，大有“带人走路”的意味，西方科幻小说中在叙事上采用的自然主义、象征主义、形式主义等手法等则极少运用，因此很久以来读者都不曾期待中国的科幻小说能在叙事上会有大的创新，因为作家们的热情往往更集中于编织离奇精彩的故事，通过情节的戏剧性、矛盾的跳跃性、结局的出乎意料性、环境的奇幻性吸引读者，而对于叙事则缺乏探索的兴趣。因此我们看来看去，还是看到的现实主义、第一人称叙述、有头有尾、起承转合这些主流文学中业已显得陈旧的东西，它们遍布着科幻文坛，使科幻的价值仅仅蜷缩于“情节”一隅，而没有更多的言说方式的更新。

从这一点而言,《血祭》在叙事方面的探索值得充分肯定。首先，它采取了不同的视角讲述同一个故事。小说的每一节均以羊路的诗作为开始，在诗的澎湃抒情中揭开了一个羌族人对民族无比深厚的情感，读者缘着这种情感向前进发，便能理解整个故事的前因后果。因此，羊路的诗可以视为理解全书的一个诗性密码，它的存在是对全部情节的升华，是一种超然的概括，也是整个小说的灵魂，与诗后的情节讲述形成鲜明的对比，一暗一明，一简一繁，一隐一显，一诗一文，使阅读在深邃的幽暗与明亮的开阔间迤逦而行，蜿蜒曲折，造成巨大的张力。接下来，便是两位交替出现的第一人称叙述者，科幻作家“老王”和晚报记者“小姬”。老王作为事件的参与者与旁观者一直在冷静的审视事件的始末缘由，并用高度的理性去判断推测，进行去伪存真的分析，他的陈述将读者一步步带入故事的深处，既有亲眼所见又有合理预言。同时小姬也以一个女性特有的视角登场，她时而是参与故事的主角，不断写出自己的心灵感受及现场经历，时而又是在外围观望或道听途说的不知情者，进行客观描述与推测，两种叙述视角，参与者与旁观者的身份有规律的交替，共同构成一种麻花式的结构，彼此缠绕纽结，有交叉有互补，同时还有彼此否定与修正，这样便使一个完整的故事脱颖而出，它不是通过作者的信誓旦旦强硬的传达给读者，而是读者通过各种情节交织进行理性归纳而得到的。其他参与者如赫妮、谭老师、王馆长、周队等则分布在各个情节中，起到各自的叙述作用。

这使我们很容易的想到西方叙事在这方面的成功案例，如美国作家福克纳的代表作《喧哗与骚动》。在《喧哗与骚动》中以班吉、昆丁、杰生三人为第一人称叙述视角，叙述在三者间不断变换，每个人都把自己看到、听到、想到的事说出来，这种切换不仅可以使读者更深的进入文本内部，了解故事的原委，还能了解每个可靠的叙述者或不可靠的叙述者的立场与独特心理，三种叙述成为三个声音，架构起故事的经纬，它们互相纠正、补充，使读者重组故事的真实轮廓，第四位主人公凯蒂并没有发出叙述声音，而是隐没在三个视角的叙述中。这种架构更能使读者产生重组的快乐，透过多个可靠或不可靠的叙述进行立体审视，而不再依赖于作者的给予，由被动接受变为主动出击，显示了读者在阅读中的主体性地位。日本导演黑泽明的《罗生门》中亦将一个故事由7个不同的叙述者进行叙述，这7者间有相同、相近或相悖、攻讦、截然相反，情节如迷雾般朦胧，读者只有通过对所有文字的感知，才能充分体会每个叙述者所言的真伪，使阅读成为一种带有冒险性的旅行，从无数假象中还原事件的真实性。

这种视角的自由变换，可靠的叙述与不可靠的叙述之间的转换，不但在西方已十分普及，在20世纪90年代中国先锋作家那里也已得到了淋漓尽致的发挥，如马原、格非等人，但在科幻领域能自如运用的却并不多见，如此看来,《血祭》可谓有独到之处，它能够走出中国科幻的陈旧叙事模式，向先锋文学靠拢，其形式创新的意义或许要大于故事情节的意义。

“元叙事”手法在中国当代科幻小说中的运用并不多见，但在《血祭》中却充分显示了它的巧妙与匠心。元叙事也称“元小说”“元虚构”，是作家在写作过程中有意无意地暴露小说创作过程的手法，将一些言之凿凿的真实与毫无可能的虚构交叉融合，以期达到一种特有的间离效果，使读者在阅读中不断的自我判断与筛选，不将某些貌似笃定的情节当成现实，也不将某些完全不可靠的叙述当成子虚乌有，在真真假假的迷离彷徨氛围中进行仔细甄别，别具一番阅读的意趣，与戏剧中的“布莱希特效应”相近，此时的叙述上升为小说的主角，而超过了内容的地位。如果用一个浅近的比喻来形容，元叙事小说违背了传统叙事规则的手法，像一种叫作“撒谎”的纸牌游戏，你相信时它可能是假的，你怀疑时它又可能是真的，真中有假，假中有真，阅读便需要读者不断的发挥主观能动性进行判定。

虽然在中国古代经典小说中“元叙事”偶有见之，如四大名著中的《红楼梦》，但通篇采用元叙事风格的小说却少之又少，当代文学中张贤亮《浪漫的黑炮》与先锋作家马原的《虚构》等在元叙事上的尝试引人注目，但说到科幻小说则少有作家使用，尤其像《血祭》这种将元叙事风格从头到尾贯彻始终的作品更是罕见。更多的科幻作品往往将大部分情节架构在虚构之上，无论多么荒诞的虚构也渴望读者相信它的真实性。这类文本中的虚构广泛涉及背景设置、人物塑造、事件发生、细节刻画等方面，但常常有意回避与生活极为接近的某些真实，如作家的身份、日常生活、现代的科技水平等，因为这种“真实”往往会使“幻”的色彩被降低，想象力受到压抑，因此元叙事中对真实细节的刻意描述在科幻中是少见的。虚构的前提下可以提供更多的叙述自由，使作者拥有更大的叙述权力，而元叙事则会在某些方面考验读者的鉴别能力。

然而《血祭》在“元叙事”方面的尝试却意味着中国当代科幻小说在叙事学上的探求迈进了一大步，这一点并不亚于中国先锋作家马原，在其著名的“马原叙事圈套”中可以看出种种亦真亦幻的特征，给人梦幻般的阅读感受，在他的小说中如《冈底斯的诱惑》《天葬》《虚构》等作品中，常会读到现实生活中的“汉人马原”与作为编故事的“作家马原”之间交织。而《血祭》在这类“叙事圈套”方面的探索是不输于马原的。一些真实的细节描述已经完全达到了描摹现实本身的地步，如叙述者“老王”参加世界华人科幻协会主办的星云奖颁奖活动，颁奖过程的种种细节介绍，所遇到的几位相关人物，《科幻世界》的姚副总编，作家大刘，三星堆古蜀文化中的青铜大立人，金杖，成都金沙博物馆的镇馆之宝“太阳神鸟”，热播电视剧《甄嬛传》，附录中李辉教授关于《人类 Y 染色体谱系树及人类迁徙路线》等，以及叙述者“老王”与作者王晋康先生的从外到内的一致性，都是千真万确不容置疑的，这些被科幻界、文化界、科学界熟知的名字与事件使整篇小说显得如报告文学般真实，毫无质疑之处，它们使小说显得言之凿凿，再加上以“老王”为第一叙述视角进行叙事，使整个小说带有王晋康老师亲历事件的色彩，读者仿佛看到了一个如日记般忠实记录下来的故事，不掺杂一点虚假，完全值得信赖，然而这种刻意营造的细节真实中却穿插了大量的“虚构”情节，如胖瘦两老人在“老王”旁边进行拐杖的交换，羊路的盗金杖，绑架小姬，血祭，公安参与破案，“老王”的脑萎缩，“老王”的 SNP 报告证明他是蒙古族成吉思汗的直系后代等，则完全是虚构得出的。

在这种细节的真实与大轮廓的虚构中，读者往往感到自己在真实与虚幻中不停翻转，阅读注意力被充分调动起来，忽而相信故事的真实性，忽然又提出自己的质疑，使阅读充满了种种未知的判断。这种阅读效果十分奇妙，不断使人进入文本，又走出文本，相信故事，同时又怀疑故事。与传统科幻小说无论如何也要读者相信自己的作法完全相反，但也正因为如此，才带来一种全新的感受，它区别于陈旧的故事，同时也区别于陈旧的阅读，而是一种积极的变换。这一点让人想起主流作家李锐的《旧址》《血祭》在元叙事上的尝试，同样不亚于极具叙事创新意义的《旧址》，这说明一个问题：科幻小说除了重视情节外，完全可以在叙述模式上下工夫，走向形式的探索，叙事学范畴的创新，阅读效果上的独异。它使我们不再怀疑科幻小说与主流文学或先锋文学并列时所具备的强大性，不再怀疑科幻作家在文本形式探索方面的能力，这一点尤为难能可贵。

一部文学作品，当情节被作者一览无遗地展现在读者面前时，它的阅读价值便接近完结，但一部好的、经典的文学作品却能够超越这一固有限制而不断延长被阅读的生命。小说的丰富、复杂、多义、多解往往是获得这种延长的钥匙。《血祭》与其他单纯的侦破小说、科学幻想小说相比，有着更为浓重的文化色彩，更多关于古人的追想。以羊路对祖先的追寻和心灵皈依反观现代人生活的困窘，没有信仰的失落，快节奏生活中无法驱散的焦虑及孤独等，这些都超越了简单的“幻想”因素而使小说走向更加丰富的内涵，具有某种哲理性，并变得凝重而深沉。少年读者从小说中或许读到了对整个事件的侦破过程与谜底揭晓，中年读者更加重视小说中对古文化的仰慕与探究，老年读者则从小说开始冥想人生的意义与价值、种族的延续与变迁。给读者想要的，给不同层次的读者想要的，这是《血祭》的复调叙事、多元素混合达到的效果。

在《血祭》中，我们惊喜地发现科幻其实可以变换一种方式去言说，不是漫无边际，不是与现实有着遥不可测的距离，不是高高在上的虚空，而是平实、切近、能够作用于生活，存在于你我之间的。在这一点上，小说可以说已经获得成功。

然而另一方面我们也应该充分认识到没有任何一部作品是完美的，“完美”这个词或许只存在于人们的臆想之中，并非实有，这句话对于《血祭》同样适用。如果说我们已充分肯定了小说在情节编织上的匠心、叙事上的创新以及多元混生结合这些优点外，那么小说存在的不足也是显而易见的。个人认为人物性格尚可更加突出，对人物的刻画需要通过事件的逐步展开而非人物之间的相互评论及人物的内心独白达到，尽量做到在事件中展现个性，在矛盾中描述心理，否则小说的文采必将大打折扣，陷入“质胜文则野”，而无法达到“文质彬彬，然后君子”的至高境界。在情节展开中可以删除过于枝蔓杂芜的语言及重复的情节，将与主题、人物塑造等无甚关联的语言进行精简，将人物对话中大量无实际意义的“闲笔”删除，因为它们不仅占据了相当大的篇幅，而且常常凌空虚蹈在那里，与情节产生游离之感，甚至分散了读者对于情节的注意力，会给人“散”“碎”“乱”的感觉。虽然如此，整部作品依然可称之为瑕不掩瑜，优点远大于缺点，值得一读，愿作者在今后的创作中可以有效地回避这些问题，写出更好的作品。

“乌托邦”覆灭后的人性探索

——评王晋康《蚁生》

徐彦利

《蚁生》是一部具有独特叙述特征的科幻小说，在科与幻的结合中，尤以“科”的色彩更为浓重，“幻”的成分则相对较少，而绵绵密密的叙述中又将“科”与“幻”作为叙事背景推到后台，站在前台聚光灯下备受瞩目的却是更为深层的“历史”和“人性”两大主题。与大多科幻小说相比，《蚁生》并未沉浸于对未来种种浪漫主义的幻想之中，而是怀着某种沉重与忧伤回顾了当代中国一路走来的泥泞，在那些令人战栗的情节讲述中恢复历史本来的颜色，唤起众多即将被忘却的记忆。在阅读过程中读者可能无数次被文中赤裸裸的真相打动，随其愤怒、惋惜、憎恶、遗憾，仿佛随着叙述者重新走入中国当代历史深处，感到人性的善意、虔诚或残忍冷酷，种种令人错愕不敢相信的史实又让人感到如锋芒在背，骨鲠在喉。全书的阅读是一次特别的旅行，路途之远，道路之坎坷，风景之奇异，都使读者欲罢不能。

小说的总体基调是现实主义的，无论背景设置与人物勾勒，都与其总体的历史氛围相一致，让人感到非常自然。昆虫学家颜夫之对蚂蚁深有研究，在对这种生物群落进行认真考察后，他发现了蚁群所具有的利他性，多个蚁后可以在同一种群中存在，且能相安无事，工蚁则为了群体的生存默默奉献，不计个人得失。这一切都源于它们身体里分泌的一种奇特物质，能在群体中产生磁场般的相互影响，使每只蚂蚁都能遵循“利他”原则，从而使整个族群具有了稳固的利他主义倾向，蚁群才能不断发展、壮大，并在对外作战中获胜。受到蚂蚁这种习性的启示，颜夫之由此开始探索人类生存的理想范式，由此发明了“蚁素”，也叫“利他素”，如将这种物质喷洒在人的身上，可以使其忘却自私的本性。即使再坏的恶人，也能变成高尚的人，但这样一位有见地、有才华的科学家却在“文化大革命”中被迫自杀，中止了自己的研究事业。

颜夫之的儿子颜哲继承了父亲的遗志，继续研究蚂蚁并提炼“蚁素”，其后在知青农场的每个人身上进行喷洒，被喷洒“蚁素”的人们各个忘我劳动，互相关心互相帮助。人们不计工分的多少，快乐幸福的为集体劳动，并自觉使用公益金，自愿放弃招工指标，小小的不起眼的“蚁素”使知青农场成为天底下最干净的地方，原来的奸恶之人也改变了秉性，充分体会到劳动的快乐，能够善意对待他人。在那个非同一般的年代，“蚁素”使农场成为现实存在的伊甸园，蚂蚁的利他性最大限度地为现代社会所用，这一创举无疑在当时政治运动频繁的中国具有重大探索意义。蚂蚁分泌的物质可以使人的品格变得伟大，蚁素压制了坏人的凶残与邪恶，使他们在特定的时间段内脱胎换骨，重新做人，忘却个人的私利，而以集体和他人利益为重。农场瞬间变成了人间天堂，与当时混乱的中国政治、经济社会相比，无异于一个小小的乌托邦。

小说虽然周到地描述了现实中并不存在的“蚁素”以及它神奇的效果，属于科学幻想的范畴，但从某种意义上来说，它却更像一部主流文学作品。无论情节与人物或一些叙述细节，总能让我们看到主流文学的身影。它与“伤痕文学”接轨，与“反思文学”相似，与“知青文学”重叠，与“‘文革’文学”互为指涉，带有强烈的正史性特征。看到文中提到的种种令人心悸的历史事件，读者也许会想起“伤痕文学”中的《班主任》，“反思文学”中的《犯人李铜钟的故事》，“知青文学”中的《今夜有暴风雪》，“‘文革’文学”中的《第二次握手》。第一人称叙述者“秋云”不仅讲述了一个发生在自己身上的故事，一段难以忘怀的经历，更是在控诉、在思索、在怀念、在批判，她为我们轻轻挽回逐渐远去而显得异常缥缈的历史烟云，使人们更清楚更仔细地打量曾经笼罩在头上的这片非同一般的天空。而其科幻部分的作用似乎只是为小说提供了一种叙述可能，一种言说的契机，一种线索的追溯，是道具式的存在，并非用来强调的重点，如果撇开小说的“科幻”外衣，将其归入主流文学的大潮中也并无任何不妥。

小说广泛涉及了中国当代历史中种种令人尴尬难堪的过往，阅读会让人流出冷汗、流出热泪，抑或心中流血。1958 年“大跃进”中种种冲动而不理性的政策方针、三年自然灾害、“公共食堂”“提前进入共产主义”“浮夸风”“放卫星”“大炼钢铁”“超英赶美”“土高炉”“知识青年上山下乡”“文化大革命”……这些让中国人回忆起来万分心惊的词汇不断出现，那些荒诞不经却又无比真实的故事重又浮现眼前，它仿佛在不断提醒国人新中国曾经的历史，曾经的足迹和曾经的错误。从许多情节的描述中，我们仿佛看到作者亲历的印迹和对往昔岁月的慨叹，似乎欲通过作品告诉国人旧日多艰，不可淡忘。它忠实地展现了中国当代史上一段无比丑陋的时期，昨天虽已渐渐远逝，远到人们几乎忘却了它曾经的强悍和给这个国家带来的伤害，但小说的阅读却又重新触及内心深处的伤痛，使我们能够以史为鉴，保持清醒与理智。或许你会想起食指的《这是四点零八分的北京》，想起那个迷惘而忧伤的知青，他正坐在火车上，等待未知的命运带给他突如其来的一切，焦虑失落，彷徨无依。“北京车站高大的建筑 / 突然一阵剧烈的抖动。”这种抖动，谁又知道会持续到何年何月，要颠覆多少人平静的生活呢？食指的诗可以作为《蚁生》的一个注释，《蚁生》也可以作为食指诗的一个详细解说。

《蚁生》对种种政治运动进行了深刻的反思，20 世纪 50 年代至“文化大革命”，在频繁的政治运动中，国人内心最深处的人性之恶被充分调动出来，人们互相揭发、攻讦、陷害、损人利己，更有人籍政治之由达到不可告人的个人目的，对某种主义、倾向的批判转而成为对具体个人的人身攻击。“上山下乡”所主张的知识分子向农民学习，与农村、劳动相结合演化为对知识分子的惩罚。他们不被重用，科学研究不能继续，著书立说被强令停止，许多人的才华仅被用在“大炼钢铁”的建土高炉上以及寻找铁矿石冶炼无用的废铁上，当这些凝结着无数心血与时间、精力的钢铁出炉后，标志着知识分子的才华彻底被亵渎了，它只能成为某种统计数字，用以证明“左倾”政策的正确性。知识分子在艰难的生存罅隙中以抵死的勇气保持着做人的尊严，不向现实与强权低头，如颜夫之一样“宁死也不愿掉份”，这是一种倔强，一种坚守，一种对于自我的认同。社会的邪风可以夺去他们手中的物质、工作、身份，却永远夺不走他们的自尊。看到这里，忽然想起张贤亮的《绿化树》和《男人的一半是女人》，虽然时间已过了几十年，但值得庆幸的是文学界对这段历史的重述与思索从未停止过,《蚁生》便是一个明证。

如果仅仅是对历史的回顾，再加上一些科幻元素,《蚁生》很可能沦为一种浅层次的煞有介事，为使笔下的科幻不与人同而故作深沉，其内涵性会大打折扣。作者似乎也充分意识到这点，他想走得更远，挖得更深，于是，在对种种历史事件进行陈述与感慨之后，毅然走向更深层次的探讨，那便是对乌托邦社会的消解与对人性的终极挖掘。

20世纪西方文学史上曾产生过三部非常重要的小说，被统称为“反乌托邦三部曲”。它们是乔治·奥威尔的《一九八四》，赫胥黎的《美丽新世界》，扎米亚京的《我们》，三部小说从不同的角度出发，揭示了同一个主题：当自由被剥夺，思想被钳制，人性被扼杀，所有集中统一管理的借口都无非是为了更加有力的控制而已。《蚁生》在历史背影、科幻元素之外，又加入了更深层次的反乌托邦主题。无论古代或现代、当代，人类都不可能建立起真正的乌托邦，所有关于乌托邦的设想与号召无不夭折在空想之中。人类社会、蚂蚁社会，所有的族群都存在不同利益的纠结以至战争，这是科学永远无法解决的难题。这世界虽然有过无数次关于乌托邦的设想与试验，但却从未有过一次真正意义上的成功，无论莫尔、欧文、傅立叶，还是日本的新村主义，无论财产公有制，生产资料公有制，消费品公有制，还是没有压迫剥削，没有脑力与体力劳动的对立，人人平等，互助友爱，绝对公平的种种幻想，都已被证明是无法达到的人类之梦。因为有人存在便会有人性存在，有人性存在便意味着对权利的渴望、对利己的追求，这些在本性上是不可剔除的，乌托邦与这些本性是背道而驰的，因此所有实现乌托邦的想象只能是一种幻想，即使如何强大的外力也绝不会改变这一规律。

颜夫之、颜哲父子研制、试验蚁素的故事，表明他们对科学所寄予的不切实际的幻想，幻想科学可以解决一切问题，带给人类无尽的幸福。正如从20世纪50年代起中国历史上所经历的种种政治磨难，最初的意义无非为了达到政治、经济、思想的高度统一。通过“上山下乡”运动锻炼知识青年，使他们摆脱“骄娇二气”，成为祖国未来建设的有力支柱；通过“反右”统一思想，肃清社会主义的敌人；通过“浮夸风”达到鼓舞士气，调动生产积极性的目的，凡此种种，不一而足。然而这些突击式的政治运动并未考虑过它的现实可行性，“上山下乡”除了给无数知识青年带来巨大的身心伤害外，并未达到预期的目的，甚至使中国对科学、知识的重视倒退了多年，“大炼钢铁”并未使我们的工业飞速猛进，达到国外先进国家的水平，相反却成为一种耗时费力的闹剧，而至于“文化大革命”，竟演变成全国人民的劫难，无数人的青春、梦想都被其化为灰烬。

事实证明，这些政治运动是多么漫无目的的遐想，几乎全部建立在空想的基础上，如在沙砾上建筑高楼大厦，如此不稳的地基，怎么会有千年的建筑？而那些在红尘的翻滚，被政治、政策玩弄于股掌间的草芥平民不就像蚂蚁一样吗？默默的、辛勤的劳作，却无非是某个棋盘中微小的棋子。他们被随意放置在不同的位置，被不断灌输以各种各样的观念，这些观念前后不一甚至完全相悖，而这些“蚁众”则失去自我辨别与思维的能力，所有允诺给他们的快乐、幸福不过是“蚁后”投出的致幻剂，连同颜哲配制的带有科学色彩的“蚁素”，也不过是为了达到更有效的控制众人思想的武器而已。

这让我们可以从更深层次上将《蚁生》定位于一部反乌托邦寓言的小说，它所反对的不仅是非理性的强权政治，同时也反对了假理性之名而同样剥夺人类自由的强权科学，显示了巨大的自由精神与民主思想。在剥去乌托邦的外衣之后，对个体的人性做了更有深度的追索。

人性是什么？人之初，性本善？人之初，性本恶？中国自古便有孟子的“性善论”与荀子的“性恶论”，二者同时存在，双方各执一词，虽同样站在人类的高度，但观点却截然相反，每种观点都有不同的受众与拥趸。我想善与恶或是人内心深处同时存在的两种品性，就像天使与魔鬼一起居住在某个灵魂之中，操纵着他的行为与思想。到底在人的本性中，善的因素更多还是恶的因素更多，善恶是否能彼此转化，小说进行了非常深入的探索。

主人公颜哲看到了中国当代史上若干次巨大的政治运动给人们带来无尽的戕害，清楚地知道国家未来可怕的走向与政治的非理性，因此想要改造这个愈来愈恶的社会，从这一美好的初衷而言无疑是善的。他制作“蚁素”，向农场的所有人喷洒，欲使这种物质激发他们的利他性，由此将知青农场变成世外桃源，而恋人秋云也支持他的选择。此时的颜哲是公而忘私的，他要建设的是幸福的天堂，但随着蚁素的喷洒，人们本性的改变，他却越来越暴露出人性中深藏的恶。面对开始怀疑自己的恋人，不尊重她的选择，蛮横强硬的向她喷洒蚁素，希望这个女人能在他的领导下驯服地生活，以她的自由换取自己的梦想，将别人的意愿踩在脚下，这种强制别人“利他”难道不是一种人性之恶，一种终极的堕落吗？它与掌握并随意摆布他人的命运的法西斯又有什么区别呢？通过强力建成利他社会又有什么存在的价值？因此，颜哲的最初设想的“利他”最终流于一种强权，一种违背人性的“恶”，他想将利他习性变成人的本性，使其逐渐稳固下来，最终也被证明不过是不切实际幻想而已。在喷洒蚁素的过程中，造成了 7 个人的死亡，7 条生命因他所谓的梦想而永远地离开了这个世界，结束了活泼生动的人生旅程。最终他才发现，他并不是能左右世界的神，即使手中拥有无尽的蚁素，也不能决定他人的命运。恋人与他分手，那些被喷洒了蚁素而暂时变成好人的人，随着药物的失效又逐渐暴露出恶的本性。颜哲的身上是可以看出善恶的共生性，二者是可以互相转化的，世上也许并没有绝对的善与绝对的恶，以善为借口的恶无论怎样粉饰也无法摆脱恶的属性。

《蚁生》中对“蚁素”虽然有大量描述，但最终的目的却旨在否定“蚁素”。世上没有什么东西可以从根本上改变人的本性，蚁素只是暂时性的掩藏人生之恶，却无法将其永远地固定在人的内心之中，靠外力达到的善也将行而不远。“蚁素”的致瘾作用又使它成为一种隐患，被喷洒过的人会在其后的日子里不断渴望得到这种东西，产生心理依赖。喷洒了不同批次蚁素的人又会变成不同利益的群体，成为天敌，永远难以融为和睦团结的一群。这个富有象征意义的情节似乎在向读者昭示：无论采用何种科技手段，人类的本性都是难以改变的，人不会变成蚂蚁，而蚂蚁的“利他”只表现在同一族群中，对异族的残忍并不亚于人类。这似乎在向人们表明，所谓绝对意义上的“利他”，是根本不存在的。

《蚁生》是科幻小说，但同时又可视为历史小说、苦难叙事、反乌托邦寓言，它将多种属性融为一体，带有强烈的现实主义色彩及影射和象征意义。以主流文学的题材与表现手法介入科幻文学，并使其具有了比普通科幻小说更深的思想内涵，作者的这一创作尝试无疑值得肯定。

"乌托邦"实验场

宋明炜

自有科幻小说以来，"乌托邦"（utopia）想象一直是最重要的主题之一。这原本是英国人文主义思想家托马斯·莫尔（Thomas More）的发明。他借用地理大发现之后突然兴起的"新世界"故事模式，将美好政治的理想寄托于幻想的异邦。进入19世纪后，在一批具有社会改良理想的科幻作家（如贝拉美、威尔斯）笔下，无论是异邦异星、还是异时空的想象，都在延续发展"乌托邦"的文学传统。但同时——甚至就在同一批作家笔下，诞生了"乌托邦"的邪恶姊妹——所谓"恶托邦"或"反乌托邦"（dystopia）：美好的理想，庄严的构思，实现过程中却总会出岔子，酿成恶果，使得"乌托邦"从天堂坠入地狱。随后，第一次世界大战爆发，苏俄崛起，这期间陆续出现三部"恶托邦"经典：《我们》（*We*）、《美丽新世界》（*Brave New World*）、《一九八四》（*Nineteen Eighty-Four*），彻底改写了现代小说的"乌托邦"叙述。面对未来的乐观精神被黑暗的政治失望取代。事实上，"恶托邦"叙述体现的原本就是在现代语境下重构"乌托邦"的人文主义批判精神：完美的世界不在此岸，但也不在幻想的彼岸。

反观中国科幻的历史，从晚清开始，"乌托邦"式的光明想象早已出现在《新中国未来记》《新纪元》《新中国》《新天地》等等一系列"新"中国叙事之中，以小说为传声筒，以光怪陆离的幻想来抒发对现实政治的愤懑。但到新中国成立后，整个国家要跑步进入完美社会，“乌托邦”好像已化为人间现实，或者说明天就要实现——用不着向异时异邦去寻找了。在这种新的意识形态框架中，科幻小说彻底失去“幻想”的彼岸。结果在相当长的一段时间里，无论“乌托邦”还是“恶托邦”，在中国文学中都没有容身之地。

在这个背景下来看王晋康的长篇科幻小说《蚁生》（福建人民出版社，2007 年），我认为它是一部难得的中国式“乌托邦”小说。而且更加可贵的是，这部小说极为巧妙地把“乌托邦”想象本身作为主题，对于这种想象的政治和伦理后果，保持着清醒的态度，既庄严又反讽，这也使得它具有一种“恶托邦”的色彩，或至少呈现出“乌托邦”与“恶托邦”实为一体两面的错综复杂的意识。

《蚁生》毫无疑问是中国当代科幻最好的作品之一，也是最靠近中国现代文学主流的当代科幻作品。小说用幻想方式重提“改造国民性”的问题：故事发生在“文化大革命”期间的知青农场，主人公颜哲有感于时代激发出来的人性之恶，决定借用科学的方法，来彻底地“除恶扬善”，建立真正的“乌托邦”。他的“乌托邦”世界的原型是蚂蚁社会，原来他的在“文化大革命”中被迫害致死的父亲，是一位昆虫学家，曾留有一部著作《论利他主义的蚂蚁社会》，其中有这样的论述：“在地球上所有的生物中，蚂蚁可以说是最成功的种群。它们是社会性昆虫，其社会比人类社会先进多啦！那是完全利他主义的社会，每一个个体都是无私、牺牲、纪律、勤劳的典范。……如果我们能以蚂蚁社会为楷模，人类文明该发展到何等的高度！”

也就是说，颜哲的“乌托邦”理想是把有着种种自私劣根的国民改造成蚂蚁那样无私的新人。他怀着最美好的愿望，在知青农场播撒蚁素，将其变成“乌托邦”的实验场。一时之间，整个农场上下，从农场干部到接受再教育的知青，精神面貌全都焕然一新。每个人脸上挂着沉静的幸福的笑容，争先恐后地无私劳动。小说采用第一人称叙述，讲述人是颜哲的女友秋云，从有限度的视角出发，将特定的时代氛围与人物心理加以细腻的刻画。这个表面上看起来有点像是“知青小说”的作品，也重新照亮“知青”一代作家的理想主义精神。

小说叙述行进到此，将这个小型“乌托邦”实验场与整个外部世界隔绝开来。但我们不难发现，当颜哲和秋云在小心维护他们的实验成果时，整个中国其实不也正在经历一场改天换地塑造“新人”的大规模实验吗？小说在开头部分写到一位非洲访客，看到“大跃进”期间人民忘我劳动的情景后，感叹说：“西方国家一再宣传……说中国人是一群没有思想的蓝蚂蚁，那真是最无耻的谎言和诬蔑。”这番感叹放在故事发展脉络之中，具有深切的反讽意味。颜哲利用蚁素塑造新人，最终产生的结果是“蓝蚂蚁”们自觉自愿地服务于集体，但他们依然“没有思想”，甚至在越来越接近蚂蚁社会的群体形态中，建立起秩序井然的角色分工，而颜哲扮演的正是拥有无限权力的蚁王，他的意志就是整个集体的意志——即便他相信自己的意志都是向善利他的。

当颜哲的“乌托邦”实验已经不可避免地成为整个中国的“乌托邦”实验的缩影时，王晋康充分地展示出“蚁生”社会的各个面向，充满生机，但也不乏危机。整个叙述在走向一个宿命的结局，就是“乌托邦”的倾覆。有着自我反省力的颜哲，退出“蚁生”的世界，使新人们重返凡尘，各自回归或自私或无忌的本性。他留给秋云无限的记忆，也留给历史一个空白点：“乌托邦”的小规模实现，对应着翻天覆地的社会改造，它骤然来临，旋即湮灭，但它的消亡灼烧出中国人精神历程中的一个难以弥合的创伤。

——原刊于《新民周刊·科幻纪元》，2011 年第 10 期

（宋明炜：美国卫斯理学院东亚系副教授）

善可有恶果，恶可有善因

——王晋康《与吾同在》序

江晓原

王晋康先生是中国新生代著名科幻作家。2011 年世界华语科幻星云奖中，他获得分量最重的“最佳作家奖”（与刘慈欣并列），颁奖词中说“王晋康开辟了一个时代”。自 20 世纪 90 年代至今，他已经发表短篇科幻小说 80 余篇，以《亚当回归》《天火》《生命之歌》《豹》《七重外壳》《西奈噩梦》《替天行道》《水星播种》《生存实验》《终极爆炸》《关于时间旅行的马龙定律》等著名短篇科幻小说获十数次银河奖。近年来他的作品以长篇为主，如《类人》《蚁生》《十字》都是比较优秀的作品。《与吾同在》是他最新的一篇力作。

如果用最简单的词语来总括这部小说，那就是：哲理、悬念和颠覆。

上帝与吾同在

这篇新作的书名就来自《圣经》的话头。小说以近景特写推出了一个上帝——而且是外星人。人类讨论外星文明问题已经上千年（古希腊哲人就考虑过）。由于至今没有发现一个实例，结果就酿出一个“费米佯谬”：“如果外星文明存在的话，它们早就应该出现了。”对于这个佯谬有许多解释，其中鲍尔的解释是，地球是一个被先进外星文明专门留置的宇宙动物园。为了确保人类在其中不受干扰地自发进化，先进文明尽量避免和人类接触，只是在宇宙中默默地注视着。

《与吾同在》中为这个“动物园”设置了一位观察员兼管理员，亦即人类心目中的上帝。类似的故事框架，在西方和中文科幻作品中也有先声。例如影片《火星任务》（*Mission to Mars*）：文明极高的火星生物已经整体迁徙到一个遥远星系。临走时向地球播种了生命，并在火星上留守一人，以等待地球文明发展到登上火星的那个时刻。他为此等待了数亿年。更著名的如小说《2001：太空漫游》（2001: *Space Odyssey*），也叙述了类似的故事情节（但在库布里克的同名电影中没有该情节）。又如倪匡的“卫斯理”系列科幻小说中,《头发》将上帝想象为外星人,《玩具》则可以说是“动物园假想”的小说版本。

但就王晋康的原意来讲，他笔下的上帝其实是对“上帝”的颠覆。它绝非西方的、宗教的上帝，作者有意把上帝世俗化、理性化，甚至东方化。这位东方上帝既有悲悯情怀，也颇善于玩弄必要的权术和计谋。他既厌烦本性邪恶的子民，也终不改舐犊之情。小说前半部以一波接一波的悬念，让“上帝”的身份始终扑朔迷离，不断出现震荡与模糊。等久已盼望的答案揭晓时，读者可能会对他的世俗身份失望，但这恰恰是作者的意图——让“创世”和“造人”从神话回归科学理性。并以一个理性观察者的睿智目光，在10万年的历史长河中来观察人类的人性——并非个体的人性，而是作为群体的人性。

善恶与吾同在

作者在小说中时时提醒读者思考以下问题：什么是善恶？人本善抑或人本恶？善之花能否从恶的粪堆中生长出来？

我们不妨将《与吾同在》与刘慈欣的《三体》作一比较。

《三体》中强调“人性本恶”，为了生存任何手段都是道德的。所以人类仅存的几艘飞船毫不犹豫地发动自相残杀的“黑暗之战”，“青铜时代”号的船员们（在作者设置的极端情况下）可以毫无心理障碍地食用“量子号”号船员的死尸，发现被食者是某位熟人还会顺便问声好。不妨说，大刘的宇宙是绝对“零道德”的。

《与吾同在》中的人类也曾经是零道德的。人类先民们互相残杀，发动灭族战争，食用同类之肉，靠这样邪恶的手段在人类早期的丛林世界中杀出一条血路。所有能够活到今天的人都是嗜杀者和食人者的后代，这才是人类的原罪。更令世人难以接受的是：天上并没有一个惩恶扬善的好法官，更没有“天道酬善”“善恶有报”这样的天条。小说中还“居心叵测”地描绘了黑猩猩之间的惨烈的雄性战争，以此来印证人类的邪恶本性深深扎根于其动物属性，这简直把人类的邪恶证到了死地。

刘慈欣所描绘的“零道德”图景都是虚构的，都发生于作者特意设置的极端环境。但王晋康所描绘的“零道德”图景则完全不是虚构，而是对历史事实的准确提炼。这些都是人类群体的恶，而群体之恶常常同族群的生存紧密相关，也因而符合生物的最高道德。尽管读者对这些锋利的结论会产生心理抗拒，但你无法反驳，无法怀疑。

不过，好在王晋康描绘的“零道德”世界只是人类史上“曾经”存在过的。虽然人性本恶，但在群体进化的过程中，也有一株共生利他主义的小苗在艰难地成长，并隐然有后来居上之势。这同样是从历史中准确提炼出来的真实。至此读者可以舒一口气了，我们既不会再对人类史上充斥的邪恶患心理性眼盲，也不至于因邪恶充斥而看不到一丝亮色。

但话又说回来，即使人类历史发展到了今天这样的高度文明，“善”仍然不是人类最本元的属性，人类之爱、人道主义、世界大同、和平反战等还远远没有成为人类的普世价值。虽然“个体的恶”已经被时代所唾弃，但“群体的恶”仍是社会精英们奉行的圭臬。为此，作者提出了他独有的共生圈观念：

生物的群体道德，在共生圈内是以善、利他与和谐为主流，在共生圈外则是恶、利己和竞争为主流。

不同族群在合适的条件下（文明程度接近、有共同的外部压力等等）可以形成“共生圈”，不过它并非“孔怀兄弟同气连枝”那样的温情脉脉，因为“共生是放大的私，是联合起来的恶”。当两个族群相遇于天地间，争夺有限的生存资源，双方处于“零和博弈”时，各共生圈之间的恶常常是共生圈内的善。所以：“对牧民者最关键的是：确定共生圈的边线划在哪里。”

这些思考深刻而锋利，可以说它不仅具有思辨的意义，甚至已经具有某种现实意义了。

善恶没有简单的标准。

正如王晋康的一贯风格，《与吾同在》把哲理思考融入具体的情节、人物和悬念中，纳入一场星际战争的框架，让故事以其固有逻辑逐步发展，将读者和作者本人逼到墙角——不得不接受书中推出来的结论。

小说的第一主人公姜元善绝非“高大全”的完美人物。他本性中有恶，在童年就犯过原罪。而他妻子严小晨则是真善美的化身，她在深爱丈夫的同时，也始终对丈夫本性中的恶睁着第三只眼睛。后来，在先祖拯救了人类之后，姜元善为了地球人类的最大利益，竟决定绑架先祖，殖民先祖的母星球，结果被妻子率领愤怒的民众推翻并押入上帝的监牢。严小晨大义凛然地斥责丈夫：“再核心的利益也不能把人类重新变成野兽。”

故事是不是至此该完美收官？但作者颠覆了读者的心理定式——此后的事变证明，恰恰是严小晨的善良几乎害了人类，而姜元善却因本性中的恶而始终对敌方的恶保持着清醒，也因此促成了人类命运的转机。在这儿，情节、人物和哲理思考糅合在一起了。

小说结尾处，严小晨留给丈夫的遗书中有这样的苦叹：

你知道我一向是无神论者，但此刻我宁愿相信天上有天堂，天堂里有上帝。……他赏罚分明，从不将今生的惩罚推到虚妄的来世，从不承认邪恶所造成的既成事实。在那个天堂里，善者真正有善报，而恶者没有容身之地。牛牛哥，茫茫宇宙中，有这样的天堂吗？如果我能找到，我会在那儿等你。

可以说，她——当然还有读者——曾经信仰的“天道酬善”信念在小说中已经被粉碎。作者向我们揭示了善恶问题的复杂和深刻。他对此的思考比前人更深了一步。

对人类命运的深刻思考

——评《与吾同在》

张懿红　王卫英

上帝是个外星人——这并非王晋康《与吾同在》的独特发现，这个设想由来已久。苏联天体物理学家 I. S. 什克洛夫斯基和美国著名天文学家卡尔·萨根在 1966 年出版《宇宙中的智能生物》，探讨史前时期曾有其他星球的宇宙旅行家访问过地球的设想。自 1976 年出版《众神之车》后，瑞士作家埃里奇·冯·丹尼肯使“古代宇航员”理论普遍流行。这种理论认为，来自外空间的太空人曾在远古时访问过地球，通过遗传控制创造出他们想象中的智慧人类，帮助人类走上通往文明之路并最终走上通往星球之路。因此，地球上的生命是“太空航行之神”直接干预的结果，在人类的宗教、神话、传说和人工制品等方面都留下了古代太空人到过的证据。罗伯特·坦普尔的《天狼星之谜》认为苏美尔人和多贡人有关天狼星的神话反映的是同一事件，即古代两栖的地外宇宙航行员曾由天狼星系中的一颗行星降落到地球上。这些关于人类往昔的新神话表现了对黄金时代的怀旧思想。在《科学与怪异》（[美]乔治·O·阿贝尔等著，中国科普研究所组译。上海科学技术出版社，1989）一书中，E. C. 克鲁普指出：“现代神话是在当代的一些假想中构成的。它们虽然用科学语言加以装饰并以科学方法所获得的资料作为依据，但仍具有幻想的标志。我们祖先的想象不但没有被遗忘，而且恢复了先前令人兴奋的状态，这反映出我们对于天堂由来已久的怀念。”所以，以外星人上帝架构故事，在世界科幻小说和电影中屡见不鲜。

但是，这些丝毫无损于《与吾同在》的创造性想象力。在王晋康的笔下，上帝不再是神龙见首不见尾的幻化幻象，不再是人类偶然发现的最后真相，亦不再是阐释历史的概念化符号，而是一个实体的、有限生命的、充满政治谋略和世俗欲望的，并且主宰人类历史和叙事逻辑的外星人。王晋康以其丰富的细节想象力创造了这位来自恩戈星的上帝——达里耶安。他的外形是一条长满皱纹的五爪老章鱼（或许作者的灵感来自那个善于预测足球赛事的章鱼保罗），10 万年旁观人类文明进展使他的内心充满沧桑的历史感和深沉的悲悯情怀，人类的罪恶与不幸使他纠结，在理智与情感的交战中他对子民父亲般的慈爱令人动容。他是人类历史的推动者、见证者、守护者（历史老人），是思考种族生存原则与文明兴亡规律的思想者（哲学家），也是一个喜欢中国食品、享受生活的普通人，一个爱护地球子民又不愿伤害母族的外星人。在处理恩戈星人来地球扩张生存空间的大事时，他的安排筹划体现了高深莫测、诡谲多变的权谋心机，令人想起中国智慧、帝王之术（他无疑是偏爱中国的，赐给中华民族祖先的脑波强化器就是束发冠）。他和人类有共通的人性，又因其种族的高级文明而获得超乎人类文明、高瞻远瞩的目光。这种高居人类文明之上的视角，正适于表达隐含作者对文明的哲理思考。

对科幻小说来说，观念至关重要。科幻小说的重心在于表达作者的某种科学观念，某种哲理思考，这是作者的灵思火花。然后在观念的基础上展开幻想，设置人物，发展情节，构成一篇科幻小说。因此，科幻小说是最讲究观念的一种小说形式。王晋康的科幻小说素以厚重的哲理、严密的逻辑、本土化追求见长，《与吾同在》体现了他一贯的风格，对人类文明的哲理思考力透纸背。所以，这部新作“不仅是一部关于两个星级文明相互搏杀的未来史，也不仅是对此前刘慈欣‘三体’系列所提出的诸多深刻问题的独特的王氏解答，它更是一面非凡的镜子，映照出人类这个种族的灵魂。”恰如著名文学评论家雷达先生总结:“科幻作家王晋康在他一系列作品中，对人类的命运进行了深刻的思考；在这部《与吾同在》中，他同样直面人性的丑恶和复杂，其笔墨带有一种痛苦的锋利感。在他看来，人类要想完成自己的成人礼，就必须面对本性中的丑恶甚至疯狂，好在大恶的泥淖之上已经艰难地长出了一株娇嫩而刚健的善之花。这是多么难得。正因如此，这不仅是一本驰骋想象力之作，更是一部清醒之书，值得一读。”正是借助独特的上帝视角，王晋康得以跳出善恶之分的人为概念，从种族生存的角度看待生物道德；正是借助独特的上帝视角，王晋康得以上下10万年广征博引，评点人类文明史中自私与利他、竞争与共生残酷纠结的“天道”，并在弱肉强食的丛林原则中发现了共生圈理论:“生物的所有物种，当然包括人类，本性是邪恶的，但各物种在进化之路上前行时，也会逐渐建立一个共生的圈子。圈内的主流是和谐和利他，圈外的主流是杀戮和竞争。”“当‘天道酬善’的美好理念在现实的顽石上碰碎之后（注定会碰碎的），共生圈理论算得上是勉强的补救，可以帮助文明种族在阴暗漫长的历史隧道中眺望到远处的微光，帮他们在恶的粪堆上尽早发现和尽力呵护那株孱弱的善之花。”共生源于种族扩张的需要，因此，共生圈能否建立并非取决于人类心灵的自我完善，而是取决于有无客观需要，没有外界压力就没有共生的动力。尽管人类社会的共生圈还没有发展到涵括全人类，王晋康却以一场超前的星际战争建立“世界政府”，由7位年轻人执政统一领导全球，瞻望未来人类大同世界的可能性。这种构思充分展现了科幻小说的前瞻性、宏观性——面向未来，展望科技对整个文明或整个种族的威胁。

王晋康的科幻作品浸润着浓郁的人文情怀。深邃的哲学思考与跌宕情节的完美融合，使他的小说成功实现了审美力度与阅读快感有机兼容的双重美学效果，而这在《与吾同在》中有着突出的体现。作品叙事结构紧凑，悬念重重，一气呵成。神话与现实两个序既埋下伏笔，有草蛇灰线，伏脉千里之妙；又艺术地运用预叙技巧设置悬念，于不知不觉间调动起读者的好奇心:“他在隐忧中沉沉睡去。那时他还不知道，一场弥天灾难正悄悄向他的子民们逼近。”正文开始，上帝施福的两个孩子长大了，神秘的隐形飞球突然出现在世界各地，姜元善经常做一些扮演上帝的怪梦，严小晨则刻意回避她与姜元善的童年记忆……小谜题解开了，大谜题却疑云密布，直待上帝再次出场，与他的子民直接对话，引导情节由“结”到“解”，渐趋明朗。期间又因种族立场不同，上帝与人类超国别执政长姜元善各怀异心，暗中戒备，导致波澜再起。经过一番谋略权术的较量，脆弱的星际共生圈在外力影响下建立起来，代表人性恶的姜元善重新执政，证明严小晨代表的善彻底破产。从上帝眼中人类历史上那些血腥的生存斗争，到星际战争中更大范围的种族扩张，都在证明一个事实：盛行世界的生物道德是残酷的生存法则，微弱的大善之光无法超越共生圈的范围。这是上帝的发现，也是人类的发现，归根结底，是王晋康的发现。这个发现意义深远：作者以其世界乃至宇宙的宏阔眼光，审慎人类文明发展规律时，不仅超越和颠覆了“人之初性本善”的传统温情思维，而且在其哲学层面，向着终极真理逼近。

——原刊于《大众科技报》，2011 年 12 月 22 日

论王晋康《十字》的价值观

徐彦利

如果你读了王晋康的《十字》，同时又读过他的《上帝之手》《生命之歌》等小说，会非常明晰的感到作者并不执着于讲述某个令人耳目一新的故事，而是试图将科幻故事引入哲学思考的领域，搭建起一个宏大的科幻理念，犹如一座拔地而起的大厦，那些由不同人物与情节串成的故事只是装点这大厦的精致马赛克而已。在作家的创作生涯中，已有几十部作品之巨，他们虽然选取了不同的题材，但却共同彰显出始终如一的思想观念，体现着作家对世界的独特理解。

在我的认知中，身为作家必是个会讲故事的人，但仅能讲好故事却未必是一流的作家，他还需要有不与人同的真知灼见与自成一家的思想体系。如金庸先生不仅塑造了郭靖、乔峰等一系列生动可感的大侠形象，同时更让我们认识到了侠的本质并非单纯的武艺高强，好勇斗狠，而在于“为国为民”才是“侠之大者”。在科幻思想体系的建树上，王晋康并没有让读者失望，他似乎始终在调整自己面对世界的角度，然后小心谨慎同时又抱着极大的兴趣将对每种理解记录下来，情节之类只是他表述这些思想的方式而已。

小说以病毒传播为题材，讲述了不同人对病毒的态度。有人将其用作战争的武器，恐怖分子在“缅怀之旅”途中撒播病毒，致使疫情大规模爆发，美国陷入了“9·11”巨大恐慌中；俄罗斯科学家斯捷布什金则担心病毒会给人类带来危害，将这些危险的病毒称为“撒旦的礼物”；从小在美国长大的中国孤儿梅茵则不同于上述两者。她在义父——美国科学家沃尔特·狄克森的精神召唤下，也加入了其所创建的十字组织。这个组织由一些科学家松散组成，他们对生命的存在与延续有着异于常人的理解。坚信优胜劣汰，坚信地球上各种生命相依相存，弱肉强食的规律，并厌恶一直以来的“人类中心主义”。相对于众生复杂的地球而言，人只不过是生物圈中的普通一员，没有任何人赋予人类决定其他物种命运的权力，而人类自以为是、唯我独尊的狂妄与执拗是破坏地球和谐消灭众多物种的元凶。这些科学家信奉地球各物种的平等性，认为“人类在用科学这个利器来变革自然的同时，也应保持对自然的敬畏。应尽量保持自然的原有平衡态，不要过于粗暴地干涉。”梅茵极为赞同十字组织的教义，并身先士卒地实践着义父的主张，所有行动无不体现这种思想的影响。

梅茵以色相从俄国科学家手中得到了天花病毒，并在中国大陆创办了实验室。她并不认为人类彻底消灭天花是一件好事，而是看到了天花被彻底挤出原来生态位置的弊害，这会造成某种危险的真空，薄弱的生态平衡可以被轻易打破，而最好的方法应是减弱天花的毒性，然后让其在自然界中继续存在下去。为此，她全力投入天花病毒的减毒实验，在病毒弱化后，将其投放于自然，以激发人类的免疫能力。为了达到更为深远更有益于多数人类的目的，不惜牺牲个别人的生命。在投放病毒造成一定危害后，被判处6年徒刑，但却始终认为自己的行为并无错误。梅茵对人类的定位很有代表性，如她明确表述“人类只不过是生物圈中的一员，而且是一个晚来者，有什么权利宣布某种生命的死刑？”“不能以人类的好恶肆意宣判某个物种的死罪，不管它是害兽、寄生虫还是病原体。”这一点是对长久以来“人类中心主义”的消解。梅茵的观念既不同于政府的宣讲，也不同于普通民众的愚见，而是将人权推广至所有物种与生命，这种“广义人权”的主张让读者能够正视自身的渺小与卑微，并充分意识到自身的不足和缺陷，从而使人类达到更为成熟的境界。

在人类漫长的发展壮大过程中，随着自身能力的增强与对自然影响的增大，逐渐滋生出以人类利益为唯一标准的价值评判体系，即“人类中心主义”。“人类中心主义”主张以人为本，在人与自然的共生共存中始终将自己的利益放在首要位置，并视人类为价值判断的终极主体，这种妄自尊大和自以为是在某种程度上会破坏自然界的和谐，并使人类成为生物圈中没有敌人的存在，无限膨胀。梅茵反对“人类中心主义”的观点并非她或作者独创，古代、近代、现代历史上均有人提出，当代人也已更为透彻地了解到人与自然万物应有的平等对话关系，而非主客关系。如果小说仅写到这一层次便会陷入一种老生常谈的陈词之中，成为“人类中心主义”和“非人类中心主义”，或“强人类中心主义”及“弱人类中心主义”间的肤浅争论。

因此作者并未止于此，而是通过小说提出了多个带有前卫色彩的观点，有着强烈的探索意义与商榷价值，我们或可称之为片面的深刻与偏激的全面。小说在读者中带来了广泛的争议，人们对小说价值观的关注远远高过了对人物及情节的关注。作者在多部作品中均以不同方式表达了这样的思想：“上帝只关爱群体而不关爱个体，这才是大爱之所在。”仔细解析，可以理解为在个人与集体的利益冲突中，保全集体的利益更为重要，如果牺牲一小部分人是必需的，那么果断牺牲他们无疑最为正确。少数人的死亡能换取未来多数人的安全，这种死亡便是值得的。正是在这种价值观的指引下，梅茵将天花病毒低毒弱化后，向人群播撒，而并不纠结于它会夺去这些人的生命。这究竟是一种善还是一种恶？梅茵最终被判入狱值得同情还是恶有恶报？关于这一点仁者见仁，智者见智。但我们可以清晰地看到隐藏在文中的作者的态度，无疑是同情与支持的，甚至可以说梅茵是体现作者思想的代言人。作者对她的极端行为——为了使病毒葆有生存空间，保护各种生物的多样性而轻视个体生命，并未采取决然的反对，而是表达了某种理解。这一点在道德伦理层面无疑会为人所诟病。

小说不仅颠覆了人们对病毒的认知，更进一步表述了对科学本身的反思。如果科学的进步是用来结束某个物种的，它本身的存在便是一个很大的漏洞。梅茵要“用实际行动打破科学造成的天花真空”。如果梅茵的思维与行为是正确的，那么因被故意散毒而致死的马医生便死得其所，无辜染上病毒的梅小雪等人被毁容也理所应当。这一结论的得出让人觉得不寒而栗。在这个社会中，谁比谁更重要？哪个人或哪些人必须为更多的人付出？谁又有权力迫使他人付出？少数人的利益难道就可以被蔑视吗？另外，按照梅茵的观点，人类不应过多干涉生物圈内各种物种的存在，那么她的盗取病毒、培植病毒、散布病毒何尝又不是一种人为干涉呢？

对于病毒可能带来的灾难，作者持一种为了避免大灾难宁可提前制造小灾难的观点，如同为了防止人口爆炸全球毁灭而提前主动消灭一些人类，以避免更为严重的不可控情况发生。这种看来甚为理性的结论或许很难禁得起推敲，因为那种全球覆灭的可能或许只存在于想象之中，在将来的某一天是完全可以避免的，除却主动消灭人类外，也许还会有其他解决的途径。为了未来可能产生的某种忧虑而使人类提前进入冒险未必正确，明天的忧虑一定比今天的快乐更重要吗？梅茵的大胆的散毒是一种理性还是一种无谓？在理论探讨上，人们或可接受梅茵的观点与行为，但在现实社会中却很难得到大众的支持。牺牲小我成全大我的思维缺乏公平及可操作性，谁该牺牲，谁该享受牺牲者以巨大代价换来的安全？谁又有权圈定牺牲者和得益者？这些，都是无法回答的问题。《十字》引发了我们更为深入的思考，它所阐述的故事未必值得效仿，但却可使我们多一些观察世界的角度。在这一点上，小说的作用是值得肯定的。

除价值观上的新异外，小说中另外的一些观点也值得商榷，如梅茵一直崇尚的“为了纯洁的目的，可以用一点卑鄙的手段”。“当你全力去实现一个高尚的目的时，可以使用一些不大高尚的手段。”这些或许是一些读者不能完全接受的。梅茵如神般崇拜的义父为抵达疫区不惜向飞机驾驶员隐埋疫情，使他冒着丧命的危险，而这在梅茵义父看来，却是合情合理的。他的仰望者，作为正面人物出现的主人公梅茵久久崇拜着这句话并不时引用，以致在她向孤儿院孩子下毒时毫不手软、心软。这一格言式的表述与中国传统文化的理念无疑有着某种冲突，在中国传统文化中对行为的约束原则是："君子有所为有所不为。""内不欺己，外不欺人，上不欺天。"很在意手段的正大光明，无论目的如何绝不以卑鄙的手段达到，因此中国读者对这一观点产生思想上的抵牾可以想见。

文中涉及了大量病毒学知识，包括多种病毒发展史与学术前沿研究，从这一点来看，作者做足了相关知识的功课，使科学方面的阐述没有硬伤，这一点令人钦佩，使阅读同时成为一次科学探索的历程，而其中涉及的较为新异的病毒减毒，与宿主的关系等表述也获得了病毒学专家的认可，能够禁得住科学推敲。作者无异于用通俗的语言及文学的表达方式将艰涩的理论深入浅出地展现给读者，软化知识硬块，使其变得可被普通读者消化吸收，化铁为绵，这一点是值得称道的。

通读作品，我们也会发现小说中存在的一些不足。如情节进展多凭人物的语言或作者的直接表述完成，而较少通过行为本身予以客观展示，带有"非说不可"的倾向。故事的编织也过于追求具体完整，以全知视角将所有情节一一展现在读者面前，唯恐有任何理解的死角，因此不惜"话尽言绝"，将一切悬疑、谜底一律揭开，像一架全方位摄像机一样展示各个侧面给读者，毫无保留。在写作过程中，作者做了过多的价值观和世界观的引导，不断灌输给读者种种正确的思维方式，未充分调动读者自我阅读自我理解的能力，将文本写成彻底的"可读性文本"，而非可以唤醒读者无数遐想的"可写性文本"。

主人公梅茵像一个飘浮在空中的概念人物，其性格、行为与思维方式常让人感到困惑不解，缺乏现实的活生生的人的感觉。梅茵用自己的收入在国内开办孤儿院，怀着圣母般的情怀将孩子们视为己出，但在给他们过生日时，又是她故意将天花病毒放在蛋糕中传染给这些深爱的孩子，致使最爱的梅小雪险些丧命，在梅茵被逮捕后又嘱咐丈夫要好好照顾梅小雪，满溢的母爱一览无余，这些前后矛盾的行为无不让人感到突兀。在与科学家斯捷布什金的关系上也显得十分怪异。她用色相引诱对方，使其交出保存的病毒，在几日恩爱缠绵后任其死亡，但在其死后又像思念丈夫一样念念不忘，久久不愿结婚。这些前后矛盾的情节颇让人费解，人物违背了自身性格的逻辑而成为作家指挥棒下的工具，形象塑造有些失真。梅茵像一个虚幻的存在，而非可以触摸感知的真人。对其情感与心理的刻画也较为生硬，无法显露出人物复杂纠结的内心世界，有简单化倾向。就这些问题而言，作品还有进一步提高的空间。

新型科幻小说中的科学传播

——以王晋康的《十字》为例

田　璐

1　绪　论

1.1　研究背景

自20世纪80年代被引入中国到现在，传播学已经发展成为一门比较成熟的学科。随着学界研究的日渐深入，作为传播学重要研究领域之一的科学传播成为一个新的研究热点。

在传统意识形态框架中，科幻小说一直处于一种边缘化位置，常常被当作科普的一种手段,《小灵通漫游未来》可以说是其中最典型的代表。在这种框架中，科幻实际上是处于一种被贬抑的位置。20世纪90年代，中国当代科幻作家完成了与西方科幻作品的接轨，而西方科幻作品是在对科学技术进行反思的“反科学主义”纲领下进行的创作，这与之前对科学技术一味颂扬的基调完全相反，其中，王晋康、刘慈欣、韩松等人就是其中的佼佼者。而在思想倾向上，王晋康可以称得上是其中最具有“反科学主义”色彩的一位，他的长篇科幻小说《十字》对科学和科学理念进行了深度思考和反思，甚至把科学家描述成一种与恐怖分子勾结的人。[1]总之，王晋康独特的艺术和哲学追求以及对未来社会中科技发展和应用的深刻思考成为值得我们关注的亮点；而隐藏在作品中的科学理念也值得我们研究、发掘与传播。

1.1.1 科学传播发展概况

首先要弄清两个概念：科普与科学传播。现在很多人还是不懂为什么要把“科普”和“科学传播”分开，但有一点是清楚的，“科普”与“科学传播”所覆盖的范围不同，科学传播能够包容科普，而科普则无法把科学传播融入自己的范围。吴国盛教授曾提出“科学传播”与“科学普及”的关系类似于传播学和新闻学的关系，他认为科学传播并不是科学普及的另一个名字，也不是在传统科普中运用新的传媒工具，而是把传播的理念引入对科学的理解之中，并用多元、平等、开放、互动的观念来理解科学、对待科学；另外，他还指出科学传播的狭义理解是科学与公众之间的传播，这也是科学传播三个层面中的第三个层面（前两个分别是科学界内部的传播和科学与其他文化之间的传播），因此科学传播和科学普及有着观念上的重大差异。[2]

科学传播概念的提出始于2000年，刘华杰教授和吴国盛教授曾先后发表文章，在对传统科普进行反思和批评的同时也提出一种新的科普理念，并将之命名为科学传播；他们认为科学传播的三个不同阶段分别是传统科普、公众理解科学和科学传播，并认为这可以看作是科学普及事业的广义化过程，也可以看作是科学传播事业全面化、系统化的过程。他们主张科学传播要有破有立：科学传播不仅要普及科学知识，更要在有利于社会可持续发展的框架下普及真正的科学思想、科学方法和科学精神，即尽可能全面地传播科学技术的知识、历史、思想、方法和社会影响，包括科学技术的不确定性、有限性、风险性和负面影响。打破长期以来构建起来的科学神圣光环，以及它所代表的绝对客观、绝对正确的神话。[3]

2002年11月21—22日，江沪两地从事科学文化研究的学者聚集上海，举办了首届“科学文化研讨会”，就科学文化的若干问题进行了讨论，其中围绕科学传播讨论了什么是科学传播、传播什么、怎样传播、传播受众市场分析以及科学传播队伍的人员构成等问题；[4]而在2007年11月17日的全国首届科学传播学术研讨会上，江晓原教授、刘兵教授、刘华杰教授以及田松副教授等人，就曾郑重的提出“传播什么”应当被科学传播界重视起来，进而把关注科学传播的内容提上日程。

刘华杰教授曾给“有反思的科学传播”这样界定：并不是所有称作科技的东西都要传播以及都能传播，科学及对科学技术的传播是有条件和限度的；“传播什么”和“怎样传播”是科学传播的一个问题的两个方面，因此既要关注科学传播的手段也不能忽略科学传播的内容，科学传播不仅要传播传统科学知识，还要传播新科学的观念，要努力沟通两种文化，倡导社会可持续发展的理念；科学传播对科学和自身要有批判精神，同时应当提醒民众“当心假先知”。[5]

近几年，随着我国科幻小说的发展，越来越多的科幻小说家有意或者无意中在自己的作品中体现了对科学的反思，在选取题材和内容时更加考虑到思想的深度，对传统科普中塑造的科学“高、大、全”的形象提出了挑战，从而可以让人们从心灵深处感受到作者的写作意图，进而受到震撼，引发对科学的深思。

1.1.2 科幻小说的新发展和新型科幻小说

亚当·罗伯茨曾在其作品中提到多种关于科幻小说的定义，但是罗伯茨似乎认为在这些思想家中，对于“科幻是什么”这一命题并没有达成一致。其基本的共识是，科幻属于一种涉及了与读者实际生活的世界不同的世界观的文化话语形式（主要是文学的，不过近年来出现越来越多的电影、电视、漫画以及游戏）。不同化（即新奇之处的陌生性）的程度随着文本的不同各有不同，但是通过包括在使用中被具体化的技术性硬件的例子：太空飞船、外星人、机器人和时间机器等。[6]罗伯茨的中心思想可以概括为：出现于17

世纪的“新教”和“天主教”（或者用通俗化而非教派化的语言就是“自然神论”和“魔法的泛神论”）之间的辩证关系决定了科幻小说。这样的解释似乎有些僵硬，但不失为一种新的对科幻小说的理解角度。[6]

被称为中国大陆为数不多的专职科幻作家之一的郑军也提出自己对科幻小说定义的理解，即有超现实、但非超自然情节的小说。超现实指的是故事里面的情节超越了科学现实、技术现实和常识。不过，大多数科幻小说中的超现实，是指突破了当时的“技术现实”而非科学现实。也就是说，科幻小说可以突破当时的技术约束进而创造出带有未来性质的技术，凡尔纳的《海底两万里》中的“鹦鹉螺号”就是一个突出代表。总的来说，超现实是科幻小说的出发点，可以当作是把科幻小说与其他类型的现实小说区分开来的标志，并使其可以更加自由的处理现实题材小说所不能介入的某些主题。除此之外，科幻小说还有个想象力方面的约束，即不能超自然，这也是区分纯幻想小说和科幻小说的一个行之有效的办法。[7]

以上文字似乎一直围着科幻小说的定义在兜圈子，实际上通过对其定义的分析也能管中窥豹，科幻小说的某些发展脉络和独有特点也均体现出来。科幻小说不能离开科学技术的发展与进步，它所关注的恰恰就是科学的发展与发明带来的种种反应。科学技术的进步促进了社会变革，对社会变革的觉醒又孕育了科幻小说的产生。换句话说，科幻小说是一面镜子，是人类投射在纸上用艺术来描绘其对变革的经历的反映，它们通过这种途径探索未知的未来，或充满希望或惶惶不安。

中国科幻小说开始于翻译外国作品，自 1901 年梁启超翻译科幻小说之父法国著名作家儒勒·凡尔纳的《80 天环游地球》开始，至今已经有百年历史了。在此期间，科幻小说经历了其短暂而又辉煌的黄金时代，也经历了尴尬而又持续的沉寂时期，终于在 21 世纪之初有了新转机。[8]

美国著名科幻作家弗雷德里克·波尔曾说过：“科幻小说描绘的是‘未来可能性’。好的‘未来可能性’激励我们为之奋斗，坏的‘未来可能性’则警示我们去避免。”科幻小说化身变革的文字，以一种充满艺术气息的方式以及严谨的推理式想象手法打造出广阔的思维空间，启发人们去关注科技变革所产生的影响和人类对变革做出的反映，并预见未来的发展方向。总的来说，伴随着科技进步而诞生的科幻小说，不仅承载着人类对未来的美好憧憬和向往，也包含着超前的忧思；[5]当今的科幻作家在崇尚科学的同时，也注重敬畏自然，更加关注人文精神，在一定程度上体现了对人类命运的终极关怀，因此，他们的作品不同之前，成为一种新型的科幻小说。他们的一些想法似乎异想天开，甚至有些难以令人接受，然而品味再三，作品中关于科技发展的深意发人深省，引人深思。王晋康就是其中一位杰出的代表，其最新长篇科幻小说《十字》中的某些科学理念就深刻的揭露了作者悲天悯人的人文情怀。

总体来说，以王晋康、刘慈欣、韩松等人为主的科幻小说家对科学的基本精神，以及科学技术在创造世界和改变人们观念等方面的描写中，一反过去其他同类作品中的讴歌作风和卫道士的面孔，以一种审视、冷静的态度进行解剖，再以一种客观的方式呈现出来，同现实世界中的主流思想构成巨大反差。科幻小说家们的某些观念与现今对科学活动坚持人文反思和批判的“科学文化人”不谋而合。蒋劲松教授曾就此提出自己的看法，他认为科学技术的适用范围是有限的，不能将科学技术凌驾于其他形式的知识和文化之上；由于科技活动是“双刃剑”，因此必须要接受来自伦理的约束；同时，科技工作者必须要警惕科学技术可能带来的风险，必要时也应向公众发出警示，甚至要自觉暂停或限制可能带来风险的科技活动；在应用科学技术时，蒋劲松认为应尽可能减少对人类和动物受试者的伤害，人体实验应该得到受试者的知情同意等等。总之，科学是可错的、发展的、开放的、多元的，而不是已经完成的、封闭的、单一模式的。[9]

由于科学技术活动运作的语境总是与权力、利益交织在一起，它不仅需要内部的监督更需要得到公众的理解和支持，接受公众的外部监督。因此，现今的科学技术活动不应成为社会批判的禁区，科学传播也不应是科学知识和观念的单向灌输，传播学中的“魔弹论”同样也不适用于科学传播，它已经向着双向互动的、反思批判的方向探索前进。

1.2 研究对象及意义：王晋康科幻小说《十字》

1.2.1 作者简介

王晋康，著名科幻作家，1948 年出生于河南南阳。中国作家协会会员暨中国科普作协会员，河南作协会员。自 1993 年正式发表科幻小说《亚当回归》起至今，发表和出版科幻小说数十篇（部）。其中包括中短篇小说《生命之歌》《七重外壳》《天火》《豹》《西奈噩梦》等 30 余篇，包括《生命之歌》（长篇版）、《生死平衡》《拉格朗日墓场》《十字》等在内的多部长篇小说，共获得 10 次中国科幻大奖银河奖。

王晋康认为科幻是包容性很强的文学，科幻作品的特色更易于体现作者的人文思考。他认为科幻作品离不开独特的科幻构思，一要新颖，二要有逻辑关系，三是科学内核、符合科学。同时，王晋康对科学的批判也是建立在对科学的信念之上的，他本身在科学技术领域中就具备较高素养，在转述他人的技术观念时，也注重自己独到的科技观念。在小说《临界》中作者构造出了一套全新的控制疾病的减灾理论——“低烈度纵火”理论，该理论的核心是“如果能在事物量变过程中不断进行正向或反向的微调，就可以减小即将到来的质变强度或者延缓质变到来的时间。”[9]

1.2.2 《十字》内容简介

作为一部科幻小说，《十字》给人的震撼不仅仅是作者文字上面的精琢细敲，而是作品中体现的新型思维模式带给人的心灵余震。面对森林大火的汹汹来袭，严防死守并不能绝对杜绝大火的发生，反而是适当地在可控的范围下允许一些小型火灾，把过量堆积的落叶和易燃的枯枝烧掉，这样才不至于导致不可控的特大火灾的发生。同理，如何控制天花等恶性传染病可能带给人类的毁灭？《十字》中以女主角为代表的十字组织成员另辟蹊径，走了一条与现代医学不同的道路。他们不认同社会主流观念，即认为人类社会中已经没有天花病例，所以放弃向社会播种疫苗，他们认为这种观念会导致人类最终失去对天花等病毒的免疫力，造成病毒的免疫真空，一旦被恐怖分子所掌握，人类将遭遇巨大的灭顶之灾。

十字组织成员梅茵去苏联解体后的俄罗斯偷取了天花病毒样本，并在中国豫鄂边界处的新野县建厂，偷偷开始了病毒的低毒化实验。几年后，化装成印第安人的恐怖分子在“缅怀之旅”途中散播高浓度的天花病毒，使美国陷入“9·11”生物恐怖袭击的恐慌之中，“病毒真空”的致命缺点暴露在世人面前。梅茵自美国返华后不久，她所救助的孤儿们也染上了病毒，并造成小范围的传播，造成一例死亡、一例毁容。而经过对事情的调查，事实的真相居然是孤儿们喜爱的“母亲”——梅茵亲手播撒的低毒化天花病毒。故事中，梅茵因此坐牢，而敬畏她的追随者继承她的实验，并最终在日本通过播撒低毒化病毒使恐怖组织通过飞机散播天花病毒的诡计胎死腹中。

1.2.3　研究《十字》的意义

科幻与自然科普之间的关联受到大家普遍的承认，然而关于如何关联、关联的程度还存在很多争论。在国内的科普界和科学传播领域，科幻更是一个历久常新的话题。“科普可以排除科幻，但科学传播绝对要关注科幻。”[2]本文试图通过对《十字》这本新型科幻小说中得出有益于科学传播的相关结论。

1.3　研究方法

1.3.1　归纳演绎法

本文使用了归纳演绎法，通过对网上所搜集到的一手资料进行梳理、分析、研究，从而得出小说中有关科学传播的相关结论，这些结论将对科学传播以及科学理念的传播和发展具有一定的借鉴意义。

1.3.2　比较分析法

论文使用了比较分析法，通过对早期科幻小说以及近年来新型科幻小说中对科学技术的不同科学理念和不同描述进行了比较分析，为文章的结论奠定了基础。

1.3.3　定性分析法

定性分析法就是对研究对象进行“质”的方面的分析。具体地说是运用归纳和演绎、分析与综合以及抽象与概括等方法，对获得的各种材料进行思维加工，从而能去粗取精、去伪存真、由此及彼、由表及里，达到认识事物本质、揭示内在规律。

2　《十字》中科学传播内容具体分析

西方很多被我们归为科幻的作品，大都被当作文学作品来进行创造，其中一些作品充满了作者对科学技术的悲观主义色彩的哲学观点。而与西方科幻作品中充满悲惨、暗淡的未来世界不同，中国的科幻作品长期以来通常是幻想一个美好的未来世界，这与我国把科幻作品与科普“拉郎配”并视之为科普的一部分有关，要为科学本身及其一切唱赞歌；另外也与我国传统的唯科学主义有关，它相信当今世界上的一切问题都可以靠科学技术来解决。

王晋康作为当今我国新型科幻小说的代表人之一，他的作品充满了对未来社会中科学技术审视的冷思考与哲学反思。若按对待科学技术的态度来说，王晋康的思想更加接近西方科幻小说家。本文以王晋康长篇科幻小说《十字》为研究对象，对《十字》中体现的科学传播层面进行了梳理和考察。本章主要针对小说中有关科学传播内容方面，即“传播什么”进行深层挖掘。

2.1　对科学传播中科学理念的体现状况的分析

在讨论新型科幻小说中的科学传播之前，科学传播过程中对于科学理念的不同认识需要作为背景简要介绍一下。

2.1.1　科学理念

总体来说，我国民众对科学自身价值的理解甚少，甚至把科学理念和科学精神当成一种口号，并且把“科学”当成放之四海而皆准的法宝，创造出一系列前面冠以科学的新名词。“科学理念”一词看似学术气很强，给人一种深奥难懂的印象，其实它主要是指人们对科学的基本看法，也可以把它当成从当代自然科学发展中提炼出来的能够指导人类从事社会政治活动，并为之继续发展提供科学依据的精神引擎。因此，科学除了功能作用，还体现着一种理念、一种科学观。尽管不同时代、不同流派对科学的理解不尽相同，但是都是从科学活动中凝聚出来的宝贵精神财产，反映着科学的内在要求，昭示着科学发展方向，影响着人类的生活方式。[10]

2.1.2　科学传播中科学理念的体现

丹·布朗畅销小说《天使与魔鬼》的精彩之处除了作为商业畅销小说必备的元素之外，还表现在思想深度上，成功体现了以小说这样的方式来传播有关科学的思考和理念的传播效果影响是巨大的。科学是其中重要的主题，小说中作为一种立场的代言人——教皇内侍似乎把宗教与“天使”相对应，把科学与“魔鬼”相对应。这种观念看起来十分可笑，因为我们都知道科学带给我们的是经济的高速发展和人们生活水平的提高。这与当今科学的主流传播方式有关，大众媒体一直向人们灌输科学光明的一面，而阴暗的一面一直被主流媒体所忽视或者故意隐而不播。一旦有人提及科学的负面效应就会被人指责为“反科学主义”，首先不提“科学主义”是褒义还是贬义，言必称科学，事事、时时拿科学说事的“唯科学主义”、认为自然科学方法可以全面应用于人文学术的信念，至少在目前看来也是十二分的荒谬。[11]

在西方发达国家，科学主义和唯科学主义是放在天平同一侧的，被认为是一个贬义词，意味着“自然科学地方法应该被应用于包括哲学、人文和社会科学在内的一切研究领域的一种主张”，或者是“对科学知识和技术万能的一种信念”。江晓原教授就曾在其作品中提到很多国人有一个很朴素的推理，认为当今国内的科学技术还不够发达，因此目前还不应该批判科学主义。其实，他们忽略了科学主义已经产生了消极作用，并对我们的事业产生了危害。[11]由此可见，对于科学的发展我们还是应当站在一定的高度冷静地加以审视。

总之，科学并不能解决人类面临的所有问题，虽然人类可以掌握某些科学技术，却未必能同步对使用这些科学技术时产生的后果进行评估，并掌握使用时应该遵循的道德原则或伦理界限。如今科学传播仍然处于传统科普的阶段，在“公众是无知的”论点为前提的条件下，我国科学传播仍然是一种自上而下的单向传播，刘华杰教授提出面向公众的科学传播的三阶段说和立场说就清楚地表示出科学传播的现状与未来走向[5]。

	模　型	立　场
传统科普	中心广播模型	国家（或政党）立场
公众理解科学	欠缺（或缺失）模型	科学共同体立场
有反思的科学传播	对话模型（或民主模型）	公民立场（或人文立场）
演化趋势	走向有反馈、有参与的模型	走向多元共生立场

由中国科学院、中国科学院学部主席团于 2007 年 2 月公开发表的《关于科学理念的宣言》对科学的价值、科学的精神、科学的道德标准、科学的社会责任做了全新的论述。这就清楚的告知大众“科学可以解决人类的一切问题”和“科学带来的问题还要靠科学来解决”的信条已经成为过去，我们不能想当然地相信科学带来的问题一定可以依靠科学的进一步发展来解决；[12]面对科

学带给我们的问题，要从科学之外来反思。那么对科学加以控制和引导的力量何在？当然不能是科学自身，伦理道德和人文精神才是首要选择。中国科学院原院长路甬祥在一次讲话中提到："加强科学伦理和道德建设，需要把自然科学和人文社会科学紧密结合起来，超越科学的认知理性和技术的工具理性，而站在人文理性的高度关注科技的发展，保证科技始终沿着为人类服务的正确轨道健康发展。"科学传播要传播科技的多维角度，在传播过程中也要不断反省，弄清这一点，科学传播过程中，媒体的主要工作方向就十分明确了。

2.1.3 科学理念的重要性

科学理念的重要性就在于时代的需求。关于科学的讨论一直是科技界乃至社会各界关注的焦点，它源于对科学自身及科学与自然和社会系统相互关系的进一步思考，更是高速发展的科学技术与人类多元文化相互作用的反映。近几年中国高层科学官员在自己公开发表言论中体现了对国际国内新理论的大胆接纳。科技部原部长徐冠华在一次讲话中就提到："我们要努力破除公众对科学技术的迷信，撕破披在科学技术上的神秘面纱，把科学技术从象牙塔中赶出来，从神坛上拉下来，使之走进民众、走向社会。"

由此可见，当今科学理念发生了重大变化。如同先前哲人不断探索新理念一样，对于科学技术的怀疑和探索使得科学理念发生了变革，尤其是生命科学的发展，克隆、干细胞研究、基因工程，一个又一个重大炮弹炸的人们头晕眼花，却又无从可躲，只能被动接受；科学不端行为的频繁发生、各种伪专家在媒体上发表慷慨激昂的言论混淆大众的视听、国家在提高全民科学素养上面的投入和产出结果向左……这些不恰当的科学理念的存在也是我们迫切呼唤一种新的科学理念的原因。

这种科学理念并非托生于科学普及而是科学传播，科学普及的一个重要预设就是：科学知识及其创造者高高在上，是科学知识的掌控者，科学普及只是一个知识的单向流动过程。科普的功能如同"科学"的代言人、宣传工具，它贯彻的是科学的强权意志。在传统的科学普及中，科学总是推动历史进步的动力，科学家都是道德高尚、智力超群的人物。而科学传播要则要打破这种观念，在继承传统科普的科学向公众传播的前提下，引领大众冲破科学与公众之间的疏离和隔阂，使大众可以参与到科学知识的共建，从而可以参与对现代科学的社会后果的评估之中，可以在科学的发展方向、规模、速度和限度上起到一定的制约作用。[2]

2.2 《十字》中科学传播内容的选择研究

清华大学刘兵教授在其著作中曾提出仅就中国的现实来看，在不属于纯粹的科学研究而又与“科学”有关的作品中，受众最多的当属科幻小说。他还提出近些年来，出现了一批与传统中像阿西莫夫的基地系列或关于机器人之类的标准科幻小说不同的畅销作品，它们主要是以一些科学研究为背景而又显然属于商业通俗小说的作品类型。刘兵教授认为可以把它们视为某种科幻小说的新类型，在这些小说中，标准的科学并非必要的因素，只是作者将幻想放在了与对科学的人文研究相关的那些新理念的基础之上；[13] 刘兵教授还认为科学技术与社会的相互影响要求科学传播有丰富的内涵，也就是说，不仅需要传播科学知识，也需要传播科学精神、科学方法、科学思想，社会文化内容必须进入到传播内容中来；[14] 国内新型科幻小说中已经有了类似的作品，例如王晋康的《十字》。

2.2.1 作品中科学理念概况分析

王晋康对于科学发展的限度问题、科学与自然的关系、科学能否解决科学所造成的后果等问题有着自己独特的见解。在其作品中往往体现着深刻的哲学思考和大胆的文学构思，让读者在惊心动魄和大汗淋漓之间明白深深埋藏在文字内部的科学理念。

《十字》中体现了两个核心：哲理核心和技术核心。哲理核心包含两个：一个是“上帝只关爱群体而不关爱个体”，这个观点如果再引申开来比较异端，在非常看重个人价值的西方社会很可能不被认可，在西方科学人文著作《我们为什么会生病》就隐约中透露出这种观点，但是该作者始终没有或者是不敢跨过这步；另一个哲理核心是“崇尚科学、敬畏自然”。王晋康认为科学是双刃剑，必然有负面作用而且是先天的、本质的、永远无法避免的，科学并不能解决人类的终极诉求。技术核心指从低烈度纵火理论所引发的在自然界中放生温和病毒。这个技术构想很大胆，但文中说的美国已经不再干预森林火灾等例证都是实例而不是虚构。

2.2.2 哲理核心在小说中的体现

2.2.2.1 “上帝的医学”和“人类的医学”

“上帝只关爱群体而不关爱个体，这才是上帝大爱之所在”，这是作者在书中对于自己哲理核心的最直接表现，并贯穿整部小说。

《十字》中，作者把上帝的医学说成是自然淘汰，并借十字组织领导者沃尔特·狄克森之口，通过讲述野生角马的故事来阐述自己关于自然医学和人类医学不同的观点。梅茵天真却又中肯的言论：“角马社会中没有医学，没有疫苗和抗生素，没有讨厌的隔离服和面具”、“上帝的医学和人类的医学一样管用”等，让秉持着“从希波克拉底时代开始，医学就与人道主义密不可分。医学建基于对个体命运的关切之上，医学的目的是一行大写的金字：救助个体，而不是救助群体”[15]的狄克森对自然和人类医学的认识有了改观——发展成无比巍峨大厦的现代医学的成就，使得人类变得自我膨胀并开始藐视上帝。但是如果跳出医学的圈子回头看，作为执掌万物的人类健康水平远远不如生活在大草原上的野生角马。

在广阔的大自然面前，狄克森明白了“上帝的医学”似乎更管用。因为在上帝的医学中，每个个体时刻处在死亡的危险中，“但种群就整体而言与病原体的关系是稳定平衡，有起伏，但不会太剧烈，不会因某种原因突然崩塌”；[15]但是人类的医学与此不尽相同，在人类医学中，个体虽然受到了最充分的保护，但却打破了人类整体与病原体的平衡状态，将会有太多的不确定因素可能使整个体系突然崩塌，像超级抗药病菌、新病毒的出现、天花真空的突然被打破等等。经历过太多疾病威胁的我们似乎可以感触良深，翻开历史的记忆，SARS、禽流感、甲流等传染性强、致病性高的疫情仍然在影响着我们。由于科学技术的发展，当今的社会是一个高度发达的社会，同时也是一个高度运转的社会。在科学技术的“魔棒”下，人们的生活发生了天翻地覆的变化，而极具代表性的变化就是社会运转速度的不断加快：运输工具越来越快，世界的距离越来越短；沟通和交流越来越快，信息、疾病等的传播越来越频繁。因此，一个小范围内发生的流行性疾病演化为全球流行的可能性大大增强。

书中认为，现代医学走的是一条辉煌的绝路，医学的两大进步抗生素和疫苗恰恰是导致现代医学大厦倾塌的导火索。抗生素的发明，使得绕开人体免疫力系统直接和病菌作战成为可能，就如同在战场上只依赖盾牌而放松对自身体能的训练，一旦没了盾牌就没有了反击之力。结果，人类的免疫系统如同虚设，在漫长的无所事事中逐渐退化，而病菌在与抗生素的对抗中获得了锻炼与升级，造成一面倒的境况；与抗生素不同，疫苗是通过人体免疫系统去抵抗病毒，但是用这种类似赶尽杀绝的方法来彻底消灭某种病毒，例如天花，同样也有很大风险，以为永绝后患后的懈怠，在类似病毒的卷土重来中可能会导致毁灭性的灾难，[16]因此，现代医学的进步只是把灾疫推迟、浓缩了。

面对这种似乎无可阻挡的疫情，我们的抉择是什么？未来的道路在哪里？哪里才是人类最后的安全庇护所？正如小说中写的：

> 如果过于剧烈地干涉就会酿成大祸，实际上人类的多少次疫病都是因社会剧烈变化而引发的，科学所引发的灾难和它对人类的造福几乎一样多。并不是要人类回到角马那样的自然状态，想回也回不去了，人类自从掉了尾巴也就断了后路。人类只能沿‘这条路’继续走下去，这是进化的宿命。但至少我们在变革大自然时要保持一颗敬畏之心，要尽力维持原来的平衡态，学会与大自然和谐相处。[15]

另一个比较偏激的看法，是作者指出救死扶伤的人道主义必然会对人类的进化之路造成干扰，甚至斩断人类的进化之路。王晋康认为这两者的矛盾是根本的，是不可调和的，正如某些遗传病患者的长寿和繁衍是以人类整个种族的退化为代价。由于医学的干预，人类将不会进化出如此强势的种群了。这似乎提醒人类目前站在一个两难的路口：没有人敢反对针对病人的救助或者是剥夺这些人生育后代的权利，但是目前医疗中，尤其是西方医学观——只救助个人不关心群体，从而忽视了人类作为种群的利益，这种观念正在制造进化的灾难，最终将会在未来爆发，[16]因此，是拯救大兵瑞恩一个，还是保障更多战士的安全，明明很简单的问题，然而在涉及伦理和道德的时候，就显得那么难以抉择。因此，王晋康提出的那种“邪说”，改变对人道主义的绝对化观点，强调医学治疗应有一定的强度，并在履行救死扶伤的义务同时，和自然淘汰的本质要求中建立某种平衡，即努力使天平倾向生的一边，但不要破坏进化淘汰的最低强度。

另外,《十字》中提出培养低毒性病毒，任其在人类中广泛、自由地传播，这种低毒性病毒应有足够的毒性来强化人的免疫力，并使其能抵抗原病毒的传染。以低烈度纵火的方法来化解潜在危险的临界状态，人为的让其成为病毒世界的强势种群。它们的毒性也许会造成极少数人的死亡，然而这时不可避免的进化代价，即人类以少数的死亡获得整体种群的延续。因为，就算是现在医疗思想也不能避免死亡，每年仅仅因滥用抗生素造成超级细菌而导致的死亡就数以万计。[16]当然，这仅仅是作者的幻想，低毒病毒的研发意义和实际操控不在文章的表述范围之中，然而作者的这种对科学的反思和批判，对科学理念的创新应用，是从事科学传播的同仁值得学习和借鉴的。

2.2.2.2　人体实验的是非与科学伦理

为了提高医疗知识与技术水平，医生把病人作为实验研究的对象就变得不可避免了。在古代，由于种种原因的限制，试验和治疗经常合二为一，因为当医生采取方法来治愈病人的同时，病人也是实验的受试者，当然这与当时的医疗水平相关。后来，有人表示对某些亚历山大的医生获准对犯罪进行活体解剖行为的不认可，并把这些实验者称为“医疗谋杀者”，认为这并不是对人的健康负责，而是导致死亡。在19世纪，出于对科学和科研的热衷，科学家们更愿意把注意力集中在科学的进步而非伦理学方面考虑，这导致了许多人体实验都是在伦理学的边缘游荡。随着试验医学的发展，与之相伴的伦理学问题的缺失造成了惨重代价。[5]

知名的《纽伦堡法典》的10条法典中有两条值得我们关注：一是受试者的自愿同意十分必要，即受试者在决定参与实验之前，应当被告知实验的内容、持续时间、实验目的、方法和手段；可能遇到的危险和不便都有哪些；参加试验是否会对个体健康和精神造成影响等方面。二是必须强调实验是对社会有益的，而非个人私利。《纽伦堡法典》成为此后所有关于人体试验伦理学文件的蓝本，它使人们强烈地意识到医学研究中要符合伦理学原则，并最终促进1964年《赫尔辛基宣言》的出现以及之后的不断完善。[5]

《十字》中对于人体实验的描述着墨不多，但却是支撑小说的要素。梅茵为了说服薛愈加入自己的实验把他带进研究室，说到一种与天花极其相似的白痘能否在自然界中再次变异出能够对人致病的天花病毒时，她开玩笑似的说过：“我又不能做人体实验——除了对我自己。”[15]这就为小说后面的发展脉络埋下伏笔，同时也体现了梅茵隐藏在玩笑下面对自己的冷酷和为了实现教义不顾一切的勇气。

在审判的过程中，梅茵承认为了履行义父狄克森的教义，即用实际行动打破科学造成的天花真空，从俄罗斯偷运了天花烈性的四级病毒。并在后来的十几年的减毒培养，从而培养出低毒的、可以在自然界独立生存的病毒，这种低毒性病毒是一个新的医学概念，不亚于当年琴纳发明牛痘疫苗和弗莱明发明抗生素。由于低毒病毒在自然界中有较强的生存能力，能够排挤原来的强度病毒，形成低毒的优势种群。虽然这种病毒会使人轻微发病，但是病人痊愈后会获得对这种病毒的终身免疫能力。因此，梅因主张培养低毒病毒，主动投放到自然环境中，通过使用这种方法加速病毒的温和化，从而打破危险的天花真空。

虽然梅茵在自己身上已经做过实验，但是在未经当事人同意的情况下在孤儿院集体生日的蛋糕里投放低毒病毒，忽略了受试者本人的意愿，那些孤儿完全被蒙在鼓里，对实验内容、时间、目的、方法、危害一概不知。因此，即使出发点是为了社会“群体”获益，得到延续，但是违背了人体实验的基本规则和科学伦理。尤其是在梅茵对这种后果已经有所觉悟，因为为了让投放的病毒有足够的唤醒免疫力的作用，必须保持一定的毒性，因此对大多数人无害，但是对少数特别敏感者可能造成伤害，而且她也不能保证低毒的天花病毒在自然界中会不会变异出烈性病毒来。“上帝憎恶完美，任何人、任何办法都不可能十全十美。这是没办法的事”，这也体现了梅茵的科学观和科学伦理。因此人们对梅茵的态度十分复杂，他们既认为梅茵是一个“殉道者”“圣人”，但“想想她竟然在孤儿的生日蛋糕上撒放了病毒！无论是低毒性、高毒性，这么做都太过分了，没人能从情感上接受。”[15]因此，人们虽然理性上同意这种对人类有益的实验，但是在情感上还是很抵触。

正是梅茵开了一个小口，虽然这种研究在医学伦理上颇具争议，但是还是导致小说中中国政府聪明的采取了“双非政策”，既不说合法也不说非法，“让这项研究在夹缝中求生存，直到自我证明正确或荒谬。”[15]有趣的是，在小说最后巴兹在东京天空上播撒浓度很高的天花病毒时，孙景栓向日本当局建议使用低毒天花病毒株后，日本当局与中国总理通电话时有个小插曲，即日本当局认为“像这种人道主义救援是义不容辞的”，但是中方显得非常犹豫。原因在于使用之后不能保证死亡率为零，可能造成中日外交交恶。当然这个问题之后得到很好的解决，日本天花危机也得到解除。但是，这与当初梅茵隐瞒事实投放病毒和日本当局隐瞒民众的行为来看，“个体”与“群体”之争是可以随着情况发生转变的。这样看来，伦理和科学之间的关系也显得复杂起来。医疗和医学研究是不同的，在少数人和多数人的天平上总会遇上考验人性和伦理的时刻？那时我们的选择是什么？即使强调了知情同意的重要性，在实践中仍旧有很多有关知情同意的伦理学问题值得关注和研究，医学、科学伦理还有很长的路要走。

2.2.2.3 科学应该有禁区

科学到底是否应该有禁区？曾经担任麻省理工学院院长和罗斯福总统科学顾问的维·布什，在1945年为美国战后科学发展规划蓝图时曾经发出过这样的豪言壮语："科学——永无止境的前沿"。如果在表达人类对客观世界的认识论方面，可以作为一个名言警句看待；但如果是针对科学技术发展的态度上，就容易被误解成不负责任的放纵。因此，对于科学无禁区、无止境的发展和探索赋予人类冒险意识和创作激情时，涉及科学家对社会的责任、权利和义务方面，以及他们受到的奖励诱惑和相应的约束并不能与之相配套。加强与奖励相适应的自我约束、学界约束和社会约束，杜绝科学无禁区与科学中性论、后果遥远而不确定、无谓的牺牲和前人"撑死胆大的饿死胆小的"榜样的想法。放弃学界约束的理由除去之前的四点之外，还包括约束并没有任何的法律效益、学人忌讳对同行进行批评以及学人对社会问题冷淡。对社会约束力放弃的理由除去与自我约束的四条之外，还要加强公众和媒体正确的判断力和道德水准。[5]

科幻小说家刘慈欣曾表示，科幻与其他别的文学不同之处在于能展示它们无法展示的巨大灾难，并且这种灾难不是个人的，也不是某个国家和种族的，而是整个人类文明的；另外，科幻与奇幻的不同在于它所展示的灾难总是有一定可能成为现实的，这种可能虽然很微小，但是比之奇幻文学中的灾难还是很可观且令人信服的。《十字》中深埋在作者笔下的独特想法，即十字组织的共识：

> "地球生物圈中所有生物都是生物圈中合法的成员，有继续生存下去的权利。不能以人类的好恶来肆意宣判某个物种的死罪，不管它是害兽、寄生虫还是病原体；人类在用科学这个利器来变革自然的同时，也应保持对自然的敬畏。应尽量保持自然的原有平衡态，不要过于粗暴地干涉，因为人类常常迷恋于短浅的利益，以一碗红豆汤而贱卖长子继承权；科学界有远见的人不能再沉默或仅仅坐而论道，应以实际行动中止人类对自然的强奸。"[15]

天花是人类“消灭”的第一个致命传染病，联合国世界卫生组织于1979年10月26日在肯尼亚首都内毕罗宣布，全世界已经消灭了天花，并为之举行了庆祝仪式。这个胜利经常被用来当作“人定胜天”的例子，也是“科学主义最心爱的凯旋曲之一”科学主义的宣传还曾许诺：人类将来可以消灭所有有害病毒，从而让自己生活在一个生物学乌托邦之中，现在这种想法依然被大多数人所持有。目前世界上仍有两个戒备森严的实验室里保存着天花病毒——一个在莫斯科，另一个在亚特兰大。世界卫生组织在1993年制定了销毁天花病毒样品的具体时间表，后来由于病毒学家和公共卫生专家们对此问题有所争议，计划被推迟了。[17]不管是在未来研究中还是对付生物恐怖威胁，一些科学的雷区是应当被设置的，如同《圣经》传世纪中的善恶果是应当不被允许碰触的。

十字组织认为目前把天花病毒全部消灭的决策值得商榷。战胜天花病毒确实是巨大的进步，对天花病毒的“围堵”使得人们脱离了千年蹂躏，但是却留下了可以通过极小代价打破的危险真空，小说中美国的恐怖袭击就是明证。作者也提出，天花本身也有益处的，例如对艾滋病可能有抑制作用，所以最好的办法就是适当的减弱天花毒性，让其在自然界中继续生存下去。

2004年春天，由于中国疾病控制中心实验室的病毒外泄，SARS病毒在北京再次出现。疾病控制中心反而成了想要控制的疾病的流行源头，这正是科学时代的黑色幽默。《十字》中深埋在作者笔下的忧思，进一步加深了我们对于科学研究活动负面影响的思考。目前，人们认为科学作为知识，仅仅是观念形态的存在，只有在被使用、被转化成为现实存在时，科学才能产生直接的后果和作用，才能被讨论是否具有负面影响。现在流行的观点是，科学研究有纯科学研究和应用科学研究之分。纯科学是保持价值中立的，不应设置禁区，因为有禁区就意味着科学的终结；而应用研究才是引出好坏问题的真凶，负面效应是技术造成的，不是科学造成的；[18]很显然，这种观点是错误的，因为它忽略了科学研究活动本身必然包含了人们对自然地改造活动，即使在规模上远不及工程技术活动。科学实验是现实的、物质性的作用是本质的，不可消除的。

因此，当今科学和技术发展的利益驱动将人类推到了“风口浪尖”，科幻小说中作家的预言将不再是预言——“寂静的春天”也许会有一天悄然来临、我们以为战胜的天花将使我们面临种族的灭绝。对科学技术的应用会给人类带来光明的前景，并认为人类终会在这样的对抗中获胜的心态，不能成为人们毫无防备的任意开启“潘多拉魔盒”的借口。警钟已经敲响，现在是人类对科学技术进行反思是时候了，以“科学”作为解救科学造成危害的手段已经是人们穷途末路做出的选择，道德说教层面不能解决最终问题；[19] 科学活动并非毫无禁区可言，当我们把有着科技光环的手伸向自然时，我们也应当为将来大自然的报复有所准备。

总而言之，科技为自己规定了发展的步伐，在这方面人类并非从容不迫，而是对其越来越快的发展速度无能为力。20 世纪著名的思想家史怀哲有一句名言，叫作“敬畏生命”。人类敬畏感的丧失可能导致对生命施行任何人类自认为合理的手段，而这些手段的合理性，从根本上来讲是必须要建基于对生命的敬畏之上。因此，现如今对于科技不良后果的反思，首先必须回归到对生命本身尊重的态度上来，所以要明确科技在一开始都是服务于善的目的，但不良的后果也会伴随而生。因此，我们今天应该打破传统的科技无禁区的观念，树立科技有禁区的观念，遵循文化、道德体系，在所能允许的限度内发展科技，限度之外的不能越雷池一步。而禁区的限定如何并没有现成的经验，只有通过科学家群体和公众群体相互沟通、探讨，要严谨实证、要抵御市场诱惑、要对抗个人名利，进而为科学技术的发展划定一个令人满意的界限。[20]

2.2.3 技术核心在小说中的体现

中国古代大禹治水的经验告诉我们不能一味筑堤，而用抗生素来抗病无疑就是筑堤的方法，堤坝筑得越高，未来一旦决堤造成的后果就越大。坦率地说，任凭医学的发展多快、研究者的学识有多高、抗生素的发明有多多，总有一天会跟不上病原体的进化。现如今，医学界的发展已经开始吞食自己酿的苦果，免疫系统的大幅落后已经敲起警钟。《十字》中“低烈度纵火”概念指出，森林中可燃物质（例如地面的枯枝等）如果积累到一定程度，森林大火的发生就无法避免；适当、可控的林火却对森林生态系统却很有益处，也就是经常性的人工纵火来降低森林可燃物质的总量，从而避免了所谓不可避免的大火的产生。

小说中提到了一场关于美国西北部的佩埃特国家森林公园的一场大火，这场火灾并非纵火者或恐怖分子的故意为之，它是来自大自然本身。作者在书中描述了两个人，一个是森林管理处的管理员萨姆·霍斯科克，另一个是科尔奈尔大学的地质学家布鲁斯·马拉穆德。萨姆并不能理解布鲁斯提出的理论和数学模型，但是他们的核心理念不谋而合的，即取消高强度的灭火，由着野火自生自灭。布鲁斯的“森林火灾游戏”程序具有深刻影响的：首先，证明了火灾频次与火灾强度成反比，发生火灾的频次越低，则火灾强度越大；其次，可燃物的过量堆积会打破临界状态，一旦临界状态被突破，火灾的发生就成为必然，预防将不起作用，火灾具体发生时间也不可预测。最后低烈度、高频次的火灾能够帮助可燃物数量的减少，制造出类似马赛克一样的林间空地，进而减弱火灾强度。而对频次和强度的最佳选取和配合，能使火灾损失降到最低。布鲁斯的想法不仅仅停留着这个层面，他还提出一个进一步的想法，即“适度的人为纵火”，寻求“火灾频次”和“强度”的最佳配合。[15]

布鲁斯是一个严谨的科学家，也是一个敬畏自然的人，他的科学理念在其他人心中可能就是不折不扣的科学狂想。王晋康同样也是一个崇尚科学的幻想狂人，在他进行科学幻想创作时同样也没有忘记表达对自然的敬畏。如同小说中管理员萨姆说的：“有时候科学家不一定比上帝干得更好。科学家是小聪明，时‘短时间的合理’，而上帝是大智慧，是‘最终的合理’。”[15]人类和“上帝”的角力一直在进行，人类的谦卑和自律将是寻求人类科学发展和大自然的平衡之所在。

另外，布鲁斯的“森林火灾游戏”数据模型劝服了管理处，而资深管理员十几年前提出的相同问题却被森林管理处置之不理，这从另一个层面反映了科学家和普通民众的不同、不等和“鸿沟”。同一问题的最终结果相同，但是面对科学家和公众的态度是不同的，这也从另一方面隐晦的体现出科学传播中的某方面缺失。

2.2.4 有反思的科学传播

科学“高、大、全”无辜形象已经受到众多质疑，虽然对于当下中国来说，科学的地位仍旧无人可以撼动。然而一批有思想的科幻小说家已经开始进行深刻思考，对科学技术及其发展进行拷问。江晓原教授就曾经表示，科幻共有三种境界：第一种境界是科学，即将科幻视为科普的一部分；第二种境界是文学，要让科幻小说得到文学界的承认和接纳，从而立身于文学之林；第三种境界就是哲学，这也是专属于科幻小说的独特使命，就是对未来社会中科学技术的无限发展和应用进行深刻思考。[1] 王晋康、刘慈欣等新型科幻小说家的忧患意识和悲天悯人的人文关怀深深地印在自己的作品当中。

被郑军称为“预言派掌门人”的王晋康是当今中国科幻界的独行者，他在这个领域进行着孤独的探索。由于不了解科幻的人，常常对这类科幻小说存在误解，把科幻小说当成是未卜先知的谶语，不厌其烦的以“实现率”作为批驳作者的棋子。然而，王晋康以一个真正的科幻小说家的身份，把科幻构思和优美的文学语言融合在一起，把他对科学的尊重与对自然的敬畏展现给读者。[21]

《十字》讨论了一个严肃而又颇为激进的科学观点：即所谓的“广义人权”，不仅要保护动物的人权，这种保护甚至可以扩展到病毒身上。地球上的物种，包括病毒，它们的多样性是神圣的，人类应该尽可能的保护这种多样性。这种想法是带有反思意味的，如今现代医学的一味的用外力治病的理念提出质疑，也从骨子里挑战了人们对于少数人的牺牲换来多数人生命的伦理选择。总而言之，王晋康在《十字》中，深刻的表述了自己对科学“越来越让人不放心”的忧虑。[17]

"反思是存在的天然使命。无反思导致对真理的遗忘和懈怠，导致生存质量的退化和危机。"黑格尔曾经说过："密涅瓦的猫头鹰只有在黄昏之际才会飞翔，反思的力量只有在事后才会涌现出来。"[22]现在，整个社会的科学技术发展的触手已经伸入到众多禁区，"危险"迫在眉睫，已经不能听之任之。很多人已经意识到，随着科技的进步，科学将会导致的灾难只会越来越大。科学技术使进步一日千里，也使灾难被无限放大。

当然也可以说人类对科学灾难的预防能力并非无能为力，很多相关工作已经得到成效，然而这种言论如同亡羊补牢一样不负责任，这只是在有限的范围内进行力所能及的补救。进步和灾难就如同一枚硬币的两面，想抛开灾难获得进步无异于痴人说梦。人类不能完全掌控科学技术，因此人类在面对科技进步的发展面前显得有点无知，电冰箱的发明不是为了制造臭氧空洞，粉碎内脏做牛饲料的添加剂不是为了制造疯牛病，很多我们的"自以为是的初衷"和我们预料的结果背道而驰。我们能做什么？与其在那浪费口水为"无辜"的科技辩护，还不如老老实实的承认不管是科学本身还是其使用者都会为人们的生活带来或大或小的灾难，对现如今的科学理念进行反思，进而在整个科学传播的大背景中进行反思、批判和修正，以便做好相关准备，不至于在超出人类预期的灾难到来之时手足无措。[16]

2000 多年前的孟子曾经提出：生于忧患死于安乐。这一教诲在当今显得更加具有警世的意义。当我们站在由科学技术搭建的高塔而不知自危时，这句话也许能使我们获得片刻审视自我和科技的时光。德国社会学家贝克尔认为现代社会是"风险社会"，现在我们能深刻地体会到，由于科学技术的发展，风险大大增加了，例如环境风险、资源风险、疾病风险等。禽流感、SARS、甲流、艾滋病等从没有像现在一样步步紧逼。因此我们要有忧患意识，要有怀疑态度，要有反思精神。这不是悲观，而是一种冷静、一种责任。面对科技可能带给我们的危害，我们不能惊慌失措，在相信人类智慧和现代科学技术的同时，又不能怀抱消灭一切疾病的狂妄，人类要崇尚科学，更要敬畏自然。

3 《十字》小说语境中人物形象的构建

科学传播离不开人的参与，不管是作为传播者的科学家、科学共同体、科技记者等，还是作为接受者的受众，他们在有效进行科学传播过程中起的作用不容忽视。尤其是科学家的公众形象直接影响科学传播的效果和社会认可度，对于了解和重塑社会文化中的科学家形象具有重要的现实意义。《十字》中作者详尽地描述了几种科学家和受众的类型，几乎涵盖了现如今科学传播中都会涉及的几个方面，这对于科学传播的现状分析和未来发展方向都有借鉴意义。

3.1 媒体中科学家形象构建现状

3.1.1 科学家形象构建的理论框架

李普曼在《公众舆论》《自由与新闻》等众多著作中曾提到人们与客观信息环境隔绝的解决途径是通过大众媒体去了解外部世界，并以此作为自己行为的依据。其中就涉及刻板印象的问题，刻板印象指的是人们由于生活环境的局限性，对该环境中生活的某一类人或每一类事物会形成固定、概括、笼统的看法，通常伴随着对该事物的价值评价和好恶的感情。[23] 由于刻板印象会使个人受社会影响而对某些人或事持有稳定不变的看法，因此有其积极的一面也有消极的一面，在为人们认识事物提供简单的参考标准的同时，也会阻碍着对新事物的接受，扩大到社会层面，由于其社会成员广泛接受和普遍通行的刻板印象，也会对社会起到控制的作用。

科学家们成就了发展，今天的文明建基于他们的工作成果之上，他们代表着人类历史上理性思考和智慧探索的最高峰。之前大众媒体的科学家形象是人们对科学家“刻板印象”的反应，同时影响着人们对科学家及科学的印象和态度。在科学传播过程中，人们与科学家接触的主要途径主要包括两种——大众媒体和亲身接触。由于科学家这个群体的特殊性导致他们不可能与普通民众直接接触，因此对于这个群体的了解就更倾向于对大众媒体的依赖。由于媒体所造成的拟态环境中的形象不是对现实“镜子式”的映射，与现实形象存在一定偏离。同时拟态环境中的形象与现实并非完全割裂，始终是以现实形象为原始蓝本的。所以，大众媒体中的科学家形象是人们对科学家刻板印象的反映，同时也对人们了解科学家以及科学的印象和态度产生影响。

3.1.2 国内外对大众媒体中科学家形象研究

在 20 世纪 50 年代国外已经开始对科学家形象进行研究。赫希·沃尔特曾经对 1926—1950 年科幻类杂志上刊载的 300 部小说进行分析，他的研究发现整体上以科学家作为主人公的小说数量在持续下降，并且对科学家的描述倾向于人际交往能力差，在此期间科学家的形象呈现由“英雄”向“疯子”的演变过程。有人对 20 世纪 90 年代中期美国 3 本著名的科幻杂志进行分析，得出结论与 50 年代不同，90 年代中期的科学家作为主人公的比例要多一些，而且其形象更为多样和真实。随着科学技术的高速发展以及科学对社会广泛的渗透和影响，在西方发达国家，尤其是美国，科学家一改不善言辞、不修边幅、不问世事的传统形象，以明星科学家的姿态走进普通民众的视野，并且成为政府决策的重要影响者。科学家自身拥有很高的学术地位，拥有高超的语言表达能力并且善于与媒体打交道，能够充分利用大众媒体向公众传播自己的学术主张。大众媒体中科学家的形象更加多样化，科学家们成为一个不仅具备高超的专业技能而且具有悲天悯人的人文关怀群体，[24] 总之，对科学的崇拜压倒了对科学的反思和批判，呈现出夸张的偶像化趋势。

我国对于科学家的形象描述从过去到现在比较单一，以国产电影为例，在中国科学传播报告中指出出现在国产电影中的科学家角色 57.1% 的是走过场的“跑龙套”角色，并且科学家身份与剧情基本不涉及。我国的科学家形象模糊，模式化程度比较高，大多具有刻板印象的特征：高智商、低情商、不修边幅等，传统而单一，使得科学家与民众日常生活距离遥远；[24]而在一些新型的科学传播手段中科学家形象得到重新的表达：例如戏剧舞台上的科学家形象,《物理学家》《哥本哈根》等戏剧中的科学家跳脱我们的刻板印象，使得科学家的形象变得多元化。

新型科幻小说中对于科学家的描写同样跳出了刻板印象的怪圈，把科学家有血有肉的刻画出来，并且把科学家作为专业人士的“科”与“酷”，以及作为一个社会人的“人情味”栩栩如生地描述出来，甚至可以比较明显的体现出作者对于不同科学家的典型形象的处理，科学家身份与内容发展和角色特征紧密相连，把科学知识的介绍与科学精神的倡导贯穿全文。《十字》中不仅描述了激进、具有复杂特质的女性科学家梅茵，具有人文关怀且接受先进理念的薛愈、还描述了具有顽固“科学主义”倾向的赵与舟、背叛科学的齐亚·巴兹等，通过科学家角色多方位的展示了他们的专业技能、科学精神、人文关怀等优秀品质，也展示了科学家中拒绝接受新理念、和受到私欲影响而失去对自身力量控制的负面形象。

3.2 《十字》小说语境中科学家形象概况分析

《十字》整体结构相对集中，主线与支线汇集在一起展示了不同科学家的不同风貌、不同科学精神和理念。总体来讲他们的角色复杂多变，站在不同的角度看有其合理的一部分，也有其诟病的一部分，本文仅通过内容分析方法就角色的主要特征进行分析，大致可以划分为四类科学家的代表。

3.2.1 激进的科学先驱者代表

一个优秀的病毒学家，花费了数十年时间来组织一小批顶级的国际同行，成立了一个秘密组织，这个组织的每个人都有一个用特殊材料制成的十字架（因此可以称之为“十字”组织），他们的目的并非为了研制抗病毒的疫苗，而是让地球上的天花病毒复活。而且，为了达到他们神圣的目的，各种手段都是可以考虑的，例如欺骗、色相勾引，甚至是在未获得别人允许的情况下直接进行结果性的人体实验，等等。

3.2.1.1　矛盾的女性科学家梅茵

王晋康作品中一个很显著的特点就是女性通常是主角之一,《十字》也不例外。总体而言，小说女主人公梅茵是一个相当复杂的角色。她是十字组织倡导人沃尔特·狄克森养大的孤女，是沃尔特·狄克森指令的忠实执行者。为了获得天花病毒，可以对威克特病毒学及生物工艺学国家研究中心的研究员柯里亚·斯捷布什金进行色相勾引；为了完成任务，在中国秘密培育出弱化天花病毒并在中国实施散布；虽然入狱10年，但是她的行动和十字组织关于地球生态平衡的理念，逐渐得到了许多人的认同。作为一个女性科学家，梅茵这一角色在《十字》中的性格十分抢眼和出彩。总体来说，梅茵是一个矛盾综合体，作为科学家理性的冷酷与作为一个女性所拥有的母爱或者爱情的矛盾，但并不可怜。

早年的经历使得梅茵意志坚定。1979年，年幼的梅茵跟随自己的义父沃尔特·狄克森来到非洲，经历了一场疫情，在这片陌生、蛮荒而又美丽的新世界中，她经历了惨烈的疫情、见证了强悍的生命洪流，她的人生观的升华被激发。也是在那个时候，义父变成了教父，成为梅茵一生追随的信仰。在她的内心世界里，对于做“先知”的悲剧早就了然于胸。为了取得天花病毒，她步步攻心，带有目的的色诱了十字组织成员——柯里亚·斯捷布什金，被梅茵称为“盗取天火的普罗米修斯”的充满苦恼和矛盾的俄罗斯病毒学家。斯捷布什金对她有些畏惧，认为她“绝不是个凡女子”“为了完成教父的命令，不惜放弃坚守了三十四年的处子之身来引诱他”“用男女情爱在自己内心的天平上加了一个很重的砝码”,[15]使得他最后在人道和天道中选择了后者，也结束了自己的生命。卡尔·萨根在《魔鬼出没的世界》中说过：“科学家负有特殊的责任去警告公众可能存在的危险，特别是发源于科学或通过科学的应用得以预见的危险。你可以说，这种任务是预言性的。”[25]然而，梅茵为了背负自己的十字信仰而选择隐藏危险，这从她在孤儿院集体生日投放低毒病毒可以看出。为了让实验进行下去，“点一把小火来烧毁非常危险的天花病毒”，为了让十字组织的教义为大众所知，梅茵选择了坦白。

正如梅茵写了一篇关于齐亚·巴兹的文章，“上帝不允许人类在地球上占据绝对优势。所以，他居心叵测地给人类社会留下一个个阿喀琉斯之踵。基于此，再完善的消防措施也无法根除黄石森林公园的林火，再完善的防病毒系统也无法根除电脑病毒。同样，再完善的反恐体制也无法根除恐怖主义。”梅茵认为全歼天花病毒会造成危险的真空，而这种真空可以用极小的成本去打破，造成极大的社会动荡和损失，齐亚·巴兹就很聪明地发现并利用了这一点。各国医疗卫生界的孜孜努力看上去就像只是为“低成本恐怖主义”提供了丰腴的土壤。[15]

在小说中其他角色的眼中，梅茵的角色在不断地变化。通过对《十字》中对梅茵使用的形容词的叙词表来分析，可以看出梅茵这个角色的复杂性。[26]有对作为女性的描述的词：漂亮的、成熟的、性感的、淫荡的、出色的、宽和慈爱的、春风沐人的等；有对她的性格描述的：爽快的、平和的、温和的、尖刻的、坚定地、直率的、风度优雅的等；有对她作为科学家所具有的品质：冷静练达的、理性的、冷酷的、敏锐的、坦然的、强硬果决的、镇静自若的等。孙景栓眼中的梅茵是个“为了信仰可以毫不犹豫地抛弃道德束缚”的人；有的媒体记者认为她是“行事乖张的妄人”，有的记者认为她是“像圣母一样高贵的女性”；帮忙从俄罗斯偷运病毒的张军认为梅茵“是条毒蛇”、“存的是狼心狗肺”、“缺德冒烟的”、“真真白披一张人皮”；中国 CDC 张主任对梅茵的态度变化也是十分的有趣的，从“厌恶懊恼转到钦佩厌恶兼而有之”，[15]当然这不能排除其立场之所在。她的性格品质总体是作为一名成熟的科学家，一名不太合格的母亲和妻子，为了实现自己的科学理念可以牺牲一切的女性。梅茵的形象可以看成是当今大部分科学家的缩影，但是由于其理念的超前又高于当今的科学家。

梅茵这个角色被作者赋予了独特的内涵，作为一名女性科学家，她的所作所为足以让所有男性科学家侧目与敬畏。这种形象与我们日常生活中主流媒体报道的女性科学家形象是完全不同的，甚至是少有女性科学家的报道，小说中对女性科学家的描述和侧重与现实相比大大不同，其中所蕴含的深意也是科学传播中应当注意的。

3.2.1.2　教父形象的沃尔特·狄克森

教父沃尔特·狄克森也是一个十分重要的角色，他是十字组织的组织者和领导者，他的理念被他的追随者坚定地拥护以及执行着。他是一个很有人格魅力的人，虽然作者对他着墨不多，但是由于他的科学理念贯穿整本小说，因此，他的形象间接地被丰满起来。

柯里亚·斯捷布什金对他深深敬畏着，他认为教父拥有魔法，仅仅通过一个晚上的交谈就让自己心甘情愿的加入十字组织，并答应冒着身败名裂的风险去盗取病毒。梅茵更是狄克森忠实的追随者，她深深记着年幼时随身为义父的狄克森在非洲观看角马群的大迁徙，之后成为教父的狄克森说的那句话“上帝只关爱群体而不关爱个体，这才是上帝大爱之所在”教义的践行者。更有例如美国加州大学材料专家斯科特·李（十字组织的标志，包括上面那具无比锋利的双刃剑，就是他造的）、WHO 日本专家松本义良、英国剑桥大学“科学学”权威 R.M. 威廉斯、莫斯科理工大学控制论专家阿卡迪·布雷切夫、瑞典数学家奥厄·伦德尔等人的追随。

他是一个值得敬佩的科学家，在得知苏丹南部延比奥地区发生了致命疫情之后，他毅然决然的决定奔赴疫区，做到了一个流行病学家责无旁贷的工作。而为了能够实现到达疫区和传送血清，他两次隐瞒了驾驶员，而他的行事方式对梅茵影响剧烈，“当你全力去实现一个高尚的目的时，可以使用一些不大高尚的手段”，十几年后梅茵色相引诱斯捷布什金，或者在孤儿院中偷撒病毒时，都是遵循了这样的道德准则。[15]

他是一个有远见有智慧的老人，因此得到十字组织成员的崇拜。他指导梅茵在中国办厂，因为科学家不光需要坐而论道还应该有果敢的行动，而在中国行动的难度会大大降低。小说最后的结果证明狄克森的观点是正确的，因为他睿智的看到西方社会非常崇尚个人，而在此基础上建立的西方医学观点——只救助个人，不关心个体——忽视了人类作为种群的利益，这和新医学的观点背道而驰。因此“集体主义价值观的中国社会，比起崇尚个人主义的西方社会，更符合上帝的本意。”[15]而且，在中国推行他的想法在伦理方面的干扰会比较小，“生物科学的未来在中国”，事实也证明了这一点。

人们都说真理掌握在少数人的手中，置于真理是否正确就让时间来证明，但少数人注定是孤独的。作为一个拥有与主流观念相左的科学家，狄克森所持有的观点除了少部分人的认可，在主流社会是不被理解的。正如小说中所描述的，他的教义无比严苛，甚至还有点残忍，符合天道，但是不符合被人类奉为圭臬的人道主义，尤其是现在医学提倡个体的重要性。[15]

3.2.1.3　小结

通过对两位十字组织科学家的角色分析，不难看出这部小说的微妙之处就在于——要想简单地给梅茵等“十字”秘密组织的成员贴上“唯科学主义”或“反科学主义”的标签十分困难。梅茵、狄克森等人，其实应该算是“仁慈的科学主义者”或“开放的科学主义者”，而他们对“广义人权”之类的动物保护主义乃至“病毒保护主义”观念可以接受。但在天花问题上的立场和处理方式，他们却显得与科学主义没什么两样。事实上，正如江晓原教授所说，“十字”组织的激进立场，本身就像走钢丝那样处在正义和邪恶的分界线上，很难让人放心。[17]

如同狄克森在疫区明白的道理，现代科技一旦被愚昧的医生滥用，就会比原始社会的无药可医还可怕，以后的科学家们会不会犯类似的错误谁也不敢断言，自视过高的科学精英们对科学的副作用的了解远远不够。[15]拿破仑说：“可敬与可笑之间仅距一步。”科学家到底是受人景仰的光明代言人还是遭人唾弃的黑暗使者，同样就在于自身的科学精神和科学伦理的修养和培育。

总而言之，先进的科学思想只能是少数人、孤独者的事业。也许经过了长期的耕耘播种，一些曾被认为异端的思想也会被大众所接受（比如曾是异端的“输血”就已经被大众接受），但又会有更新的观点，照旧是孤独者的事业。纵览历史，对于科学技术的发展的认知将是一个螺旋式发展的过程。

关键是科学家是否下定决心为了自己的科学理念献身，能否过得了自己伦理的那一关。

3.2.2 接受先进科学理念的执行者

孙景栓和薛愈是接受了先进理念的科学家，他们受梅茵的影响，成为先进科学理念的践行者和推进者。孙景栓背负的道德十字架太沉重，由此，他做了自己口中的“逃兵”。他爱妻子梅茵，但是更多的是敬佩，在文章第五章中，孙景栓和薛愈、小雪接梅茵出狱时对前妻梅茵感觉很复杂，就像打翻了五味瓶，心绪复杂，怅惘、愧疚、伤感。他告诫薛愈和小雪，“真理往往很残酷，皈依真理不易，身体力行更难。”他认为“自己心理太弱，没能善始善终，你们不要学我。”[15]孙景栓完美地体现了作为一个社会人和科学家综合体的复杂心境。他没有梅茵为了实现科学教义不顾一切的勇气，在他的身上，体现的不是科学家理性的一面，而是多了更多普通人的特性，睿智而纯朴、富有感性。

如果说梅茵太理性，孙景栓太感性，那么薛愈就是两者的完美结合者。他是梅茵教义的真正继承者，理智、热情、又带有一点科学家意味的冷酷，这可以体现在文章第五章中，和梅小雪做的一个“非常简单”“但是具有内在的残酷性”的游戏。在梅小雪哭喊着“你这个冷血动物”的时候，薛愈也从那个杀人不见血的残酷游戏中挣扎出来，这个游戏是生存的再现，是地球生命史的预言化。他借着这个游戏向梅小雪宣传了他和梅茵追求的科学理念——关注群体而不关注个体，确实是上帝的规则。那些企图完全杜绝疾病和死亡的善良愿望到头来总会把人类整体置于危险之中。人们往往从理性上能接受这样的规则，承认它的正确性和必要性，然而一旦涉及亲人的死亡，尤其是自己对这些死亡富有责任是，就会非常残酷。[15]科学、自然、人性就像在一个怪圈里寻找一个合适的融合点却一直不得法。因此，如果说梅茵和教父是“哲理版”的，薛愈则是一个“现实版”的梅茵。他在思想上没有前两人的开拓性，但却是两者的忠实执行者，有点类似于达尔文和布鲁诺的关系。

3.2.3 极端科学主义代言人赵与舟

《十字》中有个人出现的频率不多，但是十分抢眼，他就是赵与舟。作者让他扮演了极端科学主义的代言人，充满了揶揄和怜悯，例如在第四章中，赵与舟参加梅茵的开庭审判，认为自己反正也是退休了，“闲的拧肠掉尾的，就巴巴地坐火车来了”，[15]但是有时也会表现出掩饰不住的厌恶。在“上帝与我同在”的自由论坛上赵与舟被作者通过梅茵的眼睛描述成“一个有点偏执和神经质的老人”。他一再强调自己“自费”来参加论坛，隐晦的强调自己的牺牲精神和社会责任心，声称自己“在网上听腻了西方思想家们所谓的‘敬畏上帝’的滥调，特地来同这些人当面斗争一番。这些反科学主义言论是毒害青少年的鸦片。”[15]

一位来自美国圣塔菲研究所的发言者谈到了医学问题，这位发言人认为现代医学的重要原则——救助个人而非救助人类——是同进化论完全背道而驰的。卓有成效的现代医学体系保护了各种遗传病患者，使得他们得以寿享天年并延续血脉，但是也导致不良基因得以延续下去，最终产生临界点，产生链式反应使得人类医疗体系不堪重负而全面崩溃。赵与舟把这位发言人当成自己的猎物，声称自己来这儿就是要对付这样的人，称其言论为邪教教义。他坚定地认为科学是天然正确的，尽管有波折，但是科学一直在帮助人类社会向上发展，他认为“随着科学的发展，人类正在、并且必然代替上帝，而且会比他干得更好”的说法一点儿也不狂妄。[15]

对于梅茵的审判结果赵与舟很愤怒，认为是法庭徇情，重罪轻判，他认为自己的义愤是无私的，是科学信徒对科学叛徒的义愤，认为这个“走火入魔的女人已经蜕变成了杀人的女巫”，8 年的刑期是轻描淡写，这世道令人失望。“十字”秘密组织的所作所为，在赵与舟看来是十恶不赦的罪行，因为站在赵与舟的立场上，天花的消灭理所当然的是科学的伟大胜利，而且科学还将消灭更多的病毒，而梅茵是一个反科学主义者，反对销毁天花病毒，反对科学对自然的强干涉。所以他只盼着见到“浑身散发着死亡气息的女巫”

的梅茵“被烧死在正义的火刑柱上”。[15]

作者把赵与舟描述成一个偏激、急躁、义愤填膺的、历来仇恨这些“受科学之惠又中伤科学的人”，这样的人在现实社会中有不少，他们深受科技的恩惠，并理所当然的对科学崇拜，无法忍受对科学的反思与批判。他们本性是好的，然而却会如同梅茵一样走向另一个极端。在当今社会呼唤新的科学精神、科学理念，对科学技术提出反思和批判的潮流中，赵与舟这样的唯科学主义者有可能被社会淘汰，或者阻碍科学技术和科学理念传播的进程和发展。

3.2.4 科学家中的背叛者：齐亚·巴兹

齐亚·巴兹在小说中是一个彻底的反面人物，当然也有其悲剧所在。他本是一个非常有前途的大学生，一次暑假探亲之旅使他误入歧途成为一名坚定的圣战者和利用科学做坏事的恐怖主义者。巴兹在美国接受教育，受到良好的生物学训练，然而却疯狂的策划和实施生物恐怖袭击。这也给我们一个警示，为什么会有这种情况出现？到底哪里出了问题？

在巴阿边界的山洞里，他从另一个抛弃科学家责任和信仰的人阿布·法拉杰·哈姆扎手里接过了“撒旦的礼物”，开始策划“缅怀之旅”、日本上空播撒天花，甚至是自身充当生物学的人肉炸弹。在“上帝与我同在”的自由论坛上他发言的题目是《基因的本性》，其中散发着浓郁的“血腥味儿”，被与会众人认为很“邪恶”，赵与舟甚至告诫他“你最后的结论太偏激了，太过头了，甚至走到了危险的边缘”。[15]综观巴兹一生，从信仰到最后的仇恨，作为一个科学家优良的品质已经从他身上消失。一个背叛科学的人，带来的危险是巨大的、不可预估的。

面临诸多的诱惑，科学家能否守住自己心中的净土，这是一个伦理道德的问题。最优秀的科学家也是正常人，道德操守的堤防也会出现裂口，从而造成悲剧，巴兹就是这样一个悲剧人物。现如今科学家伪造、篡改、抄袭、剽窃等行为引起社会广泛注意，中国工程院院士秦伯益曾说过，“把科技界看得过于神圣，不切合实际；容忍科技界的行为失范，有悖于道德。那么，该怎么办？”[27]该怎么办确实是一个重大问题，科学精神的核心内容是客观性，就是所谓的实事求是，但是生活在现实中的任何一个人都知道实事求是太难了。科学家能否做到实事求是，大公无私，能否做到用自己的头脑和双手用科学技术造福人类，避免科学祸及后代，科学伦理和道德规范十分重要，媒体对科学精神、科学理念的宣传也十分必要。[28]

3.2.5 传统科学传播与新型科幻小说中科学家的不同描述及影响

通过上面的分析恰恰说明了传统的科学传播关于科学家描述的不足，在新型的科学传播形式中，科学家形象的变化和多元化说明了新型科幻小说变现方式有了进步，更贴近现实情形。现在的传播领域中所强调的是分众传播，小众也是众。甚至有时特定的小众的能量并不一定就小。当然，对更大众的传播也更应该重要。但作为受众的大众，小众也不能放弃。各种影响汇总起来才会带来大的变化。

至于科学家和伦理的问题，除了面向非专家的公众传播之外,《十字》的描述也给了我们一个建议，那就是更应该加强科学伦理面向科学家的科学传播。由于科幻小说语境下作者更有自我创作的自由，创作出的科学家形象比之传统媒体中科学家的形象更加翔实、贴近生活、种类更加多样化。这对消除大众对科学家的刻板印象有着积极意义。

3.3 《十字》小说语境中公众的分析及定位

与科学家形象相同，大众媒体的中受众形象也在很大程度上被刻板印象，他们被定位成没有科学知识或者科学素养很低，但是有着迫切愿望了解科学知识和科学家团体的人。实际上，在科学传播的过程中，科学共同体、大众传媒从业人员、公众都有可能充当传播主题与受传者的角色，在多次的传播流程中，他们总处于不断的角色互换中。[29]但是由于很大程度上依赖于“缺失模型”的基本假定，即公众对科学的疑虑和批评来自于相关知识的缺乏，一旦理解后，科学的权威性就会恢复，公众就会重新依赖科学，这种想法在后面的实践中被证明是错误的。[30]因此，重新对受传者进行定位研究，重视传播中的双向互动，才有利于科学传播有效进行。

3.3.1 先进科学理念的受害者和受益者——梅小雪

梅小雪是一个很复杂的人物，由一个因偶然机缘被带入“科学先行实践”中的一个普通人。她对科学的理解是偏于直观的，不会太深刻，然而从某个角度来说她倒是梅茵思想的受益者。由于梅茵在蛋糕里面投了低毒病毒，致使梅小雪选择离开，到最后自己开始了解医学，如《流行病学》《病毒学》《细胞工程》等。

她是一个善良、单纯的孩子，深深地爱恋着她的养母梅茵。得知梅茵有意撒放低毒病毒时，她“心目中的梅妈妈的形象忽然变了，变得阴森，变得可怕”，[15]经过薛愈的一番解释之后，仍是豁达地接受了梅茵。当得知十字组织决定将定型的低毒天花病毒开始环境放养时，她作为一个母亲深深地恐惧着，这是常人对自己眼中神秘的科学技术本能的抵抗与怀疑，虽然对十字组织的观点深深的了解，在逻辑上也完全信服，但是“如果成为活生生的现实，它就太残酷了！”

梅小雪作为一个没有基础学科知识，但又具备一定科学素养的普通受传者，通过自己的学习觉得越学越对科学不放心。从前她认为“科学通体光明，没有一丝阴影；科学无所不能，比上帝强大。凡是现在人世上有的缺陷、灾难、痛苦，都是因为科学不够发达。”她曾经抱有未来的人类再也没有任何疾病的幻想也破灭了，因为“科学发明了抗生素，却催化出了超级耐药病菌，而且它们进化的速度比人类研制新药的速度还快；科学消灭了天花，却造成了危险的天花真空，让齐亚·巴兹那样的坏人趁机作恶。”[15]

小雪为自己的受益付出了代价，一段毁容的记忆和儿子吉吉的左手断指的残疾。在小说中作者没有让小雪直抒心意，仅仅是通过文章中的一段描写：“她无声的哭着，只要一想到吉吉的今后，全身就像突然着了火，那时地狱的阴火，从涌泉穴烧起，直烧到泥垣宫”。[15]这是梅小雪的悲哀，就算具备了较高的科学素养，就算具备了反思科学和质疑科学发展的品质，在不可预知的未来面前也是无能为力。然而，如果不具备梅茵为她灌输的那些知识，她的反应就不会仅仅如此了。

3.3.2 科学传播界从业者——联结科学和普通受众的桥梁

来自西班牙《马卡报》的记者米格尔·德·拉斯卡萨斯是一名优秀的记者，他感谢、佩服中国 CDC 主任的邀请的同时，也心存警惕，认为在这种透明化的背后可能是一个精心设计的陷阱，因此他要处处小心，努力剥去谎言，揭示出事实的真相。可以看出，拉斯卡萨斯是一个优秀的媒体从业人员，严谨、且具备较高的科学素养，正是与他的交谈，促使梅茵决定把十字组织的教义公布于世。这位记者是个热血质的人，之前在报道中还在影射梅茵是中国的“细菌博士塔哈”（伊拉克萨达姆时代负责研制生物武器的首席女科学家），采访梅茵过后马上拜伏在她的圣坛下，在拜访了狄克森之后，更是对父女两人所宣扬的观点信服，因此参加了十字组织。

《科技日报》的女记者肖雁于 2023 年冬天，在中国青海亲眼见证了国内、也是世界上第一次大规模、公开地喷洒低毒野生病原体。通过对梅茵的采访，肖雁暴露了一些自己的不足，正如小说中描写的“梅茵没想到,《科技日报》专门派来采访‘低烈度纵火行动’的记者，竟然还死抱着这个僵硬的反面观点”，即“科学的进步终将完全消灭病原体，就像人类已经消灭了天花那样”。[15]

通过对这两个记者的分析，我们可以看出科学传播中的媒体从业者的科学素质良莠不齐，对科学理念、科学知识、科学方法等的了解也不尽相同。甚至现在有人把科技新闻、科技报道等同于科技传播，只重视新闻的具体操作和实务，缺少了理论研究，从而导致科学传播失去了区别于其他传播类型的独特性。或者说，当今的传播学界对于科学传播的研究只重传播而忽略了科学。[14]

科学传播从业者既是科学知识、科学理念、科学精神等方面的受众者，同时又是这些理念的传播者，他们是沟通科学家和普通受众的桥梁，他们对于科学技术的了解和把握将深深影响着受众科学知识和科学理念的塑造，因此，加强自身职业素养和科学素养，加强职业道德对科学传播从业者来说十分重要。

4 《十字》小说语境中科学传播目的概况分析

生态问题、人与自然的问题、自然与科技的问题，科技与伦理道德问题，将是科学传播过程中一个很重要的组成部分。新型科幻小说中关于科学精神、科学方法、科学与自然、科学与社会、科学与人文、科学与伦理道德等方面的表述深刻的体现了科学传播的目的，即最重要的不是具体的科学知识，而是科学的文化属性和社会属性，是对于科学和我们这个科学时代的反思，这也是科学传播的理念基础和主要内容。

4.1 破除科学迷信，弥合科学与人文壁垒

很多人不愿意接受一个事实，那就是科学也可以成为迷信的对象。即使在理想上人们认为科学只承认事实不承认权威，但实际上，科学本身已经被人们奉为最大的权威。而把自己不懂的东西尊奉到一个至高无上的位置，这种态度已经成为一种迷信，[31] 至少到现在，大部分人还是相信科学是一个给我们带来美好的东西，甚至认为科学有一种自主的前进的力量，能够推动社会向前发展。而这种认识在某种意义上来讲，把科学拟神化了。现在的科学享受着这样的待遇——好的归科学，坏的归魔鬼，在北京师范大学田松副教授的眼中，做出这种剥离的原因正是为了维护科学伟大光辉的正确形象。这就造成科学具有强势话语，一切反对的声音都会被驳斥为“反科学”。而目前的大众媒体主流声音仍旧是歌功颂德，只提科学带给人们的进步而不提隐

藏的危机，甚至是质疑声都很少能在媒体中站立一席之地。科幻小说可以说是反思科学的沃土，其本身的特质允许其跳脱科学事实进行丰富的科学幻想创作。这是传统科学传播媒体所不能比拟的。

胡适曾经表示，有一个名词在国内几乎做到了无上尊严的地位，这个名词就是“科学”，这样几乎全国一致的崇信自从中国讲维新变法以来，没有一个自命为新人物的人敢公然毁谤科学的。[32]因此，破除科学迷信，反思科学，要具备批判的精神。人类难免有偏见，也难免会常常陷入当局者迷的困境，因此保持一个批判的态度至关重要。这个态度并不是绝对的否定，而是一种有保留的、适度的存疑，也就是要对另外的可能性有所保留。应用科学改造世界和支配事物的能力越来越大，人们在享用科技成果的同时也开始觉醒，关注科学技术的负面影响。20世纪之后的科学更加高深、更加远离我们日常生活经验，同时，也更容易脱离人类的控制。[22]

“非典”证明了一个观点，那就是人类不可能靠药物疫苗等人体之外的东西来战胜病菌病毒，人类必须依靠自身的免疫机制，同病原体建立一种相对稳定的平衡。现在的人们不得不说是对医学很迷信，生病了立即去医院。人们总认为病菌很容易对付，因为有抗生素。实际上这是一条更加危险的路，绕开了人类的免疫机制完全靠外力作战，结果使病菌的抗药性越来越强，人类的免疫力越来越弱。王晋康的《十字》表现出如今医学对付病毒的办法有严重缺陷，一是医学对病人的救治干扰和延缓了人类免疫力的进化；二是对病毒的态度过于绝对化，一直是务求全歼，斩尽杀绝。然而它们被全歼后留下的可拍真空所造成的临界状态，一旦打破就会出大乱子。

崇尚科学，反对迷信，这种表述在强调两者对立的同时，似乎也把科学和迷信放在了同等的地位，以科学反对迷信的思路，实际上是把科学降到了迷信相同的水平，从而科学本身变成了迷信的对象。蕾切尔·卡森《寂静的春天》引导人类对科学及其技术的反思进入到现实层面，处于一片颂扬之声的科学本身却不如人类一样保证美好愿望。科学及其技术是否能够为人类造福已经成为必须考虑的问题，[31]萨顿曾经说过，科学是必需的，但是只有它却是不够的。科学史证明，科学对任何人和任何社会都是有价值的，但是科学的历史同样证明把科学当迷信，而不去考虑其他之外的社会影响、伦理应用等也会出现很多问题。科学与人文的结合就显得尤为重要。

4.2　让公众理解科学

科学传播包括三个层面，一是科学界内部的传播，二是科学与其他文化之间的传播，第三个是科学与公众之间的传播。而我们常说的科学传播指的是科学传播的第三个层面，即科学与公众之间的传播。[2]因此，要想有效的实施科学传播，那就要加强科学与公众之间的沟通和联系，让公众理解科学。

"公众理解科学"这一术语正式进入科技传播研究领域始于1985年英国皇家学会鲍默爵士发表的报告"Public Understanding of Science"。第二次世界大战以来，科学技术使人类的生活发生了极大地变化，然而环境危机、生态危机和能源危机的日渐显露使得人们为科学技术高唱赞歌的主流声音出现了不和谐的一面，尤其是1962年出版的《寂静的春天》，可以当成是人类反思科学技术负面效应的里程碑。此后，西方国家的研究者认为公众对科学的理解不能仅局限于对科学知识和事实的认知层面，更应该加深对监督科学技术的发展和应用方面的了解。这也意味着公众在重大科学问题或者有争议的科学问题上能够拥有更大的知情权和参与权，可以就科学技术的发展和应用前景以及对社会的影响等方面与政府、科学家进行交流、讨论并能参与决策。[33]

目前各国都在试图通过各种方式进行科学普及，其中尤以"公众理解科学"更为引人关注。但在诸多科学普及的活动中，占据主流地位的仍旧是科学技术的学术话语，公众媒体只是这一学术话语的传声筒或者是通俗表达，实质上还是在认识论上把科学知识和技术成品看成是形式的、中立的和有待人来发现或发明的东西。因此针对科技公众交往来说就会形成一种通过出版物从科学共同体到公众的单向知识流动，若沿着这种思维路线，必将只有一种结果，那就是公众越是学习科技知识就越是支持科学技术。但若科学普及并没有真正改善或提高公众对科学的理解水平，公众就会变得漠不关心甚至缺乏信任。这就表明，目前的科学普及还是强调专家对公众的教育，而非真正的接近科学外行并使其参与到科学决策中来。[5]

在科学的所有用处中，培养出少数专业知识水平较高的科学家是远远不够的，也是很危险的，因此，在某些重要的科学发现和科学方法必须在最大的范围内使公众得到了解。理解科学本质，把握科学技术发展方向，是科学家的责任，同时也是整个公众的责任和义务，这也是公众理解科学的目的所在。

4.3 提高公众科学素养

第八次中国公民科学素养调查结果显示，2010 年，我国具备基本科学素养的公民比例为 3.27%，比 2005 年提高了 1.67 个百分点，比 2007 年提高了 1.02 个百分点。中国科普研究所所长任福君认为，这些数据体现了中国人对科学感兴趣，有科普需求，但是不能否认与日本、加拿大、欧盟等主要发达国家和地区相比还有很长一段路要走。

要想理解公众科学素养这个概念，首先要理解“素养”这个概念本身。“素养”的基本概念是指要定义一个个体为了参与书面交流所必须具备的读写技能的最低水平。而且，素养也总是被人们以极端二分的方式使用：有，或者是没有。历史上，如果一个人能读会写，就会被人认为有素养，然而在最近的几十年里，基本的素养技能被重新定义了，可能更多是表现在具备在当代工业社会正常活动所需要的最低技能的“功能性素养”。在这个语境下，公众科学素养可以定义为公民在现代工业化国家进行正常活动所需的理解科学与技术的水平。在这种意义下的科学素养概念并不是理解科学与技术的理想水平，只不过是一个最低的要求。人们广泛认为，公众科学素养至少包括两个基本维度：一是能够掌握科学术语和概念的基本词汇；二是能够理解科学处理现实问题中的过程和方法。[34]

现在，我国已经有一些学者感到以前对诸如“公众科学素养”之类概念的理解是成问题的。以前我们通常认为，公众的科学素养主要表现在对科学知识的记忆层面以及对一些比较简单的科学方法的了解，例如地球是圆的、地球有自转和公转等。然而，在科学技术已经高度发达甚至已经进入超速发展的社会中，这种素养是远远不够的，对科学技术的负面价值思考，对科学技术滥用的警惕和忧虑，对科学发展限度问题的探究，都应该成为公众科学素养的一个重要组成部分。而且，这一点当我们进行理性思考和讨论时很少会有人会否认，但是在实际生活中绝大部分人会忽略这一点。

因此这些问题需要思考：科学与公众之间的关系是什么？传播科学技术的目的是什么？公众，其中也包括科学家本身，理解科学活动的本质和内涵核心不仅仅是科学知识的灌输，应该是对科学本质的深刻理解，对科学给人类带来的价值观的理解和维护，也是对理性的渴望和维护。现代社会所要求的科学素养由原来的让公众了解科学知识转到使公众具备基本的科学精神，即萨根不断提到的好奇心、探究真理的精神、怀疑的精神、参与决策的意识与能力以及实证意识。科学素养对普通民众十分重要，一个远离科学、没有科学素养的公众群体是无法正确发挥公众舆论的力量；同样，科学素养对科学家也十分重要，他们首先是社会的人，然后才是某个领域的专家和学者。[35]因此,《十字》中被卷入是非的广大公众和科学家的行为是值得我们反思和借鉴的。

4.4　对现实的批判和对未来的预期

《十字》中王晋康对天花病毒的现状和未来发生的可能进行了文学创作，这种创作无疑是成功的。随着社会的发展和科技的进步，人们开始进行深刻的思考：现今科学技术的使用是否合理？科学技术能否许给人类一个光辉灿烂的未来？科学在我们的社会生活中到底扮演了什么样的角色？这种对于未来和现实的理解和探询，对于科学时代的反思是进行时，终极答案还没有出现，传播什么的问题也没有得到解决。

然而这并不能阻止我们对于现实和未来的判断和预期，从传统科普到公众理解科学到科学传播，我们期望能够真正的了解科学，正确的使用科学，规避科学技术发展将会引发的负面影响。随着科学技术在社会生活中的角色越发重要，对于自然界和人类社会的影响也越来越强烈，现实和未来的角力越发尖锐和紧迫。只有通过对现实批判，通过人们的全体参与来决定科学怎么造福人类、决定发展方向和速度、什么样的科学是我们需要的、科学哪一方面应当发展等。只有这样，未来的社会与科学才有可能是和谐的，未来的世界才可能是自然生态多样、文化生态多样，各民族和平共处、可持续的发展。[3]

4.5 基于网络数据对《十字》科学理念认同度的分析

为了印证笔者的相关结论，从网上选取与《十字》相关的评论并对之进行分析、归纳和总结。其中包括豆瓣网、王晋康博客、卓越、亚马逊、中国作家网、网易读书、其他博客评论等。通过考察，笔者发现在上述 6 类网站共有 111 条关于王晋康《十字》以及王晋康老师所创作的新型科幻小说的评论。[36] 各种网站统计结果见表 1。

表 1　各网站评论统计表

网　站	评论数	网　站	评论数
豆瓣网	15	王晋康博客	73
卓越亚马逊	10	中国作家网	5
网易读书	3	其他类博客	5
各种网站总评论数	111		

通过对这些评论的分类、归纳和总结得出同意王晋康《十字》中科学理念的比例很高，大部分人对《十字》表现的核心理念比较认同，而且对这种体现了科学理念的新型科幻小说持支持态度（见表 2）。

表 2　对《十字》表达的科学理念支持和理解比例

网　站	支持率	网　站	支持率
豆瓣网	93%	王晋康博客	82%
卓越亚马逊	80%	中国作家网	100%
网易读书	67%	其他博客类	100%
总支持率和理解	85%		

总体来讲，网上对于王晋康《十字》的评价可以归结为三点：第一,《十字》表达了一种科学的世界观和有别于传统媒体的科学理念，王晋康对大自然和科学的敬畏深深烙印在《十字》的字里行间，使作品有了用“上帝”的眼光看待世事的意味，人类的疾病实际上是对人种的检验和锻炼，过度的人为干涉和采取防御措施，用科学技术去剥夺其他生物生存的多样性反而不利于种群延续，王晋康的思想是先于时代的真知灼见。第二，科幻作品不仅仅是科普作品，它不单单传播科学理念和普及科技知识，更是弘扬了一种先进的方法论。在其不动声色的描述中不仅找到了人类思想和行为的种种误区，更是提供了一些可以参考的解决方法。推崇平衡医学理论，首次提出用低毒性的野病毒来代替目前的疫苗防疫方法；他批判了强科学主义的说教，尽管这些说教在传统媒体中显得振振有词，但是放在王晋康营造的特殊语境中就显得幼稚可笑，毫无价值。第三,《十字》不仅富含科学知识，而且富含人文地理、生活常识等方面的问题，更是为广大读者描述了一种不同的未来途径。

总而言之，王晋康的《十字》中弥漫着悲天悯人的味道，切实传达出科学双刃剑的思想。虽然他的科学理念孰是孰非还有待于实践检验和学术界的评价，他提出的那些不同价值体系的崭新观念由于过于激进，很难被政界、媒体认可，甚至有个别强权科学主义者称他为“伪科学”。然而，人类对于真理的认知，都必须经过一个复杂而又漫长的过程。不能忽视的是，对科学局限的认识，直面科学的存在，平衡医学理念等等方面的关注和认识，对于我们了解当前科学传播现状和未来发展有着重要意义。

5 结 论

本文首先从概况入手，以科学传播学的角度对王晋康长篇小说《十字》进行了深入的剖析和全景式的扫描，分析文中科学传播的内容、对象以及目的，得出其作品对于现今科学传播的意义和影响。通过多个层面和角度，揭示了新型科幻小说中科学传播中的独特魅力，得出以下结论。

结论 1 新型科幻小说体现出对新科学理念追求和颂扬，转变科学传播思想，加强对传播内容，尤其是科学理念的宣传。

今日对于科学传播的理念有所改变，科学不再是遥远而神秘的不可企及的东西，科学家也不再是站在神坛上面不食人间烟火的圣人；科学传播最重要的不是怎样传播而是传播什么。新型科幻小说很好地体现出这一点。小说中科学的角色和功能不再是想当然的不可置疑，人们开始反思和质疑科学，对科学家的形象、科学共同体的功能发挥、对科学伦理的约束力等方面也有一个综合、全面的描述。无论是在何种形式何种媒体载体进行科学传播时，都应当包含此种理念，向公众传播科学不再是高高在上教训人的东西，而是出自人、为了人、服从人、服务人；科学传播的内容也不能使一味歌功颂德，而是带有反思、批判和质疑，从而真正意义上让公众认识科学；未被传统科普关注的科学精神、科学思想、科学方法也应当为公众所知。

结论 2 新型科幻小说关注对科学传播中缺省模式的描述，指出科学传播应是科学普及与公众参与并重。

科学传播反对传统的“知识下行”，即科学家向民众的居高临下的施舍，应当理解成科学家的义务，打破科学主义的意识形态。即科学普及的单向传播已经不能满足当今人们的需求，科学传播的双向互动则是追求一种观念上的平等。在今天这个大科学的时代，纳税人有权利了解科学的进展，评估科学的正反效应。就高、精、尖的现代科学，公众可以参与到对社会后果的评估，进而在科学的发展方向、规模和速度方面起一定的制约作用；另一方面，公众可以直接参与科学知识的建构。因此，多元、平等的观念将始终贯穿科学传播这一领域，在继承传统科普的科学向公众传播，又要强调公众向科学传播这一新维度，进而实现科学多样性和文化多样性。

结论 3 新型科幻小说体现了尊重科学和科学精神与人文关怀并重的理念，科幻小说可以成为加强科学与人文“联姻的桥梁”。

我国现在两种文化分裂问题十分严重，表现在“无知”和“傲慢”两个方面。无知可以追溯到教育的失误，即严格的文理分科教育。培养出来的学生知识结构单一、缺乏综合优势，从而导致理科生对文科的无知，文科生对理科的无知。傲慢则主要表现在意识形态上，即科学主义日盛、人文主义式微。从五四运动打倒孔家店、科玄论战后的玄学败北，再到今日的技术专家治国、工程效率优先，人文的退隐和衰微成为常式。

因此想达到两种文化的融合，更重要的是一种立场的观念的变化，这也是弥合两者的重要基础。一件是需要以人文学者熟悉的方式向他们讲述科学知识，让他们了解科学的人文意义，而非把科学当成一个供奉在神坛上的神秘东西；另一件是向科学家重新阐述科学的形象，着重揭示科学中的自由维度。虽然科学与人文是不同的领域，不大可能完全同一起来，但是这两个领域表现出来的人类认识上的某种平行性是值得关注的，新型科幻小说将两者完美地结合在一起，是天然的可以将两者联合起来的桥梁。

参考文献

[1] 江晓原．专访上海交通大学教授江晓源：中国最好的科幻作家还未被公众熟知［N］．深圳商报，2010-03-22（C02）．

[2] 吴国盛．科学传播与科学文化再思考［N］．中华读书报，2003-10-29．

[3] 田松．科学传播——一个新兴的学术领域［J］．新闻与传播研究，2007（2）：85-86．

[4] 柯文慧．对科学文化的若干认识——首届“科学文化研讨会”学术宣言［J］．科学对

社会的影响 2003（2）：41-44.

［5］刘华杰．科学传播读本［M］．上海：上海交通大学出版社，2007：5.

［6］亚当·罗伯茨．科幻小说史［M］．马小悟译．北京：北京大学出版社，2010：13.

［7］郑军．科幻文学第二卷［DB/OL］．http://www. chinawriter. com. cn/yc/2003/2003-02-11/27821. shtml.

［8］蒋信伟．走出低谷的中国科幻小说［N］．文艺报，2007-11-06.

［9］江晓原，刘兵主编．科学的异域［M］．上海：华东师范大学出版社，2008.

［10］张志明．从思想史角度看科学理念和科学精神［N］．学习时报，2004-06-21.

［11］江晓原．我们准备好了吗：幻想与现实中的科学［M］．北京：科学出版社，2007.

［12］中国科学院．中国科学院关于科学理念的宣言［DB/OL］．http://www. cas. cn/jzd/jys/jyszt/zkybbgykxlnxy/gykxlnxy/200702/t20070226_1682729. shtml

［13］刘兵．面对可能的世界：科学的多元文化［M］．北京：科学出版社，2007.

［14］刘兵，侯强．国内科学传播研究：理论与问题［J］．自然辩证法研究，2004（5）.

［15］王晋康．十字［M］．重庆：重庆出版社，2009.

［16］王晋康．1997 年国际科幻大会演讲稿：我的科学哲学观［DB/OL］．http://wang. jin. kang. blog. 163. com/blog/static/38503696200782643915558/

［17］江晓原．科学怎么越来越让人不放心呢?［N］．新快报，2009-12-15（B13）.

［18］蒋劲松．人天逍遥：从科学出发［M］．北京：科学出版社，2007.

［19］江晓原，刘兵主编．瓦尔登湖的春天不崩溃［J］．中国图书评论，2009-10.

［20］吴国盛．科技应有禁区［N］．光明日报，2000-08-10.

［21］郑军．开辟想象天地的人们：当今中国科幻的“四大掌门”［DB/OL］．http://www. xici. net/#d7956953. htm.

［22］吴国盛．现代化之忧思［M］．北京：生活·读书·新知三联书店，1999.

［23］李普曼．舆论学［M］．林珊译．北京：华夏出版社，1989.

［24］詹正茂，靳一．中国科学传播报告［M］．北京：社会科学文献出版社，2009．6.

［25］卡尔·萨根．李大光译．魔鬼出没的世界［M］．海口：海南出版社，2010.

［26］Jonathan Gottschall. Literature, Science, and a new Humanities［M］. Palgrave Macmillan. 2008.

［27］逸庐．心囚［N］．光明日报，2005-01-10.

［28］威廉·布罗德，尼古拉斯·韦德．背叛真理的人们——科学殿堂中的弄虚作假［M］．朱进宁，方玉珍译．上海：上海科技教育出版社，2004.

[29] 凌小萍，谢慎兰．科技传播的障碍分析及对策研究 [J] 理论与实践，2008.（1）.

[30] 蒋劲松．从科学走向民主：读《在理解与信赖之间》[J] 民主与科学，2006.（1）.

[31] 田松．有限地球时代的怀疑论：未来的世界时垃圾做的吗 [M]．北京：科学出版社，2007.

[32] 吴国盛．从“两种文化”到“第三种文化”[N]．中国图书商报，2003-08-01.

[33] 麻晓蓉．从公众理解科学看媒体科技传播的社会责任 [J]． 科技传播，2007.

[34] 迪尔克斯，冯·格罗特．在理解和信赖之间：公众，科学与技术 [M]．田松译．北京：北京理工大学出版社，2006. 1.

[35] 李大光．科学传播的最终目的——讲科学精神注入民族文化 [DB/OL]. 口述经济学．http://web.cenet.org.cn/web/koushujingji/index.php3?file=detail.php3&nowdir=&id=93556&detail=1 ）

[36] 参考网站：

http://book.douban.com/subject/3448653/reviews

http://wang.jin.kang.blog.163.com/blog/#m=0

http://www.amazon.cn/mn/productReviewApplication?uid=475-0847820-3818948&asin=B001UZCLAG

http://web.chinawriter.com.cn/s.php?intro=title&k=%CD%F5%BD%FA%BF%B5&dpc=1

http://comment.book.163.com/book_bbs/PROD00920000Fba_.html

http://blogold.chinaunix.net/u/24896/showart_1877151.html

http://blog.sina.com.cn/s/blog_485df6130100erjs.html

http://blog.sina.com.cn/search/search.php?uid=1196900641&page=1&keyword=%E5%8D%8 1%E5%AD%97

http://club.163.com/viewElite.m?catalogId=177363&eliteId=177363_107c8373d600b69

http://blog.yoka.com/1480733/4417085.html

（田璐：北京科技报社总编辑助理，传播策划部主任）

——此文为田璐的文学硕士学位论文，指导教师为刘兵教授，学科专业为传播学，授予单位为河北大学，答辩日期为 2011 年 5 月

人文科幻更易于科幻小说的商业化推广

——浅论王晋康的科幻创作

成　全

2014年9月底，象征中国科幻届最高成就之一的第25届银河奖再次把最佳科幻长篇小说奖授予王晋康的《逃出母宇宙》，且奖金破天荒地提高到了10万元人民币，这对中国本土的科幻小说的发展进程预示着什么呢？笔者从1998年开始阅读科幻小说，并成为日后的科幻迷、科幻作者和翻译者，科幻文化推广者与从业者，王晋康老师发表在1998年第7期《科幻世界》杂志上的《豹》（下篇）开启了笔者的科幻之路，是笔者的科幻“处女读”，正是这篇描写生物工程的半部中篇小说让笔者认识了中国式的科幻，让笔者见识了与自己“实际生活不同的世界观文化话语形式”[①]，并对科学超现实而非自然超现实的文体顶礼膜拜。阅读科幻近20年，也读了王晋康的作品近20年，下面，笔者就来浅论王晋康的科幻创作。

2014年度的银河奖奖金因商业赞助而大幅增高，无疑从经济层面上刺激了中国本土作家的创作，王晋康在一次访谈中说道：“……科幻小说的商业化是一件好事，只有充分商业化才能养得住作家，也才能在众多商业化作品中孕育出文学化的精品。后备力量不足也不是问题，竖起招兵旗，自有吃粮

① 亚当·罗伯茨的《科幻小说史》，北京大学出版社出版。

人……”[1]

其实王晋康本人也在长期的创作中养成了商业化写作的创作习惯，王晋康曾坦言：“……美国大片《盗梦空间》引入中国后，很多人说我应状告好莱坞剽窃我10年前的《七重外壳》。这虽是玩笑，但说明我的作品中早就不乏大片的内核。我即将出一个短篇结集，收了10部短篇，里面每篇都可拍成电影，如《终极爆炸》《生命之歌》《转生的巨人》……”[2]

王晋康本人出生于新中国成立前，按生理年龄应该远远大过目前活跃的几位本土科幻作家，如刘慈欣、韩松、何夕等，但论辈分层面，他们同属于新生代。从创作类型来言，仅从他和刘慈欣的对比，与刘的硬科幻风有着截然不同的一面，王的作品总体带着一种人文关怀，从关注的科技事件上可能缺少刘那样的鸿大巨制，但其往往带有主人公个人的悲情主义。如他的早期作品《西奈噩梦》中的阿拉伯间谍，在犹太科学家为其营造的梦中他渗透了中东的历史，因回到过去造成的蝴蝶效应改变了自己的基因，造成自身命运和民族命运的扭曲……又如《豹》，一个因基因工程加入了万分之一豹基因的“人类”被剥夺了刚刚授予的短跑奖牌，社会哗然，人们争论的焦点是，如果今天大家认同拥有万分之一的豹基因的“人”是人类的话，那么明天，又怎么对待一个拥有万分之一人基因的“豹”存活于世界呢？主人公，所谓的豹人将为自己的命运抗争。笔者认为，这种以人为本一条线贯穿的叙事，更能把控读者的感情，引起更强的戏剧冲突和共鸣，而不是让读者埋葬在一通技术流的术语下，仅仅在阅读后留下一个对小说创意新奇的遗念。因而如此热衷于人文而科技描写偏软的作品更有助于科幻阅读圈的扩大，增大科幻小说未来的商业可操作性。

从题材上看，王晋康的科幻小说也更具前瞻性，关注的问题先知先觉于公众视野，有良好的预知未来的潜质。如他的《替天行道》一文，发表于上世纪90年代，那会的转基因技术刚刚推广，转基因农产品才刚刚进行

① 出自起点网王晋康与主持人书香两岸的访谈对话录。

② 出自《转生的巨人》后记，王晋康著，人民邮电出版社出版。

商业化运营，并未引起国人的大讨论。而王晋康却倚着一个优秀科幻作家的触角敏锐嗅觉捕捉到创作点，虚拟了一种让小麦“断子绝孙”的自杀转基因种子，探讨了商业利益背后所带来的一系列社会问题，同样是人文味道十足，科技描写偏轻松。笔者曾做过一份不权威的统计，发现《替天行道》应是国内最早探讨转基因农业小说，应只有科幻作家才能做这第一个吃螃蟹者。

小说《十字》是王晋康转型长篇的扛鼎之作，王晋康的部分长篇小说均来自于其中短篇的改写，如《豹人》《癌人》《类人》等，其中《类人》里还有其中短篇《养蜂人》的插入。小说《十字》的科学前瞻性和人文主义、哲学思考更加登峰造极，文中探讨的“让病毒温和化”这一主题放在今天也惊世骇俗。《十字》的出现让王晋康更接近于英国的主流文学家，而非单纯的科幻作家；就比如威尔斯和乔治·奥威尔、J. D. 巴拉德等人在英国是身披作家标签，而非著名的科幻作家标签家喻户晓的。而对比大洋彼岸的美国，王晋康也不是被称为“写作机器”的阿西莫夫那类的硬科幻控，其更接近丹·布朗这样的“跨界作家”，在除去精彩绝伦的商业小说描写的背后，带着一种深邃的思想深度，体现于对待科学的批判态度，甚至是一种“反科学”倾向。在西方，科学主义和唯科学主义是放在天平的一端予以批判的。江晓原教授曾经认为，国人在很多时候认为中国的科学技术落后，就不应该批判科学主义，其实科学主义已经产生消极作用，并对我们的事业造成了危害。[①] 总之，科学不是人类解决一切问题的“万能钥匙”，这种观点在王晋康的小说中比比皆是。

综上，王晋康的科幻小说创作属于一种新型的科幻小说创作探索，不同于叶永烈、郑文光、童恩正的，不同于刘慈欣、韩松、何夕的，是一种自成体系的文学历练结果。这种独属于王晋康式的科幻在尊重科学与科学精神的同时，又加入了人文色彩加以调和，甚至是中和、萃取，加强了科学与人文

① 出自《我们准备好了吗：幻想与现实中的科学》，江晓原著，科学出版社出版。

的“联姻”，并在间接扶正了自中国日益式微人文主义。因此，王晋康虽然以工科为业，但却是一位地地道道的人文主义者。他用人文主义宣讲的科学知识能更入人心，更易于科幻小说的商业化推广。

（成全：天津百花文艺出版社编辑）

王晋康："科学是科幻的源文化"

王黎明

王晋康，男，1948 年生于河南南阳，曾任石油机械厂研究所副所长，高级工程师。现为中国作协会员，中国科普作协会员，河南作协会员，世界华人科幻协会副会长。1993 年开始从事科幻小说创作，处女作《亚当回归》即获当年全国科幻银河奖的头奖。自此他一发不可收，接连以《天火》《生命之歌》《西奈噩梦》《七重外壳》《豹》《替天行道》《水星播种》《终极爆炸》《有关时空旅行的马龙定律》《百年守望》等短篇小说连获全国科幻银河奖，至今共获 18 次（含提名奖），是全国获银河奖次数最多的作者。曾获 1997 年国际科幻大会颁发的银河奖。获世界华人科幻大会星云奖中的长篇小说奖。迄今发表短篇小说 80 余篇，出版长篇小说《生死平衡》《生命之歌》《少年闪电侠》《拉格朗日墓场》《死亡大奖》《时间之约》《十字》《蚁生》《与吾同在》《逃出母宇宙》等近 20 部，计 500 余万字。2014 年，年届 67 岁的王晋康以大气磅礴的幻想新作《古蜀》擒获首届"大白鲸杯"原创幻想儿童文学特等奖，并捧回 15 万元奖金。

《科幻世界》姚海军先生曾经在一篇文章中说，20 世纪 90 年代被称为王晋康时代。王晋康与韩松、刘慈欣并称为国内三大科幻作家，他的作品苍凉沉郁，冷峻峭拔，富有哲学韵味，是"硬科幻"的代表人物。

在短短两个小时的采访中，围绕科幻创作技巧、核心科幻理念、科幻创作心得等问题，王晋康先生旁征博引、恣意挥洒，向我们展现了科幻文学的“科学之魅”。

谈新作

王黎明：听说您最近又获得了一个大奖?

王晋康：这个奖是“大白鲸世界杯原创幻想儿童文学奖”，是由中国儿童文学研究会、北师大中国儿童文学研究中心和大连出版社共同举办的。因为有企业在后面赞助，财力比较雄厚，评选也相当严格，我的新作《古蜀》获得了特等奖。

王黎明：您最近的一本书是《逃出母宇宙》，写的是什么内容?

王晋康：《逃出母宇宙》写的是一种全宇宙都深陷于其中的灾变，以及人们如何应对这种灾变。

王黎明：听说您最近还要出版一本新作，是关于哪方面的题材和类型?

王晋康：这本书是《上帝之手》，是我七八年前写的，当时北京和平出版社要出，后来因为某种原因没有出版。去年我在四川文艺出版社出了一本《血祭》，是一部科学悬疑小说，即针对某个科学问题，采用悬疑推理小说的手法去写。《上帝之手》是描写少数派性取向的题材，同样属于科学悬疑小说，后来也交由四川文艺出版社出版。最初我定的书名是《天残》，出版社认为这个书名不太合适，后改名为《上帝之手》。

王黎明：您刚才提到的《血祭》，是不是去四川金沙三星堆采风时写的?

王晋康：是的。当时成都市委宣传部策划了一次金沙三星堆的文化推广，采用科幻文学形式。有好几位作者都参与了，包括郑军、四川女作家海妮等。其中分给我的是一部长篇，我就写了这部《血祭》，这是一部现代题材的小说，写完之后感觉不是太过瘾，后来又写了一本历史神话小说《古蜀》，就是这次获奖那部。

工程师的科幻之旅

王黎明：您本来是一名工程师，为什么会写科幻小说呢，您是怎么走上科幻之路的？

王晋康：多少有些偶然。科幻是一个非常特殊的文学类型，有很多铁杆的科幻迷。我从小也喜欢科幻，但是还不算铁杆。在上大学的时候，因为长期失眠，不得不放松学业，当时正赶上 80 年代国外文艺作品大量进入中国的时候，看了很多文学小说。国内也出了很多优秀的文学作家，像莫言、苏童、张贤亮这些人，他们的作品我也看过很多，还练笔写过不少东西。但是从没想过走上科幻创作这条路。我学的是工科，从小自认是一个“理工男”，偏重理性思维，人生之路还是想走理工路。当时开始写科幻小说的一个直接诱因是为了给儿子讲故事。那时候工作忙，没时间阅读新的故事，就自己编故事。有一次故事讲完之后，儿子说我编的故事比书上的好，于是我想不如抽时间写出来试试。另外，大学时期的练笔也为后来的写作做了准备。

王黎明：您当时编的是一个什么故事？

王晋康：那是《亚当回归》，五一假期花几天时间成稿的。那时候不知道有《科幻世界》这本杂志，偶尔在地摊上看到，就把上面的地址抄下来给寄去了。当时《科幻世界》征稿困难，老一辈作家创作热情受了打击，写科幻的大多是年轻作者。像我这样 45 岁左右、有相对成熟的文学技巧、对科学也有一定看法的人比较少。杨潇社长在自由来稿中看到了我的这篇小说，感觉眼前一亮，后来这篇小说获了当年的银河奖，对我来说是精神上非常大的支持。后来,《科幻世界》又向我约稿，我就把肚子里成型的两篇都写出来，并且都发表了，其中《天火》获得 1994 年科幻特等奖。这两次获奖之后，我就坚持写下来了。我走上科幻这条路还有两个原因：一个是上大学前的文学准备，看了很多书，练了一些笔。另一个更重要的因素是科学情结。我这个人生性好奇，喜欢问为什么，很多场合我都举过下面这个例子：我真正感受到科学的神奇，是知道光的七彩颜色只是电磁波频率不同——七彩颜色竟然会与频率这个数字化的东西挂钩，突然感觉到眼前五光十色的世界被干巴巴的物理定律解构了，但是这个物理定律又是那样的深刻、美妙、涵盖一切、普适于全宇宙，于是对科学产生一种敬畏感。

王黎明：请问您一般是从什么地方得到灵感，是不是受了一些外国作品和理论的影响?

王晋康：首先说理论影响是完全没有。我是凭直觉写作的人，而且是"半道出家"，完全没有研究过这些理论。外国作品的影响是有，但不是具体构思上的影响，而是一种整体的思考方式、写作风格、写作技巧方面的影响。灵感从哪儿来的问题不好说，既然是灵感，就没有一定规律可循，不一定什么时候就出来了。比如《生命之歌》的灵感之一是来自国外一篇文章，说生物是有生存欲望的，这种生存欲望存在于 DNA 的次级序列中；另一个灵感来源是基因音乐。"基因音乐"一度被炒得很热，基因有几个代码，正好可以与"1234567"做互相代换，从大肠杆菌到人类的各种生物基因，都可以用 7 种音符代换。结合这两个灵感，我就写出了《生命之歌》，就是描写生存欲望的歌曲。

核心科幻与科幻构思

王黎明：您提出的核心科幻观点，具体内容是指什么?

王晋康：核心科幻实际就是过去说的硬科幻。过去一般将科幻文学分成软科幻和硬科幻，我觉得这个说法不太合适，因为这种说法把软科幻和硬科幻并列了。真实情况是，科幻作为一种包容性很强的文学类型，其边缘地带与主流文学以及奇幻、玄幻、侦探、推理、言情小说等没有明显的界限。所以才会出现这种情况：有的人说他是科幻作家，但作家本人不承认他是科幻作家；或者有人说自己写了一部科幻作品，但大家不认为他写的是科幻作品。目前科幻界已经达成共识，不去区分软科幻和硬科幻。然而，既然是一种特殊的文学类型，科幻文学必然要有独特的文学特质，即它与科学是紧密联系的，科学本身是科幻文学的一个源文化，科学因素就是它的美学因素。用通俗的话说，这种美学因素就是表现出科学的震撼力。这种震撼力有时是视觉的、感性的，例如大刘（刘慈欣）的作品经常有对宇宙、星际飞行的壮观描写。我的作品更多是通过理性的描写传递科学的奇妙之处。比如我 20 世纪 90 年代作品《天火》，写的是“文化大革命”科学荒漠时期一个名叫林天声的男孩儿的故事，他出身不好，饱受当时政治环境高压摧残，但是思想非常活跃。当时日本物理学家坂田昌一自觉运用辩证唯物主义，提出了物质无限可分的观点，毛泽东说他相信坂田昌一说的是对的。林天声在物理课堂上对老师提问，说既然物质无限可分，那么在物质的每一个层级中间，空间必然占据很大一部分，物质实体只占了很小一部分。如果无限分下去，物质不就趋近于零了吗？那物质是不是就是空间了呢？这种观念其实是现代物理学基本认可的东西。林天声的观点是一种直觉上的思考，虽然粗疏，但大体上是正确的。这部小说发表之后，有读者说科幻作家王晋康是一个物理学大家，这当然是谬赞，但这样的哲理阐述的确可以打动一些偏重理性思维的读者的心。再举一个例子，像美国科幻作家特德·姜（又译为特德·蒋）的作品《你一生的故事》，小说的科幻构思是把光的折射定律与宿命论联系起来。折射定律大家都清楚，光在不同介质中间不走直线，而是走折线。但是因为光在介质中的速度不一样，在不同介质中走的折线正好是用时最少的路径，这是物理学上更基本的最小作用量定理的一个特例。光的折射定律人们都知道，但一般人想不到用时最短的问题，特德·姜对这个现象做了诠释，味道就不一样了：他说光在出发的时候，好像已经能预知到未来的经历，并且可以主动地做出选择。虽然我不认为这种说法是对的，但是这种诠释也能说得通。把大自然当中很玄妙的东西，用文学的语言描述出来，这样的作品我认为就是核心科幻，与科学本身有非常密切的联系。

在核心科幻作品中，我认为应非常重视科幻构思，其他的科幻作品并不要求这一点。比如说克拉克的《天堂喷泉》，构思就是说太空电梯，而且这种太空电梯在科学家中间已经处于技术论证阶段。再如我的作品《生命之歌》，里面的科幻构思就是说，生物都有生存欲望，都要尽量活下去，这种生存本能都要代代相传；如果不承认超自然力，不承认上帝，这种本能只能通过基因传递，并且是数字化的，是可以破译的。这就是比较“硬”的科幻构思。另外核心科幻要求正确的科学知识。科幻作家不是科学家，不可能不出硬伤，作品中偶尔出现硬伤不算太大的问题，但应该尽量避免硬伤，保持科学知识的正确，这样不会误导青少年读者。

“符合科学意义的正确”

王黎明：您曾经在一次讲座中说，科学是您的信仰，请谈一谈您作品中的超硬内核，是如何看待科学构思以及科学构思如何才能达到科学的正确？

王晋康：“符合科学意义的正确”——这个词容易引起误解，需要事先解释一下。科幻是文学作品，并不要求符合科学正确。但既然是科幻，就必须与科学联系起来，特别是其中比较“硬”的那些作品，最好能存活于现代科学体系之中，即：以目前的科学知识和水平的发展，对它不能证伪，是有可能实现的，这就可以定义为“符合科学意义的正确”。

再说超硬内核的问题，这是吴岩老师转达香港作家对我作品的评论，有人说我偏人文，有人说是超硬。这两者看似有很大分歧，不能并存，其实是可以并存的。我的作品确实很注重人文思考，同时确实很强调科学正确，是基于对科学的正确理解展开人文思考。举《替天行道》的例子来说，小说中暗指的是美国孟山都公司，他们投入巨资开发良种，为了让农民不能直接用其良种进行再种植，就用很大的财力开发了一种自杀基因，这种基因装在种子里，种子就不能发芽，必须通过一种特制溶液浸泡才能发芽。这种做法从商业运作上说，是无可非议的，但是从“上帝”的视角来说，完全为了追求利益，就将自杀基因装在食物中间，是不是做的有点太过了？人类社会中短时的合理，是否就符合上帝规则中长期的合理呢？

王黎明：这本小说是受到什么启发而写的，怎么会想到这个合理性问题？

王晋康：是看到新闻中印度有农民火烧孟山都的报道，启发了我这个想法。我在小说中特别安排了一个中国式的“上帝”——一个老农的形象，他对种子不发芽的现象特别不理解：几千年来都是春种秋收，播种下去就会发芽，到这儿怎么就不能发芽呢？他就想不通这个问题。这实际就是通过老农饰演的“上帝”谴责孟山都这样的科技精英，以人类的短期合理破坏上帝规则的长期合理性。这种思考应该说是有分量的，科技界的人一般想不到这儿。我曾经问过一个农业大学副校长，留美博士，他竟然完全不知道自杀基因这回事。所以说，科幻作家的视角有时候会比专业人士更敏锐一些。

王黎明：您是从什么渠道关注到这么多的科技前沿的事件的呢？

王晋康：其实不需要特别的渠道，就是从一些公开性的报道中，从一些比较平常的科技报道中，提取值得思考的闪光点，这要求作者的目光比较敏锐。

“中国科幻走出去”

王黎明：您对中国科幻走出去的问题有什么看法？

王晋康：中国科幻走出去，说重一点就是一种洋奴心态，中国人落后了很多年，这种心态是很强的，包括我自己身上也有。现在很多人都希望争个国际认可，这种心态是非常可笑的，但一时半会儿还不能消除。像莫言如果没有拿诺贝尔奖，也很难有现在的知名度和商业价值。但是反过来想，盛唐时候的诗歌，他们有要求走出去吗？所以这是中国在复苏的过程中产生的一种病态的东西。但事情都是两面的，从另一个方面说，还是要认可这种现实，走出去之后可以扩大中国科幻在国内和国际上的影响。

王黎明：您对中国科幻的发展前景有什么期望？

王晋康：当前这一波科幻浪潮大概从 1990 年开始，20 多年来的发展不算是根深叶茂吧，至少是站住脚了。特别是刘慈欣的《三体》的出现，把中国科幻的影响推到了科幻圈以外的社会生活方面，是一个突破性的作品。

王黎明：您觉得《三体》获得巨大成功的原因有哪些？

王晋康：首先是非常精彩的科幻构思，再就是非常好的文学技巧。比如第三卷《死神永生》，用一个童话把整个情节串起来，满足了人们某种探幽寻秘的心理，并且与青少年读者心里的情感之湖是暗通的。另外我认为《三体》取得巨大轰动的一个重要因素是它的时尚性，是一部严肃作品与时尚的结合。在当前环境下文学作品要想取得广泛的社会影响，应该增加一些时尚的、流行的元素。

科幻与科普之关系

王黎明：您对科幻和科普的关系怎么看？

王晋康：就像前面说的，科幻包括多种类型，一些外围的科幻与科普没有任何关系，与科普关系紧密的应该是核心科幻。核心科幻是以科学为源文化，以科学因素直接作为美学因素，那就与科普有天然的联系：一个是核心科幻要求有正确的科学知识，这样就以润物细无声的方式，向读者浇灌一些科学知识和信息。另一个因素更重要，不光是知识，最重要的是消除对科学陌生的疏离感，让读者感到科学就在身边，是生活的一部分，树立起对科学的热爱；如果他的思维再理性和敏锐一点，可以真切感受到科幻小说中科学本身揭发的大自然震撼力和美感，也许就可以激励他将来走上科学之路。上海一位科普名家曾经说，其实不需要科幻，科学本身就有震撼力，我们可以在科普中间把这种震撼力传递出来。这种说法有其合理性。最近的《量子物理史话》这本科普书就确实写得很好，深入浅出，把科学本身的美充分表现出来了。但用文学方法来表达科学的震撼力也是不可缺的。

王黎明：但是表现科学本身的美，也存在一个方式问题，要用什么方式去表现。

王晋康：是这样。比如《量子物理史话》这种科普作品，其中传递的科学的美，需要具备一定知识储备的读者才能真正领悟，也许也并不太适合青少年儿童。所以说，应该用不同的方式来展现科学的美，科幻和科普应该是同盟军的关系，而不是相互替代的关系。

后　记

科幻小说中的人文思考，其本质是在科学描写背景下，对科学过程、活动及其社会影响进行反思。从科学传播的角度辨析，对科学过程和活动的反思，其实是对“科学的文化”（Scientific Culture）的价值批判；对科学的社会影响进行反思，其实是对“科学文化”（Science Culture）的价值批判。两者也许并没有绝对的边界。相对而言，核心科幻侧重于“科学的超硬内核”，即“科学的文化”描写，相应的人文思考也多涉及科学过程和活动的价值批判；而在此批判过程中，核心科幻作品要求具有更加坚实的科学构思以及“科学意义上的正确性”，最好能“存活于现代科学体系之中”。

采访中提及了科幻文学的特质。从创作文化角度，王晋康认为“科学是科幻文学的源文化”。笔者以为这其中包括两层内涵：科学的文化及科学过程；科学文化及其社会影响。从艺术美学角度，王晋康说“宏大、深邃的科学体系本身就是科幻的美学因素”。笔者以为，这里的科学审美同样可从两方面理解：一是展现科学内容及过程的美，即展现科学包括数学形式及科学行为的严谨、简洁、优雅、普遍性等美学特质；二是展现科学的社会影响和科技成就（工程、产品、应用等）的宏大或精巧、壮丽或幽微之魅力。

在谈到科普与科幻的关系时，王晋康提到，科幻和科普都具有以科学为美的艺术取向。笔者认为，科学审美是科幻和科普作品共通的魅力来源。在展现科学美感的基础上，科幻作品侧重于情感传递和人文思考，科普作品则侧重于科学传播的工具价值。其次，培养读者的科学认知、唤醒读者的科学热情，是科幻作品的文化诉求，也是科普作品的价值诉求。此外，科幻作品中大量关于生命、自然、宇宙和科学实验、科学仪器、科技工程以及科学家的思维、对话、探索行为的描写，能够强化读者对科学的感性认知，建立对科学过程和活动的“直接经验”，可以视为过程科普的一种形式。

——2014 年 5 月采访于北京

（王黎明：中国科普研究所博士后）

“中国科幻的思想者——王晋康科幻创作20周年学术研讨会”综述

“中国科幻的思想者——王晋康科幻创作20周年学术研讨会”综述

闫　娜

在中国科普作家协会成立35周年之际，为庆祝著名科幻作家王晋康创作20周年，2014年10月31日下午，“中国科幻的思想者——王晋康科幻创作20年学术研讨会”在中国人民大学莫扎特音乐厅隆重举行。此次会议由中国科普作家协会与中国人民大学文学院联合主办，科学普及出版社、《科幻世界》杂志社、世界华人科幻协会、南阳市文联、南阳二机石油装备（集团）有限公司协办。中国科普作家协会理事长刘嘉麒院士，中国科普作家协会秘书长石顺科，中国人民大学文学院院长孙郁，茅盾文学奖得主柳建伟，著名学者张颐武、王泉根、孟庆枢、刘兵、孙宏、吴岩等参加了会议，此外，挚爱王晋康作品的日本学者、科幻作家、翻译家立原透耶，中国台湾科幻界元老黄海、李伍熏、林健群、林育民，大陆科普界著名人士董仁威、颜实、尹传红、郭晶、杨虚杰和科幻界著名作家、出版人刘慈欣、姚海军、何夕、苏学军、严蓬、郑军、凌晨、杨平、江波、飞氘、夏笳、张冉、宝树、吕哲、成全等也悉数到场。加上各大报刊媒体记者、编辑、影视制作人及诸多高校的科幻迷，共近200人参加会议。

未能与会的著名学人如《人民文学》主编施战军、著名评论家雷达、著名物理学家李淼、科普科幻界元老刘兴诗、著名美籍华裔科幻作家刘宇昆、美国卫斯理学院著名科幻研究专家宋明炜、著名儿童文学作家杨鹏等纷纷发来了热情的祝辞；未能与会的中国科协党组成员及书记处书记王春法、中国科协调研宣传部部长任福君、科学普及出版社社长苏青、著名军旅作家焦国力、著名科学诗人郭曰方、《科幻世界》副主编杨枫等也预祝会议圆满成功。

中国科普作家协会理事长刘嘉麒院士与中国人民大学文学院院长孙郁教授先后致辞。刘院士首先肯定了王晋康先生20年来的创作成果，称赞他以丰硕的科幻作品，深邃的科幻思想为大众提供了丰富的精神食粮，并祝愿他“耳顺之年，宝刀不老”。孙院长高度赞扬了科幻文学在开拓人们思想境界，孕育未来文化因子等方面的深远作用，并表示一贯对文学创作密切关注的中国人民大学文学院将加大对科幻文学的研究和探讨。

其后播放的7分钟视频概括了王晋康的创作人生。之后研讨会分为4个论坛对王晋康的创作成就及科幻思想展开讨论。

一、科幻作家、科幻研究专家学者及出版人对王晋康科幻作品的评析

研讨会第一个分论坛由北京师范大学吴岩教授和西安交通大学科幻作家夏笳主持，著名科幻作家和出版人刘慈欣、何夕、姚海军、凌晨、杨平、郑军依次发言。他们就王晋康作品的创作理念、创作动机、主题内容、思想内涵、艺术特色、现实意义及创作走向等方面的内容进行了全面深刻地探讨。

（一）对王晋康创作理念和创作动机的探讨

同为科幻界重磅作家的刘慈欣首先发言，他指出王晋康虽然被划为新生代科幻作家，但其丰富的人生阅历及深厚的文化底蕴使得他的作品承载了很多作品所不具备的厚重的人文关怀。关于科幻创作，王晋康自有其日趋成熟的创作理念。刘慈欣非常赞同王晋康倡导的“核心科幻”创作理念，并对此进行了总结与概括，即具有好的科幻思想，依赖好的科学构思，作品构思应

有新颖性、冲击力与逻辑自洽性，强调作品的厚重感。刘慈欣进一步表述了他所理解的核心科幻旨在表达科学本身的震撼力，作品中的科学因素本身就是其美学因素的构成。

因故未能与会的著名科幻作家韩松也在其送呈主持人吴岩的讲话稿中高度评价王晋康提出的“核心科幻”，认为这是21世纪中国最重要的科幻概念。他引用2010年8月王晋康在成都召开的《科幻世界》座谈会上的讲话：“科幻作品中，也有最能展示科幻特色和优势的，我称为‘核心科幻’，一是宏伟博大精深的科学体系，与文学上的美学因素并列，展现科学本身的震撼力；二是理性科学的态度，描写超现实；三是独特的科幻构思；其次还有正确的科学知识。”关于什么是好的科学构思，王晋康在之后的谈话中紧接着说：“一是新颖性，前无古人，自洽。二是需要有逻辑联系。……三是科学内核，符合科学，存在于现代科学中，不能被现代科学证伪。”王晋康的“核心科幻”创作理念是其在长期创作实践中的智慧结晶和思想升华。这个理念是对科幻文学创作中科学因素与文学因素的把握及尺寸拿捏的完美阐释，它充分展现了科幻文学的特质和优势。

作为王晋康科幻创作见证者的《科幻世界》主编姚海军认为，王晋康对科幻文学最突出的贡献有两点：首先是对“核心科幻”这一文体的巩固，在其作品中发扬了科学体系本身的美学因素，在这一理念基础上创作的作品不仅包涵了科学精神、科学理性，同时也具有人文思想的内核；第二个贡献是对科幻美学标准的构建。姚海军认为不同时期的美学观念差异很大，而王晋康的科幻创作正契合了科幻文学应具备的美学因素，如创造性的想象、宏大与精微的和谐统一、经典化的场面，人文思想的内核。这两大贡献充分体现了他所倡导的“核心科幻”创作理念的巨大成功，而姚海军以编辑和读者的双重视角见证了这一创作理念在王晋康作品中日臻完善。

在题为《王晋康想干什么？》的发言中，杨平从一名创作者的视角指出科学与文学的矛盾是每一位作家在科幻文学创作中都会遇到的问题，这个矛盾在科幻文学这个文类诞生以来就为大家所关注讨论，王晋康所提倡的“核心科幻”也是对如何解决这一矛盾的理论探索。杨平进一步指出王晋康的创作在“核心科幻”概念提出前后是有区别的。之前，他的作品是对这一理念的本能阐释，而之后他是有意沿着这条道路前行。这充分证明王晋康不仅将自己的创作过程提升到理论的高度，同时又在创作中不断实践和完善自己的理念。对于王晋康的创作动机，杨平也有较深刻的认识。他认为每个作家在其创作生涯中都有内心非常想做的事情，他们不断创作，不想停下来，而且总是希望能在下一部作品中做得更好，作品就是这样源源不断被创作出来。而王晋康的创作动机就是在矛盾中寻找对矛盾的解决之路，他凭借敏感的直觉和深厚的积淀不断发现新的矛盾，不断在对矛盾的探究与解决中写作。

（二）对王晋康科幻作品主题及思想内涵的探讨

刘慈欣以两部作品为例评析了王晋康对科幻文学中两个常见主题的独特把握与阐释。第一部是《类人》，这部小说表现了科学与伦理道德的冲突。刘慈欣认为王晋康对这个主题把握的深刻之处在于，他既看到了传统伦理道德的局限性，也看到了雷霆滚滚的科学之势需要控制，并认为王晋康正是在这一层面对传统道德进行了深入思索，这是狂欢的技术主义者与冷酷的道德虚无主义者所缺少的。第二部是《逃出母宇宙》，这是一部表现末日灾难的作品，这部构想宏大的作品为我们描述了源自整个宇宙毁灭的灭顶之灾。他认为王晋康在对灾难揭示过程中层层递进、峰回路转、曲折莫测，这样的情节发展过程符合人们的认知规律。刘慈欣说：“年轻科幻作者是从未来看未来，我这样的中年作家是从现实看未来，而王晋康是从历史看未来。”对王晋康作品中深沉厚重的历史感给予肯定和赞同。

科幻作家何夕认为王晋康作品的突出特点之一就是以科幻视角对人性进行深度考察和追问。他将王晋康的科幻比作一把由未来之手把握的锋利之刀，可在短暂瞬间瞥见人的本性。他指出王晋康的科幻作品题材广泛，甚至涉猎了那些人迹罕至的认识禁区，如他对转基因、癌基因、人工智能、混基因生物的探讨。这不仅是对科幻创作题材的开拓，更是多维视角下对人性的深层追问。何夕认为，就题材的广泛与深度来讲，王晋康的作品不啻一部科幻版的人间喜剧。

北京师范大学教授、科幻研究专家吴岩进一步肯定了王晋康的作品在崭新的科幻视角下对人性的思索和探讨。吴岩认为在文学即人学这一思想维度上，科幻文学的笔触比主流文学更深广，更具题材优势。他举例说明，在20年前，王晋康小说就已触及了基因转换后的新人类是否还称其为人这一话题，而此类题材在主流文学界几乎从未有人进行思索研究，从而强调了科幻文体在新的科技时代得天独厚的创作优势。

韩松在其讲话稿中着重谈了王晋康在创作中对道德与科学的拷问，以及作品中蕴含的深厚的人文关怀。他以《与吾同在》为例评析王晋康对善与恶这一命题的阐释。他赞同老王所说的人性之恶对于人类的历史发展是更为重要的推动力，并指出这种貌似离经叛道的观念是王晋康对真理的无畏追求，他并不是简单的写恶，而是描述了善与恶复杂纠结的关系及这种纠结下对最大的善的向往。韩松指出王晋康创作的《蚁生》可能是中国科幻史上第一部集中而深入描写五六十年代中国社会剧烈动荡的长篇科幻小说，它突出展现了一个中国知识分子所具有的情怀、知识、理想和节操；而《逃出母宇宙》的主题更宏大，雄壮苍凉的格调体现了悲天悯人的博大情怀和“杞人忧天”的先知之忧。而在面临巨大灾难时，王晋康对民间力量的肯定让他读出老王民主党派的身份。

杨平就王晋康作品对道德观与价值观这一矛盾的思考和解决展开探讨。他指出王晋康的作品把宇宙系统中的人类看成整体，个体重要性次于整体，这是一种经典的价值观，而且他还深入表现了道德观如何因人的时代、职业、成长背景、年龄阅历的不同而不同。另外杨平还指出西方元素对其作品的渗入和影响，列举了王晋康作品主题中的大量基督教元素，如上帝、救世等内容。夏笳在总结发言中将杨平所提的这个问题归结为东西方不同的意识形态在王晋康作品中的体现。

（三）对王晋康作品艺术特色的探讨

不少与会代表在其发言中不约而同地提出了王晋康作品中鲜明的中国特色及浓厚的乡土气息。

刘慈欣指出王晋康很好地把握了科幻写作中现实世界与想象世界的平衡点，符合中国读者的阅读习惯，并就此点与西方的叙事特征做了形象的比较。他指出西方的科幻叙事好比一把抓住读者的头发走进去，而王晋康的叙事则是让读者从坚实的大地上慢慢进入，一路上我们甚至可以闻到泥土的芳香，而且他的作品主人公也是灵魂上的中国人。他总结说中国的传统文化与历史在王晋康作品中不是可有可无的背景，而是无所不在的血液，从这一点来讲王晋康是新生代作家中地道的、独一无二的中国科幻作家。关于王晋康作品的语言特色，刘慈欣也有精彩的评述。他以阿西莫夫的“平板玻璃”理论概括了王晋康朴实深邃、清晰准确的语言特点。“平板玻璃”与“镶嵌玻璃”的五光十色、光怪陆离恰好相反，它虽然没有夺目的光彩，但人们却可以透过玻璃看到背后的内容。他认为科幻文学是内容的文学，主流文学是怎么说比说什么重要，而科幻文学却是说什么比怎么说重要。

姚海军以小说《蚁生》为例评析了王晋康科幻小说的中国味。这部小说的主题是对“文化大革命”浩劫的反思。他指出王晋康作品浓厚的中国特色来自于他曲折丰富的人生经历，从而使小说蕴含中国这个农业大国特有的文化基因。在有关《蚁生》的创作谈中他指出，这是一部凝聚王晋康个人生活经历和复杂情思的作品，其人物原型多半以文革那个特定时代的真实存在为依据。

吴岩在总结点评时指出，王晋康创作的最初动机是给孩子讲故事，因而在创作中所受的束缚小，先验的理念与模式对其约束也小，他是具有中国特色的，纯净的科幻作家。

夏笳提出有关中国科幻文学的探讨，关键词在于中国，也就是对其中国特色的提倡与品析。在东西方文明视差中，我们更关注的是中国人自我形象建构的问题以及黄皮肤上帝是如何看待世界的，如何参与对人类命运思考的。

（四）对王晋康作品现实意义的探讨

何夕认为，在一个娱乐至上的时代，王晋康科幻作品以科幻为武器，承担了对社会进行反思和批判的“载道”功能。在进一步的论证中，何夕指出无论是《蚁生》中惨烈失败的社会试验场，还是《十字》中对原罪与生死的追问，抑或是《替天行道》对科学邪恶面的忧虑，都浸润着王晋康深沉的人文关怀和思考，他是不折不扣的文学原教旨主义者。

凌晨指出王晋康的作品《蚁生》触及了社会的灵魂，给读者带来强大的心灵震撼，引发读者思索社会问题和症结。她认为王晋康是站在文化与大众的角度进行思索、思考，是一位有大叙事与大情怀的作家。

（五）对王晋康创作走向的思考及建议

作家郑军谈到他对王晋康创作的三点遗憾，对王晋康创作可能采取的其他形式和走向进行思索。首先是关于科幻文学与主流文学对接的问题，他认为除了科幻文学，王晋康还可以去创作主流作家不好把握的那些与当下科技发展密切相关的现实题材；第二，王晋康可以直接写科学随笔，既非虚构又非小说；第三，王晋康科幻创作可以与科幻影视接轨。

二、以高校专家学者为代表的主流文学界对王晋康作品的评析

研讨会第二个论坛由北京师范大学教授、著名儿童文学研究专家王泉根主持。茅盾文学奖得主柳建伟，北京大学教授、著名评论家张颐武，东北师范大学资深教授孟庆枢以及河北科技大学中文系主任徐彦利、长安大学文学院教师汪翠萍等相继发言。高校学者们的讨论触及了主流文学与科幻文学疏离的原因、科幻文学的创作优势、发展前景及王晋康作品中伦理思想、创作特色等方面内容。

（一）对主流文学界与科幻文学界疏而不亲之原因的探讨

张颐武教授睿智而坦诚地剖析了主流文学界与科幻文学界疏离的原因。

首先是由于20世纪80年代以来，高校的文学院系、文学批评界等主流文学团体在西方现代主义思潮影响下，普遍对文学中的复杂叙事技巧如人称、叙事角度、心理描写、象征主义等更为重视。王晋康作品虽然有如江河奔涌之势的故事性叙事，但其人称不变，采用的是比较传统的技巧，所以未受到主流文学界的关注和重视。其次，还因为主流文学界对科技理性的排斥及对诗性人生的坚守。一直以来主流文学界有感于科技理性对人的感性的侵蚀，对诗性的破坏，使得文学与科技呈对立状态，这自然也造成了主流文学界对科幻文学的忽视和偏见。

徐彦利由个人从教10余年的经验出发，认为大学生普遍对科幻文学不太关注，而从事专业研究的人更是少之又少，由此指出这跟科幻文学本身似乎也有一定的关系。

王泉根教授指出科幻文学在高校处于边缘地位的原因，不是因为师生对科幻文学不喜欢、不重视，很大程度上是由于高校学科设置制度的不合理，科幻文学作为一个文类并未进入高校的教育体制，但当下这种局面正在转变。

（二）对王晋康科幻作品艺术特色和思想内涵的探讨

张颐武指出王晋康科幻创作的特色首先在于他以未来进入当下，从超大的空间进入内心，从而超越了主流文学对琐碎现实的描述。其次，他肯定了王晋康作品中突出的矛盾意识。如现实与想象的纠结，寓言与真相的纠结，伦理与科技的纠结，由这些矛盾引发的思索使他同样触及了现代主义由科技引发的想象力的核心。第三，张颐武阐释了王晋康科幻创作中文学内涵的显现方式。他精辟概括了王晋康作品对于虚构与现实关系的处理特点，即“虚构的虚构是现实，现实的现实是虚构”。“虚构的虚构是现实”是说王晋康在处理作品人物角色时虽以虚构的时空为背景，但却没有给人以虚无的感觉，反而会觉得这就是生活在我们周围的人。“现实的现实是虚构”是就王晋康创作技巧而言。当读者沉浸在作品创造的虚构世界中，巨大的艺术感染力已使其混淆了真实与虚幻之分。第四，王晋康以“具体来超越具体”的创作方法，重构了文学想象世界的边界。并进一步解放想象力，让我们的民族走得更远。主流文学是趴在现实里写过去，而王晋康的写作是把未来借到今天，解放了人们的想象力，带给我们一个超越的梦想。

孟庆枢对王晋康创作中的中国元素与中国特色及对中国传统文化宝藏的发掘表示高度赞赏。他指出我们应树立民族自信心，并在这个层面上与世界文化形成对话。他认为王晋康科幻作品具备一般俗文学所没有的深邃思想与审美境界。

汪翠萍认为王晋康以其深厚的人文思想，在科幻的时空背景下，重新拷问了传统的人类观念以及新技术给传统社会伦理带来的挑战。她指出王晋康作品的两个特点：一是真实；二是幻想。她说王晋康作品带给人奇异的审美感受，一方面匍匐于大地，一方面高翔于天空。而天地之间屹立的人更是王晋康作品关注的核心。她总结了王晋康作品中触及的伦理思考：一是人与“非人”之间的伦理问题；二是“类人”与人类之间的伦理困境；三是类人与人类的自由之路。进而汪翠萍称赞王晋康科幻作品是把前沿科技、人类福祉、道德禁忌和文化多样性相互融合的典范。

（三）对科幻文学发展前景的探讨

张颐武首先对20世纪90年代以来科幻文学的异军突起表示肯定。与此相比，其他类型小说发展显然不够理想，如侦破、暴力、法律小说等。关于这种现象的原因，他指出在法律、侦破小说的创作中，复杂诡异的现实已超出了创作者的想象力，因而现实比作品更精彩。科幻小说的想象力超逸于现实的想象力。这是科幻文学迅猛发展的重要原因。以此为基点，科幻文学必将走向辉煌。张颐武指出科幻作家在中国当代文学的类型解放与探索中有很大功劳，他们为中国想象力注入了新的内核。文学也不应划分所谓主流与非主流。他表示已将不少科幻作家作品收入自己编选的文集。

徐彦利提出如果多一些像王晋康这样赋予科幻小说以思想深度和人文内涵的优秀作家作品，那么科幻文学不仅可以达到主流文学的高度，而且可以引导主流文学。

王泉根认为无论是主流文学还是非主流文学，在文学的根本价值与目标上都是不冲突的，在人性与历史的维度上两界的区别必将消融。他进一步指出科幻文学是与时代精神密切相关的文体，科幻文学是真正的世界性文学。他提到北京师范大学已开始相继招收科幻文学方向的硕士和博士研究生，此举将推动科幻文学的发展。

三、以中国科普作家协会为代表的科普界和媒体界对王晋康科幻作品的探讨

研讨会的第三个分论坛是由来自科普作家协会及科普出版界、科普媒体的诸多代表组成，在中国科普作家协会常务副秘书长尹传红的主持下有序展开讨论。此外还有三位年轻的科幻评论家、作家严蓬、飞氘、宝树也做了精彩的发言。

（一）对王晋康作品合理科学内核的肯定

中国科普作家协会荣誉理事董仁威从一个科普研究者的角度肯定了王晋康作品中科学思想的合理性和深刻性。他说王晋康对科学和技术的很多领域都有较深入的研究，如生命科学、活体遗传等。他的科学想象是有根基的，并且具有前瞻性。

清华大学刘兵教授认为王晋康科幻作品不只是幻想，其中的科学思想也传达了先进的科学理念。刘兵指出当下科学对人类社会的影响之大是毋庸置疑的，而这种影响究竟是正面的还是负面的值得思索，此外科学发展中有关伦理道德与人文关怀的问题更是每个科学文化研究者都应关注的。王晋康以文学形式在这些层面上展开了深入的思考，发人深省。就这一意义层面来看，科幻文学对社会的影响是深远的。

（二）对科幻文学在当下所具有的特色与优势的探讨

刘兵教授指出王晋康科幻作品虽然没有太多让人眼花缭乱的技巧，但其创作如同武术修炼的最高境界，“拿起棍子也是剑”。他的作品深刻而有前瞻

性的科学理念是任何一种主流文学所不能替代的。

严蓬认为在当今这个“科技就是生活，生活就是科技”的时代，科幻文学具有主流文学所没有的科学思想深度和新颖的题材优势，更能体现时代精神。比如：王晋康在作品中很早就关注并深入探讨了病毒、转基因、人工智能等问题，而主流文学即使涉及这些题材，也只是作为一种背景在浅层面进行描述。

（三）探讨科幻作品的媒介传播与推广

《知识就是力量》杂志社社长兼主编郭晶分别阐述科幻传播的广度和深度，认为原创科幻作品需要一个传统媒体和新兴媒体深度融合的平台进行传播，纸刊、移动刊、数字刊、互联刊、微刊等多刊联动，微平台、网站、线上线下科普活动互动，对科幻创作链和传播链的形成是一种有益的尝试。《知识就是力量》杂志的科幻专栏正在积极探索这一模式，推动中国原创科幻发展。郭晶还特别提到自己早年结缘王晋康而成为其著作出版人之一，借力《知识就是力量》杂志推广原创科幻，不只是顺势而为，更是有备而为。

（四）王晋康对青年科幻作家的影响及他们眼中王晋康作品的创作特点

年轻科幻作家飞氘与宝树在发言中都提到王晋康作为一名优秀的前辈对其创作过程的影响，而他们在对王晋康作品的研读中也是收获颇丰。飞氘首先抛出一个值得思索的问题，即王晋康的文学资源在哪？通过与刘慈欣的比较，飞氘发现故事会、民间文学等通俗文学资源在一定程度上影响了王晋康科幻故事的创作。另外，飞氘还提到王晋康一些作品或产生于个人的旧作或产生于和其他作家进行辩论和思想交锋的过程。

宝树从写作者角度讲到，他从王晋康老师身上学到了科幻文学创作中应把握好作品的科学性与故事性。同时他还提到了王晋康创作的两个亮点，一是抛却了二元对立的善恶观；二是对性主题的开拓。

在此论坛发言的最后，主持人尹传红称赞王晋康科幻作品是以“妙笔绘就深层景观，理性探究人性内涵”。

四、科幻迷眼中的王晋康及其作品

本次研讨会第四个分论坛由来自清华大学、中央民族大学和中国人民大学的科幻迷代表发言。在人大科幻协会会长方柳依的主持下，代表们纷纷表达了对王晋康科幻作品的喜爱之情及这些作品对他们心灵的启迪和影响。

（一）清华大学科幻协会代表发言

来自清华的科幻迷代表骆怡男指出，王晋康作品中塑造的人物形象特色鲜明，既有对科学偏执热爱的先行者和科学狂人，也有“为往圣继绝学，为万世开太平”的中国传统知识分子。她还强调了王晋康作品中蕴含的深厚的人文关怀及浓郁的中国特色。同时骆怡男认为王晋康小说将我们引向思索未来、探究宇宙的高远境界。

（二）中央民族大学科幻协会代表发言

中央民族大学的蒋冰清认为王晋康作品中国化主要体现在两方面：一是语言简洁朴实，有画面感；二是人物形象的刻画栩栩如生，给人以亲切感。

（三）中国人民大学科幻协会代表发言

中国人民大学的马丁做了题为《替天行道——科学信仰主义体系的建构》的发言，赞扬王晋康作为一名科幻思想者对宇宙间永恒规律孜孜不倦的探索，对天道与宇宙大道的探究。这些深刻的科学思想赋予王晋康作品独具特色的厚重感。

大会在中国科普作家协会秘书长石顺科的总结发言中圆满落幕。石秘书长指出，科幻文学作为文学的一种类型，以其深厚的思想和独特的形式同样承担了“载道”的功能，并且契合习总书记对文艺的期望，他相信科幻文学的未来必将是辉煌而美好的。来自不同专业领域的与会代表围绕王晋康的科幻创作进行了一场跨学界的研讨盛会，从不同视角不同纬度全面解读和剖析其创作的成就和意义，探讨了王晋康创作走向的其他可能性，这在科幻文学发展史上具有开创意义。

附　录

附录 1：王晋康科幻小说选

豹

楔　子

2001 年 8 月的一个晚上，加拿大温哥华市的格利警官在阿比斯特街区例行巡逻。车上的微型电视正播放着纳特贝利体育场里 1500 米决赛的实况，那儿正举行世界田径锦标赛。格利警官是个田径迷，他一边开车，一边用一只眼睛盯着屏幕。忽然电话响了，是局里通知他立即赶往邓巴尔街的洛基旅馆。那儿刚打来一个报警电话，是一名女子的微弱声音，话未说完声音就断了，但电话中能听到她微弱的喘息声，很可能这会儿她的生命垂危。格利警官立即关了电视，打开警灯，警车一路怪叫着驶过去，7 分钟后在那个旅馆门口停下。

洛基旅馆门面很小，透过玻璃门，看见几个旅客在门厅里闲聊，有的在看田径比赛的实况转播。柜台经理阿瓦迪听见了警笛，紧张地注视着门外。格利匆匆进去，向他出示了警徽，说：

"212 号房间有人报警。"

阿瓦迪立即领他上到 2 楼，格利掏出手枪，侧身敲敲门，没有动静，经理忙用钥匙打开房门。格利警官闪身进去，一眼就看见一名浑身赤裸的黑人女子，半边身子溜在床外，电话筒还在床柜半腰晃荡着。屋内有浓烈的血腥气，那女子的下体浸泡在血泊中。格利在卫生间搜索一遍，未发现其他人。

他摸摸女子的脉搏，还好，她没有死，便立即让柜台经理唤来救护车。

他用被单裹住女子的身体，发现她的上半身满是伤痕，像是抓伤和咬伤。在喉咙处……竟然是两排深深的牙印！女子送走后，他仔细检查了屋内，没有发现什么有用的线索。地毯上丢着女子的T恤，皮短裙，黑色的长筒袜和透明的内裤，床柜上放着100美元。卫生间里的一次性小物品仍保持原状，没人使用过。

柜台经理阿瓦迪告诉他，这名黑人女子是半小时前和一名高个男人一起来的，那个男人10分钟前已走了，“是个黄种人，身高约6英尺2英寸，身材很漂亮，动作富有弹性。他留的名字是麦吉·哈德逊，当然可能不是真名。”

“他是使用信用卡还是现款？”

“现款，是美元。”

这些年温哥华的华人日渐增多，华人黑社会也逐渐在温哥华扎根，这是警方很头痛的事。他问：“这个黄种人是不是华人？”

经理迟疑地摇头：“我不知道，但我看他很像是。”

格利点点头，不再追问。这桩案子的脉络是很清楚的：一名不幸的妓女遇见有虐待狂的嫖客，这种情况他不是第一次遇上。三年前，就在离这儿不远的一家四星级饭店里，一名颇有身份的嫖客（在此之前，格利常在报上或电视上见到他的名字）把一名妓女咬得遍体鳞伤。另一次则正好相反，一名嫖客央求妓女用长筒丝袜把他的双手捆上，再用皮带狠狠抽他。这些怪癖令人厌恶，但另一个案犯的行为甚至不能用“怪癖”来描述，只能说是地地道道的兽行。在这个案例中，一家人全部被害，4岁的孩子失踪（后来在下水道里找到她的尸体），女主人被杀死后还被割去乳房，性器官也被割开。三个月后警方抓到凶犯，是一个骨瘦如柴、眼神恍惚的精神病患者。他没有被判刑，只是关到疯人院了。

当警察时间长了，什么稀奇古怪的宝贝都能遇上。妻子南希是个虔诚的浸礼会教徒，对丈夫讲述的这些奇怪行为十分不解，总是皱着眉头问：

“为什么？他们为什么要这样做？”

格利调侃地说，“这证明达尔文学说是正确的。人是从兽类进化而来，因此人类的某一部分（或是正常人在某种程度上），仍保存着几百万年前的兽性，在适当的环境下，这些兽性就会复苏。”南希很生气，不许他说这些“亵渎上帝”的话。但格利认为，如果抛开调侃的成分，那么自己说的并不为错。确实，他所经历的很多罪行并不是因为“理智上的邪恶”，而完全是基于“兽性的本能”。

第二天早上他赶到医院，医生告诉他，那名女子早就醒了，伤势并不重，失血也不算太多，主要是因极度惊恐而导致晕厥。格利走进病房时，那名女子斜倚在床头，雪白的毛巾被拥到下巴，脸上还凝结着昨晚的恐惧。听见门响，她惊慌地盯着来人。格林把一个塑料袋递过去，“这是你的衣服和你的 100 美元。我是警官格利，昨晚是我把你送到医院的。”

黑人女子勉强挤出一丝微笑：“谢谢你。”她的声音很低，显得嘶哑干涩。格林在她的床边坐下：“能告诉我你的名字吗？地址？”

女子低声说：“我叫萨拉，是美国加州人，5 天前来加拿大。”

格林点点头，知道这个黑人妓女是那种“候鸟”，随着各国运动员、记者和观众云集温哥华，她们也成群结队飞到这里淘金来了。他继续问下去，“那个男人是什么样子？请你尽量回忆一下。”

萨拉脸上又浮现出恐惧的表情，脱口喊到：“他的性能力太强了！……就像是野兽，我从没见过这样的男人！”

“是吗？请慢慢讲。”

女子心有余悸地说：“我们是在街头谈好的，那时他满身酒气，答应付我 100 美元。一到房间，不容我洗浴，他就把我扑到床上，后来……我受不了，央求他放开我，也不要他付钱。那个人忽然暴怒起来，用力扇我的耳光，咬我，掐我的脖子。后来我就什么也不知道了。”

格林看看她，“恐怕不是用手掐你，据我看他是用牙齿，昨晚我就在你颈上发现两排牙印。”

女子打个寒战，用手摸摸脖子，把要说的话冻结在喉咙里。格林继续问道：“还是请你回忆一下，有没有什么东西能辨认他的身份？”

女子从恐惧中回过神来，回忆道：“他像是个运动员……”

“为什么？”

“他把我扑到床上后，又突然下床打开电视，电视中是田径世锦赛的实况转播。此后他似乎一直拿一只眼睛盯着屏幕。还有，他的身材！完全是运动员的体型，匀称健美，肌肉发达，老实说，当他在街头开始与我搭话时，我还在庆幸今晚的幸运呢。我没想到……”

“他是哪国人？你知道吗？”

萨拉毫不迟疑地说：“中国人。”

“为什么？柜台经理告诉我他是黄种人，但为什么不会是日本人、韩国人或越南人？”

萨拉肯定地说：“他是中国人。他说一口地道的美式英语，但在性高潮时说的是中国话。我是在旧金山华人区附近长大，虽然不会说中国话，但我能听懂。”

“那么，他也有可能是在华人区长大的华裔美国人？”

萨拉犹豫地同意了：“也有这种可能，不过……他似乎是把中国话作为母语。”

“他说的什么？”

“是一些不连贯的单词。什么 100 米、200 米、刘易斯、贝利等。”

“你知道刘易斯和贝利是谁吗？”

萨拉点点头。现在，格林已经不怀疑萨拉所说的“他是个运动员”的结论了。贝利和刘易斯是几年前世界上有名的短跑运动员。只有那些全身心投入田径运动的人，才会在性高潮中还呼唤他们的名字。格林立即想到 3 天前看到的 100 米决赛情况。起跑线上的 8 名运动员，有 5 名黑人，2 名白人，只有 1 名黄种人，是中国的田延豹。这也是多少年来第一次杀入决赛的黄种人选手。田延豹是个老选手，已经 35 岁，很可能这是他运动生涯的最后一次拼搏。他在起跑线上来回走动时，格林几乎能触摸到他的紧张。事实证明格林并没有看错。发令枪响后，牙买加的奥利抢跑，裁判鸣枪停止。但是田延豹竟然直跑到50米后才听见第二次鸣枪。等他终于收住脚步，离终点线只有20米了。他目光忧郁，慢慢地走回起跑线，走得如此缓慢，返回的时间足够他跑5次100米了。

那时格利就知道，这位不幸的中国人体力消耗和心理干扰太大，肯定与胜利无缘了。再次各就各位时，田延豹恶狠狠地瞪着那位牙买加选手。很可能，因为这名黑人选手的一次失误，耽误了另一名选手的一生！

那次决赛田延豹是最后一名，而且这还不是不幸的终结。冲过终点线他就栽倒在地上，中国队的队医和教练急忙把他抬下场。刚才他榨尽了最后一滴潜力以求最后一搏，不幸把腿肌拉伤了。

这样，两天后，也就是昨天晚上的200米决赛他不得不弃权。可是按他过去的成绩来看，他在200米比赛中的把握更大一些。在电视中看到这些情况时，格利十分同情和怜悯这个倒霉的中国人，但此刻却不由自主地把怀疑的矛头对准了他。按体育频道主持人的介绍，田延豹恰是6英尺2英寸的身材，体型十分匀称剽悍。也许，一个在赛场上遭受毁灭的男人会怀着一腔怒火去毁灭一个素不相识的女人？他问萨拉：

“那人大约有多大岁数？面部有什么特征？”

“大约不到30岁，圆脸，短发，至于别的特征……我回忆不起来。”

“你能确定他不足30岁吗？”

萨拉迟疑地摇摇头：“我不能，他没有给我足够的观察时间。”

“他走路是否稍有些瘸拐？”

“没有注意到。”

“还有什么异常情况吗？”

妓女迟疑地说：“他的精神……好像不大正常。他不能控制自己。”

“是吗？”

“他的表情一直很阴沉，说话很少，像是有很重的心事。他带我上车，为我开关车门，完全是一个有教养的绅士，可是后来……”

格林完全同意她的判断。想想吧，那人在干完这样的兽行后，竟然没有忘记留下应付的100美元！他问："如果看到他的照片，你能认出来吗？"

"我想可以。"

格利站起身，"那好，你休息吧，我下午再过来。"

他立即动身到温哥华电视台借来了前天晚上决赛的光盘，但在返回途中已经后悔了。冷静地想想，他的推测纯属臆断，没有什么事实根据。而且……即使罪犯真的是那个可怜的中国运动员，他也是在一时的神经崩溃状态下干的，很可能这会儿已经后悔了，也没有造成什么严重的后果，何必为了一个肮脏的妓女毁掉一个优秀运动员的一生？

等他迟疑不决地回到医院，那名妓女已经失踪。她趁护士不注意，穿上自己的衣裙溜走了，还带走了属于自己的100美元。这不奇怪，哪个妓女没有违犯过法律？她们不会喜欢到警察局抛头露面的。于是，格利警官心安理得地还了光盘，把这件事抛到脑后。

三年后，在雅典奥运会，一件震惊世界的连环杀人案披露于世，几乎每家报纸、每家电台都频繁播送着两个死者（一个男人，一个姑娘）的头像。后一个凶手也是中国人，加拿大温哥华市皇家骑警队的格林警官马上在屏幕上认出他。以后，随着雅典一案的逐层剥露，他才知道洛基旅馆那件小小的案件只是冰山的一角，在它的下面，隐藏着叫全世界都瞠目的人类剧变。

一

中航波音777客机正飞在北京—雅典的航线上，高度15000米。从舷窗望去，外边是一片淡蓝色的晴空，脚下很远的地方是凝固的云海，云眼中镶嵌着深蓝色的地中海。

午餐已经结束，老体育记者费新吾用餐巾纸揩揩嘴巴，把杯盏递给空姐。看看他的两个同伴，田延豹和他的堂妹田歌，已经闭着眼睛靠在座背上，专心听着耳机里的英语新闻广播。田延豹今年38岁，圆脸，平头，穿着式样普通的夹克衫。他退出田径场后身体已经发福了，但行为举止仍带着运动员的潇洒写意。田歌则是一位青春靓女，在机舱里十分惹人注目。

飞机上乘客不多，不少人到后排的空位上观景云了。前排几个小伙子正神情亢奋地大摆龙门阵，听口音是东北人：

“这叫哀兵必胜！雅典 1996 年申奥失败，2000 年照样申请；再失败，2004 年还接着干，这不把奥运会争到手了？”

费新吾微微一笑，看来，机上至少一半人是去观看雅典奥运会的，他们属于迟到的观众，奥运会早在 3 天前就开幕了。不过费新吾是有意为之的，因为他和两个同伴主要是冲着田径之王——男子百米决赛而去的，不想多花 3 天的食宿费。

男子百米决赛定于明晚举行。

从头等舱里出来一个老人，大约 65 岁，面目清癯，银发，穿一身剪裁得体的藏蓝色西服，细条纹衬衣，淡蓝色领带，举止优雅，目光十分锐利。他径直朝这边走过来，边走边打量着费新吾和他的同伴。费新吾开始在心里思索这是不是一个熟人，这时老人已立在他身旁，抬头看看座位牌，微笑着俯下身：

“如果我没有看错，您就是著名的体育记者费新吾先生吧。”

费新吾赶忙起身：“不敢当，我曾经当过体育记者，现在已经退休了。先生……”

老人接着向田延豹示意：“这位先生……”费新吾忙触触同伴，田延豹睁开眼睛，看见一个老人在笑着看他，便取下耳机，欠过身子。老人继续说：“如果我没有看错，就是中国最著名的短跑运动员田延豹先生吧。”

田延豹的目光变暗了，那个失败之夜又像一根烧红的铁棒烙着他的心房。一辈子的追求和奋斗啊，就这么轻易断送在“偶然”和“意外”上，谁说上帝不掷骰子？……那晚，他违犯了团组纪律，单独一人外出，在酒吧中喝得酩酊大醉。第二天，焦灼的领队和老费在警察局的收容所里找到他，那时他对头天晚上的事已经没有一点记忆。他拂去这些回忆，惨然一笑，对老人说：

"一个著名的失败者。"

老人在前排空位坐下，慈爱地看着他："失败的英雄也是英雄，折断翅膀的鹰仍然是鹰。毕竟你是在奥运会上'听四枪'的第一个中国选手，也是少数黄种人运动员之一。历史不会忘记你。"

费新吾饶有兴趣地看着他。所谓"听几枪"是体育界的行话，比如听两枪是进入预决赛，听三枪是进入半决赛，听四枪则是进入决赛。看来这位老人对田径比赛比较熟悉。他看见了两人的询问目光，自我介绍道："我姓谢，双名可征，美国马里兰州克里夫兰市雷泽夫大学医学院生物学教授，也是去看奥运比赛的。"

靠窗坐的田歌忽然扯下耳机，兴奋地喊："预决赛刚结束，他已经杀入决赛了！"

田延豹急忙问："成绩呢？"

"10.07 秒，仍是最后一名——最后一名也是英雄，飞得再低的雄鹰也是雄鹰！"

她刚才并没有听见三个男人的谈话，所以这番关于鹰的话纯属巧合，三个男人不由得笑了。田歌不知道笑从何来，诧异的盯着三个人，眼珠滴溜溜的像只小鹿，三个人又一次笑起来。

谢教授的目光被田歌紧紧吸住。22 岁的田歌具有上天垂赐的美貌，虽然不施脂粉，但无论何时何地都能光芒四射，艳惊四座。她穿一身白色的亚麻质地的紧身休闲装，显得飘逸灵秀。很可能，前边那一群东北小伙子的亢奋就与身后有这样一位美貌姑娘有关。费新吾为老人介绍：

"这个漂亮姑娘是田先生的堂妹，一个超级田径迷，虽然她自己的百米成绩从未突破 15 秒。后来我为她找到了其中的原因：老天赐给她的美貌太多，坠住了她的双腿。所以她只好把对田径的一腔挚爱转移到她的偶像身上。"

这番亦庄亦谐的介绍使田歌脸庞羞红，她挽住哥哥的手臂说："豹哥是我的第一个偶像。"

谢教授微笑着问："你刚才谈论的是谢豹飞的成绩吧。"

“对，美国运动员鲍菲·谢，那是我的第二个偶像，他和我豹哥是国际大赛中唯一杀入决赛的两名中国人，而且名字中都带一个‘豹’字，这真是难得的巧合！我想他们的父母在为儿子命名时，一定希望他们跑得像非洲猎豹一样轻扬！”

费新吾纠正道：“你犯了一个错误，这名运动员只是华裔，不是中国人。”

老人微微一笑：“田小姐说的并不为错，虽然谢豹飞，还有我，不是法律意义上的中国人，但在心灵上仍属于中国。”他眼睛中闪着异样的光芒，压低声音说：“透露一点小秘密，谢豹飞就是我的独生儿子，我是去为他助威的。”

田歌立即蹦起来，惊叫道：“你……”

老人把手指放在唇边：“嘘……不要声张。”

田歌站立过猛，膝盖狠狠撞在未折起的小餐桌上，但她没有感觉到疼痛，异常兴奋地盯着这个老人。她做梦也想不到能有这样难得的巧遇，遇上谢豹飞的父亲！在她的心目中，谢豹飞差不多和外星人一样神秘。费新吾和田延豹也很兴奋。老人说：

“我在乘客名单中看到了你们两位……你们三位的名字，我和田先生、费先生已经神交多年了。为了表示敬意，三位所需的百米决赛的入场券就由我准备吧。到雅典后请用这个电话号码与我联系。”

他递过一张写着电话号码的小纸片，费新吾衷心地说：“谢谢，衷心希望令郎在明天取得好名次。”

老人起身同三个人告别，想了想，又俯下身神秘地说：

“再透露一点小秘密。希望绝对保密，直到明晚9点之后。可以吗？”

田歌性急地说：“当然可以！是什么秘密？”

老人嘴角漾着笑意，一字一顿地说：“除非有特大的意外，鲍菲在决赛中绝不是最后一名。”

他展颜一笑，返回头等舱。这边三个人面面相觑，被这个消息惊呆了。田歌声音发颤地说：“豹哥，费叔叔……”

费新吾向她摇摇手指，止住她的问话。他和田歌一样有抑制不住的狂喜。虽然在种族大融合的21世纪，狭隘的种族自豪感是一种过时的东西，但他还是没办法完全摆脱它。不错，在体育场上，黑人、白人运动员所创造的田径纪录也使他兴奋不已，他十分羡慕这些天之骄子，他们有上帝赐予的体态体能。尤其是黑人，他们有猎豹一样的体形，长腿，窄髋骨，肌肉强劲，田径场上看着他们刚劲舒展的步伐简直是享受。他们多年来称霸田坛，最红火的时候，100米、200米的世界前25名竟然全是黑人！黄种人呢？尽管他们在技巧性项目上早已占尽上风，但在力量型项目上至今仍是望尘莫及。3年前，田延豹在35岁的崛起曾使他兴奋过，结果失望了。其实回想起来这种结局是正常的，因为田延豹身上背负着太多太多的期望，他已经在心理上被压垮了，那天赛场上的意外只是一根导火索。

近两年来，华裔运动员谢豹飞像一颗耀眼的流星突然出现在天际，从一个默默无闻的三流选手迅速爬升，直到杀入奥运决赛。在体育界他是一个带着几分神秘的人物，连他的英国教练也从不抛头露面。费新吾对他一直抱着极高的期望，不过他始终认为谢豹飞夺冠只能是下一届奥运了，因为他的成绩一直徘徊在世界8~10名之后。田延豹俯在他耳边兴奋地低声说：

“他在预赛和预决赛中都是倒数第2、3名，如果……”

作为多年的体育记者，费新吾完全听懂了他的话。如果一个有意隐藏实力的选手一直以这种成绩杀入决赛，那就说明他对自己有绝对的信心——他知道自己不会因为万一的不慎被挤出决赛圈。那么，这个选手极可能有夺冠的实力。

他们兴奋地交换着目光，不再交谈。他们不会辜负老人的信任，一定要把这个秘密保守到决赛之后，因为这是出奇制胜的心理战术。

飞机下面已经是白色的雅典城，空姐们敦促乘客系上安全带，迅速增大的气压使他们两耳轰鸣着，机场的光团渐渐分离成单个的灯光。田歌紧紧拉住哥哥的右臂，激动地说：

“豹哥，我真盼着快点到明天！”

雅典帕纳西耐孔体育场一直是奥林匹克运动的圣殿，就像是伊斯兰信徒心中的麦加天房。帕纳西耐孔体育场建于公元前 330 年，全部由洁白的大理石建成，座落在圆形的山丘上。体育场正面是典型的古希腊朵利亚建筑风格的高大前柱式门廊，门廊中央是巍峨庄严的白色大理石圆柱，前后排列共 24 根。中央门廊成品字形，共 12 根，后门廊柱共 6 根。看台依跑道的形状而建，也全部是洁白如雪的大理石，跑道两端是白色大理石砌成的方形圣火台，静卧在乳白色的地毯上。

体育场后面是郁郁葱葱的绿树，晚霞洒落在高大的树冠上。这个古老的体育场同样也充满了现代气息，两个巨型电视屏幕高高耸立，10 口锅状的卫星天线一字排开朝向天空。暮色渐渐沉落，但体育场内亮如白昼，灯光映照着绿色的草坪，朱红色的跑道，还有数万兴奋的盛装观众。

费新吾和两个同伴在靠近跑道终端的 2 层看台上找到了自己的位置。做了多年的体育记者，他知道在百米决赛的黄金时段，这样的位置是十分难得的。他十分感激那个慷慨的老人。但没有找到老人的影子，附近没有，贵宾席上也没有。莫非在这个令人癫狂的时刻，他还能端坐在卧室中看电视？

他在贵宾席上看到了原美国短跑名将刘易斯，这个百米跑道上的风云人物，他曾经多次破世界纪录和获奥运冠军，现在已结束体育生涯了。他正在与贵宾席正中的原国际奥委会主席萨马兰奇交谈，萨翁左侧则是现任奥委会主席。两名主席当然不会错过今天的比赛，毕竟，男子百米和男子跳高是田径运动中分量最重的奖牌。

回头望望看台，7 排以上全是各国的新闻记者，他们胸前挂着长焦距相机或摄影机，膝上摆着最新的笔记本电脑，面前还有为他们特意配置的小型闭路电视。费新吾用目光扫视一遍，从他们佩戴的台徽看，有英国的 BBC，美联社，意大利的 RAI，日本的 TBS，加拿大的 CBC，法国的 FT2，挪威的 NRK，以色列的 IBA……自然也少不了中国的新华社。新华社的穆明也看到他了，两人远远地招招手。

田延豹一直瞑目而坐，眉峰微蹙，他一定又回到 7 年前那个痛苦的夜晚。田歌穿一件洁白的露肩装，紧紧捧着一束硕大的花束，里面有象征胜利的月桂和象征爱情的玫瑰。她的眸子里有两团火在燃烧，从她手指和嘴角无意识的抖动，能看出她心中极度的渴盼。

忽然观众骚动起来，随之各种语言的欢呼声响成一片，8 名短跑选手从休息室里出来了，有美国的老将格林、蒙戈马利，英国新秀德锐克，加拿大的贝克尔，牙买加的奥塞，尼日利亚的老将埃津瓦，乌克兰的斯契潘奇。这里面有 6 个黑人，1 个白人。最后出来的是美国的鲍菲·谢，是选手中唯一的黄种人。8 名选手都很从容，步履悠闲地走着，不时向看台上招手或送个飞吻。当谢豹飞经过记者席时，2 排看台上的一个姑娘用英语高喊：

"鲍菲·谢，谢豹飞，这束花是你的！"

姑娘的声音十分脆亮悦耳。谢豹飞看到了那个手持花束用力挥舞的姑娘，纵然是决战前的紧张时刻，那姑娘明月般的美貌还是让他心神摇曳。他点点头，又飞个吻，继续往前走。

田歌脸上发烧，坐下来，把脸埋在花丛，心房狂乱地跳动。她心目中的偶像听到了她的声音！为这一句话她曾踌躇良久，她原想喊"不管胜利或失败，这束花都是你的！"但仔细考虑，这样喊未免不吉利。反复斟酌到最后，她才把自己的激情浓缩在这 6 个字中。

8 名选手正在脱外衣，她目醉神迷地盯着自己的偶像。其实，她对谢豹飞知之甚少，也不知道他是否有意中人，但她仍不顾一切地把自己的终身托付给他了。谢豹飞已脱掉长衣，悠闲地作调整运动。他身高 1.88 米，肩宽，腰细，臀部微凸，双腿修长强劲，圆脑袋，背部微有曲度，整个身体像非洲猎豹一样矫健。

9 点 30 分，8 名选手各就各位，谢豹飞是第八跑道。裁判高高举起发令枪，8 台激光测速器都对准了各人的腰部，全场突然变得一片静寂。

在三个中国人附近，有一个衣着普通的白人老者。他坐在 4 排看台的普通席上，目光冷静地看着谢豹飞的一举一动。没有人认出他就是著名的耐克公司的董事长菲尔·奈特。三天前，在美国俄勒冈州波特兰市耐克公司总部里，秘书告诉他，有一个从雅典城打来的越洋电话，一定要找奈特本人。打电话的人自称他是百米决赛中最差劲的一位选手，华裔美国人鲍菲·谢。奈特忽然心中一动，让秘书把电话转过来。

电视中出现了那个年轻人圆圆的面孔，穿着运动衫，背景是吵吵嚷嚷的体育场。他嬉笑自若地说：

“我是百米决赛中最差劲的一名选手，以致各个体育用品公司都不把我放在眼里。不过奈特先生是否知道一句中国话‘烧冷灶’？也许在某个冷灶里烧一把火，会得到意想不到的好处呢。”他大笑一阵，继续说到：“所以我自己找上门来，想与奈特先生签一份对双方都有利的合同。”

他的笑容明朗而自信，在这一瞬间，奈特忽然触摸到了这个人明天的成功。老奈特十分相信自己的商业直觉，他仅停顿两秒钟就果断地说：

“好，我同意，我马上派人去雅典同你签合同。”

那人笑着说：“我不喜欢同你的下级讨价还价，还是咱俩在这儿敲定吧。我会在百米决赛中穿上耐克跑鞋——毕竟我一直在穿它——比赛后我会把耐克跑鞋抛到天空，或顶在头上，总之做出你想要我干的任何表演。至于贵公司的酬劳，当然与我的名次有关。我提个数目，看奈特先生是否赞成。如果我取得第 8 至第 2 的任何名次，贵公司只需付我 1 美元……”

奈特立即问道：“你说多少？”

“1 美元，只需 1 美元。但我若夺得冠军，这个数目就立即上升到 5000 万。你同意吗？”

奈特十分震惊于他的自信，短时间的踌躇后他干脆地说：“我同意，付款期限……”

“不不，我的话还没有说完呢。如果我夺冠的同时又打破世界纪录，贵公司要把上述酬劳再增加 1 美元，也就是 5000 万零 1 美元。但如果我的纪录打破 9.5 秒大关，”他一字一顿地说，“听清了吗？如果打破 9.5 秒大关，我的酬劳就要变成 1 亿美元。”

纵然奈特是体育界的老树精，他仍然吃惊得站起身来：

“你说 9.5 秒大关？那是多少体育专家论证过的生理极限呀，根据计算，为了达到这个速度，大腿的肌肉纤维都要被拉断。换句话说，这是人类体能无法达到的。”

对方不耐烦地说：“那就是我的事了。怎么样？1亿美元，据我所知，贵公司还没有同哪一个运动员签过这么大数额的合同。”

奈特按捺住内心的激动，平静地说：“我答应。你不要把我看成唯利是图的商人。只要你能超越体育极限，达到人类不敢梦想的这个高度，我情愿奉送你1亿美元，并且不要你承担任何义务。”

鲍菲目光锐利地看看他，略作停顿后笑道：“也好，我会把这段谈话透露给某位记者，我想这将是对耐克公司更好的宣传，远远胜于向天空扔跑鞋之类杂耍。至于付款期限等枝节问题就由你们酌定吧，我不会挑剔的。”

“但是有一条，”奈特严厉地说，“如果出现了兴奋剂丑闻，这个合同就彻底告吹。我不想再出现约翰逊那样的事情。”

“那是当然。这一点请你尽管放心。”说完他就挂了电话。

这会儿，奈特用望远镜盯着蹲伏在起跑线上的鲍菲，心中默默祈祷着。一方面，从理智上说，他不相信谢的大话——这确实是令人难以置信的。另一方面，从直觉上，他又十分相信，他能从那人当时的笑声、从他明朗的表情、甚至从他的不耐烦上摸到他的才能和信心。好了，10秒之后就能看出究竟了。

一声枪响，8个人像子弹一般冲出起跑线，鲍菲和奥塞跑在最前面，但随即又是一声枪响，有人抢跑！8名运动员都很快收住脚步，怏怏地返回起跑线。

田延豹心头猛然一阵紧缩。这两年他一直盯着谢豹飞的崛起，为了一种潜意识的种族情结，他把自己破灭的梦想寄托在这个黑头发黄皮肤的华裔年轻人身上。其实他知道谢是美国人，他得奖时会升起星条旗，奏起美国国歌。但不管怎样，他仍然期盼着这名华裔选手获胜。在邂逅了谢先生之后，这种亲切感更加浓了。但是，今天的情形简直是5年前的重演，莫非他也要遭到命运之神的毁灭？

他原以为是谢豹飞抢跑了，但裁判却向牙买加选手奥塞发出警告。谢豹飞返回起跑线后，怒气冲冲地瞪着5道上的奥塞，向他狠狠啐了一口。田歌没有想到自己的偶像会在众目睽睽之下作出这样粗野的举动，面庞发烧地垂下目光。田延豹却突然攥住老费的胳臂——在这一瞬间，他对谢豹飞获胜的把握又大了几分。不错，这个动作是有失体面的，谦恭的中国选手绝不会这样做。但恰恰这个粗野的举动显露了那人的自信，显示了他身上未泯灭的野性。

这种可贵的野性在国内选手身上是太少见了，而在国外选手尤其是黑人选手身上常常看到。那时，国内运动员中流传着一个近乎刻薄的笑谑，说黑人正因为进化得较晚，所以才保留了较多的野性，当然这是吃不到葡萄的自我解嘲，因为据近代基因科学的判定，非洲人的基因是最古老的，非洲是全世界人类的摇篮。

发令枪又响了，谢豹飞第一个冲出起跑线。依田延豹多年的经验，他的起跑反应时间绝对在0.120秒之下。看来他的体力和心理都没有受到上次抢跑的影响。他的动作舒展飘逸，频率较高，步幅也大，腰肢柔软，酷似一头追捕羚羊的猎豹。从一开始，他就把其余的选手甩到身后，在后程加速跑中又把这个距离进一步扩大，领先第二名将近5米。转眼之间，他就昂首挺胸冲过终点线。看场中立即响起雷鸣般的掌声，这阵惊涛骇浪几乎把看台冲垮。

但今天场上的情形很奇怪。欢呼声仅限于普通观众，而那些教练、老选手、老资格的体育记者们都屏住气息，紧紧盯着电动记分牌。他们凭感觉知道，一项新的世界纪录就要诞生。9.45秒！记分牌上打出这个不可思议的数字，全场足足停顿了10秒钟，才爆发出天崩地裂的欢呼声，数万观众不约而同地站起来，有节奏地欢呼着：

“鲍菲——谢！鲍菲——谢！”

谢豹飞接过别人递过的美国国旗，绕场狂奔。新闻记者们低着头，争分夺秒地用专用电话线发回最新报道。两名奥运会主席也忘形地站起身大声喝彩，尤其是满头银发的萨翁，兴奋得不能自制，以至于泪流满面。费新吾和田延豹的眼眶都湿润了。田歌捧着花束跳到场中间，等谢豹飞跑过来时，她狂喜地扑上去：

“谢豹飞，这束花是属于你的！”

她递过鲜花，忘情地搂住谢的脖颈。谢豹飞一手执旗，一手执花，环抱着姑娘的臀部把她举起来，在她的乳沟上方吻了一下。

虽然这个动作失之轻薄，但狂喜中的田歌毫无芥蒂，她深深地吻了谢豹飞的额头，挣下地跑回看台。其他几名选手也过来同冠军握手祝贺，他们对这个冠军心悦诚服。奥塞也过来了，谢豹飞笑着特意同他紧紧拥抱，了却了不久前的冲突。

直到运动员回到休息室，全场的狂欢才慢慢平息。

各家电视台、电台和电子报纸都以最快的速度报道这则爆炸性的消息。美联社套用首次登月的宇航员阿姆斯特朗的一段著名的话：

“对于鲍菲·谢而言，这只是短短的 100 米；但对于人类来说，却跨越了几个世纪。”

不久，奥运会兴奋剂检测中心公布了对谢的检测结果：

“我们在赛前及赛后对鲍菲·谢进行了两次兴奋剂检查，检查结果均为阴性。还用才投入使用的最新技术对生长刺激素和促红细胞生长素的服用情况进行了检查，结果也为阴性。值得提出的是，正是谢本人主动要求我们强化对他的检查。他要向世人证明，他这次令人震惊的胜利是光明磊落的。”

菲尔·奈特先生不动声色地看完比赛，悄悄返回波特兰市的耐克公司总部。鲍菲·谢履行了他的诺言，比赛后立即向报界公布了三天前两人之间的谈话，这使耐克公司的声誉达到巅峰，连总统也打电话向他表示敬意。这种效果是多少广告费也造不出来的。而且，凭多年的经验，他知道几天后大把的订单就会飞向耐克总部，至少 20%的美国青少年会立即去买一双耐克跑鞋挂在墙上，以此多少宣泄他们对鲍菲·谢的狂热崇拜。

二

在雅典瓦尔基扎富人区的一座寓所里，谢可征教授独自躺在沙发中看完电视转播，然后向国内的妻子打了一个电话，就儿子的惊人成功互相道喜。

这个结果早在他们预料之中，所以他们的谈话十分平静。刚放下电话，电话铃响了，屏幕上是田歌的面庞，眼睛发亮，两颊潮红，略带羞涩但口气坚决地说：

“谢伯伯，向你祝贺！……200 米决赛后鲍菲有时间吗？如果他能陪我吃顿饭，我会十分荣幸。”

谢教授微微一笑，他想这个姑娘已经开始了义无反顾的爱情进攻。他也知道儿子已经成了世界名人，狂热痴迷的美女们会成群结队跟在儿子身后。不过他十分喜爱田歌，喜爱她不事雕琢的美，喜欢她的开朗和落落大方，也喜欢她是一个中国人。他笑着说：

“田小姐，我给你一个电话号码，你自己同鲍菲联系吧。要抓紧啊。”

他半开玩笑半认真地说。田歌羞红了脸，说：“谢谢伯伯。”

两天后，200 米决赛结束了。谢豹飞以 18.62 秒的成绩再次夺冠——又是一个世纪性的成绩。这些天，费新吾和田延豹一直处于极度亢奋之中，夜里他们同榻而卧，兴致勃勃地谈论着这个罕见的“鲍菲现象”：为什么他能把同时代的人远远抛在后边？为什么他能轻而易举地突破科学家预言的生理极限？他并没有服用兴奋剂，他事先要求对自己强化药检，正是为了向舆论证明自己的清白。是否他父亲发明了一种新的高能食品？或者是其他合法的方法，比如电刺激？

无疑，他的两个记录会成为两座突兀的高峰，恐怕多少年内无人能超越。这种现象并不是绝无仅有。1968 年美国运动员鲍勃·比蒙的世纪性一跳创造了 8.9 米的跳远记录，一直保持了 15 年。更典型的例子是原乌克兰选手布勃卡，他 19 岁获得世界冠军，34 次打破世界纪录。1991 年他打破了 6.10 米的纪录——而在此前，不少体育专家论证说，20 英尺（即 6.10 米）是撑竿跳的极限。他曾在半年内连续 6 次打破自己创造的纪录。但尽管这样，在短跑中出现这样的突破仍是不可思议的，不正常的，因为短跑技术早已发展得近乎尽善尽美，它已经把人类的潜能发挥到极致。众所周知，水平越高的运动就越难作出突破。

他们常常醉心地、不厌其烦地回忆起谢豹飞在赛场上那份矫捷，那份飘逸潇洒。他们都是内行，越是内行越能欣赏谢的天才和技术。费新吾自嘲道：

“咱们这是秃子借着月亮发光呀。中国人没能耐，拉个华裔猛侃一通。说到底，他的奖牌还是美国的。”

田延豹脱了衣服走进浴室，忽然扭头问：“他会不会是个混血儿？你知道，远缘杂交——这个名词虽然有些不敬——常常有遗传优势。比如法国著名作家大仲马是黑白混血儿，他的体力就出奇的强壮，常和狐朋狗友整夜狂嫖滥赌，等别人瘫软如泥时，他却点上蜡烛开始写小说。他的不少名著就是这样写出来的。”

费新吾摇摇头，“不，我侧面了解过。他是100%的中国血统。”

三天没好好睡觉，两人真的乏了，洗浴后准备好好地睡一觉。就在这时电话铃响了。拿起电话，屏幕上仍是一片漆黑，看来对方切断了视觉传输，他不想让这边看到他的面貌。

那人说的英语，音调十分尖锐，就像是宦官的嗓音，让人觉得很不舒服：

“是费新吾先生吗？”

“对，你是……”

“你不必知道我的名字，我想有一点内幕消息也许你会感兴趣。”

费新吾摁下免提键，同田延豹交换着眼色：“请讲。”

“你们当然都知道谢豹飞的胜利，也许，作为中国人，你会有特殊的种族自豪感？”

他的口气十分无礼，费新吾立即滋生了强烈的敌意，冷冷地说：

“我认为这是全人类的胜利。当然，同是炎黄之胄，也许我们的自豪感更强烈一些。是否这种感情妨害了其他人的利益？”

那人冷静地回答：“不，毫无妨害。我只是想提供一点线索。谢豹飞今年25岁，26年前，谢可征先生所在的雷泽夫大学医学院曾提取过田径飞人刘易斯先生的体细胞和精液。”

费新吾一怔，随后勃然道：“天方夜谭，你是暗示……”

"不，我什么也不暗示，我只是提供事实。谢先生和刘易斯先生正好都在雅典，你完全可以向他们问询，需要两人的电话号码吗？"

费新吾匆匆记下刘易斯的电话，又尖刻地说：

"即使证实了这个消息又有什么意义？我看不出刘易斯的细胞和谢豹飞先生有什么联系。"

那个尖锐的嗓音很快接口道："请不必忙于作出结论，你们问过之后再说吧。明天或后天我会再和你们联系。"

电话挂断后很久两人都没话说，那个尖锐刺耳的声音仍在折磨他们的神经，就像响尾蛇尾部角质环的声音；那个神秘人物的眼睛似乎仍在幽暗处发出绿光，就像响尾蛇的毒眼。他是什么居心？他主动地向两个陌生人提供所谓的事实，而费田二人既非名人，又不属新闻界；他清楚地知道谢可征、刘易斯、还有这儿的电话号码，是怎么知道的？没准他在跟踪这些人。田延豹摇摇头说：

"不会的，谢豹飞身上没有任何黑人的特征。"

费新吾恨恨地说："即使他是用刘易斯的精子人工授精而来，又有什么关系？我难以理解，这个神秘人物披露这些情况，是出于什么样的阴暗心理！"

但不管如何自我慰藉，他们心中仍然很烦躁，莫名其妙地烦躁。半个小时后田延豹下了决心：

"我真的要问问刘易斯，我和他有过一段交往。"

费新吾没有反对。田延豹拨通刘易斯的电话，但没人接。他一遍又一遍地拨着。直到晚上 11 点，屏幕上才出现刘易斯黝黑的面孔和两排整齐的牙齿。他微笑地说：

"我是刘易斯，请问……"

"刘易斯先生，你好。我是田延豹，你还记得我吗？2001 年世界田径锦标赛百米决赛中那个倒霉的中国选手。"

刘易斯笑道："噢，我记得。我很佩服你当时的毅力。你现在在哪儿？"

"我也在雅典。请原谅我的冒昧，我想提一个无礼的问题，如果不便，你完全可以拒绝回答。”他简单追述了那个神秘的电话，“刘易斯先生，你真的向谢可征先生提供过体细胞和精液吗？”

刘易斯耐心地听完后说：“田先生，今天你已是第八个提问者了，我刚回答了七名新闻记者的同样问题。”

田延豹和费新吾交换着目光，现在问题更明显了。那个打电话的人是想掀起一阵腥风恶浪把胜利者淹死。刘易斯接着说：

“对，我记得这件事，我是向雷泽夫大学医学院提供的，那是个严肃的学术机构，他们希望得到一些著名运动员的体细胞和精液进行某种试验。刚才几名记者都问我，鲍菲的父亲是不是那个研究课题的负责人，我的回答是：可能是一名姓谢的华裔，不过这一点我记得不准确。”略停之后，他笑道：“我知道那个多事的家伙是在暗示什么。坦率地讲，我非常乐意有这么一位杰出的儿子，可惜这只是我的一厢情愿。在鲍菲·谢先生身上，你能看到一丝一毫刘易斯的影子吗？”

他爽朗地大笑起来，这笑声也冲淡了田、费二人心中的阴影。刘易斯快言快语地说：

“不要听他的鬼话！不管这个躲在阴暗中的家伙是白人还是黑人——我想大概不会是黄种人——他一定是个心地阴暗的小人，他想制造一些污秽泼在胜利者身上。不要理他！再见。”

放下电话，两人都觉得心中轻松了些。田延豹说：“不必给谢老打电话了吧。”

“不必了，不要搅扰他的好心境。”他沉思地说：“你说，这个神秘人物究竟是什么动机？莫非他也是短跑名将中的圈内人？是失败者的嫉妒？就像逢蒙暗算了后羿。”

田延豹勉强笑道：“那，我是最大的失败者。”

费新吾知道自己失言了，这句无意的话又勾起田延豹已经冷却的痛苦。那年温哥华世锦赛他也在场，是他和中国田径队的领队到警察局领回烂醉如泥的田延豹。按中国田径队的严格纪律，本来要给他一个处分的，不过领队也是运动员出身，知道二十年奋斗而一朝失败是多么深重的痛苦。他和费新吾悄悄把这事压了下来。

这会儿，他不愿多做解释，便拍拍田延豹的肩膀，表示把这一页掀过去。田延豹已经上床休息了，费新吾仍在电脑前快速浏览着电子新闻。也许是本能，也许是潜意识的预感，他总觉得这个电话只是一个大阴谋的开场锣鼓。查阅时他把注意力全部集中在这次的百米和二百米决赛上，集中在谢豹飞身上，看看有没有什么别的蛛丝马迹。

新闻报道中没有什么特别的东西，各国记者在报道这两次决赛时都用了最高级的形容词：世纪之战；体育史上的里程碑；百世难逢的奇才。美国新闻周刊的老牌记者马林说：

“鲍菲·谢不仅成功地打破百米 9.5 秒大关的壁垒，也成功地打破人类的心理壁垒。从此之后，那些对人类生理极限抱悲观态度的人，那些以‘科学态度’对各种运动定下这种那种极限的体育生理专家，对自己的结论要重新考虑了。”

在正规的电子出版物中没有发现什么异常，有关刘易斯提供体细胞和精细胞的消息尚未见报道。看来，已经得到消息的 7 名记者都十分慎重，毕竟这是非常爆炸性的新闻，而且新闻的来路太不正常。费新吾又把目光转向“网络酒吧”，这是网友们随意交谈的地方。这里面关于谢豹飞的话题占了很大部分。那些终日沉迷于电脑的网虫们都感受到这次破纪录的震撼，对谢的天才表示极大的敬意。还有不少女性在倾泻着自己的爱情。

看着这些赤裸裸的爱情宣言，费新吾会心地笑了。他想这些姑娘、女士们大概是没戏了。这两天田歌一直同谢豹飞泡在一起，他们的感情急剧升温。昨晚深夜，谢把田歌送回来，费新吾发现，姑娘眸子中的爱情之火是那样炽烈，目光所及，简直可以把窗帘烧着。田延豹摆出一副“老兄嫁妹”的苦脸，叹息“田歌已经‘目中无人’了，哪怕是面对着你，她的眼光也会透过你的身体射到远处去了！”

就在这时，他在屏幕上发现了一份特殊的短函。他一目十行地看着，目光逐渐阴沉，耳边又响起那个神秘人物的尖锐嗓音。正在床上闭目养神的田延豹突然听见“啪”的一声，是费新吾在猛拍桌子，他声音沙哑地说：

“小田，你快来，看看这封信件，那条毒蛇又露出毒牙了！”

在向那座爱情要塞发起进攻之前，田歌已经抱定破釜沉舟的决心。但她没料到这座要塞竟然不攻而破，任由她的美艳之旗在城头高高飘扬。

从谢伯伯那儿要来谢豹飞的电话号码后，田歌努力提炼自己的信心，对自己的第一句言辞反复考虑，她要在中国姑娘的羞涩心许可范围内尽量大胆地进攻。但事件进程出乎她的意料，电话挂通，两个头像同时出现在对方的屏幕上之后，谢豹飞脱口而出：

“我的上帝！”这句话是用英语说的，他随即转用汉语：“谢天谢地，我正发愁怎么在人海中找到你呢。那天我忘了让你留下地址，当然，在大赛前有这样的疏忽是可以理解的。你怎么知道我的电话号码？为了摆脱记者们的纠缠，这个号码是严格保密的。不不，你不用回答，”他笑着说，“我更愿是冥冥中的上帝之力，是上帝把你送到了我的身边。请问你的名字？”

田歌这才说出第一句话：“田歌，田野的田，歌曲的歌。”

“美丽的名字。你能允许我去拜访你吗？我需要你。”

于是两条爱情之水纳入一条河床，开始汹涌奔流。谢豹飞推掉所有的应酬，小心地避开新闻记者的追踪，终日和田歌四处游玩。他的中国话非常地道，能够流畅地表达微妙的情感，这使田歌倍感亲切。他们一块儿欣赏希迈特斯山的朝霞，萨罗尼克湾的落日，参观白色的巴台农神庙、宙斯神庙和阿塔洛斯柱廊，到圣徒教堂里陪希腊正教徒一块儿做祈祷。雅典是一个浸泡在历史和神话中的城市，几乎每走一步都能踢出古希腊的尘埃。谢豹飞虽然只有 25 岁，但已经是个见多识广的成熟男人了。他为田歌讲解各个景点的历史，讲述奇异多彩的希腊神话，还要加上一些个人的独特观点：

“希腊神话和东方神话不同，在古希腊人的神界里，同样有阴谋、通奸、乱伦、血腥的复仇、不计生死的爱情……一句话，希腊神话中还保留着原始民族的野性。对比起来，汉族神话未免太‘少年老成’。”

这些话使田歌觉得新鲜，也有一点点惶惑。

几天下来，田歌已深深爱上谢豹飞——当然她早就爱上了，两年前就爱上了。不过那时她爱的是一个偶像，现在爱的是一个活生生的人。她会痴迷地看着他强健的肌肉，流畅的身体曲线，潇洒矫健的举止。他就像蛮荒之地的非洲猎豹，随时随地喷吐着生命的活力。

那天他们在拉夫里翁的滨海公路上行驶，忽然一辆菲亚特紧紧追上来。谢豹飞放慢奔驰的速度让他们超车，但两车并行后，那辆菲亚特并不急于超车，一个人从车窗里探出身子频频拍照。这是那些被称为“狗仔队”的讨厌记者，他们想抢拍百米飞人与新结识的情人的照片去卖个大价钱。谢豹飞愤怒地落下车窗，做手势让他们滚蛋。那个家伙不但毫不收敛，反倒趁着车窗落下的机会拍摄得更起劲了。谢豹飞勃然大怒，立即踩下刹车，让菲亚特超到前边，他从内侧超过去，猛打方向盘，狠狠撞击菲亚特的内侧。菲亚特车内的人惊恐万状，田歌也急急喊：

“不要这样，豹飞，不要这样！”

谢豹飞两眼喷着怒火，毫不理会她的劝阻，仍是一下接一下地猛撞。那辆车最终躲闪不及，从路堤上翻下去，打个滚，四轮朝天地扎在沙滩上。谢豹飞大笑着开车走了，田歌从后视镜里向后张望着，担心地说：

“他们会不会有生命危险？停车看看吧。”

谢豹飞笑道：“这些狗仔们的命长着哪，不管他！”

奥运会已近尾声，不少赛事已毕的运动员开始陆续离去。但费新吾和田延豹都闭口不提回国的日程，田歌知道他们的苦心，心中暗暗感激。

第五天早上，谢豹飞很早就来到普拉卡旧城区，把那辆豪华的奔驰停在狭窄的坡度很大的街道上。白色的建筑上爬满爬墙虎和刺玫，到处是卖鲜花的小摊贩。他按响喇叭，很快一个白衣白裙的仙子在高处一个小旅馆的门口出现。她像只羚羊一样踏着陡峭的石级，转瞬来到谢的身边。两人先来一个让人透不过气的长吻，尔后田歌回身向旅馆方向招招手，她知道费叔叔和豹哥肯定在窗户里望着她。汽车开动后她问：

“今天去哪儿？”

“去比雷埃夫斯港。我送你一件小礼物。”

比雷埃夫斯港桅樯如林，不少私人帆船或快艇麇集在一起，远远看去像是挨肩擦背的天鹅。谢豹飞停下车，拉着田歌来到岸边，一艘崭新的、形状奇特的、浑身亮光闪闪的游船停在那儿。船首上是三个新漆的中国字：田歌号。制服笔挺的船长在驾驶室里向他们行着注目礼。田歌呆呆地看着谢豹飞，不敢相信这是真的。谢豹飞侧身说：

“请吧，田歌号的主人，这就是我送给你的小礼物。”

田歌踏上甲板，就像踏在梦幻中。谢豹飞详细为她解释着，说这艘船主要是以太阳能为动力，船中央那两个直立的异形圆柱是新式船帆，所以也可利用风力行驶。田歌痴迷地走过一个又一个房间，抚摸着亮灿灿的铜栏杆、一尘不染的墙壁、卧室中豪华的双人床，觉得心头过多的幸福直向外漫溢。她知道按西方礼节，受礼者不能询问礼品的价格，但她忍不住想问一问，按她的估计，它至少值 100 万美元，豹飞可不要为它弄得破产！

谢豹飞理解她的心思，轻描淡写地说：“耐克公司已把第一笔 3000 万美元划到我的账号上，我愿意为你把这笔钱花光。”

田歌着急地说：“千万不要！……我可是个节俭成性的中国女人，你再这么大手大脚，我会心疼死的。”

谢豹飞笑着把她拥入怀中。两人的心脏在嘭嘭地跳动着，炽烈的情欲在两个身体中间来回撞击。田歌从他怀中挣脱出来，笑着问：

“起航吧，今天到哪儿？”

“到米洛斯岛吧，断臂维纳斯雕像就是在那儿发现的，我今天要给它送去一位活的维纳斯。”

两人的嘴唇又自动凑到一块儿。

送走幸福得发晕的田歌，费新吾和田延豹开始研究那条毒蛇的毒牙。那封电子函件是这样写的：

“……我一直奇怪，为什么一个黄种人选手在百米项目中取得如此惊人的突破。要知道，相对于黑人、白人而言，黄种人的体能是较弱的。这不是种族偏见，而是实际存在的事实。这个事实很可能与蒙古人种数百年来普遍的贫穷、小区域通婚、素食和农业生活有关。

“不久前我得知一个事实，恰在鲍菲·谢出生前一年，美国马里兰州克里夫兰市雷泽夫大学医学院（谢的父亲谢可征教授正是该学院的资深教授）从田径飞人刘易斯身上提取了体细胞和精细胞。不久前，我的朋友、中国著名体育记者费新吾先生和短跑名将田延豹先生已就此事问过刘易斯先生，并得到后者的确认……”

费新吾和田延豹都愤怒地骂道：“卑鄙！”

“……当然，我们不相信鲍菲·谢是用黑人精子授精而产生的后代，因为他完全是蒙古人的形貌特征，包括肤色、眼角的蒙古折皱、铲状门齿等。但是，如果了解谢可征先生的专业，也许能引起一些新的联想。谢教授是著名的生物学家和医学科学家，他领导的研究小组早已成功地拼装出改型的人类染色体。这些半人造的染色体是为了医治某种遗传病症而制造的，是为了弥补人类遗传中出现的缺陷，为那些不幸的病人恢复上帝赐予众生的权利。不过，一旦掌握了这种魔术般的技术，是否有人会禁不住魔鬼的诱惑而去‘改进’人类？这种行为本来是生物伦理学所严格禁止的，是对上帝的挑战。但据我所知，谢先生的心目中并没有上帝的地位。……”

两人再次激愤地骂道：“卑鄙！十足的卑鄙！”的确，这封电子函件的内容已经不仅是猎奇或哗众取宠，而是赤裸裸的人身攻击了。费新吾心情沉重地说：

“小田，我们不能再沉默了，这些情况必须通知谢先生，让他当心这些恶毒的暗箭。也许，他能猜到这些暗箭是从什么地方射出来的。”

“对，马上给他打电话。”

谢先生的电话很快就挂通了，费新吾小心地说：

“你好，谢先生，最近忙吧，我和田先生想去拜访你，最近我们听到了一些宵小之言，我想应该让你了解。”

谢先生的目光暗淡下来：“我知道你们的意思，我也看到了那封电子函件。不过你们来吧，我正想同你们聊一聊。不不，”他改变了主意，“我开车去接你们，然后找一个希腊饭店品尝希腊饭菜。我请客。”

谢教授把他的富豪车停在普拉卡区的一个老饭店前，饭店在半山腰，窗户可以俯瞰鳞次栉比的旧城区，欣赏弯弯曲曲的胡同和忙碌的人群。服装鲜艳的男招待递过菜单，田延豹摇摇手，费新吾也笑着摇头道：

“雅典我倒是来过两次，却从来没有自己点过菜，还是谢先生来吧。”

谢教授没再客气，点了白烧鳕鱼加柠檬汁，番茄汁鲟鱼加香芹，茄子馅饼，鱼子酱和柠檬色拉，又要了一瓶茴香酒。三人边吃边聊，谢教授问：

“这些都是希腊风味的菜肴，味道怎么样？”

费新吾说不错，田延豹笑道：“不敢恭维。我只要一出国，就开始馋北京的八宝酱菜、王致和臭豆腐和香喷喷的小米粥。”

三个人都笑起来。费新吾不想耽误时间，立即切入正题：“谢先生，你已经看过那封电子函件了，你能估计是谁搞的鬼吗？”

“毫无眉目。”

“也许是一个失败的心怀嫉妒的运动员？”

“不大可能。这个人对基因工程方面的进展似乎颇为熟悉，大概是学者圈子中的某人吧。”

费新吾小心翼翼地说：“他信中暗示的可能性当然是胡说八道了，对吧。”

谢教授略为迟疑后才回答：“当然。但是，我不妨向你们介绍一下这方面的最新进展。你们有没有兴趣？”

两人交换一下眼神："十分乐意。"

谢教授饮了一杯茴香酒，略为整理思路后说：

"大家都知道，人类的基因遗传是上帝最神奇的魔术。科学家们曾做过估计，如果用非生物的方法制造一个婴儿，所花代价将是人类有史以来所创造财富的总和！但上帝是如何造人的？一颗精子和一颗卵子的碰撞，伴随着男人女人的爱情欢歌，一个新生命就诞生了。直到现在，尽管已在基因研究领域中徜徉了40年，我对这种上帝的魔术仍充满畏惧之情。"

他停顿一下，接着说：不过，日益强大的人类已经揭掉了这个宝藏的封条，开始剖析这个魔术的技术细节。现在，人类基因组标识工作已经全部完成，对其中40%的染色体又排出图谱和进行解析，掌握了这部分基因的功能。比如，医学科学家可以准确地指出各种致病基因的位置并去修正它们，象肥胖基因、耳聋基因、哮喘病基因、血友病基因、白血病基因……总之，现代医学已能用基因工程的办法治愈这些遗传病患者，使他们享受到健康的权利。

"但是，人类在获得健康上的平等后，还存在着体能上的不平等。专家们说，黑人的体质确实适于短跑。他们的髋部较窄，小腿较细，跑动中空气阻力小，股四头肌发达，肌腱结缔组织厚，肌肉黏滞性好，用力时不硬化，尤其是肌纤维中的厌氧酶高，快肌纤维的比率大。所以特别适于短跑。"他耐心地解释："人的骨骼肌分红肌和白肌两种。红肌也称慢肌，毛细血管丰富，所以呈红色，这种肌纤维中含肌浆、肌红蛋白、糖原、线粒体和各种氧化酶较多，主要靠有氧代谢产生的ATP（三磷腺苷）供能，所以氧化能力强，不易疲劳。但反应速度慢，收缩力量小，不适于快速运动；白肌又称快肌，受大运动神经元支配，这种肌纤维中脂类、ATP和CP（磷酸肌酸）含量较多，主要靠无氧酵解产生的ATP供能。据测定，加勒比黑人的小腿三头肌中快肌高达65%～85%，所以奔跑特别迅速。所以，如果我们把黑人的快肌生长基因植入白人和黄种人体内，就会使他们的短跑能力大大提高，使各个种族在体能上趋于平等。从本质上讲，这不过是用基因工程的微观办法代替异族通婚，并不是什么大逆不道的行为。可惜，西方国家的科学界有一种根深蒂固的观点，认为这是向上帝的权利挑战；他们只允许补救上帝的不足而不允许比上帝干得更好。所以，在正统的生物伦理学戒律中，这样干是违禁的事。”

费新吾和田延豹听得一头雾水，两人相对苦笑。费新吾说：“谢教授，我越听越糊涂了，我怎么觉得你的观点和那封诽谤信中的观点是完全一致的。”他踌躇片刻后说：“坦率地讲，我从你的话中得出这样的印象：你认为用基因工程办法改良人类并不是一桩罪恶，甚至在悄悄地这样干了。但为了不被舆论所淹没，你在口头上不敢承认这一点。”

谢教授仰靠在椅背上，沉默很久才答非所问地说：“你们两位呢，是否觉得这种基因优化技术是一种罪恶？”

费新吾摇摇头：“我不知道，我已被你的雄辩征服了。但我是今天才认真思考这个问题，还不能得出结论。”

三人陷于尴尬的沉默。透过落地窗户，他们看到一辆黑色轿车开过来，停在饭店外，一名带着照相机的中年男子走下来，仔细看看谢教授那辆富豪车的车牌，随即兴奋地冲进饭店。他在人群中一眼看到谢教授，立即对他拍了两张照片，然后把话筒递过来，用英语问道：

“谢先生，我是加拿大 CBC 电台的记者。我已经看到今天的美国基督教科学箴言报，知道谢豹飞先生实际是你用基因改良技术培育出的超人，你能谈谈其中的详情吗？”

谢教授厌恶地看看他，不管他怎样哀求，一直固执地闭着嘴巴。费新吾走过去，用力推着那位记者，把他送出门外。回过头看见老人仍靠在椅背上一动不动。饭店里的顾客有不少懂英语的，他们都停下刀叉，把惊奇的目光聚焦在谢教授身上。田延豹探头看看门外，那个记者正和饭店的保卫人员在推搡。又有几辆汽车飞快开过来，走下一群记者模样的人。他忙拉起老人，向侍者问清后门在哪里，三个人很快溜走了。

回程的路上，三人都沉默着。谢教授把两人送到旅馆，简短地说：

“我要回去了，我想早点休息。”

两人与教授告别，看着那辆富豪开走。他们回到自己的旅馆，走进房间，先按下录音键，话筒中是田歌兴奋的声音：

“费叔叔，豹哥：鲍菲给我买了一艘漂亮的游艇。我们准备在地中海好好玩三天。你们如果想回国的话，不必等我。这几天我不再同你们联系，为了避开讨厌的记者，这艘游艇上将实行严格的无线电静默。再见，我会照顾好自己……并守身如玉。”

虽然心绪繁乱，费新吾仍不由得哑然失笑。难得这个现代派女子还有这种可贵的贞节观，虽然他不相信在那样浪漫的旅途中，在仙境般的水光山色中，一对热恋的情人能够做到这一点。田延豹的目光明显变暗了，不高兴地摁断录音。费新吾看看他，打趣道：

“你干吗不高兴？算了，不必摆出一副老兄嫁妹的苦脸，她早晚是人家的人。如果这段姻缘真的如愿，你也算尽到当哥的职责啦。怎么样，咱们是否明天回国？我的荷包已经瘪了。”

田延豹犹豫片刻：“再等几天吧，田歌那边总得看到一个圆满的结局呀。”

“也好，其实我也想等几天，看看谢教授这儿还有什么变化。”

说起谢教授，费新吾立即从沙发上蹦起来，打开电脑，进入互联网络。他的直觉告诉他，那件事不会就此了结。果然，公共留言板上又有一封信件，这是那个神秘人物的第三支毒箭。与这支毒箭相比，此前种种就不值一提了。他迅速看下去，太阳穴嗡嗡发响，血液猛劲上冲。田延豹偶然瞥见他满脸涨红，咻咻地喘气，在床上关心地问：

“老费，你是怎么了？”

费新吾喘息着，手指抖抖地指着屏幕：“你来！你自己看！”

“在我上封信披露谢可征教授的基因嵌接术之后，事情的真相已经逐渐明朗化。我的老友、正直坦诚的费新吾先生和田延豹先生当面质询了谢教授，后者坦认不讳。（田延豹恨恨地骂道：这个无赖！）但我刚刚发现其中另有隐情，我们几乎全被他轻易地骗住了。在华裔智者谢可征先生的计谋中，我们表现得像一群傻子。这几天，我们似乎都忽略了一个很明显的问题：显然，纵然是百米之王刘易斯的基因也不能让鲍菲打破 9.5 秒大关，因为刘易斯先生本人也远未达到这个高度。

“也许，谜底存在于另一桩事实中。我已经作过详细了解，26 年前向雷泽夫大学医学院提供体细胞和精细胞的并非刘易斯一人，还有体能远远超过刘易斯的另一位先生。这位先生的肌肉内含有较多的能量之源——线粒体，因而奔跑更为迅速。刘易斯先生的百米最高时速是 43.37 公里，而后者的瞬间时速可高达 130 公里！

这位先生名叫塞普，来自非洲察沃国家公园。他的速度是所有哺乳动物中最快的。让我小心地把谜底揭开吧，塞普先生是一只凶猛剽悍的非洲猎豹！……”

非洲猎豹！

非洲察沃国家公园的稀树大草原。在 1 米多深的硬毛须芒草和菅草的草丛中，一只母猎豹逆着风向悄悄向羚羊群接近。它已经怀孕了，一套有关 4 条小生命的复杂的链式反应已经启动，通过种种物理的化学的媒介，表现为强烈的食欲。它急需补充营养。枯草丛后露出一只未成年的羚羊，它警惕地向四方巡视着，四条优雅的细腿随时准备跳窜而去。母豹知道这只羚羊不是好的猎杀对象，它已足够强壮，很可能逃脱自己的利爪。但在饥饿的驱使下，它踌躇片刻，深深吸一口气，突然猛扑过去。小羚羊及时发现敌人，敏捷地逃走了。母猎豹全速追赶，距离越来越近。相比之下，猎豹更适于短期的快速奔跑，它高踞于陆地动物奔跑速度的顶峰。它有流线型的轻盈体躯，长而发达的肢体，善于平衡的粗尾，发达的心脏，特大的肺。头部具有阻力最小的空气动力学特点，双肩可不断滑动使步伐加大。它的脊柱在高速奔跑中就像是弹簧，能屈能伸。猎豹的犬牙非常小，以至于当它辛辛苦苦捕到猎物后（它常常要喘息 20 分钟才能进食），如果碰上鬣狗或狮子来抢食，它只能胆怯地逃走，因为它的小犬牙无法同强敌搏斗。但进化之神为什么给它留下这点瑕疵？不，这是为了留下足够大的呼吸空腔。当至关重要的搏杀能力与奔跑能力相矛盾时，也只有被舍弃了。

猎豹身体的每一部分都是为奔跑而特意定制的，这是进化之路残忍的选择。但速度上逊于猎豹的羚羊也自有天赋本领。猎豹是短跑之王，羚羊则是灵活转弯的翘楚。它灵巧地左蹦右跳，一次次从母猎豹的利爪下逃脱。双方的速度都开始减慢，小羚羊更甚，它的黑眼珠里已经有了恐惧，母猎豹确信下次的一扑将把小羚羊扑倒。就在这时它听到了自己体内的警告。猎豹在追猎时是屏住气息的，就像人类的百米选手一样，现在那次深呼吸所得的氧气已经耗尽，它的血液不再能提供奔跑所需的巨大能量，再奔跑下去它的心脏就要破裂……母豹只好收住脚步，塌肩弓背，凶猛地喘息着，眼睁睁看着猎物轻快地逃走。

只差 0.5 米，这 0.5 米是捕食者和被捕食者的生死线：或者羚羊被杀死，或者猎豹饿死。母猎豹疲惫地久久地注视着自己的猎物，在它的潜意识中，一定滋生了极强烈的欲望：让自己的四肢跑得再快一点，再快一点点！

这只猎豹最终没有饿死，它就是塞普的母亲。没人知道这位母亲那一瞬间的强烈欲望是否也能通过染色体遗传给下一代。科学界公认的遗传变异规律，是说生物基因只能产生随机性的变化，被环境汰劣取优，从而使生物一点点向优良性状进化。这种盲目进化的观点未免不大可信。不妨考虑爬行动物向鸟类的进化。在盲目的随机的变异中，怎么能“恰巧”进化出羽毛、龙骨突、飞行肌等等变异基因？即使能够，无数变异性状进行纯数学的排列组合，得出的将是天文数字，它不可能在有限的地质年龄中一一得到验证和取舍。也许某一天科学家们会发现，生物强烈的求生欲才是遗传变异的指路灯，它在冥冥中引导染色体作“定向”的而不是盲目的变异：使渴望奔跑迅速的兽类变得四肢强健，使渴望飞翔的爬虫变异出羽毛，使渴望游泳的哺乳动物变异出尾鳍……

也许，嵌入谢豹飞体内的、片断的猎豹染色体也能传递一定的欲望？

非洲猎豹！

费新吾和田延豹沉重地喘息着，互相躲避着对方的目光，一种冷酷滞重的氛围渐渐升起。他们几乎同时认识到，尽管这个神秘人物心理阴暗，几近无赖，但他指出的恰恰是事实。在那位远远超越时代的、生命力强盛的短跑之王身上，肯定嵌入了猎豹的基因片断。

几天来，他们就像是玩九宫格填数游戏的学生，一味在外围揣测、推理、嗅探、追踪，费尽心机来破译这个非常复杂的谜语。但是，只要把一个正确的数字填到九宫格的中心，一切都变得非常简单，太简单了！

对这个结论，至少费新吾不感到意外，这些天他已通过网络查阅了大量的有关基因的资料。DNA 是上帝的魔术，但任何魔术实际上只是充分发展的技术——尽管这些技术十分精细十分神秘，但终究是人类可以逐渐掌握的技术。而掌握了基因技术的人类将成为新的上帝，随心所欲地改良上帝创造的亿万生灵——包括人类自身。

他在脑海中历数二三十年来基因工程技术的神奇发展：

早在上个世纪末，科学家就定位了果蝇的眼睛基因，并能够随心所欲地启动这个基因，在果蝇身上或翅膀上激发出十个八个眼睛。他们还发现，地球上所有有眼生物的成眼基因都是十分近似的，是从一个原始基因变化而来。所以，从理论上说，完全可以在人类的额角或后脑勺上激发出第三只眼睛，就像对果蝇已经作的那样。科学家们至今没有作到这一点，仅仅是因为他们“不愿”去做。

上个世纪末，美国俄亥俄州凯撒西部大学的研究小组，已经能制造“浓缩”的人体染色体，他们把染色体中的废基因剔掉，将有效基因融合或聚合，得到只有正常染色体长度十分之一的、功效相同的染色体。

更早一点，瑞典隆德大学的一个研究小组将细菌血红蛋白基因移入烟草，英国爱丁堡罗斯林研究所将人的血红蛋白基因移入绵羊，以这种羊奶治疗人类的血友病；将人类抗胰蛋白酶植入绵羊，以治疗人类的囊性纤维变性。上述产品早已进入工业化生产。

21世纪初，医生们已不必再走这样的弯路，他们已经能将上述基因直接嵌入先天缺损的病人体内。

日本大阪微生物病理中心松野纯男则搞出更惊人的成就。他将一种多管水母的一段基因植入老鼠体内，这种基因可分泌一种特殊的荧光绿蛋白（GFP），能在黑暗中发光，在紫外线照射下光度更强。这段外来基因植入老鼠体内后能够正常遗传，繁衍出一代一代的绿光鼠。

……

人类已经接过上帝的权杖，还有谁能限制他使用这根权杖？

费新吾不是上帝的信徒，没有宗教界人士对基因技术的深深恐惧。对于他们来说，基因技术比哥白尼的“日心说”、达尔文的“生物进化论”更要凶恶千百倍；

费新吾也不是生物学家，对生物伦理学知之甚少，因而也没有生物学家那种“理智”的担心。他们一方面兢兢业业地开拓基因工程技术，一方面对任何微小的进展都抱有极大的戒心，生怕一条微裂纹会导致整个生命之网的崩裂。

所以，从理智上说，他并不认为这是大逆不道的恶行。但他心中仍有隐隐的恐惧，说不清道不明的恐惧，他的脊背上掠过一波又一波的寒战。

电话铃一遍又一遍地响着，谢教授的房间里没人。他突然失踪了。

网络中的报道几乎与事实同步：

短跑之王、豹人鲍菲·谢神秘失踪已经三天。

鲍菲父亲谢可征教授昨日神秘失踪。

世界发疯了。

罗马教廷发言人：事态尚未明朗，教皇不会匆忙表态。但教廷的态度是一贯的，我们曾反对试管婴儿和克隆人，更不能容忍邪恶的人兽杂交。愿上帝宽恕这些胆大妄为的罪人。

以色列宗教拉比：犹太教义只允许治愈人体伤痛，绝不能容忍亵渎神的旨意，破坏众生的和谐与安宁。

伊朗宗教领袖：这个邪恶的巫师只配得到一种下场，我们向安拉起誓，我们将派10名勇士去执行对罪犯谢可征的死刑判决，不管他藏到世界哪一个角落。

雷泽夫大学医学院发言人：我们对社会上盛传的人豹杂交一无所知。如果确有其事，那纯属谢可征教授的个人行为。我们谨向社会承诺：雷泽夫大学不会容忍这种欺骗行为。

中国科学院遗传研究所发言人：谢可征教授是我们很熟悉的、德高望重的学者，我们不相信他会做出这样轻率的举动。对事态发展我们将拭目以待。

本届奥运会男子百米银牌得主、尼日利亚的埃津瓦：我不知道深奥的基因技术能不能做到这一点，但我早就怀疑鲍菲·谢的成绩啦。如果他真的诞生于人兽杂交，我会把自己的银牌扔到垃圾箱里。想想吧，如果今天允许一个嵌着万分之一猎豹基因的“人”参加比赛，明天会不会牵来一只嵌有万分之一人类基因的四条腿的猎豹？

“费先生，田先生，我是澳大利亚堪培拉时报的记者。请问那位在互联网络公共留言板上披露这则惊人内幕的先生是谁？”

“无可奉告。”

“为什么？他多次宣称你们是他的挚友。”

“无可奉告。”

“他是否提前向你们透露了此则消息？你们是否当面质询过谢可征教授？”

“无可奉告。”

“那么田先生，令妹此刻是否正与鲍菲·谢在一块儿？他们目前躲在什么地方？我们已买到一些照片，足以证明两人之间的亲昵关系。”

“滚！”

晚上，两人仍然同榻而眠。田延豹曾戏谑地说：“侍者一定把咱们当成同性恋了。”不过今天他没心戏谑了。他久久地盯着天花板，烟卷在唇边明明灭灭。很久以后他终于开口：

“老谢，明天我要出去找田歌。我不放心她和那人在一起。”

费新吾早就知道，田延豹和堂妹的感情极为深厚。他勉强开玩笑说：“不必顾虑太多，即使谢豹飞身上嵌有猎豹基因的片断，他仍然是人而不是一头豹子。”

“不管怎样，我要尽力找到她。”

“你到哪儿去找？”

“尽力而为吧，这么大的一条游艇，不会没有一点踪迹。”

费新吾沉吟着，他想陪小田一块去，又觉得不能离开此地。田延豹猜到他的想法，说：“老费你留在这儿，我会经常同你联系，一旦田歌同这儿联系，请你立即把她的地址转给我。另外，也许谢教授会同你再度联系。”

“好吧，就这样安排。”

三

第二天一早，田延豹就乘车去比雷埃夫斯港。港口船舶管理局的一名职员接见了他。那人叫科斯迪斯，大约 50 岁，身体健壮，满脸是黑中夹白的络腮胡子。田延豹问：

“科斯迪斯先生，请问最近否有一艘游艇在这儿注册？游艇的主人是鲍菲·谢，美国人。请你帮我查一下。”

科斯迪斯惊奇地说：“鲍菲·谢？就是人人谈论的那个豹人？不，没有，如果他在这儿注册，我一定会记得。”

“也许他是以田歌的名字注册。”

科斯迪斯立即说：“有！有一艘最新式的太阳能金属帆游艇，船名就叫田歌号，是利物浦船厂的产品。三天前，不，四天前在这儿注册。”

“这只游艇目前在哪儿？我的堂妹田歌告诉我，为了躲避记者，船上将实行无线电静默。但我急于找到它，我有十分重要的事。”

科斯迪斯笑道：“这不难。那只游船设备很先进，装有黑匣子，能持续向外发出无线电脉冲，以便卫星定位系统能随时精确定位。我来帮你查一下。”

“太感谢你了。”

科斯迪斯向利物浦船厂查询了该船的无线电脉冲参数，又同全球卫星定位系统联系，卫星很快给出回答：田歌号目前已返回希腊领海，正泊在克里特岛的伊拉克利翁港口。科斯迪斯兴致勃勃地查找着——查到豹人的下落并不是每个人都能碰上的运气，他可以拿这则消息去卖一个大价钱。那个中国人由衷地一再表示谢意，临走时他显然犹豫着，终于开口道：

“科斯迪斯先生，还有一个冒昧的请求：能否请你为田歌号的方位保密？你知道，我妹妹是鲍菲·谢的恋人，她现在并不知道所谓豹人的消息。我想慢慢告诉她，使她在心理上能够有所准备。”

科斯迪斯有些扫兴，他原打算送走这位中国人就去挂通电视台的电话。但那人的苦涩打动了他，犹豫片刻，他爽朗地说：

“好，我会用铅封死这个爱饶舌的嘴巴。祝你和那位小姐好运，你是一位难得的好兄长。”

“谢谢，我真不知道怎样才能表达我的感激。”

这些天，费新吾一直把自己关在屋子里，一边焦急地等待着田歌和谢教授的消息，一边努力查找浏览着有关基因工程的资料。他感慨地想，他早就该学一点基因工程的知识了。过去他总认为那是天玄地黄的东西，只与少数大脑袋科学家有关，只与科幻时代有关。想不到在如此短暂的时间里，它就会逼近到普通民众的身边。上午他接到田延豹的电话：

“老费，查询很顺利，我已得知这只船泊在克里特岛的伊拉克利翁港。我正在联系一只水上飞机赶到那儿，届时我再同你联系。”

从屏幕上看，田延豹的表情比昨天略显轻松一些，费新吾也舒口气。挂上电话，他回头坐到电脑前查一会儿，电话铃又响了。拿起话筒，屏幕仍是关闭状态。他马上猜到对方是谁。果然，他听到那个尖锐的、让人生理上感到烦躁的声音，这次是用汉语说的：

“费先生和田先生吗？还记得我吧，我说过要同你们联系的。”

费新吾又是鄙夷又是气怒地说：“我也正要找你呢，你在电子函件中说了不少不负责任的话。”

那人笑道："我知道我知道，非常抱歉，我想以后你会谅解我的苦心。你愿意同我见次面吗？我会把此事的根根梢梢全部告诉你。"

费新吾没有犹豫："好的，我们在哪儿见面？"

"到奥林匹亚的宙斯神殿吧。"

"到奥林匹亚？那儿距雅典有 6 个小时路程呢。"

"对，那样才能避开记者的耳目。另外，我很想把这次意义重大的谈话放到一个合适的历史背景中。奥林匹亚是奥林匹克运动的发祥地，那儿的宙斯神殿可以说是西方神话的源头。我想，万神之王一定会乐意聆听我们的谈话。晚上 6 点在宙斯神像下见面，好吗？再见。"

放下电话，费新吾不由沉吟着，电话中仍是那个神秘人物的声音，但似乎那个人变了，自信，从容，上帝般地睥睨众生。这究竟是怎么回事？他急于见到此人，揭开这折磨人的秘密。走前他在录音电话中留了几句话：

"小田，我去赴一个重要约会，今天不能赶回了。你那儿如有进展，请详细留言。我会及时索取你的留言。"

他匆匆披上一件风衣，租一辆雷诺牌轿车，向伯罗奔尼撒半岛的方向开去。

奥林匹亚是最能引发黍离之思的地方。这儿是历史和神话古迹的存放所，巍峨壮观的体育馆、宙斯祭坛和希拉神殿都已塌裂。这些建筑中以宙斯神殿最为雄伟，它建于公元前 468—前 457 年，是典型的朵利亚式石柱风格。殿内有高大的宙斯神像，左手执权杖，右手托着胜利女神，人们走进神殿时，眼睛恰与宙斯的脚掌平齐，这个高度差形象地表现了那时人类对众神的慑服。

但这个世界七大奇观之一的神像早已不复存在，它被罗马的征服者运走并在一场大火中毁坏。费新吾走进大殿，只看见残破的像基和横卧的石柱，他浅嘲地想，也许这正象征着众神在人类心目中的破落？

落日的余晖洒在残破的巨型石柱上，为这片属于历史和神话的场所涂上庄严的金粉。穿着鲜艳民族服装的希腊儿童在石柱间玩耍，手里拿着一种叫"的的乌梅梅利"的冰淇淋。他看到一辆富豪车停到停车场里，一个老人下车，匆匆走进神殿，费新吾不由大吃一惊——那正是失踪三天的谢教授。

费新吾犹豫了几秒钟。因为牵涉到同那个神秘人物的约会，他不知道这会儿该不该同教授打招呼。但他随即想到，谢教授恰在此时此地出现，绝不会是巧合。很可能也是那个神秘人物约来的，与今晚的谈话有关。于是他迎上去唤一声："谢教授！"

谢先生没有显出丝毫惊奇，看来，他果然知道今天的约会。他微笑着同费新吾握手，手掌温暖有力。费新吾细细端详着他。这是一个超越时代的强者，他只手掀起这场世界范围的风暴，也几乎成了世界公敌。但他的表情看不出这些，他的目光仍是过去那样从容镇定。教授微笑道：

"你早到了？"

"不，刚到。"

教授点点头，转身凝望着夕阳："多壮观的爱琴海落日。在这儿，连夕阳的余晖里也浸透了历史的意蕴。"

费新吾不想多事寒暄，他直截了当地问："你知道今晚的这次约会？你知道那个可恶的神秘人物是谁吗？"

谢教授微微一笑，拉着他走到宙斯神像台基附近的一个僻处。他从口袋里掏出一个微型录音机，按一下按键，里边立即响起那个尖锐的声音：

"你愿意同我见一次面吗？我会把此事的根根梢梢全部告诉你。"

费新吾惊呆了："是你？那个神秘人物就是你？"

谢教授平静地说："对，是我，使用了简单的声音变频器。很抱歉，这些天让你和田先生蒙在鼓里。但听完我的解释后，我想你能谅解我的苦心。"

费新吾脸色阴沉，一言不发，在心中痛恨自己的愚蠢，他早该看透这层伪装了！但在感情上，他顽固地不愿承认这一点。他无法把自己心目中"明朗的"、令人敬重的谢教授同那个"阴暗的"、令人厌恶的神秘人物叠合在一块儿。过了很久他才声音低沉地问：

"那么，飞机上的邂逅也是预先安排好的？"

"对，我一直想找一张'他人之口'来向世界公布这个成果。这人应该是一个头脑清醒、没有宗教狂热和禁忌的人；应是生物学界圈子之外的人；

应同体育界有一定渊源；事发时最好应在雅典奥运会上。还有一点不言自明，这人最好是我的中国同胞，是一个中庸公允的儒者。去雅典前我特意先到北京去寻找这个人，我很快发现你是一个完美的人选，所以我未经允许就把你拉到这场风波中了。务请谅解，我当时不可能事先公布我的计划，因而不可能征询你的意见。”他又补充道，“我在两封电子函件中说了一些不合事实的话，也是想尽量树立你的权威发言人地位，这个身份以后会有用的。”

此前的交往中，费新吾一直很尊敬谢教授，但在两个真假形象叠合之后，他不自觉地产生了疏远和冷淡。他淡淡地说：

“可能我并没打算当这个发言人。”

“当然，等我把真相全部披露后，要由你自己作出决定。田先生呢？”

“他找田歌去了。教授，请讲吧。”

谢教授微笑道：“实际上，我已经把真相基本上全倒给你了。我之所以把此事的披露分成人工授精—嵌入人类基因—嵌入猎豹基因这样三个阶段，只是想把高压锅内的过热蒸汽慢慢泄出来。即使这样，这次爆炸仍然够猛烈了！”

他开心地笑起来。费新吾皱着眉头问：“谢先生，你真的认为人兽杂交是一种进步或是一种善行？”

教授笑道：“人兽杂交，这本身就是一种人类沙文主义的词汇。人类本身就诞生于兽类——回忆一下达尔文在揭示这个真理时遭到多少人的切齿痛恨吧！人体与兽体有千丝万缕的联系。追踪到细胞水平，所有动物（包括人类）都是相似的，更遑论哺乳动物之间了。在 DNA 中根本无法划定一条人兽之间的绝对界限。既然如此，坚持人类隔离于兽类的纯洁性又有什么意义呢。”

他停了停，接着说：“当然，这种异种基因的嵌入不是没有一点副作用。生物圈是一个极其复杂的立体网络，任何一个微裂缝都能扩展开去。但我想总得有人走出第一步，然后再去观察它引起的震荡：积极的消极的，再决定下一步如何去做。我很高兴你是一个圈外人，没有受那些生物伦理学的毒害，那都是些逻辑混乱的、漏洞百出的、不知所云的东西。科学所遵循的戒律只有一条：看你的发现是否能使人类更强壮、更聪明，使人类的繁衍之树更茂盛。你尽可拿这样的准则来验证我的成果。”

费新吾几乎被他的自信和雄辩征服了。谢教授又恳切地说：

“如果你决定开口说话，我并不希望你仅仅当我的代言人。你一定要深入了解反对我的各种观点，尽可能地咨询各国的生物学家、社会学家、人类学家和未来学家们，甚至包括神学家和生物伦理学家。再由你作出独立的思考，然后把你认为正确的观点告诉世人。你愿意这样做吗？”

费新吾对他的建议很满意，立即回答：“我同意。”

“好，谢谢你的社会责任感。”他自信地说，“我相信一个头脑清醒、中庸公允的儒者会得出和我一样的结论，当然现在没必要谈这一点。一会儿我就交给你 10 盘光盘，有关的资料应有尽有。”

费新吾说：“你能否用尽量浅显的语言，向一个外行解释一下，怎样把外来基因嵌入到人类基因中？”

教授微笑道：“并没有人们想象得那么难。你要知道，归根结蒂，基因是无生命物质靠‘自组织’的方式诞生的，所以基因之间的联结‘天然地’符合物理化学规律。染色体有三个主要部分，两端是端粒，它们就像鞋带两端的金属箍，作用是防止染色体之间互相发生融合；中间是可以复制的 DNA 短序列；另外还有被称作‘复制起源’的 DNA 序列，它负责发动染色体的复制。上个世纪末科学家就多次做过试验：把端粒去掉，再把剩余的染色体分成数段，放在合适的环境中，这些染色体片断又会精确地按着原来的顺序结合起来。猎豹和人类同属哺乳动物，各自控制肌肉生长的基因非常相似，所以相互置换是很容易的。”

他大致讲述了基因嵌入的具体过程，问：“顺便问一句，鲍菲仍同田歌在一块儿吧。”

费新吾吃惊地问：“这些天他同你也没有联系？”

“没有。我曾事先嘱咐他必须随时同我保持联络，但整整 4 天了，他没有这样做。恋人在怀，老爹就抛到脑后了。”他笑道。

费新吾却笑不出来，他的心房一沉，问：“谢夫人知道儿子的秘密吗？”

“知道。除我之外，她是唯一的知情人。鲍菲本人并不知情。”

“这些天谢夫人没来电话？”

“没有。”

费新吾的心房又是一沉。沉默片刻，他觉得最好还是直言相告：“那么，难道你们两人都没有想到，这几天已经披露的真相，至少是揣测，会对豹飞造成多大的心理压力？你们两人都没有设身处地地为他想一想？”

谢教授的脸红了，目光中也有了一些惶惑，他勉强笑道：“谢谢你的提醒，他目前在哪儿？”

费新吾告诉他，田歌号游艇正泊在克里特岛的伊拉克利翁港，估计田延豹这时早与他们会合了。谢教授说：“去饭店休息吧，我已预订了两套房间。到那儿后我再通过希腊政府的熟人同儿子联系，明天早上我们赶过去。”

开车去饭店的路上两人都陷入自己的心思，没有多交谈，费新吾苦笑着想，看来，他已无意中看到这项技术的第一个副作用：谢氏夫妇对儿子似乎没有多少亲情，谢豹飞只是他们的一个实验品而不是他们的嫡亲儿子。在炫耀成功和保守儿子的隐私两者之间，谢教授选择的是前者。如果说当父亲的天生粗心，当母亲的也该想到啊。

饭店十分豪华，凭栏俯望，室内游泳池碧波荡漾。房间墙壁是灿烂的金黄色，挂着用紫檀木框镶嵌的杭州丝绣，地上铺着法国萨冯纳利地毯，天花板上悬着巨型镀金水银灯。卧室也相当宽敞。费新吾无心体会这些富贵情趣，他立即向雅典的那个旅馆挂了电话，录音电话中仍是自己当时的留言，田延豹竟然未同他联系，这是不太正常的，按时间他早该同田歌会合了。

会不会出了什么意外？虽然他一再宽解自己的多虑，但心中的忐忑感却驱之不去。他在豪华的雪花石浴盆里匆匆冲了澡，然后揿灭壁灯，躺在床上。

他刚朦胧入睡，响起急骤的敲门声，一个人扭开房门进来。是谢教授，他的面色苍白，虽然还维持着表面的镇定，但已经不是那个从容自信、有上帝般目光的谢教授了。费新吾的心跳加快了，急忙问：“出了什么事？”

谢教授简单地回答："凶杀。官方已经派来直升机接我们过去，飞机马上就到。"

费新吾匆匆穿上外衣，追问道："是谁被害？"

"田歌和鲍菲，两人都死了，田先生……已被拘留。"

这几天，"田歌号"几乎游遍爱琴海的每个角落，穿行在历史与神话、海风和月光中。船上实施着严格的无线电静默，甚至连电视都基本不看，所以外界的风暴丝毫没有影响船上的伊甸园气氛。美轮美奂的游艇，强健美貌的恋人，细心的希腊女仆……田歌过的是公主般的生活。她出生在一个相当富裕的中国家庭，被父母捧在手心里长大。但这些天她才知道"富裕"和"豪富"的区别。

上船的第一天，田歌偎在鲍菲怀里，在他耳边轻声说："鲍菲，我的心早已属于你了，正因为我爱你太深，我想提出一个要求，你能答应吗？"

"你说吧，我一定答应。"

田歌羞涩地说："我不是守旧的女人，可是我想守住我的处女宝，直到我结婚的那一天。请你成全我的心意，好吗？"

谢豹飞高兴地答应了，这话正合他意。在潜意识中，他一直希望把这一天尽量往后推。他想起温哥华的那名黑人妓女，想起自己在旧金山、香港和曼谷的几次艳遇。这几次男欢女爱的结局都是狂乱的，轮廓模糊的。他不明白为什么在每次性高潮后，尤其是闻到血腥味后，他血液中的狂暴就会迅速膨胀，完全冲溃理智。现在，面对着象薄胎瓷器一样美丽脆弱的田歌，自己会不会再次陷入那种癫狂?

这些天他的表现完全是一个地道的绅士，每天他们尽情玩耍，晚上则吻别田歌，回到自己的房间。能做到这一点并不容易，终日耳鬓厮磨，揉来搓去，体内的情欲之火日渐炽烈。在拥抱中，田歌能感觉到这个男人变硬的肌肉，一次无意的碰撞都能激起神经质的战栗。有时田歌暗自想："要不就放纵一次？……"不过她总能及时收敛心神。

这天晚上两人吻别后，田歌躺在那张极宽敞的双人床上，凝视着窗外的圆月。今天正是月圆之夜，她几乎能听到月球引力在自己体液中激发的潮汐声。现代人类学的研究复活了古代的天人感应思想，比如人们发现，妇女经期就与月亮盈亏有直接的关系。在大洋洲及南美洲的一些原始部落里，妇女的经期严格遵照月亮的时刻表：满月时排卵，新月时来经。现代人已被房屋和灯光隔断了与月亮的天然联系，不过人类学家做过实验，让城市妇女睡在一间按月光调节灯光的屋内，半年后她们竟完全恢复了自然经期。人类学家还证明，满月会引起大脑左右半球电磁压差的显著变化，因此，在满月期间，狂躁病患者、癔病患者、梦游症患者发病的可能性会增大。

田歌不知道该不该把责任推给满月。但无论如何，今晚她体内的情欲之河比往日更加汹涌。眼前一直晃荡着那具猎豹一样刚劲舒展的躯体：宽阔的肩头，修长强健的双腿，微凹的腰弯，凸起的臀部……随着她的回味，心底会泛起一波波的震颤。她终于克制了自己的欲望。

今天是满月之夜。

谢豹飞立在窗前，呆呆地仰望着。月色清冷而忧郁。45 亿年前它就高悬于天际，照着蛮荒的地球，照着地球上逐渐演化的生命，从 20 亿年前的浅海藻类，5.4 亿年前的寒武纪生物群，2 亿年前不可一世的恐龙家族，直到哺乳动物。也许，哺乳动物与月亮有更深的渊源。当哺乳动物从爬行动物兽弓目分化出来，于 2.3 亿年前第一次出现在地球上时，它们是胆怯的耗子似的小动物，在恐龙的淫威下昼伏夜出。在长达亿年的岁月里，盈亏不息的月亮是它们生活中的唯一刻度，是它们的心灵之源。直到 6500 万年前，恐龙家族衰落，卑微的哺乳动物却延续下来，成了地球的新霸主，并演化出狮虎熊豹等强悍的兽中之王。这就难怪所有哺乳动物（包括人类）的生命周期与月亮盈亏有着密切的关系。

早在少年时代他就知道这种联系。满月时，他的血液中会莫名其妙地涌动着狂暴之潮。有时他能把它压下去，有时则会失控，进而演变成与伙伴的恶战，他用牙齿代替拳头，体味着牙齿间的快感。

这些行为在父母的严责下收敛了，潜藏起来，父母也逐渐忘掉了某种恐惧。但在成年之后，他不无恐惧地发现，在他血液中滋生了另一个狂暴之源——性欲。而且，当性欲高潮恰与满月之夜相合时，狂暴的野火常常烧毁一切樊篱。

温哥华、香港、曼谷的狂暴之夜。

那些可怜而讨厌的妓女。

田歌是自己心目中的爱神。我绝不会在她的躯体上放纵那个魔鬼……但7天来的耳鬓厮磨浓缩着他的情欲，如今它已经变成咆哮奔腾的山洪。我已经无法控制它了。

不，我一定要控制它。

温哥华那晚是一个性感的、年轻的黑人妓女。香港和曼谷是身材娇小、面目清秀的黄种人妓女，拉斯维加斯则是个白人女子，非常健壮，像一匹纯种母马。他知道自己的性能力超过所有的男人，在他狂暴地轮番攻击下，那些女子常常下体出血，而血腥味儿又会导致他的彻底癫狂。那几晚的结局已不可回忆。只能记得我发泄过，我咬过，我也留了应付的钱。

但这些不能加在田歌身上。

那时他的生活已经对父母封闭了，即使是常常伴他去各地参赛的教练也不清楚。他最多知道鲍菲偶尔会出去放纵一晚。他对自己的得意弟子十分宠爱，因此有意无意地忽略了弟子的异常。

性欲之火逐渐高涨，烧沸了血液。血液猛烈地冲击着太阳穴，那个魔鬼醒了，正狞笑着逼过来，我无法制服它。

也许母亲的声音能帮助他驱走魔鬼？母亲的声音，那遥远的但清晰可辨的催眠曲……他返回卧室，挂通家里的电话。

“妈妈，是我。”

妈妈在屏幕上焦急地看着他，急切地说：“鲍菲，这些天为什么不同家里联系？你已经知道了吗？”

我知道。我知道那个魔鬼正在控制我的四肢、内脏和大脑。

“孩子，你爸爸的宣布是必不可免的，但他未免过于仓促。无论如何，他该事先同你深谈一次呀。希望你能理解他。实际上他对基因嵌接术一直心怀惕怛，他不想把这个危险的魔鬼留在手中。他早就决定在本届奥运闭幕前向世人公布的。”

基因嵌接术？魔鬼？

“孩子，快回来吧。纵然你体内嵌有猎豹的基因，你仍是妈身上掉下的血肉。爸妈爱你胜过一切。如果你听到什么言论，不要去理会它。好吗？”

猎豹基因？

“孩子，你为什么不说话？我知道你此刻的心绪一定很乱。田歌呢，她知道详情吗？你爸爸告诉我，她是个极可爱极善良的女孩，她一定不会计较你的身世。她在你的身边吗？我想同她谈一谈。”

在近乎癫狂的思维里，他总算弄明白是怎么一回事。猎豹基因！原来他身上嵌有猎豹基因！许多人生之谜至此豁然明朗。他想起小时候就爱咬母亲的乳头，稍大时是伙伴的肩头，再往后是妓女的喉咙。那时，他不知道为什么会从齿间感到极度的快感。也许那时他已幻化为一头猎豹，正在月光下大吃大嚼呢。他咯咯笑道：

“田歌已睡了，我不会打扰她的。再见。”

田歌忽然透过窗户看见恋人的身影，他正倚在栏杆上，仰着脸呆呆地看着月亮。田歌悄悄开门出去，从后边揽住他的腰部。这次谢豹飞没有热烈地拥抱她，他的身体显得非常僵硬，定定地盯着满月，像是在竭力回忆一个前生之梦。他的嘴里有很浓的威士忌的味道。田歌探头看看，发觉他的表情似乎在生气，也许是为了自己的拒绝？她温柔地说：

“天晚了，回去休息吧。”

她调皮地把情人推回他的房间，与他再次吻别，回到自己的床上。半个小时后，刚刚入睡的田歌被门锁的扭动声惊醒，赤身裸体的谢豹飞披着月光走进她的房间，他的雄性之旗挺然翘立。田歌面庞发烧，忙起身为他披上一件浴袍。谢豹飞顺势把她紧紧搂在怀里，肌肉深处泛起不可抑止的震颤。在这一瞬间，田歌再次泛起那个念头：“要不就放纵一次？……”但她仍克制住自己，柔声哄劝道：

“鲍菲，你答应过的，请你成全我的愿望，好吗？”

没有回答。田歌突然发觉恋人变了，他的目光十分狂热，没有理性。他抽出右手，一把撕破田歌的睡衣，裸露出浑圆的肩头和一只乳房。田歌怒声喝道：

“豹飞！……”她随即调整了情绪，勉强笑道，“豹飞，你是否喝醉了？我知道这几天你一定很难受，你冷静一点儿，好吗？我们坐下来谈话，好吗？”

谢豹飞仍一言不发，轻易地拎起田歌，大踏步地走过去，把田歌重重地摔到床上，然后哧拉一声，把她的睡衣全部扯掉。田歌勃然大怒，抓起毛巾被掩住身体，愤怒地喊：

“豹飞！……你把我当成什么人？娼妓？女奴？”

谢豹飞又一把扯掉毛巾被，把田歌按在床上，绝望的田歌抽出右手，狠狠地给他一耳光。这记耳光似乎更激起谢的兽性，他贪婪地盯着月光下白皙诱人的胴体，喉咙里咻咻喘息着，扑了上去。

他很快制服了田歌的反抗。半个小时后，他才支起身体。身下的田歌早已停止挣扎，头颅无力地垂在一旁，长发散落在雪白的床单上，下体浸在血泊中，浓重的血腥味扑鼻而来。谢豹飞并未因兽欲发泄而清醒，血腥味刺激着他的神经，在他意识深处唤起一种模糊的欲望：他要咬住这个漂亮的脖子，体会牙齿间咀嚼的快感。

全身的血液一阵又一阵凶猛地往上冲，在癫狂中他嘀嘀地笑着，低下头咬紧猎物的颈项。

田延豹租用的水上飞机溅落在田歌号附近的水面上。他发觉情况异常，一架警用直升机落在这艘游艇上，警灯不停地闪烁着。警察的身影在艇上来回晃动。一艘快艇驶过来，靠近他的水上飞机，一个黑胡子希腊警察在船舷上大声问他是谁，来这儿干什么。然后他用无线报话器同上司交谈了两句，探过身大声喊着：

“请田先生上船吧！”

田延豹交代飞机驾驶员停在此地等他，急忙跳到船上，心中那种不祥的预感更强烈了。他急急地问：“先生，出了什么事？田歌还好吗？”

这位警察一言不发，仔细地对他搜了身，带他来到游艇。在餐厅里，警官提奥多里斯更加详细地询问他的情况，尤其是追问他为什么“恰在这时”赶到凶杀现场。田延豹的眼前变黑了，声音喑哑地连声问：“是谁被害了？是谁？”

提奥多里斯遗憾地说：“是田小姐被害，凶手已经拘留。是船上的女仆发现的。可惜我们来晚了，你妹妹是一个多可爱的姑娘啊。”

提奥多里斯警官带他走进那间豪华的卧室，蜡烛形的镀金吊灯放射着柔和的金辉，照着那张极为宽敞、洁白松软的卧床。那本该是白雪公主才配使用的婚床，现在，田歌却躺在白色的殓单下面。田延豹手指抖颤着揭开殓单，田歌的头无力地歪着，黑亮的长发散落一旁。她眉头紧皱着，惨白的脸上凝结着痛苦和迷惘。也许她至死不能相信命运之神对她如此残酷，不相信她挚爱的恋人会这样残忍。

再往下是赤裸的肩头和乳胸。田延豹放下殓单，声音嘶哑地说：

“让我为她穿上衣服吧，她不能这样离开人世。”

警官同情地看看他，考虑到已不需要保留现场，便点头应允。他退出房间，让希腊女仆过来帮忙。女仆从浴室端来热水和浴巾，眼神战栗着，不敢正视死者。田延豹低声说：

“把热水放下，你到一边去吧。”

他轻轻揭开殓单，姑娘的身体仍如美玉般洁白而润泽，乳胸坚挺，腰部曲线流畅，像一尊完美的艺术品。但她身上布满了伤痕，像是抓伤和咬伤，脖项处有两排深深的牙印，已经变成紫色的淤斑。她的下身浸在血泊中，血液已经黏稠，但没有完全凝结。田延豹细心地揩净她的身体，在衣橱中找出她从家里带来的一套白色夏装，穿好。最后他留恋地凝望着田歌的面庞，轻轻盖上殓单。

走出停灵间，他问提奥多里斯警官，凶手在哪儿，他想同他谈一谈。他苦笑道：

“放心，我不会冲动，告诉你，我是曾杀入奥运百米决赛的运动员，我想以同行的身份同他谈一谈，以便妥善了结此事。”

提奥多里斯犹豫片刻后答应了，带他走进隔壁的房间。谢豹飞被反铐在一张高背椅上，头发散乱，脸上有血痕，赤裸的身上披着一件浴衣。警官告诉田延豹，他们赶到时，谢豹飞精神似已错乱，绕室狂走，完全没有逃跑的打算，不过警察在逮捕他时经历了相当激烈的搏斗。警官小声骂道：

“这杂种！真像一头豹子，力大无穷。”

田延豹拉过一把椅子坐在他的面前，冷冷地打量着他。凶手的目光空洞狞厉，没有理性的成分，紧咬着牙关，嘴巴残忍地弯成弓形。田延豹冷冷地说：

“谢先生认出我了吗？我是田歌的堂兄，也是一名短跑选手。小歌是我看着长大的，看着她从一个娇憨的步履蹒跚的小丫头，长成快乐的豆蔻少女，又长成玉洁冰清的姑娘。我总是惊叹，她是造物主最完美的杰作，钟天地灵秀于一身。坦白地说，没有那个男人不会对她产生爱慕之心。但我不幸是她的堂兄，只好把这种爱慕变成兄长的呵护，小心翼翼地守护着她，不让她受到一丝伤害。后来她遇上了你，我庆幸她遇见了理想的白马王子，我这个兄长可以从她的生活中退出来了。但是……”

在他沉痛地诉说时，提奥多里斯一直鄙夷地盯着谢豹飞，他看出田先生沉痛的诉说丝毫未使那个杂种受到触动，他的目光仍是空洞狞厉。田延豹停顿下来，艰难地喘息着，忽然爆发道：

“我宰了你这个畜生！”

他像猎豹一样迅猛地扑过去。精神迷乱的谢豹飞凭本能作出反应，敏捷地带着椅子蹿起来，但手铐妨碍了他的行动，在0.1秒的迟缓中，田延豹已经掐住他的脖子，两人连同椅子訇然倒在地板上。提奥多里斯和另一名警察先是愣住了，因为田延豹一直在“冷静”地谈话，没料到他会突然爆发。他们立即跳起来，想把两人拉开。但田延豹的双手像一双铁钳，两个人无论如何也拉不开。眼看谢豹飞的脸已经变色，眼神开始发散，提奥多里斯只好用警棍对田延豹的脑袋来了一下。

田延豹休克了，两名警察这才把他的双手掰开。谢豹飞卡在椅子中间，头颅以极不自然的角度斜垂着，就像一株折断了的芦苇。提奥多里斯急忙试试他的鼻息，翻看他的瞳孔——他已经死了，他是被高背椅硌断了脖子。

提奥多里斯十分懊丧，向警察局通报了这个情况。两个小时后，又一架直升机飞来。游艇上已经没有可停机的空地，所以直升机悬停在空中，放下一架软梯。费新吾和谢可征从软梯上爬下来，旋翼气流猛烈地翻搅着他们的衣服。当他们站在两具尸体前时，谢教授努力克制着自己没有失态，只有手指在神经质地抖着。

四

对田延豹的审判在雅典拉萨琼法院举行。能容300人的旁听席里座无虚席。这是一桩十分轰动的连环案，其中身兼凶手和被害人双重身份的鲍菲·谢既是百米王子，又是世界上第一位“豹人”，自然引起新闻界极大的关注。田歌小姐虽然没有什么知名度，但这些天通过报纸电台的宣传，包括展示那些偷拍的热恋镜头，美貌的田歌已成了公众心目中最纯洁可爱的偶像。这种情绪甚至压倒了谢豹飞的名声，对田延豹的量刑无疑是有利的。

大厅中有一块辟为记者席，各国记者云集此地，有美联社，路透社，共同社，俄通社……自然也少不了新华社。不过，由于凶手和死者都是中国人或华裔，这种情形对中国记者来说多少有些微妙，所以他们小心地保持着同其他记者的距离，沉默着，不愿与同行们交谈。

审判庭前方的平台上放着三把黑色的高背皮椅，这是三名法官的坐席。平台前边是证人席，小木桌上放着一本封皮已旧的《圣经》。左面是被告席，田延豹已经入席，显得十分平静超脱，给别人的印象是：他心愿已毕，以后不管是上天国还是下地狱都无所谓了。

费新吾坐在旁听席的第一排，一直同情地看着他，眼前不时闪过田歌的倩影，笑靥如花，俏语解人，水晶般纯洁……有时他想，换了他在场，照样会把那个该千刀万剐的凶手掐死！他回过目光，扫了一眼前排的一个空位，那是谢先生的位置，大概今天他不会来了。

那天他们赶到田歌号游艇，目睹了一对恋人惨死的场景。作为凶手的田延豹没有丝毫歉疚，目光炯炯地盯着死者的父亲；作为苦主的谢教授反倒躲避着他的盯视，只是失神地看着死去的儿子。田延豹被押走后，费新吾陪教授到岛上开了一间房间，他想尽量劝慰这个被丧子之痛折磨的老人。谢教授沉默着，步履僵硬。等侍者退出房间，教授痛心地说：

"都怪我啊，没有及早发现豹儿是个虐待狂症患者，以致酿成今天的惨剧。"

费新吾心中渐次升起复杂的情感：怜悯、鄙夷夹杂着愤恨，因为他十分清楚谢教授的这个开场白是什么动机。他冷淡地问：

"谢豹飞仅仅是一个虐待狂？"

"对，美国是一个奇怪的社会，性虐狂和受虐狂比比皆是，他们在性高潮时会做出种种不可理喻的怪诞举动，据统计，在满月之夜发病率会更高一些。昨天是满月之夜吧。但我没发现豹儿也受到社会习俗的毒害，我对他的教育一直是很严格的。"

费新吾已经不能抑制自己的鄙夷了，他冷冷地问："你是想让我相信，他只是人类中的精神病人，与他体内嵌入的猎豹基因无关？"

谢教授一愣，苦笑道："当然无关，你不会相信这一套吧，一段控制肌肉发育的基因竟然能影响人性？"

费新吾大声说："我为什么不相信？什么是人性或兽性？归根结蒂，它是一种思维运动，是由一套指令引发的一系列电化学反应。它必然基于一定的物质结构。人性的形成当然与后天环境有很大关系，但同样与遗传密切有关。早在20世纪末，科学家就发现具有XYY基因的男子比具有XY正常基因的男子易于犯罪，常常杀死妓女，在公共场合暴露生殖器；还发现人类11号染色体上的D_4DR基因有调节多巴胺的功能，从而影响性格，D_4DR较长的人常常追求冒险和刺激。其实，人体的所有基因与人性都有联系，或多或少，或直接或间接。作为一个杰出的学者，你会不了解这些发现？你真的相信猎豹的嵌入基因丝毫不影响人性？如果基因不影响性格，那么请你告诉我，猎豹的残忍和兔子的温顺究竟是由什么决定的？是在神学院礼仪学校的学习成绩不同吗？”

这些锋利的诘问使教授的精神突然崩溃，他没有反驳，低下头，颤颤巍巍地回到自己的卧室。费新吾想，即使最冷静客观的科学家也难免被偏见蒙住眼睛，而这次谢的偏见只是基于一个简单的事实：谢豹飞不仅是他的科研成果，还是他的儿子。

从那天晚上后两人没有再见面。第二天一早，费新吾就从这家旅馆搬走了，他不愿再同这位自私的教授住在一起，在那之后也一直没有同谢教授接触。这会儿，费新吾盯着旁听席上的空座位，心中还在鄙夷地想，对于谢教授来说，无论是儿子的横死还是田歌的不幸，在他心目中都没有占重要位置，他关心的是他的科学发现在科学史上的地位。

国家特派检察官柯斯马斯坐上原告席，他看见被告辩护人雅库里斯坐在被告旁边，便向这位熟人点头示意。雅库里斯律师今年 50 岁，相貌普通，像一只沉默的老海龟，但柯斯马斯深知他的分量。这个老家伙头脑异常清醒，反应极为敏锐。只要一走上法庭，他就会进入极佳的竞技状态，发言有时雄辩，有时委婉，就像一个琴手那样熟练地拨弄着听众和陪审团的情感之弦。还有一条是最令人担心的：雅库里斯接手案件时有严格的选择，他向来只接那些能够取胜的（至少按他的估计如此）业务，而这次，听说是他主动表示愿当被告的律师。

不过，柯斯马斯不相信这次他会取胜。这个案件的脉络是十分清晰的，那个中国人的罪行毫无疑义，最多只是量刑轻重的问题。书记员喊了一声：“肃静！”接着两名穿法衣的法官和一名庭长依次走进来，在法官席上就座，宣布审判开始。

柯斯马斯首先宣读起诉书，概述了此案的脉络，然后说：

“这是一个连环案，第一个被害人是纯洁美丽的田歌小姐，她挚爱着自己的恋人，却仅仅因为守护自己的处女宝就惨遭不幸，她激起我们深深的同情和对凶手的愤慨。但这并不是说田先生就能代替法律行施惩罚，血亲复仇的风俗在文明社会早已废弃了。因此，尽管我们对田先生的激愤和冲动抱有同情，仍不得不把他作为预谋杀人犯送上法庭。”

柯斯马斯坐下后，雅库里斯神色冷静地走向陪审团，作了一次极短的陈述：

“我的委托人杀死谢豹飞是在两名警察的注视下进行的，他们都有清晰的证言，我的委托人对此也供认不讳。实际上，”他苦笑道，“田先生曾执意不让我为他辩护，他说他为田歌报了仇，可以安心赴死了。是他的朋友费新吾先生强迫他改变了主意，费先生说尽管你不惧怕死亡，你的妻子和未成年的女儿在盼着你回去！……法官先生，陪审员先生，我的陈述完了。”

他突兀地结束了发言，把两个女人的“盼望”留给陪审员。

柯斯马斯开始询问证人。警官提奥多里斯第一个作证，详细追述了当时的过程。柯斯马斯追问：

“看过田歌小姐的遗体后，被告的表情是否很平静？”

“对，当然后来我才知道，这种平静只是一种假象。”

“他在要求见凶手谢豹飞时，是否曾说过：放心，我不会冲动，我想以同行的身份同他谈谈，以便妥善了解此事？”

“对。”

“也就是说，他曾经成功地使你相信，他绝不会采取激烈的报复手段，在这种情形下你才放他去见鲍菲·谢，对吗？”

“是的，我并不想因失察而受上司处分。”

柯斯马斯已在公众中成功地立起“预谋杀人”而不是“冲动杀人”的印象，他说：“我的询问完了。”

律师雅库里斯慢慢走到证人面前。

“警官先生，被告在杀死鲍菲·谢之前，曾与他有过简短的谈话，你能向法庭复述吗？”

提奥多里斯复述了两人当时的谈话，雅库里斯接着问：“那么，在田歌死后，他才第一次向世人承认，他也曾暗恋着漂亮的堂妹，但他用道德的力量约束了自己，仅是默默地守护着她，把爱情升华成悄悄的奉献，我说的对吗？”

“对。我们都很敬重他，他是一个正人君子。”

雅库里斯叹道：“是的，一个真正的君子。我正是为此才主动提出做他的免费辩护律师。法官先生，我对这名证人的问题问完了。”

这名警官退场后，雅库里斯对法官说：“我想询问几个仅与田歌被杀有关而与鲍菲·谢被杀无关的证人。这是在一个小时内发生的两起凶杀案，一桩案件的‘因’是另一桩案件的‘果’，因此我认为他们至少可以作为本案的间接证人。”

法官表示同意，按他的建议传来游艇上的女仆。

“请把你的姓名告诉法庭。”

“尼加拉·克里桑蒂。”

“你的职业。”

“案发时我是田歌小姐和鲍菲·谢先生的仆人。”

“请问，依你的印象，他们两人彼此相爱吗？”

“当然！我从没见过这么美好的一对情侣，这艘昂贵的游艇就是谢先生送给田小姐的。我真没有料到……”

“在四天的旅途中，他们发生过口角吗？”

“没有，他们总是依偎在一起，直到深夜才分开。”

“你是说，他们并没有睡在一起？”

“没有。律师先生，我十分佩服这位中国姑娘，她上船时就决定把处女宝留到婚礼之夜再献给丈夫。她对我说过，正因为她太爱谢先生，才作出这样的决定。在几天的情热交往中她始终能坚守这道防线，真不容易！”

“那么，案发的那天晚上你是否注意到有什么异常？”

“有那么一点。那晚谢先生似乎不高兴，表情比较沉闷，我曾发现他独自到餐厅去饮酒。田小姐一直亲切地抚慰着他。我想，”她略为犹豫，“谢先生那晚一定是被情欲折磨，这对一个强壮的男人是很正常的，但谢先生曾赞同田小姐的决定，不好食言。我想他一定是为此生闷气。”

听众中有轻微的嘈杂声。律师继续问：“后来呢？”

“后来他们各自睡了，我也回到自己的卧室。不久我听见小姐屋里有响动，她在高声说话，好像很生气。我偷偷起来，把她的房门打开一条缝，见小姐已经安静下来，谢先生歪着头趴在她的脖颈上亲吻。我又悄悄掩上门回去。但不久，我发觉谢先生一个人在船舷上狂乱地跑动，赤身裸体，肚皮上好像有血迹。这时我忽然想到了电视上关于豹人的谈论。虽然谢先生那时一直隐瞒着姓名，但我发现他的相貌很像那个豹人。那一瞬间我突然意识到，”虽然已事隔一个月，回忆到这儿，她的脸上仍浮出极度的恐惧，“谢先生刚才亲吻的姿势非常怪异，实际上他不像是在亲吻，更像是在撕咬小姐的喉咙！”

她的声音发抖了，听众都感到一股寒意爬上脊背。女仆又补充了一句：“我赶紧跑回小姐的屋里，看到那种悲惨的景象，我真不敢相信自己的眼睛，因为谢先生曾是那样爱她！”

雅库里斯停止了询问：“我的问题完了，谢谢。”

由于本案的脉络十分简单，法庭辩论很快就结束了，检察官柯斯马斯收拾文件时，特意看看沉默的辩护人。今天这位名律师一直保持低调。当然，他成功地拨动了听众对凶手的同情之弦——但仅此而已，因为同情毕竟代替不了法律。看来，在雅库里斯的辩护生涯中，他要第一次尝到失败的滋味儿了。

田延豹在离席时，面色平静地向熟人告别，当目光扫到检察官身上时，他同样微笑着点头示意，柯斯马斯也点头回礼。他很遗憾，虽然不得不履行职责，但从内心讲，他对这位正直血性的凶手满怀敬意。

第二天早上9点，法庭再次开庭。身穿黑色西服的谢可征教授蹒跚地走进来，坐到那个一直空着的位子上。很多人把目光转向他，窃窃私语着。但谢教授却在周围树起冷漠之墙，高傲地微仰着头，半闭着眼睛，对周围的声音听而不闻。

法官宣布开庭后，雅库里斯同田延豹低声交谈几句，站起来要求作最后陈述。他慢慢走到场中，苦笑着说：

“我想在座的所有人对被告的犯罪事实都没有疑问了。大家都同情他，但同情代替不了法律。早在上个世纪，在廉价的人道主义思潮冲击下，大部分西方国家都废除了死刑，唯独希腊还坚持着‘杀人偿命’的古老律条。我认为这是希腊人的骄傲。自从人类步入文明，杀人一直是万罪之首，列于圣经的十戒之中。这是为什么？为什么杀死一只猪羊不是犯罪而杀人却是罪恶？这个貌似简单的问题实际是不能证明的，是人类社会公认的一条公理，它植根于人类对自身生命的敬畏。没有这种敬畏，人类所有法律都失去了基础，人类的信仰将会出现大坍塌。所以，人类始终小心地守护着这一条善与恶的分界线。”

检察官惊奇地看着侃侃而谈的律师，心里揶揄地想，这位律师今天是否站错了位置？这番话应该是检察官去说才对头。雅库里斯大概猜到了他的心思，对他点点头，接着说下去：

“所以，如果确认我的委托人杀了人——不管他的愤怒是多么正当——法律仍将给他以严厉的惩罚。我们，包括田先生的亲属、陪审员和听众都将遗憾地接受这个判决。现在只余下一个小小的问题。”

他有意停顿下来，检察官立即竖起耳朵，心里有了不祥的预感。不仅是他，凡是了解雅库里斯其人的法官和陪审员也都竖起耳朵，看他会在庭辩的最后关头祭起什么法宝。在全场的寂静中，雅库里斯极清晰地、一字一顿地说：

“只有一个小小的问题：被告杀死的谢豹飞究竟是不是一个人？”

庭内有一个刹那的停顿，紧接着是全场的骚动。检察官气愤地站起来，没等他开口，雅里斯立即堵住他：

“少安毋躁，少安毋躁。不错，在众人常识性的目光中，鲍菲·谢自然是人，这一点毫无疑问嘛。他有人的五官，人的四肢，人的智力，说人的语言，生活在人类社会中，具有人的法律地位，口袋里揣着美国的公民证、驾驶证、信用卡、保险卡等一大堆能说明他身份的证件。但是，正如大家所知道的，当他还是一颗受精卵时，他就被植入了非洲猎豹的基因片断。关于这一点，如果谁还有什么疑问的话，可以质询在座的证人谢可征教授。检察官先生，你有疑问吗？请你简单回答：有，还是没有。”

庭内的注意力没有指向检察官，而是全部转向谢可征，但谢教授仍是双眼微闭，浑似未闻。柯斯马斯不情愿地说："关于这一点我没有疑义，可是……"

雅库里斯再次打断他，顺着他的话意说下去："可是你认为他的体内仅仅嵌有极少量的异种基因，只相当于人类基因的数万分之一，因此没人会怀疑他具有人的法律地位，对吧。那么，我想请博学的检察官先生回答一个问题：你认为当人体内的异种基因超过多少才失去人的法律地位？千分之一？百分之一？百分之二十？百分之五十？奥运会的百米亚军埃津瓦说得好，今天让一个嵌有万分之一猎豹基因的人参加百米赛跑，明天会不会牵来一只嵌有万分之一人类基因的四条腿的豹子？不，人类必须守住这条防线，半步也不能后退，那就是：只要体内嵌有哪怕是极微量的异种基因，这人就应视同非人！"

柯斯马斯不耐烦地应辩道："恐怕律师先生离题太远了吧。我们是在辩论田延豹杀人案，并不是为鲍菲·谢的法律身份作出鉴定。那是美国警方的事。据我所知，世界上有不少人植入了猪的心脏，转基因山羊的肾脏。这些病人身上的异种成分并不在鲍菲之下，但并没有人对他们的'人'的身份产生怀疑。还有试管婴儿，可以说，这种繁衍生命的方式是违背上帝意愿的，科学界和宗教界都曾强烈反对，罗马教廷的反对态度至今不变。但反对归反对，世界上已有 50 万试管婴儿降临于世，年龄最大的已经 20 岁，他们平静地生活在人类社会中，享受着正常人的权利，从没有人敢说他们不具有人的身份。雅库里斯先生是否认为这些人——身上嵌有异种成分的或使用非自然生殖方式的人——不受法律保护？你敢对这几十万人说这句话吗？"

在柯斯马斯咄咄逼人的追问下，雅库里斯从容地微微一笑："检察官先生想激起 50 万人的仇恨歇斯底里吗？我不会上当的。我说的'非人'不包括这些人，请注意，你说的都是病人，他们是先成为病人而后才植入异种组织。但鲍菲·谢却是一个正常人，是植入异种基因后才变成不正常的人。这二者完全不同。"

柯斯马斯皱起眉头："我无法辨析你所说的精微字义。我想法官和陪审员也不会对此感兴趣。”

3 位法官和 10 名陪审员都认真聆听着，但他们确实显得茫然和不耐烦。雅库里斯转向法官：“法官大人，请原谅我在这个问题上精雕细刻。因为它正是本案关键所在。我已经请来了生物学界的权威之一，相信他言简意赅的证词能使诸位很快拂去疑云。”

庭长略略犹豫，点头说：“可以询问。”

满脸胡子的埃迪·金斯走上证人席，依惯例发了誓。律师说：“请向法庭说出你的名字和职业。”

“埃迪·金斯，美国马里兰州克里夫兰市雷泽夫大学医学院的遗传学家。顺便说一句——我知道某些记者对此一定感兴趣的——我是死者鲍菲·谢的父亲谢可征先生的同事。”

听众们对这个细节果然很感兴趣（这是否预示着同室相戕？），嗡嗡的议论声不绝于耳。谢教授冷然不为所动。费新吾的神色平静，但心中不免忐忑不安。庭辩的策略是雅库里斯、金斯和他共同商定的，它能不能取得最终成功？现在已到关键时刻了。

雅库里斯说：“刚才我所说的病人与正常人的区别，你能向法庭解释清楚吗？请用尽量通俗的语言来讲，要知道，这儿的听众都不是科学家。”

“好的，我尽量做到这一点。”金斯简洁地说，“上帝曾认为，自他创造了人以后，人就是一成不变的。我想在科学昌明的 21 世纪，上帝也会承认自己的错误。实际上，人类的异化一直在进行着，从未间断。我们且不看从猿到人那种‘自然的’异化过程，只看看‘人为的’异化过程吧。从安装假牙、柳枝接骨起，这个异化就已经开始。现在，人类的异化早已不是涓涓细流，而是横流的山洪了。诸如更换动物器官、用基因手术治疗遗传病、试管婴儿、克隆人等，这些势头凶猛的异化使所有的有识之士都忧心忡忡。但是，‘幸亏’此前的异化手段都是为病人使用的，其目的是为了让病人恢复正常人状态，使他们享受上帝赐予众生的权利。极而言之，当这种种异化过程发展到极点，也不过是用‘非自然’方法来尽量模拟一个‘自然’的人。换句话说，这种手段只是为了更正上帝在工作中难免出现的疏漏，并未违背上帝的意愿。我的讲解，诸位是否都听明白了？”

法官和陪审员们都点点头。金斯继续讲下去：

“上述的例证中，也许克隆人算得上是半个例外，它不是使用在病人身上，而是用正常人来复制正常人。不过，我们姑且把克隆人也归到上述类型中吧。问题是，趾高气扬的科学家们决不会到此止步，他们还想比上帝做得更好。谢教授的基因嵌接术就是一次最伟大的里程碑式的成功。他能在26年前几乎是单枪匹马地做到这一点，实在是太难得了。我无法用语言表达我的敬佩——当然仅仅从技术的角度。”

谢教授成了众人注目的焦点，记者们忙碌地记录着。

“现在，在前沿科学界已经达成了一种共识——请注意，谢教授正是其中重要一员，就连我的这些观点也有不少得之于他的教诲。这个共识就是，人类的异化是缓慢的、渐进的，但是，当人类变革自身的努力超越了‘补足’阶段而迈入‘改良’时，人类的异化就超过了临界点。可以说，从谢教授的豹人开始，一种超越现人类的后人类就已经出现了。你们不妨想象一下，马上就会在泳坛出现鱼人，在跳高中出现袋鼠人，在臭氧空洞的大气环境下出现耐紫外线的厚皮肤人，等等。如果你们再大胆一点，不妨想象一个能在海底城市生活的两栖人，一个具有超级智力的没有身体的巨脑人，等等。”他苦笑道，“坦率地说，我和谢教授同样致力于基因工程技术的开拓，但走到这儿，我就同他分道扬镳了。我是他的坚定的反对派，我认为超过某个界限、某个临界点的改良实际将导致人类的灭亡。”

雅库里斯追问道：“你是说，科学界已形成共识，这种改良后的人已经超越人类的范畴？”

金斯断然说：“当然！我知道奥委会正陷入激烈的争论——豹人的成绩是否算是人类的纪录。依我看来，鲍菲的成绩当然是无效的，它不能算是人类的奥运成绩，倒可以作为后人类的第一个非正式体育纪录。”

“那么，人类的法律适用于鲍菲·谢吗？”

金斯摇摇头:“这个问题由法律专家们回答吧。不过我想问一句:人类的法律适用于猿人吗?或者说,猿人的社会规则适用于人类吗?”

“谢谢,我的问题完了。”

金斯走下证人席,雅库里斯说:“这位证人已经讲得很清楚了。法官先生,陪审员先生,我想本法庭面临的是一个全新的问题,我代表我的委托人向法庭提出一个从没人提过的要求:在判定被告‘杀人’之前,请检察官先生拿出权威单位出具的证明,证明鲍菲·谢具有人的法律地位。”

柯斯马斯暗暗苦笑,他知道这个狡猾的律师已经打赢这一仗。两天来,他一直在拨弄着法庭的同情之弦,使他们对不得不判被告有罪而内疚——忽然,他在法律之网上剪出一个洞,可以让田先生网眼脱身了。陪审员们如释重负的表情便足以说明这一点。其实何止陪审员和法官,连柯斯马斯本人也丧失了继续争下去的兴趣,就让那个值得同情的凶手逃脱惩罚,回到他的妻女身边去吧。

雅库里斯仍在侃侃而谈:“死者鲍菲·谢确实是一个受害者,另一种意义的受害者。他本来是一个正常人,虽然也许没有出众的体育天才,但有着善良的性格,能赢得美满的爱情,有一个虽然平凡但却幸福的人生。但是,有人擅自把猎豹基因嵌入他的体内,使他既获得猎豹的强健肌肉,又具有猎豹的残忍,因此才酿成今天的悲剧。那个妄图代替上帝的人才是真正的罪犯,因为他肆意粉碎宇宙的秩序,毁坏上帝赋予众生的和谐和安宁。”他猛然转向谢教授,“他必将受到审判,无论是在人类的法庭还是在上帝的法庭!”

雅库里斯的目光像两把赤红的剑,咄咄逼人的射向谢教授,但谢教授仍保持着他的冷漠。记者们都转向他,闪光灯闪成一片。旁听席上有少数人不知内情,低声交谈着。法官不得不下令让大家肃静。

很久谢教授才站起来,平静地说;“法官先生,既然这位律师先生提到我,我可以在法庭作出答辩吗?”

三名法官低声交谈几句,允许他以证人的身份陈述。谢教授走向证人席,首先把《圣经》推到一边,微微一笑:

“我不信《圣经》中的上帝，所以只能凭我的良知发誓：我将向法庭提供的陈述是完全真实的。”他面向观众，两眼炯炯有神，“这位律师先生曾要求权威单位出具证明，我想我就具备这种权威身份。我要出具的证言是：的确，鲍菲·谢已经不能归于自然人类的范畴，他属于新的人类，我姑且把它命名为后人类，他是后人类中第一个降临于世界的。因此，在适用于后人类的法律问世之前，田延豹先生可以无罪释放了。”

他向被告点头示意。法庭上所有人，无论是法官、被告、辩护律师、陪审员还是听众，都没有料到被害人的父亲竟然这样大度，庭内响起一片嗡嗡声。谢教授继续说道：

“至于雅库里斯先生指控我的罪名，我想请他不要忘了历史。当达尔文的物种起源发表后，也曾激起轩然大波，无数‘人类纯洁’的卫道士群起而攻，咒骂他是猴子的子孙。随着科学的进步，现在已经很少有人羞于当‘猴子的子孙’了。不过，那种卫道士并没有断子绝孙，他们会改头换面，重新掀起一轮新的喧嚣。从身体结构上说，人类和兽类有什么截然分开的界限？没有，根本没有，所有生物都是同源的，是一脉相承的血亲。不错，人类告别了蒙昧，建立了人类文明，从而与兽类区别开来。但这是对精神世界而言。若从身体结构上看，人兽之间并没有这条界限。既然如此，只要对人类的生存有利，在人体内嵌入少量的异种基因为什么竟成了大逆不道的罪恶？”

“自然界是变化发展的，这种变异永无止境。从生命诞生至今，至少已有90%的生物物种灭绝了，只有适应环境的物种才能生存。这个道理已被人们广泛认可，但从未有人想到这条生物界的规律也适用于人类。在我们的目光中，人类自身结构已经十全十美，不需要进步了。如果环境与我们不适合——那就改变环境来迎合我们嘛。这是一种典型的人类自大狂。比起地球，比起浩渺的宇宙，人类太渺小了，即使亿万年后人类也没有能力去改变整个外部环境。那么我要问，假如十万年后地球环境发生很大的变化，人类必须离开陆地去海洋中生活？或者必须生活在没有阳光，仅有硫化氢提供能量的深海热泉中？生活在近乎无水的环境中？生活在温度超过80℃的高温条件下（这是蛋白质凝固的温度）？上述这些苛刻的环境中都有蓬蓬勃勃的生命，换句话说，都有可供人类改进自身的基因结构。如果当真有那么一天，我们是墨守成规、抱残守缺、坐等某种新的文明生物替代人类呢，还是改变自己的身体结构去适应环境，把人类文明延续下去？”

他的雄辩征服了听众，全场鸦雀无声。谢教授目光如炬地说下去：

“我知道，人类由于强大的思维惯性，不可能在一夜之间接受这种异端邪说，正像日心说和进化论曾被摧残一样，很可能，我会被守旧的科学界烧死在21世纪的火刑柱上。但不管怎样，我不会改变自己的信仰，不会放弃一个先知者的义务。如果必须用鲜血来激醒人类的愚昧，我会毫不犹豫地献出自己的儿子，甚至我自己。”

记者们都飞快地记录着，他们以职业的敏感意识到，今天是一场历史性的审判，它宣布了“后人类”的诞生。谢教授的发言十分尖锐，简直使人感到肉体上的痛楚，但它却有强大的逻辑力量，让你不得不信服。连法官也听得入迷，没有试图打断这些显然已跑题的陈述。谢教授结束了发言，居高临下地俯视着听众，高傲的目光中微带怜悯，就像上帝在俯视着自己的羔羊。然后他慢慢走下证人席，回到自己的座位上。

他的陈述完全扭转了法庭的气氛，使一个被指控的罪人羽化成了悲壮的英雄。三名法官低声交谈着，忽然旁听席上有人轻声说：

“法官先生，允许我提供证言吗？”

大家朝那边看去，是一个60岁左右的老妇人，鬓发花白，穿着黑色的衣裙，看模样是黄种人。法官问：“你的姓名？”

“方若华，我是鲍菲的母亲，谢先生的妻子。”

费新吾恍然回忆到，这个妇人昨天就来了，一直默默坐在角落里，皱纹中掩着深深的苦楚。他曾经奇怪，鲍菲的母亲为什么一直不露面，现在看来，这个家庭里一定有不能向外人道的纠葛。谢教授仍高傲地眯着双眼，头颅微微后仰，但费新吾发现，他面颊上的肌肉在微微抖动着。庭长同意了妇人的要求，她慢慢走到证人席，目光扫过被告、检察官和陪审员，定在丈夫的脸上。她说：

“我是28年前同谢先生结婚的，他今天在法庭陈述的思想在那时就已经定型了。那时，我是他的一个助手，也是他坚定的信仰者。当时我们都知道基因嵌接术在社会舆论中是大逆不道的，所谓始作俑者，其无后乎，率先去做的人不会有好结局。但我和丈夫义无反顾地开始去行这件事。”

“后来，我们的爱情有了第一颗果实，在受精卵发育到8胚胎期时，丈夫从我的子宫里取出8颗胚细胞，开始了他的基因嵌接术。”她的嘴唇抖颤着，艰难地说：“不久前死去的鲍菲是我的第7个儿子，也是唯一发育成功的一个。”

片刻之后人们才意识到这句话的含义，庭内响起一片嗡嗡声。妇人苦涩地说：

“第一颗改造过的受精卵在当年植入我的子宫，我也像所有的母亲一样，感受到了体内的神秘变化，我也曾呕吐、嗜酸、感受到轻微的胎动。体内的黄体酮分泌加快，转变成强烈的母爱。我也曾多次憧憬着儿子惹人爱怜的模样。……但这次妊娠不久就被中止了。超声波检查表明，他根本不具人形，只是一个丑陋的、能够生长和搏动的肉团而已！”

她沉默下来，回想起当年听到这个噩耗时心中的痛楚。不管怎样，那也是她身上的一块血肉。听众都体会到一个母亲的痛苦，安静地等她说下去。停了一会儿，她接着说：

“流产之后，丈夫立即把这团血肉处理了，没有让我看见，但我对这团不成形的血肉一直怀着深深的歉疚。直到第二个胎儿开始在腹中搏动时，这种痛楚才稍许减轻一些。可是，第二个胎儿也是同样的命运。这种使人发疯的过程总共重复了6次。6次啊，这些反复不已的锯割已经超过我的精神承受能力，我几乎要发疯了。”

她苦笑道：“不过我并不怪我丈夫，他探索的是宇宙之秘，谁能保证没有几次失败？等第7颗胚细胞做完基因嵌接术，丈夫不愿我再受折磨，想找一个代理母亲，我拒绝了。我不能容忍自己的儿子让别人去孕育。还好，这次获得了空前的成功。我满怀喜悦，小心翼翼地把这个体育天才养育成人。

不过，坦率地讲，我心里一直有抹不去的可怕预感，这种预感一直伴随着鲍菲长大。这次儿子来雅典比赛，我甚至不敢赶来观看。鲍菲在赛后曾欣喜地告诉我，说他遇上了世上最美的一个姑娘，我也为他高兴，谁料到仅仅三天后……”

她说不下去了。法官们交换着目光，都不去打断她。妇人接着说：

“一个月前我来到雅典，儿子和田小姐的尸体使我痛不欲生。但你们可知道，我丈夫是如何安慰我？他说，有人说鲍菲的兽性来自嵌入的猎豹基因，他要把第八颗冷藏的胚细胞解冻，进行同样的基因嵌接术，让他按鲍菲的生活之路成长，以此来推翻或验证这种结论。从那时起，我就知道我们之间的婚姻已经完结了。不错，谢先生是在勇敢地探索他的真理，百折不回，但这种真理太残酷，一个女人已经不能承受。在那次谈话后，我立即返回美国，谢先生，”她转向旁听席上的丈夫，“你知道我回去的目的吗？我已经请人把最后一颗胚细胞植入我的子宫，但没有做什么基因嵌接术。我要以59岁的年龄再当一次母亲，生下一个没有体育天才的、普普通通的孩子！”她回过头歉然道：“法官先生，我的话完了。”

法庭休庭两个小时后重新开庭，法官和陪审员走回自己的座位，两名法警把田延豹带到法官面前。法庭里非常寂静。在前一段庭审中，听众已经经历了几次感情反复，谢教授从一个邪恶的科学狂人变成悲壮的殉道者，但这个形象随后又被鲍菲母亲的话重重地涂上黑色。现在听众们紧张地等待着判决结果。

法官开始发言：“诸位先生，我们所经历的是一场十分特殊的审判，诚如雅库里斯先生和谢可征先生所说，在所有人类的法律中，尽管人们可能没有意识到，但的确有两条公理，是法律赖以存在的、不需求证的公理，即：人的定义和人类对自身生命的敬畏。现在，这两条公理已经受到挑战。”他苦笑道，“坦率地说，对此案的判决已经超出了本庭的能力。我想此时此刻，在新的法律问世之前，世界上没有任何法官能对此做出判决。对于法官的名誉来说，比较保险的办法是不理会关于后人类的提法，仍遵循现有的法律——

毕竟鲍菲·谢有确定的法律身份。但是，我和大多数同事认为这不是负责的态度。金斯先生，还有谢可征先生都对后人类问题作了极有说服力的剖析。刚才的两个小时内，我又尽可能咨询了世界上有名的人类学家、社会学家、生物学家和物理学家，他们的观点大致和两位先生关于后人类的观点相同。所以，我们在判决时考虑了上述因素。需要说明一点，即使鲍菲·谢已经不属于现人类，也没有人认为两种人类间的仇杀就是正当的。我们只是想把此案的判决推迟一下，推迟到有了法律依据时再进行。"

"所以，我即将宣读的判决是权宜性的，是在现行法律基础上所作的变通。"

他清清嗓子，开始宣读判决书："因此，根据国家授予我的权力，并根据现行的法律，我宣布，在没有认定鲍菲·谢作为'人'的法律身份之前，被告田延豹取保释放。鉴于本案的特殊性，诉讼费取消。"

纽约时报再一次领先同行，在电子版上率先发出一份颇有分量的报道：

> "法庭已宣布田延豹取保释放——实际是无限期地推迟了对他的判决。律师雅库里斯胜利了，他用奇兵突出的辩护改变了审判的轨道；公众情绪胜利了，他们觉得这种结果可以告慰死者——无辜而可爱的田歌小姐。
>
> "但法庭中还有一位真正的胜利者，那就是科学之神，是谢可征、埃迪·金斯所代表的科学之神。她正踏着沉重的步伐迈过人类的头顶。这里有一个奇怪的悖论：尽管科学的昌明依赖于人类的智慧，依赖于一代一代科学家艰难的推动，但当她踏上人类的头顶时，没有任何力量能够阻挡她的脚步。"

退庭后，记者们蜂拥而上，包围了田延豹和他的辩护律师。几十个麦克风举到他们的面前。费新吾好容易挤到田的身边，同他紧紧握手，又握住雅库里斯的手："谢谢你的出色辩护。"

雅库里斯微笑道："我会把这次辩护看成我律师生涯的顶点。"

他们看见谢豹飞的母亲已经摆脱记者，走到自己的汽车旁，但她没有立即钻进车内，而是抬头看着这边，似有所待。田延豹立即推开记者，走过去同她握手：

“方女士，我为自己那天的冲动向你道歉。”

方女士凄然一笑：“不，应该道歉的是我。”她犹豫了很久才说，“田先生，我有一个很唐突的要求，如果觉得不合适，你完全可以拒绝。”

“请讲。”

“田小姐是回国安葬吗？是火葬还是土葬？”

“回国火葬。”

“能否让鲍菲和她一同火葬？我知道这个要求很无礼，但我确实知道鲍菲是很爱令妹的——在猎豹的兽性未发作之前。我想让他陪令妹一同归天，在另一个世界向令妹忏悔自己的罪恶。”

田延豹犹豫一会儿，爽快地说：“这事恐怕要我的叔叔和婶婶才能决定，不过我会尽力说服他们，你晚上等我的电话。”

“谢谢，衷心地感谢`。这是我的电话号码。”

他们看到一群记者追着谢教授，直到他钻进自己的富豪车。在他点火启动前，新华社记者穆明提出了最后一个问题：

“谢先生，你还会冒天下之大不韪，继续你的基因嵌入研究吗？”

那辆车的前窗落下来，谢教授从车内向外望望妻子、田延豹和费新吾，斩钉截铁地吐出两个字：

“当然！”

替天行道

莱斯·马丁于上午 9 点接到《纽约时报》驻 Z 市记者站的电话，说一个中国人扬言要炸毁 MSD 公司，让他尽快赶到现场。马丁记者的神经立即兴奋起来，这肯定是一条极为轰动的消息！此时，马丁离 MSD 公司总部只有 10 分钟的路程，他风驰电掣般赶到。数不清的警车严密包围着现场，警灯闪烁着，警员们伏在车后，用手枪瞄准公司大门。还有十几名狙击手，手持 FN30 式狙击步枪，五指手套里的食指紧紧扣在扳机上。一个身着浅色风衣的高个子男人显然是现场指挥，正对着无线电报话器急促地说着什么，马丁认出他是市警察局的一级警督泰勒先生。

早到的记者在紧张地抓拍镜头，左边不远处，站着一位女主持人。马丁认出她是 CNN 的斯考利女士，正对着摄影机做现场报道。她声音急促地说：

"……已确定这名恐怖分子是中国人，名叫吉明，今年 46 岁，持美国绿卡。妻子和儿子于今年刚刚在圣弗郎西斯办了长期居留手续。吉明前天才从中国返回，直接到了本市。20 分钟前他打电话给 MSD 公司，声称他将炸毁公司大楼，作案动机不详。请看——"摄影镜头在她的示意下摇向公司大门口的一辆汽车，"这就是恐怖分子的汽车炸弹，汽车两侧都用红漆喷有标语，左侧是中文。"她结结巴巴地用汉语念出"替天行道，火烧 MSD"九个音节，又用英文解释道："汉语中的'天'大致相当于英文中的上帝，或大自然，或二者的结合，汉语中的‘道’指自然规律，或符合天意的做法。这副标语不伦不类，因此不排除恐怖分子是一名精神病患者。”

马丁同斯考利远远打了个招呼，努力挤到现场指挥泰勒的旁边。眼前是MSD公司新建的双塔形大楼，富丽堂皇。双塔间有螺旋盘绕，这是模拟DNA双螺旋线的结构。MSD是世界最知名的生物技术公司之一，也是本市财政的支柱。这会儿以公司大门为中心，警员撒成一个巨大的半圆。据恐怖分子声称，他的汽车炸弹足以毁掉整个大楼，所以警员不敢过分靠近。马丁把数码相机的望远镜头对准那辆车，调好焦距。从取景框中分辨出，这是一辆半旧的老式福特，银灰色的车体上用鲜红的漆喷着一行潦草的中国字，马丁只能认出最后的MSD三个英文字母。那个恐怖分子是个中等身材的男人，黑头发。他站在距汽车20米外，左手持遥控器，右手持扩音器大声催促：

“快点出来，再过5分钟我就要起爆啦！”

他是用英文说的，但不是美式英语，而是很标准的牛津式英语。MSD公司的职员正如蚁群般整齐而迅速地从侧门撤出来，出了侧门，立即撒腿跑到安全线以外。也有几个人是从正门撤出，这几位正好都是女士，她们胆怯地斜视着盘踞在门口的汽车和恐怖分子，侧着身子一路小跑，穿着透明丝袜的小腿急速摆动着。那位叫吉明的恐怖分子倒颇有绅士风度，这会儿特意把遥控器藏到身后，向女士们点头致意。不过女士们并未受到安抚，当她们匆匆跑到安全线以外时，个个气喘吁吁，脸色苍白。

一位警员用话筒喊话，请吉明先生提出条件，一切都可以商量，但吉明根本不加理睬。50岁的马丁已经是采访老手了，他知道警员的喊话只是拖延时间。这边，狙击手的枪口早就对准了目标，但因为恐怖分子已事先警告过他的炸弹是“松手即炸”，所以警员们不敢开枪。泰勒警督目光阴沉地盯着场内，显然在等着什么。忽然他举起话机急促地问：

“盾牌已经赶到？好，快开进来！”

人群闪开一条路，一辆警车缓缓通过，径直向吉明开去，泰勒显然松了一口气，马丁也把悬着的心放到肚里。他知道，这种“盾牌97”是前年配给各市警局的高科技装置，它可以使方圆 80 米的无线电信号失灵，使任何爆炸装置无法起爆。大门内的吉明发现了来车，立即高举遥控器威胁道：

“立即停下，否则我马上起爆！”

那辆车似乎因惯性又往前冲了几米，刷地刹住——此时它早已在 80 米的作用之内了。一位女警员从车内跳下，高举双手喊道：“不要冲动，我是来谈判的！”

吉明狐疑地盯着她，严令她停在原地。不过除此之外，他并未采取进一步的应急措施。马丁鄙夷地想，这名恐怖分子肯定是个“雏儿”，他显然不知道有关“盾牌号 97”的情况。这时，泰勒警督回头低声命令：

“开枪，打左臂！”

一名黑人狙击手嚼着口香糖，用戴着无指手套的左手比画了 OK，然后他稍稍瞄准，自信地扣下扳机。“啪！”一声微弱的枪响，吉明一个趔趄，扔掉了遥控器，右手捂住左臂。左臂以一种不自然的角度低垂着，虽然相距这么远，马丁也看到了他惨白的面容。

周围的人都看到了这个突然变化。当失去控制的遥控器在地上蹦跳时，多数人都恐惧地闭紧眼睛——但并没有随之而来的巨响，大楼仍安然无恙，几乎在枪响的同时，十几名训练有素的警员一跃而起，从几个方向朝吉明扑去。吉明只愣了有半秒钟，发狂地尖叫一声，向自己的汽车奔去。泰勒简短地：“射他的腿！”

又一声枪响，吉明重重地摔在地上，不过他并不是被枪弹击倒的。由于左臂已断，他的奔跑失去平衡，所以一起步就栽到地上——正好躲过那颗必中的子弹，随之他以 46 岁不可能有的敏捷从地上弹起，抢先赶到汽车旁边。这时逼近的警员已经挡住了狙击手的视线，使他们无法开枪了。吉明用右手猛然拉开车门，然后从口袋中掏出一只打火机，打着，向这边转过身。几十架相机和摄像机拍下了这个瞬间，拍下了那副被狂躁、绝望、愤怒、凄惨所扭歪了的面庞，拍下了打火机腾腾跳跃的火苗。泰勒没有料到这个突变，短促地低呼一声。

正要向吉明扑去的警员都愣住了，他们奇怪吉明为什么要使用打火机，莫非遥控起爆的炸弹还装有导火索不成？但他们离汽车还有三四步远，无论如何来不及制止了。吉明脸上的肌肉抖动着。从牙缝里凄厉地骂了一声。他说的是汉语，在场的人都没听明白他说的是什么。后来，一位来自台湾的同事为马丁译出了摄像机录下的这句话，那是中国男人惯用的咒骂：

“老子豁上啦！”

吉明把打火机丢到车内，随之扑倒在地——看来他本来没打算作自杀式的攻击。车内红光一闪，随即蹿出凶猛的火舌。警员们迅速扑倒，向后滚去，数秒钟后一声巨响，汽车的残片抛向空中。不过这并不是炸药，而是汽油的爆炸。爆炸的威力不算大，10 米之外的公司大门只有轻微的损伤。

浓烟中，人们看见了吉明的身躯，带着火苗，在烟雾和火焰中奔跑着，辗转着，扑倒，再爬起来，再扑倒。这个特写镜头在人们的印象中似乎持续了很长时间，而实际上只有短短的几十秒钟。外围的消防队员急忙赶到，把水流打到他身上，熄灭了火焰。四个警察冲过去，把他湿漉漉地按到担架上，铐上手铐，迅速送往医院抢救。

粉状灭火剂很快扑灭了汽车火焰，围观者中几乎要爆炸的紧张气氛也随之松弛下来；原来并没有什么汽车炸弹！公司员工们虚惊一场，互相拥抱着，开着玩笑，陆续返回大楼。泰勒警督在接受记者采访，他轻松地说，警方事前已断定这不是汽车炸弹，所以今天的行动只能算是一场有惊无险的演习。马丁想起他刚才的失声惊叫，不禁绽出一丝讥笑。

他在公司员工群中发现了公司副总经理丹尼·戴斯。戴斯是 MSD 公司负责媒体宣传的，所以这副面孔在 Z 市人人皆知。刚才，在紧张地逃难时，他只是蚁群中的一分子。但现在紧张情绪退潮，他卓尔不群的气势就立即显露出来。戴斯年近六十，满头银发一丝不乱，穿着裁剪合体的暗格西服。马丁同他相当熟稔，挤过去打了招呼：

“嗨，你好，丹尼。”

“你好，莱斯。”

马丁把话筒举到他面前，笑着说："很高兴这只是一场虚惊。关于那名恐怖分子，你有什么要说的吗？"

戴斯略为沉吟后说："你已经知道他的姓名和国籍，他曾是MSD驻中国办事处的临时雇员……"

马丁打断他："临时雇员？我知道他已经办了绿卡。"

戴斯不大情愿地承认："嗯，是长期的临时雇员，在本公司工作了七八年。后来他同公司驻中国办事处的主管发生了矛盾，来总部申诉，我们调查事实后没有支持他。于是他迁怒于公司总部，采取了这种自绝于社会的过激行为。刚才我们都看到他在火焰中的痛苦挣扎，这个场面很令人同情——对吧？但坦率地说他这是自作自受。他本想扮演殉道者的，最终却扮演了这么一个小丑。46岁再改行做恐怖分子，太老了吧。"他刻薄地说："对不起，我不得不离开了，我有一些紧迫的公务。"

他同马丁告别，匆匆走进公司大门。马丁盯着他的背影冷冷一笑。不，马丁可不是一个"雏儿"，他料定这件事的内幕不会如此简单。刚才那位中国人的表情马丁看得很清楚，绝望、凄惨、狂躁，绝不像一个职业恐怖分子。戴斯是个老狐狸，在公共场合的发言一向滴水不漏。但今天可能是惊魂未定，他的话中多少露出一点马脚。他说吉明"本想扮演殉道者"，这句话就非常耐人寻味。按这句话推测，那个中国人肯定认为自己的行动是正义的，殉道者嘛。那么，他对公司采取如此暴烈的行动肯定有其特殊原因。

马丁在新闻界闯荡了30年，素以嗅觉灵敏、行文刻薄著称。在Z市的上层社会中，他是一个不讨人喜欢、又没人敢招惹的特殊人物。现在，鲨鱼（这是他的绰号）又闻见血腥味啦，他决心穷追到底，绝不松口，即使案子牵涉到他的亲爹也不罢休。

仅仅一个小时后，他就打听到：吉明的恐怖行动和MSD公司的"自杀种子"有关。听说吉明在行动前曾给地方报社《民众之声》寄过一份传真，但他的声明在某个环节被无声无息地吞掉了。

自杀种子——这本身就是一个带着阴谋气息的字眼儿。马丁相信自己的判断不会错。

圣方济教会医院拒绝采访，说病人病情严重，烧伤面积达89%，其中三度烧伤37%，短时间内脱离不了危险期。马丁相信医院说的是实情，不过他还是打通了关节，当天晚上来到病房内。病人躺在无菌帷幕中，浑身缠满抗菌纱布。帷幕外有一个黑发中年妇人和一个黑发少年，显然是刚刚赶到，正在听主治医生介绍病情。那位母亲不大通英语，少年边听边为母亲翻译。妇人被这场突如其来的横祸击懵了，面色悲苦，神态茫然。少年则用一道冷漠之墙把自己紧紧包住，看来，他既为父亲羞愧，又艰难地维持着自尊。

马丁在20世纪70年代和90年代去过中国，最长一次住了半年。所以，他对中国的了解绝不是远景式的、浮浅的。正如他在一篇文章中所说，他“亲耳听见了这个巨大的社会机器在作反向运转时，所发出的吱吱嘎嘎的摩擦声”。即使在70年代哪个贫困的、到处是“蓝蚂蚁”的中国，他对这个国家也怀着畏惧。想想吧，一个超过世界人口五分之一的民族！没有宗教信仰，仅靠民族人文思想维持了五千年的向心力！拿破仑说过，当中国从沉睡中醒来时，一定会令世界颤抖——现在它确实醒了，连呵欠都打过啦。

帷幕中，医生正在从病人未烧伤的大腿内侧取皮，随后将用这些皮肤细胞培育人造皮肤，为病人植皮。马丁向吉明妻子和儿子走去，他知道这会儿不是采访的好时机，不过他仍然递过自己的名片。吉妻木然地接过名片，没有说话。吉的儿子满怀戒备地盯着马丁，抢先回绝道：

“我们什么也不知道，你别来打搅我妈妈！”

马丁笑笑，准备施展他的魅力攻势，这时帷幕中传来两声短促的低呼。母子两人同时转过头，病人是用汉语说的，声音很清晰：

“上帝！上帝！”

病床上，在那个被缠得只留下七窍的脑袋上，一双眼睛缓缓睁开了，散视的目光逐渐收拢，定焦在远处。吉明没有看见妻儿，没有听见妻儿的喊声，也没有看见在病床前忙碌的医护。他的嘴唇翕动着，喃喃地重复着四个音节。这次，吉妻和儿子都没有听懂，但身旁不懂汉语的医生却听懂了。他是在说：

“哈利路亚！哈利路亚！”

哈利路亚！

长着翅膀的小天使们在洁白的云朵中围着吉明飞翔，欢快地唱着这支歌。吉明定定神，才看清他是在教堂里，唱诗班的少男少女们圆张着嘴巴，极虔诚极投入地唱这首最著名的圣诞颂歌《弥塞亚》：

“哈利路亚！世上的国成了我主和主基督的国，他要做王，直到永永远远。哈利路亚！”

教堂的信徒全都肃立倾听。据说 1743 年英国国王乔治二世在听到这首歌时感动得起立聆听，此后听众起立就成了惯例。吉明被这儿的气氛感动了。这次他从中国回来，专程到 MSD 公司总部反映有关自杀种子的情况。但今天是星期天，闲暇无事，无意中逛到教堂。唱诗班的少年们满脸洋溢着圣洁的光环，不少听众眼中噙着泪水。吉明是第一次在教堂这种特殊氛围中聆听这首曲子，聆听它雄浑的旋律、优美的和声和磅礴的气势。他知道这首合唱曲是德国作曲家亨德尔倾全部心血完成的杰作，甚至亨德尔本人在指挥演奏时也因过分激动而与世长辞。只有在此情景中，吉明才真正体会到那种令亨德尔死亡的宗教氛围。

他觉得自己的灵魂也被净化了，胸中鼓荡着圣洁的激情——但这点激情只维持到出教堂为止。等他看到世俗的风景后，便从刚才的宗教情绪中醒过来。他自嘲地问自己：吉明，你能成为一个虔诚的基督徒吗？

他以平素的玩世不恭给出答复：扯淡。

他在无神论的中国度过了半生，前半生建立的许多信仰如今都淡化了、锈蚀了，唯独无神论信仰坚如磐石。因为，和其他流行过的政治呓语不同，无神论对宗教的批判是极犀利、极公正的，而且随着时间的推移而愈加坚实。此后他就把教堂中萌发的那点感悟抛在脑后，但他未想到这一幕竟然已经深深烙入他的脑海，在垂死的恍惚中它又出现了。这幅画在他面前晃动，唱诗班的少年又变成了带翅膀的天使。他甚至看到上帝在天国的门口迎接他。上帝须发蓬乱，瘦骨嶙峋，穿着一件苦行僧的褐色麻衣。吉明好笑地、微笑嘲弄地看着上帝，我从未信奉过你，这会儿你来干什么？

他忽然发现上帝并不是高鼻深目的犹太人、雅利安人、高加索人……他的白发中掺有黑丝，皮肤是黄土的颜色，粗糙得像老树的树皮。表情敦厚，腰背佝偻着，面庞皱纹纵横，像一枚风干的核桃……他分明是不久前见过的那位中原地区的老农嘛，那个顽石一样固执的老人。

上帝向他走近。在响遏行云的赞歌声中，上帝并不快活。他脸上写着惊愕和痛楚，手里捧着一把枯干的麦穗。

枯干的麦穗！吉明的心脏猛然被震撼，向无限深处跌落。

三年前，吉明到中原某县的种子管理站，找到了20多年未见的老同学常力鸿。一般来说，中国内地的农业机关都是比较穷酸的，这个县的种子站尤甚。这天正好赶上下雨，院内又在施工，乱得像一个大猪圈。吉明小心地绕过水坑，仍免不了在锃亮的皮鞋上溅上泥点。常力鸿的办公室在二楼，相当简朴，靠墙立着两个油漆脱落的文件柜，柜顶放着一排高高低低的广口瓶，盛着小麦、玉米等种子。常力鸿正佝偻着腰，与两位姑娘一起装订文件。他抬头看看客人，尽管吉明已在电话上联系过，他还是愣了片刻才认出老同学。他赶忙站起来，同客人紧紧握手。不过，没有原先想象的搂抱、捶打这些亲热动作，衣着的悬殊已经在两人之间划了一道无形的鸿沟。

两个姑娘好奇地打量着他们。确实，他们之间反差太强烈了；一个西装革履，发型精致，肤色保养得相当不错，肚子也开始发福了；另一个黑瘦枯干，皮鞋上落满了灰尘，鬓边已经苍白，面庞上饱经风霜。姑娘们叽喳着退出去，屋里两个人互相看看，不禁会心地笑了。午饭是在“老常哥”家里吃的，屋内家具比较简单，带着城乡结合的味道。常妻是农村妇女，手脚很麻利，三下五除二地炒了几个菜，又掂来一瓶赊店大曲。两杯酒下肚后，两人又回到了大学岁月。吉明不住口地感谢“老常哥”，说自己能从大学毕业全是老常哥的功劳！常立鸿含笑静听，偶尔也插上一两句话。他想吉明说的是实情。在农大四年，这家伙几乎没有正正经经上过几节课，所有时间都是用来学英语，一方面是练口语，一方面是打探出国门路。那是上个世纪70年代末80年代初，学校里学习风气很浓，尤其是农大，道德观上更守旧一些。同学们包括常力鸿都不怎么抬举吉明，嫌他的骨头太轻，嫌他在人生策划上过于精明——似乎他唯一的人生目的就是出国！不过常力鸿仍然很大度地帮助吉明，让他抄笔记，抄试卷，帮他好歹拿到毕业证。

那时吉明的能力毕竟有限，到底没办成出国留学。不过，凭着一口流利的英语，毕业两年后他就开始给外国公司当雇员，跳了几次槽，拿着几十倍于常力鸿的工资。也许吉明的路是走对了，也许这种精于计算的人恰恰是时代的弄潮儿？……听着两人聊天，外貌木讷实则精明的常妻忽然撂一句：

“老常哥对你这样好，这些年也没见你来过一封信？”

吉明的脸刷地红了，这事他确实做得不地道。常力鸿忙为他掩饰：“吉明也忙啊，再说这不是已经来了吗？喝酒喝酒！”

吉明灌了两杯，才叹口气说：“嫂子骂得对，应该骂。不过说实在话，这些年我的日子也不好过呀。每天赔尽笑脸，把几个新加坡的二鬼子当爷敬——MSD驻京办事处的上层都是美国人和新加坡人。我去年才把绿卡办妥，明年打算把老婆儿子在美国安顿好。”

“绿卡？听说你已入美国籍了嘛。”

吉明半是开玩笑半是解气地说：“这辈子不打算当美国人了，就当美国人的爹吧。”他解释道，这是美国新华人中流行的笑谑，因为他们大都保留着绿卡，但儿女一般要入美国籍的。“美国米贵，居家不易。前些天一次感冒就花了我150美元。所以持绿卡很有好处的，出入境方便。每次回美国我都大包小包地拎着中国的常用药。”

饭后，常妻收拾起碗筷，两人开始谈正事。常力鸿委婉地说：“你的来意我已经知道了，你是想推销MSD的小麦良种。不过你知道，小麦种子的地域性较强，国内只是在新中国成立前后引进过美国、澳大利亚和意大利的麦种，也只有意大利的阿勃、阿夫等比较适合中原地域。现在我们一般不进口麦种，而是用本省培育的良种，像豫麦18、豫麦35……”

吉明打断他的话："这些我都知道，不知道这些，我还能做种子生意？不过我这次推荐的麦种确实不同寻常。它的绰号叫'魔王麦'，因为它几乎集中了所有小麦的优点；地域适应性广，耐肥耐旱，落黄好，抗倒伏，抗青干，在抗病方面几乎是全能的，抗条锈，抗叶锈，抗秆锈，抗白粉，仅发现矮化病毒对对它有一定威胁……你甭笑。"他认真地说，"你以为我是在卖狗皮膏药？老兄，你不能拿老眼光看新事物。这些年的科技发展太可怕了，简直就是神话。我知道毕业后你很努力，还独立育出了一个新品种，推广了几千亩，现在已经被淘汰了。对不对？"这几句话戳到常力鸿的痛处，他面色不悦地点点头。"老兄，这不怪你笨，条件有限嘛。你能采用的仍是老办法；杂交，选育，一代又一代，跟着老天爷的节拍走，最多再加上南北加代繁殖。但 MSD 公司早在 30 年前就开始利用基因工程。你想要 100 种小麦的优良性状？找出各自的表达基因，再拼接过来就是了。为育出'魔王'品系，MSD 总共花了近 20 亿美元，你能和他们比吗？"

常力鸿有点被他说动了。吉明道："你放心吧，我虽然已经成了见钱眼开的商人，好歹是中国人，好歹是你的老朋友，不会骗到老常哥头上的。这样吧，我先免费提供 100 亩的麦种供你们进行检疫试种。明年，我相信你会自己找我买种子，把'魔王麦'扩大到 100 万亩。"

条件这样优惠，常力鸿立刻同意了。两人又商量了引进种质资源的例行程序，包括向中国国家种子资源管理处登记并提供样品种子等。正如吉明所料，在商谈中，常力鸿对"魔王麦"属于"转基因作物"这一点没有提出任何异议，他甚至压根没提农业部颁发的《农业生物基因工程安全管理实施办法》。在欧洲，这可是个十分敏感的话题。转基因产品在欧洲已经被禁止上市，连试验种植也被受限制，各绿党和环保组织时刻拿眼睛盯着。正因为如此，MSD 公司才把销售重点转向第三世界。

既然常力鸿没有提到这一点，吉明当然不会主动提及。不过吉明并不为此内疚。欧洲对转基因产品的反对，多半是基于"伦理性"或"哲理性"的，并不是说他们已经发现了转基因产品对人身的危害，吉明一向认为，这种玄而又玄的讨论是富人才配享有的奢侈。对于中国人，天字第一号的问题是什么？是吃饱肚子！何况转基因产品在美国已经大行其道了，美国的食物安全法规也是极其严格的。

两人签协议时，吉明让加上一条：用户不允许使用上年收获的麦子做种，也就是说，每年的麦种必须向 MSD 公司购买。常力鸿沉吟良久，为难地说：

“老同学，我不愿对你打马虎眼。这个条件当然应该答应，否则 MSD 公司怎么收回投资？可是你知道，中国的农民们是不大管什么知识产权的，你能挡住他用自己田里收的麦子做种？谁也控制不住！”

吉明轻描淡写地说：“谢谢你的坦率。我在协议中写上这一条，只是作为备忘，表示双方都认可这条规则。至于对农民的控制方法……MSD 会有办法的。”

常力鸿哂笑着看看老同学，不知道他是不是在开玩笑。MSD 公司会有办法？他们能在每粒“未收获”的麦粒上预先埋一个生死开关？不过，既然吉明这样说，常力鸿当然不会再认真考究。

第二天吉明在紫荆花饭店的雅间里回请了一顿。饭后吉明掏出一个信封：“老常哥，我已经混上了 MSD 公司的区域经理，可以根据销售额提成，手头宽裕多了。这 1000 美元是兄弟的一点小意思，全当是大学四年你应得的‘保姆费’吧。收下收下，你要拒绝，我就太没面子了。”

常力鸿发觉这位小兄弟已经修炼得太厉害了——他把兄弟情分和金钱利益结合得水乳交融。收下这点“兄弟情分”，明摆着得为他的“销售提成”出力。但在他尚未做出拒绝的决断时，妻子已经眼明手快地接过信封：

“1000 美元？等于 8000 多元人民币了吧。我替你常哥收下。”她回头瞪了丈夫一眼，打着哈哈说。“就凭你让他抄四年考试卷子，也值这个数了，对不对？”

常力鸿沉下脸，没有再拒绝。

吉明的回忆到这儿卡壳了。这些真实的画面开始抖动、扭曲。上帝的面容又挤进来，惊愕、痛楚，凝神看着死亡之火蔓延的亿万亩麦田。吉明困惑地想，上帝的面容和表情怎么会像那位中原老农？梦中的上帝怎么会是那个老农的形象？自己与那个老农总共只有一面之缘呀。

他是在与常力鸿见面的第二年见到那老汉的。第一年收获后，完全如吉明所料，“魔王麦”大受欢迎。常力鸿数次打电话，对这个麦种给出了最高的评价，尤其是麦子的质量好，赖氨酸含量高，口感好，很适于烤面包，在欧洲之外的西方市场很受欢迎。周围农民争着订明年的种子，县里决定推广到全县一半的面积，甚至邻县也在挤着上这辆巴士。第二年做成了50万吨麦种的生意，他的信用卡上也因此添了一大笔进项。但是，第二次麦播的五个星期后，常力鸿十万火急地把他唤去。

仍是在老常哥家吃的饭，他进屋时，饭桌上还没摆饭，摆的是几十粒从麦田挖出来的死麦种。它们没有发芽，表层已略显发黑。常力鸿脸色很难看，但吉明却胸有成竹。他问：“今年从MSD购进的种子都不发芽吗？”

“不，只有1000亩左右。”

吉明不客气地说：“那就对了！我敢说，这不是今年从我那儿买的麦种，是你们去年试种后收获的第二代的‘魔王麦’！你不会忘吧，合同中明文规定，不能用收获的麦子做种，MSD公司要用技术手段保证这一点。”

常力鸿很尴尬。吉明说得一点都不错，去年收的“魔王麦”全都留作种子了，谁舍得把这么贵重的麦子磨面吃？说实话，常力鸿压根儿没相信MSD能用什么“技术手段”做到这一点，也几乎把这一条款给忘了。他讪讪地收起死麦种，喊妻子端饭菜，一边嗫嚅地问；“我早对你说过的，我没法让农民不留种。MSD公司真的能做到这一点？他们能在每一粒小麦里装上自杀开关？”

吉明怜悯地看看老同学。上农大时常力鸿是出类拔萃的，但在这个闭塞的中国县城里憋了20年，他已远远落后于外面的世界了。他耐心地讲了自杀种子的机理：

“能。基因工程没有办不到的事。这种自杀种子的育种方法是；从其他植物的病株上剪下导致不育的毒蛋白基因，组合到小麦种子中。同时再插入两段基因编码，使毒蛋白基因保持休眠状态。直到庄稼成熟时，毒素才分泌出来杀死新种子。所以，毒蛋白只影响种子而不影响植株。”

常力鸿听得瞪圆了眼睛——这简直是天方夜谭嘛。他不解地问：“如果收获的都是死麦粒，MSD公司又是怎样获得种子呢？”

“很好办。MSD公司在播种时，先把种子浸泡在一种特别溶液中，诱发种子产生一种酶来阻断那段DNA，自杀指令就不起作用了。当然，这种溶液的配方是绝对保密的。”

“麦粒中有这种毒蛋白，还敢食用吗？”

“能。这种毒蛋白对人体完全无害，你不必怀疑这一点，美国的食品法是极其严格的。”他笑着说，“实际上我只是鹦鹉学舌，深一层的机理我也说不清。甚至连MSD这样顶尖的公司，也是向更专业的密西西比州德尔他公司购买的专利。知道吗？单单这一项专利就花了10亿美元！这些美国佬真是财大气粗啊。”

常妻一直听得糊里糊涂，但这句话她听清了：“10亿美元？80多亿元人民币？天哪，要是用100元的票子码起来，能把这间屋子都塞满吧。”

吉明失笑了：“哈，那可不知道，我从来没有从这个角度上考虑，因为这么大数额的款项不可能用现金支付。不过……大概能装满吧。”

“80亿元！这些大鼻子们指望这啥子专利赚多少钱，敢这样胡花！”

吉明忍俊不禁：“嫂子别担心，他们赚得肯定比这多。美国人才不干傻事呢。”

常力鸿的表情可以说是目瞪口呆，不过，他的震惊显然和妻子不同，是另一个层面上的。愣了很久他才说：“美国的科学家……真的能这样干？”

“当然！基因工程已经成了神通广大的魔术棒，可以对上帝创造的生命任意删削、拼装、改良。说一个不是玩笑的玩笑，你就是想用蛇、鱼、鹿、虎等动物的基因拼出一条有角有鳞有爪的‘活着的’中国龙，从理论上说也是办得到的。”

常力鸿不耐烦地说："我不是这个意思。我是说……"他卡住了，艰难地寻找着能确切表达他想法的词句，"我是说，美国科学家竟然开发这样缺德的技术？"

吉明一愣，对"缺德"这个字眼多少有些冒火。他平心静气地说："咋是缺德？他们在魔王品系上投入了20亿元的资金，如果所有顾客都像你们那样只买一次种子，这些巨额投入如何收回？如果收不回，谁会再去研究？科学发展不是要停滞了吗？这是文明社会最普通的道德规则，再正常不过的。"

常力鸿有点焦躁："不，这也不是我的意思。我是说，"他再次艰难地寻找着词句；"我是说，他们为了赚钱，就不惜让某种生命断子绝孙？这不是太霸道了么？这不是逆天行事么？俗话说，上天有好生之德，连封建皇帝还知道春天杀生有干天和哩。"

吉明这才摸到老同学的思维脉络。他微嘲道："真没想到，你也有闲心来进行哲人的思辨。这倒让我想起一件事。有一次我在飞机上邂逅了一位西班牙作家，听说还是王室成员。他的消息竟然相当闭塞，根本不知道世上已经有了自杀种子。听我介绍后他也是大为震惊，连声问；现代科学真的能做到这种不可思议的事情？我讲了很久，他终于相信了，沉思良久后感慨地说；人类是自然界最大的破坏者，它在自己的成长过程中消灭了数以百万计无辜的生物。即使少数随人类广泛传播的生物，如小麦、稻子等，实际上也算不上幸运者，它们的性状都被特化了，'野生'生命力被削弱了。不过，在自杀种子诞生之前的种种人类行为毕竟还是有节制的，因为人类毕竟还没有完全剥夺这些生命的生存能力和生存权力。现在变了，科学家开始把某种生命的生存能力完全掌握到人类手中，建立在某种'绝对保密'的溶液上，这实在是太霸道了——你看，这位西班牙人所用的词和你完全一样！"吉明笑道，"不过依我看来，这种玄思遐想全是吃饱了撑的。其实，逆天行事的例子多啦，计划生育不是逆天行事？"

常力鸿使劲地摇头："不，计划生育是迫不得已而为之。这个不同……"

"有啥不同？老兄，13亿中国人能吃饱肚子才是最大的顺天行事。等中国也成了发达国家——那时再去探幽析微，讨论什么上天的好生之德吧。”

常力鸿词穷了，但仍然不服气。他沉着脸默然良久，才恼怒地说：“反正我觉得这种方法不地道。去年你该向我说清的，如果那时我知道，我一定不会要这种自杀种子。”

吉明也觉得理屈。的确，为了尽量少生枝节做成买卖，当初他确实没把有关自杀种子的所有情况告诉老同学。饭后两人到不发芽的麦田里看了看。就是在那儿，吉明遇见了那位不知姓名的、后来在他的幻觉中化为上帝的老农。当时他佝偻着身体蹲在地上，正默默查看不会发芽的麦种，别的麦田里，淡柔的绿色已漫过泥土，而这里仍是了无生气的褐色。那个老农看来同常力鸿很熟，但这会儿对他满腹怨恨，只是冷淡地打了个招呼。他又黑又瘦，头发花白，脸上皱纹纵横，比常力鸿更甚，使人想起一幅名叫《父亲》的油画。青筋暴露的手上捧着几粒死麦种，伤心地凝视着。常力鸿在他面前根本挺不起腰杆，表情讪讪地勉强辩解说：

“大伯，我一再交代过，不能用这次收的麦子做种……”

“为啥？”老汉直撅撅地顶回来：“秋种夏收，夏收秋种。这是老天爷定的万古不变的规矩，咋到你这儿就改了呢。”

常力鸿哑口了，回头恼怒地看看吉明。吉明也束手无策；你怎么和这头犟牛讲理？什么专利什么知识产权什么文明社会的普遍规则，再雄辩的道理也得在这块顽石上碰卷刃。但看看常力鸿的表情，他只好上阵了。他尽量通俗地把种子的自杀机理讲了一番。老汉多少听懂了，他的表情几乎和常力鸿初听时一个样子，连说话的字眼儿都相近：

“让麦子断子绝孙？咋这样缺德？干这事的人不怕生儿子没屁眼儿？老天在云彩眼儿里看着咱们哩。”

吉明顿时哑口无言！只好糊弄几句，狼狈撤退。走出老汉视线后，他们站在地埂上，望着正常发芽的千顷麦田。这里的绿色是十分强悍的，充盈着勃勃的生命力。常力鸿忧心忡忡地看着，忽然问：

“这种自杀基因……会不会扩散？”

吉明苦笑着想，这个困难的话题终于没能躲过。“不会的，老同学，你尽管放心。美国的生物安全法规是很严格的。”他老实承认道，“不错，国外也有人散布过类似的忧虑，担心含有自杀基因的小麦花粉会随风播撒，像毒云笼罩大地，使万物失去生机。印度、希腊等地还有人大喊大叫，要火葬 MSD 呢。但这些都是没有根据的臆测。当然，咱们知道，小麦有千分之四到千分之五的异花传粉率，但是根本不必担心自杀基因会因此传播。为什么？这是基于一种最可靠的机理；假设某些植株被杂交出了自杀基因，那么它产生的当然是死种子，所以传播环节到这儿一下子就被切断了！也就是说，自杀基因即使能传播，也最多只能传播一代，然后就自生自灭了。我说得对不对？”

常力鸿沉思一会儿，点点头。没错，吉明的论断异常坚实有力，完全可信。但他心中仍有说不清的担忧。他也十分恼火，去年吉明没有把全部情况和盘托出，做得太不地道。不过他无法去埋怨吉明，归根结底，这事只能怪自己的愚蠢，怪自己孤陋寡闻，怪自己不负责任考虑不周全。有一点是肯定的，经过这件事，他与吉明之间的友谊是无可挽回了。送吉明走时，他让妻子取出那 1000 美元，冷淡地说：

“上次你留下这些钱，我越想越觉得收下不合适。务必请你收回。”

常力鸿的妻子耷拉着眼皮，满脸不情愿的样子。她肯定不想失去这 1000 美元，肯定在里屋和丈夫吵过闹过，但在大事上她拗不过丈夫。吉明知道多说无益，苦笑着收下钱，同两人告辞。

此后两人的友谊基本上中断了，但生意上的联系没有断。因为这种性能极优异的麦种已在中原地区打开了市场，订货源源不断。吉明有时解气地想，现在，即使常力鸿暗地里尽力阻挠订货，他也挡不住了！

到第二年的 5 月，正值小麦灌浆时，吉明又接到常力鸿一个十万火急的电话：“立即赶来，1 分钟也不要耽误！”吉明惊愕地问是什么事，那边怒气冲冲地说：“过来再说！”便“啪”地挂了电话。

吉明星夜赶去，一路上心神不宁。他十分信赖 MSD 公司，信赖公司对魔王麦的安全保证。但偶尔地、心血来潮地，也会绽出那么一丝怀疑。毕竟这种“断子绝孙”的发明太出格了，科学史上从来没有过，会不会……他租了一辆出租车，火速赶到出事的田里。在青色的麦田里，常力鸿默默指着一小片麦子。它们显然与周围那些生机盎然的麦子不同，死亡之火已经从根部悄悄漫上去，把麦秆烧成黄黑色，但麦穗还保持着青绿。这给人一种怪异的视觉上的痛苦。这片麦子范围不大，只有三间房子大小，基本上布成一个圆形。圆形区域内有一半是病麦，另一半仍在茁壮成长。

常力鸿的脸色阴得能拧下水儿，目光深处是沉重的忧虑，甚至是恐惧。吉明则是莫明其妙，端详了半天，奇怪地问：“找我来干什么？很明显，这片死麦不是 MSD 的魔王麦。”

“当然不是，是本地良种，豫麦 41。”

“那你十万火急催我来干什么？让我帮你向国外咨询？没说的，我可以……”

常力鸿焦急地打断他：“这是种从没见过的怪病。”他瞅瞅吉明，一字一句地说，“去年这里正好种过自杀麦子。”

吉明一愣，不禁失声大笑：“你的联想太丰富了吧。我在专业造诣上远不如你，但也足以做出推断。假如——我是说假如——自杀小麦的自杀基因能够通过异花传粉来扩散，传给某几株豫麦 41 号麦子，这些被传染的麦子被收获，贮到麦仓里，装上播种机，然后——有病的麦粒又恰巧播到同一块圆形的麦田？有这种可能吗？”他讪笑地看着老同学。

“当然不会——但如果是通过其他途径呢？”

“什么途径？”

“比如，万一自杀小麦的毒素渗透出来，正好污染了这片区域？”

“不可能，这种毒素只是一种蛋白质，它在活植株中能影响生理进程，但进到土壤中就变成了有机物肥料，绝不会成为毁灭生命的杀手。老同学，你一定是走火入魔了！一小片麦子的死亡很可能是其他原因造成的，你干吗非要和 MSD 过不去呢？”

常力鸿应声道："因为它的自杀特性叫人厌恶！"他恨恨地说；"自杀小麦——这是生物界中的邪魔外道。当然，你说了很多有力的理由，我也相信，不过我信奉这一点；世界上没有绝对安全的防范。既然这么一个邪魔已经出世，总有一天它会以某种方法逃出来兴风作浪。"

"不会的……"

"你肯定不会？你是上帝还是老天爷？"常力鸿发火了，"不要说这些过天话！老天爷也不敢把话说得这样满。"停了停，他放缓语气说："我并不是说这些麦子一定是死于自杀毒素——我巴不得这样呢。"他苦笑道，"毒素致死并不可怕，最多就是种过自杀小麦的麦田嘛。我更怕它们是靠基因方式传播，那样，一个小火星就能烧掉半个世界，就像黑死病、艾滋病一样。"

他为这种前景打了一个寒战。吉明沉默了一会儿说："我还是不相信。这种小麦已经在不少国家种过多年，从没出过什么意外。不过，听你的。需要我做些什么？"

"请你立即向MSD公司汇报，派专家来查明此事。如果和自杀种子无关，那我就要烧香拜佛了。否则……我就是十恶不赦的罪人。"他苦涩地说。

"没问题。"吉明很干脆地说，"我责无旁贷。别忘了，虽然我拿着美国绿卡，拿着MSD的薪水，到底这儿是我的父母之邦啊。你保护好现场，我马上到北京去找MSD办事处。"他笑着加了一句，"不过我还认为这是多虑。不服的话咱们赌一次东道。"

常力鸿没响应他的笑话，默默同他握手告别。吉明坐上出租车，很远还能看见那个佝偻的半个身体浮现在麦株之上。

电梯快速向银都大楼27层升去。乍从常力鸿那儿回来，吉明觉得一时难以适应两地的强烈反差。那儿到处是粗糙的面孔，深陷的皱纹。而这里，电梯里的男男女女都一尘不染，衣着光鲜，皮肤细腻。吉明想，这两个世界之中有些事难以沟通，也是情理之中的。

MSD驻京办事处的黄得维先生是他的顶头上司。黄很年轻，32岁，已经相当发福，穿着吊裤带的加肥裤子。他向吉明问了辛苦，客气中透着冷漠，吉明在心中先骂了一句“二鬼子”，他想自己在MSD工作8年，成绩卓著，却一直升不到这个“二鬼子”的位置上。为什么？这里有一个人人皆知又心照不宣的小秘密；美国人信任新加坡人、台湾人、香港人（虽然他们都是华人）远甚于大陆中国人。尽管满肚子腹诽，吉明仍恭恭敬敬地坐在这位年轻人面前，详细汇报了中原的情况，“不会的，不会的。”黄先生从容地微笑着，细声细语地列举了反驳意见——正是吉明对常力鸿说过的那些，吉明耐心地听完，说：

“对，这些理由是很有力的。但我仍建议公司派专家实地考察一下。万一那片死麦与自杀种子有关呢？再进一步，万一自杀特性确实是通过基因方式扩散出去呢，那就太可怕了。那将是农作物中的艾滋病毒！”

“不会的，不会的。”黄先生仍细声细语地列举了种种理由。吉明耐心地听完，赔笑道，“我也是这么认为的，不过，是否向总部……”

黄先生脸色不悦地说：“好的，我会向公司总部如实反映的。”他站起身来，表示谈话结束。

吉明到其他几间屋子里串了一下，同各位寒暄几句，他在MSD总共干了8年，5年是在南亚，3年是在中国。但他一直在各地跑单帮，在这儿并没有他的办公桌，与总部的职员们大都是工作上的泛泛之交。只有从韩国来的朴女士同他多交谈了一会儿，告诉他，他的妻子打电话到这儿问过他的去向。

回到下榻的天伦饭店，他首先给常力鸿挂了电话，常力鸿说他刚从田里回来，在那片死麦区之外把麦子拔光，建立了一圈宽100米的隔离环带。他说原先曾考虑把这个情况先压几天，等MSD的回音，但最终还是向上级反映了，因为这个责任太重！北京的专家们马上就到。他的语气听起来很疲惫，带着焦灼，透着隐隐的恐惧。吉明真的不理解他何以如此——他所说的那种危险毕竟是很渺茫的，死麦与自杀基因有关的可能性微乎其微嘛。吉明安慰了他，许诺一定要加紧催促那个“二鬼子”。

随后他挂通旧金山新家的电话，妻子说话的声音带着睡意，看来正在睡午觉。移民到美国后，妻子没有改掉这个中国的习惯。这也难怪，她的英语不行，到现在还没找到工作，整天在家里闲得发慌。妻子说，她已经找到两个会说中国话的华人街邻，太闷了就开车去聊一会儿。“我在努力学英语，小凯——我一直叫不惯儿子的英文名字——一直在教我。不过我太笨，学得太慢了。”停了一会儿，她忽然冒出一句，“有时我琢磨，我巴巴地跑到美国来蹲软监，到底是图个啥哟？”

吉明只好好言好语地安慰一番，说再过两个月就会习惯的。“这样吧，我准备提前回美国休年假，三天后就会到家的。好吗？不要胡思乱想。吻你。”

常力鸿每晚一个电话催促。吉明虽然心急如焚，也不敢过分催促黄先生。他问过两次，黄先生都说：马上，马上。到第三天。黄先生才把电话打到天伦饭店，说已经向本部反映过了，公司认为不存在你说的那种可能，不必派人来实地考察。

吉明大失所望。他心里怀疑这家伙是否真的向公司反映过，或者是否反映得太轻描淡写。他不想再追问下去，作为下级，再苦苦追逼下去就逾礼了。但想起常力鸿那副苦核桃般的表情，实在不忍心拿这番话去搪塞他。他只好硬起头皮，小心翼翼地说：

“黄先生，正好我该回美国度年假。是否由我去向总部当面反映一次。我知道这是多余的小心，但……”

黄先生很客气地说：“请便。当然，多出的路费由你自己负担。”说完“啪”挂了电话。吉明对着听筒愣了半晌，才破口大骂；

“狗仗人势的东西！”

拿久已不用的国骂发泄一番，吉明心里才多少畅快了一些。第二天，他向常力鸿最后通报了情况，然后坐上去美国的班机。到美国后，他没有先回旧金山，而是直奔MSD公司所在地Z市。不过，由于心绪不宁，他竟然忘了今天恰好是星期天。他只好先找一个中国人开的小旅店住下。这家旅店实际是一套民居，老板娘把多余的二楼房屋出租，屋内还有厨房和全套的厨具。住宿费很便宜，每天25美元，还包括早晚两顿的免费饭菜——当然，都是大米粥、四川榨菜之类极简单的中国饭菜。老板娘是大陆来的，办了这家号称“西方招待所”的小旅店，专门招揽刚到美国、经济比较窘迫的中国人。这两年，吉明的钱包已经略为鼓胀了一点儿，不过他仍然不改往日的节俭习惯。

饭后无事，吉明便出去闲逛，这儿教堂林立，常常隔一个街区就露出一个教堂的尖顶。才到美国时吉明曾为此惊奇过。他想，被这么多教堂所净化了的美国先人，怎么可能建立起历史上最丑恶的黑奴时代？话说回来，也可能正是由于教堂的净化，美国人才终于和这些罪恶告别？

他忽然止住脚步。他听到教堂里正在高唱“哈里路亚”。这是圣诞颂歌《弥赛亚》的第二部分《受难与得胜》的结尾曲，是全曲的高潮。哈里路亚！哈里路亚！气势磅礴的乐声灌进他的心灵……

他的回忆又回到起点。上帝向他走来，苦核桃似的中国老农的脸膛，上面刻着真诚的惊愕和痛楚……

第二天，莱斯·马丁再次来到 MSD 大楼。大楼门口被炸坏的门廊已经修复，崩飞的大理石用生物胶仔细地粘好，精心填补打磨，几乎没留下什么痕迹。不过马丁还是站在门口凭吊了一番。就在昨天，一辆汽车还在这儿凶猛地燃烧呢。

秘书是位风韵犹存的半老徐娘，她礼貌地说，戴斯先生正在恭候，但他这些天很忙，谈话请不要超过 10 分钟时间。马丁笑着说，“请放心，10 分钟足够了。”

戴斯的办公室很气派，面积很大，正面是一排巨大的落地长窗，Z 市风光尽收眼底。戴斯先生埋首于一张巨大的楠木办公桌，手不停地写着，一边说：“请坐，我马上就完。”

戴斯实在不愿在这个时刻见这位伶牙俐齿的记者。肯定是一次困难的谈话，但他无法拒绝。这家伙为了一条轰动的新闻，连自己母亲的奸情都敢披露，他不是那么容易打发的。在戴斯埋首写字时，马丁则怡然坐在对面的转椅上，略带讥讽地看着戴斯在忙碌——他完全明白这只是一种做派。当戴斯终于停笔时，马丁笑嘻嘻地说：

“我已经等了3分钟，请问这3分钟可以从会客的10分钟限制中扣除吗？”

戴斯一愣，笑道：“当然。”他明白自己在第一回合中落了下风。秘书送来咖啡，然后退出，马丁直截了当地说：

“我已获悉，吉明在行动前，给本地的《民众之声》报发了传真，公布了他此举的动机，但这个消息被悄悄地捂住了。上帝呀，能做到这一点太不容易啦！MSD公司的财物报表上，恐怕又多了一笔至少六位数的开支吧？”

戴斯冷静地说：“恰恰相反，我们一分钱都没花。该报素以严谨著称，他们不愿因草率刊登一则毫无根据的谣言而使自己蒙羞。他们也不愿引起MSD股票下跌，这会使Z市许多人失去工作。”

“是吗？我很佩服他们的高尚动机。这么说，那个中国人闹事是因为自杀种子啰。”他突兀地问。

戴斯默认了。

“据说那个中国佬担心自杀基因会扩散，也据说贵公司技术部认为这是根本不可能的。可惜我一直不明白，这么一个相对平和的纯技术性的问题，为什么会导致吉明采取这样激烈的行为？这里面有什么外人不知道的内情吗？”

戴斯镇定地说：“我同样不理解，也许吉明的神经有毛病。”

“不会吧，我知道MSD为魔王系列作物投入了巨资，单单买下德尔他公司的这项专利就花了10亿美元。现在，含自杀基因的商业种子的销售额已占贵公司年销售额的60%以上，大约为70亿美元。如此高额的利润恐怕足以使人铤而走险了，比如说，”他犀利地看着戴斯，“杀人灭口。据我知道，在事发前的那天晚上，吉明下榻的旅店房间里恰巧发生了行窃和火灾。也许这只是巧合？”

但戴斯在他的逼视下毫不慌乱。“我不知道。即使有这样的事情，也绝不是MSD干的。我们是一个现代化的跨国公司，不是黑手党的家族企业。如果竟干出杀人灭口的事，一旦败露，恐怕损失就不是70亿了。马丁先生。我们不会这么傻吧？”

马丁已站起来，笑吟吟地说：“你是很聪明的，但我也不傻，再见，我不会就此罢休的，也许几天后我会再来找你。”

他关上沉重的雕花门，对秘书小姐笑道：“10 分钟。一个守时的客人。”秘书小姐给出了一个礼节性的微笑。马丁出了公司便直奔教会医院。昨天他已马不停蹄地走访了吉明的妻子，走访了吉明下榻旅店的老板娘。正是那个老板娘无意中透露，那晚有人入室行窃，吉明用假火警把窃贼吓跑了。财物没有损失，所以她没有报案。“先生，”老板娘小心地问：“真看不出吉明会是一个恐怖分子。他很随和，也很礼貌。他为什么千里迢迢地跑来同 MSD 过不去？”

“谁知道呢，这正是我要追查的问题。”马丁没有向老板娘透露有关自杀种子的情况，毕竟她也是华人。

3 天前，也就是星期一的下午，吉明按照约定的时间到 MSD 大楼。秘书同样吩咐他只有 10 分钟的谈话时间。吉明已经很满意了，这 10 分钟是费了很多口舌才争取到的。

戴斯先生很客气地听完他的陈述，平静地告诉他，所有这些情况，公司驻北京办事处都已经汇报过了，那儿的答复也就是公司的答复。魔王系列商业种子的生物安全性早已经过近十年的验证，对此不必怀疑。中国那片死亡的小麦肯定是其他病因，因为不是本公司的麦种，我们对此不负责任。

他的话语很平和，但吉明能感到一种巨大的压力，这压力来源于戴斯先生本人以及这间巨型办公室无言的威势。他知道自己该知趣地告辞了，该飞到旧金山去享受天伦之乐，妻子还在盼着呢。但想起常力鸿那双焦灼的负罪般的眼睛，他又硬着头皮说：

“戴斯先生，你的话我完全相信。不过，为确保万无一失，能否……”

戴斯不快地说：“好吧，你去技术部找迈克尔·郑，由他相机处理。”

吉明感激涕零地来到技术部。迈克尔·郑是一位黑头发的亚裔，大约 40 岁，样子很忠厚。吉明很想问问他是中国人还是韩国人，但最终没开口。他想在这个比较敏感的时刻，与郑先生套近乎没有什么好处。

迈克尔很客气地接待了他。看来，他对这件事的根根梢梢全都了解。他很干脆地吩咐吉明从现场取几株死的和活的麦株，连同根部土壤，密封好送交北京办事处，他们自会处理的。吉明忍不住问：

“能否派一个专业人士随我同去？我想，你们去看看现场会更有把握。”

郑先生抬头看看他，言简意赅地说：“去那儿不合适。也许会有人抓住‘MSD 派人到现场’这件事大做文章。”

吉明恍然大悟！看来，对于那片死麦是否同自杀基因有关，MSD 公司并不像口头上说得那样有把握。不过他们最关心的不是自杀邪魔是否已经逃出魔瓶，而是公司的信誉和股票行情，作为一个低级雇员，他知道自己人微言轻，说也无用。而且还有一个最现实的危险悬在他的头上：被解雇。他刚把妻儿弄到美国安顿好，手头的积蓄已经所剩无几了。他可不敢拿自己的饭碗开玩笑，于是他犹豫片刻，诚恳地说：

“我会很快回中国去完成你吩咐的任务。不过我仍然斗胆建议，公司应给予更大的重视，假如万一……我是为公司的长远利益考虑。”

迈克未置可否，礼貌周到地送他出门。

夜里他同常力鸿通了电话，通报了这边的进展。从常力鸿的语气中还是能触摸到那种沉重的焦虑，尤其是他烧灼般的负罪感，阴暗的气息甚至透过越洋电话都能闻出来。常力鸿说这些天他发疯般查找有关基因技术的最新情报，查到了一篇四年前的报道（他痛恨地说，我为什么不早早着手学一点新东西？），英国科学家发现，某些病毒或细菌可以在植物之间“搬运”基因，它们浸入某个植物的细胞后，在非常罕见的情况下，可以俘获这个细胞核内的某个基因片段。当它繁殖时，这些外来基因也能向下一代表达。等后代病毒或细菌再侵入其他植株的细胞时，同样在非常罕见的情况下，这些基因片段会转移到宿主细胞中。当然，这个过程全部完成的几率是更为罕见的，但终归有这种可能。而且，考虑到微生物基数的众多及时间的漫长，这种转移就不算罕见了。实际上，多细胞生物的出现就是单细胞生物的基因融合的结果，甚至直到今天，动物细胞中的线粒体还具有“外来物”的痕迹，还保持着自己独特的 DNA 结构和单独的分裂增生方式。当然，今天的自然界中，不同种的动植物个体之间很难杂交，这种“种间隔绝”是生物亿万年进化中形成的保护机制。但在细胞这个层次，所有生物（动物、植物、微生物）细胞都能极方便地杂交融合，这在试验室里已经是司空见惯的事。

"中国科学院遗传研究所的专家们非常怀疑死麦株中包含有自杀基因，他们正在查证。"常力鸿苦涩地说，"至于这种基因是如何扩散到豫麦41中的，有人怀疑是通过小麦矮化病病毒作中介。这一点还没有得到证实，也没有进一步扩大的征兆。但是，最终结果谁敢预料呢。如果这片死亡之火烧遍大地……我是个混蛋透顶、死有余辜的家伙！"

吉明满脸发烧，他觉得这句话不该骂常力鸿而是应该骂自己。他开始对MSD公司滋生强烈的愤恨。不错，自己不了解这种由微生物"搬运"基因的可能性，但公司造诣精深的专家们肯定知道呀。既然知道，他们还信誓旦旦地一口一个"绝不可能"？他决定明天再去公司催逼，这次豁上被解聘！

夜里他一直睡不安稳，梦中到了天国和地狱的岔路口，俯瞰家乡的千里绿野。忽然，一股黑色的死亡之火穷凶极恶地卷地而来，所有麦子、稻子甚至禾本科的杂草都被烧枯，自然界失去了生机……他从噩梦中醒来，再也睡不着，心情十分烦躁。夜深人静，耳朵格外灵敏。他忽然听见汽车的轰鸣声，汽车在近处停下，少顷，有极轻微的窸窣声从窗外传来。

吉明蓦然提高了警觉。他知道窗外的楼下是一片草坪，因为久未刈割已长得很深。是谁半夜跑到这儿？窸窣声显然是向二楼来了。他轻手轻脚地走到阳台，向下窥望。一个身穿黑衣的人正沿着墙壁的门楼拐角往上爬，动作十分轻巧敏捷。吉明的头嗡地涨大了。虽然他还不相信此人是冲他而来——那除非是MSD公司雇佣的杀手——但本能告诉他，恐怕这不是一个普通的窃贼。惶乱无计，他轻轻退回去，在毛巾被下塞了几件衣服，伪装成睡觉的样子，又溜到厨房的案子后，拎起一把菜刀，从厨案后露出一只眼睛，紧张地注视着阳台。

那人果然是冲这儿来的。两分钟后他推开虚掩的窗扇跃进窗内，落地时几乎没有一丝声响。他戴着面具，右手向上斜举着一支带消声器的手枪。他沉下身听听屋内的动静，左手从口袋里掏出一方手帕（那上面肯定有强力麻醉剂或毒药），轻轻向床边摸去。

不用说，这是一个杀手而不是窃贼。吉明的心脏狂跳着，紧张地思索对策，他敢肯定，杀手发现床上的伪装后绝不会罢手的，自己真的靠一把厨刀和他拼命？忽然他看见微波炉，顿时有了主意。他顺手拎起一瓶清洁剂，旋紧盖子放到炉内，按下触摸式微波开关，然后轻手轻脚溜到了卫生间。

杀手已发现毛毯下似乎有异常，轻轻揭开毛毯，立时警觉地回身，手枪平端，开始搜索。他听到了微波炉烤盘转动的轻微声响，擦着墙边慢慢走过来。这儿没有人影，只有一台中国产的格兰仕微波炉上的计时器在闪烁着，杀手在微波炉前略微沉吟，忽然悟到其中的危险，急忙向后撤。就在这时炉内訇然爆炸，炉门被冲开，蒸汽和水流四处飞溅。天花板上的火警传感器凄厉地尖叫起来。

杀手知道今天不能得手了，迅速后退，轻捷地跃过窗户。吉明从卫生间的门缝中窥到这一幕，便几步跃到阳台上。杀手正用双手双膝夹着墙角飞快下滑。几天来窝在吉明心中的闷火终于爆发了，他忘了危险，破口大骂道：

"妈的！"

恶狠狠地把厨刀掷下去。看来他掷中了，杀手从墙角突然滑下去，沉重地跌坐在草地上。他随即从地上弹起，逃走了。奔跑姿势很不自然，看来伤势不是太轻。

吉明十分解气，几天来的郁闷总算得到发泄。一直到消防车的笛声响起，他才从胜利的亢奋中惊醒，也开始感到后怕。有人在敲他的房门：

"吉先生，吉先生，快醒醒，你的屋中冒烟了！"

在打开房门前，吉明决定对老板娘隐瞒真情。他打开门，赔着笑脸说，刚才有一个窃贼入室，只好用假火警把他吓走。"损坏的微波炉我会照价赔偿，现在请消防车返回吧。"

消防车开走了，老板娘在屋里查看一番，埋怨几句，又安慰几句，离开了。吉明独坐在高背椅上，想起几天来的遭遇，心头的恨意一浪高过一浪。平心而论，他没有做错任何事呀。他只不过反映了一个真实的问题，他其实是在尽心维护MSD公司的长远利益。但他没想到，仅仅因为干了这些事，他就被MSD派人追杀！现在他已不怀疑，幕后主使人肯定是MSD公司。是为了100亿的利润，还是有更大的隐情？

怒火烧得他呼哧呼哧喘息着。怎么办？他忽然想起印度曾有“火烧MSD”的抗议运动，也许，用这种办法把这件事捅出去，公开化，才能逼他们认真处理此事，自己的性命也才有保障。

说干就干。第二天上午，一辆装有两箱汽油和遥控起爆器的福特牌汽车已经准备好。上午8点，他把车开到MSD公司的门口。他掏出早已备好的红色喷漆筒，在车的两侧喷上标语。车左是英文：“火烧MSD！”车右的标语他想用中文写，写什么呢？他忽然想到常力鸿和那个老农，想起两张苦核桃似的脸庞，想起老汉说的：“老天爷在云彩眼儿里看着你哩！”马上想好了用词，于是带着快意挥洒起来。

门口的警卫开始逼近，吉明掏出遥控器，带着恶意的微笑向他们扬了扬。两个警卫立即噤住，其中一名飞快地跑回去打电话。吉明把最后一个字写完，扔掉喷筒，从车内拿出扩音话筒……

马丁赶到医院，医生告诉他，病人的病情已趋稳定，虽然他仍昏迷着，但危险期已经过去了。马丁走进病房，见吉妻穿着白色的无菌服，坐在吉明床前，絮絮地说着什么。输液器中的液滴不疾不徐地滴着。病人睁着眼，但目光仍是空洞的、迷茫的，呆呆地盯视着远处。从表情看，他不一定听得到妻子的话语。

心电示波器上的绿线飞快地闪动着，心跳频率为每分钟100次，这是感染发烧引起的。一位戴着浅蓝色口罩的护士走进帷幕，手里拿着一支粗大的针管，她拔掉输液管中部的接头，把这管药慢慢推进去。然后，她朝吉妻微笑点头，离开了。马丁心中忽然一震！他灵感忽来，想起一件大事。这些天竟然没想到这一点，实在是太迟钝了！他没有停留，转身快步出门，在马路上找到一个最近的电话亭，拨通了麦克因托侦探事务所的电话。他告诉麦克因托，立即想办法在圣芳济教会医院三楼的某个无菌室里安装一个秘密摄像机，实行24小时的监视。“因为，据我估计，还会有人对这位名叫吉明的中国佬进行暗杀。你一定要取得作案时的证据，查出凶手的背景。”

麦克因托说：“好，我立即派人去办。但如果确实有人来暗杀，我们该怎么办？是当场制止，还是通知警方？”

马丁毫不犹豫地说：“都不必，你们只要取得确凿证据就行了。那个中国佬并没给我们付保护费。记住，不要惊动任何人。”

“好——吧。”麦克因托迟疑地说。

吉明仍拒绝清醒。他的灵魂在生死之间、天地之间、过去未来之间踯躅。四野茫茫，天地洪荒。自己是在奔向天国，还是奔向地狱？不过，他没忘记时时拨开云雾，回头看看自己的故土。看黑色的瘟疫是否已摧残了碧绿的生命。他曾经尽力逃离这片贫困的土地——不过，这仍然是他的故土啊。

他在昏迷中能不时听到医护们像机器人般的呓语，后来这声音变成了妻子悲伤的絮语。他努力睁开眼睛，但是看不到妻子的面容。他太累了，很快合上眼睛。他对妻子感到抱歉，他另有要事要做，已经没时间照顾妻子了，忽然他停下来，侧耳聆听着——妻子这会儿在读什么东西，某些词语引起他的注意。是常力鸿的信件，没错，一定是他的。老朋友发自内心的炽热的话语穿透生死之界，激荡着他的耳鼓：

“惊闻你对MSD公司以死抗争，不胜悲伤和钦敬，吉明，我的朋友，我错怪了你，这些天来我一直在鄙视你，认为你数典忘祖，把金钱和美国绿卡看得比祖国更重要。我真是个瞎子，你能原谅我吗？……北京来的专家已认定，豫麦41号的自杀基因的确是通过矮化病毒转移来的，也就是说，它能够通过生物方式迅速传播。他们说这是一个与黑死病、鼠疫和艾滋病同样凶恶的敌人。不过你不必担心，我们会尽力把这场瘟疫圈禁消灭在那块麦田里。即使它扩散了，专家们说，人类的前景仍是光明的，因为大自然有强大的自救能力……朋友，不知道这封传真抵达美国时，你是活着还是已离去，但不管怎样，我们都会永远记住你！”

吉明苦涩地笑了，觉得自己愧对老朋友的称赞。不过，有了这些话他可以放心远行了。他在虚空和迷雾中穿行，分明来到天国和地狱的岔路口。到天国的是一列长长的队伍，向前延伸，看不到尽头。排在这一行的人们（有白人、黑人和黄种人）个个愉悦轻松，向地狱去的人寥寥无几，他们浑身都浸透了黑色的恐惧。吉明犹豫着，不知道自己的罪恶是否已经抵清，不知道天国是否会接纳他。突然一个老人——上帝！大笑着奔过来迎接他，上帝长发乱须，裸臂赤足，瘦骨嶙峋，穿一袭褐色的麻衫，脸上皱纹纵横如风干的核桃——他分明是那个不知姓名的中国老汉嘛。

上帝与吉明携手同行，向天堂走去。吉明嗫嚅地说：上帝大伯，那场瘟疫是经我的手放出去的，天堂会接纳我吗？上帝宽厚地说：那只是无心之失，算不上罪恶。来，跟我走吧。他们沿着队列前行。一路上上帝不时快活地和人们打招呼。忽然上帝立住脚，怒冲冲地嚷道：你这个王八蛋，怎么混到这里来了？滚出来！他奔过去，粗暴地拽出来一个人。那是位白人男子，60岁左右，是一位极体面的绅士，西装革履，银发一丝不乱。吉明认出来，他是MSD公司的戴斯先生。戴斯在众人的鄙视下又羞又恼，但仍然保持着绅士风度，冷着脸说：上帝，你该为自己的粗鲁向我道歉。不错，我是MSD公司的主管，是开发自杀种子的责任人。但我的所作所为一点也不违反文明社会的道德准则。他嘲弄地说：上帝，你已经老了，落后啦，成了一个土老帽啦。你在天堂里养老就行了，干吗要来尘世间多管闲事呢？

吉明担心地看看上帝，他担心上帝（拙嘴笨舌的乡下老头？）对付不了这个伶牙俐齿的家伙。但他显然是多虑了，上帝干干脆脆地说：对呀，我不懂，我懒得弄懂人类那些可笑的规则。这些规则不过是小孩子玩耍时的临时约定，它最多只能管用几百年吧，但我已经150亿岁啦。我只认准一个理，一个亘古不变的道理：世上万千生灵都有存活的权利，你让它们断子绝孙就是缺德。看看吧，看看吧！上帝拨开云眼，指着尘世中那块被死亡之火烧焦的麦田，一些中国科学家正在周围忙碌。上帝怒气冲冲地说：看看吧，你们的发明戕害生灵，犯了天条，像你这样的人还想进天堂？

戴斯沉默很久，才不情愿地说：也许我们是犯了点错误，但那是无心之失，这在科学发展史上是常有的事，就像 DDT 的发明导致它在土壤中的累积中毒，氟利昂的发明导致臭氧空洞，一种叫反应停的药物导致畸形儿。我知道上帝仁慈宽厚……

上帝毫不客气地打断他的谄媚：对，我很宽厚，从不苛求我的子民。你说的那些犯错误的科学家，我都接到天堂啦，他们虽然犯了错，用心是好的，是为了全人类的利益。不像你——你是为了臭烘烘的金钱，是为了少数人私利而去戕害自然。从这点上说。你和奥斯威辛集中营与日本 731 细菌部队那些败类没有什么区别。去吧，到地狱里去吧，那些败类们在等着新同伴呢！

戴斯见多说无益，只好脸色铁青地转过身，很快被地狱的阴风惨雾所吞没。吉明舒心地长叹一声，跟在上帝后边进了天国。

当天凌晨 3 点 30 分，吉明的心脏停止了跳动。

丹尼·戴斯冷冷地盯着面前的马丁，他今天心绪不佳，实在不愿伺候这个牛虻似的记者。昨晚戴斯做了个噩梦，一个长长的、怪异的噩梦。梦中他竟然因为自杀种子遭到上帝责罚，送往地狱。尤其令这位绅士不能容忍的是，这位上帝言行粗俗，胼手胝足，黄色皮肤，十足一个贫穷的中国老汉！

噩梦所留下的坏心境一直延续到现在，戴斯正想找人撒气呢，那位讨厌的马丁不识火色，得意扬扬地从口袋里掏出一沓照片，一张一张摆在戴斯面前。第一张：一名戴口罩的护士在注射；第二张：这位护士已经出了大门，快步向一辆汽车走去；第三张：汽车的牌照。马丁像猫玩老鼠似的笑道：

“戴斯先生，这些是我从一卷录像带上翻拍过来的，你一定知道此事的来龙去脉吧。就在这位护士小姐注射 3 分钟后，病情已趋稳定的吉明忽然因心力衰竭而死去……戴斯先生，我并不想为这个中国佬申冤，我对这些野蛮人没有好感。我甚至认为，死亡瘟疫能撒播到那个国家是件好事，可以把黄祸的到来向后推迟几年。不过，”他可憎地笑着，“这是个十分重大的秘密。要想叫人守口如瓶，你总得付一笔保密费吧。”

戴斯向照片扫了一眼，神色丝毫未变（马丁不由得很佩服他的镇静）。沉默了很久，戴斯才冷冷地问：“你想要多少？”

马丁眉开眼笑地说:“5000 万，我只要 5000 万。这只是公司年利润的百分之一嘛。我是很公平的。”

又是很久的沉默，然后戴斯俯过身来，诚恳地说:“马丁先生，你想听听我的肺腑之言吗?”

“请——讲吧。”马丁既狐疑又警惕地说。

“坦率地讲——我从来没有这样坦率地讲过话——这三张照片上的事，我不能说丝毫不知情，我多多少少听说过一点。不过，确确实实，不是 MSD 公司干的——你别急，听我说下去。”他摆摆手止住马丁的反驳。“实际我应该住口了，再往下说我要担很大的风险了，不过今天我忍不住想说出来。我说过，MSD 公司绝对没干这些事，也绝不会干。一旦泄露，我们的损失就不是一百亿了，MSD 公司不会这样莽撞糊涂。不过，也许确实有人干了，也许干这些事的是比 MSD 远为强大的力量——我只能到此为止了。”他鄙夷而怜悯地说:“我们很笨，我们什么都没看到，你为什么要精明过头呢? 马丁先生，5000 万恐怕你是拿不到手了，不仅如此，从今天起你就准备逃命吧。要不，你掌握的那个十分重大的秘密一定会把你噎死，那个‘力量’恐怕不会放过你的。”

他看着目瞪口呆的马丁，温和地说:“我言尽于此。现在，请你从这里滚蛋吧。”

后　记

为避免读者对文中的自杀种子的知识产生误解，特做以下解释:

美国最著名的一家生物技术公司(姑隐其名)早已大量销售含自杀基因的农作物种子，自杀机理正如文中所述，其专利是以 10 亿美元从另一家生物技术公司购买的。世界上已经有人担心，这种凶恶的自杀基因会扩散，因而提出“火烧 ×××”的愤激口号。虽然到目前为止尚未发生这种扩散，但文中所提到的:微生物可以在不同植株中偶然“搬运”基因，却是业经证实的现象。

我们仍生活在一个“人类沙文主义”的时代，科学家们可以任意戕害弱小的自然界生灵而不受惩罚，甚至受到赞许。从前可以勉强为之辩解：科学家们的这些研究是为了全人类的利益呀。现在情况变了。某些科学家开发出使生物“断子绝孙”危险技术，而且他们只是为了少数人的私利！——不管这种私利暂时看来是多么合理多么正当。

更令人担心的是，这些科学家仍被视为科学界的精英而不是败类。与这些“精英们”的观念相比，我宁可去信奉中国老农朴素的陈旧的宇宙观。

附录2：王晋康谈科幻

漫谈核心科幻

何谓科幻小说？何谓硬科幻？何谓软科幻？这些概念性问题至今众说纷纭。其实这不奇怪，因为科幻小说是个包容性很强的文学品类，它的边缘部分与奇幻小说、侦探小说、推理小说、探险小说、惊险小说、恐怖小说、言情小说乃至纯文学作品并无清晰的边界；或者说，科幻小说并非绝对的同质集合体而是一个模糊集，所以，想对科幻下一个严格的定义其实是缘木求鱼，亦是费力不讨好的事。当然，科幻之所以为科幻，是因为在这个模糊集的核心是这样一类科幻：它有着突出的“科幻”特质，也很容易区别于其他文学类型，它的“科幻”隶属度最高，我把这部分作品称之为“核心科幻”，它就像太极图中的眼，容易给出比较准确的界定。

核心科幻的特点

依据我个人多年的创作经验，核心科幻应该具备如下特点：

1. 宏大、深邃的科学体系本身就是科幻的美学因素。按科幻界的习惯说法：这些作品应充分表达科学所具有的震撼力，让科学或大自然扮演隐形作者的角色，这种美可以是哲学理性之美，也可以是技术物化之美。

2. 作品浸泡在科学精神与科学理性之中，借用美国著名的科幻编辑兼科幻评论家坎贝尔的话说，就是“以理性和科学的态度描写超现实情节”。

3. 充分应用科幻独有的手法，如独特的科幻构思、自由的时空背景设置、以人类整体为主角等，作品中含有基本正确的科学知识和深广博大的科技思想，以润物细无声的方式向读者浇灌科学知识，最终激起读者对科学的尊崇与向往。

至于科幻小说的文学性，其所承载的人文内涵和对现实的关注等，可以说与主流文学作品并无二致。由于核心科幻所具有的这些特点，它往往更宜于表达作者的人文思考，表现科技对人性的异化。

从如上三个特点可以看出，我所称之的核心科幻比较接近于过去说的硬科幻，但也不尽然。像宗教题材的“莱博维茨的赞歌”，就基本符合上面三条标准，应该划入核心科幻。核心科幻与其他科幻作品同样没有清晰的边界，是按科幻作品这个模糊集合的隶属度大小而形成的渐变态势。粗略说来，如果隶属度高于 0.8，就可以作为典型的核心科幻作品。

核心科幻与非核心科幻仅仅是类别属性的区分，作品本身并无高下之分，实际上，在科幻发展史上不少名篇更偏重于人文方面而缺少“科学之核”，划归不到核心科幻范围，如《1984》《五号屠场》《蝇王》等。当代国内著名科幻作家刘慈欣、王晋康、何宏伟（何夕）的大部分作品能归入核心科幻，而韩松的作品则大多偏重于人文方面而不属于核心科幻。

虽然就个体而言核心与非核心作品并无高下之分，但如果就群体而言，就科幻文学这个品种而言，一定要有一批，哪怕是一小批优秀的核心科幻来做骨架，才能撑起科幻这座文学大厦，否则科幻就会混同于其他文学品种，失去了其存在的合理性和必要性。

虽然核心科幻的定义接近于硬科幻，但依我看来，前者要比后者来得精确，因为后一种提法将软硬科幻并峙，实际上，从功能上（核心科幻的骨架作用）是不能并列的，从数量上也不能并列（软科幻的数量要多于硬科幻）。尤其是，核心科幻的提法更能突出“科学是科幻的源文化”这个特点，更能反映“科幻是一个模糊集合”的属性。

核心科幻与科幻构思

核心科幻与其他科幻之不同是，它特别依赖于一个好的科幻构思，这也正是科幻与主流文学作品最显著的区别。如拙作《生命之歌》就建基于这样一个科幻构思：生物的“生存欲望”这种属于意识范畴的东西其实产生于物质的复杂缔合，它存在于DNA的次级序列中，就其本质而言是数字化的。

什么是好的科幻构思？我个人认为有以下几点判别标准：

（1）它应该具有新颖性，具有前无古人的独创性，科学内涵具有冲击力，科学的逻辑推理和构思能够自洽。

（2）它和故事应该有内在的逻辑联系。举个例子，国内科幻作家何宏伟（何夕）在《小雨》中关于“分时制”的那个绝妙构思（一个女孩基于电脑的分时原理而“同时”爱上两个男人），就和故事结构有逻辑上的内在联系。抽去这个内核，整个故事就塌架了。但他的另一篇作品《伤心者》中的科幻构思（数学上的微连续）则和故事本身没有内在联系，抽去它，故事丝毫不受影响，所以后一篇就归不到核心科幻中去。

（3）科幻构思最好有一个坚实的科学内核，能符合科学意义上的正确。这儿所谓的“科学意义上的正确”是指它能够存活于现代科学体系之中，符合公认的科学知识和科学的逻辑方法，不会被现代科学所证伪，但不能保证它能被证实。换一个说法：科幻文学是以世界的统一性为前提的神话故事，是建立在为所有人接受的某种合理性的基础之上。

上面说的第三个要求就比较高了，因为科幻说到底是文学而不是科学。但如果能做到这点，作品就会更厚重，更耐咀嚼，更能带给读者以思想上的冲击。国内科幻作品中比如《地火》《十字》等作品就符合第三条标准。

创作核心科幻，成功的前提就是对科学持有炽热的信念。当代中国科幻作家刘慈欣等人的作品中，能随处触摸到对科学大厦和大自然的敬畏之情，虽然对科学的批判和反思也是科幻文学永远的母题，但这些批判实际都是建立在对科学的虔诚信仰之上的。

科幻园地的生态平衡

在 20 世纪 90 年代，中国科幻建立了几个重要的概念：科幻就其本质来说是文学而不是科普，客观上虽然具有科普的价值，但不直接承担宣传科学知识的任务，小说中包含的科学元素或科幻构思不必符合科学意义上的正确。这一认识从此打碎了往日的创作桎梏，使得科幻真正作为一个文学品种蓬勃发展起来。但事情总有两面性，如果一味强调这一面，科幻的“科”字就会被消解，科幻小说很可能有被奇幻（魔幻）或其他兄弟文学品种所同化的危险。在今天的中国科幻作品中，科学的影响力在下降，作品越来越魔法化，空洞化。新作者们生长在高科技时代，但也许是“久入兰室而不闻其香”，不少人对科学没有深厚的感情，只是把作品中的科学元素当成让人眼花缭乱的道具，作品成了视觉的盛宴但缺少了科学精神，缺少了坚实的科学内核。作为个人来讲，写这样的作品无可非议，前边说过，科幻是个包容性很强的文学品种，完全应该包含这类作品。读者是多元的，这样的作品自有它的读者群，其数量甚至多于核心科幻的读者群（核心科幻的作品也可以是畅销书，但那主要得益于故事性等文学元素，因为能够敏锐感受“科学本身的震撼力”的读者常常是少数）。但从科幻文学整体来讲，这个趋势的最后结果必将过度消费科幻文学的品牌力量，异化科幻的特质，失去科幻独特的文学魅力。

从某个角度说，这或许不是科幻作者应该关心的事，他们尽可按自己的爱好和特长自由自在地写下去。至于如何保持科幻园地的生态平衡，保持科幻文学不同于其他文学的特质，那应该是编辑们、科幻理论家和出版界的职责。但如果科幻作家们能够自觉地意识到这一点，也许会更有利于科幻园地的生态平衡。

科幻与科普之关系

科幻与科普历来有着千丝万缕的联系，尤其在中国，科幻文学更是直接脱胎于科普，所以早期中国科幻作品带有很强的科普性质和功能取向。今天在为科幻大声疾呼的声音中，也多是推崇科幻文学“能激发青少年的想象力和创新思维，浇灌科学知识，培养科学理性和科学方法”。如果今天我们说“科幻不是科普”，说“科幻不直接承担宣传科学知识的任务，作品中包含的知识元素或科幻构思不必符合科学意义上的正确”，从感情上说真的难以被人们所接受。

对科幻的这种希冀的确能够满足不少读者的精神需求，但在总体概念上不能将科普与科幻混淆，因为科幻就其本质来说是文学而不是科普，这一点毋庸置疑。像前文所述的《1984》《五号屠场》《蝇王》及韩松的《地铁》等作品，如果硬叫它们承担上述职责，那无疑如逼公鸡下蛋一样可笑。换句话说，如果硬拿上述标准来苛求科幻，那么科幻文学史上就会丧失相当一部分经典作品。不过，科幻文学确实能承担上述社会职责，但这要由科幻文学中最核心的那部分，亦即核心科幻来承担。

所以正确的提法是：就科幻文学的整体而言应推崇“大科幻”的概念，不要去刻意区分科幻奇幻、软科幻硬科幻，不要把“符合科学意义上的正确”作为科幻作品的桎梏，不必刻意强调科幻的科普功能，这样才能给科幻文学以充分的发展空间，广泛吸引各种口味的读者，促进这个文学品种的大繁荣；另一方面要强调核心科幻在科幻作品中的骨架作用，强化其社会责任，这样既能强化科幻文学的生命力，对社会而言也是功德无量。

当然，我们不必在用词上过于刻板雕琢，但今后科普理论家们谈论“科幻文学能激发青少年的想象力，培养创新型思维，浇灌科学知识，激发对科学的兴趣”时，心中应该有一个明确的定位——他所说的科幻文学实际是指“核心科幻”。

——原刊于《科普研究》，2011 年第 3 期

67 年回眸

吴岩老师请我来北师大讲一次课，促使我用点心思梳理一下自己的科幻创作生涯，捎带着梳理我的大半个人生。我并非想对自己“盖棺论定”，因为今天的讲话并非我与科幻文坛的告别辞（我已经过于草率地宣布过搁笔了，不会再重犯旧错），但有一点是无疑的——我的创作高峰期已经过去，虽然 67 岁对作家来说还不算太老，但我不同，我的脑力已经严重衰退了。不久前陈楸帆来了一封邮件，对《逃出母宇宙》给了过誉。我回了一封感伤的信，说作为科幻作家，67 岁已经太老了，灵感快枯竭了。至少就信息量来说，我绝对写不出楸帆的《荒潮》。

今天在座的都是自家人，我将以最坦率、最客观的态度来一个自我剖析。当然，这句话本身就有毛病，一个人从主观上不可能完全客观地认识自身，那我只能说，我会以我能达到的最客观的态度做这件事。其中少不了自吹自擂的成分，大家尽可付之一笑——黄鼠狼说自己娃儿香，刺猬说自己娃儿光，屎壳郎说自己推的粪蛋最圆。这是所有人的通病，老王乃一介俗人，当然不能免俗。

今天是漫谈式的，想到哪儿说到哪儿。

1. 半个聪明脑瓜儿写科幻

我少时相当聪慧，上学时除了体音美是中流水平，其他各科一向在全班甚至全级名列前茅。上小学时各科平均成绩没下过99分；上初中时，平面几何是最能考验学生智力的，我是绝对的全班第一。有次期中考试一时疏忽，平面几何得了80分，期末考试得了100分，几何崔老师给平均成99分。那天和一个朋友去崔老师那儿领作业，朋友开玩笑地咬槽：80加100平均成99分，崔老师你是咋算的。崔老师付之一笑：那也要看实际水平嘛。“文化大革命”后我在火车站偶遇崔老师，老师问我现在干啥，我说是木模工。老师又问一句：木模工程师？我说，不，是工人。于是两人相对欷歔，直到分别没有再说话！中学时代非常赏识我的还有代数刘毅谦老师。我在列方程时常常追求最简形式，刘老师也常在作业本上批一个“好”再加三个大大的感叹号，这样的奖励挑逗得我更加用心去标新立异。但这个嗜好也吃过亏，有次期末考试是另一个老师改卷，他看不懂我的最简方程，虽然结果对，但他给判了零分。当然，分数最后还是改过来了。电影《后天》中有个情节，那位天才儿子考试不及格，因为老师看不懂他的思路，这事情就曾真实发生在我身上。高中时一位数学老师王钟山评价我是全年级最聪明的两人之一。有一次做因式分解，做完后代数老师孙光禄问我是不是留级生？因为老师还没讲“配方法”我就用了。我当时确实不知道什么叫配方法，只是觉得那样能做，就顺手做出来了。除了数学，物理也非常棒。物理中除了最基本的公式之外，我一般不大记忆公式，需要的时候，考场上推导一下就出来了。而且我最自负的是，我善于以直观方式来理解物理概念，而不是干巴巴地背一些公式，做一些题。因为脑瓜聪明，学习后有余力去胡思乱想。我在《天火》那个短篇科幻中写的林天声的一些奇思，实际就是我青少年时的经历。由于“文化大革命”耽误，我在高中毕业后时隔十一年才去考大学，还能考个1977年全市第一（那次因政治原因未能走），1978年全市第二，可见我的实力。

中学时我是以未来的科学家自许的，而且最想当的是理论物理学家，当一个能掌握自然界运行机理的天界政治局常委。我后来没有走上这条路大致有三个原因。第一当然是那个天杀的“文化大革命”，它整整耽误了一代人；第二是我个人性格上的缺点，凡事得过且过，没有强烈的上进心和离经叛道的勇气。比如说，依我当年的成绩和实力，在小学中学窜个两级绝对不成问题，那样我就可以在“文化大革命”开始前就考上大学，但我压根儿没有产生过跳级的想法。下乡当知青及回城当工人那 11 年，虽然条件确实有限，但如果铁下心来自学深造，也不是办不到，但我没有。结果，人生中最富才华的 11 年就那么一天一天、柴米油盐酱醋茶地混过去了。一句老话说得好，失去的才知道珍惜，至今回想起荒废的 11 年岁月仍然心痛不已。第三是从高中起就失眠，相当严重。上大学又犯了，而且更为严重，以至于我不得不放松学业，也彻底放弃了搞科学研究的人生之梦，后来才阴差阳错地闯进科幻文坛。一个偏僻城市中长大又并非科幻迷出身的家伙竟然在 45 岁这个年纪成了有点名气的科幻作家，这本身就带点科幻色彩吧。

长期失眠严重损坏了我的记忆力，我的记忆力之坏是一般人无法想象的。比如在大学期间，我放松学业后大量阅读文学书籍，西安交大图书馆的文学期刊我是每期一扫光。正是在大学的阅读中我逐渐完成了阅读口味的转变，从上中学时比较喜欢的苏联文学，变得更喜欢冷静简约、思想自由的英美现代文学。但如果要我回忆起那时看过的具体文章和作者，我就很难办到了。我在生活上也相当低能，不记路，不记人，记不得车次和商品价格。上次回母校西安交大办讲座，学生们问起我当年的生活琐事，比如住哪儿，经常在那个大教室上课，我基本回忆不起来。可以说，我的大脑自动剔除了很多生活琐事，把有限的记忆力用到最需要的地方了。而且，记忆力的严重衰退恐怕不光是因为长期失眠，也许还有遗传因素？我父亲高寿而逝，但去世前七八年深受脑萎缩之苦，由老人一天天变成无知的孩童，最后成了植物人。我曾在病榻前伺候了整整三年，因此对智力衰退的痛苦有切身感受。脑萎缩是不治之症，也有遗传倾向，我至今一直不敢去做脑 CT，就因为怕走上父亲的老路，而且最怕的是“已经”走上父亲的老路！西方科幻名篇《献给阿尔杰农的花》，我在阅读时激起极强烈的共鸣，因为那位主人公在获得超常智力又逐渐失去的过程，几乎是我个人的写照，尤其是书中描写的对失去智力的恐惧我是感同身受！这在我两个短篇《失去它的日子》《血祭》中有真切的描写。我今天主动来这里谈自己也含有一个想法，那就是效法阿尔杰农里的主人公，在脑萎缩前（万一我不幸言中）给后人留下一个清醒的自我剖析。大学过后，我曾对妻子开玩笑说：我其实已经是残疾人了，四肢健全但只剩下半个脑瓜。这个玩笑其实满含辛酸。聊可自慰的是：剩下的这半个脑瓜仍然相当管用，我一向自负的是思路特别清晰，凡事能抓到关键。我在工厂里是专业带头人，而且最擅长到一线去解决生产中的疑难杂症，这在全厂是出了名的。比如有一次钻机就要出厂，庞大的支援车队已经整装待发，但主机上的进口发动机却突然无法启动。工人技师急得满头是汗，忙了很久也不行，只好把我喊来。我判断是限烟器的毛病，把一根气管卸开、堵上棉纱再把气管装上，用 1 分钟时间就摆平了，发动机轰轰隆隆就响起来。那会儿在几十双钦佩目光中自我感觉相当相当地不错！从事技术工作是这样，写科幻时我也始终保持着清晰的理性。对某个问题如果自己没有捋清我是不会动笔的。比如写《活着》，为了把人类可观察到的空间膨胀区域与时间和距离的关系弄清，我用了很大力气推导出了一个二元二次函数，之后才开始动笔。清晰的理性——这应该是我作品的一大优点。但记忆力的严重衰退，再加上英语不好（我大学之前是学俄语），再加上青少年时代非常封闭的社会环境，严重地限制了我的视野，而一个作家的视野必然要表现在他的作品尤其是长篇作品中。这种先天不足是很难弥补的，使我的作品深度较深而广度不够。

吹了这么多的牛，并不是为了自我炫耀，我的一生基本已经盖棺论定了，不过是一个小小的科幻作家，再吹嘘少时如何聪慧，又能怎样呢？但要想客观评价我的作品就得了解这些，我的文风与它们密不可分。我的作品就是半个聪明脑瓜儿写出来的，因此带有它的独特优点包括才气，也带有先天的缺点，比如目光相对狭窄。

2. 站在墙头看科学

我这一生没能当上科学家，没能当上我最想当的理论物理学家。但我总觉得，我和科学有一种特别的缘分。我虽然没能走进科学的殿堂，但已经爬上了科学围墙的墙头，可以一窥其中的精彩。我不像科学家那样终日浸淫于其中，他们过于注意细节，已经久入兰室而不闻其香；但与一般人相比我离科学要近得多，能看到一般人看不到的东西，容易产生情感上的共鸣。正是这种特殊的立足点，成就了我的作品。

曾有不少粉丝给我写信，对我的广博学识表示钦佩，他们错了。实际上，由于记忆力的严重衰退，我的肚子里没装多少东西。但我善于从一般的科普文章中看到闪光点，这种目光上的敏锐是一般人达不到的。比如我写《生命之歌》，就是从一篇西方的文章得到启发，原文的名字我已经忘了。那上面也就简单提到：生物都有生存欲望，它们很可能存在于 DNA 的次级序列中。这段话说了其实也是白说：什么叫次级序列？如何存在？但不管怎样，这句话在我心弦上拨出了清亮的一响。于是就有了《生命之歌》这篇作品。我写《养蜂人》，就是看了美国托马斯写的一篇很短的科普文章，谈整体论的，从中我感到了这个理论所具有的震撼力，决定把它变成小说。但这种纯理论的东西想变成形象化的小说比较困难，我在思考了一两年后才找到了合适的途径。我写的长篇《十字》则糅合了更多的东西，从安徽蒙城一位老中医写的《我的平衡医学观》，到阿西莫夫的观点“医学干扰了人类的自然进化”，到两位美国科学家宣扬的达尔文医学，再到一位法国科学家的“以低烈度纵火破坏灾难的临界状态”，等等。

刘慈欣的小说中经常有一些精致的隽语，比如三体中说到“文化大革命”时的一句话:“这就是历史”就精致而厚重。他的隽语多是针对人生，而我的文章中更多是针对物理世界的运行机理，侧重点不大相同。比如我的《癌人》中有这么一段，一位赞成克隆人类的科学家写了一篇讽刺文章，说在一个从来没有出现过双胞胎的 S 世界里，科学家刚刚开发出了双胞胎技术，很多卫道士大肆反对，S 世界的克林顿总统说:“人类是诞生于实验室外的奇迹，我们应当尊重这种深奥的礼物。”（这确实是真实克林顿的原话，当然是针对克隆技术说的。以下的引语都大致如此）。以色列宗教拉比说:“犹太教教义允许治愈伤痛，允许体外授精（它被视作治愈行为），但决不允许向上帝的权威挑战。”生物伦理学家格兰特愤怒地说：“同卵孪生技术破坏了人们拥有独特基因的权利，而从本质上说，这种独特基因正是独立人格的最重要的物质载体。”心理学家科克忧心忡忡地说：“彼此依赖的孪生子很可能造成终生的心理残疾。”基因学家维利说：“生物的多样性是宝贵的，每一种独特基因都是适应未来环境变化的潜在财富。从这个意义上说，孪生子是无效的生命现象，是对人类资源的浪费。”等等。每种反方观点都极具逻辑性，都有很强的说服力。唯其如此，才让真实世界的人感到啼笑皆非——在这儿，孪生现象从上帝创世时就存在了！

这段话并非仅仅是语言和叙述上的机智，而是哲理上的深刻。它以机智的类比反驳了伦理学家们对克隆人技术煞有介事的担忧，有很强的说服力。我想恐怕没人能驳倒它吧，因为它确实是正确的。而且——这段机智的驳难是我独创的。

还有我写的《豹》，在法庭论战中，被告方律师突出奇兵，说田延豹杀的谢豹飞不是“人”，虽然谢体内只嵌有万分之一的猎豹基因。他说，我想请博学的检察官先生回答一个问题：你认为当人体内的异种基因超过多少他才失去人的法律地位？千分之一？百分之一？百分之二十？百分之五十？百分之九十？这次田径赛的百米亚军说得好，今天让一个嵌有万分之一猎豹基因的人参加百米赛跑，明天会不会牵来一只嵌有万分之一人类基因的四条腿的豹子？不，人类必须守住这条防线，半步也不能后退，那就是：只要体内嵌有哪怕是极微量的异种基因，这人就应视同非人！

这同样不仅仅是语言和叙述上的机智而是哲理上的深刻。人之为人，其实只是一种公理，并没有严格的定义。平时人类对“人”的定义习以为常，没有人产生疑义，但本文中使用了归谬法，把这个公理放在科学的新发展背景中，使它内部的微裂缝扩大，再不能蒙混过关了。这段驳难展示的是“真正”的大自然的深层机理，同样没人能驳倒的。

类似的哲理上的闪光点在我的作品中很多。它们具有科学意义上的正确，有很强的逻辑力量，使作品的观点显得厚重。坦率地说，这样的感悟并不是随手可得的，它缘于作者的聪明脑瓜，缘于作者与自然机理之间一种心灵上的共鸣。不妨在这儿吹一句牛，单就对自然界运行机理的敏锐感觉和深刻理解而言，眼下中国科幻作家群中我是走在前列的。这种特质对一般文学作家来说算不了什么，但对科幻作家来说是可贵的，这些闪光的哲理能够激起科幻迷（擅长理性思维的那个群体）的心灵深处的共鸣，甚至让他们牢记终生。

自然界的自组织定律使我受到的震撼最深。我至今不理解大学物理学为什么不讲它。实际它是与熵增定律并列的物理世界最重要的两大定律之一，熵增使宇宙不可逆转地走向无序，而自组织是宇宙一切秩序（包括生物的出现、智力、人格等等）的来源。我曾多次说过一段话：宗教信徒相信“上帝造人”其实并不能带来心灵的震撼，因为上帝有神力嘛，所谓神力就是人类不能理解的东西嘛，你糊里糊涂崇拜它就是了。但对科学信徒来说，看到宇宙因为简单的自组织原理而变得如此绚烂多彩、精致奇崛，那才会产生真正的敬畏之情。在我的短篇《三色世界》中有这么一段叙述：

“女主人公江志丽已是第五次观察低等生物黏菌的自组织过程，但她仍有一种喘不过气的敬畏感。在这种原始的生物中，群体和个体的界限被泯灭了。她记得第一次观察时，导师乔·索雷尔曾对新弟子们有一次讲话，讲话中既有哲人的睿智，也有年轻人才有的汹涌激情——要知道他已经 55 岁了——志丽几乎在听完这段讲话后立刻就爱上他了。教授那天说：请你们用仰视的目光来看这些小小的黏菌。这是宇宙奥秘和生命奥秘的交汇。这种在混沌中所产生的自组织过程，是宇宙及生命得以诞生的最根本的机制。黏菌螺旋波和宇宙混沌中产生的漩涡星云的本质是相同的，只是尺度不同而已……”

原文我就引用到这儿。严格说来，这段话其实犯了写作的大忌，它用墨过重，但自组织机理与本文的故事结构并无深层联系。我平素会很自觉地删削这类赘余内容，但在本文中没舍得删去。为什么？我只是觉得自组织定律太震撼了，总想找个机会表达一下对它的款款衷情。今天都是自家人，我想在这儿谈谈我同一位科幻理论家的一点小小分歧。这位老师在评论这篇小说时，说他把索雷尔的话读了几篇，都体会不到江志丽那种敬畏感！我觉得，这也许就是理科思维与文科思维的区别？我并不是说前者就强于后者。韩松在评我的《新安魂曲》时批评说，男女主人公为了独力应对环宇宙航行，取得了几十个学位，但竟然没有一个是人文方面的！我看过韩松的批评时猛然一惊，确实这句话点到了我的死穴，我这个无意识的错误表达了"理科思维"对"文科思维"的潜意识的轻视。同样的，那位老师不理解自组织定律的精致、博大和深刻，是否也是因为文科思维的局限？今天我把这件事提出来，希望它对中国的科幻研究能起一点参考作用，我有个比较随意的印象，似乎在这个圈子里，文科思维的比重过大一些。科幻不同于一般文学，在对科幻作品的批评中，科学因素与文学因素应该并重也必须并重。所以今天我的谈话中主要涉及作品的科学因素，并非我不看重文学因素，但这一点我就不班门弄斧了。

3. 科学是道具，还是信仰

我曾听一位作家转达大刘的话，大刘说，在他的作品中科学是道具而在我的作品中科学是信仰。我不知道这位作家转达的是否准确，但这段话的大致意思我是赞同的。大刘有一句名言：科幻要让人们在尘世的纷扰中，能静心片刻以仰视星空，他的作品中，随处可见对大自然的敬畏之情，随处可见宇宙的壮美，这是我真心钦服的。但就具体的科幻构思而言，他更多是把科学技术作为道具。比如那个无所不能的水滴、无所不能的智子、死后还能以量子态现身的女科学家。这些部分，特别是水滴和智子写得十分出色，有极强的艺术感染力。但是当然作者不会相信它们可以成为现实。

而我的作品则不同，我的作品中也有一些把科学当道具的，如《三色世界》中的读脑术，《天火》中的穿墙术，"西奈噩梦"中的时间机器。但在为数不少的作品中，我相信我写的东西是物理世界的真理，或物理的真实。《生命之歌》中提到的生存欲望是通过DNA传递的，是数字化的，终将被人类所破译。我至今对此深信不疑。确实，只要我们承认生物有生存欲望（或称生存本能），再承认世界上没有超自然力，没有上帝，那么就只能得出我上面说的结论，这是个简单的筛选法问题。我在科幻小说中宣扬的许多观点，如：自组织是宇宙及生命现象中所有秩序的来源、电脑的发展终将产生超智力、基因技术何时把对人类身体的“补足”升格为“改进”，则新人类就已经诞生……我个人都深信不疑。

科幻创作中的这两种方法：大刘的把科学作为道具，和我的把科学作为信仰，哪个更好？没办法比较。如果硬要比，那大刘的方法才是正路。科幻作家不是科学家，不能强求作品符合科学意义上的正确，否则就是自缚手足，也容易走火入魔。但不管怎么说，我一直是沿这个路子走下来的，由于少年时代就深种心中的科学情结，我无法不听从来自内心的呼唤。单就“在科幻作品中把科学当成信仰”这一点来说，在眼下的中国科幻界（不说郑文光叶永烈那代人）恐怕我是最虔诚者，至少是之一吧。而且，这样的作品并非没有优点，那就是更为厚重和深刻，关于这一点后边还要讲到。大刘说他是在创造科幻的天空而老王是在创造科幻的大地，说得极好。天空和大地都是自然界不可或缺的东西。

4. 关于核心科幻

我在几年前一篇文章里曾提到“核心科幻”这个概念，获得了不少编辑和作者的赞同。关于这一点我专门写过一篇短文，在这里就不多说了。

吴岩老师曾转达香港科幻作家们对我的评价，说见解极为分歧，有人说我的作品超硬，有人说我偏于人文。实际上，两者都没说错。在我的很多作品中，科幻构思都符合上述的三条标准，尤其是最难的第三条。比如《生命之歌》中关于“生物的生存欲望存在于DNA中，是数字化的，人类最终可以破译并输入到机器人大脑中”、比如《养蜂人》中宣扬的整体论、比如《十字》中宣扬的对医学的反思和低烈度纵火理论、比如《替天行道》中的种子自杀基因和对其的批判、比如《豹》和《亚当回归》中构思的“人类嵌入兽类基因或电脑芯片”及由此引起的人性异化，等等，这些都符合科学意义上的正确，换句话说，它们都是超硬的科幻。如果标准放宽一些，那我的作品中符合这三条标准的则更多，比如《斯芬克斯之谜》中的“改进端粒酶以实现人类的长生”（只是准长生而不是真正的长生不死）、比如《新安魂曲》中提到的超圆体宇宙中的环宇宙航行、比如《五月花号》和《沙漠蚯蚓》中提到的由微生命组成的超级智力、《终极爆炸》中符合爱因斯坦质能公式的终极能量、《天火》中所说物质的无限可分性再加上每一层级中空间的存在将导致物质总量趋近于零等。这些构思或观点虽然比较渺远，不好意思说它们是正确的，但至少现代科学不能对其证伪，是“有可能正确的”。在科幻作品中，能做到这一点，就可以称之为它们符合“科学意义上的正确”。

以上所述的科幻构思都是偏重于哲理性的，偏重于技术性的很少,《十字》中提到的“在自然界放生温和病毒”是技术性构思的一例。这个技术设想当然不一定能实现，但它同样是现代科技不能证伪的，所以也可认为它也符合科学意义上的正确，是超硬的科幻。

符合“科学意义上的正确”的作品比较耐咀嚼，能够对读者有思想上的冲击，而且由于它先天的合理性，不论故事如何深化，一般不会出现逻辑上的困难。反之，那些不具天然合理性的构思，随着故事的深化就容易出现难以克服的逻辑困难。我的作品虽然不少挨骂，但一直有一批忠实的读者，原因即在于此。有一位清华女生告诉我，她把我作品中的一句话放在她个人微博的首面，即《一生的故事》中的一句：

“我们常说：随着科学发展，人类终将完全认识人类文明的发展规律——这句话是什么意思？翻译过来就是：人类殚精竭虑，胼手胝足，劈开荆棘，推开浮沙，终于找到正确的文明之路，平坦，坚实，用整块花岗岩铺成。上面镌着上帝的圣谕：此路往达自由王国，令尔等沿此路前行，不得越雷池半步——这就是我们追求的自由？一个和宇宙一样大的玩笑。”

上面这句话同样是“符合科学意义的正确”的宇宙运行机理，而一个科幻作家的作用就是把它用文学语言表达出来。我很感激这位女生，感激类似她的读者，他们读懂了我的作品。

再重复一下我的观点，并非说符合我说的这三条标准，作品就是优秀或经典作品。但至少，对于从整体上理解科幻、对于研究核心科幻这个最重要的科幻流派来说，目前中国科幻理论界还没有人指出这一点的意义。在对我的批评和评论中，我还没有听到从这个角度出发的有分量的分析。网上流行的对我的批评多是：题材重复，人物平面化，涉及性爱较多，文笔缺少变化，等等。这些批评并非都不正确，但依我看来他们忽略了我最重要的特色，即：超硬和人文。

这儿说说我的《转生的巨人》。本篇发表后似乎没什么反响，也没得奖，但我个人比较喜欢它。宋明炜先生选它作为我的代表作译成英文，我觉得很有眼光。本篇对人类贪婪本性作了最无情的鞭挞，有其普世价值。作品主人公以日本首富堤义明为模特，文中大部分细节来源于对他的真实新闻，深化了其社会意义。而且，这种很写实的批判配上一个奇崛但可信的科幻构思，强化了作品的感染力。它既是典型的科幻小说，又完全可以作为主流文学来读。我个人觉得，它的分量甚至够拍一部科幻大片，就看哪位导演有这个眼光。有句话说“工夫在诗外”，类似《转生的巨人》《蚁生》这样的作品，包含了作者的人生阅历和眼界，并非每个年轻作者都能写得出来的，也并非每个更年轻的科幻迷都能读懂的。说起本篇还有一个小花絮。本篇发表时没用我的本名，因为那时我想开个玩笑，想看看我用另外笔名发表的作品会得到怎样的评论。我很感谢星河，他敏锐地发现了这个名叫石不语的“功力不凡的新作者”（星河的话），并把本篇选入当年的年选。星河的年选一般每个作者只取一篇，所以那年年选中唯有我是入选两篇。那时我曾跟《科幻世界》约定，以后我发表作品每次都用一个新笔名。杂志社开始同意，后来未征求我的意见就恢复了本名，是一个遗憾。

我在作品中表达的思考都有一个特点，那就是基于科学的真实而只向前迈出一步，所以不具有哲学家“玄而又玄”的眼光，但由此而生发的思考更为真实生动，有较强的感染力。我见过一些关于我的评论，但非常遗憾，没有听到关于“超硬的科幻内核”对人文思考所起作用的评论。但我说过，我上网很少，如果是我没看到的话，在此预先致歉。

5. 哲理科幻的先天不足

曾有一次和星河谈各自的写作方法，我说我常常是先有一个哲理上的闪光点，再依此来构建人物组织情节。星河当时说：他绝对想不到科幻还可以这样写！的确，这种写法是比较独特的，既有它的优点，也有先天的不足。优点刚才说了，依我看来，有以下不足：

（1）由于作者把重心放在哲理的阐述上，无形中忽略了人物和情节的充实丰满。比如《沙漠蚯蚓》《终极爆炸》和《兀鹫与先知》等多篇，都可以在情节上大大充实，甚至写成个长篇也够分量，但我在自认哲理构思已经用足的时候就不耐烦再写下去，使文章理性有余而生活气息不足。还有，我为了配合哲理的阐述，常把人物设定为科学家、士大夫，是生活在理性世界中的人，再加上我对科学本身的感情和认识（科学是我终身的信仰但我最终发现了它的局限），主人公的内心世界常常是苍凉的。由于这些原因，我作品中人物形象比较单一。《蚁生》这部有所不同，因为有丰富的知青生活积淀，所以小说中有丰富的众生相，但在作品后半部老毛病又犯了，男主人公颜哲基本缩回到理性世界了。前年和某位电影导演谈《生命之歌》，他的观点我是绝对想不到的，他说这一篇写得“太美太理想化”，离老百姓比较远。所以不适合眼下的观众。如果放到 15 年前，即《生命之歌》发表的那一年也许就比较适合。他还说，我的作品中人物都过于完美，太正统，而眼下观众更喜欢的是那些带缺点但色彩鲜明的人物，比如大刘《三体》中那个老公安或《亮剑》中的李云龙。所以，从某种角度，说我作品人物“平面化”并不准确，更多是因为他们属于“正剧”中的正常人物，是平面镜中的真实形象而不是哈哈镜中的漫画形象。这是由一个作者的写实风格所确定，不好改的。

（2）我对某些科幻构思过分喜爱，因而在作品中反复应用。比如，关于生存欲望我写过两篇:《告别老父》和《生命之歌》，关于超圆体宇宙和环宇航行我写过两篇:《新安魂曲》和《侏儒英雄》，关于终极能量也是两篇:《终极爆炸》和《爱因斯坦密文》。

不过从内心说，我对这个缺点不太看重。对一个科幻作家尤其是硬科幻作家来说，某些构思重复使用不算稀奇，特别是重复用到短篇和长篇中的就更多，美国的例子比比皆是。因为真正全新的科幻构思并非是地里的韭菜，隔几天就能收割一茬的！如果某作家用一个科幻构思写了两三个故事而只有一个是上品，把其他两个忘掉就是了。当然，如果能够避免重复的科幻构思则更好。大刘这方面相当自律，能写长篇的构思就绝不写短篇。他的自律我很佩服。尤其是在信息发达的网络时代，构思最好不要重复使用。

不过，我还是希望读者和批评界对待这个问题能够宽容一些。举一个主流文学的例子，阿来的《尘埃落定》是我最欣赏的当代长篇小说之一。作者用诗性的语言，平静如小河般，表达了作者观察历史长河所特有的沉静和大气。我反复拜读不下 10 遍。此后我看了他早先的一些短篇，才知道《尘埃落定》中有相当一部分素材在短篇中写过，像文中的卓玛、那个“叮咣叮咣”打银器的银匠等。主流文学界有没有批评过阿来的重复？我没见过。文学作品的这类重复是不可避免的，它并非简单重复而是类似于“百炼成钢”的过程。我相信如果阿来没有在短篇中的积累和准备，就不会有最后的《尘埃落定》。以我个人而言，没有《告别老父》这个小短篇，就不会有《生命之歌》；没有《生死平衡》《善恶女神》，就不会有《十字》；没有《蚂蟥》《夜行》等短篇（这两篇是我在大学时的练笔）就没有《蚁生》。所以，如果批评者这样说：“我们才不管你素材重复不重复呢，但你为什么至今没有写出《尘埃落定》那样的惊世之作？”那我就惭愧无地心悦诚服了。

（3）既然是半个聪明脑瓜写科幻，再加上生活圈子较窄，阅历有限，信息量不足和视野偏窄是我的致命弱点，也因此而从不敢对自己期望过高。我自己评价，我的短篇优于长篇，因为短篇中这个缺点可以通过某些技巧绕过去，长篇就不行了。《十字》单就思想上的分量而言并不弱于一些经典作品，但我毕竟功力不足，不能把好的骨架变成流畅丰满的生活流。有人说《十字》中关于女体盛的描写显然是从有关文章中抄来的，也有人说《豹》中对雅典的描写有太多旅游介绍的味儿，这些批评都很准确。靠中国当前的稿费水平，我肯定不能为了写小说而去日本享受女体盛或到希腊考察。当然，即使西方作家也少不了“从资料中讨生活”，但他们毕竟比较自由，生活阅历丰富，又处在充分开放的社会环境中，所以才能写出像《战争风云》那样全景式的作品。这是时代留给我的负遗产，只能认命了。

6. 带红薯味儿的科幻

上世纪 90 年代中期，我的名头儿正响时，一位年轻科幻作家对《科幻世界》编辑部说：自从我成了杂志的主力作者，杂志就带着一股红薯味儿。这话我是听一位老编辑当笑话说的，我今天也当笑话讲给你们。

其实这位年轻作者说得不错，不过我的作品不是河南的红薯味儿，而是中国的红薯味儿。我的作品有鲜明的民族风格，我想任何人看了我的作品，都不会怀疑作者的中国人身份。与此相联系的是作品中的民族主义情绪，即如《终极爆炸》《泡泡》这样以和平反战、人类大同为主旋律的作品，细细品味，其中也带着挥之不去的民族主义情结，包括：民族的悲情意识、民族自豪感及正在形成或者可以说是刚刚复苏的大国心态等。在中国的科幻作家中，与我在这一点上最为接近的是大刘。曾有人转达给我，说美国《新闻周刊》上评论大刘是法国勒庞那样的极端民族主义者而我是相对温和的民族主义者。我没读过这篇文章，不知道转述者说得是否准确。这种情愫也许于我俩的年龄有关但也不全然如此，比如绿杨先生年纪更大，但他作品中这些东西就不太明显。郑军有一个观点：民族主义的科幻作品是短促的，无法走出国门，不容易在国外读者中引起共鸣。我认为他说得很有道理。科幻作品是一种比较特殊的文学品种，本身就是超越国界的，因为它所依托的科学就是绝对无国界的，我们可以有“中国特色社会主义”但绝不会有“中国特色物理学”。但尽管我认同他的观点，我仍然愿意保持自己的风格。中华民族近几百年来灾难深重，如果再狭义一点，汉民族自北宋以来的灾难则更为深重。华夏民族文化无比灿烂，但过于精致和脆弱，几次毁于野蛮民族的马蹄。这些沉重的历史已经溶化在我们这一代的血液中，不吐不快。我的观点是：作为一个作家，我可以不把所有心里话都说出来，但至少要保证说出来的是心里话。至于在当代商品社会中成长起来的“90 后”“00 后”读者，民族主义情绪恐怕已经大大淡化了。也许这正是历史的进步？毕竟我们不能永远生活在历史的阴影中，毕竟科幻文学更是一种向前看的超越国界的文学品种。但不管怎样我还是希望，当我、大刘这一代作家退出科幻创作之后，国内科幻作品中类似的声音不要成为绝响。

7. 对我几篇作品的自我剖析

作品一经问世就不属于作者个人，读者的评价不可能与作者本人的评价相同，甚至很多作品公认的评价与作者本人的看法相差较大。这是众所周知的规律。但我还是想借今天这个机会，谈一谈外部评价与本人意见不甚相合的几篇作品。

一是《黑钻石》，这是看了“科幻之路”上一位美国女作家佐林写的《宇宙热寂》之后写的。那是一篇纯粹的物理题材小说，写熵增的。这种“纯物理主题”的小说在主流文学中是不可想象的，这也是科幻不同于主流文学的表现之一。因为是写熵增，所以作者佐林有意使用了混沌无序的语言和小说结构；而我则是反其道而行之，有意以清晰有序的手法写同样的熵增主题。我觉得这更符合熵增的本质——宇宙的无序化就其每个局部来说是完全有序的。文中的科幻构思是：科学家夏侯无极在逐步完善人工制造钻石的工艺时，无意中使压力超过临界值，结果把钻石变成了一个微型黑洞。这个构思比较机智，把“大自然中精致完美的最高代表”（钻石）与“混沌无序的最高代表”（黑洞）紧密联系起来，而且文中所构想的从有序到无序的转变过程从技术上是说得通的，是理性清晰的。故事中有两条线，除了写自然界的熵增，还写了社会学中的熵增，写科学家的妻子对其丈夫的不忠从百般忍受到突然爆发。这条线是为主线服务的，没想到它更多地吸引了评论者的眼球！吴岩老师说我本篇是写中国女人的性压抑，韩松说“老王对这类题材比较偏爱”（不是原话）。我曾对两人的批评颇有腹诽，现在想开了。文学批评者完全可以从不同的角度来看作品，也许这正是作品的成功，说明这篇纯粹物理题材的小说还成功塑造了一个中年怨妇的文学形象，搂草捎带打兔子！

第二说说《一生的故事》，这篇也是我个人比较满意的，但发表后反响平平。顺便说一句，特德·姜是我很喜爱的一个作者，在美国科幻作家中，我的风格与他最为相像，都是以哲理科幻为主。我这篇作品就是直接源于他的科幻短篇《你一生的故事》。我在这篇作品中同样是以宿命论为内核。本小说中塑造的两个人物：母爱弥天漫地的机器人大妈妈，娇生惯养志大才疏的未来人代表，应该成为文学作品中的新典型，因为这才是人类所面临的真实的威胁，而不是充斥于美国电影中的那些拿着激光枪的凶恶机器人。

第三篇说说《三色世界》，我想借它谈谈网上流行的对我的一种批评：作品中涉及性爱较多。《三色世界》中写了中国女性向志丽同其导师索雷尔的性爱，粗看似乎与主题无关，实则是文章的点睛。在中国精英阶层中，对西方文明有无形的“妾性”。西方的民主自由人权都是好东西，我十分心仪。但也应该清醒地看到，这些至善之花是在大恶的粪堆上长出来的，而且恐怕也是有限的。《三色世界》就是做这样一个道德拷问：如果某种东西触动了西方的根本利益，使他们从惯于施舍仁慈的强者转变为接受施舍的弱者，西方知识分子的价值观会不会仍坚持如一？我对向志丽这个人物的定位是这样的：她一心一意想忘掉老根儿归化西方，最终却被拒之门外。这个人物在现实生活中是有所本的，是一个著名女运动员，我就不明讲了。明白这一点，就能明白作者为什么要写一对中西合璧的情人，而且一定是把中国人安排成女方而西方人是男方，绝不会反过来的——那是对中国知识界“妾性”的尖刻隐喻。

相对于在信息时代长大的年轻人来说，半个脑瓜的老王已经是半个化石了。而且我基本没接触过文学理论，纯粹是凭直觉写作。前几年南阳文联组织了一个高端文学讲座，请某位国内知名的先锋派作家刘先生讲写作技巧，讲座时间很长。文联主席表扬我是学习班中年龄最大听课最勤的学生。但实打实地说，这次听课我收获不大，比如说：听刘作家讲了先锋派的重要技巧之一“元语言”我才恍然大悟，这恰恰是我一向不大喜欢的叙事方式，我说好多著名作家怎么突然不会说话了，好好的话非要掰开了揉碎了绕着圈儿说！我认为那是玩弄技巧，是把文学技巧弄到极致的文学富翁才有资格玩的一种奢侈。那位先锋派作家还讲了他本人的一次创作实例，说有一次他摊开稿纸写了开头几句，往下写什么，怎么写都完全不知道，完全是跟着感觉走，就这样，最终写出了一个在国内很叫响的名篇。这种写作方法我决不会用的。我写小说时总得先有一个闪光点：或是哲理上的独到见解，或是故事结构上的巧思，否则决不会动笔。那么，是那位刘老师错了？王晋康比主流名家还高明？当然不是。但有一点我有自知之明，刘老师按他的做法去做能功成名就，我如果按那个方法肯定一败涂地。

我写小说并非不重视技巧而是非常重视，一篇小说完稿之后全盘推倒重写不是稀罕事。星河对海军说过一句话，说老王对小说的叙事技巧已经玩得非常纯熟了（大意）。但我一向反对炫耀技巧，我认为技巧够用为最好，一篇小说写得让人看到内容而忘记技巧才是“大象无形”。我也一向追求清晰的理性，主流文学中一些过于超前的技巧如玩晦涩玩隐喻等我是不敢玩也不愿玩的。大刘在《黑暗森林》中借白蓉之口，说了一段关于文学的见解，颇能引起我的共鸣，抄录于后：

“但现在这些文学人已经失去了这种（创造经典人物的）创造力，他们思想中产生的都是一些支离破碎的残片和怪胎，其短暂的生命表现为无理性的晦涩的痉挛。他们把这些碎片扫起来装到袋子里，贴上后现代啦、解构主义啦、象征主义啦、非理性啦，这类标签卖出去。”

这段话说得非常到位。我们在向主流文学顶礼膜拜时，确实该注意不要把这类精心包装的杂碎当成鱼翅。主流文学界一位专事文学批评的朋友曾高度评价我的作品，使我感动不已。他曾为我写过一篇评论，可惜我看后大失所望，因为评论中满篇都是文学批评的行话，高深而艰涩。不知道别人能否看懂，反正我看后是信息归零。像这类文学批评已经是当前的常态，我看不懂只能怪自己头脑僵化，思想陈旧。不过一位学文的科幻迷对我转述过他的大学老师说过的一句话——眼下文学批评的最大毛病是不说“人话”，即不说普通人能听懂的话，看来这并非我一人的观点。

我今天到大学课堂来评判自己，包括班门弄斧地谈一些观点，就好像过于自信的乡下阿二批评城里表哥：你们城里人真傻呀，还要花大钱去减肥。你们少吃点饭，每天到地里抡几耙子不就行了？又省钱又省事。这种乡下人的批评脱离了城里人的生活真实，当然是可笑的——但就其本质而言，这种观点具有合理的内核。希望听我讲座的圈内人，以城里人的气度来宽容地看待我这个带着红薯味儿的乡下人，不管我的观点是何等鄙陋可笑，也尽量从好处理解，挖掘其中的合理内核。谢谢大家！

——2014 年 5 月在北京师范大学文学院王晋康作品讨论会上的发言

《蚁生》创作谈

常常被问道：你个人最满意或最看重的作品是什么，这个问题一直不好回答，但现在我可以回答：是《蚁生》。《蚁生》说不上是我最满意的作品，但却是我最看重的作品。这是一篇比较独特的小说，虽说属于科幻，其实是我的半自传，不过我把个人经历分给颜哲和郭秋云两人了。当我在电脑上写出“蚁生”这个标题后，三四十年前的生活经历就汩汩向外涌流，欲罢不能，以至于我不得不努力抑制自己的倾吐欲，这在以往的创作中是不常见的。《蚁生》中丰富的众生相，其实多半是生活中的真实存在，比如：那个曾经喜爱“春江花月夜”、生性静雅的学生凶手（他确实是我那个学校中唯一忏悔的学生凶手）；在批斗前就事先作好自杀约定的老师（生活原型不是一对夫妻，而是一对男性好友）；在所谓“主席受迫害”那个疯狂之夜踢了老师一脚随即清醒的学生（是我本人）；盯梢、告密的人格变态者庄学胥（是由三个真实的原型合成）；当着一个14岁女知青的面与另一个女知青性交的农场场长；因在少女时代目睹了太多丑恶而最终堕落的孙小小；由于对老农发5元秘密津贴而引发的农场风波；心机深沉但不脱良善的胡场长，等等。甚至文中一些小的细节，如被女知青带到床上的蚂蟥；被蚂蟥害死的南阳黄牛；带头提前上班后又回到女厕所蹲上一两个小时的女知青；秋云关于公牛胯间两个蛋蛋的傻话，等等，都真实存在于生活。在我写作时，这些情节似乎有了自己的生命，按捺不住地要跳到文章中。我忍痛舍弃了不少鲜活的情节和细节，但文章的终稿仍有些超重，超出了为展开故事所必需的分量。从技巧上说，这是《蚁生》的第一个缺点；但从小说的内在力量上说，我认为这又是《蚁生》的第一闪光点。

文章写了人性之恶，并把它置于更广阔的上帝的视野中。小说用近乎真实的描写，构建了一个虚幻的故事：一个立志救世的知青颜哲，借助于科学，努力创建了一个纯洁的利他主义社会。需要说明的是,《蚁生》不是硬科幻。蚁生中所使用的技术手段（如何制取蚁素，蚁素如何让众人变纯洁，等等）不值一笑。曾有一位看惯了我的“硬科幻文风”的女性科幻迷写信对我说，由于人和蚂蚁的生理结构差别太大，蚁素不大可能对人起作用。她说得完全正确，但未免钻牛角尖。《蚁生》的力量不在于技术细节，而在于哲理层面上的真实。它指出了自我感觉良好的人类精英们常常忽略的自然界中的如下真实：渺小的蚂蚁在族群内部是完全利他主义的，每个个体都是无私、牺牲、纪律、勤劳的典范。蚂蚁的利他主义完全来自于基因，生而有之并保持终生，不需要教育、感化、强制、奖励和惩罚，不需要宗教、法律、监狱和政府，没有任何社会内耗。由于蚂蚁个体的利他主义是内禀稳定的，因而其社会也是稳定和连续的典范，亿万年来一直延续下来，没有任何断裂。反观人类呢，百万年人类蒙昧史和万年人类文明史大半浸泡在无序、丑恶、血腥、私欲膨胀和道德沦丧中，圣人的“向善”教诲抵不过人们的丑恶本性，好容易建立起来的治世就像流沙中的城堡，转眼间分崩离析。

如果我们擦去人类沙文主义的眼屎，看清这个事实，万物之灵们真该羞愧无地。

但文章的力量还不限于指出了这个让人类脸红的事实，而是通过一位女知青秋云，颜哲的女友兼信徒，通过她的眼睛和心灵，无奈而感伤地让一个结论逐渐显现——颜哲以蚂蚁社会为楷模所创建的理想社会是注定要失败的，尽管它是那样的美好、纯洁和透明。其失败甚至不是因为外界原因，而是内部的异化。一个无私的、独自清醒的、宵旰焦劳的上帝，放牧着一群浑浑噩噩的幸福蚁众——这并不是多么美好的模式。曾经是美德化身的颜哲就在绝对的权力中被逐渐异化，最终走火入魔。而秋云以痛心地劈面一啐，结束了她对颜哲的信仰和情感。在小说中，对人性进行剖析的解剖刀已经伸到人类灵魂的最深处，即人的生物学本性中天然存在的恶。由于这个深刻的原因，也许人类社会最终都会与丑恶相伴，直到人类的末日。当然，在小说最后一章，即主人公由第一人称变为第三人称的那一章里——我有意用这样的技巧造成一定的疏离感——秋云的信仰，还有颜哲的生命，又在某种程度上复活了。这也不奇怪，毕竟，颜哲的梦想也是千百年来人类精英的共同梦想，如果判定其彻底死亡，未免太残忍；毕竟，“人之初本性恶”的人类，经过几百万年的进步或者说进化，还是多了一点善而少了一点恶。我们不必对人性完全失望。

《蚁生》的后半部分比前半部分难写，因为作者要表达一些哲理思考时，很可能流于概念化。我尽力把它溶化于鲜活的生活细节中，比如招工、评工分、战洪水、女知青生孩子等。顺便说一句，本文是以我所在的知青农场为舞台的，那个农场在我离开不久确实毁于洪水。这场现成的洪水为《蚁生》后半部提供了一个恰当的舞台，那个十分拥挤的蚁巢，即容纳了70人的洪水中的库房，有点类似于一个话剧舞台，让纯洁的利他主义在这个特殊环境里产生最强烈的正反馈，因而在其毁灭前发出最强的一次闪光。

我历来激赏西方国家尤其是英美作家那种冷峻简约的文风，并曾努力效法，可惜总是做不到。比如在《蚁生》中，我其实应该作一个冷静的第三者，只讲出小说中属于故事层面的内容，而把思考全部留给读者。但实际上我没做到，文中喋喋不休的哲理层面的叙述是这部书的致命缺点，不客气地说，这也正是二流作者和文学大师的区别。对此我只能来一点自我安慰：也许，对于西方的绅士们来说，他们有足够的闲暇坐在别墅中品味极品名茶，品出其中若有若无的余味；而对于中国人，在精疲力竭的劳作之后，急需一碗味道浓酽的大碗茶来提神，现在我们还没有闲心去“精致”。

再回到那个科幻迷的来信上。她说,《蚁生》中表达了作者对那个特殊年代“蚁生”的厌恶，其实如今的年轻人给老板打工的生活何尝不是一种“蚁生”？我当时一笑置之：这些年轻人说话未免太轻巧了，他们怎么能体会我们当时的痛苦！不过，从另一个角度上看，她的话也是对的。也许，在更高级的观察者眼中，人类与蚂蚁之间并没有我们所认为的那么大的区别。人生即蚁生，哪怕是在 10 万年之后！

附录 3：王晋康科幻创作年表

篇　名	发表刊物及期号	备　注
1. 发表于《科幻世界》的中短篇小说		注：银河奖的奖项设置多有变化，有时一等奖或优秀奖即为首奖。
《亚当回归》	《科幻世界》1993（5）	获 1993 年度银河奖一等奖
《科学狂人之死》	《科幻世界》1994（2）	
《黑匣子里的爱情》	《科幻世界》1994（5）	
《魔鬼梦幻》	《科幻世界》1994（9）	
《天火》	《科幻世界》1994（11）	获 1994 年度银河奖特等奖
《美容陷阱》	《科幻世界》1995（2）	
《星期日病毒》	《科幻世界》1995（5）	
《追杀》	《科幻世界》1995（6）	
《生命之歌》	《科幻世界》1995（10）	获 1995 年度银河奖特等奖，已译成意大利文发表
《义犬》	《科幻世界》1996（1）	
《斯芬克斯之谜》	《科幻世界》1996（7）	
《天河相会》	《科幻世界》1996（8）	
《西奈噩梦》	《科幻世界》1996（10）	获 1996 年度银河奖一等奖
《拉格朗日墓场》	《科幻世界》1997（1）	
《生死平衡》	《科幻世界》1997（4）（5）	
《七重外壳》	《科幻世界》1997（7）	获 1997 年度银河奖一等奖
《三色世界》	《科幻世界》1997（10）	
《秘密投票》	《科幻世界》1997. 赠刊	
《魔环》	《科幻世界》1998（1）	
《太空雕像》	《科幻世界》1998（4）	原名：《太空清道夫》
《豹》	《科幻世界》1998（6）（7）	获 1998 年度银河奖特等奖
《解读生命》	《科幻世界》1999（1）	

续 表

篇　名	发表刊物及期号	备　注
《养蜂人》	《科幻世界》1999（9）	《人民文学》海外版 2013 年春季号译载
《失去它的日子》	《科幻世界》1999（6）	
《可爱的机器犬》	《科幻世界》1999（12）	
《50 万年后的超级男人》	《科幻世界》2001（2）	
《替天行道》	《科幻世界》2001（10）	获 2001 年度银河奖首奖
《新安魂曲》	《科幻世界》2002（5）	
《水星播种》	《科幻世界》2002（5）	获 2002 年度银河奖首奖
《临界》	《科幻世界》2002（10）	
《生存实验》	《科幻世界》2002（12）	获 2002 年度银河奖提名奖
《数学的诅咒》	《科幻世界》2003（4）	
《夏天的焦虑》	《科幻世界》2003（6）	
《他才是我》	《科幻世界》2005（1）	
《一生的故事》	《科幻世界》2005（6）	获 2005 年度银河奖提名奖
《转生的巨人》	《科幻世界》2005（12）	署名石不语。香港 Renditions 77 与 78 合刊译载
《终极爆炸》	《科幻世界》2006（3）（4）	获 2006 年度银河奖杰出奖
《长别离》	《科幻世界》2006 赠刊	
《论本能》	《科幻世界》2006 赠刊	
《泡泡》	《科幻世界》2007（1）（2）	获 2007 年度银河奖提名奖
《高尚的代价》	《科幻世界》2007（4）	
《沙漠蚯蚓》	《科幻世界》2007（10）	
《拉克是条狗》	《科幻世界》2008（3）	
《活着》	《科幻世界》2008（8）	获 2008 年度银河奖优秀奖
《决战美杜莎》	《科幻世界》2008（12）	
《有关时空旅行的马龙定律》	《科幻世界》2009（10）	获 2009 年度银河奖优秀奖
《百年守望》	《科幻世界》2010（10）	获 2010 年度银河奖优秀奖
《夏娲回归》	《科幻世界》2011（12）	中国教育图书进出口公司译载
		小计 48 篇

续 表

篇　名	发表刊物及期号	备　注
2. 发表于《科幻世界》的杂文		
《克隆技术与人类未来》	《科幻世界》1998（2）	杂文
《人工智能能超过我们吗？》	《科幻世界》2003（5）	杂文
《超级病菌》	《科幻世界》2003（6）	杂文
《超人类时代宣言》	《科幻世界》2003（9）	
《熵增与宇宙生命》	《科幻世界》2003（10）	杂文
《科学的坏账准备》	《科幻世界》2003（11）	杂文（注：杂文不计入篇数）
《长生不老：一个轻狂的猜想》	《科幻世界》2005（1）	
《我所理解的核心科幻》	《科幻世界》2010（10）	
3. 发表于《科幻大王》(《新科幻》) 的中短篇小说		
《完美的地球标准》	《科幻大王》1998（3）	
《牺牲者》	《科幻大王》1998（5）（7）	
《海拉》	《科幻大王》1998（8）—1999（5）	
《侏儒英雄》	《科幻大王》1999（6）	
《黄金的魔力》	《科幻大王》2000（2）（3）	
《盗火》	《科幻大王》2001（8）	
《龙的传说》	《科幻大王》2001（11）	
《母亲》	《科幻大王》2002（2）（4）	
《步云履》	《科幻大王》2002（8）	
《三人行》	《科幻大王》2002（10）	
《替身》	《科幻大王》2002（11）	
《时空旅行三则》	《科幻大王》2003（1）	
《善恶女神》	《科幻大王》2003（5）	
《灵童》	《科幻大王》2003（6）	
《间谍斗智》	《科幻大王》2003（8）	
《格巴星人的大礼》	《科幻大王》2006（5）	

续　表

篇　名	发表刊物及期号	备　注
《天下无贼》	《科幻大王》2006（9）（10）	原名:《鬼谷子算法》
《月球进行曲之前奏》	《科幻大王》2006（11）	
《透明脑》	《科幻大王》2008（2）	
《兀鹫与先知》	《科幻大王》2008（4）	
《五月花号》	《科幻大王》2009（2）（3）	
《孪生巨钻》	《新科幻》2011（2）	
《天一星》	《新科幻》2013（10）	
4. 发表于其他杂志的中短篇小说		
《无奈的追杀》	《大科技》2000（1）（2）（3）	
《一掷赌生死》	《世界科幻博览》2006（2）	
《爱因斯坦密件》	《世界科幻博览》2006（4）	署名野狐
《我们向何处去》	《世界科幻博览》2006（8）	
《杀人偿命》	《世界科幻博览》2007（8）	署名石不语
《百年之叹》	《世界科幻博览》2007 赠刊	
《告别老父》	《我们爱科学》1995（12）	
《四重紧身衣》	《我们爱科学》1998 年 6 期、7 期与 8 期合刊、9 期	
《蚁生》	《少年人生》（幻想 1+1）2006（9）	
《我证》	《少年闪耀·春晓号》2 期	明天出版社 2008-03
《2127 年的母系社会》	《九洲幻想·九月风华》	21 世纪出版社 2007-09
《胡须》	《课堂内外》2014（7）（8）	
《观察记录：母爱与死亡》	首发于《王晋康科幻小说精选·水星播种》	四川科学技术出版社 2006-12
《神肉》	首发于《王晋康科幻小说精选·替天行道》	时代文艺出版社 2011-08
《人与狼》	《躬耕》1996（1）	
《人之初》	《躬耕》2005（2）	
《黑钻石》	《2003 年中国最佳科幻集》	四川人民出版社 2004-04

续 表

篇 名	发表刊物及期号	备 注
《最后的爱情》	《光明之箭·现代科幻作品精选集》	海洋出版社 1998-08
		小结 87（不含杂文）
5. 发表于其他报刊杂志的杂文		
《生死平衡》	《南方周末·城市专题》2003.5.29	
《病毒的生态平衡》	《中国科技纵横》2003（6）	
《吞噬“绿色”的熵增定律》	《中国科技纵横》2003（8）	
《现代医学堵住“进化之筛”？》	《中国科技纵横》2003（9）	
《我·祖国·民族自豪感》	《党的生活》2009（4）	
《科幻小说的独门内功》	《科幻大王》2009（8）	
《漫谈核心科幻》	《科普研究》2011（3）	
《末日不是科幻小说》	《家人》2012（12）	
《科幻小说的“硬伤”和“软伤”》	《文艺报》2013.11.22 七版	
《食髓而知味——漫谈科幻作品中的科幻构思》	《名作欣赏》2013（28）	

王晋康创作年表

单行本或结集	字　数	出版社及时间	备　注
《生死平衡》	103 千字	江苏少年儿童出版社 1997-08	
《生死平衡》(台湾版)	未标字数	小鲁出版社 1997-12	
《生命之歌》(结集)	300 千字	新华出版社 1998-01	含:《亚当回归》《科学狂人之死》《追杀》《义犬》《斯芬克思之谜》《天河相会》《西奈噩梦》《拉格朗日坟场》《魔鬼梦幻》《美容陷阱》
《追杀 K 星人》	83 千字	四川少年儿童出版社 1999-08	
《七重外壳》(结集)	200 千字	湖南教育出版社 1999-08	含:《西奈噩梦》《豹》《生命之歌》
《天火》(结集)	190 千字	广西科学技术出版社 2001-08	含:《秘密投票》《黄金的魔力》《失去它的日子》《牺牲者》《可爱的机器犬》《最后的爱情》《生命之歌》《星期日病毒》《黑匣子里的爱情》
《少年闪电侠》	114 千字	河北教育出版社 2002-01	
《拉格朗日墓场》	178 千字	花山文艺出版社 2002-01	
《死亡大奖》	117 千字	福建少年儿童出版社 2002-09	
《类人》	170 千字	作家出版社 2003-01	
《类人》(上下集)	未标字数	台湾狮鹫出版社 2003-05	再版
《生死之约》	124 千字	湖北少年儿童出版社 2003-08	
《癌人》	260 千字	河南人民出版社 2003-10	
《豹人》	165 千字	河南人民出版社 2003-10	
《海豚人》	184 千字	河南人民出版社 2003-10	
《寻找中国龙》	130 千字	海天出版社 2004-06	
《善恶女神》(结集)	276 千字	上海科学普及出版社 2004-10	含:《三色世界》《生存实验》《黑钻石》《水星播种》《替天行道》《新安魂曲》《母亲》

续　表

单行本或结集	字　数	出版社及时间	备　注
《王晋康科幻小说精选》（四卷本），单本的篇名为：	1200 千字	四川科学技术出版社 2006–12	
《卷一：水星播种》（结集）			含：《生命之歌》《替天行道》《天火》《秘密投票》《最后的爱情》《养蜂人》《美容陷阱》《新安魂曲》《解读生命》《善恶女神》《失去它的日子》《临界》《亚当回归》《观察记录：母爱与死亡》《黑钻石》《斯芬克斯之谜》《一生的故事》
《卷二：七重外壳》（结集）			含：《生存实验》《母亲》《科学狂人之死》《黄金的魔力》《太空清道夫》《三色世界》《西奈噩梦》《时空商人》《追杀》《灵童》《义犬》《失去的瑰宝》《步云履》《终极爆炸》
《卷三：生死平衡》（结集）			含：《转生的巨人》《癌人》
《卷四：奔向太阳》（结集）			含：《泡泡》《豹人》
《蚁生》	217 千字	福建人民出版社 2007–08	
《十字》	280 千字	重庆出版社 2009–03	
《少年闪电侠》（再版）	181 千字	辽宁少年儿童出版社 2010–08	
《可爱的机器犬》	138 千字	辽宁少年儿童出版社 2014–01	
《可爱的机器犬》（再版）	118 千字	辽宁少年儿童出版社 2016–01	
《与吾同在》	300 千字	重庆出版社 2011–09	获 2011 年银河奖特等奖，2012 年星云奖长篇杰作奖
《王晋康科幻小说精选》（六卷本），单本篇名为：		（由北京磨铁图书有限公司组织出版）	
《终极爆炸》（结集）	240 千字	中国华侨出版社 2011–10	含：《一生的故事》《可爱的机器犬》《决战美杜莎》《时空商人》《有关时空旅行的马龙定律》《我们向何处去》《新安魂曲》

续　表

单行本或结集	字　数	出版社及时间	备　注
《替天行道》(结集)	212 千字	时代文艺出版社 2011-08	含:《西奈噩梦》《科学狂人之死》《杀人偿命》《黄金的魔力》《神肉》《格巴星人的大礼》《泡泡》《天下无贼》《亚当回归》
《养蜂人》(结集)	214 千字	时代文艺出版社 2011-08	含:《兀鹫与先知》《天火》《水星播种》《三色世界》《七重外壳》《沙漠蚯蚓》《黑钻石》《百年守望》
《生死平衡》(结集)	194 千字	中国华侨出版社 2012-04	含:《死亡大奖》
《拉格朗日墓场》	172 千字	中国华侨出版社 2012-03	
《生命之歌》(结集)	210 千字	中国华侨出版社 2011-11	含:《时间之约》
《时间之河》(结集)	263 千字	人民邮电出版社 2012-08	含:《母亲》《泡泡》《黑匣子里的爱情》《爱因斯坦密件》《失去的瑰宝》
《转生的巨人》(结集)	355 千字	人民邮电出版社 2012-09	含:《活着》《生命之歌》《五月花号》《生存实验》《豹》《终极爆炸》
《寻找中国龙》(再版)	134 千字	电子工业出版社 2012-10	
《血祭》	180 千字	四川文艺出版社 2012-11	与杨国庆合著
《类人》(再版)	170 千字	四川科学技术出版社 2012-06	
《癌人》(再版)	240 千字	四川科学技术出版社 2012-06	
《豹人》(再版)(结集)	350 千字	四川科学技术出版社 2012-06	含:《海人》
《临界》(结集)	262.4 千字	电子工业出版社 2013-01	含:《间谍斗智》《魔鬼梦幻》《魔环》《太空清道夫》《天河相会》《他才是我》《牺牲者》《义犬》《追杀》
《夏娲回归》(结集)	300.8 千字	电子工业出版社 2013-01	含:《步云履》《长别离》《灵童》《生命之歌》《失去它的日子》《夏天的焦虑》《我证》《2127 年的母系社会》《豹》
《孪生巨钻》(结集)	281.6 千字	电子工业出版社 2013-01	含:《侏儒英雄》《秘密投票》《解读生命》《拉克是条狗》《母亲》《善恶女神》《失去的瑰宝》《数学的诅咒》《爱因斯坦密件》

续　表

单行本或结集	字　数	出版社及时间	备　注
《蚁生》(再版)	266 千字	电子工业出版社 2013-01	
《逃出母宇宙》	440 千字	四川科学技术出版社 2013-12	获 2013 年度银河奖特等奖，第四届华语科幻星云奖最佳科幻长篇奖
《上帝之手》	180 千字	四川文艺出版社 2014-04	
《古蜀》	150 千字	大连出版社 2015-01	获第一届“大白鲸”世界杯幻想儿童文学奖特等奖
《中国最佳科幻小说·夏娲回归》(卷 15)藏汉双语版	239 千字	四川人民出版社 2015-08	
《时间之神》(结集)	150 千字	海燕出版社 2015-01	含:《西奈噩梦》《时空旅行三则》《有关时空旅行的马龙定律》《夏娲回归》
《时空平移》(结集)	300 千字	江苏凤凰文艺出版社 2015-05	含:《K 星走狗》《透明脑》《百年守望》《时空平移》《XYY 超男》《替身》《哥本哈根疯子》《加工人类》《和上帝对话》《天一星》《地球标准》《E 星的周末病毒》《时空旅行》《一掷赌生死》
《四级恐慌》	300 千字	江苏凤凰文艺出版社 2015-05	
《天父地母》	400 千字	四川科学技术出版社 2016-03	
《“大白鲸”原创幻想儿童文学优秀作品·真人》	90 千字	大连出版社 2016-04	

作品获奖明细

1. 银河奖:(各次银河奖的设置各有不同，有时并列没有名次，有时一等奖或优秀奖就是首奖)

1993 年:《亚当回归》 第五届银河奖一等奖

1994 年:《天火》 第六届银河奖特等奖

1995 年:《生命之歌》 第七届银河奖特等奖

1996 年:《西奈噩梦》 第八届银河奖一等奖

1997 年:《七重外壳》 第九届银河奖一等奖

1997 年：国际科幻大会颁发的银河创作奖

1998 年:《豹》 第十届银河奖特等奖

2001 年:《替天行道》 第十三届银河奖并列首奖

2002 年:《水星播种》 第十四届银河奖并列首奖

2002 年:《生存实验》 第十四届银河奖提名奖

2005 年:《一生的故事》 第十七届银河奖提名奖

2006 年:《终极爆炸》 第十八届银河奖杰出奖

2007 年:《泡泡》 第十九届银河奖提名奖

2008 年:《活着》 第二十届银河奖优秀奖

2009 年:《有关时空旅行的马龙定律》 第二十一届银河奖优秀奖

2010 年:《百年守望》 第二十二届银河奖优秀奖

2011 年:《与吾同在》 第二十三届银河奖特等奖

2013 年:《逃出母宇宙》 第二十四届银河奖长篇杰作奖

2. 星云奖（星云奖自 2010 年开始，含多种奖项，这些奖项中分量最重的是最佳作家奖和最佳长篇奖）

2010 年:《十字》获首届华语科幻星云奖最佳科幻长篇小说奖

2010 年:《有关时空旅行的马龙定律》获首届华语科幻星云奖最佳中篇科幻小说提名奖

2010 年：获首届科幻 / 奇幻最佳作家奖入围

2011 年：获第二届华语科幻星云奖最佳作家奖

2011 年:《孪生巨钻》获第二届华语科幻最佳中篇小说提名

2012 年:《与吾同在》获第三届华语科幻星云奖最佳科幻长篇小说奖

2014 年:《逃出母宇宙》获第四届华语科幻星云奖最佳科幻长篇小说奖银奖

2014 年：获终身成就奖

3. 其他奖项

2009 年：首届中文幻想星空奖最佳中长篇小说奖提名

2009 年:《蚁生》获南阳市文化艺术第四届杰出成果奖的一等奖

2014 年:《古蜀》获“大白鲸世界杯”幻想儿童文学奖特等奖

2014 年:《上帝之手》获首届“这篇小说超好看”类型文学奖八强

后　记

2014 年 10 月，在北京的金秋时节，中国科普作家协会迎来了她 35 岁的生日，一系列活动相继举行。而这一年又恰逢科幻作家王晋康从事科幻创作 20 周年。为了纪念这个特别的日子，中国科普作家协会和中国人民大学文学院联合主办了“中国科幻的思想者——王晋康科幻创作 20 周年学术研讨会”，会议促成了科普界、科幻界、主流文学界的一次有力碰撞和有机融合，对推动中国科幻发展起到了积极的作用。

首先感谢会议主办方中国科普作家协会和中国人民大学文学院，感谢会议协办单位科学普及出版社、《科幻世界》杂志社、世界华人科幻协会、南阳二机石油装备（集团）有限公司、南阳市文联，因为各方的不懈努力和大力支持，使此次会议得以顺利举办；其次，感谢所有参会的专家、学者、作家及科幻界友人：孟庆枢、王泉根、柳建伟、张颐武、刘兵、孙宏、吴岩、立原透耶（日）、黄海（台湾）、李伍熏（台湾）、林健群（台湾）、林育民（台湾）、刘慈欣、何夕、徐彦利、汪翠萍、凌晨、苏学军、杨平、郑军、严蓬、飞氘、夏笳、宝树、张冉、江波、吕哲、成全、颜实、郭晶、杨虚杰、张敬一等，每位嘉宾都日理万机，却都欣然赴会，令人感动！

感谢由于种种原因未能参会，但对王晋康研讨会予以关心、并发来热情祝辞的专家学者领导：《人民文学》主编施战军、评论家雷达、科普科幻界元老刘兴诗、物理学家李淼、美籍华裔科幻作家刘宇昆、美国卫斯理学院科幻研究专家宋明炜、科幻作家韩松、儿童文学作家杨鹏；中国科协党组成员、书记处书记王春法、中国科协调研宣传部原部长任福君、科学普及出版社原社长苏青、军旅作家焦国力、科学诗人郭曰方等。

感谢蝌蚪网、中国作家网、中国科普作家网、《纽约时报》《文艺报》《科技日报》及其他海内外媒体对王晋康研讨会的采访、报道和宣传。

感谢香港科幻研究者三丰，他为该文集提供了王晋康科幻创作年表，我们在此基础上只做了些许补充。

特别感谢几位领导和朋友，为了会议的成功举办及研究文集的顺利出版付出了巨大心力。他们是：中国科普作家协会理事长刘嘉麒院士，中国科普作家协会秘书长石顺科，中国科普作家协会常务副秘书长尹传红，中国人民大学前副校长杨慧林、文学院院长孙郁和党委副书记胡玲莉，世界华人科幻协会监事长董仁威和《科幻世界》的主编姚海军和副主编杨枫，如果没有他们的协助与支持，会议阵容不会如此盛大！

最后，感谢会议筹备组人员：孙悦、吴巨生、李英、姚利芬、王黎明、闫娜、党伟龙、王可骞、刘赫铮，他们承担了大量工作，不辞劳苦，尤其是李英，承担了会议的主持人、组织、协调和联络等大量繁重工作，对会议的成功举办功不可没。

《中国科幻的思想者——王晋康科幻创作20周年学术研讨会论文集》含王晋康创作简介、名家点评（出版时改为名家寄语）、王晋康科幻小说选、王晋康科幻评论、王晋康谈科幻和王晋康创作年表，在会期间，这本文集起到很好的交流作用。后经一年的打磨和扩充，增加了会议嘉宾代表发言集萃和会议综述，增加了多篇有分量的研究文章，还获得中国科普作家协会的出版资助，出版时更名为《中国科幻的思想者——王晋康科幻创作研究文集》。因为，这不单是一本为了庆贺而产生的会议文集，这里汇集了国内外专家学者及科幻同仁对王晋康创作的长期思考与研究，汇集了王晋康本人的创作资料，在一定程度上，它是首部关于新生代重要科幻作家的专题研究，传达着一种独特、深刻而丰富的科幻思想和文化精神，因此，具有相当的史料价值、学术价值和文献参考价值。

会议已落幕，但王晋康的创作之路还在继续，对王晋康作品的研究与传播也才刚刚启程。在中国科幻发展形势大好的环境下，愿更多的科幻作家及研究者能够“直挂云帆济沧海”，勇往直前，做出更大成绩。

编　者

2015 年 11 月 25 日